W0076663

btb

Buch

Thea Kronborg, Tochter schwedischer Einwanderer, wächst gegen Ende des vorigen Jahrhunderts in einer Kleinstadt in Colorado auf. Schon früh erkennt sie, daß sie über eine große musikalische Begabung verfügt. Thea entschließt sich, ihrem Elternhaus und der kleinstädtischen Enge zu entfliehen. Konsequent und kompromißlos verfolgt sie ihren Weg als Künstlerin. Sie erreicht das scheinbar Unmögliche und arriviert zu einer Sopranistin von Weltruhm, die an der New Yorker Met glänzende Erfolge feiert.

Aber sie lernt auch die Kehrseite des Ruhms kennen: die Angst vor dem Versagen, die trügerische Rauschhaftigkeit des Erfolgs, den jähen Sturz in die Einsamkeit, wenn der Vorhang fällt. Doch voller Mut, schöpferischer Kraft und leidenschaftlicher Hingabe an die Kunst überwindet sie alle Selbstzweifel und Krisen und behauptet sich in einer von Männern geprägten Gesellschaft.

»Das Lied der Lerche« trägt deutliche autobiographische Züge und ist vielleicht Willa Cathers persönlichster Roman, in dem sich ihr eigener Kampf um die Anerkennung als Schriftstellerin widerspiegelt.

Autor

Willa Cather (1873–1947) wurde bei Winchester, Virginia, geboren. Als Zehnjährige zog sie mit ihren Eltern in die weiten Prärien von Nebraska, damals noch Pionierland, und lebte in Red Cloud. Nach ihrem Studium arbeitete sie mehrere Jahre als erfolgreiche Journalistin und Kritikerin. Ihrem ersten Buch »April Twilights«, 1902 erschienen, folgten zwölf Romane, zahlreiche Essays und Erzählungen. 1923 erhielt sie den Pulitzer-Preis.

Von Willa Cather bereits bei btb erschienen:
Schatten auf dem dem Fels. Roman (72032)
Sei leise, wenn du gehst. Roman (72086)

Willa Cather

Das Lied der Lerche
Roman

Deutsch von Monika Schlitzer
und Kyra Stromberg
Mit einem Vorwort von Sabina Litzmann

btb

Die amerikanische Originalausgabe erschien 1915
unter dem Titel »The Song of the Lark«
bei Houghton Mifflin Company, Boston

Umwelthinweis:
Alle bedruckten Materialien dieses Taschenbuches
sind chlorfrei und umweltschonend.

btb Taschenbücher erscheinen im Goldmann Verlag,
einem Unternehmen der Verlagsgruppe Bertelsmann.

1. Auflage
Genehmigte Taschenbuchausgabe August 1997
Copyright © 1915 by Willa Sibert Cather,
Copyright © 1937 by Willa Sibert Cather,
Copyright © 1965 renewed by Edith Lewis
Copyright © der deutschsprachigen Ausgabe 1992
by Albrecht Knaus Verlag GmbH, München
Copyright © des Nachworts by Sabina Litzmann
Umschlaggestaltung: Design Team München
Umschlagfoto: Mauritius/Superstock
Satz: Filmsatz Schröter GmbH, München
KR · Herstellung: Augustin Wiesbeck
Made in Germany
ISBN 3-442-72184-9

Für Isabelle McClung

«Es war ein schöner Sturm,
der mich getrieben ...»

Nikolaus Lenau

Inhalt

Vorwort

Das *Lied der Lerche* ist in den Jahren 1914 und 1915 entstanden. Der Titel des Buches ist nicht sehr glücklich. Viele Leser nehmen selbstverständlich an, daß das «Lerchenlied» sich auf die gesangliche Vollendung der Heldin bezieht – ein großes Mißverständnis. Ihr Gesang hatte nichts mit dem der Feldlerche gemein. Das Buch wurde vielmehr nach einem recht mittelmäßigen französischen Gemälde im Chicago Art Institute benannt, einem Bild, auf dem ein kleines Bauernmädchen am frühen Morgen auf dem Weg zur Feldarbeit stehenbleibt und emporschaut, um dem Gesang der Lerche zu lauschen. Der Titel sollte andeuten, wie ein junges Mädchen wach wird für etwas Schönes. Ich wollte die Geschichte *Jugend einer Künstlerin* nennen, aber mein Verleger riet mir klugerweise davon ab.

Der Hauptfehler des Buches ist, daß es eine abfallende Kurve beschreibt. Das Leben eines Künstlers auf seinem Höhepunkt ist nicht so interessant wie das Leben eines begabten jungen Mädchens, das «sich seinen Weg erkämpft». Der Erfolg ist nie so interessant wie der Kampf – nicht einmal für den Erfolgreichen selbst, ja, nicht einmal für die merkantilste Art des Ehrgeizes.

Das Leben fast jeden Künstlers, der im wahren Sinne Erfolg hat – indem er sich nämlich seiner Kunst hingibt –, ähnelt mehr oder weniger Wildes Erzählung vom *Bildnis des Dorian Gray*. In dem gleichen Maße wie Thea Kronborg mehr und mehr in den dramatischen und musikalischen Möglichkeiten ihrer Profession aufgeht, wie ihr künstlerisches Leben reicher und erfüllter wird, wird es gleichzeitig

9

auch immer interessanter für sie als ihr persönliches Leben. Während die Galerie ihrer musikalischen Personifikationen an Zahl und Schönheit zunimmt, während dieses verwirrende Etwas, das man «Stil» nennt – und das nichts ist als das eigentliche Wesen einer Sängerin –, immer unmittelbarer, einfacher und nobler wird, erweist sich die Thea Kronborg hinter den unvergänglichen weiblichen Figuren der Musik irgendwie als trocken und geschäftig. Ihr Leben besteht aus anstrengenden Engagements und langweiligem geschäftlichem Kleinkram, aus ständigem Szenenwechsel, um einer müßig gaffenden Welt zu entrinnen, die entschlossen ist, einen Künstler seine beste Leistung nicht erreichen zu lassen. Ihre künstlerische Welt ist die einzige, in der sie glücklich oder frei oder auch nur «wirklich» ist. Es ist das Gegenteil von Wildes Geschichte: sichtbar ist das bedrängte verletzliche menschliche Wesen, das Erkältungen, Agenten, Schneidern und Managern ausgesetzt ist. Das freie Geschöpf aber, das seine Jugend und Schönheit und menschliche Wärme bewahrt, wird zusammen mit Partituren und Perücken im Schrank weggeschlossen.

Die interessante und wichtige Tatsache, daß eine Künstlerin, wie ich sie mir ausgesucht habe, in ihrem persönlichen Leben im gleichen Maße verblaßt, wie ihr Leben in der Phantasie reicher wird, rechtfertigt es jedoch nicht, wenn meine Erzählung gleichfalls zum Ende hin blasser wird. Meine Geschichte erzählt, wie eine Künstlerin sich ihrer selbst bewußt wird und kämpft, wie sie sich den wohlgeordneten häuslichen Verhältnissen und ihrer selbstgefälligen und völlig ahnungslosen Umgebung nur mit größter Mühe entzieht. Ich hätte mich damit begnügen sollen. Ich hätte die konventionelle erzählerische Form vergessen und da aufhören sollen, wo mein erster Entwurf aufhörte, und die weitere Entwicklung der Geschichte nur andeuten sollen. Woran mir

lag – und noch liegt –, war die gelungene Flucht des Mädchens, das blinde Spiel des Zufalls, die Art, wie ganz gewöhnliche Vorkommnisse zusammenwirken, um sie aus der Ge-
wöhnlichkeit zu befreien. Sie schien ganz dem Zufall ausgeliefert zu sein, aber Menschen von ihrer Vitalität und Aufrichtigkeit werden immer glückliche Zufälle begegnen.

Willa Cather

New Brunswick, Canada
16. Juli 1932

Erste Freunde

I

Doktor Howard Archie war gerade von einer Partie Billard mit dem jüdischen Tuchhändler und zwei Männern zurückgekehrt, die auf der Durchreise waren und in Moonstone die Nacht verbrachten. Seine Praxisräume befanden sich im Duke Block, direkt über der Apotheke. Larry, der Dienstbote des Doktors, hatte die Deckenlampe im Wartezimmer und die Leselampe auf dem Schreibtisch im Arbeitszimmer angezündet. Die Glimmerscheiben des Kaminofens glühten, und im Arbeitszimmer herrschte eine solche Hitze, daß der Doktor gleich nach seinem Eintreten die Tür zu dem kleinen Operationsraum öffnete, in dem es keinen Ofen gab. Das Wartezimmer war mit Teppichen ausgelegt und ungemütlich möbliert, dem Salon eines Landhauses ähnlich. Der unlackierte Bretterboden des Arbeitszimmers war abgenutzt, aber es strahlte eine winterliche Gemütlichkeit aus. Auf dem aufsatzlosen Schreibtisch des Doktors, der ausladend und sorgfältig gearbeitet war, lagen die Papiere in ordentlichen Stapeln unter gläsernen Briefbeschwerern. Hinter dem Ofen stand ein mächtiger Bücherschrank mit zwei Glastüren, der vom Boden bis zur Decke reichte. Er war mit medizinischen Werken aller Größen und Farben angefüllt. Auf dem obersten Brett stand eine lange Reihe von dreißig bis vierzig Bänden, mit einheitlich dunkel gesprenkeltem Einband und Kunstlederrücken.

Während die Landärzte in den Dörfern Neuenglands für

ihr hohes Alter sprichwörtlich bekannt waren, ließen sich vor fünfundzwanzig Jahren in den kleineren Städten von Colorado im allgemeinen nur junge Ärzte nieder. Doktor Archie war kaum dreißig, ein hochgewachsener Mann mit breiten Schultern, aufrechter Haltung und einem großen, wohlgeformten Kopf. Er war eine vornehme Erscheinung, zumindest für diesen Teil der Welt. Die Art, wie sein rötlichbraunes Haar, das auf der Stirn säuberlich gescheitelt war, sich über die hohe Stirn bauschte, verriet eine gewisse Eigenwilligkeit. Er hatte eine gerade, kräftige Nase, kluge Augen und trug einen gekräuselten rötlichen Oberlippenbart sowie einen ordentlich gestutzten Knebelbart, der ihm eine entfernte Ähnlichkeit mit den Bildnissen Napoleons III. gab. Seine Hände, auf deren Rücken sich rötliche Härchen kräuselten, waren groß und gepflegt, wirkten jedoch etwas derb. Er trug einen dunkelblauen Anzug aus grobgerripptem Wollköper; die beiden Fremden auf der Durchreise hatten mit einem Blick erkannt, daß er von einem Schneider aus Denver stammte. Der Doktor war immer gut gekleidet.

Doktor Archie drehte das Licht seiner Leselampe höher und setzte sich auf den Drehstuhl vor seinem Schreibtisch. Seine Haltung blieb angespannt, er trommelte mit den Fingern auf seinen Knien und schaute umher, als langweile er sich. Er blickte auf die Uhr, zog dann geistesabwesend einen Bund mit kleineren Schlüsseln aus der Tasche, wählte einen davon aus und starrte ihn an. Ein verächtliches, kaum wahrnehmbares Lächeln spielte um seine Lippen, aber in seinen Augen lag noch immer ein versonnener Ausdruck. Hinter der Tür, die in die Diele führte, stand, verdeckt von seiner Reisedecke aus Büffelleder, ein verschlossener Schrank. Diesen öffnete der Doktor mechanisch, indem er einen Berg schmutziger Überschuhe beiseite schob. Im Innern befanden sich Whiskygläser und Karaffen, Zitronen, Zucker und verschiedene Magenbitter. Als er in der Diele Schritte hörte, schloß der Doktor den Schrank mit einem Klicken des Yale-Schlosses rasch wieder zu. Die Tür des Wartezimmers öffnete sich, ein Mann trat ein und kam ins Sprechzimmer herüber.

«Guten Abend, Mr. Kronborg», sagte der Doktor ungerührt. «Nehmen Sie Platz.»

Sein Besucher war ein großer, schlaksiger Mann mit einem spärlichen braunen Bart, in dem graue Fäden schimmerten. Er trug einen Gehrock, einen breitkrempigen schwarzen Hut, eine weiße Batisthalsbinde und eine Nickelbrille. Alles in allem wirkte er sehr bedächtig und würdevoll, als er die Rockschöße anhob und sich setzte.

«Guten Abend, Doktor. Können Sie gleich mit zu uns herüberkommen? Ich denke, Mrs. Kronborg wird Sie heute abend noch brauchen.» Seine Stimme klang dabei sehr ernst und seltsamerweise sogar etwas verlegen.

«Eilt es sehr?» fragte der Doktor über die Schulter hinweg, während er in den Operationsraum hinüberging.

Mr. Kronborg hüstelte hinter vorgehaltener Hand und zog die Augenbrauen zusammen. Es schien, als wollte sein Gesicht sich jeden Moment zu einem nervösen Grinsen verziehen. Er konnte es nur zurückhalten, indem er sich hinter der gewohnten pastoralen Haltung versteckte. «Nun, ich denke, wir könnten eigentlich gleich aufbrechen. Mrs. Kronborg wird ruhiger sein, wenn Sie da sind. Sie hat schon seit einer ganzen Weile Schmerzen.»

Der Doktor kam wieder herein und warf eine schwarze Tasche auf seinen Schreibtisch. Er schrieb einige Anweisungen für seinen Dienstboten auf einen Rezeptblock und schlüpfte in den Mantel. «Ich bin soweit», verkündete er und löschte die Lampe. Mr. Kronborg erhob sich, sie durchschritten die leere Diele und gelangten über die Treppe hinaus auf die Straße. Unten in der Apotheke war alles dunkel, und der Saloon nebenan schloß gerade. Auf der Main Street brannte nur noch jede zweite Laterne.

Links und rechts der Straße und am äußeren Rand des Gehwegs türmten sich Schneewälle. Die Stadt wirkte klein und düster, in den Schnee geduckt, eingemummt und wie ausgestorben. Hell funkelten die Sterne am Himmel. Es war unmöglich, sie nicht zu bemerken. Die Luft war so klar, daß man die weißen Sandhügel östlich von Moonstone in sanftem Schimmer liegen sah. Während er Reverend Kronborg auf dem schmalen Weg folgte, vorbei an den dunklen, verschlafenen Häuschen, blickte der Doktor in die glitzernde Nacht hinauf und pfiff leise vor sich hin. Die Leute schienen tatsächlich noch dümmer zu sein als unbedingt nötig; als gäbe es in einer solchen Nacht nichts Besseres zu tun, als neun Stunden zu schlafen oder Mrs. Kronborg bei etwas zur Seite zu stehen, das sie ebensogut ohne fremde Hilfe schaffen würde. Er wünschte, er wäre nach Denver gefahren, um Fay Templeton «See-Saw» singen zu hören. Dann besann er sich schließlich auf seine persönlichen Bindungen zu dieser Familie. Sie bogen in eine andere Straße ein und sahen vor sich erleuchtete Fenster; ein niedriges eineinhalbgeschossiges Haus mit einem Erweiterungsbau auf der rechten Seite und einer angebauten Küche auf der Rückseite, alles ein wenig windschief – das Dach, die Fenster und die Türen. Als sie sich dem Tor näherten, beschleunigte Peter Kronborg seine Schritte. Sein nervöses, pastorales Hüsteln ging dem Doktor auf die Nerven. «Als finge er gleich an, einen Bibeltext zu verlesen», dachte er, zog einen Handschuh aus und griff in seine Westentasche. «Hier, nehmen Sie eine Pastille, Kronborg», sagte er, indem er ihm gleich mehrere reichte. «Ich bekomme immer Proben davon. Das hilft gegen das Kratzen im Hals.»

«Oh, danke, danke. Ich war etwas in Eile und hatte keine Zeit, meine Überschuhe anzuziehen. Da sind wir schon, Doktor.» Kronborg öffnete die Haustür – er schien froh, wieder zu Hause zu sein.

In der Diele war es dunkel und kalt; die Garderobe war mit einer unglaublichen Zahl von Kinderhüten, Mützen und Mänteln behängt. Einige stapelten sich sogar noch auf dem Tisch unter der Garderobe. Unter dem Tisch lag ein Haufen Gummistiefel und Überschuhe. Während der Doktor Mantel und Hut ablegte, öffnete Peter Kronborg die Tür zum Wohnzimmer. Sie wurden von hellem Licht empfangen, und ein Schwall heißer, stickiger Luft, vermischt mit dem Geruch von Baumwolltüchern, die zum Wärmen vor dem Ofen hingen, schlug ihnen entgegen.

Um drei Uhr morgens stand Doktor Archie im Salon, streifte seine Manschetten über und zog den Mantel an – es gab kein freies Schlafzimmer in diesem Haus. Peter Kronborgs siebtes Kind, ein Sohn, lag in den Armen seiner Tante, die es liebkoste und hätschelte. Mrs. Kronborg war eingeschlafen, und der Doktor machte sich langsam auf den Heimweg. Aber zuvor wollte er noch mit Kronborg sprechen, der in Hemdsärmeln mit fahrigen Bewegungen Kohlen in den Küchenherd schüttete. Auf dem Weg durchs Eßzimmer blieb der Doktor plötzlich stehen und lauschte. Aus einem der hinteren Zimmer des Anbaus, auf der linken Seite, hörte er rasches, gequältes Atmen. Er ging auf die Küchentür zu.

«Ist eines der Kinder da drinnen krank?» fragte er und deutete mit dem Kopf auf die Zwischenwand.

Kronborg hängte den Schürhaken auf und wischte sich die Hände ab. «Ach ja, das muß Thea sein. Ich wollte Sie noch bitten, nach ihr zu sehen. Sie hat eine Erkältung und bekommt kaum Luft. Aber in der Aufregung – Mrs. Kronborg hat ihre Sache doch gut gemacht, nicht wahr, Doktor? Ich schätze, Sie haben nicht viele Patienten mit einer solchen Konstitution.»

«O ja, sie ist eine ausgezeichnete Mutter.» Der Doktor nahm die Lampe vom Küchentisch und ging ohne weitere Umschweife in das Zimmer im Anbau. Zwei pausbäckige kleine Jungen schliefen zusammengerollt in einem Doppelbett, die Decke hatten sie sich bis über die Nase hochgezogen. In einem Einzelbett daneben lag hellwach ein kleines elfjähriges Mädchen mit blonden Zöpfen, die über das Kopfkissen fielen. Ihre Augen glänzten, und das Gesicht glühte. Der Doktor schloß die Tür hinter sich. «Fühlst du dich sehr schlecht, Thea?» fragte er, während er das Thermometer aus der Tasche nahm. «Warum hast du niemanden gerufen?»

Sie sah ihn liebevoll und sehnsüchtig an. «Ich wußte ja, daß Sie hier sind», stieß sie zwischen raschen Atemzügen hervor. «Wir haben wieder ein Baby bekommen, nicht wahr? Was ist es?»

«Was es ist?» fragte der Doktor zurück.

«Ein Brüderchen oder ein Schwesterchen?»

Er lächelte und setzte sich auf den Bettrand. «Ein Brüderchen», sagte er, indem er ihre Hand nahm. «Mund auf.»

«Gut. Brüder sind mir lieber», murmelte sie, während er ihr das Glasröhrchen unter die Zunge schob.

«Still jetzt, damit ich zählen kann.» Doktor Archie ergriff ihre Hand und zog seine Uhr heraus. Als er ihren Arm wieder unter die Steppdecke geschoben hatte, ging er zu einem der Fenster hinüber – sie waren beide fest geschlossen – und hob es ein wenig an. Er streckte seine Hand aus und ließ sie die kalte, nackte Wand herabgleiten. «Bleib unter der Decke; ich komme gleich wieder», sagte er und beugte sich mit dem Thermometer über die Glaslampe. Er blinzelte ihr noch einmal zu, bevor er die Tür hinter sich schloß.

Peter Kronborg saß im Zimmer seiner Frau und hielt das Bündel mit dem Neugeborenen. Seine glückliche, feierliche Miene, sein Bart und die Brille, ja selbst seine Hemdsärmel brachten den Doktor in Rage. Er winkte Kronborg in das Wohnzimmer hinüber und sagte ernst:

«Dort drinnen liegt ein sehr krankes Kind. Warum haben Sie mich nicht eher gerufen? Thea hat Lungenentzündung und muß schon seit einigen Tagen krank sein. Legen Sie bitte das Baby aus den Händen und helfen Sie mir, das Sofa hier im Wohnzimmer für sie zurechtzumachen. Sie muß in einem warmen Raum liegen und braucht Ruhe. Sorgen Sie dafür, daß die anderen Kinder draußen bleiben. Aha, hier läßt es sich ausziehen», dabei drehte er das Kopfteil der Polsterliege zur Seite. «Wir können sie so, wie sie ist, samt der Matratze herübertragen. Ich möchte sie nicht mehr als nötig stören.»

Kronborg wirkte plötzlich sehr besorgt. Die beiden Männer nahmen die Matratze und trugen das kranke Kind in das Wohnzimmer. «Ich muß schnell noch in meine Praxis hinüber, um Medikamente zu holen, Kronborg. Die Apotheke wird jetzt nicht mehr offen sein. Achten Sie darauf, daß sie zugedeckt bleibt. Ich bin gleich wieder zurück. Schüren Sie den Ofen an, und legen Sie noch ein paar Kohlen auf, aber nicht zu viele, damit es schneller brennt. Besorgen Sie mir ein altes Laken, und wärmen Sie es an.»

Der Doktor nahm seinen Mantel und rannte hinaus auf die dunkle Straße. Nichts rührte sich, und es war bitterkalt. Er war müde und hungrig und nicht gerade in bester Stimmung. «Kaum zu glauben!» murmelte er. «Sich wegen des Siebten noch so aufzuführen! Und keinerlei Verantwortungsgefühl für das kleine Mädchen. So ein alter Esel! Das Baby wäre schon irgendwie zur Welt gekommen; das hat noch immer geklappt. Aber solch ein liebes kleines Mädchen – sie ist mehr wert als alle anderen zusammen. Woher sie das wohl hat –.» Er bog um die Ecke zum Duke Block und rannte die Treppen zu seiner Praxis hinauf.

Thea Kronborg wunderte sich inzwischen, wie sie dazu kam, im Wohnzimmer zu liegen, wo nur Gäste – meist Pfarrer – schlafen durften. Augenblicke der Benommenheit, in denen sie ihre Umgebung nicht wahrnahm, wechselten mit Momenten der Erregung, in denen sie glaubte, etwas Aufregendes und Erfreuliches müßte sich ereignen; dann konnte sie im roten Licht, das durch die Glimmerscheiben des Kaminofens fiel, alles ganz deutlich erkennen – den Nickelrand des Ofens, die Bilder an der Wand, die ihr sehr gefielen, die Blumen auf dem Gobelinteppich, Czernys «40 tägliche Studien», die aufgeschlagen auf dem Klavier standen. Sie hatte, zumindest für einen kurzen Moment, das neue Baby völlig vergessen.

Als sie hörte, wie sich die Haustür öffnete, wußte sie auf einmal, daß das Erfreuliche, auf das sie wartete, Doktor Archie war. Er trat ins Zimmer und wärmte seine Hände am Ofen. Als er sich ihr zuwandte, warf sie sich ihm noch ganz benommen entgegen und fiel dabei fast aus dem Bett. Sie wäre auf den Fußboden gestürzt, hätte er sie nicht aufgefangen. Er gab ihr ein Medikament und ging in die Küche, um etwas zu holen. Sie versank in leichten Schlaf und vergaß ganz, daß er da war. Als sie die Augen wieder öffnete, kniete er vor dem Ofen und verteilte mit einem großen Löffel etwas Dunkles, Klebriges auf einem weißen Tuch; es sah aus wie Teig. Jetzt spürte sie, daß er ihr das Nachthemd auszog. Er legte den heißen Wickel um ihre Brust. Es schienen auch Bänder daran zu sein, die er ihr über die Schultern schlang und feststeckte. Dann nahm er Nadel und Faden heraus und begann sie einzunähen. Das kam ihr doch recht merkwürdig vor; es konnte alles nur ein Traum sein, und so überließ sie sich wieder ihrem Dämmerzustand.

Seit der Doktor zurückgekommen war, keuchte Thea bei jedem Atemzug, aber sie wußte es nicht. Sie fühlte keine Schmerzen. Wenn sie überhaupt bei Bewußtsein war, schien sie von ihrem Körper losgelöst; als säße sie auf dem Klavier oder auf der Hängelampe und schaute dem Doktor zu, wie er sie einnähte. Es war verwirrend und unbefriedigend, wie ein Traum. Sie wünschte, sie könnte aufwachen und sehen, was in Wirklichkeit geschah.

Der Doktor dankte Gott, daß er Peter Kronborg überredet hatte, ihn allein zu lassen. Er konnte dem Kind besser helfen, wenn er nicht gestört wurde. Er selbst hatte keine Kinder. Seine Ehe war sehr unglücklich. Als er Thea hochhob und auszog, dachte er bei sich, wie schön doch der Körper eines kleinen Mädchens sei – wie eine Blume. Er war so feingliedrig, so weich und weiß. Thea mußte das Haar und die seidige Haut von ihrer Mutter haben. Sie war eine echte kleine Schwedin. Doktor Archie konnte nicht umhin sich auszumalen, wie er für solch ein kleines Wesen sorgen würde, wenn er für es verantwortlich wäre. Diese kleinen, heißen Hände, die so geschickt waren – er schaute auf das offene Notenheft auf dem Klavier. Als er den Leinsamenwickel zugenäht hatte, wischte er säuberlich die Ränder ab, wo die Paste auf die Haut herausgequollen war. Er zog ihr das frische Nachthemd an, das er vor dem Feuer gewärmt hatte, und deckte sie gut zu. Als er das Haar zurückstrich, das ihr über die Augenbrauen gefallen war, tastete er behutsam mit den Fingerspitzen über ihren Kopf. Nein, er könnte nicht sagen, dieser Kopf sei anders als der irgendeines anderen Kindes, trotzdem glaubte er, daß an ihr etwas ganz Besonderes war. Er betrachtete aufmerksam ihr breites, glühendes Gesicht, die sommersprossige Nase, den stolzen kleinen Mund und ihr zartes, weiches Kinn – das einzig Weiche an ihrem harten skandinavischen Geschichten, als hätte eine gute Fee sie an

dieser Stelle berührt und ein geheimes Versprechen hinterlassen. Meist runzelte sie ja herausfordernd die Augenbrauen,
aber nie, wenn sie mit Doktor Archie zusammen war. Ihre
Zuneigung zu ihm gehörte zu den wenigen schönen Dingen
im Leben des Doktors.

Durch die Fenster fiel ein grauer Schimmer. Aus dem
Dachgeschoß hörte er Getrappel, dann polterten Schritte auf
der Hintertreppe, darauf Schreie: «Gib mir mein Hemd!»
«Wo ist mein anderer Strumpf?»

«Ich muß hierblieben, bis sie zur Schule gehen», überlegte
er, «sonst kommt die ganze Bande herein und weckt sie auf.»

II

In den folgenden vier Tagen schien es Doktor Archie, als
glitte ihm seine Patientin trotz aller Anstrengungen aus den
Händen. Aber so weit kam es nicht. Im Gegenteil, sie erholte
sich sehr schnell wieder. Wie ihr Vater feststellte, mußte sie
die «Konstitution» ihrer Mutter geerbt haben, die er nie müde
wurde zu bewundern.

Eines Nachmittags, als ihr neues Brüderchen gerade eine
Woche alt war, fand der Doktor Thea wohlauf und glücklich
in ihrem Bett im Wohnzimmer vor. Das Sonnenlicht flutete
herein, das Baby schlief auf einem Kissen in dem großen
Schaukelstuhl neben ihr. Immer wenn es sich bewegte,
streckte sie die Hand aus und schaukelte es. Man sah nichts
von ihm außer der geröteten, runden Stirn und einem auf-
dringlich großen, kahlen Schädel. Die Tür zum Zimmer
ihrer Mutter stand offen, und Mrs. Kronborg saß aufrecht in
ihrem Bett und stopfte Socken. Sie war eine kleine, stämmige
Frau, mit kurzem Hals und entschlossener Miene. Ihre Haut
war sehr hell, ihr Gesicht ruhig und faltenlos, und ihr blondes

Haar, das, wenn sie im Bett lag, in einem Zopf über ihren Rücken fiel, sah immer noch aus wie das Haar eines jungen Mädchens. Sie war eine Frau, der Doktor Archie Respekt entgegenbrachte; tatkräftig, praktisch, gelassen; umgänglich, aber bestimmt. Genau die Frau, die ein zerfahrener Pfarrer brauchte. Sie hatte auch einigen Besitz mit in die Ehe gebracht — ein Viertel der großen Ländereien ihres Vaters in Nebraska —, aber sie hatte sie auf ihren Namen behalten. Sie empfand tiefe Achtung vor der Bildung und Eloquenz ihres Mannes. In aufrichtiger Demut saß sie direkt unterhalb der Kanzel, wenn er predigte, und war von seinem steifen Hemd und der makellosen weißen Halsbinde so beeindruckt, als hätte sie sie nicht selbst am Abend zuvor beim Licht der Petroleumlampe geplättet, damit sie so aussahen. Aber trotz alledem hatte sie kein Vertrauen in seine Fähigkeiten, was die weltlichen Dinge betraf. Er war zuständig für das Morgengebet und das Tischgebet; sie erwartete von ihm, daß er den Kindern ihren Namen gab und sie die elterliche Autorität spüren ließ, soweit sie vorhanden war, daß er an Geburtstage und Jahrestage dachte und den Kindern die Ideale von Moral und Patriotismus vermittelte. Ihre Aufgabe war es, ihren Leib, ihre Kleidung und ihr Verhalten in Ordnung zu halten, so gut sie es vermochte, und das tat sie mit einem Erfolg, der ihre Nachbarn immer wieder in Erstaunen versetzte. Sie selbst pflegte zu sagen, und ihr Mann wiederholte es voller Bewunderung, sie habe noch nie ein Kind verloren. Der zerstreute Peter Kronborg schätzte die Nüchternheit und die Regelmäßigkeit, mit der seine Frau Kinder auf die Welt und durchs Leben brachte. Er war der Überzeugung, und damit hatte er zweifellos recht, daß der Staat Colorado Mrs. Kronborg und Frauen wie ihr größten Dank schuldete.

Mrs. Kronborg glaubte, daß über die Größe einer jeden

Familie im Himmel entschieden werde. Durch modernere Ansichten hätte sie sich in ihrem Glauben nicht beirren lassen; sie hätte sie einfach für Unsinn gehalten – leeres Geschwätz, wie die großen Worte der Männer, die den Turm von Babel erbauten, oder wie Axels Plan, im Hühnerhof Strauße zu züchten. Woher Mrs. Kronborg ihre sicheren Überzeugungen in dieser und anderen Sachen gewann, war schwer zu sagen, aber wenn sie einmal feststanden, waren sie unumstößlich. Sie hätte ihre Überzeugungen genausowenig in Frage gestellt wie die göttliche Offenbarung. Obwohl ruhig und ausgeglichen und von einer natürlichen Freundlichkeit, war sie zu ausgeprägten Vorurteilen fähig und verzieh niemals.

Als der Doktor hereinkam, um Thea zu besuchen, stellte Mrs. Kronborg gerade fest, daß sie mit der Wäsche schon eine Woche im Rückstand war und entschied, was in der Sache zu tun sei. Die Ankunft eines neuen Babys bedeutete immer, daß sie ihren ganzen Haushaltsplan umwerfen mußte, und beim Stopfen hatte sie schon über die Neuverteilung der Schlafzimmer nachgedacht und die Tage für den Hausputz festgesetzt. Der Doktor war ins Haus gekommen, ohne anzuklopfen, doch machte er in der Diele genügend Lärm, um die Patientinnen auf sein Kommen aufmerksam zu machen. Thea las gerade in einem Buch, das sie so vor sich aufgestützt hatte, daß das Sonnenlicht darauffiel.

«Das solltest du nicht tun; es ist schlecht für deine Augen», sagte er, als Thea das Buch rasch zuschlug und unter die Decke schob.

Mrs. Kronborg rief vom Bett aus: «Bringen Sie das Baby herüber, Doktor, und setzen Sie sich auf diesen Stuhl.» Sie wollte, daß er ihr ein wenig Gesellschaft leistete.

Bevor der Doktor das Baby auf den Arm nahm, legte er eine gelbe Papiertüte auf Theas Bettdecke und blinzelte ihr zu. Sie hatten eine Zeichensprache, in der sie sich durch Zwinkern und Grimassen verständigten. Als er nach nebenan ging, um mit ihrer Mutter zu plaudern, versuchte Thea vorsichtig, ohne jedes Knistern, die Tüte zu öffnen. Sie holte eine große Weintraube mit grünen Beeren heraus. Es klebten noch einige Sägespäne daran, in die sie zum Transport verpackt worden war. In Moonstone nannte man sie Malagatrauben, und ein- oder zweimal im Winter bekam der erste Lebensmittelhändler am Platz ein Fäßchen davon geliefert. Sie wurden vorwiegend für die weihnachtliche Tischdekoration gekauft. Thea hatte noch nie zuvor mehr als eine einzige Weinbeere davon gegessen. Als der Doktor wiederkam, hielt sie die fast durchsichtigen Früchte gegen das Sonnenlicht und strich mit den Fingerspitzen sachte über die hellgrüne Haut. Sie bedankte sich nicht bei ihm, sondern warf ihm nur einen Blick zu, den er verstand. Als er ihr die Hand gab, zog sie diese schüchtern ganz kurz an ihre Wange, so als sei ihr selbst nicht bewußt, was sie tat – und so, als sollte er ihre Absicht nicht spüren.

Doktor Archie setzte sich in den Schaukelstuhl. «Und wie geht's meiner Thea heute?»

Er war ebenso scheu wie seine Patienten, besonders dann, wenn eine dritte Person das Gespräch mithörte. Wenn Doktor Archie auch groß und attraktiv und den anderen Männern in der Stadt überlegen war, so gelang es ihm selten, sich ungezwungen zu bewegen, und wie Peter Kronborg flüchtete er sich oft in eine dienstliche Haltung. Manchmal ging eine Welle der Verlegenheit und Befangenheit durch seine große Gestalt und ließ ihn ungeschickt werden – so daß er leicht stolperte, über Teppichränder strauchelte oder Stühle umstieß. Wenn jemand sehr krank war, vergaß er sich selbst völlig, doch wenn er mit Patienten plaudern sollte, denen es wieder besser ging, war er unbeholfen.

Thea rollte sich auf die Seite und sah ihn fröhlich an. «Ganz gut. Ich bin gerne krank. Das macht mehr Spaß als Gesundsein.»

«Warum denn das?»

«Ich muß nicht zur Schule gehen und nicht üben. Ich kann lesen, soviel ich will, und bekomme gute Sachen», sie tätschelte die Trauben. «Das eine Mal, als ich mir den Finger gequetscht habe und Sie Professor Wunsch verboten, daß er mich üben läßt, ging's mir auch gut. Nur mußte ich trotzdem mit der linken Hand spielen. Das fand ich gemein.»

Der Doktor nahm ihre Hand und besah sich den Zeigefinger, dessen Nagel etwas krumm nachgewachsen war. «Du darfst ihn hier am Rand nicht so weit zurückschneiden, dann wird er gerade wachsen. Du willst doch keinen krummen Nagel haben, wenn du groß bist und Ringe trägst und einen Freund hast.»

Sie sah ihn etwas spöttisch an und schaute auf seine neue Krawattennadel. «So eine schöne hatten Sie noch nie. Bleiben Sie nur recht lange hier, damit ich sie noch eine Weile anschauen kann. Was ist das für ein Stein?»

Doktor Archie lachte. «Es ist ein Opal. Chicano-Johnny hat ihn mir aus Chihuahua mitgebracht. Er hatte ihn in seinem Schuh versteckt. Ich habe ihn in Denver fassen lassen und trage ihn heute, um dir eine Freude zu machen.»

Thea hatte eine seltsame Leidenschaft für Schmuck. Sie wollte jeden Glitzerstein haben, den sie sah, und im Sommer stieg sie immer in die Sandberge hinauf, um nach Kristallen, Achaten und Splittern von rosarotem Chalzedon zu suchen. Zwei Zigarrenkisten voller Steine, die sie gefunden oder eingetauscht hatte, besaß sie schon, und sie war überzeugt, sie seien von unschätzbarem Wert. Sie freute sich darauf, sie eines Tages fassen zu lassen.

«Was liest du gerade?» Der Doktor griff unter die Decken und zog einen Gedichtband von Byron hervor. «Gefällt dir das?»

Sie schien verlegen, blätterte rasch einige Seiten um und zeigte auf «Du Land der Heimat, gute Nacht». «Dieses hier», sagte sie etwas verschämt.

«Und was ist mit ‹Süßes Mädchen von Athen›?»

Sie wurde rot und sah ihn mißtrauisch an. «Ich mag ‹Festklänge› lieber», murmelte sie.

Der Doktor lachte und klappte das Buch zu. Der derbe Lederband war ein Geschenk der Sonntagsschüler an Reverend Peter Kronborg und als Schmuckstück für den Wohnzimmertisch gedacht.

«Komm irgendwann einmal zu mir in die Praxis, dann werde ich dir ein schönes Buch leihen. Du kannst ja überspringen, was du nicht verstehst. Lies es in den kommenden Ferien, vielleicht wirst du bis dahin ja schon alles verstehen.»

Thea verzog das Gesicht und sah verdrossen auf das Klavier. «In den Ferien muß ich jeden Tag vier Stunden üben, und außerdem muß jemand auf Thor aufpassen.» Aus ihrem Munde klang es wie «Dor».

«Dor? Ach, das Baby heißt Thor?» rief der Doktor aus.

Thea verzog wieder das Gesicht, diesmal noch grimmiger, und sagte schnell: «Das ist doch ein schöner Name, nur ist er vielleicht ein bißchen – altmodisch.» Sie reagierte sehr empfindlich, wenn sie das Gefühl hatte, als Ausländerin angesehen zu werden, und war stolz darauf, daß ihr Vater in der Stadt immer Englisch predigte; in sehr gestelztem Englisch, muß man dazusagen.

Peter Kronborg, der aus einer alten skandinavischen Kolonie in Minnesota stammte, verdankte sein Theologiestudium in einer kleinen Schule in Indiana den weiblichen Mitgliedern einer schwedischen evangelischen Mission, die von seiner Begabung überzeugt waren. Sie sparten und sammelten und veranstalteten Gemeindeessen, um den schlaksigen, trägen Jüngling durchs Priesterseminar zu bringen. Er sprach immer noch genügend Schwedisch, um den Mitglieder seiner Dorfkirche draußen in Copper Hole zu predigen und sie zu beerdigen. Seiner Gemeinde in Moonstone schleuderte er jenen pompösen englischen Wortschatz entgegen, den er sich während seiner College-Zeit aus vielen Büchern angelesen hatte. Er sprach immer vom «Menschensohn» und von «Unserem Himmlischen Vater» usw. Der arme Mann kannte keine natürliche, spontane Ausdrucksweise. Wenn er seine Momente echten Gefühls hatte, so waren dies notgedrungen immer Momente sprachlosen Stillschweigens. Vermutlich erklärte sich diese Gestelztheit hauptsächlich aus der Tatsache, daß er sich für gewöhnlich in einer Sprache ausdrückte, die er aus Büchern gelernt hatte und die von allem Persönlichen, Ursprünglichen und ihm Vertrauten weit entfernt war. Mrs. Kronborg sprach schwedisch mit ihren Schwestern und ihrer Schwägerin Tillie, und mit ihren Nachbarn ein einfaches Englisch. Thea, die ein recht feines Ohr hatte, sprach, bis sie zur Schule ging, überhaupt nicht, gab allenfalls einsilbige Antworten, was ihre Mutter glauben ließ, sie leide an einem ernsthaften Sprachfehler. Für ein Kind mit ihrer Intelligenz war sie in der sprachlichen Entwicklung zurückgeblieben. Ihre Gedanken waren außerordentlich klar, aber sie machte selten den Versuch, sie zu äußern, auch nicht in der Schule, wo sie durch hervorragende «schriftliche Leistungen» auffiel, sich jedoch im Mündlichen allenfalls dann und wann eine gemurmelte Antwort abrang.

«Dein Klavierlehrer hat mich heute auf der Straße angehalten und gefragt, wie es dir geht», sagte der Doktor, als er sich erhob. «Er wird selbst noch krank werden, wenn er

weiter ohne Mantel und Überschuhe durch diesen Schnee-
matsch läuft.»

«Er ist arm», sagte Thea einfach.

Der Doktor seufzte. «Ich fürchte, es ist noch schlimmer.
Geht es ihm während deines Unterrichts immer gut? Macht
er nie den Eindruck, als hätte er getrunken?»

Thea wirkte ärgerlich und antwortete ihm heftig. «Er weiß
eine Menge. Mehr als irgend jemand sonst. Es ist mir egal, ob
er trinkt; er ist alt und ein armer Mann.» Ihre Stimme zitterte
ein wenig.

Mrs. Kronborg rief vom anderen Zimmer herüber: «Er ist
ein guter Lehrer, Doktor. Es ist unser Glück, daß er trinkt. Er
wäre nie in einem so kleinen Ort, wenn er nicht irgendeine
Schwäche hätte. Diese Frauen, die hier in der Gegend Musikstunden geben, taugen nichts. Ich wollte nicht, daß mein
Kind mit ihnen seine Zeit verschwendet. Wenn Professor
Wunsch weggeht, wird Thea niemanden haben, bei dem sie
Stunden nehmen kann. Er gibt sich alle Mühe mit seinen
Schülern; und er wird nie ausfällig. Mrs. Kohler ist immer
dabei, wenn er Thea Unterricht gibt. Es hat schon alles seine
Richtigkeit.» Mrs. Kronborg sprach ruhig und überlegt. Man
merkte, daß sie sich darüber bereits Gedanken gemacht
hatte.

«Ich freue mich, das zu hören, Mrs. Kronborg. Ich wünschte,
wir könnten etwas tun, um den armen Mann vom Trinken
abzuhalten, und ihm helfen, etwas mehr auf sich zu achten.
Meinen Sie, wenn ich Ihnen einen alten Überzieher von mir
gebe, Sie könnten ihn dazu bringen, ihn zu tragen?» Der
Doktor ging auf die Schlafzimmertür zu und Mrs. Kronborg
sah von ihrer Flickarbeit auf.

«O ja, ich denke schon. Vermutlich wird er sich darüber
freuen. Er nimmt so ziemlich alles von mir an. Er würde sich
zwar selbst nichts zum Anziehen kaufen, aber ich denke,

wenn er etwas Ordentliches hätte, würde er's schon tragen. Ich konnte ihm bisher nur von uns noch nichts geben, weil ich die Kleider immer für die Kinder umarbeite.»

«Ich schicke Larry heute abend mit dem Mantel vorbei. Bist du böse auf mich, Thea?» Er nahm ihre Hand.

Thea lächelte ihn versöhnlich an. «Nicht, wenn Sie Professor Wunsch einen Mantel geben – und deshalb», sie deutete vielsagend auf die Trauben. Der Doktor beugte sich über sie und gab ihr einen Kuß.

III

Kranksein war gut und schön, aber Thea wußte aus Erfahrung, daß schreckliche Unannehmlichkeiten auf sie warteten, wenn sie erst wieder zur Schule ging. Eines Montagmorgens stand sie sehr früh mit Axel und Gunner auf, die mit ihr das Zimmer im Anbau teilten, und lief in das hintere Wohnzimmer zwischen Eßzimmer und Küche. Dort neben einem Holzkohleofen kleideten sich die kleineren Geschwister an Winterabenden aus und morgens wieder an. Die älteste Tochter Anna und die beiden großen Brüder schliefen im oberen Stockwerk, das theoretisch durch die Ofenrohre von unten beheizt wurde. Das erste (und unangenehmste!), was Thea erwartete, war die frischgewaschene Unterwäsche aus kratzendem rotem Wollstoff. Gewöhnlich drohte diese Marter am Sonntag, da sie aber gestern das Haus nicht verlassen hatte, war es ihr erlassen worden. Alle ihre Geschwister litten unter der Winterunterwäsche, aber für Thea war sie besonders schlimm, weil sie das Pech hatte, eine außerordentlich empfindliche Haut zu besitzen. Während sie die Wäsche überstreifte, brachte ihre Tante Tillie warmes Wasser aus dem Kessel herein und goß es in den Zinnkrug. Thea wusch ihr Gesicht, bürstete und flocht ihr Haar und zog das blaue Kaschmirkleid an.

Darüber kam die lange, hinten geknöpfte Schürze mit langen Ärmeln, die sie erst dann wieder auszog, wenn sie in ihren Mantel schlüpfte, um zur Schule zu gehen. Gunner und Axel, auf der Seifenkiste hinter dem Ofen, stritten wie üblich darum, wer die engsten Strümpfe anziehen sollte, aber sie zankten sich leise, da sie beide einen Höllenrespekt vor Mrs. Kronborgs Reitpeitsche hatten. Sie züchtigte ihre Kinder nicht oft, aber wenn sie es tat, tat sie es gründlich. Nur mit Hilfe einer einigermaßen strengen Disziplin war es möglich, in diesem überfüllten Haus für eine gewisse Ordnung und Ruhe zu sorgen.

Mrs. Kronborgs Kinder waren alle dazu erzogen, sich so früh wie nur irgend möglich selbst anzukleiden, ihr Bett zu machen – die Jungen ebenso wie die Mädchen –, auf ihre Kleidung zu achten, zu essen, was ihnen vorgesetzt wurde und niemandem in die Quere zu kommen. Mrs. Kronborg wäre eine gute Schachspielerin geworden; sie hatte einen ausgeprägten Sinn für Züge und Positionen.

Anna, die ältere Tochter, war die rechte Hand ihrer Mutter. Alle Geschwister wußten, daß sie Anna gehorchen mußten, die sich immer vehement für Anstand und gute Sitten einsetzte und nicht immer gerecht war. Wenn die kleinen Kronborgs zur Sonntagsschule marschierten, sah es aus wie eine Militärparade. Mrs. Kronborg kümmerte sich nicht um das, was in den Köpfen ihrer Kinder vorging. Sie versuchte weder, sie auszufragen, noch nörgelte sie an ihnen herum. Sie respektierte sie als Individuen und ließ ihnen außerhalb des Hauses sehr viel Freiheit. Aber ihr gemeinschaftliches Leben war genauestens geregelt.

Im Winter frühstückten die Kinder in der Küche; Gus und Charley und Anna zuerst, während die Jüngeren sich anzogen. Gus war neunzehn und in einem Kurzwarenladen angestellt. Charley, der achtzehn Monate jünger war, arbeitete in einer Futtermittelhandlung. Sie verließen das Haus um sieben Uhr durch die Küchentür, und dann half Anna ihrer Tante Tillie mit dem Frühstück für die kleineren Geschwister. Ohne die Hilfe ihrer Schwägerin Tillie Kronborg hätte Mrs. Kronborg es schwerer gehabt. Sie sagte immer wieder zu Anna: «Keine bezahlte Haushaltshilfe würde sich so sehr für uns einsetzen.»

Mr. Kronborg kam aus einfacheren Verhältnissen als seine Frau; er stammte aus einer bescheidenen, schlichten Familie, die in einem armen Landstrich in Schweden zu Hause gewesen war. Sein Urgroßvater war nach Norwegen gegangen, um als Knecht auf einem Bauernhof zu arbeiten, und hatte eine Norwegerin geheiratet. Das norwegische Blut kam in jeder Generation der Familie Kronborg irgendwo zum Vorschein. Die Zügellosigkeit des einen Onkels von Peter Kronborg und die übertriebene Frömmigkeit des anderen hatte man gleichermaßen der norwegischen Großmutter angelastet. Peter Kronborg und seine Schwester Tillie entstammten beide eher den norwegischen Wurzeln als den schwedischen, und dieses norwegische Erbe war auch in Thea sehr stark ausgeprägt, wenn auch in ganz anderer Form.

Tillie war eine sonderbare, zerstreute Person, mit fünfunddreißig noch flatterhaft wie ein junges Mädchen, und liebte auffallende Kleider über alles – eine Vorliebe, die, wie Mrs. Kronborg gleichmütig sagte, niemandem weh tat. Tillie war immer guter Laune, ihr Mund stand kaum eine Minute am Tag still. Als junges Mädchen hatte sie auf dem Hof ihres Vaters sehr hart arbeiten müssen, und sie war noch niemals so glücklich gewesen wie jetzt, und hatte auch nie zuvor, wie sie selbst sagte, in solch guten Verhältnissen gelebt. Ihren Bruder hielt sie für den wichtigsten Mann in Moonstone. Niemals verpaßte sie einen Gottesdienst, und bei allen Konzerten der Sonntagsschule «trug sie etwas vor», was den Kindern äußerst peinlich war. Sie verfügte über ein ganzes Repertoire allgemein bekannter Gedichte, die sie sonntags auswendig lernte. An diesem Morgen, als Thea und ihre beiden jüngeren Brüder sich an den Frühstückstisch setzten, schimpfte Tillie mit Gunner, weil er das Gedicht nicht gelernt hatte, das er am George-Washington-Tag in der Schule aufsagen sollte. Der nichtgelernte Text lastete schwer auf Gunners Gewissen, als er sich über seine Buchweizenpfannkuchen und die Wurst hermachte. Er wußte, daß Tillie recht hatte, und «der Tag kommt, wo er sich seiner selbst schämen würde».

«Das ist mir egal», brummelte er und rührte in seinem Kaffee. «Warum verlangen sie auch von den Jungen, daß sie etwas aufsagen sollen. Bei Mädchen geht's ja noch. Die geben gerne an.»

«Das hat mit Angeben nichts zu tun. Jungs sollten für ihr Land gerne den Mund aufmachen. Und wozu hat dein Vater dir einen neuen Anzug gekauft, wenn du nirgendwo mitmachen willst.»

«Nur für die Sonntagsschule. Aber ich trage meinen alten sowieso lieber. Warum lassen sie Thea das Stück nicht vortragen?» maulte Gunner.

Tillie wendete die Buchweizenpfannkuchen auf der Herdplatte. «Thea kann Klavier spielen und singen, sie muß nicht auch noch ein Gedicht vortragen. Aber irgend etwas mußt du auch können, Gunner, anders geht's nicht. Was willst du denn machen, wenn du einmal groß bist und zu den feinen Leuten gehören willst und von nichts eine Ahnung hast? Jeder wird zu dir sagen: ‹Kannst du singen? Kannst du ein Instrument spielen? Kannst du etwas vortragen? Dann marsch hinaus aus der feinen Gesellschaft.› Das werden sie dir sagen, Mr. Gunner.»

Gunner und Axel grinsten zu Anna hinüber, die das Frühstück für ihre Mutter zubereitete. Sie machten sich nie über Tillie lustig, aber sie wußten genau, daß sie über manche Dinge etwas wunderliche Ansichten hatte. Wenn Tillie diese heiklen Themen anschnitt, lenkte Thea im allgemeinen das Gespräch schnell in eine andere Richtung.

«Kann ich von dir und Axel für den Heimweg nach der Schule den Schlitten haben?» fragte sie.

«Für den ganzen Weg?» fragte Gunner zweifelnd.

«Ich mache dir dafür heute abend auch die Rechenaufgaben, wenn ich ihn kriege.»

«Na gut. Wir werden 'ne Menge aufhaben.»

«Das macht mir nichts, ich bekomme sie schnell heraus. Was ist mit deinen, Axel?»

Axel war ein dicker kleiner siebenjähriger Junge mit hübschen verträumten blauen Augen. «Mir egal», brummte er und strich lustlos Butter auf seinen letzten Buchweizenpfannkuchen, «zu umständlich, alles nochmals abzuschreiben. Morgen kann ich die von Jenny Smiley haben.»

Die Brüder mußten Thea auf ihrem Schlitten zur Schule ziehen, weil der Schnee ziemlich tief war. Die drei verließen gemeinsam das Haus. Anna war schon in der Oberschule und ging nicht mehr mit ihren Geschwistern zusammen, sondern mit einigen größeren Mädchen, die ihre Freundinnen waren, und sie trug einen Hut, keine Kapuze mehr wie Thea.

IV

«Und es war Sommer, herrlichster Sommer!» So endete Theas Lieblingsmärchen, und diese Worte fielen ihr ein, als sie an einem Samstagmorgen im Mai in den Tag hinauslief, die Musiknoten unter dem Arm. Sie war auf dem Weg zum

Klavierunterricht im Hause der Kohlers, aber sie hatte es nicht eilig.

Im Sommer lebte man richtig auf. Dann wurden die Fenster und Türen all der kleinen überfüllten Häuser weit geöffnet, und der Wind trug den süßen, erdigen Geruch der frisch bepflanzten Gärten hinein. Die Stadt sah aus, als hätte man sie eben erst gewaschen. Die Leute strichen ihre Gartenzäune an. Die klebrigen, gelben Blättchen der Pappeln flimmerten, und die duftigen Tamarisken standen in rosaroten Blüten. Das warme Wetter war für alle eine Befreiung. Bis jetzt hatte man sich eingeigelt. Die Älteren, die den ganzen Winter über verschwunden waren, kamen aus ihren Häusern und sonnten sich im Garten. Man nahm die Doppelfenster heraus, die Wollsachen, in die man die Kinder den ganzen Winter lang eingezwängt hatte, wurden in Schachteln verstaut, und sie genossen das Gefühl der kühlen Baumwolle auf ihrer Haut.

Thea hatte einen Fußmarsch von mehr als einer Meile bis zum Haus der Kohlers vor sich, ein sehr angenehmer Spaziergang aus der Stadt hinaus auf die glitzernden Sandhügel zu – an diesem Morgen waren sie gelb, mit Streifen von tiefem Violett, wo die Schluchten und Täler waren. Sie folgte dem Fußweg zum Bahnhof, der am südlichen Stadtrand lag; dann ging sie Richtung Osten bis zu einer kleinen Gruppe von Lehmhäusern, in denen die Mexikaner wohnten, und dann durch eine tiefe Schlucht: ein ausgetrocknetes sandiges Flußtal, das von einer Eisenbahnbrücke durchkreuzt wurde. Jenseits dieser Schlucht, auf einer kleinen Erhebung, hinter der sich die weite sandige Ebene erstreckte, stand das Haus der Kohlers, wo Professor Wunsch wohnte. Fritz Kohler war der Schneider in der Stadt, einer der ersten Siedler. Er war dorthin gezogen, hatte ein kleines Haus gebaut und einen Garten angelegt, als Moonstone zum erstenmal auf einer

35

Karte verzeichnet wurde. Drei Söhne hatte er, aber sie waren bei Eisenbahngesellschaften beschäftigt und in weit entfernten Städten eingesetzt. Einer arbeitete für die Santa-Fe-Linie und lebte in New Mexico.

Mrs. Kohler überquerte selten die Schlucht, um in die Stadt zu gehen, außer in der Weihnachtszeit, wenn sie die Geschenke und Weihnachtskarten kaufen mußte, die sie ihren alten Freunden nach Freeport in Illinois schickte. Da sie nicht in die Kirche ging, besaß sie auch keinen Hut. Jahr für Jahr hatte sie jeden Winter dieselbe rote Kapuze auf und im Sommer einen schwarzen Sonnenhut. Ihre Kleider nähte sie selbst; die Röcke reichten kaum bis zu den Schuhen hinunter und waren im Bund so üppig gefaßt, wie es nur irgend ging. Sie bevorzugte Männerschuhe, und gewöhnlich trug sie die ihrer Söhne auf. Englisch hatte sie nie richtig gelernt, und die Pflanzen und Sträucher in ihrem Garten waren ihr die liebste Gesellschaft. Sie war ganz für ihre beiden Männer und den Garten da. Sie hatte versucht, sich entlang der Sandschlucht etwas von ihrem rheinischen Heimatdorf aufzubauen und verbarg sich hinter den Gewächsen, die sie hegte und pflegte, lebte im Schatten dessen, was sie gepflanzt, gegossen und beschnitten hatte. Das grelle Licht der weiten Ebene machte sie benommen und blind wie eine Eule. Schatten, Schatten war alles, wonach sie strebte und wofür sie sich abmühte. Ihr Garten hinter der hohen Tamariskenhecke wurde im Sommer zu einem üppigen Dschungel. Über den Kirschbäumen und Pfirsichbäumen und goldgelben Pflaumen stand die Windmühle mit dem Wasserbehälter auf Böcken, die dieses ganze Grün am Leben erhielt. Draußen wuchs wilder Beifuß bis dicht an den Garten heran, und auf die Tamarisken legte sich immer der feine Sand.

Jedermann in Moonstone wunderte sich, als die Kohlers

den heimatlosen Musiklehrer bei sich aufnahmen. Siebzehn Jahre lang hatte der alte Fritz keinen richtigen Freund gehabt, vom Sattler und Chicano-Johnny abgesehen. Wunsch kam von Gott weiß woher — er war mit dem Wandervogel Chicano-Johnny in die Stadt gekommen, als der von einem seiner Streifzüge zurückkehrte. Wunsch spielte in der Tanzkapelle, stimmte Klaviere und gab Stunden. Bevor Mrs. Kohler ihn aufnahm, hatte er in einem unmöblierten Zimmer über einer der Bars gewohnt, und alles, was er auf der Welt besaß, waren zwei Hemden. Als sie ihn schließlich unter ihrem Dach hatte, kümmerte sich die alte Mrs. Kohler um ihn wie um ihren Garten. Sie nähte und wusch und flickte für ihn, und machte ihn so sauber und respektabel, daß er viele Schüler bekam und ein Klavier mieten konnte. Sobald er etwas Geld zusammengespart hatte, schickte er es nach Denver, in die Pension Narrow-Gauge, um einen Koffer mit Musiknoten auszulösen, die er als Pfand für die nicht bezahlten Übernachtungskosten hatte zurücklassen müssen. Mit Tränen in den Augen gestand der alte Mann — er war nicht älter als fünfzig, aber vom Leben schwer gezeichnet — Mrs. Kohler, daß er um nichts mehr bete, als daß er für den Rest seiner Tage bei ihr bleiben könne und unter den Linden in ihrem Garten begraben werde. Es waren keine amerikanischen Schwarzlinden, sondern europäische Lindenbäume, die im Sommer honigfarbene Blüten bekamen und einen Duft verströmten, der alle anderen Bäume und Blumen übertraf und junge Leute ganz übermütig machte.

Unterwegs dachte Thea bei sich, daß sie, wenn Professor Wunsch nicht wäre, jahrelang in Moonstone gelebt hätte, ohne die Kohlers je kennengelernt, ohne je ihren Garten oder ihr Haus betreten zu haben. Von der Kuckucksuhr einmal abgesehen, die auch wunderschön war und die Mrs. Kohler, wie sie sagte, «Gesellschaft leistete, wenn sie sich einsam fühlte», befand sich im Haus der Kohlers das Allerschönste, das Thea je gesehen hatte – aber davon später.

Professor Wunsch hielt seinen Unterricht gewöhnlich immer im Hause der Schüler ab, aber eines Morgens sagte er zu Mrs. Kronborg, Thea sei begabt, und er könne sie, wenn sie zu ihm käme, in Pantoffeln unterrichten, und das sei besser. Mrs. Kronborg war eine seltsame Frau. Die Tragweite des Wortes «begabt», die in Moonstone niemand sonst begreifen konnte, nicht einmal Doktor Archie, erfaßte sie vollkommen. Jede andere Frau hätte daraus geschlossen, daß man dem Kind jeden Tag das Haar aufdrehen und es öffentlich vorspielen lassen mußte. Mrs. Kronborg wußte, es bedeutete, Thea mußte täglich vier Stunden üben. Einem begabten Kind durfte man nicht erlauben, sich vom Klavier zu entfernen, wie man ein Kind, das die Masern hatte, nicht aus dem Bett lassen durfte. Mrs. Kronborg und ihre drei Schwestern hatten Klavierunterricht genommen, und alle drei konnten gut singen, aber begabt war keine von ihnen. Ihr Vater hatte in einem Orchester in Schweden Oboe gespielt, bevor er nach Amerika kam, um hier sein Glück zu versuchen. Er hatte sogar Jenny Lind kennengelernt. Ein begabtes Kind mußte zum Üben angehalten werden; also ging Thea im Sommer zweimal wöchentlich und im Winter einmal wöchentlich durch die Schlucht zu den Kohlers, obwohl der Frauenverein der Ansicht war, es gehöre sich für die Tochter ihres Pfarrers nicht, in ein Haus zu gehen, «wo soviel getrunken wurde». Dabei sahen die Söhne der Kohlers ein Glas Bier noch nicht einmal an. Sie schämten sich ihrer Eltern und gingen auf und davon, so früh sie konnten; ließen ihre Kleider bei einem Schneider in Denver machen und sich den Nacken ausrasieren und schlossen mit der Vergangenheit ab. Der alte Fritz und Wunsch genehmigten sich jedoch recht oft ein Fläschchen in aller Freundschaft. Die beiden waren wie Bundesgenossen; vielleicht verband sie das gemeinsame Gläschen, in dem jeder seine verlorenen Hoffnungen wiederfand, vielleicht auch die Erinnerung an ein fernes Land oder vielleicht der knorrige, sehnige Rebstock im Garten, den die Deutschen in den anderen Teil der Welt mitgenommen hatten und der Sehnsucht und Heimweh in ihnen weckte.

Als Thea sich dem Haus näherte, spähte sie zwischen den rosaroten Blütenrispen der Tamariskenhecke hindurch und sah den Professor und Mrs. Kohler mit Spaten und Rechen im Garten hantieren. Der Garten ähnelte jetzt einer Reliefkarte und ließ noch nicht ahnen, wie er im August aussehen würde; ein wahrer Dschungel! Stangenbohnen und Kartoffeln und Mais und Porree und Grünkohl und Rotkohl – ja selbst Gemüsesorten, für die es gar kein amerikanisches Wort gab. Mrs. Kohler bekam immer Pakete mit Saatgut aus Freeport und aus ihrer alten Heimat. Und dann die Blumen! Sie hatte große Sonnenblumen für die Kanarienvögel, Tigerlilien und Phlox und Zinnien und Frauenschuh und Portulak und Malven – riesige Malven. Neben den Obstbäumen stand ein mächtiger Katalpa mit schirmförmiger Krone und eine Balsamstaude, zwei Linden und sogar ein Gingko – ein starrer, spitz zulaufender Baum mit schmetterlingsähnlichen Blättern, den der Wind nur erschauern lassen, niemals beugen konnte.

An diesem Morgen sah Thea zu ihrer Freude, daß die beiden Oleanderbäume, der eine weiß, der andere rot, aus dem Keller heraufgebracht worden waren, wo sie überwintert hatten. Es gibt kaum eine deutsche Familie in den Dürregebieten von Utah, New Mexico oder Arizona, die nicht ihre Oleanderbäume hätte. Die in Amerika geborenen Söhne der Familie mochten noch so große Rüpel sein, nie weigerte sich einer, seine Muskelkraft zur Verfügung zu stellen, wenn es darum ging, die schweren Pflanzenkübel unter Aufbietung aller Kräfte im Herbst in den Keller zu schaffen und im Frühjahr wieder zurück ans Tageslicht. Sie versuchen vielleicht, den Zeitpunkt hinauszuzögern, aber am Ende plagen sie sich doch mit dem Kübel.

Als Thea zum Tor hereinkam, lehnte ihr Klavierlehrer seinen Spaten gegen den weißen Pfahl, der den Taubenschlag trug, und wischte sich das Gesicht mit dem Hemdsärmel ab; seltsamerweise schaffte er es nie, ein Taschentuch bei sich zu haben. Wunsch war klein und stämmig, seine Schultern erinnerten an die eines Bären. Sein Gesicht war von einem dunklen Backsteinrot, es sah eher zerknittert als faltig aus, und die Haut hing weich und ledrig über den Halsausschnitt seines Hemdes – er trug zwar einen Kragenknopf aus Messing, aber keinen Kragen. Sein Haar war kurz geschoren; eisengraue Stoppeln auf einem kugelrunden Kopf. Seine Augen waren immer etwas rot und blutunterlaufen. Er hatte einen harten, spöttischen Mund und unregelmäßige gelbe Zahnstumpen. Seine Hände waren klobig und rot, selten sauber, aber immer in Bewegung, nervös, ja sensibel.

«Morgen», begrüßte er seine Schülerin in einem etwas förmlichen Ton, zog einen schwarzen Alpakarock über und ging gleich mit ihr ans Klavier, das im Wohnzimmer von Mrs. Kohler stand. Er drehte den Hocker auf die richtige Höhe, deutete darauf und setzte sich auf einen Holzstuhl neben Thea.

«Die B-Dur-Tonleiter», befahl er, und seine Haltung verriet äußerste Aufmerksamkeit. Ohne ein Wort begann seine Schülerin zu spielen.

Zu Mrs. Kohler im Garten drangen fröhliche Klänge, denen man Anstrengung und Eifer anhörte. Unwillkürlich ging ihr das Harken leichter von der Hand. Gelegentlich hörte sie die Stimme des Lehrers. «e-Moll-Tonleiter... Weiter, weiter!... der Daumen hinkt immer nach. Weiter...

weiter, noch einmal; – ...schön! Jetzt noch schnell die Ak-
korde!»

Die Schülerin sagte keinen Ton, bis sie mit dem zweiten
Satz der Clementi-Sonate begannen, wo sie sich an einer
Stelle leise über seinen Fingersatz beschwerte.

«Es ist mir völlig gleichgültig, wie du das findest», antwortete ihr Lehrer ungerührt. «Das ist die einzig richtige Möglichkeit. Den Daumen da. Eins, zwei, drei, vier» usw. Dann
gab es eine Stunde lang keine weitere Unterbrechung.

Als der Unterricht beendet war, drehte sich Thea auf ihrem
Hocker um und stützte den Arm auf die Tasten. Gewöhnlich
unterhielten sie sich nach der Unterrichtsstunde noch ein
wenig.

Herr Wunsch strahlte. «Hast du nicht schon bald Schulferien? Wollen wir dann wieder etwas schneller vorangehen?»

«In der ersten Juniwoche. Geben Sie mir dann die ‹Einladung zum Tanz›?»

Er zuckte mit den Schultern. «Das bringt nichts. Wenn du
das spielen willst, spiel's für dich selbst.»

«Ist gut.» Thea wühlte in ihrer Tasche und zog ein zerknit-
tertes Stück Papier heraus. «Was heißt das, bitte? Ich schätze,
es ist Latein.»

Wunsch blinzelte auf die Zeile, die mit Bleistift auf das Papier gekritzelt war. «Wo hast du das her?» fragte er mürrisch.

«Aus einem Buch, das Doktor Archie mir zum Lesen gegeben hat. Alles andere ist Englisch. Kennen Sie es?» fragte sie
und sah ihm dabei ins Gesicht.

«Ja. Vor langer Zeit», murmelte er mit finsterem Blick.

«Ovid!» Er zog einen Bleistiftstummel aus seiner Westentasche, bemühte sich, seine Hand ruhig zu halten und schrieb
mit sichtbarer Anstrengung unter die Worte

«Lente currite, lente currite, noctis equi»

in sauberer, eleganter Sütterlinschrift

«Haltet ein, haltet ein, ihr Rösser der Nacht.»

Er steckte den Bleistift wieder in seine Tasche und starrte weiter auf die lateinischen Wörter. Sie riefen ihm das Gedicht ins Gedächtnis, das er in seiner Schulzeit gelesen hatte und sehr mochte. In seiner Erinnerung bewahrte er Schätze, die kein Pensionsbesitzer einbehalten konnte. Was man in sich trug, konnte einem niemand nehmen, auch dann nicht, wenn man seine Wäsche in einer Klavierstimmertasche fortschmuggeln mußte. Er gab Thea das Blatt zurück. «Das ist die Übersetzung, klingt doch ganz passabel», sagte er, während er aufstand.

Mrs. Kohler steckte ihren Kopf zur Tür herein, und Thea glitt vom Hocker herunter. «Kommen Sie doch herein, Mrs. Kohler!» rief sie. «Bitte, darf ich das Flickenbild sehen?»

Die alte Frau lachte, zog ihre großen Gärtnerhandschuhe aus und schob Thea in die Diele zum Gegenstand ihrer Bewunderung. Das «Flickenbild», das fast eine ganze Wand einnahm, war das Werk Fritz Kohlers. Er hatte sein Handwerk bei einem Schneider alter Schule in Magdeburg gelernt, der von seinen Lehrlingen ein Gesellenstück verlangte. Jeder mußte, bevor er sein Geschäft verließ, ein berühmtes deutsches Gemälde in Stoff anfertigen, eine Art Mosaik aus lauter kleinen Stoffstücken, die auf einen Hintergrund aus Leinen geheftet wurden. Der Lehrling durfte sich das Thema selbst wählen, und Fritz Kohler hatte sich für ein bekanntes Gemälde entschieden, das Napoleons Rückzug aus Moskau zeigte. Der finster dreinblickende Kaiser und seine Generäle waren im Begriff, eine Steinbrücke zu überqueren. Im Hintergrund war eine brennende Stadt zu sehen, deren Mauern und Festungen aus grauem Stoff bestanden. Orangerote Flammen züngelten um die Kuppeln und Minarette. Napoleon saß auf seinem weißen Pferd; Murat, in orientalischem Gewand, auf einem braunen Schlachtroß. Thea wurde nie müde, dieses Bild zu betrachten und sich erzählen zu lassen, wie lange Fritz dafür gebraucht hatte, wie sehr man es seinerzeit bestaunt hatte und wie knapp es den Motten und dem Feuer entronnen war. Seide, erklärte Mrs. Kohler, wäre viel leichter zu verarbeiten gewesen als Wollstoff, den man oft nur sehr schwer in den richtigen Farbtönen fand. Pferdegeschirre, Sporen, die düster zusammengezogenen Brauen des Kaisers, Murats wilder Schnurrbart, die großartigen Tschakos der Wachen, alles war in peinlichster Genauigkeit ausgearbeitet. Theas Bewunderung für das Bild hatte ihr Mrs. Kohlers Zuneigung gewonnen. Es war schon so viele Jahre her, daß sie ihre eigenen Kinder damit zum Staunen bringen konnte. Da Mrs. Kohler nie zur Kirche ging, hatte sie selten Gelegenheit, jemanden singen zu hören, abgesehen von den Gesangsfetzen, die von der Mexikanersiedlung herüberklangen, also sang Thea ihr nach dem Unterricht oft noch etwas vor. An diesem Morgen deutete Wunsch auf das Klavier.

«Sonntags, wenn ich an der Kirche vorbeikomme, höre ich dich immer ein bestimmtes Lied singen.»

Thea setzte sich wieder gehorsam auf den Hocker und begann: «Kommt, ihr Beladenen.» Wunsch lauschte nachdenklich, die Hände auf den Knien. Welch wunderschöne Kinderstimme! Das Gesicht der alten Mrs. Kohler entspannte sich zu einem glücklichen Lächeln; sie schloß halb die Augen. Eine fette Fliege schoß zum Fenster herein und wieder hinaus; das Sonnenlicht ergoß sich in einem goldenen See über den Flickenteppich und badete die verschossenen Cretonnekissen, die auf der Couch unter dem Flickenbild lagen. «...sind auf Erden keine Sorgen, die der Himmel nicht heilt», klang das Lied aus.

«Das sollte man nie vergessen.» Wunsch riß sich von seinen Träumereien los. «Glaubst du das?» fragte er und sah Thea eigenartig an.

Sie wurde verlegen und spielte mit dem Mittelfinger nervös auf einer schwarzen Taste herum. «Ich weiß nicht. Ich denke schon», murmelte sie.

Ihr Lehrer erhob sich plötzlich. «Vergiß nicht, zum nächstenmal die Terzen. Du solltest früher aufstehen.»

Die Luft war an diesem Abend so lau, daß Fritz und Herr Wunsch ihre abendliche Pfeife draußen in der Weinlaube rauchten, schweigend, während Geigen- und Gitarrenklänge aus der Mexikanersiedlung über die Schlucht herübertönten. Lange nachdem Fritz und Paulina zu Bett gegangen waren, saß der alte Wunsch noch unbeweglich in der Laube und sah durch die pelzigen Weinblätter zum funkelnden Himmelsgewölbe hinauf.

«Lente currite, lente currite, noctis equi.»

Diese Zeile weckte in ihm viele Erinnerungen. Er dachte über die Jugend nach; seine eigene, die so weit zurücklag, und die seiner Schülerin, die eben erst begann. Wie gerne hätte er Hoffnungen an sie geknüpft, wenn er mit der Zeit nicht so abergläubisch geworden wäre. Er glaubte, daß alles, worauf er hoffte, zum Scheitern verurteilt sei, daß seine Zuneigung Unglück brachte, besonders den Jugendlichen, daß alles, worüber er sich auch nur Gedanken machte, allein dadurch Schaden nahm. Er hatte in Musikschulen in St. Louis und in Kansas City unterrichtet, wo ihn die Oberflächlichkeit und die Selbstgefälligkeit der jungen Damen beinahe um den Verstand gebracht hatten. Er hatte schlechte Manieren und Arglist kennengelernt, war auf alle möglichen

44

Gauner hereingefallen und vom Pech verfolgt gewesen. Er hatte in Orchestern gespielt, die nie ihre Gage bekamen, und in herumziehenden Opernensembles, die sich am Ende oft ohne einen Pfennig Geld auflösten. Und da war immer der alte Feind, unbarmherziger als alle anderen. Die Zeit lag lange zurück, da er sich noch andere Dinge wünschte und ersehnte als die bloße Befriedigung lebensnotwendiger Bedürfnisse. Jetzt, wo er in Versuchung geriet, etwas für einen anderen Menschen zu erhoffen, erschrak er und schüttelte den Kopf.

Es war der große Eifer seiner Schülerin, ihre Entschlossenheit, die sein Interesse an ihr weckten. Er hatte so lange unter Menschen gelebt, die alles haben wollten, ohne etwas dafür tun zu wollen, daß er gelernt hatte, bei niemandem mehr Ernsthaftigkeit zu vermuten. Jetzt, da er ihr zufällig begegnete, rief sie in ihm die Erinnerung an alte Werte und Wünsche wach, Dinge, die er längst vergessen hatte. Woran nur erinnerte sie ihn? An eine gelbe Blume, vielleicht, in deren Blütenblättern sich das Sonnenlicht fängt. Nein, an ein feines Glas, gefüllt mit fruchtigem, prickelndem Moselwein. Er meinte ein solches Glas in der Laube vor sich zu sehen, in dem Perlen aufstiegen und zerplatzten wie eine stumme Entladung von Energie in Nerven und Gehirn oder das plötzliche Erwachen jungen Blutes – Wunsch schämte sich und schlurfte, die Augen auf den Boden geheftet, den Weg zur Küche zurück.

V

Die Kinder in der Grundschule mußten manchmal Sandkastenmodelle von Moonstone anfertigen. Hätten sie dafür eingefärbten Sand verwendet, wie die Medizinmänner der

Navajo-Indianer für ihre Sandmosaike, so hätten sie damit leicht die Sozialstruktur von Moonstone darstellen können, denn sie hing eng mit den topographischen Gegebenheiten zusammen und war selbst für Kinder leicht einsichtig.

Die Hauptgeschäftsstraße verlief, wie sollte es anders sein, durch die Stadtmitte. Westlich dieser Straße lebten all diejenigen, die, wie Tillie Kronborg sagte, «zu den besseren Kreisen gehörten». Sylvester Street, die dritte Parallelstraße zur Main Street nach Westen hin, war die längste Straße der Stadt und gleichzeitig die beste Wohnanlage. Ganz am nördlichen Ende, fast eine Meile vom Gerichtsgebäude und dem dazugehörenden Pappelwäldchen entfernt, lag Doktor Archies Haus, mit großem Hof und Garten, umgeben von einem weißen Lattenzaun. Die Methodistenkirche stand in der Stadtmitte, gegenüber vom Rathausplatz. Die Kronborgs wohnten eine halbe Meile südlich der Kirche, an der langen Straße, die wie ein ausgestreckter Arm zur Bahnhofssiedlung führte. Sie verlief parallel zur Hauptstraße im Westen und war nur auf einer Seite bebaut. Das Haus des Pfarrers blickte auf die Rückseite der Lagergebäude aus Holz oder Backstein und auf einen Graben voller Sonnenblumen und Alteisen. Der Gehweg, der am Haus der Kronborgs vorbeilief, war der einzige direkte Weg zum Bahnhof, so daß alle Eisenbahner und Arbeiter des Lokschuppens an ihrem Gartentor vorbeikamen, wenn sie in die Stadt hineingingen. Thea und Mrs. Kronborg hatten viele Freunde unter den Eisenbahnern, die oft zu einem Schwatz über den Zaun stehenblieben, von einem von ihnen wird später noch ausführlicher die Rede sein.

In dem Teil von Moonstone, der sich östlich der Main Street bis zur tiefen Schlucht kurz vor der Mexikanersiedlung erstreckte, lebten die einfacheren Leute, die zwar zur Wahl gingen, aber niemals selbst für ein Amt kandidierten. Die

Häuschen waren eineinhalb Stockwerke hoch, ohne jegli-
chen architektonischen Schnickschnack, wie man ihn an den
Häusern in der Sylvester Street sehen konnte. Sie kauerten
bescheiden hinter Pappeln und wildem Wein; ihre Bewohner
mußten keinem gesellschaftlichen Anspruch genügen. Es
gab hier keine halbverglasten Haustüren mit Klingeln oder
gewaltige Salons hinter geschlossenen Fensterläden. Hier
wuschen die alten Frauen im Hof hinter dem Haus, und die
Männer saßen vor der Haustür und rauchten ihre Pfeife. Die
Bewohner der Sylvester Street wußten kaum, daß dieser
Stadtteil überhaupt existierte. Es machte Thea Spaß, mit
Thor im Leiterwägelchen diese ruhigen, schattigen Straßen
zu erkunden, wo die Leute nicht einmal den Versuch machten, einen Rasen anzulegen oder Ulmen und Fichten zu
pflanzen, sondern die einheimischen Bäume wachsen und
wuchern ließen, wie sie wollten. Sie hatte dort viele Freunde,
alte Frauen, die ihr eine gelbe Rose oder eine Rispe Trompe-
tenjasmin schenkten oder Thor mit einem Keks oder Hefekringel vom Weinen abhielten. Sie nannten Thea «die Tochter von diesem Pfarrer», aber das Demonstrativum war unangebracht, denn, wenn sie von Mr. Kronborg selbst sprachen,
nannten sie ihn einfach «den Methodistenpfarrer».

Doktor Archie war sehr stolz auf seinen Hof und Garten,
den er eigenhändig pflegte. Er war der einzige Mann in
Moonstone, bei dem Teerosen gediehen, und seine Erdbeeren waren ein Gedicht. Eines Morgens, als Thea in der Stadt
war, um eine Besorgung zu machen, hielt der Doktor sie an,
nahm ihre Hand und sah sie verschmitzt an, wie meistens,
wenn sie sich trafen.

«Du bist noch nicht bei mir vorbeigekommen, um dir
Erdbeeren zu holen, Thea. Jetzt sind sie gerade am besten.
Mrs. Archie weiß nicht, was sie mit dieser Menge anfangen
soll. Geh doch gleich heute nachmittag hin. Sag Mrs. Archie,

ich hätte dich geschickt. Bring einen großen Korb mit und nimm dir, soviel du kannst.»

Als sie nach Hause kam, erklärte Thea ihrer Mutter, daß sie nicht zu Mrs. Archie gehen wollte, weil sie sie nicht mochte.

«Du hast recht, sie ist wirklich eine seltsame Frau», stimmte Mrs. Kronborg zu, «aber er hat dich schon so oft gefragt, ich glaube, dieses Mal solltest du hingehen. Sie wird dich schon nicht beißen.»

Nach dem Abendessen nahm Thea einen Korb, setzte Thor in den Kinderwagen und machte sich auf den Weg zu Doktor Archies Haus am anderen Ende der Stadt. Sobald das Haus in Sichtweite kam, verlangsamte sie ihren Schritt. Sie näherte sich ganz langsam, bückte sich oft, um Löwenzahn zu pflücken oder die Kapseln vom Sandbüchsenbaum aufzusammeln, die Thor mit Vergnügen in den Händen aufspringen ließ.

Mrs. Archie hatte die Angewohnheit, sobald ihr Mann am Morgen das Haus verließ, alle Türen und Fenster zu schließen, damit kein Staub hereinkam, und alle Jalousien herabzulassen, um zu verhindern, daß die Sonne die Teppiche ausbleichte. Sie dachte auch, die Nachbarn würden seltener vorbeikommen, wenn das Haus rundum zu war. Sie war einer jener Menschen, die ohne Grund und Notwendigkeit knauserig sind, auch wenn es ihnen nichts einbringt. Sie hätte wissen müssen, daß ihr Knausern mit Essen und Wärme den Doktor nur schneller aus dem ungemütlichen Haus trieb. Er kam nie zum Mittagessen, weil sie ihm so kümmerliche Brocken und Reste vorsetzte. Er konnte soviel Milch kaufen, wie er wollte, nie fiel etwas Sahne für seine Erdbeeren davon ab. Auch wenn er sah, wie seine Frau die dicke, elfenbeinfarbene Schicht von der Milch abschöpfte, schaffte sie es durch irgendeinen Trick immer wieder, die

Sahne wieder zu Milch zu verdünnen, bevor sie auf den Frühstückstisch gelangte. Der Metzger machte besonders gern Witze darüber, welches Fleisch er Mrs. Archie verkaufte. Nichts war ihr lieber, als wenn Doktor Archie für mehrere Tage nach Denver fuhr – er fuhr oft, hauptsächlich, weil er hungrig war – und sie von allen unbehelligt ihren Dosenlachs essen und das Haus von morgens bis abends verriegelt halten konnte.

Mrs. Archie wollte kein Hausmädchen haben, weil die, wie sie sagte, zuviel aßen und zuviel kaputtmachten; ihrer Meinung nach wußten sie zudem über zu vieles Bescheid. Sie dachte unablässig über neue Tricks und Kniffe nach, die Hausarbeit noch zu verringern. Gäb's keine Ehemänner, gäb's auch keine Hausarbeit, war ihr üblicher Spruch vor den Nachbarn. In der ersten Zeit ihrer Ehe hatte Mrs. Archie eine panische Angst davor, ein Kind zu bekommen. Jetzt, da ihre Befürchtungen in dieser Richtung etwas nachgelassen hatten, war die Angst vor Schmutz in ihrem Haus fast ebenso groß, wie zuvor die Angst, darin Kinder ertragen zu müssen. Wenn kein Schmutz hereingelangte, mußte er auch nicht wieder hinausbefördert werden, sagte sie. Sie scheute keine Mühe, um sich Mühe zu ersparen. Niemand wußte warum. Sicher ist, daß ihr Mann sie nie durchschaute. Die kleinen, gemeinen Naturen gehören zu den dunkelsten und am schwersten zu ergründenden Wesen in Gottes Schöpfung. Sie sind unberechenbar. Normale Regungen wie Schmerz und Freude taugen zur Erklärung ihres Verhaltens nicht. Sie leben wie Insekten, in unwichtige Tätigkeiten versunken, und haben scheinbar keinerlei Zugang zu den heiteren Seiten des menschlichen Daseins.

«Mrs. Archie ist gerne unterwegs», pflegte Mrs. Kronborg zu sagen. Sie war zufrieden, wenn ihr Haus sauber, leer, dunkel und verriegelt war und sie sich außerhalb davon befand – gleichgültig wo. Eine kirchliche Veranstaltung, eine Betstunde, eine Varietévorstellung; alles schien ihr recht zu sein. Wenn sich nichts anderes bot, saß sie oft stundenlang in einer Ecke von Mrs. Smileys Mode- und Kurzwarengeschäft, hörte den Kundinnen zu, die hereinkamen, und beobachtete sie mit ihren stechenden, unruhigen Äuglein, wie sie Hüte aufprobierten. Sie selbst redete nie sehr viel, aber sie kannte den ganzen Klatsch der Stadt und hatte stets ein offenes Ohr für pikante Geschichten – «Vertretergeschichten» nannte man diese in Moonstone. Ihr Lachen klang wie das Hacken einer Schreibmaschine, und bei besonders anzüglichen Geschichten kreischte sie schrill auf.

Mrs. Archie war erst seit acht Jahren Mrs. Archie, und als sie noch Belle White hieß, war sie eine der Schönheiten in Lansing, Michigan. Zu jener Zeit hatte sie eine Menge Verehrer. Wenn sie Archie gelegentlich daran erinnerte, daß «die Jungs sie nur so umschwirrt hatten», so entsprach das der Wahrheit. Es war tatsächlich so. Sie fanden sie geistreich und witzig und sagten von ihr: «Also, diese Belle White ist wirklich ein toller Kerl!» Sie war immer zu derben Späßen aufgelegt, die die jungen Männer für überaus gescheit hielten. Archie galt als der Vielversprechendste in der Clique, also entschied Belle sich für ihn. Sie zeigte ihm unmißverständlich, daß sie ihn erwählt hatte, und Archie gehörte zu der Sorte junger Männer, die einer solchen Offenbarung nicht widerstehen konnten. Belles Familie tat er leid. Am Tag seiner Hochzeit musterten ihre Schwestern den großen, gutaussehenden Jüngling – er war vierundzwanzig Jahre alt –, wie er mit seiner Braut zum Altar schritt, und verständigten sich mit einem Blick. Sein blindes Vertrauen, sein ernstes, strahlendes Gesicht, sein behutsamer, schützender Arm verursachten ihnen Unbehagen. Jedenfalls waren sie froh, daß die beiden sofort nach Westen zogen und das Schicksal dort seinen Lauf nahm, wo sie es wenigstens nicht mitansehen mußten. Jedenfalls, und damit trösteten sie sich, hatten sie mit Belle jetzt nichts mehr zu tun.

Aber auch Belle selbst schien mit der Belle von früher nichts mehr zu tun zu haben. Ihre vermeintliche Schönheit mußte einzig und allein das Ergebnis einer wilden Entschlossenheit, eines unbändigen Ehrgeizes gewesen sein. Als sie verheiratet, fest gebunden und im sicheren Hafen gelandet war, war ihre Schönheit auf einmal verschwunden, wie bei manchen Vögeln nach der Paarungszeit die prächtigen Federn. Das einzige Ereignis ihres Lebens, bei dem sie die Initiative ergriffen hatte, war vorbei. Gesicht und Gestalt begannen zu schrumpfen. Von Leichtsinn und Unternehmungslust war nichts übriggeblieben als das kurze, schrille Aufkreischen. Innerhalb weniger Jahre sah sie so klein und bösartig aus, wie sie war.

Thors Wägelchen bewegte sich langsam vorwärts. Thea näherte sich dem Haus nur widerstrebend. Ihr lag ohnehin nichts an den Erdbeeren. Sie war nur gekommen, um Doktor Archie nicht zu kränken. Sie konnte Mrs. Archie nicht nur nicht leiden, sie fürchtete sich sogar ein wenig vor ihr. Als sie den schweren Kinderwagen durch das Eisentor schob, hörte sie jemanden rufen: «Einen Moment mal!» und Mrs. Archie kam von der Hintertür ums Haus herumgelaufen, die Schürze über den Kopf gezogen. Sie kam, um ihr mit dem Kinderwagen zu helfen, denn sie fürchtete, die Räder könnten die lackierten Torpfosten beschädigen. Sie war eine schlanke, kleine Frau mit einem Riesenbausch dünner Kräusellöckchen auf ihrem kleinen Kopf.

«Doktor Archie sagte, ich soll vorbeikommen und einige Erdbeeren pflücken», murmelte Thea und wünschte gleichzeitig, sie wäre zu Hause geblieben.

Mrs. Archie ging ihr zur Hintertür voraus, blinzelte und

hob schützend die Hand vor die Augen. «Einen Moment mal», sagte sie wieder, nachdem Thea erklärt hatte, warum sie gekommen war.

Sie verschwand in der Küche, und Thea setzte sich auf die Eingangsstufen. Als Mrs. Archie wieder herauskam, hatte sie ein kleines Butterkörbchen aus Spanholz in der Hand, ausgelegt mit fransengesäumtem Seidenpapier, das sie sicherlich von einem Kirchengemeindeessen mitgebracht hatte. «Du mußt sie ja irgendwo hineintun», sagte sie und übersah geflissentlich den gähnend leeren Weidenkorb, der zu Thors Füßen stand. «Du kannst das hier nehmen. Du brauchst es mir auch nicht wiederzubringen. Daß man auf den Reben nicht herumtrampeln darf, weißt du ja, nicht wahr?»

Mrs. Archie ging ins Haus zurück, während Thea sich zum Sandboden bückte, um einige Erdbeeren zu pflücken. Sobald sie sicher war, daß sie die Tränen zurückhalten konnte, warf sie das Körbchen in den großen Korb und schob Thors Kinderwagen den Kiesweg entlang und durchs Gartentor hinaus, so schnell es nur ging. Sie war wütend, und sie schämte sich für Doktor Archie. Unwillkürlich stellte sie sich vor, wie unangenehm es ihm wäre, wenn er jemals davon erfahren sollte. Solche Kleinigkeiten trafen ihn am meisten. Sie ging auf einem Schleichweg nach Hause und mußte noch einmal fast weinen, als sie ihrer Mutter davon erzählte.

Mrs. Kronborg briet gerade für das Abendessen ihres Mannes Hefekringel aus. Sie lachte, als sie wieder eine Portion ins schwimmende Fett warf. «Manche Menschen sind schon recht eigenartig», stellte sie fest. «Aber, wenn ich du wäre, würde ich mich darüber nicht grämen. Stell dir einmal vor, was es bedeutet, so jemanden ständig um sich zu haben. Nimm dir aus dem schwarzen Geldbeutel in meiner Handtasche einen Groschen, dann geh in die Stadt und kauf dir eine Eiscremesoda. Das wird dir guttun. Du kannst Thor etwas von der Eiscreme abgeben, wenn du ihn mit einem Löffel fütterst. Das mag er, stimmts, mein Sohn.»

Sie beugte sich zu ihm hinunter und wischte ihm das Kinn ab. Thor war erst sechs Monate alt und konnte sich noch nicht verständlich machen, aber es stimmte, daß er gerne Eiscreme mochte.

VI

Von einem Fesselballon aus sähe Moonstone aus wie eine Spielzeugstadt im Sand, spärlich von graugrünen Tamarisken und Pappeln beschattet. Einige Leute versuchten, Ahornbäume auf ihren Rasenflächen anzusiedeln, aber es war noch nicht allgemein in Mode gekommen, fremdartige Bäume aus den Nordatlantischen Staaten zu pflanzen, und so erhielt die schutzlose, bunt angestrichene Wüstenstadt ihren Schatten von den lichtreflektierenden, windliebenden Wüstenbäumen, deren Wurzeln sich auf der Suche nach Wasser immer tiefer in den Boden gruben und deren Blätter vom Wasser erzählten, indem sie das Geräusch des Regens nachahmten. Die langen, porigen Wurzeln von Pappeln sind nicht aufzuhalten. Sie brechen in die Brunnen ein wie Ratten in Kornspeicher und stehlen das Wasser.

Die lange Straße, die Moonstone mit der Bahnhofssiedlung verband, durchquerte in ihrem Verlauf ein Stück offenes, zerklüftetes Land, das in Parzellen abgesteckt, aber nicht bebaut war, eine unkrautbewachsene Lücke zwischen der Stadt und der Eisenbahn. Wenn man auf dieser Straße in Richtung Bahnhof ging, fiel einem auf, daß die Häuser immer kleiner wurden und immer vereinzelter standen, bis sie schließlich ganz aufhörten. Ungleichmäßig setzte sich der Brettergehweg fort, durch Inseln von Sonnenblumen, bis man zu der neuen, einsam stehenden katholischen Backsteinkirche kam. Die Kirche stand an dieser Stelle, weil die Gemeinde das Land von dem Besitzer der angrenzenden Grundstücke geschenkt bekommen hatte, der hoffte, daß sie sich dadurch besser verkaufen ließen – im Büro der städtischen Kanzlei hatte dieses Fleckchen Prärieland den Namen «Hufschmied-Gelände». Zweihundert Meter hinter der Kirche erstreckte sich ein Graben, eine tiefe Sandrinne, wo der Gehweg zu einer etwa fünfzehn Meter langen Brücke wurde.

Direkt hinter dieser Rinne lag das Wäldchen vom alten Onkel Billy Beemer – zwölf Parzellen, gesäumt von herrlichen, schön gewachsenen Pappeln, wunderschön anzusehen und anzuhören, wenn sie sich im Winde wiegten und rauschten. Onkel Billy war einer der nichtswürdigsten alten Säufer, die je auf Sperrholzkisten saßen und schmutzige Geschichten erzählten. Eines Nachts spielte er «Haschmich» mit einer Rangierlok und rannte sich dabei den betrunkenen Schädel ein. Aber sein Wäldchen, das einzig verdienstvolle, das er in seinem ganzen Leben zustande gebracht hatte, rauschte immer noch. Hinter diesem Wäldchen begannen die Häuser der Bahnhofssiedlung, und der kahle Gehweg, der sich zwischen den Sonnenblumen hindurchgeschlängelt hatte, verband wieder menschliche Behausungen.

Eines Nachmittags im Spätsommer kämpfte sich Doktor Howard Archie während eines undurchdringlichen Sandsturms mit einem Seidentaschentuch vor dem Mund auf diesem Weg zur Stadt zurück. Er hatte eine kranke Frau in der Bahnhofssiedlung besucht und war zu Fuß unterwegs, weil seine Ponys am Morgen schon eine anstrengende Fahrt gehabt hatten.

Als er an der katholischen Kirche vorbeikam, traf er Thea und Thor. Thea saß in dem Leiterwägelchen, das sie mit den Füßen anschubste und mit der Deichsel lenkte. Thor hatte sie auf ihrem Schoß und hielt ihn mit einem Arm fest. Er war ein kräftiger kleiner Junge geworden, von Natur aber so mürrisch, daß man ihn ständig aufheitern mußte. Thea ertrug ihn geduldig und schleppte und fuhr ihn in der Gegend herum, wobei sie, trotz dieses Anhängsels, durchaus auch ihren Spaß hatte. Das Haar wehte ihr ums Gesicht, und ihre zusammengekniffenen Augen waren so aufmerksam auf den holperigen Gehweg vor ihr gerichtet, daß sie den Doktor erst bemerkte, als er sie ansprach.

«Paß auf, Thea. Sonst fährst du mit dem Kleinen in den Graben.»

Das Wägelchen hielt an. Thea ließ die Deichsel los, wischte ihr erhitztes, sandiges Gesicht ab und strich die Haare zurück. «Bestimmt nicht! Ich bin nur einmal von der Bahn abgekommen, und da hat er sich nur eine kleine Beule geholt. Das gefällt ihm besser als im Kinderwagen, und mir auch.»

«Willst du den Wagen so bis nach Hause schubsen?»

«Natürlich. Wir machen immer lange Ausflüge; überall dorthin, wo es einen Gehweg gibt. Auf der Straße geht es nicht.»

«Du mußt dich aber sehr anstrengen für dein Vergnügen. Hast du heute abend etwas vor? Willst du einen Besuch mit mir machen? Chicano-Johnny ist wieder zurückgekommen, völlig am Ende. Seine Frau hat mich heute früh benachrichtigt, und ich habe ihr versprochen, heute abend vorbeizukommen. Er ist ein alter Freund von dir, stimmts?»

«Da bin ich aber froh. Sie hat sich fast die Augen ausgeweint. Wann ist er zurückgekommen?»

«Gestern abend, mit dem Sechser. Anscheinend hatte er eine Fahrkarte. Zu krank, um weiterzuziehen. Eines Tages wird er nicht mehr zurückkommen, fürchte ich. Komm gegen acht bei mir in der Praxis vorbei – und den da brauchst du nicht mitzubringen!»

Thor schien verstanden zu haben, daß er soeben beschimpft worden war, denn er machte ein finsteres Gesicht, begann gegen die Seiten des Wagens zu treten und schrie: «Fahren, fahren, fahren!» Thea beugte sich vor und ergriff die Wagendeichsel. Doktor Archie trat vor sie hin und versperrte ihr den Weg. «Gib doch nicht immer gleich nach! Warum läßt du dich so von ihm schikanieren?»

«Wenn er böse wird, bekommt er einen Wutanfall, und dann kann man ihn nicht mehr beruhigen. Wenn er wütend ist, ist er viel stärker als ich, nicht wahr Thor?» Thea klang stolz, und der kleine Abgott war besänftigt. Er grunzte zufrieden, als seine Schwester den Wagen mit den Füßen schnell vorwärtsschubste. Das Wägelchen ratterte davon und verschwand gleich darauf in den fliegenden Sandschwaden.

An diesem Abend saß Doktor Archie in seiner Praxis, den Schreibtischstuhl nach hinten gekippt, und las beim Licht einer heißen Petroleumlampe. Alle Fenster waren geöffnet, aber die Nacht war windstill nach dem Sandsturm, und sein Haar klebte feucht an der Stirn. Er war in sein Buch vertieft, und hin und wieder lächelte er gedankenverloren über das Gelesene. Als Thea geräuschlos hereinkam und sich in einen Sessel gleiten ließ, nickte er, las sein Kapitel zu Ende, legte ein Lesezeichen in das Buch und erhob sich, um es zurück ins Regal zu stellen. Es war eines aus der langen Reihe der einheitlich gebundenen Bücher auf dem obersten Brett.

«Fast immer, wenn ich komme und Sie allein sind, lesen Sie in einem dieser Bücher», stellte Thea fest. «Sie müssen sehr interessant sein.»

Der Doktor ließ sich wieder auf seinem Drehstuhl nieder,

das gesprenkelte Buch noch immer in der Hand. «Das sind eigentlich gar keine Bücher, Thea», sagte er ernst. «Darin ist eine ganze Stadt enthalten.»

«Die Geschichte einer Stadt, meinen Sie?»

«Ja und nein. Es ist die Geschichte einer lebendigen Stadt, keiner toten. Ein Franzose hat sich zur Aufgabe gemacht, über eine ganze Stadt voller Menschen zu schreiben, über all die verschiedenartigen Menschen, die er kennengelernt hatte. Und ich denke, er hat so gut wie alle erfaßt. Ja, es ist sehr interessant. Eines Tages wirst du Freude daran haben, es zu lesen, wenn du erwachsen bist.»

Thea beugte sich vor, um den Titel auf dem Buchrücken zu entziffern: «Ein großer Mann aus der Provinz in Paris.»

«Das klingt nicht besonders interessant.»

«Das kann schon sein, aber es ist interessant.» Der Doktor sah mit forschendem Blick in ihr breites Gesicht, das direkt im Lichtschein des grünen Lampenschirms lag. «Ja», fuhr er mit Befriedigung in der Stimme fort, «ich glaube, sie werden dir später einmal gefallen. Du interessierst dich doch für Menschen, und dieser Mann wußte vermutlich mehr über die Menschen als irgendein anderer.»

«Stadtmenschen oder Menschen vom Land?»

«Beides. Die Menschen sind sich überall recht ähnlich.»

«O nein, das stimmt nicht. Die Leute, die hier im Speisewagen vorbeirasen, sind nicht wie wir.»

«Warum denkst du das, Thea? Weil sie anders gekleidet sind?»

Thea schüttelte den Kopf. «Nein, es ist etwas anderes. Ich weiß nicht.» Unter Doktor Archies prüfendem Blick wandte sie ihre Augen ab und ließ sie über die Bücherreihe schweifen. «Wann werde ich alt genug sein, sie zu lesen?»

«Schon bald, Kleines, schon bald.» Der Doktor tätschelte ihre Hand und betrachtete ihren Zeigefinger. «Der Nagel wächst gut nach, nicht wahr? Aber ich habe den Eindruck, du mußt zuviel üben. Es beschäftigt dich die ganze Zeit.» Ihm war aufgefallen, daß sie, während sie sich mit ihm unterhielt, fortwährend ihre Hände ballte. «Es macht dich nervös.»

«Nein, muß ich nicht», antwortete Thea störrisch und beobachtete Doktor Archie, wie er das Buch auf seinen Platz zurückstellte.

Er ergriff eine schwarze Ledertasche, setzte seinen Hut auf, und sie gingen zusammen die Treppe hinunter und hinaus auf die Straße. Der Sommermond hing voll am Himmel. Für den Moment beherrschte er alles. Das Flachland hinter der Stadt war so weiß, daß sich jedes Beifußbüschel deutlich vom Sand abhob, und die Dünen schimmerten wie ein See. Der Doktor nahm seinen Strohhut ab und trug ihn in der Hand, während sie den sandigen Weg zur Mexikanersiedlung entlanggingen.

Zu dieser Zeit waren mexikanische Siedlungen nördlich von Pueblo eine Seltenheit in Colorado. Diese hier war zufällig entstanden. Chicano-Johnny war der erste Mexikaner in Moonstone. Er war Anstreicher und Tapezierer und hatte in Trinidad gearbeitet, als Ray Kennedy ihm erzählte, in Moonstone gebe es einen «Boom» und es würde dort viel gebaut. Ein Jahr nachdem Johnny sich in Moonstone niedergelassen hatte, kam sein Vetter Famos Serreños, um in der Ziegelei zu arbeiten; dann kamen die Vettern von Serreños, um ihm zu helfen. Während des Streiks setzte der Mechanikermeister eine Gruppe von Mexikanern im Lokschuppen ein. Die Mexikaner mit ihren Decken und Musikinstrumenten waren so still und leise gekommen, daß es ein Mexikanerviertel gab, bevor Moonstone es so recht wahrgenommen hatte; ein Dutzend Familien oder mehr.

Als Thea und der Doktor sich den Lehmziegelhäuschen näherten, hörten sie eine Gitarre und eine volle Bariton-

stimme, die Stimme von Famos Serreños, der «La Golan-
drina» sang. Jedes der mexikanischen Häuser hatte einen
hübschen kleinen Hof mit Tamariskenhecken und Blumen
und Wege, die von Muscheln und weißen, ausgebleichten
Steinen eingefaßt waren. Johnnys Haus war dunkel. Seine
Frau, Mrs. Tellamantez, saß auf der Eingangsstufe und
kämmte ihre langen, blauschwarzen Haare. (Mexikanerinnen sind wie die Spartaner; wenn sie Kummer haben, verliebt
sind oder wenn irgend etwas sie bedrückt, dann kämmen sie
ihr Haar.) Sie erhob sich ohne die geringste Verlegenheit
oder Entschuldigung und begrüßte den Doktor mit dem
Kamm in der Hand.

«Guten Abend, möchten Sie hineingehen?» fragte sie mit
leiser, melodischer Stimme. «Er ist im hinteren Zimmer. Ich
mache Licht.»

Sie folgte ihnen ins Haus, zündete eine Kerze an und gab
sie dem Doktor, indem sie auf das Schlafzimmer zeigte.
Dann ging sie wieder zurück und setzte sich auf die Eingangsstufe.

Doktor Archie und Thea gingen ins Schlafzimmer, wo es
dunkel und still war. In einer Ecke stand ein Bett, zwischen
dessen sauberen Laken ein Mann lag. Auf dem Tisch neben
dem Bett stand ein Glaskrug, der halb mit Wasser gefüllt war.
Chicano-Johnny wirkte jünger als seine Frau, und wenn es
ihm gutging, war er ein attraktiver Mann: schlank, mit gold-
brauner Haut, gewelltem schwarzem Haar, weich gerunde-
tem Hals, weißen Zähnen und glutvollen schwarzen Augen.
Er hatte ein kräftiges und scharf geschnittenes Profil, wie ein
Indianer. Seine angebliche Wildheit zeigte sich nur im fiebri-
gen Glanz der Augen und in der Glut auf seinen bronzefarbe-
nen Wangen. An diesem Abend war seine Haut kupfergrün
und seine Augen schwarze Höhlen. Er öffnete sie, als der
Doktor die Kerze vor sein Gesicht hielt.

«Mi testa!» murmelte er, «mi testa, Doktor. La fiebre!» Als er die Begleiterin des Doktors am Fußende des Bettes sah, versuchte er ein Lächeln. «Muchacha!» rief er mit entschuldigender Stimme.

Doktor Archie steckte ihm ein Thermometer in den Mund. «Jetzt lauf raus, Thea, und warte dort auf mich.»

Thea schlich geräuschlos durch das dunkle Haus und ging hinaus zu Mrs. Tellamantez. Die bekümmerte Mexikanerin schien nicht in der Stimmung, sich zu unterhalten, aber sie nickte ihr freundlich zu. Thea setzte sich Mrs. Tellamantez gegenüber in den warmen Sand, mit dem Rücken zum Mond, und begann, die Blüten der Mondwinde zu zählen, die sich am Haus hochrankte. Mrs. Tellamantez galt allgemein als eine sehr einfache Frau. Ihr Gesicht hatte ein deutlich fremdländisches Aussehen, was die Amerikaner nicht mochten. Solch lange, ovale Gesichter, mit vollem Kinn, einem großen, lebhaften Mund, einer hochgezogenen Nase sind in Spanien keine Seltenheit. Mrs. Tellamantez konnte ihren Namen nicht schreiben und nur ein klein wenig lesen. Ihre starke Natur schöpfte ihre Kraft aus sich selbst. In Moonstone war sie vor allem für ihre Geduld mit ihrem unverbesserlichen Mann bekannt.

Niemand wußte genau, was mit Johnny los war. Er war bei allen beliebt, beliebter als irgend jemand unter der weißen Bevölkerung, was für einen Mexikaner völlig ungewöhnlich war. Seine musikalische Begabung war sein Verderben. Er hatte eine hohe, vibrierende Tenorstimme und spielte wunderbar Mandoline. Von Zeit zu Zeit drehte er durch. Anders konnte man sein Verhalten nicht erklären. Er war ein geschickter Arbeiter und so zuverlässig und gewissenhaft wie ein Maultier — wenn er arbeitete. Doch eines Abends konnte es plötzlich passieren, daß er zusammen mit einigen ånderen im Saloon auftauchte und zu singen begann. Er sang dann so lange, bis ihm die Stimme versagte, bis er nur noch ein heiseres Krächzen herausbrachte. Dann spielte er wie besessen auf seiner Mandoline und trank, bis seine Augen in den Höhlen versanken. Wenn man ihn zur Sperrstunde schließlich aus dem Saloon hinauswarf und er niemanden mehr fand, der ihm zuhörte, rannte er fort – entlang der Bahngleise, geradewegs in die Wüste. Er schaffte es immer irgendwie, auf einen Güterzug zu springen. Wenn er Denver hinter sich gelassen hatte, spielte er sich von Saloon zu Saloon Richtung Süden, bis er die mexikanische Grenze überquert hatte. Nie schrieb er seiner Frau; aber kurze Zeit später bekam sie Zeitungen aus La Junta, Albuquerque, Chihuahua, in denen Absätze angestrichen waren, die ankündigten, daß Juan Tellamantez und seine wundervolle Mandoline im Jack Rabbit Grill oder im Pearl of Cadiz Saloon zu hören seien. Mrs. Tellamantez wartete und weinte und kämmte ihr Haar. Wenn er völlig abgezehrt und ausgebrannt war, am Ende seiner Kraft, kam ihr Juan immer zu ihr zurück, um sich von ihr pflegen zu lassen – einmal mit einer häßlichen Schnittwunde am Hals, einmal fehlte ihm sogar ein Finger an der rechten Hand –, aber er spielte mit drei Fingern ebenso gut, wie zuvor mit vieren.

Die öffentliche Meinung war Johnny gegenüber voller Nachsicht, aber jeder war empört darüber, daß Mrs. Tellamantez sich das von ihm gefallen ließ. Sie müßte ihn erziehen, sagten die Leute, sie solle ihn verlassen, sie habe keinerlei Selbstachtung. Kurz, man schob die ganze Schuld auf Mrs. Tellamantez. Selbst Thea fand, sie demütige sich allzusehr. Wie sie so mit dem Rücken zum Mond saß und die Blüten der Mondwinde und Mrs. Tellamantez' bedrücktes Gesicht betrachtete, dachte sie, es gebe nichts Traurigeres auf der Welt als diese Art der Geduld und Resignation. Sie war noch weit schlimmer als Johnnys Verrücktheit. Ja, sie fragte sich, ob diese Haltung Johnny nicht erst in seine Anfälle trieb. Man hatte kein Recht, so passiv und schicksalsergeben zu sein. Am liebsten hätte sie sich vor Mrs. Tellamantez im Sand gewälzt und sie angeschrien. Sie war froh, als der Doktor herauskam.

Die Mexikanerin erhob sich und stand respektvoll und abwartend vor ihm. Der Doktor behielt seinen Hut in der Hand und sah sie freundlich an.

«Immer dasselbe, Mrs. Tellamantez. Er ist nicht schlechter dran als die letzten Male. Ich habe Medikamente dagelassen. Geben Sie ihm nur Wasser und geröstetes Brot, bis ich das nächste Mal komme. Sie sind eine gute Krankenpflegerin, Sie werden ihn schon wieder auf die Beine bringen.» Doktor Archie lächelte ihr ermutigend zu. Er warf einen Blick auf den kleinen Garten und runzelte die Stirn. «Ich verstehe nicht, warum er das tut. Er richtet sich zugrunde, und dabei ist er überhaupt kein Draufgänger. Können Sie ihn nicht festbinden? Merken Sie es nicht, wenn diese Anfälle kommen?»

Mrs. Tellamantez fuhr mit der Hand über ihre Stirn. «Der Saloon, Doktor, die Aufregung; darum tut er es. Die Leute hören ihm zu, und das treibt ihn an.»

Der Doktor schüttelte den Kopf. «Vielleicht. Ich kann es jedenfalls nicht nachvollziehen. Ich verstehe nicht, was er davon hat.»

«Er wird immer zum Narren gehalten» – die Mexikanerin sprach schnell und mit zitternder Stimme, ihre Unterlippe bebte. «Er hat ein gutes Herz, aber keinen Verstand. Er hält sich selbst zum Narren. Sie verstehen das nicht in diesem Land, Sie sind fortschrittlich. Aber er ist nicht vernünftig, und er läßt sich zum Narren halten.» Sie bückte sich rasch, hob eine der weißen Muscheln auf, die am Wegrand lagen, und hielt sie Doktor Archie mit einer entschuldigenden Kopfbewegung ans Ohr.

«Hören Sie, Doktor. Hören Sie da drin etwas? Sie hören das Meer; dabei ist das Meer weit weg. Sie sind vernünftig, und Sie wissen das. Aber er läßt sich täuschen. Für ihn ist es wirklich das Meer. Kleinigkeiten sind für ihn ganz groß.» Sie bückte sich und legte die Muschel zurück in die weiße Reihe der anderen Muscheln. Thea hob sie behutsam auf und hielt sie an ihr Ohr. Das Geräusch darin verwirrte sie; es klang wie ein Rufen. Deshalb also lief Johnny fort. Mrs. Tellamantez mit ihrer Muschel hatte etwas Ehrfurchtgebietendes.

Thea ergriff Doktor Archies Hand und drückte sie fest, als sie auf dem Rückweg nach Moonstone neben ihm herhüpfte. Sie ging nach Hause, und der Doktor ging zu seiner Leselampe und seinem Buch zurück. Er verließ die Praxis nie vor Mitternacht. Wenn er abends nicht Whist oder Billard spielte, dann las er. Es war ihm zur Angewohnheit geworden, sich einfach gehenzulassen.

VII

Theas zwölfter Geburtstag war einige Wochen vor dem denkwürdigen Besuch bei Mrs. Tellamantez gewesen. Es gab in Moonstone einen achtbaren Mann, der die Absicht hatte, Thea zu heiraten, sobald sie alt genug dazu wäre. Er hieß Ray Kennedy, war dreißig Jahre alt und arbeitete als Schaffner auf einem Güterzug, der zwischen Moonstone und Denver verkehrte. Ray war ein großer Kerl mit einem kantigen, offenen, typisch amerikanischen Gesicht, einem harten, ausgeprägten Kinn und Gesichtszügen, an denen weiter nichts Bemerkenswertes war. Er war ein unerschütterlicher Idealist, ein Freidenker und, wie die meisten Eisenbahner, zutiefst sentimental. Daß Thea ihn mochte, hing mehr mit seinem abenteuerlichen Leben in Mexiko und im Südwesten zusammen als mit irgend etwas, was in seiner Person lag. Sie mochte ihn auch deshalb, weil er der einzige unter ihren Freunden war, der mit ihr zu den Sandhügeln hinausfuhr. Die Sandhügel stellten eine dauernde Verlockung dar; sie liebte sie mehr als irgend etwas sonst in der näheren Umgebung von Moonstone, und trotzdem kam sie so selten dorthin. Die ersten Dünen waren leicht zu erreichen; sie lagen nur wenige Meilen vom Haus der Kohlers entfernt, und Thea konnte immer dann hinauslaufen, wenn sie es schaffte, am Morgen zu üben und Thor für den Nachmittag abzugeben. Aber die eigentlichen Hügel – die Türkishügel, wie die Mexikaner sie nannten – waren gute zehn Meilen entfernt, und man gelangte nur über eine unwegsame, sandige Straße dorthin. Doktor Archie nahm Thea manchmal mit auf seine weiten Fahrten, aber da in den Sandhügeln niemand wohnte, mußte er dort auch nie Besuche machen. Ray Kennedy war ihre einzige Hoffnung, dorthin zu kommen.

In diesem Sommer war Thea noch kein einziges Mal zu den Hügeln gefahren, obwohl Ray es schon für mehrere Sonntage geplant hatte. Einmal war Thor krank geworden, und einmal war der Organist in der Kirche ihres Vaters nicht da, und Thea mußte die Orgel spielen. Aber am ersten Sonntag im September fuhr Ray um neun Uhr morgens bei den Kronborgs vor, und sie brachen tatsächlich auf. Gunner und Axel begleiteten Thea, Ray hatte Chicano-Johnny eingeladen mitzukommen und Mrs. Tellamantez und seine Mandoline mitzubringen. Ray hatte eine ganz naive Liebe zur Musik, besonders zu mexikanischer Musik. Er und Mrs. Tellamantez hatten für das Mittagessen gesorgt, den Kaffee wollten sie in der Wüste kochen.

Als sie die Mexikanersiedlung verließen, saß Thea mit Ray und Johnny auf der vorderen Sitzbank, und Gunner und Axel saßen mit Mrs. Tellamantez hinten. Sie protestierten natürlich, aber in einigen Dingen setzte Thea ihren Willen durch. «So störrisch wie ein Finne», sagte Mrs. Kronborg manchmal über sie, es war ein schwedisches Sprichwort. Als sie am Haus der Kohlers vorbeifuhren, schnitten der alte Fritz und Wunsch gerade Trauben in der Laube. Thea nickte ihnen förmlich zu. Wunsch trat ans Tor und blickte ihnen nach. Er ahnte Ray Kennedys Absichten und mißtraute jedem Ausflug, der Thea vom Klavier entfernte. Unbewußt ließ er Thea für derlei Leichtfertigkeiten büßen.

Als Ray Kennedy mit seinem Trüppchen der kaum sichtbaren Straße durch die Beifußbüschel hindurch folgte, hörten sie hinter sich das Läuten der Kirchenglocken, was ihnen ein Gefühl von Ausbruch und grenzenloser Freiheit gab. Jedes Kaninchen, das über den Weg schoß, jedes Steppenhuhn, das neben der Straße aufflog, war wie ein Fluchtgedanke, eine Botschaft, die einen in die Wüste lockte. Je weiter sie fuhren, desto wirklicher erschien ihnen das Trugbild der Luftspiegelung, ein seichter Silbersee, der sich viele Meilen weit ausdehnte, ein wenig dunstig im Sonnenlicht. Hier und da sah man schemenhaft junge Rinder, die ausgebrochen waren und nun vom spärlichen Sandgras lebten. Sie waren durch die Spiegelung ins Groteske vergrößert und sahen aus wie Mammuts, prähistorische Tiere, die einsam in den Fluten standen, die vor vielen tausend Jahren wirklich diese Wüste überspült hatten: Die Luftspiegelung selbst mochte noch der Geist dieses längst verschwundenen Meeres sein. Hinter dem Geistermeer erstreckte sich das Band der vielfarbigen Hügel; volles, sonnengedörrtes Gelb, schillerndes Türkis, Lavendel, Violett; all die lichten Pastelltöne der Wüste.

Nach den ersten fünf Meilen wurde die Straße beschwerlicher. Die Pferde mußten ihr Tempo verlangsamen und im Schritt gehen. Die Räder versanken tief im Sand, der in langen Rippen wellenförmig so liegengeblieben war, wie der letzte starke Wind ihn hingeweht hatte. Nach zweistündiger Fahrt gelangte die Gruppe zu Pedros Cup, benannt nach einem mexikanischen Banditen, der dort einmal den Sheriff gefangengehalten hatte. Pedros Cup war ein großes Amphitheater, tief in die Hügel eingeschnitten, mit sanft abfallendem, festgetretenem Boden, der mit Beifuß und Fettholz übersät war.

Auf beiden Seiten der Cup dehnten sich die gelben Hügel nach Norden und Süden aus, zwischen denen sich Schluchten hindurchwanden, voll mit weichem Sand, der von den zerbröckelnden Erdwällen herabsickerte. Auf der Oberfläche dieses fließenden Sandes konnte man Stückchen glitzernder Steine finden, Kristalle und Achate und Onyx und versteinertes Holz so rot wie Blut. Auch ausgetrocknete Kröten und Eidechsen gab es dort. Von Vögeln, die schneller verwesen, blieben nur gefiederte Skelette übrig.

Nach einer kurzen Erkundung erklärte Mrs. Tellamantez, daß es Zeit zum Mittagessen sei, und Ray nahm sein Beil und machte sich daran, Fettholz zu hacken, das lodernd brennt, solange es grün ist. Die kleinen Jungen zerrten die Büsche an den Ort, den Mrs. Tellamantez zur Feuerstelle bestimmt hatte. Mexikanerinnen kochen gerne im Freien.

Nach dem Mittagessen schickte Thea Gunner und Axel auf Achatsuche. «Wenn ihr eine Klapperschlange seht, lauft weg. Versucht nicht, sie zu töten», schärfte sie ihnen ein.

Gunner zögerte. «Wenn Ray mir sein Beil geben würde, könnte ich sie leicht erschlagen.»

Mrs. Tellamantez lächelte und sagte zu Johnny etwas auf Spanisch.

«Ja», antwortete ihr Mann und übersetzte, «man sagt in Mexiko: ‹Töte eine Schlange, aber kränke sie nicht.› Unten im heißen Land, Muchacha», dabei wandte er sich zu Thea, «halten sich die Leute eine zahme Schlange, die Ratten und Mäuse fängt. Sie nennen sie die Hausschlange. Sie legen ihr eine Matte neben das Feuer, und nachts rollt sie sich dort zusammen und sitzt bei der Familie, sie tut niemand etwas.»

Gunner schnaubte verächtlich. «Da sieht man wieder, wie schlampig so ein mexikanischer Haushalt ist!»

Johnny zuckte mit den Schultern. «Vielleicht», murmelte er. Ein Mexikaner lernt unter Beleidigungen hindurchzutauchen oder darüberzustehen, nachdem er die Grenze nach Norden durchquert hat.

Inzwischen warf die Südwand des Amphitheaters einen schmalen Schattenrand, und die Gruppe suchte dort Zuflucht. Ray und Johnny fingen an, über den Grand Cañon und das Tal des Todes zu reden, die beide damals sehr geheimnisumwittert waren, und Thea lauschte aufmerksam. Mrs. Tellamantez holte ihre Hohlsaumstickerei heraus und heftete sie über ihrem Knie fest. Ray kannte fast den ganzen Kontinent und konnte von überall Geschichten erzählen, und Johnny war ein dankbarer Zuhörer.

«Du bist ja schon ziemlich weit herumgekommen. Wie ein Mexikaner», bemerkte er voller Achtung.

Ray, der seine Jacke ausgezogen hatte, wetzte sein Taschenmesser nachdenklich an seiner Schuhsohle. «Ich bin schon recht früh losgezogen. Hatte mir in den Kopf gesetzt, etwas von der Welt zu sehen, und bin von zu Hause weggelaufen, als ich noch nicht einmal zwölf war. Seitdem habe ich mich allein durchgeschlagen.»

«Weggelaufen?» Johnny sah ihn erwartungsvoll an. «Warum das?»

«Ich kam mit meinem alten Herrn nicht aus und hatte

keine Lust, auf der Farm zu arbeiten. Ich hatte genug Brüder, sie vermißten mich nicht.»

Thea räkelte sich im heißen Sand und stützte das Kinn auf ihren Arm. «Erzähl Johnny von den Melonen, Ray, bitte!»

Rays volle, sonnenverbrannte Wangen wurden noch eine Spur röter, und er sah Thea vorwurfsvoll an. «Das ist wohl deine Lieblingsgeschichte, Kleine. Du willst wohl, daß ich ausgelacht werde! Das war der endgültige Bruch mit meinem Alten, John. Er hatte ein Stück Land am Fluß entlang, nicht weit von Denver, und baute etwas Grünzeug für den Markt an. Einmal hatte er eine Ladung Melonen, und er beschloß, sie in die Stadt zu bringen und an der Straße zu verkaufen. Ich mußte mitkommen, als Fahrer. Denver war damals noch nicht so nobel wie heute, ganz und gar nicht, aber mir kam es riesengroß vor; und als wir hinkamen, ließ er mich doch glatt den Capitolshügel hinauffahren! Pa stieg aus, klopfte bei wildfremden Leuten und fragte, ob sie nicht Melonen kaufen wollten. Ich sollte dabei langsam neben ihm herfahren. Mit jedem Schritt wurde ich wütender, aber ich bemühte mich, mir nichts anmerken zu lassen, als sich plötzlich hinten die Klappe lockerte und eine der Melonen herausfiel und zerplatzte. Gerade in diesem Moment kommt ein hübsches Mädchen, fein herausgeputzt, aus einem der großen Häuser und ruft mir zu: «He, Junge, du verlierst deine Melonen!» Einige Laffen auf der anderen Straßenseite zogen vor ihr den Hut und fingen an zu lachen. Da hielt ich es nicht mehr aus. Ich packte die Peitsche und schlug auf die Pferde ein, und sie rasten den Berg hinauf wie die Hasen. Die verdammten Melonen rollten bei jedem Satz von der Ladefläche, der Alte fluchte und schrie hinter mir her, und alles lachte. Ich hab mich kein einziges Mal umgedreht, aber das muß eine schöne Schweinerei gewesen sein, der ganze Capitolshügel voller zermatschter Melonen. Ich raste, bis ich die Stadt nicht mehr sehen konnte. Dann brachte ich die Pferde zum Stehen und ließ sie auf einer Ranch zurück, deren Besitzer ich kannte, und ich ging nie mehr nach Hause zurück, um mir die Tracht Prügel abzuholen, die dort auf mich wartete. Ich schätze, die wartet noch heute auf mich.»

Thea rollte sich im Sand auf den Rücken. «Ich wünschte, ich hätte diese Melonen herunterfallen sehen, Ray! So etwas Witziges werde ich wohl niemals erleben. Erzähl Johnny doch noch von deiner ersten Arbeitsstelle.»

Ray hatte eine ganze Sammlung guter Geschichten. Er war ein guter Beobachter, aufrichtig und herzensgut – vielleicht die wichtigsten Eigenschaften eines guten Geschichtenerzählers. Gelegentlich benutzte er einen gestelzten Zeitungsstil, den er sich in seinem Bemühen um Selbstbildung sorgfältig angeeignet hatte, aber wenn er in seiner natürlichen Sprache erzählte, lohnte es sich immer, ihm zuzuhören. Da er keine nennenswerte Schullaufbahn vorweisen konnte, setzte er, seit er von zu Hause weggelaufen war, einiges daran, diesen Mangel aufzuholen. Als Schafhirte hatte er sich durch eine alte Grammatik gequält, bis sie völlig zerfleddert war, und mit Hilfe eines Taschenlexikons kluge Bücher gelesen. Beim Licht vieler Lagerfeuer hatte er über die Geschichtsbücher von Prescott nachgegrübelt und über die Werke von Washington Irving, die er für sehr viel Geld bei einem Buchhändler erstanden hatte. Mathematik und Physik fielen ihm leicht, aber mit seiner Allgemeinbildung stand es nicht zum besten. Er war entschlossen, das zu ändern. Ray war ein Freigeist, glaubte jedoch auf der anderen Seite, ihn erwarte dafür die Verdammnis. Als er Bremser war, unten auf der Santa-Fe-Linie, kletterte er immer am Ende seiner Schicht in die oberste Koje des Dienstwagens, während eine lärmende Bande unten vor dem Ofen Poker spielte, und las beim Licht der Deckenbeleuchtung Robert Ingersolls Reden und «Das Zeitalter der Vernunft».

Ray war ein redlicher Kerl, deshalb war es ihm nicht leichtgefallen, seinem Gott den Rücken zu kehren. Er war ein Stiefkind des Schicksals, und seine harte Arbeit hatte ihm recht wenig eingebracht; die anderen kamen immer besser weg. An einigen Projekten, die Gewinne abwarfen, hatte er sich entweder zu früh oder zu spät beteiligt. Von seinen Wanderschaften brachte er viel Wissenswertes mit (das er zwar richtig, aber nur zusammenhanglos und deshalb mißverständlich wiedergeben konnte), ein hohes Maß an Ehrgefühl, eine sentimentale Verehrung für alle Frauen, gute wie schlechte, und einen bitteren Haß auf alle Engländer. Thea dachte oft, daß das Liebenswerteste an Ray seine Liebe für Mexiko und die Mexikaner war, die ihn freundlich behandelt hatten, als er, ein heimatloser Junge, über die Grenze gekommen war. In Mexiko war Ray Señor Ken-ay-dy, und wenn er auf diesen Namen antwortete, schien er ein anderer Mensch zu werden. Er sprach fließend Spanisch, und die sonnige Wärme dieser Sprache nahm ihm etwas von der Sprödigkeit seines Geredes und der Beschränktheit, die von seiner mangelhaften Schulbildung herrührte.

Während Ray eine Zigarre rauchte, sprachen er und Johnny über die großen Reichtümer, die sich einige im Südwesten erworben hatten, und über Bekannte, die «das große Geld gemacht hatten».

«Du hast deine Finger dort unten doch bestimmt auch in einigen großen Geschäften gehabt?» fragte Johnny treuherzig.

Ray lächelte und schüttelte den Kopf. «Ich habe einige verpaßt. Aber ich habe nie wirklich die Finger dringehabt. Bis jetzt habe ich entweder immer zu lange gewartet oder zu früh aufgegeben. Aber irgendwann wird's schon klappen.» Ray blickte nachdenklich vor sich hin. Er lehnte sich in den Schatten zurück und baute eine Stütze aus Sand für seinen Ellbogen. «Am dichtesten dran war ich mit Bridal Chamber. Wenn ich damals nicht aufgegeben hätte, da wäre ich reich geworden. Das war wirklich knapp.»

Johnny war begeistert. «Was du nicht sagst! War bestimmt eine Silbermine!»

«Ja, und was für eine! Unten am Lake Valley. Ich habe einige Hunderte für den Schürfer zusammengekratzt, und er gab mir ein Bündel Anteilscheine. Bevor wir allerdings irgend etwas herausholen konnten, starb mein Schwager in Kuba am Fieber. Meine Schwester setzte alles daran, seinen Leichnam nach Colorado zurückzuholen und ihn dort zu begraben. Ich fand es verrückt, aber sie ist meine einzige Schwester. Für Tote ist das Reisen teuer, und ich mußte meine Minenanteile verkaufen, damit ich das Geld zusammenbekam, um Elmer zurückzubringen. Zwei Monate später stießen die Jungs auf einen großen Einschluß im Fels, voll mit Rohsilber. Sie nannten ihn Bridal Chamber, Brautgemach. Es war kein Erz, wie gesagt. Es war reines, weiches Metall, aus dem man sofort Dollars hätte schmelzen können. Die Jungs haben es herausgemeißelt. Wenn der alte Elmer mir nicht so übel mitgespielt hätte, wäre ich mit etwa fünfzigtausend dabeigewesen. Ich war wirklich dicht dran, Johnny.»

«Ich kann mich erinnern. Als der Einschluß leer war, war die Stadt pleite.»

«Und wie. Bis über beide Ohren verschuldet. Es gab gar keine Ader, nur einen Felsspalt, der sich irgendwann einmal mit geschmolzenem Silber gefüllt hatte. Man hätte doch annehmen können, es gibt in der Gegend noch mehr davon, aber nada, nichts war's. Dort rennen heute immer noch ein paar Verrückte herum, die Löcher in den Berg bohren.»

Als Ray seine Zigarre geraucht hatte, griff Johnny zur Mandoline und sang Kennedys Lieblingslied: «Ultimo Amor». Es war jetzt drei Uhr nachmittags, die heißeste Zeit des Tages. Der kleine Schattenrand hatte sich ausgedehnt und teilte jetzt den Boden des Amphitheaters in zwei Hälften, die eine gelbglitzernd, die andere violett. Die Jungen waren zurückgekommen und bauten sich eine Räuberhöhle, wo sie die tollkühnen Abenteuer von Pedro, dem Banditen, nachspielten.

Johnny streckte sich behaglich im Sand aus und spielte nach «Ultimo Amor» noch wehmütig «Fluvia de Oro» und dann schließlich «Noches de Algeria».

Jeder von ihnen gab sich seinen Gedanken hin. Mrs. Tellamantez dachte an den Platz in der kleinen Stadt, in der sie geboren war, an die Stufen der weißen Kirche, wo jeder, der vorbeiging, das Knie beugte, und an die runden Kronen der Akazien und das Orchester, das auf der Plaza spielte. Ray Kennedy dachte an die Zukunft und träumte den großen Traum vom Westen und vom leichten Geld, einem Vermögen, das irgendwo in den Bergen versteckt lag – eine Ölquelle, eine Goldmine, eine Kupferader. Er sagte sich jedesmal, wenn ein frischverheirateter Kollege bei der Eisenbahn an alle Zigarren verschenkte, daß er selbst so schlau sei, erst dann zu heiraten, wenn er seine Idealfrau gefunden hätte und ihr das Leben einer Dame bieten könne. Er glaubte in dem blonden Köpfchen dort drüben dieses Ideal gefunden zu haben und, wenn sie zum Heiraten alt genug wäre, er reich genug sein würde, ihr alles bieten zu können. Irgendwie würde er schon zu Geld kommen, wenn er nur von der Eisenbahn loskäme.

Thea erinnerte sich, angeregt von den Abenteuergeschichten aus dem Grand Canyon und dem Tal des Todes, an ein Abenteuer, das sie selbst erlebt hatte. Im Frühsommer war ihr Vater gebeten worden, ein Treffen alter Pioniere zu leiten, oben in Wyoming, in der Nähe von Laramie, und er nahm Thea mit, damit sie die Orgel spielte und patriotische Lieder sang. Sie wohnten dort im Haus eines alten Viehzüchters, der ihnen von der Laramie Plain, einer nahegelegenen Bergkuppe, erzählte, wo man noch immer Wagenspuren der Goldsucher von 1849 und der Mormonen sehen konnte. Der Alte erbot sich sogar, Mr. Kronborg in die Berge hinaufzuführen, um ihm die Stelle zu zeigen, obwohl es für einen Tag eine lange Fahrt war. Thea hatte inständig darum gebettelt, mitgehen zu dürfen, und der alte Rancher, geschmeichelt durch die gespannte Aufmerksamkeit, mit der sie seinen Geschichten gelauscht hatte, legte ein Wort für sie ein. Sie brachen noch vor Tagesanbruch aus Laramie auf, gezogen von einem starken Maultiergespann. Den ganzen Weg über sprachen sie vom Goldrausch. Der alte Rancher war Zugführer in einem Güterzug gewesen, der zwischen Omaha und Cherry Creek, wie Denver damals noch hieß, auf der weiten Ebene hin und her gependelt war, und hatte dabei so manchen Wagenzug gesehen, der auf dem Weg nach Kalifornien war. Er erzählte von Indianern und Büffeln, Durst und Gemetzel, Märschen durch Schneestürme und einsamen Gräbern in der Wüste.

Die Straße, der sie folgten, war von wilder Schönheit. Sie führte höher und höher hinauf, an Granitfelsen und verkrüppelten Kiefern vorbei, an tiefen Schluchten und widerhallenden Bergspalten entlang. Als sie den Kamm erreicht hatten, dehnte sich vor ihnen eine riesige ebene Fläche aus, die mit weißen Felsblöcken übersät war und über die der Wind hinwegheulte. Es gab hier nicht nur eine Spur, wie Thea erwartet hatte, sondern unzählige: tiefe Furchen, von schweren Wagenrädern in die Erde eingegraben, die jetzt von dürrem, weißlichen Gras überwachsen waren. Die Furchen verliefen dicht nebeneinander; wenn eine Spur zu sehr ausgefahren war, hatte der nachfolgende Zug sie nicht weiter benutzt und rechts oder links davon eine neue gezogen. Es waren tatsächlich lauter alte Wagenspuren, die von Ost nach West verliefen und über die nun Gras gewachsen war. Als Thea aber mit wirbelnden Röcken zwischen den weißen Steinbrocken umherlief, trieb der Wind ihr Tränen in die Augen, die wahrscheinlich auch so gekommen wären. Der alte Rancher hob ein Hufeisen von einem Ochsen auf, das in einer der Furchen lag, und gab es ihr als Andenken. Nach Westen hin sah man hintereinander gestaffelt die blauen Bergketten und im Hintergrund die schneebedeckten, den Stürmen ausgesetzten Gipfel, an denen sich hier und da Wolken verfangen hatten. Immer wieder mußte Thea schützend die Hände vors Gesicht halten. «Der Wind schweigt nie auf dieser Hochebene», sagte der alte Mann. Ab und zu kreiste ein Adler über ihnen.

Unterwegs hatte der alte Mann ihnen erzählt, er habe in Brownsville, Nebraska, gelebt, als die ersten Telegraphendrähte über den Missouri gespannt wurden, und die erste Botschaft, die den Fluß überquerte, habe gelautet: «Das Empire ist auf dem Weg nach Westen.» Er war in dem Raum, als das Instrument zu tickern begann, und alle Männer, die dabei waren, hatten unwillkürlich die Hüte abgenommen und warteten mit entblößten Häuptern darauf, daß die Botschaft übersetzt wurde. Thea fielen die Worte dieser Botschaft wieder ein, als sie über die Wagenspuren hinweg auf die blauen Berge blickte. Sie wußte, daß sie das niemals vergessen würde. Die Unerschrockenheit dieser Menschen schien in den Adlern dort oben weiterzuleben. Noch lange Zeit später fiel ihr bei einer bewegenden Rede zum vierten Juli, einem Platzkonzert oder einem Zirkusumzug der Tag auf dem stürmischen Bergrücken ein.

Heute war sie über diesen Gedanken eingeschlafen. Als Ray sie aufweckte, waren die Pferde bereits vor den Wagen gespannt, und Gunner und Axel bettelten darum, auf der vorderen Bank sitzen zu dürfen. Die Luft hatte sich etwas abgekühlt, die Sonne ging gerade unter, und die Wüste glühte. Thea setzte sich zufrieden neben Mrs. Tellamantez auf den Rücksitz. Als sie heimwärtsfuhren, blitzten vereinzelt die ersten Sterne auf, blaßgelb an einem gelben Himmel, und Ray und Johnny stimmten eines dieser Eisenbahnlieder an, die gewöhnlich auf der Southern Pacific entstehen und dann das ganze Eisenbahnnetz bis hinunter nach Santa Fe durchlaufen, bis sie schließlich wieder vergessen werden und einem neuen Platz machen. Dieses handelte von einem Tanz der Maschinisten, und der Refrain lautete etwa so:

«Pedró, Pedró, auf und nieder,
dann den Reigen links im Kreis,
Mancher feurig, mancher stolz,
an die Spanier geht der Preis,
ja, an die Spanier geht der Preis!»

VIII

Der Winter ließ in diesem Jahr lange auf sich warten. Den ganzen Oktober hindurch waren die Tage voller Sonne, und die Luft war kristallklar. Die Stadt zeigte noch ihr fröhliches Sommergesicht, die Wüste flimmerte im Licht, die Sandhügel änderten täglich ihre Farben wie durch Zauberei. Der scharlachrote Beifuß blühte spät in den Vorgärten, die Blätter der Pappeln leuchteten lange in hellem Gold, bevor sie abfielen, und erst im November begann das Grün der Tamarisken sich zu trüben und zu verblassen. Um Erntedank herum gab es ein kurzes Schneegestöber, und im Dezember wurde es wieder warm und klar.

Thea hatte jetzt drei Klavierschüler, kleine Mädchen, deren Mütter der Meinung waren, Professor Wunsch sei viel zu streng. Sie kamen samstags zum Unterricht, und die Zeit ging ihr selbst vom Üben ab. Es machte ihr eigentlich nichts aus, da sie das Geld dafür benutzen durfte – ihre Schüler bezahlten ihr fünfundzwanzig Cents pro Stunde –, sich ein kleines Zimmer oben im Dachgeschoß einzurichten. Es war das letzte Zimmer des Anbaus und nicht verputzt, sondern mit Kiefernholz verkleidet, was ihm etwas Anheimelndes gab. Die Decke war so niedrig, daß ein Erwachsener sie mit der flachen Hand berühren konnte, und auf zwei Seiten fiel sie schräg ab. Es gab nur ein Fenster, jedoch ein Doppelfenster, das bis zum Boden ging. Im Oktober, als die Tage noch recht warm waren, tapezierten Thea und Tillie das Zimmer – Wände und Decke im gleichen Muster – mit einer Tapete voll von kleinen roten und braunen Röschen auf gelblichem Grund. Thea kaufte einen braunen Baumwollteppich, und ihr großer Bruder Gus legte ihr an einem Sonntag das Zimmer damit aus. Sie machte sich Vorhänge aus indischem Nesselstoff und hängte sie an einem Stoffband auf. Von ihrer Mutter bekam sie eine alte Kommode aus Walnußholz mit einem zersprungenen Spiegel geschenkt. Außerdem hatte sie ein kleines massives Einzelbett aus Walnußholz und eine blaue Waschschüssel mit Krug, die sie in einer Lotterie bei einem Gemeindefest gewonnen hatte. Am Kopfende ihres Bettes hatte sie eine große, hölzerne Hutschachtel aus dem Bekleidungsgeschäft aufgestellt. Sie war mit Cretonne überzogen und gab ein recht stabiles Tischchen für ihre Laterne ab. Sie durfte keine Lampe mit heraufnehmen, aber Ray Kennedy hatte ihr eine Eisenbahnlaterne geschenkt, bei deren Licht sie nachts lesen konnte.

Im Winter war Theas Dachkämmerchen bitter kalt, doch gegen den Rat ihrer Mutter – und Tillies – ließ sie ihr Fenster immer einen kleinen Spalt offen. Mrs. Kronborg erklärte, die amerikanischen Vorstellungen von Physiologie interessierten sie nicht, wenngleich sie die Kapitel über die gesundheitsschädliche Wirkung von Alkohol und Tabak ganz gern an ihre Söhne weitergab. Thea fragte Doktor Archie wegen des Fensters, und er sagte ihr, ein Mädchen, das singe, brauche viel frische Luft, sonst bekäme es eine belegte Stimme, und außerdem werde sein Hals durch die Kälte abgehärtet. Das wichtigste sei, so meinte er, die Füße warm zu halten. An kalten Abenden legte Thea nach dem Abendessen immer einen Backstein in den Ofen. Wenn sie nach oben ging, wickelte sie ihn in einen alten Flanellunterrock und legte ihn in ihr Bett. Ihre Brüder, die nie auf die Idee kamen, sich Backsteine zu wärmen, nahmen manchmal einfach Theas mit und freuten sich diebisch, ihr zuvorgekommen zu sein.

Die ersten Male, die Thea unter die roten Decken kroch, hielt die Kälte sie manchmal noch eine Weile wach, und sie tröstete sich damit, daß sie sich alles in Erinnerung rief, was sie aus den «Expeditionen am Polarkreis» wußte, einem dicken, in Kalbsleder gebundenen Band, den ihr Vater einmal per Subskription gekauft hatte. Sie dachte an die Mitglieder von Greelys Mannschaft: wie sie in ihren steif gefrorenen Schlafsäcken lagen und versuchten, der hereinkriechenden Kälte, die sich bald für immer über sie legen würde, so lange wie möglich die eigene Körperwärme entgegenzuhalten. Nach etwa einer halben Stunde strömte eine warme Welle durch ihren Körper und die runden, festen Beine. Die Wärme ihres Blutes ließ sie glühen wie einen kleinen Ofen, und die schweren Steppdecken und roten Wolldecken wurden überall dort warm, wo sie ihren Körper berührten, obwohl ihr Atem auf der obersten Bettdecke gefror. Kurz vor Tagesanbruch ließ ihr inneres Feuer ein bißchen nach, und beim Aufwachen lag sie meist zu einer Kugel zusammengerollt, mit etwas steifen Beinen. Aber das machte das Aufstehen nur um so leichter.

Mit dem Einzug in das neue Zimmer begann ein neuer Abschnitt in Theas Leben. Es war eines der einschneidensten Ereignisse für sie. Bis dahin hatte sie keinen Moment Ruhe gehabt, außer im Sommer, wenn sie sich im Freien aufhalten konnte. Der Trubel, der sie umgab, die Familie, die Schule, die Sonntagsschule, erstickten ihre innere Stimme. Ganz am Ende des Anbaus, von den übrigen Schlafzimmern im oberen Stockwerk durch eine lange, kalte, halb fertige Rumpelkammer getrennt, begann ihr Geist sich zu regen. Sie konnte klarere Gedanken fassen. Verlockende Pläne und Gedanken kamen ihr in den Sinn, die ihr früher niemals eingefallen wären. Einige dieser Gedanken und Vorstellungen begleiteten sie wie weise, alte Freunde. Sie ließ sie im kalten Zimmer zurück, wenn sie sich morgens angezogen hatte, und traf sie abends wieder, wenn sie mit ihrer Laterne heraufkam und nach einem anstrengenden Tag die Tür hinter sich schloß. Es gab keine Möglichkeiten, dieses Zimmer zu heizen, aber das war ihr Glück, denn sonst hätte längst einer der älteren Brüder es für sich beansprucht.

Von dem Tag, an dem Thea ihr Zimmer oben im Anbau bezog, begann sie ein Doppelleben zu führen. Tagsüber, wenn ihre Stunden mit allerlei Aufgaben ausgefüllt waren, war sie eines von den Kindern der Kronborgs, aber nachts war sie jemand anders. Freitag- und Samstagnacht lag sie immer sehr lange wach und las. Sie besaß keine Uhr, und es war niemand da, der sie deswegen schelten würde.

Ray Kennedy schaute oft auf dem Heimweg vom Bahnhof zu Theas Fenster hinauf und sah ihr Licht brennen, während das ganze Haus dunkel war. Es schien ihm wie ein freundlicher Gruß. Er war eine treue Seele, und selbst die vielen Enttäuschungen hatten sein Wesen nicht verändert. Im Grunde seines Herzens war er noch immer der sechzehnjährige Junge, der in Wyoming während eines Schneesturms lieber mit seinen Schafen erfroren wäre, als sie im Stich zu lassen. Er war damals nur gerettet worden, um das Spiel mit der Treue unter immer höheren Einsätzen zu wagen und dann doch zu verlieren.

Ray hatte keine genaue Vorstellung davon, was in Theas Kopf vorging, aber daß etwas in ihm vorging, wußte er. Des öfteren sagte er zu Chicano-Johnny: «Aus diesem Mädchen wird einmal etwas ganz Besonderes.» Thea sah Ray manches nach, auch, daß er sich mit ihrem Namen einige Freiheiten erlaubte. Außerhalb der Familie nannte sie jeder in Moonstone, ausgenommen Wunsch und Doktor Archie, «The-a», aber Ray erschien das zu kalt und unpersönlich, und so rief er sie «Thee». Einmal war sie darüber sehr aufgebracht und fragte ihn, warum er sie so nenne, und er erwiderte, er habe einen Kumpel gehabt, der Theodor hieß und dessen Name immer so abgekürzt wurde, seit der aber auf der Santa-Fe-Linie ums Leben gekommen sei, stände es ihm ja frei, jemand anderen «Thee» zu nennen. Thea seufzte und gab sich geschlagen. Sie war einfachen Gefühlen gegenüber immer hilflos und wechselte gewöhnlich schnell das Thema.

Es war Sitte, daß jede der verschiedenen Sonntagsschulen in Moonstone am Weihnachtsabend ein Konzert gab. Aber in diesem Jahr war geplant – und so wurde es von allen Kanzeln verkündet –, daß sich die Kirchen im Opernhaus zu einem «halb-geistlichen, halb-weltlichen Konzert mit ausgewählten Talenten» zusammentun sollten. Das Orchester von Moonstone würde unter der Leitung von Professor Wunsch spielen, und die begabtesten Mitglieder jeder Sonntags-

schule sollten zum Programm beitragen. Das Komitee hatte
Thea für einen Instrumentalvortrag vorgesehen. Darüber
war sie sehr erbost, denn bei den Zuhörern waren die Ge-
sangsvorträge immer am beliebtesten. Thea ging zur Vorsit-
zenden des Komitees und erkundigte sich aufgebracht, ob
ihre Rivalin Lily Fisher denn singen dürfe. Die Vorsitzende,
eine stattliche, kräftige Frau mit gepudertem Gesicht, war
eine begeisterte Mitarbeiterin in der V. C. F. E., der Vereinigung christlicher Frauen für Enthaltsamkeit, und eine von
Theas Erzfeindinnen. Sie hieß Johnson, und da ihr Mann
den Mietstall führte, wurde sie Frau Mietstall-Johnson genannt, um sie von den anderen Familien gleichen Namens zu
unterscheiden. Mrs. Johnson war ein führendes Mitglied der
Baptistengemeinde, als deren Wunderkind Lily Fisher galt.
Zwischen den Baptisten und der Kirche von Mr. Kronborg
herrschte eine ganz und gar unchristliche Rivalität.

Als Thea Mrs. Johnson die Frage nach ihrer Rivalin stellte,
antwortete Mrs. Johnson mit einer Genugtuung, die verriet,
wie sehr sie auf diesen Moment gewartet hatte, daß Lily
verzichtet hatte und diesmal ein Gedicht vortrage, damit
andere Kinder die Gelegenheit bekämen vorzusingen. Dabei
sprühten ihre Augen Funken, daß Thea unwillkürlich an
Coleridges «Ballade vom alten Matrosen» denken mußte.
Mrs. Johnson konnte ein Kind, das seine Freunde unter
Mexikanern und Sündern suchte und das, wie sie es ausdrückte, «mit Männern kokettierte» nur ihre tiefste Mißbilligung spüren lassen. Sie genoß es so sehr, Thea bei dieser
Gelegenheit zurechtzuweisen, daß sie, eingeschnürt wie sie
war, kaum noch Luft bekam und sich der Spitzenbesatz ihres
Kleides und die Kette ihrer goldenen Uhr sich in kurzen
Wogen heftig hoben und senkten. Thea drehte sich ärgerlich
um und ging langsam nach Hause. Das konnte nicht mit
rechten Dingen zugegangen sein. Lily Fisher war das hoch-

näsigste Geschöpf der Welt, und aus Rücksichtnahme auf andere ein Gedicht vorzutragen, paßte überhaupt nicht zu ihr. Niemand, der singen konnte, begnügte sich damit, ein Gedicht vorzutragen, denn die Sänger bekamen immer den größten Beifall.

Als jedoch das Programm in der Stadtzeitung «Moonstone Gleam» abgedruckt wurde, stand da: «Instrumentalvortrag, Solo: Thea Kronborg; Gedichtvortrag: Lily Fisher.»

Da sein Orchester am Konzert teilnehmen sollte, begann Mr. Wunsch sich für das gesamte musikalische Programm verantwortlich zu fühlen und wurde unausstehlich autoritär. Er bestand darauf, daß Thea eine Ballade von Reinecke spielen sollte. Als Thea ihre Mutter um Rat fragte, war diese auch der Meinung, daß die Ballade bei den Zuhörern in Moonstone niemals ankommen würde.

«Es ist völlig gleichgültig, ob es ihnen gefällt», entgegnete Wunsch auf Theas Einwände. «Es ist höchste Zeit, daß sie etwas dazulernen.»

Theas Kampfgeist war durch einen Eiterzahn und den damit verbundenen schlaflosen Nächten geschwächt, also gab sie nach. Schließlich wurde ihr der Backenzahn gezogen, obwohl er eigentlich hätte gerettet werden müssen, weil es kein Milchzahn mehr war. Der Zahnarzt war ein derber, unsensibler Landarzt, aber Mr. Kronborg wollte nichts davon wissen, daß Doktor Archie Thea zu einem Zahnarzt nach Denver brachte, selbst dann nicht, wenn Ray Kennedy ihr eine Freifahrt besorgt hätte. So kam es, daß Thea von den Zahnschmerzen, den Familienstreitigkeiten über den Zahnarzt, den Vorbereitungen für die Weihnachtsgeschenke, ihrer Arbeit für die Schule, die sie nicht vernachlässigen wollte, dem Üben und ihrem Samstagsunterricht regelrecht erschöpft war.

An Heiligabend war sie nervös und aufgeregt. Es war das

erste Mal, daß sie in einem Konzertsaal und vor so großem Publikum spielte. Wunsch bestand darauf, daß sie auswendig spielte, so daß sie zudem fürchtete, alles zu vergessen. Bevor das Konzert begann, mußten alle Teilnehmer auf der Bühne Platz nehmen, damit man sie sehen konnte. Thea trug ihr weißes Sommerkleid mit einer blauen Schärpe, Lily Fisher hingegen hatte ein neues rosarotes Seidenkleid mit Schwanenfedernbesatz.

Der Saal war brechend voll. Es schien, als sei ganz Moonstone gekommen, sogar Mrs. Kohler mit ihrer Kapuze und der alte Fritz. Man saß auf hölzernen Küchenstühlen, die mit Nummern versehen und an langen Brettern festgenagelt waren, die sie in Reihen zusammenhielten. Da der Boden nicht nach hinten anstieg, befanden sich die Stühle alle auf einer Höhe. Die Interessierteren unter den Zuschauern reckten sich, um über die Köpfe ihrer Vorderleute hinweg das Geschehen verfolgen zu können. Von der Bühne aus entdeckte Thea viele freundliche Gesichter. Da war Doktor Archie, der sonst nie zu kirchlichen Veranstaltungen ging; da war der nette Juwelier, der immer die Noten für sie bestellte – er verkaufte neben Uhren auch Akkordeons und Gitarren –, der Apotheker, der ihr öfter Bücher auslieh, und ihr Lieblingslehrer aus der Schule. Dort drüben saß Ray Kennedy mit einer Gruppe frischrasierter Kollegen von der Eisenbahn, die er mitgebracht hatte. Und da saß Mrs. Kronborg mit all ihren Kindern, sogar Thor hatte sie mitgenommen, feingemacht in seinem neuen weißen Plüschjäckchen. Am hinteren Ende des Saales saß eine kleine Gruppe Mexikaner, in deren Mitte Thea Chicano-Johnnys weiße Zähne aufblitzen sah und Mrs. Tellamantez' glänzendes, weich aufgestecktes schwarzes Haar.

Nachdem das Orchester ein Potpourri aus der Oper «Erminie» gespielt und der Baptistenpfarrer eine lange Predigt gehalten hatte, war Tillie Kronborg an der Reihe mit einem überaus blumigen Gedichtvortrag, «Der kleine Polenjunge». Als das überstanden war, atmeten alle ein wenig auf. Kein Komitee würde je wagen, Tillie nicht ins Programm aufzunehmen. Man mußte ihren Auftritt eben als den anstrengendsten Teil jeder Veranstaltung hinnehmen. Der neue Euchre-Klub, eine Kartenspielrunde, war die einzige gesellschaftliche Vereinigung in der Stadt, die von Tillie verschont geblieben war.

Nachdem Tillie sich wieder gesetzt hatte, sang das Damenquartett: «Liebster, die Nacht bricht an», und dann war Thea an der Reihe.

Die «Ballade» dauerte zehn Minuten und damit fünf Minuten zu lange. Die Zuhörer wurden unruhig und begannen zu flüstern. Thea konnte Mrs. Mietstall-Johnsons Armbänder klirren hören, die sich Luft zufächelte, und sie hörte das nervöse, pastorale Hüsteln ihres Vaters. Thor benahm sich besser als alle anderen. Als Thea sich verbeugte und zu ihrem Platz im hinteren Teil der Bühne zurückkehrte, bekam sie Applaus wie alle anderen, aber richtig kräftig klang es nur im hinteren Teil des Saales, wo die Mexikaner saßen, und aus der Ecke der Claqueure, die Ray Kennedy mitgebracht hatte. Es war ganz offensichtlich, daß sich das Publikum – so wohlwollend es auch war – gelangweilt hatte.

Da Mr. Kronborgs Schwester auf dem Programm stand, hatte auch die Cousine der Frau des Baptistenpfarrers ein Recht auf ihren Gesangsvortrag. Sie hatte eine tiefe Altstimme, stammte aus McCook und sang «Ich bin dein Hirte». Nach ihr war Lily Fisher an der Reihe. Theas Rivalin war blond wie sie selbst, ihr Haar war jedoch viel schwerer als Theas und fiel in langen Ringellocken über ihre Schultern. Sie war das Engelchen der Baptistengemeinde und sah aus wie die niedlichen Kinder auf den Seifenschachteln. Mit

ihrem hellen, rosigen Gesicht und ihrem aufgesetzten, un-
schuldigen Lächeln wirkte sie, als sei sie gerade einem Sam-
melbildchen entstiegen. Sie hatte lange, gebogene Wimpern, einen kleinen Schmollmund und spitze Hamsterzähn-
chen.

Lily begann: «‹Fels der Zeit, gespalten für mich›, sang ohn'
Rührung die Maid.»

Thea holte tief Atem. So hatten sie sich das also ausge-
dacht. Was sie vortrug war Lied und Gedicht zugleich. Lily
deklamierte ein halbes Dutzend Strophen mit großem Erfolg. Der Baptistenpfarrer hatte zu Beginn des Konzerts
angekündigt, daß es aufgrund der Länge des Programms
keine Zugaben geben würde. Aber der Applaus, der Lily zu
ihrem Platz begleitete, war ein solch unmißverständlicher
Ausdruck allgemeiner Begeisterung, daß Lily, wie selbst
Thea zugeben mußte, ganz zurecht noch einmal nach vorn
ging. Dieses Mal in Begleitung von Frau Mietstall-Johnson
höchstpersönlich, die, puterrot vor Stolz und mit blitzenden
Augen, ihr Notenblatt aufgeregt ein- und ausrollte. Sie
streifte ihre Armbänder ab und begleitete Lily am Klavier.
Lily hatte die Stirn, das Lied vorzutragen: «Sie sang auf die
Heimat ein süßes Lied, das freudig im Herzen mir klang.»
Aber das überraschte Thea nicht im geringsten. Ray meinte
später dazu, das Ganze sei doch ein abgekartetes Spiel gewesen. Der Moonstone Gleam berichtete in seiner nächsten
Ausgabe, der Star des Abends sei unbestreitbar Miss Lily
Fisher gewesen. Die Baptisten hatten erreicht, was sie woll-
ten.

Nach dem Konzert gesellte Ray Kennedy sich zu den
Kronborgs, und man machte sich gemeinsam auf den Heimweg. Thea war dankbar für sein stummes Mitgefühl, das sie
jedoch gleichzeitig auch kränkte. Sie schwor sich insgeheim,
nie mehr auch nur eine einzige Stunde beim alten Wunsch zu

nehmen. Sie konnte es kaum ertragen, daß ihr Vater so fröhlich «Ihr Hirten erwacht» trällerte, während er mit Thor auf dem Arm vorausging. Ihrer Meinung nach hatten die Kronborgs allen Grund, sich in der nächsten Zeit still zu verhalten. Die ganze Familie, wie sie in der sternklaren Nacht dahinzog, schien ihr mit einemmal irgendwie lächerlich. Erstens waren sie so zahlreich, und dazu kam noch das übertriebene Getue von Tillie. Sie kicherte und redete auf Anna ein, als merke sie gar nicht, daß sie sich soeben selbst bloßgestellt hatte, was selbst Mrs. Kronborg eingestehen mußte.

Als sie zu Hause ankamen, zog Ray ein Etui aus der Manteltasche und drückte es Thea beim Gutenachtsagen heimlich in die Hand. Alle stürmten in den Salon, wo der Ofen glühte. Die Kleinen waren müde und wurden gleich ins Bett gebracht. Mrs. Kronborg und Anna blieben noch auf, um die Weihnachtsstrümpfe zu füllen.

«Du wirst müde sein, Thea. Du brauchst nicht aufzubleiben.» Mrs. Kronborg durchschaute Thea mit ihrem klaren, nur scheinbar gleichgültigen Blick recht gut.

Thea zögerte. Sie warf einen Seitenblick auf die Geschenke, die auf dem Eßzimmertisch ausgebreitet waren, aber sie schienen ihr bedeutungslos und nichtssagend. Selbst der braune Plüschaffe, den sie so begeistert für Thor gekauft hatte, schien seinen klugen, schelmischen Blick verloren zu haben. Sie murmelte ein «Ist gut», zündete ihre Laterne an und ging hinauf in ihr Zimmer.

Das Etui, das Ray ihr gegeben hatte, enthielt einen weißen Satinfächer mit aufgemalten Wasserlilien, die gleich wieder unliebsame Erinnerungen wachriefen. Thea lächelte bitter und warf den Fächer in die oberste Schublade. Man konnte sie nicht mit Spielsachen trösten. Sie zog sich schnell aus, blieb eine Weile in der Kälte stehen und betrachtete in dem zersprungenen Spiegel mürrisch ihre flachsblonden Zöpfe, den weißen Hals und die Arme. Ihr breites, entschlossenes Gesicht sah ihr aus dem Spiegel trotzig entgegen, ihre Augen blitzten sie herausfordernd an. Lily Fisher sah hübsch aus, und es machte ihr nichts aus, sich so dümmlich zu verhalten, wie man es von ihr erwartete. Sollte sie doch; aber Thea Kronborg tat das nicht. Lieber wollte sie unbeliebt sein als dumm, das stand außer Frage. Sie hüpfte ins Bett und vertiefte sich verbissen in ein merkwürdiges, broschiertes Bändchen, das der Apotheker ihr geschenkt hatte, weil es niemand kaufen wollte. Thea hatte sich selbst dazu erzogen, sich ganz auf das zu konzentrieren, was sie gerade tat, sonst wäre ihr komplizierter tagtäglicher Stundenplan immer durcheinandergeraten. Sie las so aufmerksam die seltsamen «Musikalischen Erinnerungen des Reverend H. R. Haweis», als berührte sie der Ärger gar nicht mehr. Schließlich blies sie die Laterne aus und schlief ein. In dieser Nacht hatte sie viele sonderbare Träume. Einmal hielt Mrs. Tellamantez Thea ihre Muschel ans Ohr, und sie hörte wieder das Rauschen des Meeres und dazwischen weit entfernte Stimmen, die «Lily Fisher! Lily Fisher!» riefen.

IX

In Mr. Kronborgs Augen war Thea ein bemerkenswertes Kind, aber das dachte er auch von seinen anderen Kindern. Wenn einer der Geschäftsleute in der Stadt ihn auf Thea ansprach und sagte, er habe «ein blitzgescheites Töchterchen», stimmte er zwar zu, erklärte aber sofort, was für ein tüchtiger Geschäftsmann sein Sohn Gus sei oder daß Charlie als Elektriker ein wahres Naturtalent sei und ihm ein Telephon vom Haus zu seinem Arbeitszimmer hinter der Kirche gelegt habe.

Mrs. Kronborg machte sich häufig Gedanken über ihre Tochter. Sie fand sie interessanter als ihre übrigen Kinder und nahm sie ernster, ohne sich dessen bewußt zu sein. Die anderen Kinder brauchten Führung und Anleitung, man mußte ständig zwischen ihnen schlichten. Es passierte häufig, daß Charley und Gus dasselbe wollten und darüber in Streit gerieten. Anna stellte oft übertriebene Ansprüche an ihre älteren Brüder. Sie wollte, daß sie bis nach Mitternacht aufblieben, um sie von einer Party abzuholen, wenn sie den jungen Mann, der ihr seine Begleitung angeboten hatte, nicht mochte, oder verlangte, daß sie an einem Winterabend zwölf Meilen über Land fuhren, um sie zu einer Tanzveranstaltung auf irgendeine Ranch zu bringen, nachdem sie den ganzen Tag gearbeitet hatten. Gunner war oft mit seinen Kleidern, seinen Stelzen oder seinem Schlitten unzufrieden und wollte lieber Axels haben. Aber Thea ging schon von klein auf ihre eigenen Wege. Sie ließ die anderen in Ruhe, und es gab höchstens dann Schwierigkeiten, wenn die anderen sie nicht in Ruhe ließen. Dann allerdings war der Ärger groß, und selbst Mrs. Kronborg erschrak über ihre Wutausbrüche. «Ihr solltet schlau genug sein, Thea in Ruhe zu lassen. Sie läßt euch ja auch in Ruhe», sagte sie oft zu den anderen Kindern.

Man mag innerhalb der Familie enge Freunde haben, Bewunderer hat man jedoch selten. Thea allerdings hatte eine Bewunderin in der Person ihrer überspannten Tante, Tillie Kronborg. In weniger fortschrittlichen Ländern, wo Kleidung, Einstellungen und Verhaltensweisen weniger standardisiert sind als bei uns im Mittleren Westen, herrscht die Meinung, daß Menschen, die im gewöhnlichen alltäglichen Leben etwas verrückt sind, die besondere Fähigkeit besitzen, hinter die alltägliche Oberfläche der Dinge zu blicken. Eine alte Frau, die nie begreift, daß sie das Petroleum nicht auf den Ofen stellen darf, kann vielleicht die Zukunft voraussagen, ein zurückgebliebenes Kind zum Wachsen bringen, Warzen heilen oder wissen, wie einem schwermütigen jungen Mädchen zu helfen ist. Tillies Verstand gehorchte einem eigenartigen Mechanismus: Wenn sie wach war, drehte er sich im Kreis wie ein Rad, von dem der Keilriemen heruntergerutscht ist, und wenn sie schlief, träumte sie verrücktes Zeug. Aber manchmal hatte sie Eingebungen. Sie wußte zum Beispiel, daß Thea anders war als die übrigen Kronborgs, so wertvoll jeder einzelne von ihnen sein mochte. In ihrer Nichte fand sie ein Objekt für ihre romantischen Phantasien. Beim Putzen oder Plätten, oder wenn sie in rasendem Tempo die Eismaschine drehte, malte sie sich Theas Zukunft in den buntesten Farben aus, meist eine freie Fassung des Romans, den sie zuletzt gelesen hatte. Tillie schuf ihrer Nichte Feinde in der Kirchengemeinde, weil sie bei Nähabenden und Gemeindeessen manchmal mit einer prahlerischen Geste von Thea sprach, so als wäre ihre «Einzigartigkeit» eine allgemein anerkannte Tatsache in Moonstone, wie die Knauserigkeit von Mrs. Archie oder die Doppelzüngigkeit von Mietstall-Johnsons Frau. Die Leute erklärten unverblümt, Tillie gehe ihnen mit diesem Thema auf die Nerven.

Tillie war Mitglied in einem Theaterklub, der einmal im Jahr in der Oper von Moonstone Stücke wie «Unter den Zerstörern» und «Der Veteran von 1812» aufführte. Tillie spielte Charakterrollen, beispielsweise die gefallsüchtige alte Jungfer oder die bösartige Intrigantin. Sie studierte ihre Rollen immer zu Hause auf dem Dachboden ein. Beim Auswendiglernen der einzelnen Abschnitte ließ sie sich von Gunner oder Anna das Buch halten. Wenn sie jedoch begann, «Ausdruck hineinzubringen», wie sie es nannte, bat sie gewöhnlich, etwas schüchtern, Thea, ihr das Buch zu halten. Thea tat es im allgemeinen bereitwillig – wenn auch nicht immer. Ihre Mutter hatte ihr gesagt, es wäre für sie alle gut, wenn sie, da sie einen gewissen Einfluß auf Tillie hatte, dämpfend auf sie einwirken könne, um zu verhindern, daß es noch schlimmer werde als unbedingt nötig. Thea saß immer mit untergeschlagenen Beinen am Fußende von Tillies Bett und starrte auf den albernen Text. «An dieser Stelle würde ich nicht soviel Wirbel machen, Tillie», sagte sie hin und wieder. «Das leuchtet mir überhaupt nicht ein» oder «Warum sprichst du mit einer so hohen Stimme? Das wirkt nicht besonders gut.»

«Ich verstehe nicht, wie Thea mit Tillie soviel Geduld haben kann», sagte Mrs. Kronborg mehr als einmal zu ihrem Mann. «Mit den meisten Leuten hat sie nicht die geringste Geduld, aber mit Tillie scheint sie immer besonders geduldig zu sein.»

Wenn der Theaterklub eine Aufführung hatte, überredete Tillie Thea jedesmal, mit «hinter die Kulissen» zu kommen und ihr beim Schminken zu helfen. Thea verabscheute das, aber sie tat es. Sie fühlte sich dazu verpflichtet. Tillies Bewunderung für sie setzte sie gewissermaßen unter Druck. Es gab nichts in ihrer Familie, dessen sie sich so sehr schämte wie die Schauspielerei von Tillie, und dennoch ließ sie sich immer breitschlagen, ihr noch zu helfen. Tillie schaffte es jedesmal. Sie wußte nicht warum, aber es war so. Irgendwo in ihr gab es ein Fädchen, an dem Tillie zu ziehen verstand. Sie empfand eine Art Verpflichtung gegenüber Tillies irregeleiteten Ambitionen. Die Wirtsleute im Saloon fühlten sich in ähnlicher Weise für Chicano-Johnny verantwortlich.

Der Theaterklub war Tillies ganzer Stolz, und es war in erster Linie ihr Enthusiasmus, der ihn aufrechterhielt. Ob krank oder gesund, Tillie versäumte keine Probe und ermahnte fortwährend die jüngeren Mitglieder, die die Proben nicht besonders ernst nahmen, «mit dem Herumalbern aufzuhören und endlich anzufangen». Die jungen Männer – Bankangestellte, Verkäufer, Versicherungsvertreter – spielten ihr Streiche, machten sich über sie lustig und schoben es einander zu, sie nach Hause zu begleiten; aber oft gingen sie nur ihr zuliebe zu den lästigen Proben. Es waren gutmütige Jungen. Ihr Leiter und Regisseur war der junge Upping, der Juwelier, der für Thea die Noten bestellte. Obwohl er noch nicht ganz dreißig war, hatte er schon ein halbes Dutzend Berufe ausgeübt, und er war sogar einmal Geiger im Orchester der Andrews Opera Company gewesen, zu jener Zeit in den Kleinstädten von Colorado und Nebraska eine bekannte Truppe.

Durch eine plötzliche und ganz unverständliche Überheblichkeit hätte Tillie fast ihren Einfluß auf den Theaterklub von Moonstone verloren. Der Klub hatte beschlossen, das Stück «Der kleine Tambour von Shiloh» einzustudieren, eine sehr ehrgeizige Unternehmung aufgrund der hohen Anzahl von Statisten und der bühnentechnischen Probleme in dem Akt, der im Gefängnis von Andersonville spielte. Die Klubmitglieder berieten ohne Tillies Beisein darüber, wer die Rolle des kleinen Tambours übernehmen sollte. Es mußte ein sehr junger Darsteller sein. Auf dem Lande allerdings sind die Jungen dieses Alters gehemmt und auch nicht bereit, etwas auswendig zu lernen. Da die Rolle sehr umfangreich war, herrschte Einigkeit darüber, daß man dafür ein Mädchen finden mußte. Einige Klubmitglieder schlugen Thea Kronborg vor, andere traten für Lily Fisher ein. Die Befürworter von Lily führten an, daß sie viel hübscher sei als Thea und ein viel angenehmeres Wesen habe. Dies wurde von niemandem bestritten. Aber Lily hatte so gar nichts Jungenhaftes an sich und sang alle Lieder und spielte alle Rollen gleich. Ihr geziertes Lächeln war zwar gern gesehen, aber es schien nicht ganz das richtige für einen heldenhaften Tambour zu sein.

Upping, der Spielleiter, redete mit diesem und mit jenem darüber: «Lily ist in Mädchenrollen ganz gut, aber hierfür brauchen wir jemanden mit etwas mehr Pep. Thea hat auch die entsprechende Stimme. Mit dem Lied: ‹Mutter, wenn die Schlacht beginnt› wird sie einen Bombenerfolg haben.»

Nachdem alle Klubmitglieder einzeln nach ihrer Meinung gefragt worden waren, verkündeten sie Tillie ihre Entscheidung in der ersten regulären Versammlung, bei der die Rollen verteilt werden sollten. Aber Tillie geriet nicht, wie allgemein erwartet vor Freude außer sich. Die Wahl schien sie, ganz im Gegenteil, eher in Verlegenheit zu bringen. «Ich fürchte, Thea hat für so etwas keine Zeit», sagte sie stockend. «Sie ist mit ihrer Musik so beschäftigt. Wahrscheinlich müßt ihr euch jemand anderen suchen.»

Im Klub zog man die Augenbrauen hoch. Einige von Lily Fishers Freunden räusperten sich. Mr. Upping lief rot an. Die stämmige Frau, die immer die Rolle der gekränkten Ehefrau spielte, machte Tillie darauf aufmerksam, daß dies für ihre Nichte doch eine ausgezeichnete Möglichkeit wäre, zu zeigen, was sie könne. Ihre Stimme klang herablassend.

Tillie warf den Kopf zurück und lachte; Tillies Lachen, wenn es kein Kichern war, hatte etwas Schneidendes, Wildes. «Oh, ich glaube, Thea hat keine Zeit für derlei Firlefanz. Die Zeit der großen Auftritte ist für sie noch nicht gekommen. Wir werden ganz schön aufhorchen, wenn es soweit ist. Es hat keinen Sinn, ihr diese Rolle anzubieten. Sie würde darüber höchstens die Nase rümpfen. Die Schauspieltruppe von Denver würde sie liebend gerne nehmen, wenn sie das wollte.»

Die Versammlung löste sich in kleine Grüppchen auf, und man tauschte seine Verwunderung aus. Es war ja bekannt, daß Schweden eingebildet waren, aber man hätte nie geglaubt, daß selbst die Einbildung aller Schweden zusammengenommen jemals ein solches Maß erreichen könnte. Man sagte einander im Vertrauen, daß Tillie «einen kleinen Spleen hatte, was ihre Nichte anging», und daß es am klügsten sei, sie nicht noch mehr zu reizen. Man begegnete Tillie für geraume Zeit bei den Proben äußerst kühl, und Thea hatte einen Haufen neuer Feinde, ohne es zu wissen.

X

Wunsch und der alte Fritz und Chicano-Johnny feierten gemeinsam Weihnachten, und das so ausgelassen, daß Wunsch am folgenden Tag nicht in der Lage war, Thea zu unterrichten. Im Laufe der Ferienwoche ging Thea während eines leichten, wirbelnden Schneesturms zu den Kohlers. Die Luft war von einem zarten Blaugrau, wie die Farbe der Tauben, die im weißen Taubenschlag auf einem Pfahl im Garten der Kohlers ein und aus flogen. Die Sandhügel wirkten blaß und verschlafen. Die Tamariskenhecken waren schneebedeckt und sahen aus, als wäre eine weiche Blütendecke über sie hingebreitet. Als Thea das Tor öffnete, kam Mrs. Kohler gerade vom Hühnerhof herein, mit fünf frischen Eiern in ihrer Schürze und ein Paar alter Schaftstiefel an den Füßen. Sie rief Thea zu sich, um ihr ein winziges Ei zu zeigen, das sie stolz hochhielt. Ihre Zwerghennen ließen es ein wenig an Eifer fehlen, und sie war immer überglücklich, wenn sie überhaupt etwas zustande brachten. Sie nahm Thea mit ins Wohnzimmer, in dem es sehr warm war und nach Essen roch, und brachte ihr einen Teller mit Weihnachtsplätzchen, die sie nach alten Familienrezepten buk, und stellte ihn vor ihr auf den Tisch, während sie sich die Füße wärmte.

Dann ging sie zur Küchentür und rief die Treppe hinauf: «Herr Wunsch! Herr Wunsch!»

Wunsch kam in einem alten wattierten Rock mit Samtkragen die Treppe herunter. Die braune Seide war so abgewetzt, daß das weiße Futter fast überall herausquoll. Er vermied es, Thea in die Augen zu sehen, als er hereinkam, nickte ihr wortlos zu und wies gleich auf den Klavierhocker. Er legte nicht so großen Wert auf die Tonleitern wie sonst, und als sie die kleine Mozartsonate spielte, die sie gerade einübte, wirkte er die ganze Zeit über matt und abwesend. Von Zeit zu Zeit wischte er sich mit einem der Seidentaschentücher, die Mrs. Kohler ihm zu Weihnachten geschenkt hatte, die traurigen Augen. Als die Stunde um war, zeigte er kein Interesse, sich mit ihr zu unterhalten. Thea machte keine Anstalten, sich von ihrem Hocker zu erheben, und griff nach einem abgenutzten Buch, das sie vom Notenständer genommen hatte, als sie sich setzte. Es war eine sehr alte Leipziger Ausgabe der Klavierpartitur von Glucks «Orpheus». Neugierig blätterte sie darin.

«Ist das schön?» fragte sie.

«Es ist die schönste Oper, die je geschrieben wurde», erklärte Wunsch feierlich. «Du kennst doch die Geschichte, oder? Orpheus, der seine Frau aus der Unterwelt zurückholen wollte, wie sie gestorben war?»

«Ja, die kenne ich. Ich wußte nicht, daß es darüber eine Oper gibt. Wird sie heute noch aufgeführt?»

«Aber ja! Was denkst du denn? Willst du es versuchen? Sieh, her.» Er zog sie vom Hocker und setzte sich selbst ans Klavier. Nachdem er bis zum dritten Akt geblättert hatte, gab er Thea die Partitur. «Paß auf, ich spiele es einmal durch, und du achtest auf den Rhythmus. Eins, zwei, drei, vier.» Er spielte Orpheus' Klage, schob, zunehmend interessiert, die Ärmel hoch und nickte Thea zu. «Jetzt vom Blatt, mit mir.»

> «Ach, ich habe sie verloren,
> All' mein Glück ist nun dahin.»

Wunsch sang die Arie mit sehr viel Ausdruck. Sie lag ihm offensichtlich ganz besonders am Herzen.

«Noch einmal, du alleine.» Er spielte die Einleitungstakte, nickte ihr dann heftig zu und sie begann:

> «Ach, ich habe sie verloren.«

Als sie geendet hatte, nickte Wunsch wieder. «Schön», murmelte er, während er die Begleitung weich ausklingen ließ. Er ließ die Hände auf die Knie fallen und sah zu Thea auf. «Das ist doch wirklich schön, oder? So eine schöne Melodie gibt es nicht noch einmal auf der Welt. Du kannst das Buch für eine Woche haben und etwas einüben, zum Zeitvertreib. Man hat etwas davon – immer. Euridice, Eu-ri-di-ce, weh, daß ich auf Erden bin!» sang er leise und spielte dazu die Melodie mit der rechten Hand.

Thea, die den dritten Akt durchblätterte, hielt inne und blickte finster auf eine Passage. Ihr alter deutscher Lehrer beobachtete sie neugierig aus seinen trüben Augen.

«Was schaust du immer so?» Dabei verzog auch er das Gesicht. «Vielleicht ist das ein bißchen schwierig, was du da anschaust. Du machst ein Gesicht, als hättest du deinen ärgsten Feind vor dir.»

Thea lachte verlegen. «Nun ja, schwierige Dinge sind doch wie Feinde. Man muß doch mit ihnen fertig werden.»

Wunsch senkte den Kopf und warf ihn zurück, als wollte er etwas wegstoßen. «Ganz und gar nicht! Auf gar keinen Fall.» Er nahm ihr das Buch weg und schaute hinein. «Ja, das ist tatsächlich nicht so einfach. Das ist ein altes Buch. Es wird jetzt nicht mehr so gedruckt, glaube ich. Wahrscheinlich wird das weggelassen. Nur eine einzige Frau konnte das gut singen.» Thea sah ihn verwundert an.

Wunsch fuhr fort. «Es ist für Alt geschrieben, weißt du. Dieser Part wird von einer Frau gesungen, und es gab nur eine einzige, die diese Stelle gut singen konnte. Verstehst du? Eine einzige!» Er warf ihr einen kurzen Blick zu und hielt ihr seinen ausgestreckten roten Zeigefinger vor die Augen. Thea sah wie hypnotisiert auf den Finger.

«Eine einzige?» fragte sie atemlos und ballte aufgeregt die herabhängenden Hände.

Wunsch nickte und hielt noch immer beschwörend den Finger in die Höhe. Als er die Hände sinken ließ, lag in seinem Gesicht ein Ausdruck der Befriedigung.

«War sie sehr berühmt?»

Wunsch nickte.

«War sie schön?»

«Aber gar nicht! Nicht im mindesten. Sie war häßlich; großer Mund, große Zähne, keine Figur, überhaupt nichts», er deutete mit ausschwingenden Händen einen üppigen Busen über seiner Brust an. «Stämmig wie ein Pfosten! Aber die Stimme — ach! Sie hatte etwas hier oben, hinter den Augen», er tippte sich an die Schläfen. Thea verfolgte aufmerksam all seine Gesten. «War sie eine Deutsche?»

«Nein, Spanierin.» Er blickte auf den Boden und runzelte einen Moment die Stirn. «Ach, ich kann's dir ja sagen, sie sah ein bißchen wie Frau Tellamantez aus. Langes Gesicht, langes Kinn und auch häßlich.»

«Ist sie schon lange tot?»

«Tot? Ich glaube kaum. Jedenfalls hab' ich nichts davon gehört. Wahrscheinlich lebt sie irgendwo in der weiten Welt; vielleicht in Paris. Aber alt natürlich. Ich hab' sie gehört, als ich noch ein junger Kerl war. Sie ist jetzt zu alt und wird nicht mehr singen.»

«War sie die beste Sängerin, die Sie je gehört haben?»

Wunsch nickte ernst. «Das war sie. Sie war...» Er suchte nach einem treffenden Ausdruck, hob die Hand über den Kopf, schnippte lautlos mit den Fingern und stieß voller Begeisterung das Wort: «Künstlerisch!» aus. Es schien in seiner ausgestreckten Hand zu erstrahlen, soviel Gefühl schwang in seiner Stimme.

Wunsch erhob sich von seinem Hocker und begann seine wattierte Jacke zuzuknöpfen, um langsam wieder in sein kaum geheiztes Zimmer unter dem Dach hinaufzugehen.

Thea zog mit leisem Bedauern ihren Umhang an, setzte die Kapuze auf und machte sich auf den Heimweg.

Als Wunsch am Spätnachmittag seine Partitur suchte, merkte er, daß Thea sie tatsächlich mitgenommen hatte. Sein Gesicht verzog sich zu einem leicht sarkastischen Lächeln, und er rieb sich nachdenklich das stoppelige Kinn mit seinen roten Fingern.

Als Fritz im frühen blauen Zwielicht nach Hause kam, fiel der Schnee etwas dichter, Mrs. Kohler war in der Küche und kochte Hasenpfeffer. Der Professor saß am Klavier und spielte die Musik von Gluck, die er auswendig kannte. Der alte Fritz zog hinter dem Ofen leise die Schuhe aus und streckte sich auf der Couch unter seinem Meisterwerk aus, wo der Feuerschein auf den Mauern von Moskau spielte. Er lauschte der Musik, während das Zimmer im Dämmerlicht versank und die Fenster sich verdunkelten. Wunsch kam immer wieder auf dasselbe Stück zurück:

Ach, ich hab' sie verloren,
. . . .
Euridice, Euridice!

Von Zeit zu Zeit seufzte Fritz leise auf. Auch er hatte eine Eurydike verloren.

XI

Eines Samstags, Ende Juni, kam Thea etwas zu früh zu ihrer Klavierstunde. Während sie sich auf dem Klavierhocker niederließ – einem wackligen, altmodischen Möbel, das sich auf einer quietschenden Schraube drehte –, lächelte sie Wunsch mit einem Seitenblick an. «Heute müssen Sie nett zu mir sein. Ich habe nämlich Geburtstag.»

«So?» er deutete auf die Tastatur.

Nach der Stunde gingen sie zu Mrs. Kohler hinaus, die Thea gebeten hatte, etwas früher zu kommen, damit sie noch eine Weile den Duft der Lindenblüten genießen konnte. Es war einer jener ruhigen, lichterfüllten Tage, an denen jedes Glimmerpartikelchen im Boden wie ein kleiner Spiegel aufblitzte und das Licht, das die Tiefebene heraufwarf, greller schien als die von oben herabfallenden Strahlen. Die Ketten der Sandhügel erstreckten sich golden schimmernd soweit hinaus, bis sie von einer Luftspiegelung geschluckt wurden, die glänzte und dampfte wie ein tropischer See. Der Himmel sah aus wie blaue Lava, als könne er nie mehr Wolken hervorbringen – eine türkisfarbene Glocke, unter der die Wüste eingeschlossen war. Und dennoch troff Mrs. Kohlers grünes Fleckchen vor Nässe, die Beete waren alle besprengt worden, und die rasch verdunstende Feuchtigkeit kühlte die Luft.

Die beiden symmetrisch wachsenden Linden waren die Prachtstücke des Gartens. Ihr süßer Duft erfüllte die Luft. An jeder Wegbiegung – ob man zu den Malven oder den Tränenden Herzen hinüberging oder zu den lila Winden, die sich um die Bohnenstangen wanden –, wo man sich auch

hinwandte, immer wurde man vom neuen Duft der Linden
überrascht, und man kehrte immer wieder zu ihnen zurück.
Unter den runden Blättern, wo die wachsgelben Blüten hingen, summten wilde Bienenschwärme. Die Tamarisken hatten noch immer ihre rosaroten Blüten, und auch die Blumen-
beete strengten sich zu Ehren der festlich geschmückten Linden an.

Der Taubenschlag glänzte mit einer frischen Lackschicht,
die Tauben gurrten zufrieden und flogen immer wieder zum
Wasserbehälter, um das langsam herabtropfende Wasser zu
trinken.

Mrs. Kohler, die gerade Stiefmütterchen versetzte, kam
mit ihrem Pflanzenstecher auf sie zu und sagte Thea, was für
ein Glück es sei, zur Zeit der Lindenblüte Geburtstag zu
haben, und sie solle doch auch noch die Zuckererbsen anschauen.

Wunsch begleitete sie, und wie sie so zwischen den Blumenbeeten hindurchgingen, nahm er Theas Hand.

Es flüstern und sprechen die Blumen,

murmelte er. «Kennst du das, von Heine? ‹Im leuchtenden
Sommermorgen›?» Er blickte zu Thea hinunter und drückte
sanft ihre Hand.

«Nein, ich kenne es nicht. Ist das ein Gedicht?»

«Ja, ein Gedicht. Das mußt du jetzt alles lernen. Das ist
wichtig. Dein wievielter Geburtstag ist es?»

«Der dreizehnte. Ich bin jetzt kein Kind mehr. Aber wie
kann ich so etwas lernen? Ich kenne nur das, was Sie mir im
Unterricht beibringen. In der Schule haben wir keinen
Deutschunterricht. Wie soll ich es denn lernen?»

«Wenn man es will, kann man immer lernen», sagte
Wunsch. Seine Worte waren bestimmt, wie gewöhnlich, aber
seine Stimme klang weich, sogar vertraulich. «Es gibt immer

einen Weg. Und wenn du eines Tages singen wirst, mußt du die deutsche Sprache beherrschen.»

Thea bückte sich, um ein Rosmarinblättchen abzupflükken. Woher konnte Wunsch davon wissen, wo doch noch nie ein Wort davon über ihre Lippen gekommen war? «Werde ich denn einmal singen?» fragte sie, immer noch gebückt.

«Das weiß niemand außer dir selbst», entgegnete Wunsch kalt. «Vielleicht möchtest du lieber irgendeinen Jakob hier im Ort heiraten und ihm den Haushalt führen. Jeder nach seinem Geschmack.»

Thea sah lachend zu ihm auf. «Nein, das will ich ganz bestimmt nicht. Sie wissen es», sie rieb verstohlen ihren Blondschopf an seinem Ärmel. «Aber wie soll ich hier etwas lernen? Und Denver ist so weit von hier.»

Wunsch verzog amüsiert die breite Unterlippe. Dann sprach er ernsthaft weiter, als sei ihm plötzlich etwas eingefallen. «Nichts ist weit und nichts ist nah, wenn man etwas wirklich will. Die Welt ist unbedeutend, die Menschen sind unbedeutend, das Leben ist unbedeutend. Es gibt nur eines, was zählt – der Wunsch. Wenn er groß genug ist, ist alles andere dagegen klein und unbedeutend. Er führte Kolumbus in einem kleinen Schiff über das Meer, und so weiter.» Wunsch verzog das Gesicht, nahm seine Schülerin an der Hand und zog sie zur Weinlaube hinüber. «Von jetzt an werde ich mit dir mehr Deutsch sprechen. Setz dich hierhin, und ich bringe dir zu Deinem Geburtstag ein kurzes Lied bei. Frage nur nach den Wörtern, die du noch nicht kennst. Also: Im leuchtenden Sommermorgen.»

Thea lernte schnell, da sie die Fähigkeit besaß, aufmerksam zuzuhören. Nach kurzer Zeit konnte sie ihm die acht Verse vorsagen. Wunsch nickte ermutigend, und sie gingen aus der Laube wieder ins Sonnenlicht. Während sie die Kieswege zwischen den Blumenbeeten auf und ab gingen, schossen die gelben und weißen Schmetterlinge an ihnen vorbei, und die Tauben wuschen ihre rosaroten Füße in der Traufe und gurrten in ihrem rauhen Baß. Wunsch ließ sie die Verse immer wieder aufsagen. «Siehst du, so schlimm ist es gar nicht. Wenn du viele dieser Lieder lernst, dann wirst du Deutsch können. Weiter, nun.» Darauf neigte er ernst den Kopf und hörte zu.

> Im leuchtenden Sommermorgen
> Geh' ich im Garten herum;
> Es flüstern und sprechen die Blumen,
> Ich aber, ich wandle stumm.

> Es flüstern und sprechen die Blumen
> Und schau'n mitleidig mich an:
> «Sei unserer Schwester nicht böse,
> Du trauriger, blasser Mann!»

Wunsch war schon früher aufgefallen, daß sich die Stimme seiner Schülerin vollkommen wandelte, wenn sie ein Gedicht las. Es war nicht mehr die Stimme, die die Sprache von Moonstone sprach, sondern ein weicher, voller Alt. Sie las verhalten; der Ausdruck lag in der Stimme selbst, nicht in der Betonung oder der Lautstärke. Die kurzen Verse klangen in ihrer Wiederholung melodisch wie ein Lied, und das Flehen der Blumen klang noch sanfter als das andere, ganz so, wie man sich die Sprache scheuer Blumen vorstellen würde. Sie endete mit schwebender Stimme, es klang fast wie eine Modulation. Es war eine Naturstimme, sagte sich Wunsch, der Hauch der Kreatur, der von der Sprache weit entfernt war, wie das Rauschen des Windes in den Bäumen oder das Murmeln des Wassers.

«Was meinen die Blumen wohl, wenn sie ihn bitten, ihrer Schwester nicht böse zu sein, hm?» fragte er und sah neugierig auf sie hinab, indem er seine rote Stirn in ernste Falten legte.

Thea sah ihn verwundert an. «Ich nehme an, er glaubt, sie bitten ihn, nicht auf seine Liebste böse zu sein – oder auf irgendein anderes Mädchen, an das sie ihn erinnern.»

«Und warum trauriger, blasser Mann?»

Sie waren zur Weinlaube zurückgekehrt, und Thea suchte sich ein sonniges Plätzchen auf der Bank, wo sich eine schwarzbraun geschleckte Katze in voller Länge ausstreckte. Sie setzte sich, beugte sich über die Katze und zupfte sie an den Schnurrhaaren. «Weil er die ganze Nacht an sie denken mußte und nicht schlafen konnte, oder? Vielleicht ist er deshalb so früh auf gewesen.»

Wunsch zuckte mit den Schultern. «Wenn er doch schon die ganze Nacht an sie gedacht hat, warum sollten die Blumen ihn dann erst an sie erinnern, wie du sagst?»

Thea sah ihn verwirrt an. Dann ging ein Ausdruck des Verstehens über ihr Gesicht, und sie lächelte eifrig. «Oh, ich habe ‹erinnern› nicht in dem Sinn gemeint! Ich wollte damit nicht sagen, sie riefen sie ihm wieder ins Gedächtnis zurück! Ich meinte damit, daß er sie zum erstenmal so sah, als er am Morgen herauskam – wie eine der Blumen.»

«Und wie sah er sie, bevor er herauskam?»

Nun zuckte Thea mit den Schultern. Das warme Lächeln verschwand von ihrem Gesicht. Sie zog unwillig die Augenbrauen hoch und ließ ihren Blick zu den Sandhügeln hinüberschweifen.

Wunsch gab nicht nach. «Warum gibst du mir keine Antwort?»

«Weil sie dumm wäre. Sie wollen nur alles mögliche aus mir herauslocken. Durch Fragen kann man alles zerstören.»

Wunsch deutete mit spöttischem Lächeln eine Verbeugung an. Plötzlich wurde sein Gesicht ernst, ja wild. Er richtete sich aus seiner gebückten Haltung auf und verschränkte die Arme. «Aber ich muß herausbekommen, ob du bestimmte Dinge weißt. Manches kann man nicht lernen. Wenn du es nicht von vornherein weißt, wirst du es nie wissen. Eine Sängerin muß von Anfang an etwas in sich fühlen. Vielleicht werde ich nicht mehr lange hier sein, und ich möchte es gerne herausfinden. Ja», er bohrte seinen Absatz in den Kies, «ja, man muß es schon mit sechs Jahren spüren. Damit fängt alles an; der Geist, die Phantasie. Es muß schon in einem Baby angelegt sein, wenn es seinen ersten Schrei ausstößt, wie der Rhythmus – oder es kommt nie mehr. Du hast schon jetzt eine gute Stimme, und wenn du schon am Anfang, bevor du ernsthaft beginnst, über diese Dinge Bescheid weißt, über die du jetzt nicht reden willst, dann kannst du vielleicht wirklich lernen zu singen.»

Wunsch begann in der Laube auf und ab zu gehen und sich dabei die Hände zu reiben. Sein Gesicht hatte sich bis unter die eisengrauen Haarstoppeln dunkelrot gefärbt. Er sprach zu sich selbst, nicht mehr zu Thea. Die Lindenblüte hatte eine gefährliche Macht über ihn! «Oh, es gibt vieles, was man lernen kann! Aber die jungen Amerikanerinnen können es nicht. Sie sind hier drinnen völlig leer», und er schlug sich mit beiden Fäusten auf die Brust. «Sie sind wie manche Märchenfiguren: eine grinsende Fratze und innen hohl. Einiges können sie sich aneignen, o ja, das mag schon sein! Aber das Geheimnis – das, was die Rose rot und den Himmel blau macht und was einen Mann lieben läßt, das ist in der Brust, in der Brust, und ohne das gibt es keine Kunst, gibt es keine Kunst!» Er schleuderte die Hand in die Luft und schüttelte sie heftig mit drohend gespreizten Fingern. Mit hochrotem Kopf und nach Luft ringend verließ er die Laube und ging ins Haus, ohne sich zu verabschieden. Solche Ausbrüche erschreckten Wunsch. Sie kündigten immer ein drohendes Unheil an.

Thea nahm ihr Notenbuch und stahl sich leise aus dem Garten. Sie ging nicht nach Hause, sondern schlenderte zu den Sandhügeln hinaus, wo die Feigenkakteen blühten und grüne Eidechsen einander im gleißenden Sonnenlicht jagten. Sie war aufgewühlt und zutiefst beunruhigt. So ganz hatte sie nicht verstanden, wovon Wunsch gesprochen hatte, in gewisser Weise verstand sie es aber doch. Natürlich wußte sie, daß irgend etwas an ihr war, das sie von den anderen unterschied. Aber es war eher so etwas wie ein gütiger Geist, der sie begleitete, als ein Wesenszug ihrer Person. Sie vertraute ihm alles an, und er antwortete ihr; dieses Wechselspiel in ihr selbst gab ihr ein Glücksgefühl. Dieses Etwas kam und ging, ohne daß sie sagen konnte, wie es geschah. Manchmal forschte sie ihm nach und konnte es nicht finden; dann wieder hob sie ihre Augen von einem Buch oder ging ins Freie, oder wachte am Morgen auf, und es war da – gewöhnlich fühlte sie es unter ihren Wangen oder über der Brust –, ein Gefühl der Wärme und Sicherheit. Und wenn sie es spürte, war alles interessanter und schöner, das galt selbst für andere Menschen. Wenn dieser Begleiter bei ihr war, entdeckte sie wundervolle Seiten an Chicano-Johnny oder Wunsch, oder Doktor Archie.

An ihrem dreizehnten Geburtstag streifte sie lange durch die Sandhügel, sammelte Kristalle und sah in gelbe Feigenkaktusblüten mit ihren tausend Staubgefäßen. Sie betrachtete die Sandhügel so lange, bis sie sich wünschte, ein Teil von ihnen zu sein. Und doch ahnte sie, daß sie das alles eines Tages hinter sich lassen würde. Die Sandhügel würden sich wie jetzt im Laufe eines Tages verändern, aber sie würde nicht mehr da sein. Von diesem Tag an fühlte sie, daß sie mit Wunsch ein Geheimnis teilte. Sie hatten gemein-

sam einen Deckel hochgehoben, eine Schublade heraus-
gezogen und etwas gesehen. Sie verschlossen es wieder und
sprachen nie über das, was sie gesehen hatten; doch keiner
von beiden vergaß es je wieder.

XII

In einer Vollmondnacht im Juli kam Doktor Archie nervös
und unmutig vom Bahnhof zurück. Er sehnte sich nach einer
wirklichen Aufgabe. Seinen Strohhut trug er in der Hand
und strich sich immer wieder mechanisch das Haar aus der
Stirn. Nachdem er Onkel Billy Beemers Pappelwäldchen
hinter sich gelassen hatte, führte der Brettergehweg aus dem
Schatten heraus ins weiße Mondlicht und überquerte die
Sandschlucht, von langen Pfählen getragen, wie eine Brücke.
Als der Doktor sich dieser Konstruktion näherte, erblickte er
eine weiße Gestalt und erkannte Thea Kronborg. Er beschleunigte seinen Schritt, und sie kam ihm entgegen.

«Was machst du denn so spät noch draußen, Thea?» fragte
er und nahm sie bei der Hand.

«Ach, nichts Besonderes. Warum gehen die Leute nur so
früh schlafen? Am liebsten würde ich vor jedem Haus laut
schreien, damit sie aufwachen. Ist es hier draußen nicht herrlich?»

Der junge Arzt lachte wehmütig und drückte ihre Hand.

«Stellen Sie sich das einmal vor», schnaubte Thea ungeduldig. «Außer uns und den Kaninchen ist niemand mehr
auf! Ich hab' schon ein halbes Dutzend davon aufgeschreckt.
Sehen Sie doch, das Kleine da» – sie bückte sich und streckte
die Hand aus. In der Schlucht unter ihnen saß tatsächlich ein
kleines Kaninchen mit einer weißen Schwanzquaste völlig
unbeweglich in den Sand geduckt. Es schien das Mondlicht

aufzulecken, als wäre es Sahne. Auf der anderen Seite des Fußwegs, unten im Flußbett, standen hochgewachsene, schlanke Sonnenblumen, deren spärliche Blätter mit weißem Staub bedeckt waren. Der Mond stand über dem Pappelwäldchen. Es war windstill, und man hörte nur das Pfeifen einer Lokomotive.

«Na gut, dann sehen wir eben den Kaninchen zu.» Doktor Archie setzte sich auf den Fußweg und ließ die Beine über den Rand baumeln. Er zog ein weiches Stofftaschentuch heraus, das nach Kölnisch Wasser roch. «Und was machst du so? Übst du viel? Du mußt doch inzwischen alles beherrschen, was Wunsch dir überhaupt beibringen kann.»

Thea schüttelte den Kopf. «O nein, das ganz bestimmt nicht, Doktor Archie. Man kommt sehr schwer an ihn heran, aber er war einmal ein wirklicher Künstler. Mutter sagt, er hat wahrscheinlich mehr vergessen, als die Musiklehrer in Denver je gewußt haben.»

«Ich fürchte, er wird nicht mehr allzu lange bei uns sein», sagte Doktor Archie. «In letzter Zeit läßt er sich wieder ganz schön vollaufen. Er wird wohl bald sein Bündel schnüren. So ist das bei Leuten wie ihm, weißt du. Nur für dich tut's mir leid.» Er schwieg und fuhr sich mit dem frischduftenden Taschentuch über das Gesicht. «Was zum Teufel tun wir eigentlich alle hier, Thea?» sagte er plötzlich.

«Auf der Welt, meinen Sie?» fragte Thea leise.

«Das auch, ja. Aber, was haben wir eigentlich in Moonstone verloren? Es wäre anders, wenn wir hier geboren wären. Du bist hier geboren, aber Wunsch nicht und ich auch nicht. Ich bin wahrscheinlich nur deshalb hier, weil ich gleich nach dem Medizinstudium geheiratet habe und dann schnell eine Praxis eröffnen mußte. Wenn man die Dinge überstürzt, zieht man am Ende den kürzeren. Ich lerne hier überhaupt nichts dazu, und was die Leute angeht – in der Stadt, aus der ich komme, in Michigan, mochten mich manche Leute, weil sie meinen Vater kannten und sogar noch meinen Großvater. Das bedeutete etwas. Aber hier ist alles so unbeständig wie der Sand: einmal wird er nach Norden geweht und am nächsten Tag nach Süden. Wir sind alle wie Spieler, denen der Mut fehlt und die nur um kleine Einsätze spielen. Die Eisenbahn ist das einzige in dieser Gegend, was wirklich zählt. Ohne sie geht es nicht; die Welt muß in Bewegung bleiben. Aber wir anderen sind nur deshalb hier, weil Moonstone eine Endstation ist und die Lokomotive neues Wasser braucht. Eines schönen Tages werde ich aufwachen mit grauem Haar und trotzdem kein bißchen weiter sein als jetzt.»

Thea rutschte ein Stückchen näher und faßte ihn am Arm. «Nein, nein. Ich lasse nicht zu, daß Sie grau werden. Sie müssen für mich jung bleiben. Ich werde jetzt auch jung.»

Archie lachte: «Du wirst jung?»

«Ja. Wenn man ein Kind ist, ist man nicht jung. Sehen Sie doch zum Beispiel Thor; er ist wie ein kleiner alter Mann. Aber Gus hat eine Freundin, und er ist jung!»

«Da ist was dran!» Doktor Archie tätschelte ihren Kopf, und dann ertastete er mit den Fingerspitzen sanft Theas Kopfform. «Als du klein warst, Thea, hat mich die Form deines Kopfes immer interessiert. Es schien, als hättest du mehr da drin als die meisten anderen in deinem Alter. Ich habe ihn schon lange nicht mehr genau untersucht. An der Form ist nichts Außergewöhnliches, aber dieser Schädel scheint besonders hart zu sein. Was soll denn überhaupt einmal aus dir werden?»

«Ich weiß es nicht.»

«Sei mal ehrlich.» Er hob ihr Kinn hoch und sah ihr in die Augen.

Thea lachte und rückte ein Stück von ihm ab.

«Insgeheim hast du doch irgendwelche Pläne, oder? Etwas, das du dir wünscht. Nur heirate nicht und gründe eine Familie, ohne vorher deine Chancen genutzt zu haben, versprichst du mir das?»

«Da gibt es nichts Bestimmtes. Sehen Sie mal, da ist noch ein Kaninchen!»

«Die Kaninchen sind schön und gut, aber ich möchte nicht, daß du hier hängenbleibst. Denk daran.»

Thea nickte. «Dann sind Sie aber auch nett zu Wunsch. Ich weiß nicht, was ich tun würde, wenn er wegginge.»

«Du hast hier noch ältere Freunde als Wunsch, Thea.»

«Ich weiß.» Thea sprach ernsthaft und sah zum Mond hinauf, indem sie das Kinn auf die Hand stützte. «Aber Wunsch ist der einzige, der mir das beibringen kann, was ich lernen will. Irgendeine Ausbildung muß ich machen, und das kann ich nun einmal am besten.»

«Willst du Musiklehrerin werden?»

«Vielleicht, aber eine gute. Ich möchte später einmal nach Deutschland gehen. Wunsch sagt, das ist der beste Ort, um Musik zu studieren – der einzige Ort, wo man wirklich etwas lernen kann.» Thea zögerte und fuhr hastig fort: «Ich habe ein Buch, in dem das auch steht. Es heißt ‹Meine musikalischen Erinnerungen›. Seit ich es gelesen habe, habe ich Lust, nach Deutschland zu gehen, noch bevor Wunsch darüber gesprochen hat. Aber das ist wirklich ein Geheimnis. Sie sind der erste, dem ich davon erzähle.»

Doktor Archie schmunzelte nachsichtig. «Bis dahin vergeht noch viel Zeit. Das hast du also in deinem harten Köpfchen?» Er legte seine Hand auf ihr Haar, aber dieses Mal schüttelte sie sie ab.

«Nein, ich denke nicht viel darüber nach. Aber Sie reden vom Weggehen, und man muß schließlich wissen, wohin man gehen will!»

«Das ist wahr.» Doktor Archie seufzte. «Du kannst von Glück sagen, wenn du das weißt. Der arme Wunsch weiß nicht wohin. Was treibt Leute wie ihn hierher? Er hat mich über meine Bergwerksaktien ausgefragt und über Gruben-städte. Was würde er dort wohl anfangen? Er weiß noch nicht einmal, wie Erz aussieht. Er hat nichts anzubieten, was in einer Bergarbeiterstadt gebraucht würde. Warum bleiben diese alten Burschen nicht, wo sie sind? In den nächsten hundert Jahren haben wir bestimmt noch keine Verwendung für sie. Für einen Lokomotivputzer gibt's Arbeit, aber für einen Klavierspieler! Solche Leute kommen hier nicht weit.»

«Mein Großvater Alstrom war ein Musiker, und er hat es zu etwas gebracht.»

Doktor Archie mußte lachen. «Oh, ein Schwede bringt es überall zu etwas, egal womit! Diesen Vorteil hast du auch, kleines Fräulein. Nun komm, du mußt nach Hause gehen.»

Thea stand auf. «Ja, ich habe mich immer geschämt, Schwedin zu sein, aber jetzt nicht mehr. Die Schweden sind zwar nichts Besonderes, aber es ist gut, überhaupt irgendwo-hin zu gehören.»

«Das ist es ganz bestimmt! Wie groß du geworden bist! Jetzt reichst du mir schon bis über die Schulter.»

«Ich werde noch weiter wachsen, meinen Sie nicht? Ich will unbedingt einmal groß sein. Ja, ich glaube, ich muß nach Hause gehen. Wenn doch nur ein Feuer ausbrechen würde.»

«Ein Feuer?»

«Ja, dann würde die Feuerglocke läuten und die Sirene am Lokschuppen losgehen, und alle kämen aus ihren Häusern gelaufen. Irgendwann werde ich einmal die Feuerglocke läuten und alle aufscheuchen.»

«Man würde dich einsperren.»

«Das wäre immer noch besser, als schlafen zu gehen.»

«Ich muß dir wohl noch einige Bücher leihen.»

Thea schüttelte ungeduldig den Kopf. «Ich kann nicht jede Nacht lesen.»

Doktor Archie lachte wieder leise und mitfühlend vor sich hin, als er ihr das Tor öffnete. «Du wirst allmählich erwachsen, das ist es. Ich werde besser auf dich aufpassen müssen. Und nun mußt du dem Mond gute Nacht sagen.»

«Nein, muß ich nicht. Ich schlafe auf dem Boden, direkt im Mondlicht. Mein Fenster reicht bis zum Boden hinunter, und ich kann die ganze Nacht in den Himmel sehen.»

Sie flitzte um das Haus zur Küchentür, und Doktor Archie sah ihr mit einem Seufzen nach, als sie verschwand. Er dachte an die harte, bösartige, kleine Frau mit den Kräusellocken, die ihm den Haushalt führte; einst die Schönste einer Stadt in Michigan, jetzt, mit Dreißig, vertrocknet und verwelkt. «Wenn ich eine Tochter wie Thea hätte, um die ich mich kümmern könnte», überlegte er, «würde mir das alles nichts ausmachen. Ob wohl mein ganzes Leben ein einziger Fehler sein wird, nur weil ich einmal einen großen Fehler begangen habe? Das wäre nicht gerecht.»

Howard Archie war in Moonstone eher respektiert als beliebt. Alle gestanden ihm zu, daß er ein guter Arzt war, und eine fortschrittliche Stadt im Mittleren Westen ist zufrieden, wenn sie einen gutaussehenden, gutsituierten, gut gekleideten Mann zu ihren Bürgern zählen kann. Aber eine Menge Leute fanden Archie «kühl», und sie hatten recht. Er verhielt sich unsicher wie jemand, der sich nicht unter seinesgleichen bewegt und der noch nicht genug von der Welt gesehen hat, um zu wissen, daß alle Menschen in gewisser Weise seinesgleichen sind. Er wußte, daß alle mit Neugier auf seine Frau schauten, daß sie in Moonstone eine Art Charakterrolle spielte und daß man sich in nicht gerade taktvoller Weise über sie lustig machte. Selbst ihre Freundinnen — vorwiegend Frauen, die Archie zuwider waren — baten sie mit Vorliebe um einen Beitrag zu Wohltätigkeitsveranstaltungen der Kirche, nur um zu sehen, wie geizig sie sein konnte. Der kleine, schiefe Kuchen bei einem Gemeindeessen, das billigste Nadelkissen, die knappste Schürze beim Basar stammten immer von Mrs. Archie.

All das verletzte den Stolz des Doktors. Aber wenn er eines gelernt hatte, so war es das, daß man Belles Charakter nicht ändern konnte. Er hatte eine bösartige Frau geheiratet, und er mußte die Folgen tragen. Auch in Colorado hätte er keinen Scheidungsgrund gehabt, und, gerechterweise muß man sagen, er hatte auch niemals an so etwas gedacht. Die Glaubensregeln der Presbyterianer, in denen er erzogen war, beeinflußten immer noch sein Verhalten und seine Auffassung von Anstand, wenn er auch längst nicht mehr daran glaubte. Für ihn war Scheidung etwas Anstößiges. Es war eine Schande für einen Mann, geschieden zu sein; jedenfalls stellte er damit seine Kränkung zur Schau und gab sich dem allgemeinen Klatsch preis. Geachtet zu werden war für Archie so notwendig, daß er bereit war, einen hohen Preis dafür zu bezahlen. Solange er wenigstens äußerlich den Anstand wahren konnte, ließ es sich ertragen; und hätte er die Kleinlichkeit seiner Frau vor all seinen Freunden verbergen können, er hätte sich wohl kaum beklagt. Er hatte mehr Angst vor Mitleid als davor, unglücklich zu sein. Wenn es eine andere Frau gegeben hätte, die ihm sehr viel bedeutete, er hätte vielleicht den nötigen Mut gehabt; aber es war unwahrscheinlich, daß er in Moonstone eine solche Frau treffen würde.

Das Überraschendste an Archie war seine Schüchternheit. Seine steife Haltung, sein Auflachen, wenn er mit geistlosen Leuten sprach, das alles andere als fröhlich klang, sein gelegentliches Stolpern über Teppiche und Läufer, all das war Ausdruck einer innerlichen Unsicherheit. Er hatte nicht den Mut, ehrlich zu sich selbst zu sein. Er konnte sich mit Ausflüchten und Kompromissen trösten. Er fand sich mit seiner Ehe ab, indem er sich sagte, daß die Ehen anderer Leute auch nicht viel besser seien. Seine Arbeit erlaubte ihm tiefe Einblicke in die ehelichen Beziehungen in Moonstone, und er konnte aufrichtig sagen, daß es unter seinen Freunden nicht viele gab, die er beneidete. Ihre Frauen schienen irgendwie zu ihnen zu passen, aber keine wäre eine Frau für ihn gewesen.

Obgleich Doktor Archie es nicht fertigbrachte, die Ehe lediglich als eine gesellschaftliche Vereinbarung zu betrachten, sondern sie als etwas Geheiligtes ansah, noch dazu von einer Kirche, an die er nicht glaubte – als Arzt wußte er, daß für einen jungen Mann, dessen Ehe nur auf dem Papier besteht, das Leben trotzdem weitergeht. Wenn er nach Denver oder Chicago fuhr, zog es ihn in Kreise, wo Lebensfreude, Fröhlichkeit und gute Laune für Geld zu haben waren, nicht etwa, weil solche Leute seinem Geschmack entsprachen, sondern weil er aufrichtig daran glaubte, daß alles besser sei als Scheidung. Er sagte sich oft genug, «ob man am Galgen endet und ob man Glück in der Ehe hat, das steht in den Sternen». Wenn man schon eine unglückliche Wahl getroffen hatte – und das war häufiger der Fall –, dann mußte man wenigstens alles tun, um den Schein zu wahren, und nach außen hin das häusliche Glück aufrechterhalten. Die Klatschtanten von Moonstone, die sich in Mrs. Smileys Mode- und Galanteriewarengeschäft trafen, erörterten häufig Doktor Archies Höflichkeit gegenüber seiner Frau und die liebevolle Art, in der er von ihr sprach. «Niemand hat je etwas aus ihm herausgebracht», sagten sie übereinstimmend. Und das lag bestimmt nicht daran, daß es noch nie jemand versucht hätte.

Wenn er sich in Denver aufhielt und seine Laune sich hob,

konnte Archie sogar vergessen, wie unglücklich er zu Hause war, und sich auch noch einreden, daß er seine Frau vermißte. Er kaufte immer Geschenke für sie und hätte ihr auch gerne Blumen geschickt, wenn sie ihm nicht immer wieder eingeschärft hätte, ihr nur Blumenzwiebeln zu schicken — was ihm aber in diesen Momenten des Überschwangs nicht sonderlich reizvoll erschien. Bei den Banketten des Turnvereins in Denver oder bei einem Essen mit Kollegen im Brown Palace Hotel sprach er manchmal voller Rührung von der «kleinen Mrs. Archie», und er erhob das Glas mit Vorliebe «auf unsere Frauen, Gott segne sie!»

Das Bemerkenswerteste an Doktor Archie war, daß er ein Romantiker war. Er hatte auch Belle White geheiratet, weil er so romantisch war — zu romantisch, um die Frauen zu sehen, wie sie wirklich waren. Er sah nur sein Idealbild. Und er war zu romantisch, um ein hübsches Mädchen abzuweisen, das sich für ihn interessierte. Während seines Medizinstudiums hatte er, obwohl er ein ziemlich temperamentvoller und wilder junger Mann war, grobe Späße und unanständige Geschichten nie gemocht. In seinem alten Physiologiebuch von Flint stand noch immer ein Gedicht, das er als Student hineingeschrieben hatte, Verse von Doktor Oliver Wendell Holmes über die Ideale des Arztberufs. Auch nach den vielen ernüchternden Erfahrungen, die er machen mußte, war seine Auffassung vom menschlichen Körper noch immer recht romantisch. Er sah in ihm höhere Dinge liegen, als sie die Anatomie erklären konnte. Er scherzte weder über Geburt noch Tod, noch über die Ehe, und mochte es auch nicht, wenn die anderen Ärzte das taten. Er war sehr fürsorglich zu den Kranken und hatte eine besondere Achtung vor den Körpern von Frauen und Kinder. Bei diesen Patienten gab er sein Bestes. Dann fiel seine Befangenheit und seine Hemmung von ihm ab. Er war ungezwungen, liebenswürdig, kompetent, Herr seiner selbst und der Situation. Dann hatte der Idealist in ihm keine Angst davor, bloßgestellt und lächerlich gemacht zu werden.

Auch was seinen Geschmack anging, war der Doktor ein Romantiker. Obgleich er das ganze Jahr hindurch Balzac las, so mochte er doch die Waverley-Romane noch ebenso gerne wie damals, als er die dicken, in Leder gebundenen Bände in der Bibliothek seines Großvaters entdeckt hatte. An Weihnachten und in den Ferien las er fast immer Scott, denn es erinnerte ihn so lebhaft an seine Kindheit. Er mochte Scotts Frauenfiguren. Constance de Beverly und die kleine Balladensängerin in dem Roman «Das schöne Mädchen von Perth» waren für ihn die Heldinnen, nicht die Herzogin von Langeais. Aber von allem Tiefempfundenen, das je gedruckt worden war, mochte er die Gedichte von Robert Burns am liebsten. «Der Tod und Doktor Hornbook» und «Die lustigen Bettelleute», Burns «Antwort an seinen Schneider», las er oft spät nachts nach einem Glas heißen Grog laut in seiner Praxis. Thea Kronborg las er immer «Tam o' Shanter» vor, und er besorgte ihr einige der Lieder und die alten Melodien, zu denen sie geschrieben waren. Er liebte es, sie diese Lieder singen zu hören. Wenn sie manchmal sang «Wärst du den Stürmen ausgesetzt», stimmten der Doktor und sogar Mr. Kronborg mit ein. Thea störte es nicht, wenn jemand nicht singen konnte; sie gab mit dem Kopf den Takt und zog ihn irgendwie mit. Wenn ihr Vater den Ton nicht traf, überdeckte sie es durch ihre eigene kräftige Stimme.

XIII

Anfang Juni, als die Schulferien begannen, erklärte Thea Herrn Wunsch, daß sie nicht wisse, wieviel sie diesen Sommer werde üben können, weil Thor Zähne bekam und das Schlimmste noch bevorstand.

«Mein Gott! Er hat doch schon den ganzen letzten Sommer gezahnt!» rief Wunsch wütend aus.

«Ja schon, aber es dauert eben zwei Jahre, und bei Thor geht es langsam», antwortete Thea vorwurfsvoll.

Der Sommer verlief jedoch viel besser, als sie erhofft hatte. Für sie war es der schönste Sommer ihres Lebens. Zu Hause war niemand krank, und ihre Stunden wurden durch nichts unterbrochen. Da sie jetzt selbst vier Schüler hatte und pro Woche einen Dollar verdiente, nahm die Familie ihr Klavierspielen etwas ernster. Ihre Mutter hatte es immer so eingerichtet, daß sie im Sommer vier Stunden am Tag das Wohnzimmer für sich hatte. Thor zeigte sich als ein gutwilliger Verbündeter. Er machte keine Schwierigkeiten mit seinen Backenzähnen und protestierte nicht dagegen, mit seinem Wägelchen in abgelegene Gegenden gefahren zu werden. Wenn Thea ihn über den Hügel zog und sich irgendwo im Schatten eines Busches oder einer Böschung niederließ, tappste er umher und spielte mit seinen Klötzen oder vergrub sein Äffchen im Sand und buddelte es wieder aus. Manchmal verfing er sich in Kakteen und begann zu schreien, aber im allgemeinen ließ er seine Schwester in Ruhe lesen, während er sich Hände und Gesicht beschmierte, zuerst mit einem Dauerlutscher und dann mit Sand.

Das Leben war angenehm und ereignislos bis Anfang September. Da begann Wunsch so viel zu trinken, daß er nicht herunterkommen konnte, als Thea zu ihrer Mittwochsstunde kam, so daß Mrs. Kohler sie nach einer tränenreichen

Entschuldigung wieder nach Hause schicken mußte. Am Samstagmorgen machte sie sich wieder auf den Weg zu den Kohlers, aber unterwegs, als sie gerade die Schlucht überquerte, sah sie eine Frau auf dem Grunde des Grabens sitzen, direkt unter der Eisenbahnbrücke. Sie verließ ihren Weg und sah, daß es Mrs. Tellamantez war, die zu sticken schien. Dann bemerkte Thea, daß etwas neben ihr lag, bedeckt von einer rot-gelben mexikanischen Decke. Sie rannte den Graben entlang und rief Mrs. Tellamantez zu. Die Mexikanerin hob warnend die Hand. Thea warf einen Blick auf die Decke und erkannte die grobe, rote Hand, die herausragte. Der Mittelfinger zuckte leicht.

«Ist er verletzt?» stieß sie hervor.

Mrs. Tellamantez schüttelte den Kopf. «Nein; sehr krank. Er weiß nichts», sagte sie leise, und faltete die Hände über ihrer Kordelstickerei.

Thea erfuhr, daß Wunsch die ganze Nacht weggewesen war, daß Mrs. Kohler am Morgen begonnen hatte, nach ihm zu suchen und ihn schließlich mit Schmutz und Asche bedeckt unter dem Brückengerüst fand. Wahrscheinlich hatte er versucht, nach Hause zu kommen und sich dabei verlaufen. Mrs. Tellamantez wachte bei dem Bewußtlosen, während Mrs. Kohler und Johnny Hilfe holten.

«Ich glaube, es ist besser, wenn du jetzt nach Hause gehst», sagte Mrs. Tellamantez, als sie ihren Bericht beendet hatte. Thea ließ den Kopf hängen und sah bekümmert auf die Decke.

«Könnte ich nicht wenigstens bleiben, bis sie zurückkommen?» fragte sie. «Ich möchte so gerne wissen, wie schlimm es ist.»

«Ziemlich schlimm», seufzte Mrs. Tellamantez und nahm ihre Arbeit wieder auf.

Thea setzte sich in den schmalen Schatten eines der Brükkenpfähle und lauschte auf das Zirpen der Zikaden im heißen Sand, während sie zusah, wie Mrs. Tellamantez gleichmäßig ihre Fäden zog. Die Decke sah aus, als läge sie über einen Haufen Backsteine.

«Ich sehe ihn gar nicht mehr atmen», sagte sie besorgt.

«Doch, er atmet», sagte Mrs. Tellamantez, ohne die Augen zu heben.

Thea kam es vor, als warteten sie Stunden. Schließlich hörten sie Stimmen, und eine Gruppe von Männern kam den Hügel herab und durch die Schlucht auf sie zu. Doktor Archie und Fritz Kohler waren die ersten; nach ihnen kamen Johnny und Ray und einige Männer vom Lokschuppen. Ray trug die Segeltuchtrage, die am Bahnhof für Unfälle bereitstand. In ihrem Gefolge kamen ein halbes Dutzend Jungen, die sich am Bahnhof herumgetrieben hatten.

Als Ray Thea erblickte, ließ er die Leinwandrolle fallen und rannte auf sie zu. «Geh lieber schnell nach Hause, Thee. Das ist eine ziemlich scheußliche Sache.» Ray war entrüstet, daß jemand, der Thea Musikunterricht gab, sich so benehmen konnte.

Thea nahm ihm sowohl seinen besitzergreifenden Ton als auch seine moralische Überheblichkeit übel. «Nein, das werde ich nicht! Ich will wissen, wie es um ihn steht. Ich bin kein kleines Kind mehr!» rief sie empört aus und stampfte mit dem Fuß auf den Sandboden.

Doktor Archie, der neben der Decke gekniet hatte, kam auf Thea zu und klopfte sich den Staub von den Knien. Er lächelte und nickte ihr freundlich zu. «Wenn wir ihn nach Hause gebracht haben, wird's ihm schon wieder besser gehen. Aber er hätte es nicht gern, daß du ihn in diesem Zustand siehst, der arme Kerl! Verstehst du das? Und jetzt lauf!»

Thea lief die Schlucht hinunter und sah sich nur einmal

um, als sie Wunsch auf der Trage hochhoben, der immer noch mit der Decke zugedeckt war.

Die Männer trugen Wunsch den Hügel hinauf und die Straße hinunter bis zum Haus der Kohlers. Mrs. Kohler war schon nach Hause gegangen und hatte im Wohnzimmer ein Bett zurechtgemacht, da sie wußte, daß das Treppenhaus für die Trage zu eng war. Wunsch lag da wie tot. Er blieb den ganzen Tag ohne Bewußtsein. Ray Kennedy war bei ihm bis zwei Uhr nachmittags, bis seine Schicht begann. Es war das erste Mal, daß er das Haus der Kohlers betrat, und er war so beeindruckt von dem Flickenbild und Napoleon, daß daraus eine neue Gemeinsamkeit zwischen Thea und ihm wurde.

Doktor Archie kam um sechs Uhr zurück und fand Mrs. Kohler und Chicano-Johnny bei Wunsch, der im hohen Fieber vor sich hin murmelte und stöhnte.

«Heute nacht müßte jemand bei ihm bleiben und nach ihm sehen, Mrs. Kohler», sagte er, «ich muß zu einer Geburt und kann nicht hierbleiben, aber irgend jemand muß bei ihm sein. Er könnte gewalttätig werden.»

Mrs. Kohler beteuerte, daß sie mit Wunsch noch immer fertig geworden sei, aber der Doktor schüttelte den Kopf und Chicano-Johnny grinste. Er erklärte sich bereit dazubleiben. Der Doktor lachte. «Zehn Kerle wie du könnten ihn nicht festhalten, Chicano, wenn er anfängt zu toben. Selbst ein Ire hätte alle Hände voll zu tun. Vielleicht sollte ich ihn etwas ruhigstellen.» Er zog eine Spritze heraus.

Chicano-Johnny blieb dennoch, und die Kohlers gingen zu Bett. Gegen zwei Uhr nachts erhob sich Wunsch von seinem schmählichen Notlager. Johnny, der auf der Couch in leichten Schlaf gefallen war, schreckte hoch und sah den Deutschen mit nackten Armen in Unterhemd und Unterhosen mitten im Zimmer stehen, seine schwere Gestalt schien auf das Doppelte seiner normalen Größe angewachsen. Seine verzerrten Gesichtszüge gaben ihm ein wildes Aussehen, die Augen blickten irr. Er war aufgewacht, um sich für die Schmach zu rächen, seine Schande auszulöschen, den Feind zu zerstören. Johnny sah es mit einem Blick. Wunsch hob drohend einen Stuhl hoch, und Johnny duckte sich behende wie ein Picador unter dem Wurfgeschoß hindurch und sprang aus dem geöffneten Fenster. Er rannte durch die Schlucht, um Hilfe zu holen, und überließ die Kohlers derweil ihrem Schicksal.

Im oberen Stockwerk hörte Fritz das Krachen des Stuhles auf dem Ofen. Dann hörte er, wie Türen geöffnet und wieder geschlossen wurden und jemand zwischen den Gartensträuchern herumstolperte. Er und Paulina setzten sich im Bett auf und berieten, was zu tun sei. Fritz kroch unter der Decke hervor, ging vorsichtig zum Fenster hinüber und streckte den Kopf hinaus. Dann stürzte er zur Tür und schob den Riegel vor.

«Mein Gott, Paulina», stieß er hervor, «er hat die Axt, er wird uns erschlagen!»

«Die Kommode», schrie Mrs. Kohler, «schieb die Kommode vor die Tür! Ach, wenn du doch bloß deine Hasenflinte hier hättest!»

«Sie liegt in der Scheune», sagte Fritz bedauernd. «Aber sie würde nichts nützen; im Moment könnte man ihn durch nichts mehr abschrecken. Bleib du im Bett, Paulina.» Die Kommode hatte schon seit Jahren keine Rollen mehr, aber er schaffte es, sie vor die Tür zu zerren. «Er ist im Garten. Er tut nichts. Er wird vielleicht wieder krank.»

Fritz ging zurück ins Bett, seine Frau deckte ihn mit der Steppdecke zu, damit er liegenbleiben sollte. Sie hörten erneut schlurfende Schritte im Garten und dann das Klirren von Glas.

«Ach, das Mistbeet!» rief Paulina aus, als sie hörte wie ihr

Frühbeet in Scherben ging. «Die arme Seele, Fritz, er wird sich schneiden. Ach, was war das?» Sie setzten sich beide im Bett auf. «Jetzt wieder! Ach! Was tut er nur?»

Sie hörten ein gleichmäßiges Geräusch, ein Hacken. Paulina riß sich die Nachthaube vom Kopf. «Die Bäume, die Bäume! Er fällt unsere Bäume, Fritz!» Bevor ihr Mann sie zurückhalten konnte, sprang sie aus dem Bett und lief zum Fenster. «Der Taubenschlag! Gerechter Himmel, er schlägt den Taubenschlag in Stücke!»

Fritz stand neben ihr, bevor sie Luft holen konnte, und streckte neben ihr den Kopf aus dem Fenster. Im fahlen Licht der Sterne sah sie den vierschrötigen Mann, barfuß und halbnackt, wie er auf den weißen Pfahl einhieb, der das Taubenhäuschen trug. Die aufgeschreckten Tauben flatterten ihm gurrend um den Kopf, schlugen ihm sogar mit ihren Flügeln ins Gesicht, so daß er wütend mit der Axt nach ihnen ausholte. Innerhalb weniger Sekunden hörte man ein Krachen, und der Taubenschlag brach unter Wunschs Hieben tatsächlich zusammen.

«Wenn er jetzt nur nicht mit den Bäumen weitermacht!» flehte Paulina. «Der Taubenschlag ist ersetzbar, aber die Bäume nicht.»

Sie sahen atemlos zu. Unten im Garten stand Wunsch wie ein Holzfäller und besah sich das am Boden liegende Häuschen. Plötzlich warf er die Axt hinter sich und ging zum Gartentor hinaus in Richtung Stadt.

«Die arme Seele, er rennt in den Tod!» klagte Mrs. Kohler. Sie lief zurück zum Bett und verbarg ihr Gesicht in ihrem Federkissen.

Fritz hielt am Fenster Ausschau. «Nein, aber nein, Paulina», rief er auf einmal. «Ich sehe Laternen, die auf uns zukommen. Johnny muß jemanden geholt haben. Ja, vier Laternen, sie kommen durch die Schlucht herauf. Jetzt halten sie an; sie müssen ihn schon entdeckt haben. Jetzt sind sie vom Hügel verdeckt, ich kann sie nicht sehen, aber ich glaube, sie haben ihn. Sie werden ihn zurückbringen. Ich muß mich anziehen und hinuntergehen.» Er nahm seine Hosen und zog sie vor dem Fenster an. «Ja, da kommen sie, ein halbes Dutzend Männer. Und sie haben ihn mit einem Strick gefesselt, Paulina!»

«Ach, der arme Mann! Sich wie eine Kuh führen lassen zu müssen», stöhnte sie. «Es ist nur gut, daß er keine Frau hat!»

Sie machte sich Vorwürfe, daß sie Fritz immer die Hölle heiß machte, wenn er sich ein bißchen gute oder schlechte Laune antrank, und hatte auf einmal das Gefühl, daß sie ihr Glück noch nie richtig geschätzt hatte.

Wunsch hütete zehn Tage lang das Bett, während er in Moonstone Gegenstand des Klatsches und sogar der Predigten wurde. Der Baptistenpfarrer attackierte ihn von seiner Kanzel herab, und die Frau von Mietstall-Johnson auf ihrem Kirchenstuhl nickte zustimmend. Die Mütter von Wunschs Schülern schickten schriftliche Benachrichtigungen, daß ihre Töchter den Musikunterricht nicht mehr fortsetzen würden. Die alte Jungfer, die ihm ihr Klavier vermietet hatte, ließ das entehrte Instrument durch den städtischen Lastkarren abholen und behauptete fortan, Wunsch hätte seinen Klang ruiniert und den Lack zerkratzt. Die Freundlichkeit der Kohlers gegenüber ihrem Freund war ungebrochen. Mrs. Kohler kochte unausgesetzt Suppen und Bouillons für ihn, Fritz reparierte den Taubenschlag und setzte ihn auf einen neuen Pfahl, damit nichts mehr an den traurigen Vorfall erinnern sollte.

Sobald Wunsch wieder soweit bei Kräften war, daß er in Pantoffeln und der wattierten Jacke im Sessel sitzen konnte, bat er Fritz, ihm aus dem Laden etwas starken Zwirn mitzubringen. Als Fritz ihn fragte, was er damit vorhabe, zeigte er ihm die zerfledderte Partitur des «Orpheus» und antwortete, er wollte sie etwas zusammenheften, um sie zu verschenken.

Fritz nahm sie mit in den Laden und nähte sie zwischen Kartondeckel, die er mit dunklem Anzugstoff bezogen hatte. Über die Stiche klebte er einen Streifen feines rotes Leder, das er von seinem Freund, dem Sattler, bekam. Nachdem Paulina die Seiten mit frischem Brot gereinigt hatte, sah Wunsch mit Erstaunen, was für ein wunderschönes Buch er besaß. Es ließ sich etwas schwer aufschlagen, aber das störte nicht weiter.

Eines Morgens saß Wunsch in der Laube unter den reifen Trauben und den braunen, eingerollten Blättern und dachte lange nach, er hatte die Partitur des «Orpheus» auf den Knien, Federhalter und Tinte lagen neben ihm auf der Bank. Immer wieder tauchte er die Feder in die Tinte, schließlich legte er sie in die Zigarrenkiste zurück, in der Mrs. Kohler ihr Schreibzeug aufbewahrte. Seine Gedanken zogen weit fort; durch viele Länder und viele Jahre. Sie folgten einander ohne Ordnung oder logische Reihenfolge. Die Bilder kamen und gingen ganz willkürlich. Gesichter, Berge, Flüsse, Herbsttage in anderen, weit entfernten Weingärten. Er dachte an eine Fußreise, die er in seiner Studentenzeit im Harz gemacht hatte; an die hübsche Tochter des Gastwirts, die ihm eines Sommerabends im Garten die Pfeife angesteckt hatte, an die Wälder bei Wiesbaden, Männer bei der Heuernte auf einer Insel im Strom. Das Pfeifsignal aus dem Lokschuppen weckte ihn aus seinen Träumen. Ach ja, er war in Moonstone, Colorado. Er runzelte einen Moment die Stirn und betrachtete das Buch auf seinen Knien. Er hatte sich viele Sätze zurechtgelegt, die ihm angemessen schienen, aber plötzlich verwarf er sie alle wieder, öffnete das Buch und schrieb rasch an den oberen Rand der Titelseite, die ein kunstvoller Stich zierte, die folgenden Worte mit violetter Tinte:

Einst, O Wunder! –

A. Wunsch.

Moonstone, Colo. 30. September 18 . .

Niemand in Moonstone hatte je herausgefunden, wie Wunsch mit Vornamen hieß. Das «A» könnte für Adam oder August oder sogar Amadeus gestanden haben; er wurde sehr böse, wenn man ihn danach fragte und blieb A. Wunsch, bis sein Gastspiel in Moonstone beendet war.

Er überreichte Thea die Partitur mit den Worten, entweder wisse sie in zehn Jahren, was die Widmung bedeute, oder sie werde sie nie verstehen, und in diesem Fall wäre es auch nicht weiter schlimm.

Als Wunsch begann, seinen Koffer zu packen, waren die beiden Kohlers sehr betrübt. Er versicherte ihnen, er käme eines Tages zurück, aber für den Augenblick sei es besser für ihn, es in einer «neuen Stadt» zu versuchen, da er alle seine Schüler verloren hatte. Mrs. Kohler stopfte und flickte alle seine Kleider und schenkte ihm noch zwei neue Hemden, die sie für Fritz genäht hatte. Fritz nähte ihm ein neues Paar Hosen und hätte ihm auch einen Mantel genäht, wenn Mäntel nicht so leicht zu versetzen wären.

Wunsch ging erst wieder über die Schlucht in Richtung Stadt, als er sich zum Frühzug nach Denver aufmachte. Er sagte, er wolle sich «umsehen», sobald er in Denver ankomme. Er verließ Moonstone an einem sonnigen Oktobermorgen, ohne sich von irgend jemandem zu verabschieden. Er kaufte seine Fahrkarte und ging direkt in den Raucherwagen. Als der Zug anfuhr, hörte er, wie jemand verzweifelt seinen Namen rief, und als er aus dem Fenster sah, erblickte er Thea Kronborg, die ohne Hut und nach Luft schnappend am Bahnsteig stand.

Einige Jungen hatten in der Schule erzählt, daß sie gesehen hätten, wie Wunschs Koffer zum Bahnhof gebracht worden sei, und Thea war aus der Schule weggelaufen. Sie stand am Ende des Bahnsteigs, mit ihren Zöpfen, in dem blauen Gingankleid, das bis zu den Knien herauf naß war, da sie querfeldein gelaufen war. Es hatte in der Nacht geregnet, und die hohen Sonnenblumen, die hinter ihr standen, glänzten frisch.

«Auf Wiedersehen, Herr Wunsch, auf Wiedersehen!» rief sie und winkte ihm zu.

Er streckte den Kopf aus dem Waggonfenster und rief zurück: «Leb wohl, leb wohl, mein Kind!» Er blickte zu ihr zurück, bis der Zug am Lokschuppen in eine Kurve fuhr, und ließ sich dann in seinen Sitz zurückfallen, während er vor sich hin murmelte: «Sie ist gelaufen. Oh, sie wird noch weit laufen; sie können sie nicht aufhalten!»

Was hatte das Kind an sich, daß man das glaubte? Waren es Theas Beharrlichkeit und ihr Fleiß, die in diesem Landstrich, wo man sich eher gehenließ, so ungewöhnlich waren? War es ihre Phantasie? Höchstwahrscheinlich lag es daran, daß sie beides hatte, Phantasie und einen eisernen Willen, die sich auf merkwürdige Weise gegenseitig im Gleichgewicht hielten und durchdrangen. Etwas, das ihr selbst noch nicht bewußt war und noch in ihr schlummerte, erregte die Neugier. Sie besaß eine Ernsthaftigkeit, die er noch bei keinem anderen Schüler angetroffen hatte. Das Schwierige haßte sie, und doch ließ sie keine Schwierigkeit aus. Schwierigkeiten waren Herausforderungen für sie, und sie hatte keine Ruhe, bis sie sie gemeistert hatte. Sie hatte die Kraft, große Anstrengungen zu bewältigen, ein Gewicht zu heben, das schwerer war als sie selbst. Wunsch hoffte, sie immer so in Erinnerung zu behalten, wie sie an den Schienen stand und zu ihm heraufsah, ihr breites, eifriges Gesicht, so hell in den Farben, mit den hohen Wangenknochen, blonden Augenbrauen und grünbraunen Augen.

Es war ein Gesicht voller Licht und Kraft, voll von einem grenzenlosen jugendlichen Optimismus. Ja, sie war wie eine sonnengetränkte Blume, aber nicht wie die zarten Blumen seiner Heimat. Jetzt kam ihm der Vergleich, nach dem er unbewußt schon immer gesucht hatte: Sie war wie die gelben Kaktusfeigenblüten, die sich draußen in der Wüste entfalteten; dorniger und robuster als die Mädchenblüten, die er aus seiner Kindheit kannte, nicht so lieblich, aber doch wundervoll.

An diesem Abend wischte sich Mrs. Kohler so manche Träne fort, während sie das Abendessen zubereitete und den Tisch für zwei deckte. Als sie sich setzten, war Fritz stiller als gewöhnlich. Zwei Menschen, die schon lange zusammenleben, brauchen einen Dritten am Tisch: Sie kennen die Gedanken des anderen so gut, daß es nichts mehr zu sagen gibt. Mrs. Kohler rührte geräuschvoll in ihrem Kaffee, aber nach Essen war ihr nicht zumute. Nach vielen Jahren war ihr zum erstenmal ihr eigenes Essen zuwider. Sie sah ihren Mann durch das Lampenglas an und fragte ihn, ob dem Fleischer sein neuer Überzieher gefiele und ob die Schultern in dem Konfektionsanzug, den er für Ray Kennedy abänderte, richtig saßen. Nach dem Essen bot Fritz ihr an, das Geschirr abzutrocknen, aber sie wollte, daß er sich um seine Sachen kümmerte und sie nicht behandeln solle, als sei sie krank oder käme nicht mehr alleine zurecht.

Als sie mit der Küchenarbeit fertig war, ging sie in den Garten, um die Oleanderbäume gegen den Frost abzudecken und noch einen letzten Blick auf die Hühner zu werfen. Auf dem Rückweg vom Hühnerstall hielt sie bei einer der Linden an und legte die Hand auf den Stamm. Der arme Wunsch würde nie mehr wiederkommen, sie wußte es. Es würde ihn von einer Stadt zur nächsten treiben, von Katastrophe zu Katastrophe. Er würde wohl kaum wieder ein Heim finden und schließlich an irgendeinem verwahrlosten Ort sterben, um in der Wüste oder irgendwo in der Prärie begraben zu werden, wo es weit und breit keine Linde gab!

Fritz, der auf der Küchentreppe seine Pfeife rauchte, beobachtete Paulina und erriet ihre Gedanken. Auch er war traurig über den Verlust des Freundes. Aber Fritz wurde alt; in seinem langen Leben hatte er gelernt, sich mit Verlusten abzufinden, ohne zu hadern.

XIV

«Mutter», sagte Peter Kronborg eines Morgens, etwa zwei Wochen nach Wunschs Weggang, zu seiner Frau, «was hältst du davon, heute mit mir nach Copper Hole hinauszufahren?»

Mrs. Kronborg sagte, sie glaube, die Fahrt würde ihr guttun. Sie zog ihr graues Kaschmirkleid an, legte die goldene Uhr und Kette um, wie es sich für eine Pfarrersfrau schickte, und packte, während ihr Mann sich ankleidete, all das in eine schwarze Wachstuchtasche, was sie und Thor für eine Nacht benötigten.

Copper Hole war eine fünfzehn Meilen nordwestlich von Moonstone gelegene Siedlung, wo Mr. Kronborg jeden Freitagabend einen Gottesdienst abhielt. Es gab dort eine große Quelle, einen kleinen Bach und etliche Bewässerungsgräben. Die Gemeinde bestand aus entmutigten Ackerbauern, die erfolglos versuchten, das trockene Land zu bebauen. Mr.

Kronborg fuhr immer für einen Tag hinaus und kam am nächsten zurück. Die Nacht pflegte er bei einem der Pfarrei-mitglieder zu verbringen. Bei schönem Wetter begleitete ihn seine Frau öfter. Heute brachen sie nach dem Mittagessen auf und ließen das Haus in Tillies Obhut zurück. Mrs. Kronborgs Muttergefühle konzentrierten sich immer auf ihr Kleinstes, das war bei all ihren Kindern so gewesen. Wenn sie nur das Baby bei sich hatte – die anderen könnten schon für sich selbst sorgen. Genaugenommen war Thor natürlich kein Baby mehr. Was die Ernährung betraf, so war er seit langem nicht mehr auf seine Mutter angewiesen, wenn die Entwöh-nung auch nicht kampflos vonstatten gegangen war. Thor war in allem konservativ, und die ganze Familie hatte Qualen ausgestanden, bis er es verkraftet hatte. Als Jüngster blieb er für Mrs. Kronborg das Baby, obwohl er fast vier Jahre alt war; an diesem Nachmittag thronte er stolz auf ihrem Schoß, die Zügel in beiden Händen, und rief «Hopp, hopp, Pferdchen». Sein Vater sah ihn zärtlich an und summte fröhlich Kirchen-lieder, womit er Thea zur Weißglut bringen konnte.

Mrs. Kronborg genoß die Sonne, den strahlenden Himmel und den unaufdringlichen Reiz der flirrenden, monotonen Landschaft. Sie hatte die eher seltene Begabung, die Beson-derheiten von Orten und Menschen zu erfassen. Obgleich sie meistens in ihren familiären Verpflichtungen aufging, konnte sie sich völlig davon lösen, wenn sie sie hinter sich ließ. Für eine Mutter von sieben Kindern hatte sie einen erstaunlich unvoreingenommenen Blick. Eigentlich war sie fatalistisch, und da sie keinen Versuch unternahm, etwas zu steuern, das außerhalb ihrer Macht lag, fand sie eine Menge Zeit, die Eigentümlichkeiten von Mensch und Natur zu genießen.

Als sie schon ein gutes Stück Weg hinter sich hatten und das sanft ansteigende Weideland erreichten, wo hier und da

Steppengras zwischen den Beifußbüscheln wuchs, hörte Mr. Kronborg auf zu summen und wandte sich seiner Frau zu.

«Mutter, ich habe über etwas nachgedacht.»

«Das habe ich mir schon gedacht. Worüber denn?» Sie hob Thor auf ihr linkes Knie, wo er weniger im Weg war.

«Nun, über Thea. Mr. Follansbee kam neulich zu mir ins Pfarrbüro und sagte, sie hätten gerne, daß ihre beiden Mädchen bei Thea Unterricht nehmen. Dann habe ich bei Miss Meyers einmal vorsichtig nachgefragt (Miss Meyers war die Organistin in Mr. Kronborgs Kirche) und sie sagte, es werde viel darüber spekuliert, ob Thea vielleicht Wunschs Schüler übernimmt. Sie sagte, es würde sie nicht wundern, wenn Thea, sollte sie mit der Schule aufhören, so gut wie alle Schüler von Wunsch bekommen könnte. Die Leute denken, Thea weiß so ziemlich alles, was Wunsch seinen Schülern beibringen konnte.»

Mrs. Kronborg wirkte nachdenklich. «Meinst du, wir sollten sie in ihrem Alter schon aus der Schule nehmen?»

«Sie ist noch jung, aber nächstes Jahr wäre sowieso das letzte. Für ihr Alter ist sie schon sehr weit. Und bei dem Rektor, den wir jetzt haben, kann sie nicht mehr viel lernen, oder?»

«Nein, das fürchte ich auch», gab seine Frau zu. «Sie ärgert sich oft genug und beklagt sich, daß er immer im Buch nachschlagen muß, wenn er etwas gefragt wird. Sie verabscheut die ewigen Schaubilder, die sie zeichnen müssen, und ich habe auch den Eindruck, es ist verschwendete Zeit.»

Mr. Kronborg lehnte sich wieder zurück und ließ die Stute im Schritt gehen. «Weißt du, mir kam der Gedanke, daß wir die Preise für Theas Stunden erhöhen könnten, so daß es sich für sie lohnt. Fünfundsiebzig Cents für eine volle Stunde Unterricht, fünfzig Cents für eine halbe. Wenn sie, sagen wir, zwei Drittel von Wunschs Schülern bekommt, verdient sie mehr als zehn Dollar die Woche. Mehr als ein Lehrer in einer Landschule bekommt, und sie hätte in den Ferien sogar mehr zu tun als im Winter. Eine regelmäßige Arbeit das ganze Jahr hindurch; das ist ein Vorteil. Und sie würde zu Hause wohnen, hätte also überhaupt keine Ausgaben.»

«Das gäbe Anlaß zu Gerede, wenn du die Preise erhöhst», sagte Mrs. Kronborg zweifelnd.

«Am Anfang bestimmt. Aber Thea ist soviel besser als die anderen Musiker in der Stadt. Nach einer Weile würden sich alle damit abfinden. Eine Menge Leute in Moonstone sind in letzter Zeit zu Geld gekommen und haben sich neue Klaviere gekauft. Im letzten Jahr wurden zehn Klaviere aus Denver geliefert. Die Leute werden sie nicht nutzlos herumstehen lassen, bei dem Geld, das sie dafür anlegen mußten. Ich glaube, Thea kann so viele Schüler bekommen, wie sie verkraften kann, wenn wir sie entsprechend unterbringen.»

«Was meinst du mit entsprechend unterbringen?» Mrs. Kronborg hörte diesen Plan mit leichtem Widerstreben, obgleich sie noch nicht genug Zeit gehabt hatte, sich über die Gründe klarzuwerden.

«Nun, ich finde, daß wir ein zusätzliches Zimmer ganz gut gebrauchen könnten. Wir können ihr das Wohnzimmer nicht immer überlassen. Wenn wir aber an den Seitenflügel ein Zimmer anbauen und dort hinein das Klavier stellen, könnte sie den ganzen Tag Stunden geben, ohne daß es uns stören würde. Wir könnten einen Kleiderschrank einbauen, eine Bettcouch hineinstellen und die Frisierkommode. Anna könnte dort schlafen. Sie braucht ein eigenes Zimmer, jetzt, wo sie beginnt, sich herauszuputzen.»

«Vielleicht sollten wir Thea selbst entscheiden lassen, welches Zimmer sie haben will», wandte Mrs. Kronborg ein.

«Aber Liebste, sie will es nicht und wird es nicht bekommen. Ich habe am Sonntag nach der Kirche schon einmal vorgefühlt; ich fragte sie, ob sie gerne ein neues Zimmer haben wollte, wenn wir anbauen. Sie ging hoch wie eine kleine Wildkatze und sagte, sie habe sich ihr Zimmer ganz allein eingerichtet, und niemand habe das Recht, es ihr wegzunehmen.»

«Sie wollte dich bestimmt nicht kränken, Vater. Diese Entschiedenheit gehört zu ihrer Art, wie bei meinem Vater.» Mrs. Kronborg verteidigte sie lebhaft. «Ich habe nie irgendwelche Probleme mit dem Kind. Ich denke an die Eigenheiten meines Vaters zurück und gehe behutsam auf sie zu. Thea ist schon recht.»

Mr. Kronborg lachte voller Nachsicht und kniff Thor in die runde Backe. «Oh, ich wollte damit nichts gegen deine Tochter sagen, Mutter! Sie ist schon recht, aber sie ist und bleibt eine kleine Wildkatze. Mir scheint, Ray Kennedy hat sich in den Kopf gesetzt, eine geborene Junggesellin zu bekehren.»

«Bah! Sie bekommt einmal was wesentlich Besseres als Ray Kennedy. Du wirst schon sehen! Thea ist ein unglaublich kluges Mädchen. Zu meiner Zeit gab's viele Mädchen, die Musikstunden nahmen, aber ich habe nie erlebt, daß es eine so ernst genommen hätte wie Thea. Wunsch sagte das auch. Aus ihr wird einmal etwas, sie hat das Zeug dazu.»

«Das will ich gar nicht bestreiten. Und je eher sie anfängt, damit Geld zu verdienen, desto besser. Sie gehört zu den Menschen, die eine Aufgabe brauchen, und es wird ihr guttun.»

Mrs. Kronborg wirkte nachdenklich. «In mancher Hinsicht vielleicht schon, aber es ist auch sehr anstrengend, Kinder zu unterrichten, und sie hat sich mit ihren Schülern bisher immer sehr abgemüht. Ich habe oft zugehört, wie sie ihnen alles eingehämmert hat. Ich möchte nicht, daß sie zu schwer arbeiten muß. Sie ist so ernsthaft, daß sie nie so richtig Kind sein konnte. Vielleicht sollte sie die nächsten Jahre einfach frei und ohne Belastung sein. Sie wird noch früh genug Verantwortung zu tragen haben.»

Mr. Kronborg tätschelte seiner Frau den Arm. «Glaube das nur nicht, Mutter. Thea gehört nicht zu den Frauen, die heiraten. Ich habe sie beobachtet. Bei Anna wird es nicht mehr allzu lange dauern, bis sie heiratet, und sie wird einmal eine gute Ehefrau abgeben, aber ich kann mir bei Thea nicht vorstellen, daß sie eine Familie versorgt. Sie hat sehr viel von ihrer Mutter, aber sie hat nicht alles geerbt. Sie ist zu hitzig und muß immer ihren Kopf durchsetzen. Außerdem will sie in allem die erste sein. Dieser Typ von Frauen engagiert sich in der Kirchenarbeit, wird Missionarin und Lehrerin, aber er taugt nicht zur Ehefrau. Sie verschießen all ihre Energie wie Colts und stehen ständig unter Strom.»

Mrs. Kronborg lachte. »Gib mir bitte die Grahamkekse, die ich dir für Thor in die Tasche gesteckt habe. Er hat Hunger. Du bist ein komischer Mann, Peter. Wenn man dich so hört, würde keiner vermuten, daß du über deine eigene Tochter sprichst. Du kannst wohl in sie hineinsehen. Aber selbst wenn Thea nicht dazu geboren sein sollte, eigene Kinder zu haben, dann sehe ich erst recht nicht ein, weshalb sie sich mit denen anderer Leute aufreiben soll.»

«Darum geht's ja gerade, Mutter. Ein Mädchen, das so voller Energie ist, muß etwas tun, genauso wie ein Junge, damit sie nicht auf dumme Gedanken kommt. Wenn du nicht willst, daß sie Ray heiratet, dann laß sie etwas tun, das sie unabhängig macht.»

«Ich bin ja nicht dagegen. Möglicherweise ist es das Beste für sie. Wenn ich nur sicher wäre, daß es sie nicht belastet. Sie nimmt alles so schwer. Sie hat sich fast die Augen ausgeweint, weil Wunsch wegging. Sie ist die hellste von unseren Kindern, Peter, mit Abstand.»

Peter Kronborg lächelte. «Nun bist du wieder beim Thema, Anna. Du kannst es nicht lassen. Also ich habe keine Lieblinge; sie haben alle ihre guten Seiten. Aber du», er zwinkerte, «hattest schon immer eine besondere Schwäche für die Klugen.»

Mrs. Kronborg lachte auf, während sie die Krümel von Thors Kinn und Fäusten wischte. «Na, du weißt ja wohl alles am besten, Peter! Aber ich wüßte nicht, daß ich mir jemals etwas anderes gewünscht hätte. Mir ist es lieber, ich habe meine eigene Familie, als mich mit anderer Leute Kinder herumzuärgern, das ist mein Ernst.»

Bevor die Kronborgs in Copper Hole ankamen, war Theas Zukunft so gut wie entschieden. Mr. Kronborg freute sich immer, wenn er wieder einen Grund hatte, das Haus zu vergrößern.

Mrs. Kronborg hatte völlig recht damit, daß es in Moonstone bissige Kommentare geben würde, wenn Thea die Preise für ihre Klavierstunden anhob. Man war sich einig, daß sie keinen Grund hatte, sich etwas einzubilden. Die Frau von Mietstall-Johnson setzte ihren neuen Hut auf und holte alle ausstehenden Besuche nach. Dabei ließ sie es sich nicht entgehen, in jedem Haus, das sie betrat, zu verkünden, daß zumindest ihre Töchter «Thea Kronborgs Spitzenpreise niemals bezahlen würden.»

Thea hatte nichts dagegen, die Schule zu verlassen. Sie war jetzt im «letzten Zimmer», so benannt nach der letzten Klasse, hatte Geometrieunterricht und begann, Cäsar zu lesen. Die Aufgaben hörte nicht mehr der Lehrer ab, den sie so gerne mochte, sondern der Rektor, ein Mann, der wie die Frau von Mietstall-Johnson für Thea zum feindlichen Lager gehörte. Er unterrichtete in der Schule, weil er zu faul war, zu arbeiten wie die anderen Erwachsenen, und er überanstrengte sich nicht. Er entzog sich der eigentlichen Arbeit, in-

dem er sich sinnlose Beschäftigungen für seine Schüler aus-
dachte, wie beispielsweise das Zeichnen von Baumdiagram-
men. Thea hatte Stunden damit zugebracht, die «Thanatop-
sis», den Hamletmonolog und Catos «Über die Unsterblich-
keit» in Bäumchen umzusetzen. Sie litt unter dieser Zeitver-
schwendung und nahm die Freiheit, die ihr Vater ihr anbot,
nur allzugern an.

Thea verließ die Schule am ersten November. Bis zum
ersten Januar hatte sie acht Schüler für eine volle und zehn
für eine halbe Stunde, und im Sommer würden es mehr
werden. Was sie verdiente, gab sie großzügig wieder aus. Sie
kaufte einen neuen Gobelinteppich für das Wohnzimmer,
ein Gewehr für Gunner und Axel, und Mantel und Mütze aus
Tigerfellimitat für Thor. Sie freute sich, daß sie zum Fami-
lienbesitz etwas beitragen konnte, und fand, daß Thor in
seinen geflecken Sachen ebenso hübsch aussah wie die
reichen Kinder aus Denver. Thor war recht zufrieden in
seiner auffälligen Aufmachung. Er konnte nun schon überall
hingehen – trotzdem zog er es vor, irgendwo zu sitzen oder in
seinem Wägelchen herumgefahren zu werden. Er war ein
herrlich träges Kind und vertrieb sich die Zeit mit endlosen
eintönigen Spielen, wie zum Beispiel Nester für seine Por-
zellanente zu bauen und zu warten, daß sie ihm ein Ei legte.
Thea hielt ihn für sehr intelligent und war stolz darauf, daß er
so groß und stramm war. Sie fand ihn gemütlich, liebte es,
wenn er sie «Swester» nannte, und hatte ihn gerne um sich,
besonders wenn sie müde war. Samstags beispielsweise,
wenn sie von neun Uhr morgens bis fünf Uhr nachmittags
Stunden gab, setzte sie sich gerne nach dem Abendessen mit
Thor in irgendeine Ecke, weit weg vom Baden und Anklei-
den und Lachen und Sprechen im Haus, und fragte ihn nach
seiner Ente oder hörte ihm zu, wenn er eine seiner Phantasie-
geschichten erzählte.

XV

Als Thea fünfzehn Jahre alt wurde, war sie in Moonstone
eine anerkannte Musiklehrerin. Das neue Zimmer war zu
Beginn des Frühjahrs angebaut worden, und Thea gab dort
seit Mitte Mai Klavierunterricht. Sie genoß die Unabhängigkeit, die man ihr als Lohnempfängerin zugestand. Sie wurde
in der Familie sehr selten danach gefragt, wohin sie ging und
woher sie kam. Sie konnte zum Beispiel mit Ray Kennedy im
Einspänner ausfahren, ohne Gunner und Axel mitzunehmen. Sie konnte zu Chicano-Johnny hinausfahren und mit
den Mexikanern singen, ohne daß irgend jemand etwas dagegen sagte.

Das Unterrichten war für Thea noch immer sehr aufregend, und sie nahm es schrecklich ernst. Wenn ein Schüler
keine Fortschritte machte, grollte sie und grämte sich. Sie
zählte mit, bis sie heiser war. Noch im Schlaf hörte sie
Tonleitern ab. Wunsch hatte nur eine Schülerin ernsthaft
unterrichtet, bei Thea waren es zwanzig. Je unbegabter sie
waren, desto mehr triezte und ermunterte sie sie. Mit den
kleinen Mädchen hatte sie fast immer Geduld, aber bei den
Schülern, die älter waren als sie selbst, verlor sie manchmal
die Beherrschung. Unter anderem beging sie den Fehler,
sich von Frau Mietstall-Johnson abkanzeln zu lassen. Eines
Morgens tauchte sie bei den Kronborgs auf und verkündete, sie ließe es sich nicht gefallen, daß irgendein Mädchen
vor ihrer Tochter Grace mit dem Fuß aufstampfte. Sie fügte hinzu, die ganze Stadt spreche über Theas unmögliches
Verhalten gegenüber den größeren Mädchen, und wenn sie
sich nicht schleunigst ändere, würde sie ihre fortgeschrittenen Schüler alle verlieren. Thea bekam es mit der Angst zu
tun. Nie könnte sie die Schmach ertragen, wenn das tatsächlich geschehen sollte. Außerdem, was würde ihr Vater sagen,

nachdem er soviel Geld in den Anbau investiert hatte? Mrs. Johnson verlangte, sie solle sich bei Grace entschuldigen. Thea erklärte sich dazu bereit. Danach bestand Mrs. Johnson darauf, in Zukunft selbst bestimmen zu können, welche Stücke Grace üben solle, denn sie sei immerhin vom besten Klavierlehrer in Grinnel, in Iowa, unterrichtet worden. Thea stimmte zu, und Mrs. Johnson rauschte davon, um gleich einer Nachbarin zu erzählen, daß Thea Kronborg lammfromm sein konnte, wenn man nur den richtigen Ton anschlug.

Thea erzählte Ray von dieser unerfreulichen Begegnung, als sie am folgenden Sonntag zu den Sandhügeln hinausfuhren.

«Da hast du dich ganz schön ins Bockshorn jagen lassen, Thee», beruhigte Ray sie. «Es gibt keine allgemeine Unzufriedenheit unter deinen Schülern. Sie wollte dir nur eins auswischen. Ich habe mit dem Klavierstimmer gesprochen, als er das letzte Mal hier war, und er sagte, alle Leute, deren Klaviere er stimmte, äußerten sich sehr zufrieden über deinen Unterricht. Mir selbst wäre es lieber, du würdest dich nicht so abrackern.»

«Aber, das muß ich doch, Ray. Sie sind alle so unfähig und haben überhaupt keinen Ehrgeiz», rief Thea gereizt aus. «Jenny Smiley ist die einzige, die nicht dumm ist. Sie kann recht gut Noten lesen und hat ganz geschickte Hände. Aber das ist ihr piepegal. Sie legt überhaupt keinen Wert darauf.»

Rays Gesicht zeigte einen wohlwollenden Ausdruck, als er zu Thea hinüberblickte, aber sie sah unverwandt auf die Luftspiegelung in der Ferne, wo wie meistens eines jener riesigen Rinder zu sehen war. «Fällt dir das Unterrichten in deinem neuen Zimmer leichter?» fragte er.

«Ja; ich bin ungestörter. Aber wenn es natürlich einmal vorkommt, daß ich abends üben will, dann ist es immer gerade ein Abend, an dem Anna früh schlafen gehen will.»

«Zum Kuckuck noch mal, daß sie dir dieses Zimmer nicht gegeben haben! Das nehme ich deinem Daddy übel. Er sollte das Zimmer dir überlassen. Du könntest es so hübsch einrichten.»

«Ich wollte es nicht haben, ehrlich nicht. Vater hätte es mir gerne gegeben. Mir gefällt mein Zimmer besser. In einem kleinen Zimmer kann ich irgendwie besser denken. Außerdem bin ich dort oben weit weg von allen, und ich kann nachts so lange lesen, wie ich will, ohne daß ich Schelte bekomme.»

«Ein Mädchen, das im Wachstum ist, braucht viel Schlaf», bemerkte Ray fürsorglich.

Thea rutschte unruhig auf den Wagenpolstern hin und her. «Es gibt Dinge, die sie noch dringender brauchen», murmelte sie. «Oh, fast hätte ich es vergessen. Ich hab' etwas mitgebracht, das ich dir zeigen wollte. Sieh mal, das kam an meinem Geburtstag. War das nicht nett von ihm, an mich zu denken?» Sie zog eine Postkarte aus ihrer Tasche, die in der Mitte gefaltet war, und reichte sie Ray. Sie zeigte eine weiße Taube auf einer Girlande von leuchtendblauem Vergißmeinnicht und «Herzliche Glückwünsche zum Geburtstag» in goldenen Lettern. Darunter stand geschrieben: «Von A. Wunsch.»

Ray drehte die Karte um, inspizierte den Poststempel und begann dann zu lachen.

«Concord, Kansas. Da tut er mir aber leid!»

«Warum, was ist so schlimm an Concord?»

«Es ist eine reine Durchgangsstation, eine Stadt kann man es nicht nennen. Einige Häuser mitten in einem Maisfeld. Man verläuft sich im Mais. Es gibt noch nicht mal eine Kneipe, wo was los ist; der Whisky wird ohne Schankerlaubnis beim Fleischer verkauft, eisgekühltes Bier neben Leber und Rindersteaks. Nicht für zehn Dollar würde ich dort ein Wochenende verbringen.»

«Oje! Was glaubst du, was er dort tut? Vielleicht hat er auch nur ein paar Tage Zwischenstation gemacht und stimmt Klaviere», versuchte Thea sich zu trösten.

Ray gab ihr die Karte zurück. «Er hat die falsche Richtung eingeschlagen. Was hat ihn bloß wieder in diese öde Gegend verschlagen? Es gibt eine Menge Städte an der Santa-Fe-Linie, in denen etwas los ist, und die Leute dort haben für Musik etwas übrig. Er könnte jederzeit als Barmusiker Geld verdienen, wenn er abgebrannt wäre. Für mich ist es klar, daß ich kein einziges Jahr meines Lebens in einer Methodistengegend unter Schweinezüchtern verschwenden wollte.»

«Wir müssen auf dem Rückweg bei Mrs. Kohler vorbeischauen und ihr die Karte zeigen. Er fehlt ihr so.»

«Ach übrigens, Thee, die Gute soll jeden Sonntag in die Kirche gehen, um dich singen zu hören. Fritz erzählte mir, er muß deshalb in letzter Zeit immer bis um zwei auf sein Mittagessen warten. Die Kirchenleute müßten dir das zugute halten, wenn sie wieder einmal sauer auf dich sind.»

Thea schüttelte den Kopf und sagte resigniert: «Sie haben einfach etwas gegen mich, genau wie gegen Wunsch. Es war nicht, weil er getrunken hat, das war nicht der eigentliche Grund. Es war etwas anderes.»

«Du solltest dein Geld auf die hohe Kante legen, Thee, und nach Chicago gehen, um Unterricht zu nehmen. Dann kommst du zurück, mit einer langen Feder am Hut und hohen Absätzen und tust recht vornehm, dann kuschen sie. So etwas imponiert ihnen nämlich.»

«Ich werde nie genug Geld zusammenbekommen, um nach Chicago zu gehen. Mutter hatte vor, mir welches zu leihen, glaube ich, aber jetzt haben sie Probleme in Nebraska, und ihre Farm wirft überhaupt nichts mehr ab. Der Pächter kann gerade noch die Steuern bezahlen. Sprechen wir von etwas anderem. Du hast versprochen, mir von dem Stück zu erzählen, das du in Denver gesehen hast.»

Man hörte Ray gerne zu, wenn er in seiner einfachen, klaren Weise mit strahlendem Gesicht von der Aufführung erzählte, die er in der Tabor-Grand-Oper gesehen hatte – Maggie Mitchell in «Die kleine Bettlerin». Im Freien sah Ray immer am besten aus, wenn seine groben roten Hände in Handschuhen steckten, denn das dunkle Rot seines sonnenverbrannten Gesichts gehörte irgendwie zu Licht und Wind. Es sah auch besser aus, wenn er einen Hut aufhatte; sein Haar war dünn und strohig, Farbe und Form waren undefinierbar, «ganz normale Schnittlauchhaare», wie er selbst sagte. Seine Augen wirkten blaß neben der rötlich-bronzenen Hautfarbe. Sie hatten das verblichene Aussehen, wie man es oft bei Männern sieht, die sich viel in Sonne und Wind aufhalten und die es gewohnt sind, ihren Blick für weite Entfernungen zu schärfen.

Ray sah, daß Theas Leben eintönig und zugleich aufreibend war und daß sie Wunsch vermißte. Er wußte, daß sie hart arbeitete und sich mit vielen kleinen Ärgernissen abfinden mußte und daß ihre Unterrichtspflichten sie mehr denn je von den gleichaltrigen Jungen und Mädchen trennte. Er bemühte sich nach Kräften, ihr Ablenkung zu verschaffen. Er brachte ihr aus Denver Süßigkeiten und Zeitschriften und Ananas – die sie sehr liebte –, und hielt Augen und Ohren offen für Dinge, die sie interessieren könnten. Er lebte nur für Thea, daran war kein Zweifel. Er hatte sich alles ganz genau überlegt und schon den Zeitpunkt bestimmt, wann er mit ihr reden wollte. Wenn sie siebzehn war, würde er ihr seine Absichten eröffnen und sie um ihre Hand bitten. Er wäre sogar bereit, zwei oder sogar drei Jahre zu warten, bis sie zwanzig war, wenn ihr das lieber wäre. Bis dahin wäre er mit Sicherheit irgendwo eingestiegen: Kupfer, Öl, Gold, Silber, Schafe – irgendwo.

In der Zwischenzeit tat es ihm gut zu spüren, daß sie sich mehr und mehr auf ihn verließ, daß seine immer gleichbleibende Freundlichkeit ihr eine Stütze war. Er wurde seinem Vorsatz nie untreu; nie machte er eine Andeutung, die ihr seine Hoffnungen für die Zukunft verriet, drängte sie nie dazu, daß ihr Verhältnis enger wurde, und sprach niemals über das, woran er doch fortwährend dachte. Er besaß eine Ritterlichkeit, die vielleicht das wertvollste Gut dieser Art von Männern ist. Er hatte sie noch nicht einmal durch einen Blick in Verlegenheit gebracht. Manchmal, wenn sie zu den Sandhügeln hinausfuhren, legte er seinen linken Arm auf die Rückenlehne des Wagens, aber näher kam er Thea nie, er berührte sie kein einziges Mal. Oft sah er sie voller Stolz und offener Bewunderung an, aber sein Blick war nie so vertraulich oder so eindringlich wie der von Doktor Archie. Seine blauen Augen waren hell und arglos, freundlich und unaufdringlich. Er wirkte beruhigend auf Thea, weil er so anders war als sie; weil er, obgleich er ihr häufig interessante Dinge erzählte, ihr niemals Flausen in den Kopf setzte; weil er sie nie mißverstand und weil er sie nie, auch nicht einen Moment lang, wirklich verstand! Ja, mit Ray konnte sie sich sicher fühlen; er würde sie nie durchschauen!

XVI

Das schönste Erlebnis in diesem Sommer war für Thea eine Fahrt nach Denver zusammen mit ihrer Mutter in Rays Dienstwagen. Mrs. Kronborg hatte sich lange Zeit auf diesen Ausflug gefreut, aber da Ray nie wußte, wann sein Güterzug in Moonstone losfuhr, war es schwierig einzurichten. Der Laufjunge konnte ihn ebensogut um Mitternacht wie um zwölf Uhr Mittags abberufen. In der ersten Juniwoche verlief der Linienverkehr fahrplanmäßig, und der Güterverkehr war gering. Am Dienstagabend hielt Ray, nachdem er mit dem Fahrdienstleiter gesprochen hatte, vor dem Gartentor der Kronborgs, um Mrs. Kronborg, die Tillie beim Blumengießen half, zu sagen, daß er ihr und Thea eine vergnügliche Fahrt versprechen könne, wenn sie am nächsten Morgen um acht Uhr am Bahnhof seien, und er werde sie noch vor neun Uhr abends nach Denver bringen. Mrs. Kronborg rief ihm fröhlich über den Zaun zu, sie werde ihn beim Wort nehmen, und Ray lief zum Bahnhof zurück, um seinen Waggon zu schrubben.

Das einzige, was Rays Bremser an ihm auszusetzen hatte, war, daß er mit seinem Dienstabteil allzu pingelig war. Sein Vorgänger hatte wegen dieser Pingeligkeit um seine Versetzung gebeten. Wie er sagte, stellte Kennedy sich mit seinem Waggon an wie eine alte Jungfer mit ihrem Vogelbauer. Joe Giddy, der jetzige Bremser, nannte ihn «Hausmütterchen», weil er den Dienstwaggon und die Schlafkojen so peinlich sauber hielt.

Eigentlich war es Sache des Bremsers, den Waggon sauberzuhalten, aber als Ray wieder zum Bahnhof zurückkehrte, war Giddy nirgends zu finden. Schimpfend, weil alle seine Bremser ihn anscheinend für einen gutmütigen Trottel hielten, ging Ray allein zu seinem Waggon. Er schürte den Ofen an und setzte Wasser auf, damit es warm war, bis er seinen Overall und den Arbeitskittel angezogen hatte. Dann machte er sich mit Schrubber, reichlich Seife und Scheuermittel an die Arbeit. Er schrubbte den Boden und die Sitze, polierte den Ofen, legte frische Laken in die Schlafkojen und begann dann, Giddys Bildergalerie zu entfernen. Ray stellte fest, daß seine Bremser anscheinend alle einen Hang zur Aktkunst hatten, und Giddy stellte offensichtlich keine Ausnahme dar. Ray hängte ein halbes Dutzend nur mit Strümpfen und

Ballettröckchen bekleidete Mädchen ab – Prämien für Gutscheine in Zigarettenpackungen – und etliche gewagte Kalender, die für Kneipen und Sportklubs warben und die zu bekommen Giddy einige Zeit und Anstrengung gekostet hatten; er entfernte sogar Giddys ganz spezielles Lieblingsbild, ein nacktes Mädchen auf einer Couch, das lasziv sein Knie in die Luft streckte. Es trug den Titel: «Die Odaliske». Giddy gab sich der schönen Illusion hin, diese Bildunterschrift bedeute etwas ganz Verruchtes – das Wort klang schon so verrucht –, aber Ray hatte es natürlich nachgeschlagen, und Giddy verdankte es allein dem Lexikon, daß er diese Dame behalten durfte. Wenn das Wort «Odaliske» nach Rays Ansicht anstößig gewesen wäre, hätte er dieses Bild zuallererst hinausgeworfen. Er verstaute alle diese Bilder in Giddys Koje unter der Matratze und schaute im Licht der Lampe voller Stolz auf seinen sauberen Wagen. Die Wände zierten jetzt nur noch ein Weizenfeld mit Werbung für landwirtschaftliche Geräte, eine Karte von Colorado und einige Bilder von Rennpferden und Jagdhunden. Genau in diesem Moment streckte Giddy den Kopf zur Tür herein, frisch gewaschen und rasiert, mit einem Hemd, das in der chinesischen Wäscherei auf Hochglanz gestärkt worden war, und den Hut über das rechte Auge gezogen.

«Was zum Teufel –», legte er wütend los. Sein gutmütiges, sonnenverbranntes Gesicht schien vor Erstaunen und Ärger förmlich anzuschwellen.

«Reg dich nicht auf, Giddy», rief Ray ihm beschwichtigend zu. «Sie sind alle noch heil. Sie werden wieder genauso aufgehängt, wie sie waren. Es kommen morgen zwei Damen mit uns nach Denver.»

Giddy machte ein finsteres Gesicht. Er bestritt nicht, daß Rays Maßnahmen unter diesen Umständen durchaus angemessen waren, aber sie beleidigten ihn trotzdem. «Vermutlich verlangst du von mir auch noch, daß ich das Dienstmädchen spiele», maulte er. «Ich kann nicht gleichzeitig meine Arbeit tun und Tee servieren.»

«Wir brauchen uns nicht mit einem Teekränzchen zufriedengeben», sagte Ray, entschlossen, sich die gute Laune nicht verderben zu lassen. «Mrs. Kronborg wird etwas zum Mittagessen mitbringen, und sie wird sich bestimmt nicht lumpen lassen.»

Giddy lehnte sich gegen den Waggon, die Zigarre zwischen dicken Fingern. «Dann wird sie sich wohl allein drum kümmern», bemerkte er vielsagend. «Ich glaube kaum, daß deine musikalische Freundin sich im Haushalt die Finger schmutzig macht. Sie muß ihre weißen Händchen schonen, damit sie besser die Tasten kitzeln kann.» Giddy hatte nichts gegen Thea, aber er war zum Stänkern aufgelegt und wollte Kennedy provozieren.

«Jedem das Seine», antwortete Ray gutmütig und zog sein weißes Hemd über den Kopf.

Giddy blies verächtlich den Rauch aus. «Wohl wahr. Der Mann, der die einmal kriegt, muß sich die Schürze umbinden und die Pfannkuchen selbst backen. Na ja, manche Männer stehen gern in der Küche.» Er schwieg, aber Ray war darauf bedacht, so schnell wie möglich in seine Kleider zu kommen. Giddy meinte, es noch ein wenig weiter treiben zu können. «Ich spreche dir natürlich nicht das Recht ab, in diesem Wagen Frauen durch die Gegend zu fahren, wenn dir danach ist; aber ich persönlich würde mich viel lieber mit einer Büchse Tomatensaft begnügen und auf die Frauen und ihr Mittagessen verzichten. Ich habe mir sowieso noch nie viel aus hartgekochen Eiern gemacht.»

«Morgen wirst du trotzdem welche essen.» Rays Stimme klang hart und schneidend, als er aus dem Wagen sprang, und Giddy trat beiseite, um ihn vorbeizulassen. Er wußte, daß Ray seine nächste Antwort mit der Faust geben würde. Er hatte einmal mit angesehen, wie Ray einen unangenehmen Burschen zusammengeschlagen hatte, weil er eine Mexikanerin beschimpft hatte, die im Versorgungswagen für die Streckenarbeiter ausgeholfen hatte. Seine Fäuste hatten zugeschlagen wie zwei Stahlhämmer. Giddy wollte keinen Ärger.

Um acht Uhr am nächsten Morgen begrüßte Ray seine beiden Gäste und half ihnen in den Waggon. Giddy hatte ein sauberes Hemd und gelbe Schweinslederhandschuhe angezogen und pfiff so schön er konnte. In seinen Augen war Kennedy ein Stoffel, was Frauen anging, und wenn eine Party geplant war, konnte man die Honneurs nicht jemandem überlassen, der soviel von Konversation verstand wie ein Hufschmied. Giddy war, wie Ray sarkastisch einräumte, «als Charmeur eine Lokalgröße», und galante Reden, die oft recht deutlich wurden, beherrschte er fließend. Er bestand darauf, daß Thea sich auf seinen Platz in der Aussichtskuppel setzen sollte, Ray gegenüber, von wo aus sie die Landschaft sehen konnte. Beim Hinaufklettern gestand ihm Thea, sie hätte sich viel mehr darauf gefreut, auf diesem Platz zu sitzen, als Denver zu sehen. Ray war nie unterhaltsamer und entspannter, als wenn er im Ausguck seines kleinen Hauses auf Rädern saß. Hier fielen ihm die besten Geschichten ein, und er erinnerte sich an interessante Erlebnisse. Thea hatte große Achtung vor den Berichten, die er schreiben mußte, davor, daß man ihm an den Bahnhöfen Telegramme übergab, und vor dem Wissen und der Erfahrung, deren es bedurfte, um einen Güterzug zu fahren.

Giddy hielt sich während seiner Arbeitspausen unten im Waggon auf und war äußerst liebenswürdig zu Mrs. Kronborg.

«Es ist sehr erholsam für mich, Mr. Giddy, einmal für die Familie nicht erreichbar zu sein», sagte sie. «Ich dachte, ich könnte mich für Sie und Ray hier etwas nützlich machen, aber es gibt in diesem Wagen nichts mehr zu verbessern.»

«Och, es macht uns Spaß, hier drin Ordnung zu halten», erwiderte Giddy leichthin mit einem Blinzeln zu Ray, der ihnen vielsagend den Rücken zuwandte. «Wenn Sie einmal einen sauberen Eisschrank sehen wollen, schauen Sie sich den hier an. Ja, Kennedy nimmt immer frische Sahne mit, die er zu seiner Hafergrütze ißt. Ich bin nicht so anspruchsvoll. Büchsenmilch tut's für mich auch.»

«Ihr jungen Burschen raucht meistens so viel, daß jedes Essen für euch gleich schmeckt», antwortete Mrs. Kronborg. «Ich habe nicht aus religiösen Gründen etwas gegen das Rauchen, aber ich hätte keine Lust, für einen Mann zu kochen, der raucht. Bei Junggesellen, die mal hier mal da essen, ist es wahrscheinlich normal.»

Mrs. Kronborg nahm ihren Hut und Schleier ab und machte es sich bequem. Sie hatte selten Gelegenheit, die Hände in den Schoß zu legen, und sie genoß es. Stundenlang hätte sie so sitzen und zusehen können, wie die Steppenhühner entlang der Bahnlinie aufflogen und die Kaninchen wegschossen, ohne sich zu langweilen. Sie trug ein einfach geschnittenes, hellbraunes Kleid aus weichem Kammgarn und hatte wie alle Mütter eine geräumige, abgenutzte Handtasche dabei.

Ray Kennedy betonte immer, daß Mrs. Kronborg eine «elegante, gutaussehende Dame» sei, aber mit dieser Ansicht war er in Moonstone allein. Ray hatte zu lange unter Mexikanern gelebt, um allzu großen Wert auf Äußerlichkeiten zu legen, und war zu der Ansicht gekommen, daß Natürlichkeit wesentlich anziehender war, als wenn jemand sich um Nebensächlichkeiten wie Haarnadeln und Spitzchen sorgte. Er hatte gelernt, daß es wichtiger war, wie eine Frau stand, sich bewegte, auf ihrem Stuhl saß, einen ansah, als daß ihr Rock kein Fältchen hatte. Ray hatte tatsächlich über manche Dinge solch unübliche Vorstellungen, daß man sich fragen mußte, was wohl aus ihm geworden wäre, wenn er nur einmal, wie er sagte, «den Schatten einer Chance bekommen hätte».

Er hatte recht; Mrs. Kronborg wirkte vornehm. Sie war eine kleine, stämmige Frau, aber ihr Kopf war wirklich ein Kopf und nicht nur zwangsläufig der obere Abschluß des Körpers. Das Besondere an ihm waren nicht die Hüte und Haarnadeln. Ihr Haar, das immerhin gaben die Frauen in Moonstone zu, hätte an jeder anderen sehr hübsch ausgesehen. Zu der Zeit war der gekräuselte Pony in Mode, aber Mrs. Kronborg trug immer dieselbe Frisur: das Haar in der Mitte gescheitelt, weich aus der niedrigen weißen Stirn gekämmt und am Hinterkopf in zwei dicken Zöpfen locker zusammengesteckt. An den Schläfen begann es grau zu werden, aber es schien, wie es bei blondem Haar häufig vorkommt, nur etwas ausgebleicht, fast wie die Farbe von Schlüsselblumen. Ihre Augen waren klar und offen, das Gesicht weich und ruhig und «stark», wie Ray sagte.

Thea und Ray lachten und redeten in der sonnigen Glaskuppel. Es bereitete Ray großes Vergnügen, ihr Gesicht in der kleinen Kabine zu sehen, wo er sie sich so oft vorgestellt hatte. Sie fuhren nun über ein Plateau, das mit großen roten Sandsteinbrocken übersät war, von denen viele sich nach unten verjüngten, so daß sie aussahen wie riesige Giftpilze.

«Seit etlichen Jahrhunderten wird der Sand an den Steinen entlanggetrieben», erklärte Ray und wies Theas Blikken mit seiner behandschuhten Rechten die Richtung. «Du siehst, er weht dicht über den Boden hin, weil er so schwer ist, und höhlt sie unten aus. Wind und Sand sind wundervolle

Baumeister. Nach diesem Prinzip wurden auch die verlassenen Felsenwohnungen im Cañon de Chelly gebaut. Sandstürme hatten in der Felswand tiefe Aushöhlungen hinterlassen, und die Indianer bauten ihre Häuser in diese Höhlung hinein.»

«Das hast du mir schon mal erzählt, Ray, und du mußt es natürlich wissen. Aber im Geographiebuch steht, sie hätten ihre Häuser aus dem nackten Felsen gehauen, und das gefällt mir besser.»

Ray rümpfte verächtlich die Nase. «Und so ein Unsinn wird gedruckt! Da kann man ja wirklich den Respekt vor der Schule verlieren. Wie sollten diese Indianer aus dem Felsen Häuser heraushauen können, wenn sie noch keine Ahnung von der Metallbearbeitung hatten?» Ray lehnte sich nachdenklich in seinem Sitz zurück und wippte mit dem Fuß. Er wirkte glücklich. Dies war eines seiner Lieblingsthemen, und nichts bereitete ihm größeres Vergnügen, als mit Thea Kronborg über derlei Dinge zu spekulieren. «Ich will dir mal was sagen, Thee, wenn diese alten Knaben damals gelernt hätten, wie man Metall bearbeitet, dann wären ihnen deine alten Ägypter und Assyrer nicht weit voraus gewesen. Was sie auch machten, sie machten es gut. Ihr Mauerwerk steht noch heute, und die Ecken sind noch so akkurat wie die vom Kapitol in Denver. Sie wußten über fast alles Bescheid, nur nicht über Metalle; und weil sie in diesem einen Punkt versagten, haben sie nicht überlebt. Der Treibsand verschlang die ganze Rasse. Zivilisation im eigentlichen Sinne gab es wohl erst ab dem Zeitpunkt, als der Mensch das Metall gefunden hatte.»

Ray bildete sich auf seine gelehrte Ausdrucksweise nichts ein. Er sagte solche Sätze nicht, um anzugeben, sondern weil sie ihm angemessener erschienen als die Umgangssprache. Diese Dinge lagen ihm sehr am Herzen, und er rang nach

Worten, um sich, wie er sagte «richtig auszudrücken». Er hing bedauerlicherweise dem Irrglauben vieler Amerikaner an, die Ausdrucksweise sei entscheidend. In seinem Reisekoffer lag zwischen den unterschiedlichsten Besitztümern eines Eisenbahners ein Notizbuch, auf dessen Umschlag zu lesen stand «Erste Eindrücke beim Anblick des Grand Cañon, Ray H. Kennedy». Die Seiten dieses Buches glichen einem Schlachtfeld; der verzweifelt kämpfende Verfasser hatte eine Metapher nach der anderen preisgegeben, er hatte Stellung um Stellung verlassen. Er hätte sicherlich zugestimmt, daß die Metallbearbeitung nichts war im Vergleich mit dem mühsamen und unsicheren Geschäft, Eindrücke festzuhalten, wobei einem der Stoff, von dem man ganz erfüllt zu sein scheint, unter der Hand zerrinnt. «Verpuffender Dampf!» hatte er sich gesagt, als er das letzte Mal versucht hatte, dieses Notizbuch zu lesen.

Thea störten Rays Ausdrücke im Reisetagebuchstil nicht. Unbewußt ließ sie sie an sich abprallen wie die pastoralen Phrasen ihres Vaters. Das Leuchten in Rays blaßblauen Augen und das Gefühl in seiner Stimme machten die gestelzte Sprache mehr als wett.

«Waren die Felsenbewohner wirklich so geschickte Handwerker, Ray, oder meint man in Wirklichkeit: ‹Für einen Indianer war es ganz gut?›» fragte sie.

Ray stieg hinunter in den Waggon und gab Giddy einige Anweisungen.

«Nun», meinte er, als er wieder heraufkam, «was die Indianer angeht, ein- oder zweimal war ich mit einigen Jungs unterwegs, die Gräber aufbrachen. Ich schämte mich immer ein wenig dafür, aber wir holten einige bemerkenswerte Stücke heraus. Einige der Töpferwaren waren noch heil; ich fand sie recht schön. Bei ihnen waren die Frauen die Künstler. Wir fanden noch eine Menge Schuhe und Sandalen aus

Yuccafasern, ordentlich und robust gemacht, und außerdem Federdecken.»

«Federdecken? Davon hast du mir noch nie erzählt.»

«Wirklich nicht? Die alten Männer – oder die Squaws – flochten ein engmaschiges Netz aus Yuccafasern und webten kleine Büschel von Daunenfedern hinein, übereinandergelegt wie die Federn eines Vogels. Manche hatten auf beiden Seiten Federn. Etwas Wärmeres gibt es überhaupt nicht – und auch nichts Schöneres. Was mir an diesen alten Indianern gefällt, ist, daß sie all ihre Ideen der Natur abgeschaut haben.»

Thea lachte. «Dann müßtest du gleich noch etwas über die Mädchen sagen, die Korsetts tragen. Aber einige dieser Indianer haben ihren Babys die Hinterköpfe flach gepreßt und das ist schlimmer, als ein Korsett zu tragen.»

«Wenn du wissen willst, was wirkliche Schönheit ist, mußt du dir die Figur einer jungen Indianerin ansehen», beharrte Ray. «Bei einem Mädchen mit deiner Stimme sollten die Lungen tüchtig arbeiten können. Aber du weißt, wie ich über dieses Thema denke. Ich wollte dir gerade vom Schönsten erzählen, das wir jemals aus einem solchen Grabhügel herausgeholt haben. Es befand sich wieder im Grab einer Frau, das muß ich leider zugeben. Sie war so vollständig erhalten wie die Mumien, die man in den Pyramiden gefunden hat. Sie trug eine lange Kette aus Türkisen um ihren Hals und war in einen Umhang aus Fuchspelz gehüllt, der mit gelben Federn gefüttert war, vermutlich von wilden Kanarienvögeln. So etwas hast du noch nie gesehen! Der Kerl, der ihn an sich nahm, verkaufte ihn für hundertfünfzig Dollar an einen Mann aus Boston.»

Thea sah ihn voller Bewunderung an. «Oh, Ray, hast du nicht auch irgend etwas von ihr behalten, nur zur Erinnerung? Sie war bestimmt eine Prinzessin.»

Ray zog eine Brieftasche aus der Tasche des Mantels, der neben ihm hing, und holte ein kleines Klümpchen heraus, das in abgegriffenes Seidenpapier eingewickelt war. Im nächsten Moment lag ein runder Stein auf seinem Handteller, der so blau war wie das Ei eines Rotkehlchens. Es war ein Türkis, der nach einer indianischen Technik poliert war, die soviel schöner ist als die Hochglanzpolitur der Weißen, die gar nicht zu diesem weichen Stein paßt.

«Den Stein habe ich von ihrer Halskette. Siehst du das Loch, durch das er aufgefädelt war? Weißt du, wie die Indianer die Löcher bohren? Sie drehen den Bohrer zwischen den Zähnen. Er gefällt dir, nicht wahr? Steht dir gut. Blau und gelb, das sind die schwedischen Farben.» Ray heftete den Blick auf ihren Kopf, beugte sich über seine Hand und wandte dann seine ganze Aufmerksamkeit den Schienen zu.

«Ich will dir was sagen, Thee», begann er nach einer Pause, «irgendwann organisiere ich eine Fahrt dorthin, und ich werde deinen Daddy überreden mitzukommen, zusammen mit dir und deiner Mutter. Wir werden in den Felsenhäusern wohnen — bequemer kann man es gar nicht haben — und machen dort noch einmal die Herdfeuer an. Ich werde dir aus den Gräbern mehr Andenken holen, als je ein Mädchen bekommen hat.» Ray hatte eine solche Expedition für seine Hochzeitsreise ins Auge gefaßt, und er bekam Herzklopfen, als er sah, wie Theas Augen aufleuchteten, während er darüber sprach. «Ich habe dort mehr über Geschichte erfahren», fuhr er fort, «als in allen Geschichtsbüchern zusammen. Wenn man so in der Sonne sitzt und die Hacken aus einem Hauseingang hängen läßt, der direkt über einem dreihundert Meter tiefen Abgrund liegt, kommen einem allerlei Gedanken. Man fängt an zu verstehen, womit die Menschen von Anfang an zu kämpfen hatten. Diese alten

Wohnungen haben etwas sehr Erhebendes. Man hat das Gefühl, man müßte sich besonders anstrengen, weil die es damals so schwer hatten. Als sei man ihnen etwas schuldig.»

In Wassiwappa bekam Ray die Anweisung, auf einem Nebengleis zu warten, bis der Sechsunddreißiger durchfuhr. Nachdem er die Nachricht gelesen hatte, wandte er sich an seine Gäste. «Ich fürchte, das wird uns etwa zwei Stunden lang aufhalten, Mrs. Kronborg, und wir werden nicht vor Mitternacht nach Denver kommen.»

«Das stört mich nicht», entgegnete Mrs. Kronborg zufrieden. «Im Y. W. C. A. kennt man mich, und man wird mich auch in der Nacht jederzeit hereinlassen. Ich bin mitgefahren, weil ich etwas vom Land sehen wollte, nicht um möglichst schnell ans Ziel zu kommen. Ich wollte schon immer in dieser weißen Gegend aussteigen und mich umsehen, und jetzt habe ich Gelegenheit dazu. Wie kommt es, daß alles so weiß ist?»

«Eine Art Kalkgestein.» Ray sprang auf den Boden und reichte Mrs. Kronborg seine Hand. «In Colorado gibt es Erde in allen möglichen Farben, passend zu jedem Kleid.»

Während Ray seinen Zug auf ein Nebengleis rangierte, schlenderte Mrs. Kronborg zur Post und zum Bahnwärterhaus; das und der Wasserturm waren die ganze Stadt. Der Bahnhofsvorsteher züchtete in seiner Einsamkeit scharenweise Hühner. Er kam herausgelaufen, um Mrs. Kronborg zu begrüßen, belegte sie sogleich mit Beschlag und erzählte ihr, wie allein er sei und welches Pech er mit seinen Hühnern habe. Sie ging mit ihm in seinen Hühnerhof und diagnostizierte den Pips, eine Entzündung des Schnabels.

Wer Grün suchte, dem mußte Wassiwappa ziemlich öde vorkommen, wer Farbe liebte, fand es wundervoll. Neben dem Bahnhofsgebäude wuchs etwas Riedgras, von einem roten Lattenzaun abgeschirmt, und die sechs von Ungeziefer zerfressenen Eschenahornbäume, die nicht größer waren als Büsche, hielt man durch häufiges Bewässern mit dem Wasserschlauch am Leben. Über den Fenstern rankten sich ein paar staubbedeckte Winden an Schnüren empor. Das ganze Umland bestand aus einzelnen flachen Kalkhügeln, die so blendendweiß und so gleichmäßig mit Beifußbüscheln bewachsen waren, daß sie aussahen wie zusammengekauerte Leoparden. Alles war mit weißem Staub überzogen, und das Licht war so intensiv, daß der Bahnwärter gewöhnlich eine blaue Brille trug. Hinter dem Bahnhof führte ein Wasserlauf vorbei, der sich bei Hochwasser in einen tosenden Fluß verwandelte, und im weichen Fels hatte sich ein Becken gebildet, dessen alkaloidhaltiges Wasser in der Sonne blitzte wie ein Spiegel. Der Bahnwärter wirkte fast ebenso krank wie seine Hühner, und Mrs. Kronborg lud ihn gleich ein, mit ihnen zusammen zu Mittag zu essen. Was er selbst kochte, gestand er ihr, war ihm zuwider, und er lebte hauptsächlich von Kräckern und Rindfleisch in Dosen. Er lachte schon im voraus entschuldigend, als Mrs. Kronborg sagte, sie wolle sich nach einem schattigen Plätzchen für das Mittagessen umsehen.

Sie ging den Weg zum Wasserreservoir entlang und traf auf zwei Landstreicher, die im schmalen Schatten der Stützen kauerten, auf denen der Wasserbehälter ruhte. Sie setzten sich auf und starrten sie aus schlaftrunkenen Augen an. Als sie fragte, wohin sie wollten, meinten sie: «Zur Küste.» Sie ruhten sich tagsüber aus und zogen nachts weiter; wanderten an den Geleisen entlang, bis sie wieder unentdeckt auf einen Zug aufspringen könnten, sagten sie; und sie fügten hinzu, es werde immer schwieriger, je weiter man nach Westen kam. Ihre Gesichter waren von der Sonne verbrannt und die Augen blutunterlaufen. Ihre Schuhe taugten nur noch für den Mülleimer.

«Ihr seid bestimmt hungrig», sagte Mrs. Kronborg. «Und sicher trinkt ihr auch beide», fuhr sie nachdenklich fort, ohne Mißbilligung in der Stimme.

Der stämmigere der beiden Tippelbrüder, ein strubbeliger, stoppeliger Kerl, rollte mit den Augen und sagte: «Meinen Sie wirklich?» Aber der Ältere, Hagere, der eine scharfe Nase und wäßrige Augen hatte, seufzte: «So hat jeder sein Problem.»

Mrs. Kronborg überlegte. «Nun», meinte sie schließlich, «Alkohol könnt ihr hier sowieso nicht bekommen. Ich möchte euch bitten, uns diesen Platz zu überlassen, weil ich für die Männer des Frachtzuges, mit denen ich gekommen bin, unter dem Wasserturm ein kleines Picknick machen möchte. Ich wünschte, ich hätte genug, um euch mitessen zu lassen, aber es wird nicht reichen. Der Bahnhofsvorsteher sagte mir, er holt seine Lebensmittel in dem Laden drüben in der Post, und wenn ihr Hunger habt, könnt ihr euch dort einige Konserven kaufen.»

Sie öffnete ihre Handtasche und gab jedem der beiden Landstreicher einen halben Dollar.

Der Alte rieb sich die Augen mit dem Zeigefinger. «Danke, Ma'am. Eine Büchse Tomaten tut's für mich. Ich bin nicht immer so die Gleise entlangmarschiert; früher hatte ich eine gute Stellung in Cleveland.»

Der strubbelige Landstreicher fuhr ihn an: «Fang bloß nicht wieder davon an, Opa! Du bist ganz schön undankbar! Laß doch die Frau damit in Ruhe!»

Der Alte ließ den Kopf hängen und ging davon. Sein Kamerad sah ihm nach und sagte zu Mrs. Kronborg: «Es stimmt, was er sagt. Er hat in einer Autowerkstatt gearbeitet, aber er hat viel Pech gehabt.» Die beiden schleppten sich zum Laden, und Mrs. Kronborg seufzte. Sie hatte keine Angst vor Landstreichern. Sie redete immer mit ihnen und wies nie einen ab. Sie mochte sich nicht vorstellen, wie viele Menschen so über die Straßen dieses riesigen Landes zogen.

Ihre Gedanken wurden von Ray, Giddy und Thea unterbrochen, die den Essenskorb und Wasserflaschen brachten. Wenn es auch nicht genug Schatten für sie alle gab, so war die Luft unter dem Wassertank doch deutlich kühler, und das Tropfen klang angenehm in der Mittagsstille, wo sich kein Lufthauch regte. Der Bahnhofsvorsteher aß, als hätte er noch nie zuvor etwas zu essen bekommen, und entschuldigte sich bei jedem weiteren Stück Brathuhn, das er sich nahm. Giddy nahm ungeniert von den scharf gewürzten Eiern, über die er sich am Abend zuvor so abfällig geäußert hatte. Nach dem Essen zündeten sich die Männer eine Pfeife an und lehnten sich gegen die Pfosten, die den Wasserbehälter trugen.

«Das ist die Schokoladenseite des Eisenbahnerlebens.» Giddy dehnte den Satz genüßlich in die Länge.

«Ihr beklagt euch alle viel zu oft», erwiderte Mrs. Kronborg, indem sie das Glas mit den Essiggurken wieder verkorkte. «Euer Beruf hat sicher seine Nachteile, aber ihr seid wenigstens nicht eingesperrt. Natürlich ist es nicht ungefährlich, aber ich bin überzeugt, daß die Menschen beschützt werden und ihnen weder bei der Eisenbahn noch irgendwo sonst etwas geschieht, wenn es ihnen nicht vorherbestimmt ist.»

Giddy lachte. «Dann hat's der liebe Gott wohl gerade auf die Zugführer abgesehen, Mrs. Kronborg. Man hat herausgefunden, daß man bei der Bahn höchstens elf Jahre heil übersteht, dann erwischt es einen.»

«Das sind düstere Aussichten, das will ich gar nicht bestreiten», pflichtete Mrs. Kronborg bei. «Aber es gibt vieles im Leben, das wir nur schwer verstehen können.»

«Das kann man wohl sagen!» murmelte Giddy und sah auf die weißen gesprenkelten Hügel.

Ray rauchte schweigend seine Pfeife und schaute zu, wie Thea und ihre Mutter das Essen wegräumten. Ihm fiel auf, daß Mrs. Kronborg denselben ernsthaften Gesichtsausdruck hatte wie Thea; nur schien sie ruhig und zufrieden, während Theas Augen suchten und forschten. Aber beide hatten denselben tiefen Blick, der sich nicht von unwichtigen Kleinigkeiten ablenken und beirren ließ. Beide hielten ihren Kopf so selbstbewußt und würdevoll wie Indianerinnen. Er war der Frauen überdrüssig, deren Köpfe immerfort in Bewegung waren, nickten und wackelten, um Entschuldigung baten, mißbilligten, drängten, schmeichelten.

Als Ray mit seiner kleinen Gesellschaft am Nachmittag wieder aufbrach, stach die Sonne glühend durch das Glasdach, und Thea rollte sich auf einem der Sitze im hinteren Teil des Wagens zusammen und hielt ein Mittagsschläfchen.

Beim Einbruch der kurzen Dämmerung löste Giddy Ray im Führerhaus ab, und Ray kam herunter, um sich mit Thea auf die hintere Plattform des Dienstwagens zu setzen und zu beobachten, wie sich die Dunkelheit in weichen Wellen über die Ebene zog. Sie waren jetzt etwa dreißig Meilen vor Denver, und die Berge schienen sehr nah zu sein. Die riesige, gezackte Wand, hinter der die Sonne versunken war, teilte sich jetzt in vier hintereinanderliegende, deutlich voneinander abgehobene Bergketten. Sie waren von einem sehr blassen Blau, einer Farbe, die kaum kräftiger war als Rauch von einem Holzfeuer, und der Sonnenuntergang hatte helle Streifen in den schneegefüllten Schluchten hinterlassen. Am klaren, von gelben Streifen durchzogenen Himmel zeigten sich flackernd die ersten Sterne, wie eben angezündete Lampen, strahlten dann kräftiger und goldener, je mehr der Himmel sich verdunkelte und je mehr das Land im Schatten versank. Es war eine kühle, stille Dunkelheit, nicht düster und bedrohlich, sondern in gewisser Weise offen und schrankenlos, die Nacht der Hochebenen, wo die Atmosphäre frei von Feuchtigkeit und Dunst ist.

Ray steckte seine Pfeife an. «An den guten alten Sternen kann ich mich nicht sattsehen, Thee. In Washington und Oregon oben, wo es immerzu neblig ist, fehlen sie mir. In Mexiko unten, wo sie hell und stark leuchten können, sind sie am schönsten. Ich mag Länder nicht, wo die Sterne trübe sind.» Ray verstummte und zog an seiner Pfeife. «Ich weiß nicht, ob sie mir vor meinem ersten Jahr als Schäfer in Wyoming überhaupt so richtig aufgefallen sind. Das war das Jahr, als ich von dem Schneesturm überrascht wurde.»

«Und da hast du alle deine Schafe verloren, nicht wahr, Ray?» sagte Thea mitfühlend. «Wie hat es der Besitzer der Schafe eigentlich aufgenommen?»

«Er war ein guter Verlierer. Aber ich habe es lange Zeit nicht verkraftet. Schafe sind so verdammt gottergeben. Manchmal, wenn ich hundemüde bin, passiert es mir immer noch, daß ich im Traum die ganze Nacht hindurch Schafe retten will. Für einen Jungen ist es ganz schön hart, wenn er zum erstenmal begreift, wie klein er ist und wie groß dagegen der Rest der Welt.»

Es ließ Thea keine Ruhe. Sie rückte näher und blickte mit aufgestütztem Kinn zu einem tiefliegenden Stern, der auf dem äußersten Rand der Erde zu ruhen schien. «Ich verstehe nicht, wie du das aushalten konntest. Ich glaube, ich könnte das nicht. Ich verstehe sowieso nicht, wie man sich mit Niederlagen abfinden kann.»

Sie hatte mit solcher Heftigkeit gesprochen, daß Ray sie überrascht ansah. Sie saß zusammengekauert auf dem Waggonboden wie ein kleines Tier kurz vor dem Sprung.

«Du wirst es auch nie müssen», sagte er warm. «Es wird immer genügend Menschen geben, die die Tiefschläge für dich abfangen.»

«Das ist doch Unsinn, Ray», sagte Thea ungeduldig, wobei sie sich noch mehr zusammenduckte und finster auf den rötlichen Stern blickte. «Jeder muß für sich selbst sorgen und ist ganz allein für seinen Erfolg oder Mißerfolg verantwortlich.»

«In gewisser Weise schon», gab Ray zu, indem er die Funken von seiner Pfeife klopfte, daß sie in die weiche Dunkelheit stoben, die wie ein stiller Fluß den Zug begleitete. «Aber andererseits gibt es eine Menge Leute auf der Welt, die den Gewinnern helfen zu gewinnen und den Verlierern helfen zu verlieren. Wenn einer stolpert, stehen gleich etliche bereit, um ihm noch einen Schubs zu geben. Aber wenn einer ein ‹Hans im Glück› ist, sind genau dieselben Leute dazu bestimmt, ihm weiterzuhelfen, vielleicht hassen sie es wie die Pest, und vielleicht fluchen sie darüber, aber sie können gar nicht anders, als den Gewinnern zu helfen. Es ist ein Naturgesetz, genau wie das, das dieses große Uhrwerk dort oben in Gang hält, die großen und die kleinen Rädchen, da gibt es keine Abweichung.» Rays Hand mit der Pfeife hob sich plötzlich scharf gegen den Himmel ab. «Hast du dir schon mal überlegt, Thee, wie pünktlich sie sein müssen, um so etwas wie Zeit überhaupt erst entstehen zu lassen? Der Fahrdienstleiter da oben, der das organisiert, muß ein besonders kluger Kopf sein.» Zufrieden mit diesem Vergleich ging Ray zurück zum Führerhaus. Die Einfahrt nach Denver verlangte äußerste Aufmerksamkeit.

Giddy kam herunter. Die Aussicht, bald am Ziel zu sein, hob seine Laune, und er sang den letzten Gassenhauer, der über La Junta die Santa-Fe-Linie heraufgekommen war.

Niemand weiß, von wem diese Lieder stammen; sie scheinen den Ereignissen automatisch zu folgen. Mrs. Kronborg wollte, daß Giddy ihr alle zwölf Strophen davon vorsang, und lachte, bis ihr die Tränen herabliefen. Das Lied erzählte von

Katie Casey, der Ersten Serviererin des Harvey House, einem Speiselokal in Winslow, Arizona, die ohne Grund vom Geschäftsführer gefeuert worden war. Ihr Verehrer, der Rangiermeister, rief alle Weichensteller zum Streik auf, bis sie wieder eingestellt wurde. Güterzüge aus Ost und West sammelten sich in Winslow, bis der Rangierbahnhof aussah wie ein Haufen ineinander verkeilter Baumstämme. Der Oberaufseher der Abteilung, der in Kalifornien war, mußte die Anweisung zur Wiedereinstellung von Katie Casey durchtelegraphieren, bevor seine Züge wieder fahren konnten. Giddys Lied erzählte den ganzen Vorfall sehr ausführlich, sowohl was die menschliche als auch was die technische Seite betraf, und nach jeder der zwölf Strophen kam der Refrain:

Ja, ist nicht Katie Casey der Boß der Santa-Fe?
So ist es, ganz genau.
Der Bahnmeister ist vor Ärger grau.
Die Mannschaft macht geschlossen blau.
Kein Zug fährt zwischen Albuquerque und Needles mehr,
o weh.
Sogar der Chef vom Dienst kommt extra aus Monterey,
Damit's an nichts ihr fehlt, der Katie Ca-a-sey.

Thea lachte wie ihre Mutter und klatschte Beifall. Alles war so angenehm und entspannt; Giddy und Ray und ihr gastliches kleines Heim, die wohltuende Landschaft und die Sterne. Sie rollte sich wieder auf ihrem Sitz zusammen mit dem wohligen, schläfrigen Gefühl, die Welt bestehe nur aus Freundlichkeit — das jedoch bei niemandem lange anhält und das auch sie bald unwiederbringlich verlassen würde.

XVII

Der Sommer verflog. Thea freute sich jedesmal, wenn Ray Kennedy sonntags in der Stadt war und mit ihr ausfuhr. Draußen zwischen den Sandhügeln konnte sie das «neue Zimmer» vergessen, das der Schauplatz von anstrengenden und fruchtlosen Bemühungen war. Doktor Archie war in diesem Jahr häufig von zu Hause fort. Er hatte sein ganzes Geld in Minen in der Nähe von Colorado Springs angelegt, und er hoffte auf gute Erträge.

Im Herbst dieses Jahres beschloß Mr. Kronborg, daß Thea sich stärker in der Kirche engagieren müßte. Das eröffnete er ihr ohne Umschweife eines Tages beim Abendessen im Beisein der ganzen Familie. «Wie kann ich andere Mädchen in der Gemeinde dazu anhalten, mit mehr Eifer bei der Arbeit zu sein, wenn eine meiner eigenen Töchter so wenig Interesse zeigt?»

«Aber ich singe doch jeden Sonntagmorgen und muß einen Abend in der Woche für die Chorprobe opfern», erklärte Thea widerspenstig, indem sie entrüstet ihren Teller von sich schob, entschlossen, nicht mehr weiterzuessen.

«Ein Abend in der Woche ist nicht genug für die Tochter des Pfarrers», entgegnete ihr Vater. «Du nimmst nicht am Nähkreis teil, und du willst nicht beim Christlichen Hilfswerk oder dem Kirchenorchester mitmachen. Nun gut, dann mußt du dafür etwas anderes tun. Ich brauche jemanden, der diesen Winter bei den Gebetsabenden Orgel spielt und vorsingt. Diakon Potter meinte, die Leute hätten mehr Interesse an unseren Gebetsabenden, wenn jemand Orgel spielen würde. Miss Meyers glaubt nicht, daß sie Mittwochabends spielen kann. Und es müßte auch jemand da sein, der die Choräle anstimmt. Mrs. Potter wird allmählich alt, und außerdem setzt sie immer zu hoch ein. Es wird dich nicht viel

Zeit kosten, und die Leute haben dann keinen Grund mehr zu reden.»

Vor diesem Argument gab sich Thea geschlagen, aber sie stand mürrisch vom Tisch auf. Die Angst vor Gerede, dieser Geißel aller Kleinstädte, ist in Pfarrhäusern im allgemeinen größer als in gewöhnlichen Haushalten. Bei allem, was die Kronborgs planten, und sei es auch nur der Kauf eines neuen Teppichs, wurde überlegt, ob die Leute dadurch Anlaß zum Reden hätten. Mrs. Kronborg war davon überzeugt, daß die Leute redeten, wann und worüber sie wollten, ganz unabhängig davon, wie die Pfarrersfamilie sich verhielt. Aber diese gefährlichen Gedanken teilte sie ihren Kindern nicht mit. Thea war noch immer der Überzeugung, daß die öffentliche Meinung beeinflußt werden könne; daß, wenn man nur oft genug gackerte, die Hennen einen für ihresgleichen hielten.

Mrs. Kronborg hatte keine besondere Vorliebe für Gebetsabende und blieb zu Hause, wann immer sie eine glaubhafte Entschuldigung hatte. Thor war inzwischen zu alt, um als Entschuldigung herzuhalten, also zog sie jeden Mittwochabend, es sei denn, eines der Kinder war krank, mit Thea los, gefolgt von Mr. Kronborg. Anfangs langweilte Thea sich sehr. Aber sie gewöhnte sich an die Gebetsabende, verspürte sogar mit der Zeit eine selbstquälerische Befriedigung dabei.

Der Ablauf war im großen und ganzen immer gleich. Nach dem ersten Choral las ihr Vater eine Stelle aus der Bibel vor, gewöhnlich einen Psalm. Dann wurde wieder ein Choral gesungen, und dann kommentierte ihr Vater die Passage, die er vorgelesen hatte und «wandte die Heilige Schrift auf unsere Bedürfnisse an», wie er dies nannte. Nach einem dritten Choral wurde der Kreis für eröffnet erklärt, und die alten Männer und Frauen beteten und sprachen abwechselnd. Mrs. Kronborg sagte bei diesen Abenden nie etwas. Sie erzählte allen, daß sie erzogen wurde, zu schweigen und den Männern das Wort zu überlassen, den anderen hörte sie jedoch mit im Schoß gefalteten Händen aufmerksam zu.

Der Kreis der Teilnehmer bei den Gebetsabenden war immer klein. Die jungen, tatkräftigen Gemeindemitglieder kamen nur ein- oder zweimal im Jahr, «damit sie nicht ins Gerede kamen». Üblicherweise trafen sich Mittwochabends alte Frauen mit vielleicht sechs oder acht alten Männern und einigen kränklichen Mädchen, die nicht viel vom Leben erwarteten; zwei von ihnen bereiteten sich wirklich auf den Tod vor. Thea nahm die Trostlosigkeit der Gebetsabende als eine Art geistiger Übung zur Disziplin, ähnlich wie die Beerdigungen. Sie las immer bis spät in die Nacht, wenn sie nach Hause kam, und verspürte stärker als sonst den Wunsch zu leben und glücklich zu sein. Man versammelte sich im Raum der Sonntagsschule, wo es keine Kirchenbänke, sondern Holzstühle gab; an der Wand hing eine alte Karte von Palästina, und die Wandleuchten verbreiteten nur ein schwaches Licht. Die alten Frauen mit ihren Schultertüchern und Hauben saßen bewegungslos da wie Indianerinnen, einige von ihnen trugen lange schwarze Trauerschleier. Die alten Männer saßen zusammengesunken auf ihren Stühlen. Jeder Rücken, jedes Gesicht, jeder Kopf drückte Resignation aus. Oft herrschte lange Zeit Stille, und man hörte nichts als das Knistern der Briketts im Ofen und das unterdrückte Husten eines der kranken Mädchen.

Es kam auch eine nette ältere Dame — groß, aufrecht, selbstbewußt, mit einem feinen weißen Gesicht und sanfter Stimme. Sie klagte nie, und alles, was sie sagte, klang fröhlich; sie war aber beim Sprechen so nervös, daß Thea ahnte, wie sehr sie sich jeden Morgen vor dem Aufstehen fürchten mußte und wieviel Überwindung es sie in Wirklichkeit kostete, «von der Güte unseres Heilands Zeugnis abzulegen», wie sie sich ausdrückte. Sie war die Mutter des Mädchens mit dem Husten, und Thea fragte sich oft, wie sie sich die Dinge wohl zurechtlegte. Es gab tatsächlich nur eine Frau, die deshalb redete, weil sie, wie Mrs. Kronborg sagte, «plappermäulig» war. Die anderen waren auf ihre Art rührend. Sie berichteten von den erhebenden Gedanken, die ihnen bei der Arbeit kamen; wie sie, mitten in der Hausarbeit, plötzlich die Gegenwart Gottes spürten. Manchmal erzählten sie von ihrem ersten Glaubenserlebnis und wie die göttliche Macht sich ihnen in ihrer Jugend offenbart hatte. Der alte Zimmermann, Mr. Carsen, der in der Kirche Hausmeisterdienste versah, erzählte oft, wie sein Heiland ihm, dem Spötter, der sich in jungen Jahren der Zerstörung von Leib und Seele verschrieben hatte, in den Wäldern von Michigan erschien und scheinbar neben dem Baum stand, den er gerade fällte; und wie er seine Axt fallen ließ, niederkniete und «zu Ihm, der für uns am Baum des Kreuzes gestorben war», betete. Thea wollte ihn immer mal genauer danach fragen, nach seinem geheimnisvollen, lasterhaften Leben und nach der Vision.

Manchmal baten die alten Leute um Gebete für ihre abwesenden Kinder. Manchmal baten sie ihre Brüder und Schwestern in Christi, dafür zu beten, daß sie den Versuchungen besser widerstehen konnten. Eines der kranken Mädchen bat darum, zu beten, daß sie in Zeiten der Niedergeschlagenheit, die sie immer dann überfalle, «wenn der Weg vor ihr im Dunkel zu liegen schien», einen stärkeren Glauben haben möge. Sie wiederholte diesen abgegriffenen Satz so oft, daß er Thea nicht mehr aus dem Gedächtnis ging.

Eine ältere Frau, die keinen Mittwochabend versäumte und so gut wie immer erschien, kam den weiten Weg von der Bahnhofssiedlung herauf. Sie trug immer ein gehäkeltes schwarzes Haarnetz über ihrem dünnen weißen Haar, und sie sprach mit zitternder Stimme lange Gebete voller Ausdrücke, die mit der Eisenbahn zu tun hatten. Sie war Mutter von sechs Söhnen, die bei verschiedenen Eisenbahngesellschaften beschäftigt waren, und betete immer «für die jungen Männer auf der Strecke, die nie wissen, wann für sie die Fahrt zu Ende ist. Wenn nach Deinem göttlichen Ratschluß ihre Stunde kommt, so gib ihnen, o Himmlischer Vater, grünes Licht auf ihrem Weg in die Ewigkeit». Nie wurde sie es müde, von «Lokomotiven, die mit dem Tod um die Wette laufen», zu sprechen; wenn sie auch alt und eingefallen wirkte, wie sie da kniete, und wenn ihre Stimme noch so zitterte, so vermittelten ihre Gebete doch den Kitzel Tempo und Risiko; man mußte unwillkürlich an tiefe schwarze Canyons, hohe Eisenbahnbrücken auf Stelzen und stampfende Züge denken. Thea betrachtete gerne ihre tiefliegenden Augen, in denen soviel Weisheit zu liegen schien, und die schwarzen Spitzenhandschuhe, die für ihre demütig übereinandergefalteten Finger viel zu lange waren. Ihr Gesicht war gebräunt und verwittert wie ein Fels. Die Farbe des Alters wird auf jede mögliche Weise beschrieben, aber in Wirklichkeit ist sie nicht mit Pergament oder irgend etwas anderem vergleichbar. Diese Braunfärbung und diese Beschaffenheit der Haut findet man nirgendwo anders als in den Gesichtern alter Menschen, die schwer gearbeitet haben und immer arm gewesen sind.

An einem bitterkalten Dezemberabend schien Thea der Gebetskreis länger zu dauern als gewöhnlich. Die Gebete und Gespräche nahmen kein Ende. Es war, als hätten die alten Leute Angst davor, in die Kälte hinauszugehen, oder als hätte die heiße Luft im Raum sie benommen gemacht. Thea hatte ein Buch angefangen und konnte es kaum erwarten, nach Hause zu kommen, um weiterzulesen. Schließlich wurde das Gloria gesungen, aber die alten Leute blieben beim Ofen stehen, um sich voneinander zu verabschieden.

Thea nahm ihre Mutter am Arm und lief hinaus auf den vereisten Gehweg, bevor ihr Vater sich losreißen konnte. Der Wind pfiff durch die Straße und peitschte die kahlen Pappeln gegen die Telegraphenmasten und Hauswände. Dünne Schneewolken zogen über sie hinweg und gaben dem Himmel eine graue Färbung, von der ein gedämpfter phosphoreszierender Schein ausging. Die vereisten Straßen und Schindeldächer der Häuser waren ebenfalls grau. Entlang der Straße klapperten Fensterläden, schlugen Fenster und quietschten Gartentore, die schief in den Angeln hingen und rüttelten, obwohl sie geschlossen waren. Es gab keine Katze und keinen Hund in Moonstone, denen man in dieser Nacht nicht ein warmes Plätzchen gegönnt hätte, den Katzen unter dem Küchenherd, den Hunden in Scheuern oder Kohleschuppen. Bis Thea und ihre Mutter nach Hause kamen, waren ihre Schals vereist, wo ihr Atem entlanggestrichen war. Sie liefen ins Haus und stürmten ins Wohnzimmer zum Kohleofen, hinter den sich schon Gunner mit einem Hocker zurückgezogen hatte, um seinen Jules Verne zu lesen. Die Tür zum Eßzimmer, das vom Wohnzimmer aus mit geheizt wurde, stand offen. Mr. Kronborg aß immer erst zu Abend, wenn er von den Gebetsabenden wiederkam. Ein Stück Kürbispastete und ein Krug mit Milch standen auf dem Eßzimmertisch für ihn bereit. Mrs. Kronborg sagte, sie sei selbst auch noch hungrig, und fragte Thea, ob sie nichts essen wolle.

«Nein, ich hab' keinen Hunger, Mutter. Ich gehe wohl besser nach oben.»

«Wahrscheinlich wartet dort oben wieder irgendein Buch auf dich», meinte Mrs. Kronborg, als sie mit einem zweiten Stück Pastete hereinkam. «Hole es doch lieber herunter und lies hier. Niemand wird dich stören, und dort oben unter dem Dach ist es so schrecklich kalt.»

Thea hatte keine Angst davor, gestört zu werden, wenn sie zum Lesen unten blieb, aber ihre Brüder unterhielten sich, wenn sie hereinkamen, und ihr Vater hielt gerne Reden, nachdem er sich mit einer halben Pastete und einem Krug Milch gestärkt hatte.

«Die Kälte macht mir nichts aus. Ich nehme einen heißen Backstein für die Füße mit. Ich habe mir einen in den Ofen gelegt, bevor wir weggingen, hoffentlich hat ihn mir nicht einer der Jungs weggeschnappt. Gute Nacht, Mutter.» Thea nahm ihren Backstein und die Laterne und rannte nach oben durch den zugigen Speicher. Sie zog sich in Windeseile aus und legte sich mit ihrem Backstein ins Bett. Sie zog ein Paar weiße gestrickte Wollhandschuhe über und wickelte sich ein Stück Flanell um den Kopf, das von einem der Kinderröckchen stammte, die Thor als Baby getragen hatte. So war sie bestens ausgerüstet. Dann nahm sie von ihrem Tisch ein dickes kartoniertes Buch, einer der Romane, die der Apotheker an Reisende verkaufte. Sie hatte es gestern gekauft, weil der erste Satz sie so sehr interessiert hatte, und weil sie beim Überfliegen der Seiten von den Namen zweier russischer Städte magisch angezogen worden war. Es war eine schlechte Übersetzung von «Anna Karenina». Thea schlug den Band an der markierten Stelle auf und heftete ihre Augen auf die winzigen Lettern. Die Choräle, das kranke Mädchen, die resignierten schwarzen Gestalten waren vergessen. In Moskau war Ballnacht.

Thea wäre erstaunt gewesen, hätte sie geahnt, welche Bedeutung diese altvertrauten Gesichter Jahre später für sie bekommen sollten und wie sie sich ihrer wieder erinnern sollte, nachdem sie schon lange unter der Erde lagen, ja daß sie ihr nicht weniger bedeutungsvoll und von einem ähnlich rätselhaften Schicksal gezeichnet erscheinen würden wie die Gestalten, die bei dem eleganten Korsunsky Mazurka tanzten.

XVIII

Mr. Kronborg war zu sehr auf sein Wohlbefinden bedacht und zu vernünftig, um seine Kinder allzusehr mit religiösen Dingen zu bedrängen. Er war aufrichtiger als die meisten Pfarrer, aber wenn er sich in seiner Familie über Verhaltensfragen äußerte, spielte dabei der äußere Schein immer eine wichtige Rolle. Über die Kirche und die kirchliche Arbeit sprach man in der Familie ebenso selbstverständlich wie über alles andere. Der Sonntag war für sie der anstrengendste Tag der Woche, wie für die Kaufleute auf der Main Street der Samstag der arbeitsreichste Tag war. Die Zeiten der Erweckungsversammlungen waren mit besonderer Arbeit und besonderer Belastung verbunden, wie die Dreschzeit für die Bauern. Kirchenälteste, die zu Besuch kamen, mußten beherbergt und verköstigt werden, das Klappbett im Wohnzimmer wurde heruntergelassen, und Mrs. Kronborg mußte den ganzen Tag in der Küche stehen und außerdem an den abendlichen Versammlungen teilnehmen.

Während einer dieser Erweckungsveranstaltungen wurde Theas Schwester Anna als Mitglied in die Gemeinde aufgenommen, und sie machte, wie Mrs. Kronborg es ausdrückte, «eine ganze Menge Wind darum». Während der Zeit, als Anna jeden Abend ihren Platz in der Büßerbank einnahm, um die Gemeinde zu bitten, für sie zu beten, verbreitete sie im ganzen Haus eine gedrückte Stimmung, und nachdem sie schließlich aufgenommen war, machte sie eine Miene, als sei sie etwas Besonderes, was für ihre Geschwister manchmal unerträglich war, obgleich sie einsahen, daß Annas Frömmelei für ihren Vater vielleicht von Vorteil sein mochte. Ein

Pfarrer sollte wenigstens ein Kind haben, das in religiösen Dingen mehr tat, als nur seine Pflicht zu erfüllen. Thea und die Jungen waren ganz froh, daß Anna diese Aufgabe übernommen hatte – und sie entschuldigt waren.

«Anna ist Amerikanerin», pflegte Mrs. Kronborg zu sagen. Die skandinavische Prägung, die in den Gesichtszügen der anderen Kinder mehr oder weniger stark hervortrat, war bei ihr kaum wahrnehmbar, und sie unterschied sich nicht wesentlich von den anderen hübschen Mädchen in Moonstone. Annas Naturell war ebensowenig außergewöhnlich wie ihr Gesicht. Es bedeutete ihr viel, die älteste Tochter des Pfarrers zu sein, und sie bemühte sich, ihrer Stellung gerecht zu werden. Sie las Bücher mit sentimentalen religiösen Geschichten und wetteiferte mit den verfolgten Heldinnen in Seelenpein und edelmütigem Verhalten. Anna brauchte für alles Erklärungen und Deutungen von anderen. Ihre Ansichten, selbst über die unbedeutendsten und gewöhnlichsten Dinge, suchte sie sich in Zeitungen aus Denver, Kirchenzeitschriften, Predigten und Sonntagsschulansprachen zusammen. Kaum etwas war für sie in seiner natürlichen Erscheinungsform interessant – ja, kaum etwas war der Beachtung würdig, solange es nicht in die Meinung irgendeiner Autorität eingekleidet war. Ihre Vorstellungen über richtiges Verhalten, Charakter, Pflicht, Liebe, Heirat waren in bestimmte Rubriken zusammengefaßt, wie in einem Zitatenschatz die beliebtesten Redensarten, und standen in keinerlei Beziehung zu den Erfordernissen des Lebens. Sie diskutierte all diese Themen mit gleichaltrigen Mädchen aus der Methodistengemeinde. Sie konnten sich zum Beispiel stundenlang darüber auslassen, was sie an einem Verehrer oder Ehemann akzeptieren könnten und was nicht; auch die moralischen Schwächen in der Natur des Mannes waren sehr häufig Thema ihrer Gespräche. Im allgemeinen war Anna ein harmloses, sanftmütiges Mädchen, es sei denn, ihre Vorurteile wurden in Zweifel gezogen. Sie war ordentlich und fleißig und hatte keinen größeren Fehler als ihre Pedanterie; ihr Denken bewegte sich in entsetzlich einfachen Gleisen. Die Verderbtheit von Denver und Chicago, ja selbst von Moonstone, beschäftigten ihre Gedanken allzuoft. Dabei leitete sie nicht die Empfindlichkeit eines feinfühligen Herzens, sondern eine verlogene Neugier, die sich durch den Ausdruck des Entsetzens über das Gesehene gerechtfertigt glaubte.

Thea, ihr Verhalten und ihre Freunde waren in Annas Augen unanständig. Ihre gesellschaftliche Verachtung richtete sich nicht nur gegen die Mexikaner; sie konnte auch nicht vergessen, daß Chicano-Johnny ein Trinker war und «niemand wußte, was er tat, wenn er von zu Hause fortlief». Thea behauptete natürlich, sie möge die Mexikaner, weil sie die Musik so liebten, aber jedermann wußte, daß Musik nichts Ernstzunehmendes war und in der Beziehung eines Mädchens zu anderen Menschen keine wirkliche Rolle spielte. Was war dann überhaupt ernst zu nehmen und was spielte eine Rolle? Arme Anna!

Anna schätzte Ray Kennedy als einen jungen Mann mit soliden Lebensgewohnheiten und einem untadeligen Ruf, aber sie bedauerte, daß er Atheist war und kein Personenzugschaffner mit Messingknöpfen an der Jacke. Überhaupt fragte sie sich, was so ein vorbildlicher junger Mann wohl an Thea fand. Doktor Archie begegnete sie seiner Stellung in Moonstone wegen mit Respekt, aber sie wußte, daß er die hübsche Tochter des mexikanischen Baritons geküßt hatte, und sie besaß eine ganze Akte voller Beweise, was sein Verhalten während seiner Ausflüge nach Denver betraf. Er war «flott», und genau das gefiel Thea an ihm. Sie mochte solche Leute immer. Anna beschwerte sich oft bei ihrer

Mutter, Doktor Archie verhalte sich Thea gegenüber zu freizügig. Er lege seine Hand auf ihren Kopf oder nähme ihre Hand in die seine und lächle sie an. Die gütigen und warmen Seiten der menschlichen Natur (über die Anna sang und sprach, um derentwillen sie Versammlungen besuchte und weiße Bänder trug) kannte sie im Grunde überhaupt nicht. Sie glaubte nicht an ihre Existenz. Die einzigen Haltungen, durch die es einem Menschen wenigstens zeitweise gelingen konnte, gut zu sein, waren ihrer Meinung nach Enthaltung und Mißbilligung und die Hingabe an das Kreuz.

Pfarrer Kronborg war in seinem tiefsten Innern derselben Überzeugung wie Anna. Er glaubte, daß seine Frau zutiefst gut war, aber es gab keinen Mann und keine Frau in seiner Gemeinde, denen er völlig traute.

Mrs. Kronborg dagegen neigte dazu, in jedem Menschen etwas Bewunderungswürdiges zu finden, solange er lebensbejahend und zielstrebig war. Sie nahm die Geschichten der Landstreicher und Jungen, die von zu Hause weggelaufen waren, leichtgläubig auf. Sie ging in den Zirkus und bewunderte die Kunstreiterinnen, die «auf ihre Art bestimmt anständige Frauen» waren. Sie bewunderte Doktor Archies stattliche Erscheinung und seine gut geschnittene Kleidung ebenso sehr wie Thea und sagte, sie «empfinde es als ein Privileg, von einem solchen Gentleman behandelt zu werden, wenn sie krank war».

Bald nach Annas Aufnahme in die Gemeinde begann sie, Thea Vorhaltungen wegen ihres Klavierübens – des Spielens «weltlicher Musik» – am Sonntag zu machen. Eines Sonntags gerieten sie in so heftigen Streit, daß er schließlich zu Mrs. Kronborg in die Küche verlegt wurde. Sie hörte unvoreingenommen zu und riet Anna, das Kapitel zu lesen, worin dem aussätzigen Naaman gestattet wurde, sich auch im

Tempel Rimmons niederzuwerfen. Thea setzte sich wieder ans Klavier, während Anna zurückblieb, um ihrer Mutter vorzuhalten, sie hätte sie unterstützen müssen, da sie im Recht war.

«Nein», entgegnete Mrs. Kronborg ungerührt, «ich sehe es anders, Anna. Ich habe dich nie gezwungen, Klavier zu spielen, und ich sehe ebensowenig ein, daß ich Thea davon abhalten soll. Ich höre ihr gern zu, und ich denke, dein Vater auch. Du und Thea, ihr werdet vermutlich einmal ganz unterschiedliche Wege gehen, aber niemand hat verlangt, daß ich euch zu gleichen Menschen erziehe.»

Anna war aufgebracht und gekränkt. «Alle Leute aus der Kirche müssen sie natürlich hören. Unser Haus ist das einzige in der Straße, in dem Krach gemacht wird. Hörst du, was sie jetzt spielt?»

Mrs. Kronborg, die gerade Kaffee kochte, stand auf. «Ja, der Walzer heißt ‹An der schönen blauen Donau›. Ich kenne ihn. Wenn jemand von den Kirchenleuten zu dir kommt, schick ihn einfach zu mir. Ich habe keine Angst davor, meine Meinung zu sagen, wenn es nötig ist, und es würde mir nicht das geringste ausmachen, den Wohltätigkeitsdamen etwas über bedeutende Komponisten zu erzählen.» Mrs. Kronborg lächelte und fügte nachdenklich hinzu: «Nein, das würde mir sicherlich nicht das geringste ausmachen.»

Anna lief eine Woche lang mit abweisender Miene herum, und Mrs. Kronborg vermutete, daß sie in den Gebeten ihrer Tochter größeren Raum einnahm als gewöhnlich, aber auch das machte ihr nichts aus.

Obwohl die Erweckungsveranstaltungen auch nur ein Teil der Jahresarbeit waren, der Prüfungswoche in der Schule vergleichbar, und obwohl Annas Frömmigkeit sie wenig beeindruckte, gab es doch eine Zeit, in der Thea sich sehr ernsthaft mit der Religion auseinandersetzte. Moonstone wurde vom Typhus heimgesucht, und einige von Theas Klassenkameraden starben daran. Sie ging zu den Begräbnissen, sah, wie sie in die Erde gelegt wurden, und machte sich viele Gedanken darüber. Aber der grauenhafte Vorfall, der die Epidemie ausgelöst hatte, beunruhigte sie noch weit mehr als der Tod ihrer Freundinnen.

Anfang Juli, kurz nach Theas fünfzehntem Geburtstag, kam ein Landstreicher von äußerst abstoßendem Aussehen in einem leeren Güterwagen nach Moonstone. Thea lag gerade in der Hängematte vor dem Haus, als er mit schleppendem Schritt vom Bahnhof stadteinwärts ging, unter dem einen Arm ein Bündel aus schmutzigem Drillich, unter dem anderen einen Holzkasten, der auf einer Seite mit rostigem Maschendraht bespannt war. Sein mageres, hungriges Gesicht war von einem schwarzen Bart bedeckt. Als er vorbeikam, war schon fast Abendbrotzeit, die Straße roch nach Bratkartoffeln, Röstzwiebeln und Kaffee. Thea sah, wie er gierig schnupperte und seinen Schritt verlangsamte. Er schaute über den Zaun. Sie hoffte, er würde nicht an ihrem Tor stehenbleiben, da ihre Mutter niemanden wegschickte, und er war der schmutzigste und bei weitem schäbigste Landstreicher, den sie je gesehen hatte. Außerdem hatte er einen schrecklichen Geruch an sich. Sie nahm ihn selbst auf diese Entfernung wahr und hielt sich das Taschentuch vor die Nase. Gleich darauf tat es ihr leid, denn sie wußte, er hatte es bemerkt. Er sah weg und schlurfte etwas schneller vorüber.

Einige Tage später hörte Thea, daß der Landstreicher in einem leeren Schuppen am Ostrand der Stadt, auf der anderen Seite der Schlucht, kampierte und dort eine miserable Vorstellung geben wollte. Er erzählte den Jungen, die kamen, um ihm zuzuschauen, daß er früher mit einem Zirkus umhergezogen war. Sein Bündel enthielt ein schmutziges

Clownskostüm, und in dem Kasten befanden sich ein halbes Dutzend Klapperschlangen.

Am Samstagabend, als Thea zum Metzger ging, um die Hühner für den Sonntag zu holen, hörte sie das Klagen eines Akkordeons und sah eine Menschenansammlung vor einem der Saloons. Dann entdeckte sie den Landstreicher. Sein knochiger Körper steckte in dem lächerlichen Clownskostüm, sein Gesicht war rasiert und weiß geschminkt – der Schweiß drang in großen Tropfen durch die Schminke und ließ sie herunterfließen –, und die Augen glänzten wild und fiebrig. Es schien, als sei es fast zu anstrengend für ihn, das Akkordeon zusammenzudrücken und auseinanderzuziehen, und er keuchte im Rhythmus seines Liedes «Kreuz und quer durch Georgia». Nachdem sich eine beachtliche Zahl von Leuten versammelt hatte, führte der Landstreicher seinen Kasten mit den Klapperschlangen vor. Er kündigte an, daß er nun den Hut herumgehen ließe und «eines dieser lebenden Reptilien» essen würde, wenn die Zuschauer einen Dollar bezahlt hätten. In der Menge regte sich Räuspern und Murmeln, und der Saloonbesitzer holte den Sheriff, der den armen Teufel festnahm, weil er ohne Lizenz auftrat, und ihn auf dem schnellsten Weg ins Gefängnis brachte.

Das Gefängnis – eine alte Hütte mit vergittertem Fenster und einem Vorhängeschloß an der Tür – stand auf einem Fleckchen Land, auf dem Sonnenblumen wuchsen. Der Landstreicher war äußerst schmutzig, und es gab keine Möglichkeit, ihn baden zu lassen. Das Gesetz sah nicht vor, Vagabunden zu verpflegen, also ließ der Gendarm den Mann nach vierundzwanzig Stunden Gefangenschaft wieder frei und befahl ihm, «die Stadt zu verlassen, und zwar schleunigst». Der Saloonbesitzer hatte seine Klapperschlangen getötet. Der Landstreicher versteckte sich in einem Güterwagen auf dem Lagergelände, vermutlich in der Hoffnung, darin eine Station weiterzukommen, aber man fand ihn und warf ihn hinaus. Danach wurde er nicht mehr gesehen. Er war verschwunden, ohne eine Spur zu hinterlassen, abgesehen von dem häßlichen, entsetzlichen Wort, das er mit Kalk auf die schwarz gestrichene, fünfundzwanzig Meter hohe Röhre geschrieben hatte, die den Einwohnern von Moonstone als Wasserreservoir diente. Es war dasselbe Wort, das der französische Soldat – in seiner Sprache – in Waterloo dem englischen Offizier zurief, der die Alte Garde aufgefordert hatte, sich zu ergeben; ein Kommentar zum Leben, den die Besiegten auf den grausamen Straßen der ganzen Welt manchmal den Siegern ins Gesicht schleudern.

Eine Woche, nachdem sich die Aufregung um den Landstreicher gelegt hatte, begann das Wasser in der Stadt seltsam zu riechen und zu schmecken. Die Kronborgs hatten einen Brunnen im Garten und benutzten kein städtisches Wasser, aber sie hörten, wie sich ihre Nachbarn beschwerten. Anfangs hieß es, die Quelle, der städtische Brunnen, sei voll mit verfaulenden Pappelwurzeln, aber der Techniker im Pumpenhaus überzeugte den Bürgermeister davon, daß das Wasser klar und sauber aus dem Brunnen kam. Bürgermeister denken langsam. Da nun die Quelle ausgeschieden war, mußten sich die amtlichen Überlegungen auf das Wasserreservoir richten – eine andere Spur gab es nicht. Den Nachforschungen in der Röhre war großer Erfolg beschieden. Der Landstreicher war mit Moonstone quitt. Er war an den Steigeisen die Röhre hinaufgeklettert und hatte sich ins fünfundzwanzig Meter tiefe kalte Wasser fallen lassen, mit Schuhen, Hut und Drillichbündel. Der Stadtrat geriet in nicht geringe Panik und verabschiedete einen neuen Erlaß über Landstreicher, aber das Fieber war bereits ausgebrochen. Mehrere Erwachsene und ein halbes Dutzend Kinder starben daran.

Thea hatte immer alles, was sich in Moonstone ereigne-
te, aufregend gefunden, ganz besonders Katastrophen. Sie
freute sich, Berichte über die Sensationen aus Moonstone in
der Zeitung von Denver zu lesen. Aber auf die Begegnung
mit dem Landstreicher an jenem Abend, als er in die Stadt
kam und den Essensgeruch schnupperte, hätte sie gerne
verzichtet. Sein Gesicht war ihr mit quälender Deutlichkeit
im Gedächtnis geblieben, und sie zerbrach sich den Kopf
über sein Verhalten wie über eine schwierige Mathematik-
aufgabe. Selbst wenn sie Klavier spielte, beschäftigte die
tragische Geschichte sie weiter, und sie versuchte sich vorzustellen, wie groß der Haß oder die Verzweiflung eines Menschen sein müssen, um ihn zu einer solch scheußlichen Tat
zu treiben. Sie sah ihn immerzu in seinem verdreckten
Clownskostüm vor sich, mit weißer Schminke auf dem
schlecht rasierten Gesicht, wie er vor dem Saloon Akkordeon
gespielt hatte. Ihr war aufgefallen, daß er sehr mager war,
daß seine hohe kahle Stirn sich nach hinten wölbte wie eine
runde Metallkappe. Wie konnte ein Mensch so vom Schicksal geschlagen sein. Sie versuchte, mit Ray Kennedy darüber
zu reden, da es sie so sehr beschäftigte und verunsicherte,
aber Ray wollte über derlei Dinge nicht mit ihr diskutieren.
Es paßte nicht zu seinem gefühlsbetonten Frauenbild, das
von ihnen uneingeschränkte religiöse Hingabe forderte,
während dagegen dem Manne der Zweifel und schließlich
das Verneinen erlaubt waren. Ein Bild mit dem Titel «Die
erweckte Seele», ein beliebter Wohnzimmerschmuck in
Moonstone, drückte Rays Vorstellungen von der Seelenbe-
findlichkeit einer Frau recht gut aus.

Eines Tages, als Thea die Erinnerung an das Gesicht des
Landstreichers wieder quälte, ging sie zu Doktor Archies
Praxis. Als sie hereinkam, nähte er gerade einem kleinen
Jungen, den ein Maultier getreten hatte, zwei schlimme

Platzwunden im Gesicht. Nachdem er den Jungen verbunden und mit seinem Vater nach Hause geschickt hatte, half Thea dem Doktor, die chirurgischen Instrumente zu säubern und wegzuräumen. Dann ließ sie sich in ihren Lieblingssessel neben dem Tisch fallen und begann vom Landstreicher zu erzählen. Dem Doktor fiel auf, daß ihre Augen dabei vor Aufregung grün blitzten.

«Doktor Archie, ich habe das Gefühl, die ganze Stadt ist schuldig geworden. Auch ich selbst habe Schuld. Bestimmt hat er gesehen, wie ich mir die Nase zugehalten habe, als er vorbeiging. Vater hat Schuld. Denn wenn er an das glaubt, was in der Bibel steht, hätte er ihm frische Sachen bringen und sich im Gefängnis um ihn kümmern müssen. Das kann ich eben nicht verstehen; nehmen die Leute die Bibel ernst oder nicht? Wenn nur das Leben nach dem Tode zählt und wir hier sind, um uns darauf vorzubereiten, warum ist es uns dann so wichtig, viel Geld zu verdienen, etwas zu lernen oder uns zu amüsieren? Es gibt keinen einzigen Menschen in Moonstone, der wirklich nach dem Neuen Testament lebt. Ist es nun wichtig oder nicht?»

Doktor Archie drehte sich auf seinem Stuhl herum und sah sie offen und zugleich nachsichtig an. «Nun, Thea, ich sehe es so: Jedes Volk hat seine Religion. Alle Religionen sind gut, und sie sind sich alle sehr ähnlich. Aber ich bezweifle, daß wir fähig sind, unser Leben so nach dem Glauben auszurichten, wie du es verlangst. Ich habe viel darüber nachgedacht und bin zu keinem anderen Ergebnis gekommen, als daß wir, solange wir auf dieser Welt sind, das Beste suchen müssen, das diese Welt zu bieten hat. Und das ist nun einmal das Diesseitige, das Greifbare. Nun sind aber die meisten Religionen passiv und sagen uns vor allen Dingen, was wir nicht tun sollen.» Der Doktor bewegte sich unruhig auf seinem Stuhl, wobei sein suchender Blick über die gegenüberliegende Wand glitt: «Schau, meine kleine Thea, wenn man die allerersten Lebensjahre abzieht, die Zeit, die wir schlafend verbringen, und die letzten dumpf zugebrachten Jahre im Alter, dann bleiben uns nur etwa zwanzig Jahre, in denen wir aufnahmefähig und wach sind. Das ist nicht genug, um auch nur die Hälfte dessen zu sehen, was es auf der Welt an Schönem gibt, geschweige denn, selbst irgend etwas zuwege zu bringen. Ich meine, wir sollten uns an die Gebote halten und anderen helfen, so gut wir es können; aber das wichtigste ist, in diesen herrlichen zwanzig Jahren zu leben, alles zu tun, was in unseren Möglichkeiten liegt, um sie zu genießen.»

Doktor Archies Augen begegneten dem forschenden Blick seiner kleinen Freundin, ihrem scharfen, fragenden Blick, der ihn immer so sehr berührte.

«Aber arme Kerle wie dieser Landstreicher...», sie verstummte und runzelte die Stirn.

Der Doktor beugte sich nach vorne und legte seine Hand schützend über die ihre, die verkrampft auf der filzbezogenen Schreibtischplatte lag. «Es geschehen immer wieder schlimme Dinge, Thea, das war früher so und wird auch in Zukunft so sein. Aber solche Unglücksfälle gehen in der großen Masse unter und werden vergessen. Sie hinterlassen in der Welt keine bleibenden Narben und haben keine negativen Folgen für die Zukunft. Was am Ende bleibt, ist das Gute. Auf die Leute, die nach vorne schauen und etwas schaffen, auf die kommt es an.»

Er sah Tränen auf ihren Wangen, und er erinnerte sich nicht, sie jemals vorher weinen gesehen zu haben, nicht einmal, als sie sich als kleines Kind den Finger eingequetscht hatte. Er stand auf und ging zum Fenster, kam wieder zurück und setzte sich auf den Stuhlrand.

«Denk nicht mehr an den Landstreicher, Thea. Die Welt ist groß und schön. Du sollst einmal reisen und alles sehen.

Eines Tages gehst du nach Chicago und machst etwas aus deiner wundervollen Stimme. Du wirst eine hervorragende Musikerin, auf die wir alle stolz sein werden. Denk doch einmal an Mary Anderson, sogar die Landstreicher sind stolz auf sie. Es gibt keinen Landstreicher auf dem ganzen Streckennetz, der sie nicht kennt. Wir alle bewundern Menschen, die etwas Besonderes tun, auch wenn wir sie nur von den Bildern auf der Zigarrenkiste her kennen.»

Sie unterhielten sich noch lange. Thea hatte das Gefühl, als habe Doktor Archie noch nie so offen mit ihr gesprochen. Ein so erwachsenes Gespräch hatte sie noch nie mit ihm geführt. Als sie die Praxis verließ, fühlte sie sich glücklich, geschmeichelt und angespornt. Sie lief lange durch die Straßen, die im weißen Mondlicht lagen, sah zu den Sternen in der blauen Nacht hinauf, betrachtete die stillen, in Dunkelheit getauchten Häuser und die schimmernden Sandhügel. Sie empfand ein Gefühl der Zuneigung für die vertrauten Bäume und die Menschen in den kleinen Häusern, ebenso liebte sie die unbekannte Welt, die hinter Denver begann. Ihr war, als würde sie in zwei Hälften zerrissen, dem Wunsch, für immer wegzugehen, und dem Wunsch, für immer zu bleiben. Sie hatte nur zwanzig Jahre — und durfte keine Zeit verlieren.

Es gab viele Abende in diesem Sommer, an denen sie Doktor Archies Praxis verließ und den Wunsch hatte, loszulaufen und so lange endlos durch die ruhigen Straßen zu hetzen, bis sie ihre Schuhe oder die Straßen plattgelaufen hätte; die Brust tat ihr weh, und ihr war, als dehne sich ihr Herz über die ganze Wüste aus. Wenn sie dann nach Hause ging, dann nicht um sich schlafen zu legen. Sie zerrte die Matratze neben das niedrige Fenster und lag lange Zeit wach, bebend vor Aufregung, vibrierend wie eine Maschine, die auf Hochtouren arbeitet. Durch dieses Fenster strömte das Leben zu ihr herein – zumindest schien es ihr so. Dabei ist es umgekehrt: Das Leben strömt vom Inneren nach außen. Es gibt kein noch so großartiges und schönes Kunstwerk, das nicht zuerst in einem jungen Menschen wie Thea geschlummert hätte, die erwartungsvoll und aufgewühlt im Mondlicht lag. In solchen Nächten begriff Thea Kronborg, was Alexandre Dumas der Ältere gemeint hatte, wenn er den Romantikern entgegenhielt, er brauche, um ein Drama zu schreiben, nur eine Leidenschaft und vier Wände.

XIX

Es trägt zur Beruhigung der Bahnreisenden bei, daß sie die Eisenbahn für ein ganz selbstverständliches und ungefährliches Fortbewegungsmittel halten. Die einzigen, die das Zugfahren mit Unruhe erfüllt, sind diejenigen, die für die Eisenbahn arbeiten. Ein Eisenbahner vergißt nie, daß die nächste Fahrt seine letzte sein könnte.

Auf einer eingleisigen Strecke wie der, auf der Ray Kennedy arbeitete, verkehren die Güterzüge so gut es geht zwischen den Personenzügen. Auch wenn es so etwas wie einen Fahrplan für den Güterverkehr gibt, so wird er doch nur der Form halber aufgestellt. Auf dem einen Gleis schießen Dutzende von schnellen und langsamen Zügen in beide Richtungen, die nur durch die Intelligenz und Umsicht der Fahrdienstleiter vor Zusammenstößen bewahrt werden. Sobald ein Personenzug Verspätung hat, muß der gesamte Fahrplan in Windeseile umgestellt werden, man muß die nachfolgenden Züge verständigen und den Zügen, die dem verspäteten Zug entgegenkommen, Ausweichmöglichkeiten zuweisen.

Zwischen all den Veränderungen und Umstellungen der Fahrpläne im Personenverkehr fahren die Güterzüge nach wieder anderen Spielregeln. Sie können keinen festen Platz auf der Schiene beanspruchen, sondern müssen dann fahren, wenn diese frei sind, und dabei zwischen den einzelnen Personenzügen möglichst schnell vorankommen. Ein Güterzug kommt auf einer eingleisigen Strecke überhaupt nur vorwärts, indem er sich von einer Station zur nächsten stiehlt.

Ray Kennedy war dem Gütertransport treu geblieben, obwohl er verschiedentlich die Möglichkeit gehabt hätte, zum besser bezahlten Personenverkehr zu wechseln. Er hatte seine Arbeit bei der Eisenbahn immer als Übergangslösung angesehen, bis er «irgendwo einsteigen könnte», außerdem mochte er den Personenverkehr nicht. Er lege keinen Wert auf Messingknöpfe an der Jacke, sagte er; das sähe nach Livree aus. Nein danke, er wolle bei der Arbeit lieber einen Kittel tragen!

Der Unfall, bei dem es Ray «erwischte», war völlig banal; überhaupt nichts Aufregendes, und die Zeitungen in Denver widmeten ihm gerade sechs Zeilen. Es geschah eines Morgens bei Tagesanbruch, nur zweiunddreißig Meilen von zu Hause entfernt. Um vier Uhr morgens hatte Rays Zug in Saxony angehalten, um den Wasservorrat aufzufüllen. Die Station lag direkt hinter einer langgestreckten Kurve. Joe Giddys Aufgabe war es, etwa dreihundert Meter zurückzugehen und Signalleuchten aufzustellen, um einen eventuell herannahenden Zug zu warnen — die Mannschaft eines Güterzugs wird über nachfolgende Züge nicht unterrichtet; es gehört zu den Pflichten des Bremsers, für die Absicherung seines Zuges zu sorgen. Ray war so pingelig, was die Einhaltung der Bestimmungen anging, daß fast jeder Bremser sich hin und wieder an ihm rächte, schon aus bloßem, natürlichem Widerspruchsgeist heraus.

Als der Zug an diesem Morgen anhielt, um Wasser nachzufüllen, saß Ray in seinem Dienstwagen am Tisch und schrieb seinen Bericht. Giddy nahm die Signalleuchten, schwang sich von der hinteren Plattform herunter und warf einen Blick zurück auf die Kurve. Er beschloß, dieses Mal nicht zurückzugehen, um die Signale zu setzen. Wenn sich ein Zug von hinten näherte, würde er es rechtzeitig vorher hören. Also lief er in die andere Richtung, um sich eine «scharfe» Zeitschrift zu holen, die ihm schon die ganze Zeit im Kopf herumspukte. Unter normalen Umständen wäre Giddys Überlegung durchaus vernünftig gewesen. Wenn sich ein Güterzug oder auch ein Personenzug genähert hätte, er hätte ihn lange im voraus kommen gehört. Aber der Zufall wollte es, daß eine Kleinlok kam, die sich durch keinerlei Geräusch ankündigte – sie war zur Entlastung der Güterzüge geschickt worden, da sich das Frachtgut am anderen Ende der Strecke staute. Diese Lok hatte keinerlei Warnung erhalten. Sie schoß um die Kurve und rammte dem Dienstwagen, durchbohrte ihn und blieb krachend in dem schweren Holzwagen davor stecken.

Die Kronborgs setzten sich gerade an den Frühstückstisch, als der diensthabende Telegraphist in den Hof stürmte und an die Haustür hämmerte. Gunner öffnete ihm, und der Telegraphist verlangte, blaß und außer Atem, seinen Vater zu sprechen, es sei sehr dringend. Mr. Kronborg erschien an der Tür, die Serviette in der Hand.

«Der Vierzehner hatte heute Morgen bei Saxony einen Unfall», keuchte er, «und Kennedy ist schlimm zugerichtet. Wir schicken eine Lok mit dem Doktor hin. Der Telegraphist in Saxony sagt, Kennedy will, daß Sie kommen und Ihre Tochter mitbringen.»

Er holte Luft.

Mr. Kronborg nahm seine Brille ab und putzte sie mit der Serviette.

«Meine – ich verstehe nicht ganz», antwortete er. «Wie ist das passiert?»

«Dafür ist jetzt keine Zeit. Wir müssen schnell die Lok auf die Schiene bringen. Ihre Tochter, Thea. Das werden Sie dem armen Kerl nicht abschlagen. Alle wissen, daß sie sein ein und alles ist.» Als er sah, daß Mr. Kronborg keine Anstalten machte, etwas zu unternehmen, wandte der Telegraphist sich an Gunner. «Ruf deine Schwester, Kleiner. Ich frage das Mädchen selbst», stieß er hervor.

«Ja, ja, natürlich. Thea!» rief Mr. Kronborg. Er hatte sich wieder etwas gefangen und griff nach seinem Hut auf der Hutablage in der Diele.

Gerade als Thea herauskam, noch ehe der Telegraphist Zeit gehabt hatte, ihr alles zu erklären, fuhr Doktor Archie mit seinem Ponywagen in schnellem Trab vor. Der Doktor sprang heraus, als der Kutscher das Gespann noch kaum zum Stehen gebracht hatte und lief auf das verwirrte Mädchen zu, ohne auch nur irgend jemandem «Guten Morgen» zu sagen. Er nahm ihre Hand mit dem ernsten, beruhigenden Mitgefühl, das ihr schon in so vielen schweren Momenten geholfen hatte. «Hol deinen Hut, mein Kind. Kennedy liegt verletzt auf der Strecke, und er möchte, daß du mit mir dorthin kommst. Es steht ein Zug für uns bereit. Steigen Sie in meinen Wagen, Mr. Kronborg. Ich bringe Sie hin, und Larry kann nachkommen und das Gespann zurückbringen.»

Der Kutscher sprang aus dem Wagen, und Mr. Kronborg und der Doktor stiegen ein. Thea, noch immer völlig verwirrt, setzte sich ihrem Vater auf den Schoß. Doktor Archie trieb die Ponys mit einem kurzen Peitschenknall an.

Als sie am Bahnhof ankamen, stand die Lokomotive mit einem Waggon bereits auf dem Hauptgleis. Der Lokführer hatte den Dampf abgelassen und lehnte sich ungeduldig aus dem Fahrerhaus. Gleich darauf fuhren sie los. Die Fahrt nach Saxony dauerte vierzig Minuten. Thea saß stumm auf ihrem Sitz, während Doktor Archie und ihr Vater über den Unfall sprachen. Sie beteiligte sich nicht an der Unterhaltung und stellte keine Fragen, nur gelegentlich sah sie Doktor Archie mit einem ängstlichen, forschenden Blick an, den er mit einem ermutigenden Nicken erwiderte. Weder er noch ihr Vater sprachen darüber, wie schlimm Ray verletzt war.

Als die Lok kurz vor Saxony anhielt, war das Hauptgleis bereits geräumt. Beim Aussteigen deutete Doktor Archie auf einen Stapel von Schwellen.

«Thea, es ist besser, wenn du dich erst einmal dorthinsetzt und dem Unfalltrupp zusiehst. Dein Vater und ich gehen so lange hinüber und sehen nach Kennedy. Ich hole dich, sobald ich ihn versorgt habe.»

Die beiden Männer stiegen die sandige Böschung hinauf, während Thea sich setzte und den Haufen von gesplittertem Holz und verbogenem Eisen ansah, der noch vor kurzem Rays Dienstwagen gewesen war. Sie hatte Angst und konnte keinen klaren Gedanken fassen. Sie spürte, daß sie eigentlich an Ray denken müßte, aber ihre Gedanken schweiften zu allerlei banalen und unwichtigen Dingen ab. Ob Grace Johnson wohl wütend sein würde, wenn sie zum Musikunterricht kam und die Lehrerin nicht antraf? Hatte sie am Abend zuvor vergessen, den Klavierdeckel zu schließen, und wird Thor nun in das neue Zimmer gehen, um ihr alle Tasten mit seinen klebrigen Fingern zu verschmieren? Ob Tillie wohl in ihr Zimmer hinaufginge, um ihr das Bett zu machen? Ihr Verstand arbeitete schnell, aber sie konnte sich auf nichts konzentrieren. Die Grashüpfer, die Eidechsen lenkten sie ab und schienen wirklicher zu sein als der arme Ray.

Während Doktor Archie und Mr. Kronborg die Böschung hinaufstiegen, auf die man Ray getragen hatte, kam ihnen der Arzt aus Saxony entgegen. Er schüttelte ihnen die Hand.

«Sie können ihm nicht helfen, Doktor. Man kann die Brüche überhaupt nicht mehr zählen. Sein Rückgrat ist auch gebrochen. Er wäre gar nicht mehr am Leben, wenn er nicht einen so starken Willen hätte, der arme Kerl. Am besten läßt man ihn in Ruhe. Ich habe ihm eineinhalb Morphium gegeben, in Achteldosen.»

Doktor Archie lief weiter. Ray lag auf einer flachen Trage aus Segeltuch, im Schutz einer sanft abfallenden Böschung, von einer schlanken Pappel dürftig beschattet. Als der Doktor und der Pfarrer näherkamen, sah er sie erwartungsvoll an.

«Ist sie nicht...» Er schloß die Augen, um die bittere Enttäuschung zu verbergen.

Doktor Archie wußte, was in ihm vorging. «Thea ist dort drüben, Ray. Ich hole sie, sobald ich Sie mir angesehen habe.»

Ray öffnete die Augen wieder. «Sie könnten mich vielleicht etwas saubermachen, Doc. Sonst können Sie nichts mehr für mich tun, trotzdem danke.»

Wie wenig auch von ihm übriggeblieben war, dieses Wenige war unverkennbar Ray Kennedy. Er hatte seine positive Haltung nicht verloren, das Blut und der Schmutz auf seinem Gesicht schienen nur zufällig da zu sein und mit seiner Person selbst nichts zu tun zu haben. Doktor Archie bat Mr. Kronborg, einen Eimer mit Wasser zu holen, und machte sich daran, Rays Gesicht und Hals abzuwischen. Mr. Kronborg stand daneben, rieb sich nervös die Hände und überlegte, was er ihm sagen könnte. Kritische Situationen verunsicherten ihn und ließen ihn förmlich werden, selbst wenn er aufrichtiges Mitgefühl empfand.

«In einem solchen Augenblick, Ray», stieß er schließlich heraus, indem er sein Taschentuch zwischen den langen Fingern zerknüllte, «in einem solchen Augenblick wollen wir jenen Freund nicht vergessen, der uns nähersteht als ein Bruder.»

Ray sah zu ihm auf; das Lächeln, das über seinen Mund und die kantigen Wangen ging, drückte Einsamkeit und Hoffnungslosigkeit aus. «Bemühen Sie sich nicht, Reverend», sagte er ruhig. «Christus und ich haben schon lange nichts mehr miteinander zu tun.»

Einen Augenblick lang war Schweigen. Dann tat Mr. Kronborg in seiner Verlegenheit Ray leid. «Gehen Sie doch bitte und holen Sie das Mädchen, Reverend. Ich möchte mit dem Doktor noch etwas unter vier Augen bereden.»

Ray sprach eine Weile mit Doktor Archie und verstummte plötzlich mit einem breiten Lächeln. Über die Schulter des Doktors hinweg sah er Thea in ihrem rosa Batistkleid die Böschung heraufkommen, den Sonnenhut an den Bändern in der Hand. Was für ein Blondkopf! Er hatte sich oft gesagt, daß er «in ihr Haar regelrecht vernarrt» war. Ihr Anblick ließ eine warme Welle durch seinen Körper gehen, wie vorhin das Morphium. «Da ist sie», flüsterte er. «Sorgen Sie dafür, daß der alte Pfarrer uns nicht stört, Doc. Ich möchte mit ihr reden.»

Doktor Archie sah auf. Thea beeilte sich, doch gleichzeitig zauderte sie auch. Sie hatte mehr Angst, als er erwartet hatte. Sie war mit ihm schon zu schwerkranken Patienten gegangen und hatte stets ihre Gelassenheit und Ruhe bewahrt. Als sie oben ankam, blickte sie zu Boden, und er sah ihr an, daß sie geweint hatte.

Ray Kennedy machte einen vergeblichen Versuch, seine Hand auszustrecken.

»Hallo, Kleines, du mußt keine Angst haben. Ist doch kaum zu fassen, daß sie dir solche Angst eingejagt haben! Mußt nicht weinen. Ich bin immer noch der alte, nur ein bißchen angeschlagen. Setz dich dort auf meine Jacke und leiste mir ein wenig Gesellschaft. Ich muß eine Weile still liegenbleiben.»

Doktor Archie und Mr. Kronborg verschwanden. Thea warf ihnen einen schüchternen Blick nach, aber sie setzte sich entschlossen und nahm Rays Hand.

«Jetzt hast du keine Angst mehr, nicht wahr?» fragte er zärtlich. «Toll, daß du gekommen bist, Thee, bist ein echter Kumpel. Hast du überhaupt schon gefrühstückt?»

«Nein, Ray, ich habe keine Angst. Es tut mir nur furchtbar leid, daß du verletzt bist, und ich kann nichts dafür, daß ich weinen muß.»

Sein breites, ernstes, vom Opium mattes Gesicht, auf dem ein so stilles, glückliches Lächeln lag, gab ihr die Fassung zurück. Sie rückte näher zu ihm heran und legte seine Hand auf ihr Knie. Er sah sie mit seinen arglosen hellblauen Augen an. Wie sehr er jede Einzelheit dieses Gesichts liebte! Wie oft hatte er es nachts in seinem Führerhaus, wenn er auf die Schienen schaute, in der Dunkelheit vor sich gesehen, durch Regen und Schnee hindurch oder die sanfte blaue Luft, wenn das Mondlicht über der Wüste schlief.

«Du mußt auch gar nicht sprechen, Thee. Das Medikament vom Doktor macht mich etwas benommen. Aber es tut gut, jemanden bei sich zu haben. Ist eigentlich ganz gemütlich, findest du nicht? Zieh doch meine Jacke etwas weiter zu dir rüber. Tut mir leid, daß ich's dir nicht bequemer machen kann.»

«Nein, nein, Ray. Das ist schon gut so. Ja, es ist schön hier. Und wahrscheinlich solltest du auch nicht reden, oder? Wenn du schlafen willst, bleibe ich hier sitzen und bin ganz still. Jetzt bist du mir wieder so vertraut wie sonst.»

Die Einfachheit, Bescheidenheit und Aufrichtigkeit, die in Rays Blick lagen, berührten Thea in ihrem Innersten. Sie fühlte sich wohl mit ihm und war glücklich darüber, ihm ein solches Glücksgefühl geben zu können. Zum erstenmal begriff sie, daß man jemanden durch seine bloße Anwesenheit zutiefst glücklich machen konnte. Dieser Tag war in ihrem Gedächtnis immer mit dem Beginn dieser Erkenntnis verknüpft. Sie beugte sich über ihn und berührte mit den Lippen zart seine Wange.

Rays Augen strahlten. »Mach das bitte noch einmal, Thea!» bat er bewegt. Thea küßte ihn unter leichtem Erröten auf die Stirn. Ray hielt ihre Hand fest und schloß die Augen mit einem tiefen, glücklichen Seufzer. Das Morphium und das Gefühl von Theas Nähe erfüllten ihn mit Zufriedenheit. Die Goldmine, die Ölquelle, die Kupferader – alles Hirngespinste, dachte er, und auch dies sollte ein Traum bleiben. Er hätte es längst wissen müssen. Es war immer so gewesen. Alles, was er bewundert hatte, war für ihn unerreichbar gewesen: ein Hochschulstudium, ein vornehmer Lebensstil, ein britischer Akzent – das alles überstieg seine Möglichkeiten. Und Thea war noch viel unerreichbarer für ihn als alles andere zusammen. Es war dumm von ihm gewesen, das nicht einsehen zu wollen, aber er war froh um diese Dummheit. Er verdankte ihr einen wundervollen Traum. Jede Meile seiner Strecke zwischen Moonstone und Denver hatte diese Hoffnung verschönert. Jeder Kaktus war in sein Geheimnis eingeweiht. Aber jetzt, da es sich nicht erfüllen sollte, erkannte er die Wahrheit. Thea war nie für einen groben Kerl wie ihn bestimmt gewesen – hatte er das wirklich die ganze Zeit über nicht gewußt, fragte er sich. Sie war überhaupt nicht für einen gewöhnlichen Mann bestimmt. Sie war wie eine große Hochzeitstorte, etwas, wovon man träumen konnte. Er hob ein wenig die Augenlider. Sie streichelte seine Hand und sah in die Ferne. Er erkannte in ihrem Gesicht den Ausdruck einer ihr selbst nicht bewußten Kraft, die auch Wunsch wahrgenommen hatte. Ja, ihr Weg würde sie zu den größten

Stationen der Welt führen, sie war nicht für Provinzbahnhöfe gemacht. Seine Lider schlossen sich. Im Dunkel sah er sie, so, wie sie später einmal sein würde. In einer Loge im Tabor-Grand-Theater in Denver, mit einem Diamantkollier um den Hals und einem Diadem im blonden Haar, Operngläser wären auf sie gerichtet und irgendein Regierungssenator unterhielte sich vielleicht mit ihr. «Dann wirst du dich an mich erinnern.» Er öffnete die Augen, in denen Tränen standen.

Thea beugte sich etwas tiefer zu ihm herab. «Was hast du gesagt, Ray? Ich hab's nicht verstanden.»

«Dann wirst du dich an mich erinnern», flüsterte er.

Der Funke in seinen Augen, der sein tiefstes Innerstes offenbarte, traf den Funken in den ihren, der ihr Innerstes offenbarte, und einen Augenblick lang blickten sie einander ins Herz. Thea begriff, wie gut und großherzig er war, und er erkannte vieles von dem, was Teil ihres Wesens war. Als der flüchtige Funke wieder erloschen war, sah Thea noch immer ihr Gesicht in seinen feuchten Augen, winzig klein, aber viel schöner, als der gesprungene Spiegel zu Hause es ihr jemals gezeigt hatte. Zum erstenmal hatte sie ihr Gesicht in diesem Spiegel erblickt, dem freundlichsten, den es für eine Frau geben kann.

In dem Moment, als er meinte, in Thea Kronborgs Seele zu sehen, hatte Ray die unterschiedlichsten Empfindungen. Ja, die Goldmine, die Ölquelle, die Kupferader, das alles war in so weite Ferne gerückt, wie es mit allen Dingen geschah; aber einmal in seinem Leben hatte er auf einen Sieger gesetzt! Mit all seiner Kraft hatte er an diese kräftige kleine Hand geglaubt, die er in der seinen hielt. Er wünschte, er könnte ihr seine Robustheit und körperliche Kraft übertragen, die ihr hilfreich sein könnte. Er hätte ihr gerne von seinem alten Traum erzählt – der inzwischen schon Jahre zurückzuliegen schien –, aber jetzt davon zu sprechen wäre nicht richtig; das wäre bestimmt nicht anständig. Wahrscheinlich wußte sie es ja ohnehin.

Er sah schnell auf. «Nicht wahr, Thee, du weißt, daß du das Beste bist, was mir auf der Welt begegnet ist.»

Über Theas Wangen rannen Tränen. «Du bist zu gut zu mir, Ray. Du bist viel zu gut zu mir», stammelte sie.

«Nicht doch, Kleines», murmelte er. «Die ganze Welt wird gut zu dir sein!»

Doktor Archie kam zurück und blickte zu seinem Patienten herab. «Wie geht's?»

«Können Sie mich noch einmal mit Ihrem Schmerzkiller pieken, Doc? Die Kleine sollte jetzt vielleicht besser gehen.»

Ray ließ Theas Hand los. «Bis später, Thee.»

Sie stand auf und ging ohne bestimmte Richtung davon, den Hut an den Bändern in der Hand. Ray sah ihr vom körperlichen Schmerz betäubt nach und stieß heraus: «Kümmern Sie sich immer um das Mädchen, Doc. Sie ist ein Schatz!»

Thea und ihr Vater fuhren mit dem Ein-Uhr-Personenzug nach Moonstone zurück. Doktor Archie blieb bei Ray Kennedy, bis zum späten Nachmittag, bis zu seinem Tod.

XX

Am Montagmorgen, einen Tag nach Ray Kennedys Beerdigung, besuchte Doktor Archie Mr. Kronborg in seinem Büro, dem kleinen Raum hinter der Kirche. Mr. Kronborg formulierte seine Predigten nicht schriftlich aus, sondern er sprach nach Notizen, die er in einer Art privater Kurzschrift auf kleine Kärtchen kritzelte. Sie waren deshalb auch nicht schlechter als die meisten anderen Predigten. Der Mehrzahl seiner Zuhörer gefiel seine steife Rhetorik, und Mr. Kronborg galt allgemein als vorbildlicher Pfarrer. Er rauchte nicht, rührte keinen Alkohol an. Seine Schwäche für die Freuden der Tafel knüpfte ein Band der Zuneigung zwischen ihm und den weiblichen Mitgliedern seiner Gemeinde. Er aß ungeheuer viel und mit einem Appetit, der ganz und gar nicht zu seiner schmächtigen Gestalt zu passen schien.

An diesem Morgen traf der Doktor ihn beim Öffnen seiner Post und bei der aufmerksamen Lektüre einiger Wurfsendungen an.

«Guten Morgen, Mr. Kronborg», sagte Doktor Archie und setzte sich. «Ich muß geschäftlich mit Ihnen sprechen. Der arme Kennedy bat mich, seine Angelegenheiten für ihn zu regeln. Wie die meisten Männer bei der Eisenbahn gab er alles Geld, das er verdiente, gleich wieder aus, bis auf einen kleinen Betrag, den er in Minen investierte, die in meinen Augen nicht besonders gewinnversprechend sind. Aber er hatte eine Lebensversicherung über sechshundert Dollar zu Theas Gunsten abgeschlossen.»

Mr. Kronborg schlang seine Füße um den Fuß seines Schreibtischstuhls. «Ich versichere Ihnen, Doktor, das kommt für mich völlig überraschend.»

«Nun, für mich ist es nicht so überraschend», fuhr Doktor Archie fort. «Er erzählte mir davon, an dem Tag seines Unfalls. Er sagte, er wolle, daß das Geld in einer bestimmten Weise verwendet würde und nicht anders.» Doktor Archie schwieg bedeutungsvoll.

Mr. Kronborg rutschte nervös auf seinem Stuhl hin und her. «Ich bin sicher, Thea wird seine Wünsche in jeder Hinsicht erfüllen.»

«Daran habe ich keinen Zweifel; aber er wollte, daß ich auch Ihr Einverständnis zu diesem Plan einhole. Anscheinend hat Thea schon seit längerer Zeit vor, aus Moonstone wegzugehen, um Musikunterricht zu nehmen. Es war Kennedys Wunsch, daß sie sein Geld dazu verwenden sollte, im kommenden Winter nach Chicago zu gehen. Er meinte, das hätte sicherlich auch wirtschaftliche Vorteile für sie; denn selbst wenn sie zurückkäme und wieder unterrichtete, bekäme sie dadurch ein höheres Ansehen, und ihre Stellung hier würde dadurch aufgewertet.»

Mr. Kronborg wirkte ein bißchen überrascht. «Sie ist sehr jung», sagte er zögernd, «sie ist kaum siebzehn. Von Chicago ist es weit bis nach Hause. Darüber müßte man nachdenken. Ich glaube, Doktor Archie, wir sollten Mrs. Kronborg um ihre Meinung fragen.»

«Mrs. Kronborg kann ich wohl überzeugen, wenn ich Ihr Einverständnis habe. Sie war in meinen Augen immer recht nüchtern. Ich habe einige Studienfreunde, die in Chicago praktizieren. Einer von ihnen ist Halsspezialist. Er hat eine Menge mit Sängern zu tun. Er kennt wahrscheinlich die besten Klavierlehrer und könnte eine Pension empfehlen, in der Musikschüler wohnen. Ich bin der Meinung, Thea muß viel unter junge Leute kommen, die ebenso klug und interessiert sind wie sie selbst. Hier hat sie außer alten Kerlen wie mir keine Freunde. Das ist nicht natürlich für ein junges Mädchen. Sie wird entweder verschroben, oder sie altert vor ihrer Zeit. Wenn Ihnen und Mrs. Kronborg wohler dabei ist, kann ich Thea gerne nach Chicago bringen und mich darum kümmern, daß sie einen guten Start hat. Dieser Halsspezialist, von dem ich sprach, ist eine Kapazität auf seinem Gebiet, und wenn ich ihm Thea ans Herz lege, könnte er ihr womöglich eine Menge Wege ebnen. Zumindest wird er die richtigen Lehrer kennen. Natürlich wird sie mit sechshundert Dollar nicht allzuweit kommen, aber selbst ein Winter dort wäre ein großer Fortschritt für sie. Meines Erachtens hat Kennedy die Situation richtig eingeschätzt.»

«Vielleicht. Ich habe keinen Zweifel daran. Sie sind sehr freundlich, Doktor Archie.» Mr. Kronborg verzierte seine Schreibtischunterlage mit Hieroglyphen. «Ich glaube fast, Denver wäre besser. Dort könnten wir über sie wachen. Sie ist noch sehr jung.»

Doktor Archie erhob sich. «Kennedy sagte nichts von Denver. Er sprach immer nur von Chicago, mehrfach. Bei den gegebenen Umständen scheint es mir angebracht, seinen Wünschen entsprechend zu handeln, wenn Thea damit einverstanden ist.»

«Gewiß, gewiß. Thea ist sehr strebsam. Sie würde nie eine Chance verschenken.» Mr. Kronborg machte eine Pause. «Wenn Thea Ihre Tochter wäre, Doktor, würden Sie dann einem solchen Plan zustimmen, in ihrem Alter?»

«Ganz bestimmt würde ich das. Ich hätte sie sogar schon viel früher weggeschickt, wenn sie meine Tochter wäre. Sie ist ein ganz außergewöhnliches Mädchen, und hier verschwendet sie nur ihre Zeit. In ihrem Alter sollte sie nicht unterrichten, sondern lernen. Sie wird nie mehr so schnell und mühelos lernen wie gerade jetzt.»

«Nun, Doktor, Sie sollten das besser mit Mrs. Kronborg bereden. Ich habe es mir zur Regel gemacht, mich in solchen Dingen ihren Wünschen zu beugen. Sie kennt ihre Kinder alle sehr genau. Ich möchte sagen, sie durchschaut sie, wie nur Mütter es vermögen.»

Doktor Archie lächelte. «Und manche ganz besonders gut. Ich bin ganz zuversichtlich, was Mrs. Kronborg betrifft. Im allgemeinen sind wir derselben Ansicht. Guten Morgen.»

Doktor Archie trat hinaus in die heiße Sonne und ging schnell, mit Entschlossenheit im Blick, zu seiner Praxis. Er fand ein Wartezimmer voller Patienten vor, und es wurde ein Uhr, bis er den letzten entlassen konnte.

Dann schloß er die Tür und trank einen Whisky, bevor er

sich zum Mittagessen ins Hotel begab. Er lächelte, als er seinen Schrank abschloß. «Ich bin fast so fröhlich, als würde ich selbst für einen Winter wegfahren», dachte er.

Später konnte sich Thea an diesen Sommer nicht mehr genau erinnern, auch nicht daran, wie sie es geschafft hatte, ihre Ungeduld zu zügeln. Am fünfzehnten Oktober sollte sie zusammen mit Doktor Archie abreisen, und sie gab Klavierstunden bis zum ersten September. Dann begann sie, sich um ihre Kleidung zu kümmern, und verbrachte ganze Nachmittage in dem kleinen überfüllten, stickigen Nähzimmer der Dorfschneiderin. Thea und ihre Mutter fuhren nach Denver, um den Stoff für ihre Kleider einzukaufen. Für Mädchen gab es in jener Zeit noch keine Kleider von der Stange zu kaufen. Miss Spencer, die Schneiderin, erklärte, sie könne für Thea die schönsten Kleider machen, wenn man ihr nur freie Hand ließe und sie ihre eigenen Vorstellungen verwirklichen dürfe. Aber Mrs. Kronborg und Thea meinten, daß Miss Spencer überaus gewagte Kreationen in Chicago vielleicht fehl am Platze sein könnten, und zügelten sie nach Kräften. Tillie, die Mrs. Kronborg bei den Näharbeiten für die Familie stets behilflich war, war der Meinung, daß man Miss Spencer diese Gelegenheit lassen sollte, der Welt mit Theas Hilfe einmal zu zeigen, was Mode war. Seit Ray Kennedys Tod war Thea für sie mehr als je zuvor in die Nähe einer ihrer Romanheldinnen gerückt. Tillie verpflichtete alle ihre Freundinnen zu Stillschweigen und erzählte ihnen auf dem Nachhauseweg von der Kirche oder über den Gartenzaun hinweg in den rührendsten Worten, wie sehr Ray sie verehrt hatte und daß Thea «bestimmt nie darüber hinwegkommen wird».

Tillies Geständnisse heizten die allgemeine Diskussion über Theas gewagtes Unternehmen erst richtig an. Diese

Diskussion setzte sich an allen möglichen Gartentüren und in allen möglichen Gärten den ganzen Sommer hindurch fort. Einige hießen es gut, daß Thea vorhatte, nach Chicago zu gehen, aber die meisten verurteilten es. Und wieder andere änderten ihre Meinung darüber täglich.

Das Vordringlichste für Tillie war, daß Thea ein Ballkleid bekäme. Sie kaufte ein Buch, das ausschließlich Abendmode enthielt, betrachtete sehnsüchtig die Farbabbildungen und wählte Kleider aus, die «eine Blondine» besonders gut kleiden würden. Sie wollte, daß Thea all die aufregenden Kleider haben sollte, die sie sich selbst immer gewünscht hatte – Kleider, die sie, wie sie sich immer wieder sagte, «für ihre Auftritte» haben müßte.

«Tillie», rief Thea immer wieder ungeduldig aus, «verstehst du denn nicht, daß ich in Miss Spencers Kleidern aussehen werde wie vom Zirkus? Außerdem kenne ich überhaupt niemanden in Chicago. Ich werde nicht zu Partys gehen.»

Tillie antwortete jedesmal mit einem vielsagendem Nikken: «Was weißt du! Du wirst in den besseren Kreisen zu Hause sein, bevor es dir richtig bewußt wird. Es gibt nicht viele Mädchen, die es mit dir aufnehmen können.»

Am Morgen des fünfzehnten Oktober machte sich die ganze Familie Kronborg – alle außer Gus, der den Laden nicht unbeaufsichtigt lassen konnte – eine Stunde vor Abfahrt des Zuges auf den Weg zum Bahnhof. Charley hatte Theas Koffer und Reisetasche schon am frühen Vormittag in seinem Lieferwagen vorausgefahren. Thea trug ihr neues blaues Reisekleid aus Baumwolle, das man gewählt hatte, weil es so praktisch war. Sie hatte ihr Haar sorgfältig hochgesteckt. Um den Hals trug sie, unter einem Spitzenkragen, den Mrs. Kohler für sie gehäkelt hatte, ein hellblaues Band. Als sie zum Gartentor hinausgingen, musterte Mrs. Kronborg sie nochmals genau. Ja, das blaue Band paßte sehr gut zum Kleid und zu Theas Augen. Thea hatte in solchen Dingen ein außergewöhnliches Geschick, überlegte sie zufrieden. Tillie behauptete immer, Thea «lege keinen besonderen Wert auf Garderobe», aber ihre Mutter bemerkte, daß sie ihre Kleidung stets sorgfältig zusammenstellte. Sie ließ Thea noch unbesorgter von zu Hause weggehen, da sie wußte, daß sie sich mit Bedacht kleidete und nie versuchte, sich zu sehr zurechtzumachen. Ihr Teint war von ganz eigener Färbung und ihr Haar so ungewöhnlich hell, daß sie in der entsprechenden Kleidung leicht allzu «auffallend» hätte wirken können.

Es war ein schöner Morgen, und die Familie brach gutgelaunt von zu Hause auf. Thea war ruhig und gelassen. Sie hatte nichts vergessen und hielt ihre Handtasche, in der sich der Schlüssel zu ihrem Koffer und all ihr Geld befanden, außer dem, das sie in einem Umschlag mit einer Nadel an ihrer Bluse befestigt hatte, fest umschlossen. Thea ging mit Thor an der Hand hinter den anderen her, und dieses Mal war ihr die Prozession nicht zu lang. Thor war nicht sehr gesprächig an diesem Morgen und redete über nichts anderes, als daß es ihm weniger ausmachen würde, jeden Tag in eine Klette zu treten, als Schuhe und Strümpfe zu tragen. Als sie am Pappelhain vorbeikamen, wo Thea ihn oft in seinem Wagen hingefahren hatte, fragte sie ihn, wer wohl in Zukunft schöne lange Spaziergänge mit ihm machen sollte, wenn seine Schwester nicht mehr da sei.

«Och, ich kann ja im Garten spazierengehen», antwortete er ungerührt. «Ich kann ja vielleicht einen Teich für meine Ente machen.»

Thea beugte sich zu ihm herunter und sah ihm ins Gesicht. «Aber du wirst deine Schwester doch nicht vergessen, oder?» Thor schüttelte den Kopf. «Und wirst du dich auch freuen,

wenn deine Schwester zurückkommt und dich mit zu Mrs.
Kohler nimmt, zu den Tauben?»

«Ja, da freue ich mich. Aber ich bekomme eine Taube für
mich ganz allein.»

«Aber du hast nicht so ein kleines Taubenhaus. Vielleicht
kann Axel dir eins bauen.»

«Ach, die kann ja einfach im Schuppen wohnen, im
Schuppen», nuschelte Thor gleichgültig.

Thea lachte und drückte seine Hand. Sie hatte diese uner-
schütterliche Nüchternheit immer an ihm gemocht. Jungens
müssen wohl so sein, dachte sie bei sich.

Als sie den Bahnhof erreichten, ging Mr. Kronborg gemes-
senen Schrittes und etwas feierlich mit seiner Tochter den
Bahnsteig auf und ab. Jeder in der kleinen Schar hätte
vermutet, daß er sie darin unterrichtete, wie man den Versuchungen der Welt zu begegnen habe. Tatsächlich begann er
mit der Ermahnung, niemals zu vergessen, daß Begabungen
von unserem Himmlischen Vater kommen und dazu dienen
sollten, ihn zu preisen. Er brach seine Ausführungen jedoch
ab und sah auf die Uhr. Er war überzeugt, daß Thea ein
religiöser Mensch war, aber wenn sie ihn mit ihrem eindring-
lichen, mit diesem leidenschaftlich fragenden Blick ansah,
der sogar Wunsch erschüttert hatte, spürte Mr. Kronborg,
wie ihn seine Beredsamkeit im Stich ließ. Thea war wie ihre
Mutter, dachte er bei sich; sie war solchen Gedanken kaum
zugänglich. Im allgemeinen mochte er es lieber, wenn Mädchen etwas aufgeschlossener waren. Es gefiel ihm, wenn sie
bei seinen Komplimenten erröteten. Mrs. Kronborg meinte
dazu nachsichtig: «Vater kann zu Mädchen sehr sanft sein.»
Aber an diesem Morgen fand er, daß es beruhigend war,
wenn eine Tochter, die allein nach Chicago ging, nüchtern
und unsentimental war.

Mr. Kronborg glaubte, daß große Städte Orte waren, an

denen die Menschen ihre Identität verloren und sich dem Laster hingaben. Als er selbst Student war und das Priesterseminar besuchte – er räusperte sich und öffnete erneut seine Uhr. Er wußte selbstverständlich, daß es in Chicago ein reges Geschäftsleben gab, daß dort eine ernst zu nehmende Handelskammer saß und daß dort Schweine und Rinder geschlachtet wurden. Aber als er in jungen Jahren einmal auf der Durchreise in Chicago Station gemacht hatte, hatten ihn die kommerziellen Aktivitäten der Stadt wenig interessiert. Es war ihm als ein Ort billiger Varietés und Tanzlokale in Erinnerung geblieben, wo sich die jungen Kerle vom Lande abscheulich aufführten.

Doktor Archie fuhr etwa zehn Minuten vor der Abfahrt des Zuges am Bahnhof vor. Sein Bediensteter band die Ponys fest und wartete, mit der Krokodilledertasche des Doktors in der Hand – Thea fand sie sehr elegant. Mrs. Kronborg belastete den Doktor mit keinerlei Ermahnungen und Belehrungen. Sie sagte noch einmal, sie hoffe, er könne für Thea eine nette Unterkunft finden, mit anständigen Betten, und sie hoffe, die Vermieterin sei eine Frau, die selbst Kinder habe. «Ich halte nicht viel davon, wenn alte Jungfern sich um junge Mädchen kümmern», bemerkte sie, als sie eine Nadel aus ihrem Hut zog und sie in Theas blauen Turban steckte. «Bestimmt wirst du im Zug deine Hutnadeln verlieren. Es ist immer besser, für alle Fälle eine mehr zu haben.» Sie schob eine kleine Locke zurück, die sich aus Theas kunstvoller Frisur gelöst hatte. «Vergiß nicht, dein Kleid oft auszubürsten, und mach es heute nacht mit Stecknadeln an den Vorhängen deiner Schlafkoje fest, damit es nicht zerknittert. Wenn du einmal naß wirst, geh gleich zu einem Schneider und lasse es bügeln, bevor es einläuft.»

Sie drehte Thea an den Schultern herum und inspizierte sie noch ein letztes Mal. Ja, sie sah sehr gut aus. Sie war eigentlich nicht hübsch – ihr Gesicht war zu breit und ihre Nase zu groß. Aber sie hatte eine wunderschöne Haut und sah frisch und rosig aus. Als Kind hatte sie immer sehr angenehm gerochen. Ihre Mutter hatte sie immer gern geküßt, wenn es ihr in den Sinn kam.

Der Zug fuhr pfeifend ein, und Mr. Kronborg trug die Segeltuchreisetasche in den Waggon. Thea küßte alle zum Abschied. Tillie weinte, aber sie war die einzige. Alle riefen ihr noch etwas durch das geschlossene Fenster des Pullmans zu, aus dem Thea zu ihnen heraussah, wie aus einem Rahmen. Ihr Gesicht glühte vor Aufregung, ihr Turban war trotz der drei Hutnadeln etwas verrutscht. Ihre neuen Handschuhe hatte sie schon ausgezogen, um sie zu schonen. Mrs. Kronborg dachte bei sich, daß dieses Bild so nie wiederkehren würde, und wischte sich eine Träne aus dem Augenwinkel, als Theas Waggon sich auf den Schienen in Bewegung setzte. «Sie wird nicht mehr als unser kleines Mädchen zu uns zurückkommen», sagte Mrs. Kronborg zu ihrem Mann, als sie sich auf den Heimweg machten. «Nun ja, sie war ein süßes Kind.»

Während die Familie Kronborg langsam nach Hause trottete, saß Thea im Pullmanwagen, die Reisetasche auf dem Nebensitz und die Handtasche fest in der Hand. Doktor Archie war in das Raucherabteil gegangen. Er nahm an, ihr sei vielleicht zum Weinen zumute und wollte sie aus Rücksicht ein wenig allein lassen. Ihre Augen füllten sich einmal mit Tränen, als sie die Sandhügel entschwinden sah und ihr klarwurde, daß sie sie nun für längere Zeit verließ. Sie erinnerten sie zudem immer an Ray. Sie hatte dort mit ihm zusammen so schöne Stunden verbracht.

Aber natürlich waren nur sie selbst und ihr Abenteuer das, was zählte. Wenn die Jugend sich selbst nicht so wichtig nähme, hätte sie nie den Mut weiterzumachen. Thea war überrascht, daß sie den Verlust ihres alten Lebens nicht schmerzlicher empfand. Es schien ihr, im Gegenteil, während sie auf die gelbe Wüste sah, die vorüberflog, als hätte sie sehr wenig zurückgelassen. Alles, was sie brauchte, schien hier im Waggon zu sein. Sie vermißte nichts. Sie fühlte sich vielmehr gefestigter und selbstsicherer als sonst. Sie spürte sich ganz – und sie spürte noch etwas anderes – in ihrem Herzen, oder war es unter ihrer Wange? Nun, es war irgendwo in ihr, eine warme Gewißheit, ein standhafter kleiner Begleiter, mit dem sie ein Geheimnis verband.

Als Doktor Archie aus dem Raucherabteil zurückkam, saß sie ruhig am Fenster und sah mit einem Lächeln hinaus, die Lippen leicht geöffnet, und ihr Haar schimmerte in der Sonne. Für den Doktor war sie in diesem Moment das schönste Mädchen, das er je gesehen hatte, und sie sah sehr lustig aus mit ihrem Reisegepäck und der großen Handtasche. Ihr Anblick machte ihn froh und zugleich auch ein wenig traurig. Er wußte, daß das Kostbare im Leben rar und leicht zu verfehlen war.

ZWEITER TEIL

Das Lied der Lerche

I

Thea und Doktor Archie waren nun schon vier Tage aus Moonstone fort. Am Nachmittag des neunzehnten Oktober fuhren sie in einer Straßenbahn durch die trostlosen, heruntergekommenen Viertel im Norden Chicagos. Sie waren auf dem Weg zu Reverend Lars Larsen, einem Freund Mr. Kronborgs, dem er geschrieben hatte. Thea war immer noch im Y. W. C. A., dem «Christlichen Wohnheim für junge Frauen», untergebracht, wo sie sich sehr unglücklich fühlte und Heimweh bekam. Die Verwalterin sah sie in einer Weise an, daß ihr unbehaglich wurde. Bisher war es ihnen nicht sehr gut ergangen. Lärm und Trubel der Großstadt ermüdeten und entmutigten sie. Sie hatte ihren Koffer noch nicht in das Wohnheim bringen lassen, weil sie die Transportkosten nicht zweimal bezahlen wollte, aber nun wurden die Kosten für die Gepäckaufbewahrung immer höher. Der Inhalt ihrer grauen Reisetasche wurde immer unordentlicher, und es schien unmöglich, in Chicago Gesicht und Hände sauberzuhalten. Sie fühlte sich, als sei sie noch immer im Zug, als hätte sie zu wenig Kleider mitgenommen, um sauber zu bleiben. Sie brauchte ein frisches Nachthemd, es kam ihr jedoch nicht in den Sinn, sich eines zu kaufen. In ihrem Koffer waren auch andere Kleidungsstücke, die sie dringend benötigte, und sie schien noch ebenso weit davon entfernt, eine Bleibe zu finden, wie an dem regnerischen Morgen ihrer Ankunft, der ihr alle Illusionen nahm.

Doktor Archie hatte sofort seinen Freund Hartley Evans, den Halsspezialisten, aufgesucht und ihn gebeten, ihm einen guten Klavierlehrer und eine gute Pension zu empfehlen. Doktor Evans sagte, es sei überhaupt kein Problem, ihm den besten Klavierlehrer in Chicago zu nennen, aber die meisten Studentenpensionen seien «entsetzliche Absteigen, wo die Mädchen an Leib und Seele Schaden erleiden». Trotzdem gab er Doktor Archie etliche Adressen, und der Doktor sah sich die Häuser an. Er ließ Thea in ihrem Zimmer zurück, da sie ihm müde schien und so gar nicht mehr sie selbst war. Was er bei der Inspizierung der Pensionen sah, war nicht gerade ermutigend. Das einzige, das ihm überhaupt akzeptabel schien, war belegt, und die Besitzerin hätte Thea ohnehin kein Zimmer anbieten können, in dem ein Klavier Platz gefunden hätte. Sie sagte, Thea könnte das Klavier in ihrem Salon benutzen; aber während Doktor Archie sich den Salon ansah, saß auf einem der Ecksofas ein Mädchen, das sich mit einem jungen Mann unterhielt. Als er erfuhr, daß die Hausbewohnerinnen alle ihre Besucher in diesem Raum empfingen, mußte er einsehen, daß auch dieses nicht in Frage kam.

Als sie sich also an dem verabredeten Nachmittag auf den Weg zu Mr. Larsen machten, war die Wohnungsfrage noch immer ungeklärt. Die Schwedische Reformkirche befand sich in einer morastigen, unkrautüberwucherten Gegend. Die Kirche selbst war ein kleines, sehr sauberes Gebäude. Das Pfarrhaus nebenan sah schmuck und gemütlich aus und stand inmitten eines gepflegten, von einem Lattenzaun umgebenen Gartens. Thea sah mehrere kleine Kinder, die unter einer Schaukel spielten, und fragte sich, warum wohl alle Pfarrer so viele Kinder hatten. Als sie an der Tür des Pfarrhauses klingelten, öffnete ihnen ein schwedisches Dienstmädchen mit aufgewecktem Gesicht und sagte, das Pfarrbüro sei in der Kirche und Mr. Larsen erwarte sie dort.

Mr. Larsen empfing sie sehr herzlich. Die Möbel in seinem Büro waren so neu und die Bilderrahmen so wuchtig, daß Thea fand, es hätte mehr Ähnlichkeit mit dem eleganten Wartezimmer des Zahnarztes in Denver, zu dem Doktor Archie diesen Sommer mit ihr gefahren war, als mit einem Pfarrbüro. Auf dem Schreibtisch stand sogar eine Glasvase mit Blumen. Mr. Larsen war ein kleiner, untersetzter Mann mit einem kurzgeschnittenen blonden Bart, außerordentlich weißen Zähnen und einer kleinen Stupsnase, auf der eine Brille mit Goldrand saß. Er sah aus wie fünfunddreißig, hatte aber bereits den Ansatz einer Glatze. Sein feines Haar trug er über dem linken Ohr gescheitelt und kunstvoll über die kahle Stelle auf seinem Schädel gekämmt. Er wirkte fröhlich und liebenswürdig. Er trug eine blaue Jacke ohne Manschetten.

Nachdem Doktor Archie und Thea auf dem glatten Ledersofa Platz genommen hatten, fragte Mr. Larsen nach Theas Plänen. Doktor Archie erklärte, sie habe vor, bei Andor Harsanyi Klavierunterricht zu nehmen, sei auch schon bei ihm gewesen, um ihm vorzuspielen, und er sei gerne bereit, Thea zu unterrichten.

Mr. Larsen zog die blassen Augenbrauen hoch und rieb seine kleinen, dicken Hände. «Aber er ist doch Konzertpianist. Er wird sehr teuer sein.»

«Darum möchte Miss Kronborg nach Möglichkeit eine Stelle in einer Kirche annehmen. Ihr Geld reicht ihr nicht über den Winter. Es hat keinen Sinn, daß sie den weiten Weg von Colorado macht, um dann bei einem zweitklassigen Lehrer Unterricht zu nehmen. Meine Freunde hier sagten mir, Harsanyi sei der beste.»

«Oh, das ist anzunehmen! Ich habe ihn zusammen mit Thomas spielen gehört. Ihr aus dem Westen geht immer gleich in die vollen. Es gibt ein halbes Dutzend Lehrer, die bestimmt ganz... Nun, wie dem auch sei, das müssen Sie selbst wissen.» Mr. Larsen gab seiner Verachtung für solch extravagante Vorstellungen durch ein Schulterzucken Ausdruck. Er spürte, daß Doktor Archie Eindruck machen wollte. In der Tat war es ihm gelungen, daß Doktor Archie sich von seiner förmlichsten Seite zeigte. Mr. Larsen fuhr fort zu erklären, daß er selbst für die Musik in seiner Kirche zuständig war und auch die Chorproben leitete, obgleich der offizielle Chorleiter der Tenor war. Bedauerlicherweise war im Moment in seinem Chor keine Stelle frei. Er hatte vier Stimmen, sehr gute sogar. Er wandte den Blick von Doktor Archie ab und sah Thea an. Sie wirkte besorgt, ja sogar ein wenig ängstlich, als er das sagte, und zog die Unterlippe ein. Mit Sicherheit war sie nicht so wie ihr Beschützer. Er betrachtete sie eingehend. Sie saß breitbeinig auf der Couch, die behandschuhten Hände steif in den Schoß gelegt, ein richtiges Landkind. Ihr Turban, der etwas zu groß für sie schien, war durch den Wind verrutscht – in diesem Teil von Chicago war es immer windig –, und sie sah müde aus. Einen Schleier trug sie nicht, so daß ihr Haar weder gegen Wind noch gegen Schmutz geschützt war. Als er sagte, er hätte alle Stimmen besetzt, bemerkte er, daß sie ihre Hände fest zusammenpreßte. Mr. Larsen sagte sich, daß sie für die großspurige Art des Hausarztes ihres Vaters schließlich nichts konnte; daß sie noch nicht einmal für ihren Vater etwas konnte, den er als einen langweiligen Zeitgenossen in Erinnerung hatte. Als er ihr müdes, besorgtes Gesicht betrachtete, tat sie ihm plötzlich leid.

«Trotzdem würde ich gerne Ihre Stimme ausprobieren», sagte er, indem er sich betont von ihrem Begleiter abwandte. «Ich bin an Stimmen interessiert. Können Sie zur Violine singen?»

«Ich denke schon», antwortete Thea matt. «Ich weiß es nicht. Ich habe es noch nie versucht.»

Mr. Larsen nahm seine Geige aus dem Kasten und begann sie zu stimmen. «Am besten gehen wir in den Unterrichtsraum und sehen, wie es geht. Ich kann eine Stimme mit Orgelbegleitung nicht richtig einschätzen. Die Geige ist das richtige Instrument, wenn man eine Stimme beurteilen will.» Er öffnete eine Tür im hinteren Teil seines Büros, schob Thea sanft hindurch und sagte zu Doktor Archie, dem er einen raschen Blick über die Schulter zuwarf: «Entschuldigen Sie uns, Sir. Es wird nicht lange dauern.»

Doktor Archie mußte sich das Lachen verkneifen. Alle Pfarrer waren gleich, beflissen und immer außerordentlich würdevoll. Sie hatten lieber mit Frauen und Mädchen zu tun als mit Männern. Er nahm ein dünnes Bändchen vom Schreibtisch des Pfarrers. Belustigt stellte er fest, daß es sich bei dem Buch um «Fromme und erbauliche Verse» von Mrs. Aurelia S. Larsen handelte. Während er es durchblätterte, dachte er, wie wenig sich doch die Welt veränderte. Er erinnerte sich, daß schon zu seines Vaters Zeit die Frau des Pfarrers ein Gedichtbändchen veröffentlicht hatte, das alle Kirchenmitglieder kaufen mußten und alle Kinder lesen sollten. Sein Großvater hatte nur verächtlich auf das Buch geblickt und «Du armer Kerl!» zu ihm gesagt. Die beiden Damen hatten offensichtlich auch dieselben Themen gewählt: Jetphes Tochter, Rizpa, Davids Trauer um Absalom usw. Der Doktor schmunzelte.

Reverend Lars Larsen war ein traditionsgebundener Schwede. Sein Vater war um 1860 nach Iowa gekommen und hatte eine junge Schwedin geheiratet, die ebenso ehrgeizig war wie er selbst. Sie waren nach Kansas gezogen, wo sie im Rahmen des Besiedlungsprogramms der Regierung Land zugeteilt bekamen. Später hatten sie selbst noch mehr Land dazugekauft oder vom Staat gepachtet und jede Möglichkeit genutzt, ihr Anwesen zu vergrößern. Wie Pferde arbeiteten sie, ja, sie hätten kein Pferd so geschunden wie sich selbst. Sie zogen eine große Familie auf und forderten ihre Söhne und Töchter ebenso erbarmungslos. Alle außer Lars. Lars war der vierte Sohn und ein geborener Faulpelz. Es war, als leide er unter der Überanstrengung seiner Eltern. Schon in der Wiege war er ein Beispiel an Trägheit; nichts tat er lieber als still dazuliegen. Als er heranwuchs, mußte seine Mutter ihn jeden Morgen aus dem Bett zerren. Seinen Pflichten kam er nur gezwungenermaßen nach. Was die Anwesenheit im Unterricht betraf, war sein Zeugnis mustergültig, denn es war ihm angenehmer, in die Schule zu gehen, als auf dem Hof mitzuarbeiten. Er war der einzige in der Familie, der die höhere Schule bis zur letzten Klasse besuchte, und als er schließlich die Abschlußprüfung hinter sich hatte, stand sein Entschluß fest, Theologie zu studieren, denn das schien ihm der Berufszweig zu sein, in dem man sich am wenigsten anstrengen mußte. Nach seiner Einschätzung war es das einzige Geschäft, das praktisch frei von Wettbewerbsdenken war und in dem man sich nicht ständig mit Leuten zu messen brauchte, die bereit waren, sich totzuarbeiten. Sein Vater widersetzte sich Lars' Plan hartnäckig, aber nachdem der Junge ein Jahr lang zu Hause gelebt hatte, erkannte er, wie unnütz er auf dem Hof war, und schickte ihn ins Priesterseminar – sowohl damit die Nachbarn nicht merkten, wie faul er war, als auch, weil er nicht wußte, was er sonst mit ihm anfangen sollte.

Larsen machte, wie Peter Kronborg, seinen Weg als Pfarrer, weil er gut mit Frauen umgehen konnte. Sein Englisch stand hinter dem der meisten jungen Pfarrer amerikanischer Abstammung keineswegs zurück, und er nutzte seine Begabung für die Geige so gut er konnte. Es war seine Aufgabe, einen positiven Einfluß auf Jugendliche auszuüben, um sie für die Mitarbeit in der Kirche zu gewinnen. Er heiratete eine

Amerikanerin, und als sein Vater starb, erhielt er seinen Anteil am elterlichen Besitz – der ganz beträchtlich war. Das Geld investierte er sehr umsichtig und war damit einer der wenigen finanziell unabhängigen Pfarrer. Seine weißen, gepflegten Hände waren sein eigenes Verdienst – der Beweis dafür, daß es ihm gelungen war, in seinem eigenen Sinne ein erfolgreiches Leben zu führen. Seine Brüder in Kansas haßten seine Hände.

Larsen hatte eine Vorliebe für die angenehmen Dinge des Lebens – soweit er sie kennengelernt hatte. Morgens schlief er lange, war wählerisch, was das Essen betraf, und las ungeheuer viele Romane, mit Vorliebe sentimentale. Er rauchte nicht, lutschte jedoch Mengen von «Hustendrops» und hatte stets eine Schachtel mit Schokoladenbonbons in der rechten oberen Schublade seines Schreibtisches. Er nahm immer ein Abonnement für die Symphoniekonzerte und spielte selbst bei kulturell interessierten Damenkränzchen Geige. Manschetten trug er nie, ausgenommen an Sonntagen, da er überzeugt war, ein freies Handgelenk sei günstiger für das Geigespielen. Wenn er den Chor dirigierte, spreizte er den kleinen Finger und den Zeigefinger etwas weiter ab, als die beiden mittleren, wie er es bei einem berühmten deutschen Dirigenten gesehen hatte. Im großen und ganzen war Reverend Larsen kein unaufrichtiger Mann. Sein Leben war ausgefüllt von Ruhe und Spiel, wodurch er die Zeit wieder aufholte, die seine Vorfahren mit Umgraben vertan hatten. Er hatte ein einfaches Gemüt und ein gutes Herz, eine Schwäche für Süßigkeiten und liebte seine Kinder und Kantaten. Er konnte sich mit großem Ernst für fast jedes Spiel begeistern.

Doktor Archie war tief in die «Klage Maria Magdalenas» versunken, als Mr. Larsen und Thea ins Arbeitszimmer zurückkehrten. Aus dem Gesichtsausdruck des Pfarrers schloß er, daß es Thea gelungen war, sein Interesse an ihr zu wecken.

Mr. Larsen schien die Feindseligkeit, mit der er ihm begegnet war, vergessen zu haben, und richtete sofort das Wort an ihn. Mit der Geige in der Hand blieb er stehen und wies mit dem Bogen auf Thea, während sie sich setzte:

«Ich habe Miss Kronborg eben schon gesagt, daß ich ihr zwar nichts Festes versprechen kann, aber ihr etwas für die nächsten Monate geben könnte. Die Sopranistin ist jung verheiratet und fühlt sich momentan nicht wohl. Sie wäre froh, von ihren Verpflichtungen eine Zeitlang entbunden zu sein. Miss Kronborg singt sehr schön. Ich denke, die Chorstunden bei mir werden ihrer Stimme bestimmt guttun. Hier zu singen kann ihr leicht alle möglichen anderen Wege ebnen. Wir bezahlen unserer Sopranistin an den Sonntagen acht Dollar, aber sie bekommt für jede Beerdigung, bei der sie singt, zehn Dollar. Miss Kronborg hat eine gefühlvolle Singstimme, und man wird sie bestimmt häufig für Beerdigungen haben wollen. Einige Pfarreien wenden sich an mich, wenn sie zu solchen Anlässen einen Solisten suchen, und ich könnte ihr behilflich sein, auf diese Weise etwas Geld zu verdienen.»

Für Doktor Archie schienen das triste Aussichten zu sein, denn er hatte, wie viele Ärzte, eine Abneigung gegen Beerdigungen, doch er bemühte sich, erfreut zu wirken, als er diesen Vorschlag annahm.

«Miss Kronborg erzählte mir, wie schwierig es ist, eine Unterkunft zu finden», Mr. Larsen sprach lebhaft weiter, noch immer mit der Geige in der Hand. «Ich würde ihr raten, von Pensionen überhaupt die Finger zu lassen. In meiner Gemeinde gibt es zwei deutsche Frauen, eine Mutter mit ihrer Tochter. Die Tochter hat einen Schweden geheiratet und gehört seitdem zu unserer Kirchengemeinde. Sie leben ganz in der Nähe und vermieten einige ihrer Zimmer. Im Augenblick ist dort ein großes Zimmer frei. Sie haben mich gefragt, ob ich ihnen nicht jemanden empfehlen könnte. Bisher hatten sie noch keine Kostgäste, aber Mrs. Lorch, die Mutter, ist eine gute Köchin – ich bin jedenfalls immer gern bei ihr zum Essen –, und ich glaube, sie ließe sich überreden, dieses junge Fräulein am Familientisch aufzunehmen. Die Tochter, Mrs. Andersen, ist auch musisch begabt. Sie singt im Mozart-Chor. Ich denke, die beiden würden gerne eine Musikstudentin aufnehmen. Sie sprechen doch sicherlich Deutsch, nicht wahr?» er wandte sich an Thea.

«O nein, nur einige Brocken. Die Grammatik habe ich nie gelernt», murmelte sie.

Doktor Archie fiel auf, daß in ihren Augen wieder Leben war, im Unterschied zu ihrem starren Ausdruck vom Morgen. «Wenn dieser Mensch ihr weiterhelfen kann, habe ich keinen Grund, auf ihn herabzusehen», sagte er sich.

«Würde es Ihnen denn in so einem ruhigen Haus mit älteren Leuten gefallen?» fragte Mr. Larsen. «Ich kann mir keinen besseren Ort zum Arbeiten vorstellen, wenn Sie das ernsthaft wollen.»

«Ich glaube, Mutter wäre froh, wenn ich bei solchen Leuten wohne», antwortete Thea. «Und mir ist alles recht, wenn ich nur irgendwo unterkomme. Ich verliere zuviel Zeit.»

«Also gut, dann sollten wir's nicht auf die lange Bank schieben und Mrs. Lorch und Mrs. Andersen gleich einen Besuch abstatten.»

Er legte seine Geige in den Geigenkasten und nahm seine schwarzweißkarierte Schirmmütze, die er immer trug, wenn er auf seinem Columbia-Hochrad ausfuhr. Die drei verließen gemeinsam die Kirche.

II

So kam es also, daß Thea sich doch nicht in einer Pension einmietete. Als Doktor Archie Chicago verließ, hatte sie sich bei Mrs. Lorch schon ganz gut eingelebt; daß sie glücklich ihren Koffer wieder hatte, tröstete sie etwas über seine Abreise hinweg.

Mrs. Lorch und ihre Tochter lebten eine halbe Meile von der Schwedischen Reformkirche entfernt in einem alten vierschrötigen Holzhaus, dessen Vordach auf wackligen Säulen ruhte, und das inmitten eines feuchten Gartens mit großen Fliederbüschen stand. Das Haus, ein Überbleibsel aus der Zeit, als diese Gegend noch ländlich war, hatte dringend einen neuen Anstrich nötig und wirkte inmitten der eleganten Nachbarhäuser im Queen-Anne-Stil düster und armselig. Es besaß einen großen Garten mit zwei Reihen von Apfelbäumen, einer Weinlaube und einem wackligen, zwei Bretter breiten Weg, der zu den Kohlekästen im hinteren Teil des Grundstücks führte. Theas Zimmer befand sich im zweiten Stock, mit Blick auf diesen Garten, und ihr war klar, daß sie im Winter die Kohlen und das Holz zum Anfeuern selbst von dort heraustragen mußte. Weil das Haus keine Heizung und, außer in der Küche, kein fließendes Wasser besaß, waren die Mieten niedrig. Alle Zimmer wurden durch Kohleöfen beheizt, und die Mieter pumpten sich ihr Wasser aus einer Zisterne unter der Veranda oder aus dem Brunnen am Eingang zur Weinlaube. Die alte Mrs. Lorch hatte sich nie zu kostspieligen Modernisierungsarbeiten entschließen können. Sie besaß tatsächlich nicht viel Geld und zog es deshalb vor, das Haus genauso zu belassen, wie ihr Mann es gebaut hatte. Außerdem fand sie ihren Lebensstandard völlig ausreichend für einfache Leute, wie sie es waren.

Theas Zimmer war groß genug, daß ein geliehenes Klavier

gut darin Platz fand. Es war, so sagte die verwitwete Tochter, «eigentlich ein Doppelzimmer, das früher immer zwei Herren bewohnten»; jetzt nahm das Klavier den Platz eines Mitbewohners ein. Auf dem Boden lag ein gewebter Wollteppich, grüner Efeu auf rotem Grund, die klobigen, altmodische Möbel waren aus Walnußholz. In dem sehr breiten Bett lag eine dünne, harte Matratze. Die dicken Kissen steckten in leuchtendrot bestickten Bezügen, jeder mit einem blütenumrankten Schriftzug. «Gute Nacht» stand auf dem einen und «Guten Morgen» auf dem anderen. Der Kleiderschrank war so hoch, daß Thea sich fragte, wie man ihn durch die Tür und das enge Treppenhaus heraufgebracht hatte. Außer einem alten Roßhaarsessel standen noch zwei niedrige gepolsterte Plüschschaukelstühle, über deren ausladende Kufen man im Dunkeln immer stolperte. Thea saß in diesen ersten Wochen häufig im Dunkeln, und so manches Mal packte sie nach einem schmerzhaften Zusammenstoß mit einer dieser leidigen Kufen die Wut, wodurch sie wenigstens vorübergehend aus ihrer düsteren Stimmung gerissen wurde. Die Tapete war bräunlichgelb mit blauen Blümchen. Man hatte sie bestimmt ohne jede Rücksicht auf den Teppich ausgesucht. Als Thea einzog, gab es nur ein einziges Bild an der Wand: einen großen Farbdruck, der eine hellerleuchtete Kirche in einem Schneesturm an Heiligabend zeigte, deren Portal und Fensterbogen mit Tannenzweigen geschmückt waren. Das Bild hatte etwas Warmes und Anheimelndes, und Thea mochte es mit der Zeit sehr gerne. Eines Tages hielt sie auf ihrem Weg in die Stadt zum Unterricht an einer Buchhandlung an und kaufte eine Photographie der Büste von Julius Cäsar, die in Neapel stand. Sie ließ sie rahmen und hängte sie an die große kahle Wand, vor der ihr Ofen stand. Sie hatte eine seltsame Wahl getroffen, aber schließlich war sie in einem Alter, in dem die Menschen unerklärliche Dinge tun.

Cäsars «Denkschriften» hatten sie sehr interessiert, als sie die Schule verließ und anfing zu unterrichten, und sie las mit Begeisterung Lebensbeschreibungen großer Generäle; aber auch das würde kaum erklären, warum sie tagaus, tagein diesen grimmigen Kahlkopf vor sich haben wollte. Der Einfall schien um so sonderbarer, als sie sich äußerst selten etwas kaufte und, wie Mrs. Andersen zu Mrs. Lorch bemerkte, «kein einziges Bild von einem Komponisten» besaß.

Die beiden Witwen waren freundlich zu ihr, aber Thea mochte die Mutter lieber. Die alte Mrs. Lorch war dick und fröhlich, mit einem roten Gesicht, das immer glühte, als hätte sie neben dem Ofen gesessen, helle Äuglein und verschiedenfarbiges Haar. Das eigene war von einer Art Eisengrau, ihr falscher Zopf hatte eine andere Schattierung und das Haarteil über der Stirn wieder eine andere. Ihre Kleider rochen immer nach guter Küche, es sei denn, sie hatte sich für die Kirche oder den Kaffeeklatsch feingemacht. Dann roch sie nach Bayrum-Haarwaschmittel oder nach Zitronenkraut, mit dem sie ihre ausgebeulten schwarzen Glacéhandschuhe ausstopfte. Ihre Kochkunst hielt alles, was Mr. Larsen versprochen hatte. Thea war noch nie so gut versorgt worden.

Die Tochter, Mrs. Andersen – ihre Mutter nannte sie Irene – war ein völlig anderer Frauentyp. Sie war vielleicht vierzig Jahre alt, knochig, kräftig gebaut, mit hageren Gesichtszügen, hellblauen Augen und strohigem blondem Haar mit feingekräuselten Ponyfransen. Sie war blaß, anämisch und sentimental. Sie hatte den jüngsten Sohn einer reichen und standesbewußten schwedischen Familie geheiratet, die in St. Paul eine Holzhandlung betrieb. Dort lebte sie während ihrer Ehe. Oscar Andersen war ein kräftiger, lebensfroher Mann, der glaubte, ein langes Leben vor sich zu haben, und der sich wenig um seine Geschäfte kümmerte. Er kam bei der Explosion eines Dampfkessels im Sägewerk ums Leben, und

seine Brüder schafften es zu beweisen, daß er nur einen kleinen Anteil am großen Unternehmen besessen hatte. Seine
Heirat hatten sie aufs schärfste mißbilligt und waren sich
darin einig, die Witwe zu Recht vom Erbe ausgeschlossen zu
haben, da sie, wie sie meinten, «sowieso nur wieder heiraten
und ihren Anteil irgendeinem Kerl nachwerfen würde». Mrs.
Andersen wollte nicht gerichtlich gegen die Familie vorge-
hen, die sie immer geschnitten und gekränkt hatte – sie litt
mehr unter der Demütigung, hinausgeworfen worden zu
sein, als unter ihrer drohenden Armut. Also ging sie zurück
nach Chicago, wo sie mit ihrer verwitweten Mutter von
fünfhundert Dollar im Jahr lebte. Diese Erfahrung hatte
ihrem sensiblen Wesen einen schweren Schlag versetzt, und
sie begann innerlich zu welken. Sie hielt ihren Kopf immer
etwas gesenkt; ihr Schritt war selbst im Hause ihrer Mutter
leise und zaghaft, und ihr Lächeln war, wie man es oft bei
Menschen sieht, die tiefe Demütigungen ertragen mußten,
matt und unsicher. Sie war leutselig und zugleich in sich
gekehrt, wie jemand, der einen gesellschaftlichen Abstieg
erlebt hat, der einmal bessere Kleidung, bessere Teppiche,
besseren Umgang und bessere Aussichten gewöhnt war. Ihr
Mann war im Familiengrab der Andersens in St. Paul begraben, das von einem geschlossenen Eisenzaun umgeben war.
Sie mußte zu seinem ältesten Bruder gehen und ihn um den
Schlüssel bitten, als sie ihren Abschiedsbesuch am Grab
machen wollte. Sie blieb weiterhin ein Mitglied der Schwedi-
schen Kirche, weil es die Kirche ihres Mannes gewesen war.
Da ihre Mutter keinen Platz für ihren Hausrat hatte, brachte
Mrs. Andersen nur ihre Schlafzimmereinrichtung mit. Da-
mit hatte sie jetzt ihr eigenes Zimmer im Haus von Mrs.
Lorch möbliert. Dort hielt sie sich die meiste Zeit auf, machte
Handarbeiten oder schrieb Briefe an mitfühlende deutsche
Freunde in St. Paul, umgeben von Erinnerungsstücken und

Photographien des stattlichen Oscar Andersen. Thea fragte sich – wie einst die Familie Andersen – jedesmal, wenn sie diesen Raum betreten durfte und die Photos gezeigt bekam, was diesen lebensfrohen, gutaussehenden Mann zu dieser blassen Frau mit den langgezogenen Wangen hingezogen hatte, die sich immer nur abkapselte und selbst als junges Mädchen recht blutleer gewesen sein mußte.

Mrs. Andersen war jemand, dessen Gegenwart einen bedrückte. Manchmal fiel sie Thea lästig, wenn sie unterwürfig an ihre Tür klopfte, ihr haspelig erklärte, warum sie gekommen war, und dabei in Richtung Treppe zurückwich. Mrs. Andersen bewunderte Thea grenzenlos. Sie hielt es für eine Auszeichnung, selbst nur die «Vertretung der Sopranistin» – Thea nannte sich so mit vollem Ernst – in der Schwedischen Kirche zu sein. In ihren Augen war es auch eine besondere Ehre, Schülerin von Harsanyi zu sein. Sie fand Thea sehr hübsch, sehr schwedisch und sehr begabt. Immer wenn Thea übte, machte sie sich im oberen Stockwerk zu schaffen. Kurz, sie wollte sie zu ihrer Heldin machen, genau wie früher Tillie Kronborg, und Thea spürte es. Wenn sie arbeitete und Mrs. Andersen auf Zehenspitzen vorbeischleichen hörte, schüttelte sie gewöhnlich den Kopf und fragte sich, warum sie ständig von irgendeiner Tillie verfolgt wurde.

Ein Besuch bei der Schneiderin ließ ihr die Ähnlichkeit von Mrs. Andersen und Tillie noch weit schmerzlicher bewußt werden. Nach dem ersten Sonntag in Mr. Larsens Chor sah Thea, daß sie kein geeignetes Kleid für den Vormittagsgottesdienst besaß. Ihr Ausgehkleid aus Moonstone mochte für den Abend gut sein, aber sie brauchte noch ein Kleid, das dem Tageslicht standhielt. Da sie in Chicago natürlich keinen Schneider kannte, ließ sie sich von Mrs. Andersen zu einer Deutschen bringen, die sie ihr wärmstens empfahl. Diese Schneiderin war eine leicht erregbare, theatralische

Person. Konzertgarderobe, sagte sie, sei ihre Spezialität. In ihrem Anproberaum hingen Photos von Sängerinnen in den Kleidern, die sie ihnen für dieses oder jenes «Sängerfest» genäht hatte. Sie und Mrs. Andersen brachten mit vereinten Kräften ein Kostüm zustande, das Tillie Kronborgs Herz erfreut hätte. Für eine Vierzigjährige mit aufdringlichem Geschmack wäre es perfekt gewesen. Von jeder nur erdenklichen Stoffart schien irgendwo ein Stückchen verwendet. Als es ihr gebracht wurde und ausgebreitet auf ihrem breiten Bett lag, ließ Thea den Blick darübergleiten und mußte sich eingestehen, daß das Ergebnis abscheulich war. Aber ihr Geld war weg, und es blieb ihr nichts anderes übrig, als das beste aus dem Kleid zu machen. Sie zog es ausschließlich zum Singen an, als wäre es eine unvermeidbare Uniform. Als Mrs. Lorch und Irene ihr sagten, sie sehe darin aus «wie ein kleiner Paradiesvogel», biß Thea die Zähne zusammen und murmelte Ausdrücke in sich hinein, die sie bei Joe Giddy und Chicano-Johnny aufgeschnappt hatte.

Thea hatte in diesen beiden gutherzigen Frauen treue Freundinnen gefunden. In ihrem Haus fand sie die Ruhe und den Frieden, die ihr halfen, den großen Ereignissen dieses Winters standzuhalten.

III

Andor Harsanyi hatte noch nie eine Schülerin wie Thea Kronborg gehabt, keine, die so intelligent und zugleich so unwissend war. Als Thea zu ihrer ersten Klavierstunde zu ihm kam, kannte sie weder ein Stück von Beethoven noch eine einzige Komposition von Chopin. Nur die Namen hatte sie schon gehört. Wunsch war einmal ein begabter Musiker gewesen, aber das war lange bevor er nach Moonstone kam, und als er auf Thea aufmerksam wurde, war nicht mehr viel davon übrig. Durch ihn hatte Thea Gluck und Bach kennengelernt, und er hatte ihr auch einige Stücke von Schumann vorgespielt. In seiner Truhe lagen die zerfledderten Noten der fis-moll-Sonate. Er hatte sie bei einer Festlichkeit in Leipzig gehört, von Clara Schumann gespielt. Wenngleich er sehr viel von seinem früheren Können verloren hatte, spielte er seiner Schülerin diese Sonate doch hin und wieder vor, und es gelang ihm, ihr eine Vorstellung davon zu vermitteln, wie schön sie war. In Wunschs Jugend war es äußerst gewagt, sich für Schumanns Werke zu begeistern. Es wurde als eine Art jugendlicher Verirrung angesehen. Vielleicht konnte Wunsch sich deshalb so gut an ihn erinnern.

Thea hatte einige der «Kinderszenen» gespielt und einige kleinere Sonaten von Mozart und Clementi. Aber meistens blieb Wunsch bei Czerny und Hummel.

Harsanyi fand in Thea eine Schülerin mit ruhigen, kraftvollen Händen, die sicher und gewandt Noten lesen konnte und die – das fühlte er – hochbegabt war. Aber sie war noch ungeformt, ihre Leidenschaft für die Musik war noch nicht geweckt worden. Sie hatte noch niemals ein Symphonieorchester gehört. Klaviermusik war für sie eine unbekannte Welt. Er fragte sich, wie sie sich so sehr hatte anstrengen können, ohne die Richtung zu kennen, in die diese Anstrengungen gingen. Sie war nach der alten Stuttgarter Methode unterrichtet worden: starrer Rücken, starre Ellbogen und eine sehr strikte Handhaltung. Das beste an ihrer Vorbildung war, daß sie einen ungewöhnlichen Arbeitseifer entwickelt hatte. Ihm fiel sofort auf, wie sie mit Schwierigkeiten umging. Sie stürmte darauf los, als stände sie Feinden gegenüber, die sie seit langem verfolgte, packte sie an, als seien diese Schwierigkeiten nur für sie bestimmt und sie für diese Schwierigkeiten. Was sie gut meisterte, wurde zu einer

Selbstverständlichkeit. Ihr Eifer appellierte an die Ritterlichkeit des jungen Ungarn. Man konnte nicht anders als einem Menschen zu Hilfe zu kommen, der mit so vielem fertig werden mußte und so hart dafür kämpfte. Immer wieder sagte er zu seiner Frau, eine Stunde mit Miss Kronborg koste ihn mehr Kraft als ein halbes Dutzend mit anderen Schülern. Im allgemeinen überzog er ihren Unterricht großzügig; er verlegte ihre Stunde, damit dies überhaupt möglich war, und teilte sie oft als letzte eines Tages ein, so daß er anschließend noch mit ihr reden und ihr etwas vorspielen konnte, an dem er gerade arbeitete. Es war immer sehr interessant, ihr vorzuspielen. Manchmal war sie so still, daß er sich, wenn sie ging, fragte, ob es ihr überhaupt etwas gegeben hatte. Aber eine oder sogar zwei Wochen später konnte sie seine Interpretation in einer für ihn ergreifenden Weise wiedergeben.

All dies war für Harsanyi sehr gut und anregend. Es war eine wohltuende Abwechslung im Unterrichtstrott. Aber für Thea Kronborg war dieser Winter fast mehr, als sie verkraften konnte. Es sollte der glücklichste, aufregendste und traurigste Winter in ihrem Leben werden. Alles stürmte zu schnell auf sie ein – und sie war nicht genügend darauf vorbereitet.

Manchmal kam es vor, daß sie nach einer Klavierstunde nach Hause kam, sich aufs Bett warf und einen Haß auf Wunsch und ihre Familie verspürte, die ganze Welt haßte, die sie so unwissend hatte aufwachsen lassen, daß sie sich wünschte, auf der Stelle tot zu sein, um neu geboren werden zu können und noch einmal von vorne anzufangen. Einmal sagte sie mitten in einem bitteren Kampf etwas in dieser Art zu ihrem Lehrer. Harsanyi sah sie mit seinem wundervollen Auge an – er hatte ein Auge verloren, war aber dennoch ein gutaussehender Mann – und sagte langsam: «Jeder Künstler erschafft sich selbst. Diese zweite Geburt ist sehr viel mühsamer als die erste und dauert wesentlich länger. Ihre Mutter hat Sie nicht als Pianistin zur Welt gebracht. Sie selbst müssen sich dafür anstrengen.»

Das tröstete Thea vorübergehend, denn es schien ihr noch eine Chance zu lassen. Doch ihre Niedergeschlagenheit überwog bei weitem. Ihre Briefe an Doktor Archie waren kurz und förmlich. Sie war nicht in der Verfassung zu plaudern, auch nicht, wenn sie mit Menschen zusammen war, die sie mochten und aufheiterten, und ein Brief im Plauderton war ihr schlichtweg unmöglich. Machte sie einmal den Versuch, ihm etwas Konkretes über ihre Arbeit mitzuteilen, strich sie es sofort wieder durch, weil sie es nur teilweise zutreffend oder völlig verkehrt fand. Nichts, das sie über ihren Unterricht sagen konnte, schien ihr uneingeschränkt richtig, nachdem sie es aufs Papier gebracht hatte.

Eines Spätnachmittags, als sie schon völlig erschöpft war und dennoch bis in den Abend hinein weiterarbeiten wollte, schlug Harsanyi, ebenfalls sehr müde, die Hände über dem Kopf zusammen und lachte. «Heute nicht mehr, Miss Kronborg. Diese Sonate wird es noch eine Weile geben: sie läuft Ihnen nicht weg. Auch wenn wir beide morgen nicht mehr aufwachen sollten, sie wird immer noch da sein.»

Thea wandte sich wütend zu ihm um. «Nein, das wird sie nicht, wenn ich sie nicht kann – für mich jedenfalls nicht», rief sie leidenschaftlich aus. «Nur was ich in meinen beiden Händen habe, ist für mich wirklich da!»

Harsanyi antwortete ihr nicht. Er holte tief Luft und setzte sich wieder. «Jetzt den zweiten Satz, ruhig, die Schultern locker lassen.»

Es gab auch Stunden großer Begeisterung, wenn sie in Hochform war, in dem aufging, was sie tat, und davon vollkommen ausgefüllt war. Es gab aber auch Zeiten, in denen sie nichts zustande brachte, wenn sie von vielerlei Gedanken gequält wurde, die wie eine ganze Armee über sie herfielen, so daß sie das Gefühl hatte, sie müsse unter ihnen verbluten. Manchmal kam sie am Abend nach einer Klavierstunde so erschöpft nach Hause, daß sie nicht einmal mehr fähig war, zu Abend zu essen. Wenn sie sich dennoch zum Essen zwang, wurde ihr anschließend übel. Gewöhnlich warf sie sich dann aufs Bett und lag im Dunkeln, ohne zu denken, ohne Gefühl, in einem Zustand der Auflösung. Mitten in einer solchen Nacht konnte sie ruhig und erholt aufwachen und im Geiste ihre Arbeit durchgehen, die einzelnen Passagen schienen sich von selbst zu formen und im Dunkeln Gestalt anzunehmen. Sie hatte nie gelernt, an den Stücken weiterzuarbeiten, ohne am Klavier zu sitzen, bis sie zu Harsanyi kam, und diese Fähigkeit half ihr mehr, als irgend etwas zuvor.

Sie arbeitete nun fast nie mehr mit der gleichen Wonne und Befriedigung wie in ihren Klavierstunden bei Wunsch – «wie ein dickes, fettes Pferd in einer Tretmühle», sagte sie sich bitter. Damals hatte sie immer geschafft, was sie sich vorgenommen hatte, wenn sie sich nur lange genug daran versuchte. Jetzt dagegen gelang ihr nichts von alldem, worum sie sich bemühte, ein «cantabile», wie Harsanyi es spielte zum Beispiel, anstatt ihres eigenen schwerfälligen Spiels. Es half nichts, ihr zu sagen, daß sie es vielleicht in zehn Jahren erreichen würde. Sie wollte es sofort. Sie fragte sich, wie sie je etwas anderes hatte interessant finden können: Bücher, «Anna Karenina» – das alles schien so unwirklich und am Eigentlichen vorbeizugehen. Sie war wohl nicht zur Musikerin geboren, sagte sie sich; es gab keine andere Erklärung.

Manchmal wurde sie am Klavier so nervös, daß sie aufstand, ihren Hut und Umhang ergriff, das Haus verließ und im Eilschritt durch die Straßen lief, wie einst Christian in Bunyans «Pilgrim's Progress» als er aus der Stadt der Zerstörung floh. Und während sie durch die Nacht rannte, liefen ihr die Tränen über das Gesicht. Es gab kaum eine Straße in der Umgebung, die sie nicht weinend auf und ab gegangen wäre, bevor der Winter vorüber war. Die Wärme, die sie in ihren Wangen gefühlt hatte und die so fest über ihrem Herzen lag, als sie an jenem Herbstmorgen die Sandhügel hinter sich ließ, hatte sie längst verlassen. Sie war nach Chicago gekommen, um sie noch stärker zu spüren, nun war sie dahin, und übrig blieb nur eine schmerzliche Sehnsucht, eine Verzweiflung, gegen die sie nicht ankam.

Harsanyi wußte, daß seine interessante Schülerin – «die wilde Blonde», wie einer seiner männlichen Schüler sie nannte – manchmal zutiefst unglücklich war. Er sah ihre Unzufriedenheit als eine wunderliche Eigenart an. Dabei hätte ein so intelligentes Mädchen mit soviel Gefühl für die Musik, mit derart geübten Augen und Händen überglücklich sein müssen, wenn man es auf diese Weise in die Welt der großen Klaviermusik einführte. Aber er begriff bald, daß ihr die eigene Armut in der reichen Welt, die er ihr eröffnete, nur um so deutlicher zu Bewußtsein kam. Oft, wenn er ihr vorspielte, war ihr Gesicht ein Bild unbändigen Jammers. Sie saß meist vornübergebeugt, die Ellbogen auf die Knie gestützt, mit zusammengezogenen Augenbrauen, und die graugrünen Augen zu Schlitzen verengt, zu Nadelspitzen kalten, stechenden Lichts. Manchmal mußte sie beim Zuhören laut schlucken, zwei- oder dreimal hintereinander, ließ nervös die Augen von rechts nach links wandern und zog die Schultern zusammen. «So, als fühle sie sich beobachtet», dachte er, «oder als wäre sie nackt und hörte jemanden kommen.»

Andererseits war sie die Male, als sie Mrs. Harsanyi und die beiden Kinder besucht hatte, wie ein kleines Mädchen gewesen, vergnügt, fröhlich und versessen darauf, mit den

Kindern zu spielen, die sie liebten. Die kleine Tochter, Tanya, griff gern in Miss Kronborgs blondes Haar, tätschelte es und sagte dabei: «Puppi, Puppi», denn diese Farbe sah man häufiger an Puppen als an Menschen. Aber wenn Harsanyi den Klavierdeckel öffnete und zu spielen begann, zog sich Miss Kronborg nach und nach von den Kindern zurück, setzte sich in eine Ecke und wurde immer mürrischer und unruhiger. Auch Mrs. Harsanyi bemerkte es und fand ihr Benehmen sonderbar.

Harsanyi wunderte sich außerdem über Theas offensichtlichen Mangel an Neugier. Er bot ihr immer wieder Konzertkarten an, aber sie sagte jedesmal, sie sei zu müde oder es tue ihr nicht gut, so lange aufzubleiben. Harsanyi wußte nicht, daß sie in einem Chor war und oft bei Beerdigungen singen mußte, ebensowenig war ihm bewußt, wie sehr sie die Arbeit mit ihm aufwühlte und anstrengte. Einmal rief er sie zurück, als sie gerade sein Musikzimmer verlassen wollte, und bot ihr für den Abend Karten für ein Konzert von Emma Juch an, die man ihm geschickt hatte. Thea zupfte an den Fransen ihres schwarzen Plüschumhangs und erwiderte: «Ach, vielen Dank, Mr. Harsanyi, aber ich muß mir heute abend die Haare waschen.»

Mrs. Harsanyi mochte Miss Kronborg sehr. Sie sah in ihr eine Schülerin, die Harsanyi später Ehre machen würde. Sie war überzeugt, daß man ein außergewöhnlich hübsches Mädchen aus ihr machen könnte und daß sie eine Persönlichkeit war, die ein Publikum in ihren Bann zieht. Außerdem hegte Miss Kronborg keinerlei romantische Gefühle für ihren Mann. Manchmal mußte man von den Vorzeigeschülern einiges erdulden. «Ich mag dieses Mädchen», sagte sie oft, wenn Harsanyi ihr wieder einmal von ihrem merkwürdigen Verhalten erzählte. «Sie tanzt eben nicht nach jeder Pfeife. Bei ihr macht eine Schwalbe noch keinen Sommer.»

Thea erzählte ihnen sehr wenig über sich selbst. Sie war von Natur aus nicht sehr gesprächig und tat sich schwer, zu neuen Menschen Vertrauen zu fassen. Sie wußte selbst nicht warum, aber sie konnte mit Harsanyi nicht sprechen wie mit Doktor Archie oder Johnny oder Mrs. Tellamantez. Zu Mr. Larsen hatte sie ein vertraulicheres Verhältnis. Wenn sie spazierenging, besuchte sie ihn manchmal in seinem Büro und aß Süßigkeiten oder ließ sich die Handlung eines Romans erzählen, den er gerade las.

Eines Abends, Mitte Dezember, war Thea bei Harsanyi zum Abendessen eingeladen. Sie kam früh, damit noch Zeit blieb, mit den Kindern zu spielen, bevor sie zu Bett mußten. Mrs. Harsanyi nahm sie mit in ihr Schlafzimmer und half ihr beim Ablegen ihres altmodischen Häkelschals und des unförmigen Plüschcapes. Thea hatte dieses Cape in einem großen Kaufhaus erstanden und sechzehn Dollar und fünfzig Cents dafür bezahlt. Da sie früher nie mehr als zehn Dollar für einen Mantel ausgegeben hatte, kam ihr das schrecklich teuer vor. Das Cape war sehr schwer und nicht besonders warm, hatte ein auffallendes Muster mit schwarzen Kreisen und war um den Kragen und an den Rändern mit schwarzer Wollborte eingefaßt, die sich fürchterlich wellte, wenn sie in Regen oder Schnee kam. Es war mit einem Baumwollstoff gefüttert, sogenanntem «Bauernsatin». Mrs. Harsanyi war eine ungewöhnliche Frau. Während sie Thea das Cape von den Schultern nahm und auf ihr weißes Bett legte, wünschte sie, ihr Mann wäre nicht darauf angewiesen, von solchen Schülern Geld für den Unterricht zu verlangen. Thea trug ihr Festtagskleid aus Moonstone, es war aus weißem Organdy, mit einem V-Ausschnitt und Halbärmeln, dazu eine blaue Schärpe. Sie sah sehr hübsch darin aus. Um den Hals trug sie eine Kette aus hellroten Korallen und weißen Muscheln, die Ray ihr einmal aus Los Angeles mitgebracht hatte. Mrs.

Harsanyi sah auch ihre derben schwarzen Schuhe, die schon lange keine Schuhcreme mehr gesehen hatten. Der Chor stand in Mr. Larsens Kirche hinter einer Balustrade, weshalb Thea ihren Schuhen keine besondere Sorgfalt widmete.

«Ihr Haar ist sehr schön so», sagte Mrs. Harsanyi freundlich, als Thea sich zum Spiegel drehte. «Wie es auch liegt, es sieht immer hübsch aus. Ich bewundere es genausosehr wie Tanya.»

Thea sah verlegen weg und blickte starr geradeaus, aber Mrs. Harsanyi wußte, daß sie sich darüber freute. Sie gingen durch das Musikzimmer in das Wohnzimmer, wo die beiden Kinder auf einem großen Teppich vor dem Kohleofen spielten. Andor, der Junge, war sechs, ein kräftiges, hübsches Kind, und das kleine Mädchen war vier. Sie kam auf Thea zugetrippelt und sah in ihrem weißen Kleid wie ein Püppchen aus – ihre Mutter nähte die Kleider für sie selbst. Thea nahm sie hoch und drückte sie. Mrs. Harsanyi entschuldigte sich und ging ins Eßzimmer. Sie hatte nur ein Dienstmädchen und erledigte einen Großteil der Hausarbeit selbst, abgesehen davon, daß sie für ihren Mann noch immer ausschließlich Lieblingsgerichte kochte. Sie war noch keine dreißig Jahre alt, eine schlanke, anmutige Frau, warmherzig, intelligent und tüchtig. Sie konnte sich unterschiedlichsten Umständen mit einer vornehmen Ungezwungenheit anpassen, die ihrem Mann aus vielen Schwierigkeiten half und es ihm ersparte, wie er sagte, sich billig und schäbig vorzukommen. Kein Musiker konnte sich eine bessere Frau wünschen. Aber ihre Schönheit war äußerst zart und empfindlich, und sie begann bereits zu schwinden. Ihr Gesicht war zu schmal geworden, und oft zeigten sich dunkle Ringe unter ihren Augen.

Als sie mit den Kindern allein war, setzte Thea sich auf Tanyas kleinen Stuhl – noch lieber hätte sie sich auf den

Boden gesetzt, aber sie fürchtete, ihr Kleid zu zerknittern. Gemeinsam spielten sie mit Andors Spielzeugeisenbahn. Sie zeigte ihm neue Möglichkeiten, die Schienen zu legen und Weichen zu bauen, machte Bahnhöfe aus Bauklötzen, setzte die Holztiere seines Zoos in offene Kohlewaggons und fuhr sie zum Viehhof. Sie dachten sich den Transport so realistisch aus, daß Tanya zwei Rentiere wieder aus dem Viehtransporter herausnahm und zu weinen anfing, weil sie nicht wollte, daß ihre Tiere geschlachtet wurden.

Als Harsanyi erschöpft und müde hereinkam, bat er Thea, sich beim Spielen nicht stören zu lassen, da er vor dem Essen nicht zum Reden aufgelegt war. Er setzte sich und tat so, als lese er die Zeitung, aber er legte sie bald zur Seite. Nachdem das Eisenbahnspielen langweilig geworden war, ging Thea mit den Kindern zur Couch, die in der Zimmerecke stand, und zeigte ihnen ein Spiel, mit dem sie Thor zu Hause hinter dem Wohnzimmerofen stundenlang unterhalten hatte, und zwar machte sie mit ihren Händen Schattenspiele an der Wand. Sie hatte sehr bewegliche Finger, so daß sie eine Ente, eine Kuh, ein Schaf, einen Fuchs, einen Hasen und sogar einen Elefanten darstellen konnte. Harsanyi sah ihnen von seinem tiefen Sessel aus zu und lächelte. Der kleine Junge kniete auf dem Boden und sprang aufgeregt auf und ab, wenn er eines der Tiere erriet. Tanya hockte auf ihren Füßen und klatschte vor Freude in die Händchen. Während er Theas Profil im Licht der Lampe beobachtete, rätselte Harsanyi, wo er ein solches Gesicht schon gesehen hatte.

Als Mrs. Harsanyi zum Essen rief, nahm Andor Theas Hand und führte sie ins Eßzimmer. Die Kinder aßen immer mit ihren Eltern zu Abend und benahmen sich bei Tisch sehr wohlerzogen.

«Mama», sagte Andor ernsthaft, als er auf seinen Stuhl kletterte und die Serviette in den Ausschnitt seines Kittels steckte, «Miss Kronborg hat in ihren Händen alle Tiere von der ganzen Welt.»

Sein Vater lachte. «Ich wünschte, jemand würde das auch über meine Hände sagen, Andor.»

Schon die vorigen Male, als Thea bei Harsanyis zum Abendessen war, war ihr aufgefallen, daß von dem Moment an, als man sich zu Tisch setzte, eine Spannung in der Luft lag, die erst nachließ, wenn der Hausherr die Suppe gekostet hatte. Er hatte nämlich eine Theorie: schmeckte die Suppe, schmeckte auch der Rest; war die Suppe aber schlecht, taugte auch alles andere nichts. An diesem Abend kostete er seine Suppe und lächelte. Mrs. Harsanyi entspannte sich und wandte ihre Aufmerksamkeit Thea zu. Thea gefiel ihr Abendbrottisch, denn es standen Kerzen in silbernen Kerzenständern darauf, und sie hatte noch nirgendwo sonst einen so hell erleuchteten Tisch gesehen. Auch Blumen gehörten immer dazu. Heute abend war es ein Orangenbäumchen voller Früchte, das Harsanyi von einem seiner Schüler zu Thanksgiving bekommen hatte. Nachdem Harsanyi seine Suppe gegessen und ein Glas ungarischen Rotwein getrunken hatte, verschwand der matte Ausdruck aus seinem Gesicht, und er wurde lebhaft und lustig. Er überredete Thea, etwas Wein zu trinken. Bei ihrer ersten Einladung zum Abendessen hatte er sie gedrängt, ihren Sherry wenigstens zu kosten, und mußte zu seiner Überraschung hören, daß sie «niemals trank».

Harsanyi war damals gerade zweiunddreißig Jahre alt. Er hatte eine glänzende Karriere vor sich, aber das ahnte er zu diesem Zeitpunkt noch nicht. Der einzige Mensch in Chicago, der für Harsanyi eine große Zukunft voraussah, war vermutlich Theodore Thomas. Harsanyi war ein weicher slawischer Typ, mehr einem Polen als einem Ungarn ähnlich. Er war groß, schlank, lebhaft, hatte weiche Schultern und lange Arme. Sein Kopf war ausgesprochen wohlgeformt, kräftig und fein zugleich und «so eigen», wie Thea fand. Gewöhnlich hing ihm eine dicke, dunkelbraune Haarlocke in die Stirn. Sein gesundes Auge war wundervoll; voller Licht und Feuer, wenn ihn etwas interessierte, weich und nachdenklich, wenn er müde oder melancholisch war. Der Wert und die Kraft zweier besonders scharfer Augen müssen in dieses eine übergegangen sein – das rechte, glücklicherweise, das er beim Spielen seinem Publikum zuwandte. Er glaubte, das Glasauge, das seiner einen Gesichtshälfte ein so lebloses, blindes Aussehen gab, habe seine Karriere zerstört beziehungsweise verhindert. Harsanyi hatte sein Auge mit zwölf Jahren verloren, in einer Grubenstadt in Pennsylvania, wo die Sprengungen zu dicht bei den Holzbaracken stattfanden, in denen die Bergwerksgesellschaft die neuankommenden ungarischen Familien unterbrachte.

Sein Vater war ein ausgezeichneter Musiker gewesen, aber er hatte dem Jungen zuviel zugemutet. Er ließ ihn täglich sechs Stunden Klavier üben und halbe Nächte lang in Cafés und Tanzlokalen spielen. Andor war davongerannt und hatte mit einem Onkel den Ozean überquert, der ihn dann zusammen mit seinen zahlreichen eigenen Kindern von Bord schmuggelte. Die Explosion, durch die Andor verletzt wurde, hatte eine ganze Anzahl Menschen das Leben gekostet, so daß er noch glücklich gepriesen wurde, nur das Auge verloren zu haben. Er besaß noch immer einen Ausschnitt aus einer Pittsburgher Zeitung, der die Toten und Verletzten auflistete. Er war erwähnt als «Harsanyi, Andor, linkes Auge und leichte Kopfverletzungen». Dies war das erste Mal, daß er in der amerikanischen Presse genannt wurde, deshalb behielt er den Artikel. Er hegte keinen Groll gegen die Bergwerksbetreiber. Er begriff, daß der Unfall lediglich eines der Dinge war, die bei der allgemeinen Jagd nach Geld in Amerika zur Wirklichkeit gehörten, da alle kamen, um zu raffen und ihr Glück zu versuchen.

Beim Nachtisch fragte Thea Harsanyi, ob sie ihre Dienstagsstunde vom Nachmittag auf den Vormittag verlegen könne. «Ich muß am Nachmittag zu einer Chorprobe gehen, wo die Weihnachtslieder eingeübt werden, und es wird wahrscheinlich bis zum Abend dauern.»

Harsanyi legte seine Gabel aus der Hand und sah sie an. «Eine Chorprobe? Sie singen in einem Kirchenchor?»

«Ja. In einer kleinen schwedischen Gemeinde, drüben im Norden der Stadt.»

«Warum haben Sie uns nie davon erzählt?»

«Ach, ich bin da nur als Vertretung. Die eigentliche Sopranistin ist aus Gesundheitsgründen ausgefallen.»

«Wie lange singen Sie dort schon?»

«Seitdem ich hierherkam. Ich mußte irgendeine Arbeit finden», erklärte Thea errötend, «und der Pfarrer stellte mich ein. Er leitet den Chor persönlich. Er kannte meinen Vater, und ich glaube, er nahm mich aus Gefälligkeit.»

Harsanyi trommelte mit den Fingern aufs Tischtuch. «Aber warum haben Sie uns niemals davon erzählt? Warum sind Sie uns gegenüber so zurückhaltend?»

Thea sah ihn scheu von der Seite an. «Nun, das ist doch nichts Besonderes. Es ist nur eine ganz kleine Kirche. Ich tu's nur, um Geld zu verdienen.»

«Was soll das heißen? Singen Sie nicht gerne? Können Sie nicht gut singen?»

«Doch, es macht mir schon Spaß, aber ich verstehe natürlich nichts vom Singen. Deshalb habe ich wahrscheinlich auch nie darüber geredet. Jeder, der eine Stimme hat, kann in so einer kleinen Kirche singen.»

Harsanyi lachte verhalten – und etwas spöttisch, fand Thea. «Also haben Sie eine Stimme, nicht wahr?»

Thea zögerte, sah nachdenklich auf die Kerze, dann zu Harsanyi. «Ja», sagte sie fest, «ich habe eine Stimme, das ist schon richtig.»

«Gutes Mädchen», sagte Mrs. Harsanyi, indem sie Thea lächelnd zunickte. «Sie müssen uns nach dem Essen etwas vorsingen.»

Mit dieser Bemerkung war das Thema scheinbar abgeschlossen. Beim Kaffee begannen sie von anderen Dingen zu reden. Harsanyi fragte Thea, woher sie so gut über Güterzüge Bescheid wußte, und sie versuchte ihm zu erklären, was den Leuten in kleinen Wüstenstädten die Eisenbahn bedeutet und wie sie ihr Leben nach dem Kommen und Gehen der Züge einrichten. Als sie vom Tisch aufstanden, wurden die Kinder ins Bett gebracht, und Mrs. Harsanyi ging mit Thea ins Musikzimmer hinüber. Sie und ihr Mann verbrachten ihre Abende meist hier.

Thea schien die Wohnung sehr elegant, sie war jedoch klein und eng. Der einzige großzügige Raum war das Musikzimmer. Harsanyis waren arm, und es war nur Mrs. Harsanyis Umsicht zu verdanken, daß ihr Leben auch in schweren Zeiten seine Würde und Ordnung behielt. Sie hatte schon früh bemerkt, daß Rechnungen und Schulden jeglicher Art ihrem Mann Angst machten und ihn in seiner Arbeit lähmten. Er verglich sie mit Eisengittern vor dem Fenster, die die Zukunft versperrten. Schulden bedeuteten, daß der Anteil seiner Zeit, der soundso viele hundert Dollar wert war, lange im voraus geplant und verbraucht war. Deshalb achtete Mrs. Harsanyi darauf, daß sie niemals Schulden machten. Harsanyi war zwar nicht anspruchsvoll, aber manchmal ging er nachlässig mit Geld um. Ruhe und Ordnung und der gute Geschmack seiner Frau waren ihm das wichtigste. Danach kamen gutes Essen, gute Zigarren, ein wenig guter Wein. Er trug seine Kleidung, bis sie schäbig aussah und seine Frau den Schneider kommen ließ, damit er ihm neue anmaß. Seine Krawatten nähte sie gewöhnlich selbst. Wenn sie durch die Geschäfte ging, hielt sie immer die Augen nach Seidenstoffen in gedeckten oder zarten Farben offen, nach Grautönen, warmem Schwarz und Braun.

Im Musikzimmer nahm Mrs. Harsanyi ihre Stickerei auf, Thea setzte sich neben sie auf einen Hocker, die Arme um die Knie geschlungen. Während seine Frau und seine Schülerin sich unterhielten, ließ sich Harsanyi auf die Chaiselongue fallen, wo er manchmal zwischen zwei Musikstunden einige Minuten döste, und zündete sich eine Zigarette an. Er saß außerhalb des Lichtkegels der Lampe, mit den Füßen am Feuer. Er hatte schmale, wohlgeformte Füße, die immer in eleganten Schuhen steckten. Die Anmut seiner Bewegungen kam hauptsächlich daher, daß seine Füße fast ebenso beweglich waren wie seine Hände. Es machte ihm Vergnügen, die Unterhaltung zu verfolgen. Er bewunderte das Taktgefühl und die Freundlichkeit seiner Frau gegenüber unbeholfenen Jugendlichen. Sie lehrte sie vieles, ohne es sie spüren zu lassen. Als es neun Uhr schlug, sagte Thea, sie müsse jetzt nach Hause gehen.

Harsanyi stand auf und drückte seine Zigarette aus. «Noch nicht. Der Abend hat erst begonnen. Jetzt werden Sie uns noch etwas vorsingen. Ich habe Ihnen nur Zeit gelassen, sich vom Abendessen zu erholen. Kommen Sie, was soll's sein?» Er ging zum Klavier hinüber.

Thea lachte, schüttelte den Kopf und schloß die Arme noch fester um ihre Knie. «Danke, Mr. Harsanyi, aber wenn ich wirklich singen soll, dann begleite ich mich selbst. Es wäre eine Zumutung für Sie, das zu spielen, was ich singe.»

Da Harsanyi noch immer auf den Klavierstuhl deutete, erhob sie sich von ihrem Hocker und setzte sich, während er zur Chaiselongue zurückging. Thea blickte einen Moment lang etwas beklommen auf die Tasten, dann begann sie mit dem Kirchenlied «Herbei, o, ihr Gläubigen», das Wunsch sie so gerne singen gehört hatte. Mrs. Harsanyi sah ihren Mann fragend von der Seite an, aber er fixierte seine Schuhspitzen und bedeckte die Stirn mit seiner schlanken weißen Hand. Als Thea geendet hatte, wandte sie sich nicht um, sondern sang gleich weiter «Neunundneunzig Lämmer». Mrs. Harsanyi versuchte einen Blick ihres Mannes zu erhaschen, aber sein Kinn sank immer tiefer auf die Brust.

> «Neunundneunzig Lämmer lagen
> sicher im Gatter bewacht,
> das letzte voll Angst und Zagen
> irrte im Dunkel der Nacht»

Harsanyi blickte zu ihr, dann wieder ins Feuer.

> Freuet euch, der gute Hirte
> fand das verirrte Lamm.»

Thea drehte sich auf ihrem Stuhl um und lächelte verlegen. «Damit ist's dann auch genug, nicht? Mit diesem Lied habe ich die Stelle im Kirchenchor bekommen. Der Pfarrer fand es rührend», sie sprach das Wort in Mr. Larsens geziertem Tonfall aus.

Harsanyi setzte sich in seinem Stuhl auf, indem er die Ellbogen auf die niederen Lehnen stützte. «Wirklich? Es ist für Ihre Stimme besser geeignet. Die hohen Töne sind gut, über dem G. Ich muß Ihnen einige Lieder beibringen. Kennen Sie nichts – Fröhlicheres?»

Thea schüttelte bedauernd den Kopf. «Leider nicht. Höchstens – vielleicht...» Sie drehte sich wieder zum Klavier und legte die Finger auf die Tasten. «Das habe ich vor langer Zeit bei Mr. Wunsch gesungen. Es ist zwar für Alt, aber ich probiere es trotzdem.» Sie sah auf die Tasten, runzelte kurz die Stirn, dann spielte sie einige einleitende Takte und begann:

«Ach, ich habe sie verloren.»

Sie hatte das Lied lange nicht mehr gesungen, und es war auf einmal wieder da, wie ein alter Vertrauter. Als sie geendet hatte, sprang Harsanyi von seinem Stuhl auf und blieb einen Moment auf den Fußspitzen stehen, in einer Art Entrechat, den er manchmal vollführte, wenn er einen plötzlichen Entschluß faßte oder im Begriff war, einer Eingebung zu folgen, gegen alle Vernunft. Seine Frau sah an seinem Verhalten, daß sein Interesse geweckt war. Mit raschen Schritten ging er zum Klavier.

«Singen Sie das noch einmal. Die tiefen Töne sind völlig in Ordnung, Thea. Ich spiele die Begleitung. Lassen Sie Ihre Stimme heraus.» Ohne sie anzusehen, begann er zu spielen. Thea zog die Schultern zurück, ließ sie instinktiv locker und sang.

Nachdem sie die Arie beendet hatte, winkte Harsanyi sie näher zu sich heran. «Singen Sie die Töne nach, die ich anschlage, a – a.» Er ließ die rechte Hand auf den Tasten, die Fingerspitzen der linken legte er sanft auf ihren Kehlkopf. «Noch einmal – solange die Luft reicht. Immer mit Triller zwischen zwei Tönen. Gut! Noch einmal. Hervorragend! – Eins höher – halten Sie E und F. Das geht nicht so gut, nicht? F ist immer besonders schwierig. – Probieren Sie einmal den Halbton. – Genau so, der ist überhaupt nicht schwierig. Jetzt pianissimo, a – a. Jetzt voller, a – a. Noch einmal, sehen Sie auf meine Hand. – Jetzt die Tonleiter hinunter. – Hat je irgend jemand etwas zu Ihrer Atemtechnik gesagt?»

«Mr. Larsen sagt, ich habe einen ungewöhnlich langen Atem», antwortete Thea eifrig.

Harsanyi lächelte. «Das kann man wohl sagen. Das habe

ich gemeint. Jetzt noch einmal, zuerst die Tonleiter hinauf, dann wieder hinunter, a– a.» Er legte ihr wieder die Hand auf den Hals und lauschte mit gesenktem Kopf und geschlossenem Auge. Er liebte kräftige Stimmen, die aus vollen Lungen kamen. Er war sich bewußt, daß niemand vor ihm das Vibrieren dieser Stimme gefühlt hatte. Er verglich sie mit einem wilden Vogel, der von Gott weiß woher in sein Musikzimmer in der Middleton Street geflogen war! Niemand wußte, daß er da war oder überhaupt existierte; am allerwenigsten das seltsame, unbeholfene Mädchen selbst, in dessen Kehle er leidenschaftlich seine Flügel schlug. So einfach war das also, überlegte er. Warum war er nicht früher darauf gekommen? Alles an ihr wies darauf hin – der große Mund, der breite Kiefer und das Kinn, die starken weißen Zähne, ihr tiefes Lachen. Der Stimmapparat war so einfach und kräftig, und Thea handhabte ihn offensichtlich ohne jede Schwierigkeit. Sie sang tief aus ihrem Inneren heraus. Ihr Atem kam aus der Tiefe, wie auch ihr Lachen, das dunkle Lachen, das Mrs. Harsanyi einmal «das Lachen des Volkes» genannt hatte. Eine entspannte Kehle, eine Stimme, die vom Atem getragen und nie mit Kraftanstrengung herausgepreßt wurde; sie hob und senkte sich mit dem Luftstrom wie kleine Bälle, die auf dem Wasserstrahl einer Fontäne spielen. Die Stimme wurde in den höheren Lagen nicht schwächer; die hohen Töne waren ebenso voll und rein wie die tiefen, auf dieselbe Art hervorgebracht, ohne bewußte Anstrengung, nur mit größerem Atemdruck.

Schließlich hob Harsanyi den Kopf und stand auf. «Sie müssen sehr müde sein, Miss Kronborg.»

Als sie antwortete, zuckte er zusammen. Er hatte vergessen, wie hart und rauh ihre Sprechstimme war. «Nein», sagte sie, «Singen macht mich nie müde.»

Harsanyi strich sich mit einer nervösen Geste das Haar aus

der Stirn. «Ich verstehe nicht viel von Gesang, aber ich nehme mir heraus, mit Ihnen einige gute Lieder einzustudieren. Sie haben eine sehr interessante Stimme.»

«Es freut mich, daß sie Ihnen gefällt. Gute Nacht, Mr. Harsanyi.»

Thea ging mit Mrs. Harsanyi hinaus, um ihr Cape zu holen. Als Mrs. Harsanyi wiederkam, ging ihr Mann unruhig im Zimmer auf und ab.

«Findest du nicht, daß sie eine wundervolle Stimme hat, Liebster?» fragte sie.

«Ich weiß gar nicht mehr, was ich denken soll. Was ich sicher weiß, ist, daß dieses Mädchen mich die letzte Kraft kostet. Wir dürfen sie nicht so oft einladen. Wenn ich nicht meinen Lebensunterhalt damit verdienen müßte, dann ...» Er ließ sich auf einen Stuhl fallen und schloß die Augen. «Ich bin so müde! Was für eine Stimme!»

IV

Nach diesem Abend veränderte sich Theas Arbeit mit Harsanyi. Er bestand darauf, daß sie einige Lieder mit ihm einstudierte, und im Anschluß an jede Klavierstunde opferte er eine halbe Stunde seiner Zeit, um sie mit ihr zu üben. Er behauptete nicht, sich mit Stimmbildung auszukennen, aber sie hatte bisher, seiner Ansicht nach, noch keine nachteiligen Gewohnheiten angenommen. Ein gesundes, kräftiges Organ hatte seinen eigenen Weg gefunden, und der war bestimmt nicht schlecht. Er wollte noch eine Menge herausfinden, bevor er ihr einen Gesangslehrer empfahl. Er sagte Thea nie, was er von ihrer Stimme hielt, und rechtfertigte seine Anstrengungen damit, daß sie nichts von alldem kannte, was sich zu singen lohnte. So war es jedenfalls am Anfang. Nach den ersten Stunden war das Vergnügen, das sie beide daran hatten, Rechtfertigung genug. Das Singen folgte am Ende jeder Klavierstunde, und für beide war es eine Art Entspannung.

Harsanyi erwähnte selbst seiner Frau gegenüber nicht viel von seiner Entdeckung. Er brütete viel darüber nach und bemerkte, daß diese unorthodoxen Gesangsstunden ihn in seiner eigenen Arbeit stimulierten. Nachdem Miss Kronborg ihn verlassen hatte, lag er oft eine Stunde lang im Musikzimmer, bevor es Abendessen gab, den Kopf voll neuer Einfälle für seine eigene Musik, und seine Phantasie, die ihm manchmal durch den aufreibenden Unterricht für Wochen verlorengegangen war, kannte keine Grenzen. Er hatte noch keinen Schüler mit so großem Gewinn für sich selbst unterrichtet wie Thea Kronborg. Von Anfang an war sie ein Ansporn für ihn gewesen; in ihrem Wesen war etwas, das ihn unweigerlich berührte. Jetzt, da er sich langsam an ihre Stimme herantastete, interessierte sie ihn mehr als je zuvor. Durch sie verlor der Winter seine Trostlosigkeit, denn sie rief seltsame Phantasien und Träume in ihm wach. In der Musik harmonierten sie miteinander. Er fragte sich nie, warum das so war. Er hatte gelernt, daß er einen geistigen Anstoß, der seine Kreativität weckte, nutzen mußte, wann und wo immer sich die Gelegenheit bot, denn er stellte sich nie auf Wunsch ein. Thea mochte anstrengend sein, langweilig war sie nie. Er spürte, daß unter ihrer Ungeformtheit und ihrer Schroffheit eine zweite Natur verborgen lag, die ganz anders war, die nur dann zum Vorschein kam, wenn sie Klavier spielte oder sang, und sonst nicht einmal zu erahnen war. Zu diesem verborgenen Wesen wollte er vordringen, und er tat es, weil es ihm selbst ein Bedürfnis war. Kurz, Harsanyi freute sich auf die Klavierstunden mit Thea, aus demselben Grund, aus dem der arme Wunsch sie manchmal gefürchtet hatte, denn sie wühlten ihn mehr auf, als ihr Verhalten allein hätte erklären können.

Eines Nachmittags stand Harsanyi am Ende einer Stunde vor dem Fenster, um etwas Kollodium auf seinen angeknacksten Finger zu streichen, während Thea am Klavier saß und noch einmal «Die Lorelei» wiederholte, die er ihr in der vergangenen Woche zum Üben aufgegeben hatte. Dieses Lied hätte ihr ein Gesangslehrer wohl kaum gegeben, aber er hatte seine Gründe dafür. Wie sie es sang, war nur für ihn und für sie wichtig. Er folgte nur seinen eigenen Spielregeln, ohne fremde Einmischung; er ahnte, daß dies nicht immer so bleiben würde.

Als sie mit dem Lied geendet hatte, sah sie ihn über die Schulter an und sagte nachdenklich: «Am Ende hat es nicht mehr gestimmt, nicht wahr?»

«Nein, es muß ein offener, fließender Ton sein, ungefähr so» – er machte eine fließende Handbewegung. «Verstehen Sie, was ich meine?»

«Nein. Ich habe das Gefühl, das Ende paßt nicht ganz zum Rest.»

Harsanyi verkorkte das Fläschchen und ließ es in die Tasche seiner Samtjacke gleiten. «Warum denn? Es gibt immer wieder Schiffbrüche, Märchen kommen und gehen, aber der Fluß fließt weiter. Das ist der offene, fließende Ton.»

Thea sah aufmerksam auf die Noten. «Ach, so ist das», sagte sie zögernd. «Ja, so ist das gemeint!» wiederholte sie rasch und wandte ihm ein strahlendes Gesicht zu. «Es ist der Fluß. – Ja, genau, jetzt versteh ich!» Sie sah ihn gerade lange genug an, um seinen Blick aufzufangen, und drehte sich gleich wieder zum Klavier. Harsanyi war nie ganz sicher, woher das Leuchten in ihrem Gesicht kam, wenn sie ihn so anstrahlte. Die Augen waren zu klein dafür, obgleich sie glitzerten wie grünes Eis in der Sonne. In solchen Augenblikken war ihr Haar blonder, ihre Haut weißer, waren ihre Wangen rosiger, so, als hätte man in ihr eine Lampe angezündet. Sie sang das Lied noch einmal:

> «Ich weiß nicht, was soll es bedeuten,
> daß ich so traurig bin.»

In ihrer Stimme schwang ein Glücksgefühl mit. Harsanyi bemerkte, wie schnell und sicher sie die Interpretation des ganzen Liedes veränderte, sowohl am Anfang als auch im Schlußteil. Ihm war oft aufgefallen, daß für sie die einzelnen Teile eines Stückes keinen Sinn ergaben. Solange sie nicht das Ganze kannte, tappte sie im Dunkeln wie ein Blinder inmitten eines Strudels. Wenn ihr die «Erleuchtung» kam, wenn sie eine Vorstellung hatte, die für sie – nicht unbedingt für ihn – alles erklärte, kam sie rasch weiter. Aber es war nicht immer einfach, ihr zu helfen. Manchmal war sie für seine Ratschläge nicht zugänglich und starrte ihn an, als sei sie taub und begriffe nichts von alledem, was er ihr sagte. Dann plötzlich ging in ihrem Kopf etwas vor, und sie tat auf einmal, wozu er sie seit Wochen aufgefordert hatte, ohne daß er sich bewußt war, überhaupt davon gesprochen zu haben.

Heute abend vergaß Thea Harsanyi und seinen Finger. Sie endete, um das Lied mit neuem Eifer gleich wieder von vorn zu beginnen.

> «Und das hat mit ihrem Singen
> die Lorelei getan.»

Sie blieb und sang, bis der dämmrige Raum so von dem Lied erfüllt war, daß Harsanyi ein Fenster aufriß.

«Sie müssen nun wirklich aufhören, Miss Kronborg. Ich werde es sonst die ganze Nacht nicht mehr aus dem Kopf bekommen.»

Thea lachte nachsichtig und begann, ihre Noten zusammenzupacken. «Ach, ich dachte, sie seien schon gegangen, Mr. Harsanyi. Ich mag dieses Lied.»

An diesem Abend saß Harsanyi lange vor einem Glas voll schwerem goldenen Wein; durchbohrte es förmlich mit dem Blick seines gesunden Auges, bis sein Gesicht sich plötzlich zu einem Lächeln verzog.

«Was ist, Andor?» fragte seine Frau.

Dieses Mal lächelte er sie an und nahm den Nußknacker und eine Paranuß. «Weißt du», sagte er in so vertraulichem Ton, als spräche er zu sich selbst, «weißt du, es macht mir Freude zu sehen, wie Miss Kronborg eine Idee erfaßt. Obwohl sie sehr talentiert ist, hat sie keine schnelle Auffassungsgabe. Aber wenn sie etwas begreift, füllt es sie aus, bis es in den Augen glitzert. Sie hat heute nachmittag den Raum so mit einem Lied ausgefüllt, daß ich es dort nicht mehr aushalten konnte.»

Mrs. Harsanyi sah kurz auf: «Meinst du die ‹Lorelei›? Man konnte sich im ganzen Haus auf nichts anderes konzentrieren. Sie war wie besessen davon. Aber findest du nicht, daß ihre Stimme manchmal wundervoll klingt?»

Harsanyi nahm langsam einen Schluck von seinem Wein. «Liebste, ich sagte dir doch, daß ich noch nicht weiß, was ich von Miss Kronborg halten soll, ich weiß nur, daß ich froh bin, daß es nicht zwei von ihrer Sorte gibt. Gelegentlich frage ich mich, ob sie selbst dabei ganz glücklich ist. Es ist alles so neu für sie, daß ich manchmal überlegt habe, ob sie sich nicht lieber etwas zurückhalten würde, wenn sie nur wüßte wie.» Er streckte seine linke Hand aus, als wolle er ein Orchester auffordern, ein Diminuendo zu spielen.

V

Am ersten Februar waren es vier Monate, daß Thea in
Chicago war, und sie kannte nicht viel mehr von der Stadt, als
wenn sie in Moonstone geblieben wäre. Sie war, wie Harsanyi sagte, überhaupt nicht neugierig. Die Arbeit beanspruchte den größten Teil ihrer Zeit, und sie hatte ein großes
Schlafbedürfnis. Nie zuvor war ihr das morgendliche Aufstehen so schwergefallen. Sie mußte ihr Zimmer selbst in
Ordnung halten, Feuer machen und die Kohlen herauftra-
gen. Mr. Larsen unterbrach oft ihren Tagesablauf mit einer
Nachricht, die sie zu einer Beerdigung rief. Jede Beerdigung
kostete sie einen halben Tag, und sie mußte die Zeit wieder
aufholen. Als Mrs. Harsanyi fragte, ob es sie nicht bedrücke,
bei Beerdigungen zu singen, hatte sie geantwortet, sie sei von
klein auf daran gewöhnt, zu Beerdigungen zu gehen; es
mache ihr nichts aus.

Thea ging nie in Geschäfte, wenn es nicht unbedingt sein
mußte. Es interessierte sie nicht. Ja, sie mied sie, weil es für
sie Orte waren, wo man mit Sicherheit auf irgendeine Weise
sein Geld loswurde. Sie zählte immer ängstlich das Wechsel-
geld nach und konnte sich nicht daran gewöhnen, ihre Einkäufe nach Hause schicken zu lassen. Sie fühlte sich sicherer,
wenn sie ihr Päckchen unter dem Arm trug.

In diesem ersten Winter bekam Thea kein Gefühl für die
Stadt. Chicago blieb ein Dschungel, in dem man lernen
mußte, sich zurechtzufinden. Die allgemeine Betriebsamkeit
und Lebhaftigkeit der Menschenmengen interessierten sie
nicht. Die Unruhe und die Hektik dieser großen, wohlhaben-
den, lebenshungrigen Stadt nahm sie gar nicht in sich auf, sie
bemerkte nur, daß der Krach der Fuhrwerke und Straßenbahnen sie anstrengte. Die großartigen Schaufensterausla-
gen, die kostbaren Pelze und Stoffe, die wundervollen Blu-

mengeschäfte, die bunten Süßwarenläden nahm sie kaum zur Kenntnis. Um Weihnachten allerdings zog es sie zu den Spielwarengeschäften. Sie wünschte sich, Thors kleine behandschuhte Hand in der ihren zu spüren, während sie vor den Schaufenstern stand. Auch die Auslagen von Juwelieren übten eine starke Anziehungskraft auf sie aus – sie hatte schon immer etwas für glitzernde Steine übriggehabt. Wenn sie in die Stadt ging, stand sie trotz der beißenden Winde, die von den Großen Seen herabbliesen, vor den Vitrinen und betrachtete Diamanten und Perlen und Smaragde, Diademe und Colliers und Ohrringe, die auf weißem Samt ausgebreitet lagen. Solche Dinge waren für sie reizvoll und begehrenswert.

Mrs. Lorch und Mrs. Andersen unterhielten sich oft darüber, wie seltsam es war, daß Miss Kronborg so wenig Interesse zeigte, die «Sehenswürdigkeiten» zu besichtigen. Als sie zu ihnen zog, hatte sie den Wunsch geäußert, zwei Dinge zu sehen: Montgomery Ward & Co's großes Versandhaus und die Schlachthöfe, für die die Schweine und Rinder bestimmt waren, die durch Moonstone kamen. Einer von Mrs. Lorchs Untermietern arbeitete in einem Schlachthof, und Mrs. Andersen sagte ihr eines Tages, sie habe mit Mr. Eckman gesprochen, und er nehme sie gerne einmal mit ins Schlachthofviertel. Eckman war ein junger, rowdyhafter Schwede, der sich einen Jux davon versprach, ein hübsches Mädchen durch die Schlachthäuser zu führen. Aber er wurde enttäuscht. Thea fiel weder in Ohnmacht, noch ergriff sie seinen Arm, den er ihr beharrlich anbot. Sie stellte ihm unzählige Fragen und wurde ungeduldig, weil er über all das, was nicht zu seinem eigenen Arbeitsbereich gehörte, so wenig Bescheid wußte. Als sie aus der Straßenbahn stiegen und in der Dämmerung zu Fuß zu Mrs. Lorchs Haus zurückgingen, zog Eckman ihre Hand in seine Manteltasche – sie hatte keinen Muff – und drückte sie leidenschaftlich, bis sie sagte: «Lassen Sie das, mein Ring schneidet mich in den Finger.» Am selben Abend erzählte er seinem Zimmergenossen, daß es bestimmt kein Problem gewesen wäre, sie zu küssen, aber sie sei völlig uninteressant. Thea selbst hatte den Nachmittag sehr genossen. Sie schrieb ihrem Vater eine knappe, aber klare Schilderung dessen, was sie gesehen hatte.

Eines Abends beim Essen erzählte Mrs. Andersen von einer Ausstellung von Kunstschülern, die sie am Nachmittag im Chicago Art Institute gesehen hatte. Einige ihrer Freunde waren dort mit Zeichnungen vertreten. Da Thea ständig das Gefühl hatte, in ihren Freundlichkeiten Mrs. Andersen gegenüber im Rückstand zu sein, nutzte sie die Gelegenheit, Interesse zu zeigen, ohne damit gleich eine Verpflichtung einzugehen. «Wo ist denn dieses Art Institute?» fragte sie etwas zerstreut.

Mrs. Andersen griff mit beiden Händen nach ihrer Serviette. «Das Art Institute? Unser wunderschönes Kunstmuseum auf der Michigan Avenue? Möchten Sie etwa damit sagen, daß Sie noch nicht dort gewesen sind?»

«Ist es das Gebäude mit den beiden Löwen vor dem Eingang? Daran erinnere ich mich; ich sah es, als ich zu Montgomery Wards Kaufhaus ging. Ja, die Löwen haben mir sehr gefallen.»

«Aber die Bilder! Waren Sie nicht im Museum?»

«Nein. Auf einem Schild stand, daß es an diesem Tag Eintritt kostete. Ich wollte immer einmal wieder hingehen, aber ich bin nie wieder in die Gegend gekommen.»

Mrs. Lorch und Mrs. Andersen sahen einander an. Die Mutter blickte Thea aus ihren kleinen, glänzenden Augen über den Tisch hinweg an. «Aber, Miss Kronborg», sagte sie, «dort hängen alte Meister! So viele davon, wie Sie sonst nirgendwo außerhalb Europas sehen können.»

«Und Corots», hauchte Mrs. Andersen und neigte dabei bedeutungsvoll den Kopf. «Ganz wundervolle Werke der Schule von Barbizon!» Das sagte Thea überhaupt nichts, denn sie las nie die Kunstartikel in der Sonntagsausgabe der Zeitschrift «Inter-Ocean», wie Mrs. Andersen das tat.

«Ach, ich gehe bestimmt einmal dorthin», beruhigte sie die beiden. «Ich sehe mir gerne Gemälde an.»

An einem trostlosen Februartag, an dem der Wind ganz wie ein Sandsturm in Moonstone schmutzige Staubwolken vor sich hertrieb und man Augen, Nase und Mund voller Staub hatte, kämpfte sich Thea über den ungeschützten Platz vor dem Art Institute, bis sie schließlich vor dem Eingang des Gebäudes stand. Sie kam nicht wieder heraus, bis das Museum schloß. In der Straßenbahn auf der langen, kalten Fahrt nach Hause ging sie hart mit sich ins Gericht, während sie auf die Westenknöpfe eines fetten, vor ihr stehenden Fahrgastes starrte. Sie dachte selten über ihr Leben nach, über das, was sie tun oder lassen sollte. Es hatte für sie immer nur eine wichtige Aufgabe gegeben. Aber an diesem Nachmittag machte sie sich ernste Vorhaltungen. Ihr wurde auf einmal bewußt, wieviel sie verpaßte; sie nahm sich vor, in Zukunft mehr auf andere zu hören und sich in der Stadt umzusehen. Sie bedauerte, daß sie Monate hatte verstreichen lassen, bevor sie das Art Institute besuchte. Von nun an ging sie jede Woche einmal dorthin.

Das Museum wurde sogar ein Zufluchtsort für sie, wie es die Sandhügel oder der Garten der Kohlers gewesen waren. Ein Ort, wo sie alles vergessen konnte, Mrs. Andersens lästige Freundschaftsbeweise, die füllige Altistin im Chor, die ihr über die Maßen zuwider war, und sogar, für ganze kurze Zeit, die Quälerei mit ihrer Arbeit. Dieses Gebäude war ein Ort, an dem sie sich entspannen und zerstreuen konnte, und Zerstreuung war für sie etwas sehr Seltenes geworden. Sie verbrachte insgesamt mehr Zeit bei den Statuen als bei den Bildern. Diese Gipsabgüsse waren für sie zugleich klarer und rätselhafter, schienen bedeutungsvoller und schwieriger zu begreifen. Es war ihr nie in den Sinn gekommen, einen Katalog zu kaufen, also gab sie allen Figuren eigene Namen. Einige kannte sie auch; über den Sterbenden Gladiator hatte sie in «Ritter Harolds Pilgerfahrt» von Byron gelesen, das zu ihren frühesten Erinnerungen gehörte; er war eng mit Doktor Archie und ihren Kinderkrankheiten verbunden. Die Venus von Milo überraschte und enttäuschte sie; ihr war rätselhaft, warum alle sie so schön fanden. Auch der Apollo von Belvedere war in ihren Augen nicht im geringsten «schön». Am besten gefiel ihr die große Reiterstatue eines böse und grausam aussehenden Generals mit einem unaussprechbaren Namen. Sie ging immer wieder um diesen furchterregenden Mann und sein furchterregendes Pferd herum, betrachtete ihn mit finsterem, nachdenklichem Blick, als hätte sie eine Entscheidung von größter Tragweite über ihn zu fällen.

Verweilte sie allzu lange bei den Skulpturen, wurde sie bedrückt und niedergeschlagen davon. Aber ihr wurde wieder leichter ums Herz, so als ließe sie alle Qualen und Sorgen der Welt hinter sich, sobald sie die breite Treppe zur Bildergalerie hinaufrannte. Am besten gefielen ihr die Gemälde, die ganze Geschichten erzählten. Es gab ein Bild des Malers Gérôme mit dem Titel «Der trauernde Pascha», bei dem sie sich immer wünschte, Gunner und Axel wären hier. Der Pascha saß auf einem Teppich neben einer grünen Kerze, die fast so groß war wie ein Telegraphenmast. Vor ihm lag ausgestreckt sein toter Tiger, ein herrliches Tier, und um ihn lagen verstreut rosarote Rosen. Ein anderes Bild, das sie sehr mochte, zeigte einige Jungen, die ein neugeborenes Kalb trugen. Die Kuh ging neben ihnen her und leckte es ab. Der

Corot, der neben diesem Bild hing, fand weder ihr Gefallen, noch erregte er ihr Mißfallen; sie nahm ihn einfach nicht wahr.

Aber in demselben Saal gab es noch ein anderes Bild – nur um dieses Bild zu sehen, lief sie so schnell die Treppe hinauf! Es war ihr Bild. Sie hatte das Gefühl, daß es niemanden außer sie selbst interessierte und daß es auf sie wartete. Welch ein Gemälde! Sie liebte sogar seinen Namen: «Das Lied der Lerche». Die flache Landschaft, das Morgenlicht, die taubedeckten Felder, die groben Gesichtszüge des Mädchens – das alles gehörte ihr, alles, was darauf zu sehen war. Für sie «stimmte» das Bild einfach. Was immer sie damit meinte, könnte wohl nur ein kluger Mensch erklären. Aber für sie beinhaltete dieses Wort die beinahe grenzenlose Befriedigung, die sie beim Betrachten dieses Bildes empfand.

Ehe Thea so recht begriffen hatte, wie schnell die Wochen verflogen, bevor Mr. Larsens «reguläre» Sopranistin ihre Pflichten wieder aufnahm, kam der Frühling; windig, staubig, durchdringend und schrill. Diese Jahreszeit brach beinahe mit noch größerer Wucht über Chicago herein als der Winter, von dem sie die Menschen erlöste, oder die Hitze, in die sie einen schließlich entließ. Mrs. Lorchs Apfelbäume hinter dem Haus standen eines sonnigen Morgens plötzlich in Blüte, und zum erstenmal seit Monaten konnte Thea in ihre Kleider schlüpfen, ohne Feuer zu machen. Es war ein strahlender Morgen, wie an einem Feiertag, und für sie sollte es ein Feiertag werden. Auf einmal lag diese trügerische Milde in der Luft, die die polnischen Arbeiter in den Schlachthäusern zum Trinken verleitet. Es ist die Zeit, in der man eine Sehnsucht nach Schönheit verspürt, die man im Schlachthofviertel allenfalls in den Kneipen befriedigen kann, wo man sich für einige Stunden eine Illusion von

Trost, Hoffnung, Liebe kauft – oder wonach auch immer man sich sonst sehnen mag.

Harsanyi hatte Thea für den Nachmittag eine Karte für ein Symphoniekonzert geschenkt, und als sie auf die weißen Apfelbäume im Garten blickte, waren ihre Zweifel, ob sie gehen sollte oder nicht, augenblicklich verflogen. Sie würde ihre Arbeit heute morgen leichtnehmen, sagte sie sich, und frisch und voller Energie ins Konzert gehen. Als sie sich nach dem Mittagessen auf den Weg machte, überredete Mrs. Lorch sie dazu, ihr Cape mitzunehmen, da sie das Wetter in Chicago kannte. Die alte Dame wußte, daß eine solch milde Witterung am Anfang des April noch einmal einen heftigen Wintereinbruch ankündigte, und sie sorgte sich um ihre Apfelbäume.

Das Konzert begann um halb drei, und Thea saß zehn Minuten vor zwei auf ihrem Platz im Konzertsaal – sie hatte einen guten Platz in der ersten Reihe der Seitenempore, von wo aus sie sowohl die Zuschauer als auch das Orchester im Blick hatte. Sie war bisher so selten im Konzert gewesen, daß das großartige Haus, die vielen Menschen und die Lichter sie in Hochstimmung versetzten. Sie war überrascht, so viele Männer im Publikum zu sehen, und wunderte sich, daß sie schon am Nachmittag ihre Arbeitsstelle verlassen konnten. Während des ersten Stücks war sie so vom Orchester selbst, den Musikern, den Instrumenten, dem Klangvolumen gefesselt, daß sie kaum darauf achtete, was gespielt wurde. Das alles beanspruchte ihre Aufmerksamkeit so sehr, daß ihr keine Kraft mehr zum Zuhören blieb. Sie ermahnte sich selbst immer wieder: «Jetzt ist aber Schluß damit. Ich muß mich auf die Musik konzentrieren. Vielleicht habe ich nie wieder Gelegenheit, so etwas zu hören.» Aber ihr Geist war wie ein Fernglas, das sich nicht scharf stellen läßt. Erst beim zweiten Stück gelang es ihr, sich auf die Musik zu konzentrieren. Dvořáks Symphonie in e-Moll, im Programmheft «Symphonie aus der Neuen Welt» genannt. Kaum war das erste Thema erklungen, als ihre Gedanken sich klärten; augenblicklich fand sie ihre Beherrschung wieder und gleichzeitig die Kraft zur Konzentration. Das war eine Musik, die sie verstand, tatsächlich eine Musik aus der Neuen Welt! Seltsam, wie im Laufe des ersten Satzes in ihr die Erinnerung an das Hochplateau oberhalb von Laramie wach wurde, an die grasüberwucherten Wagenspuren, die schneebedeckte Bergkette am Horizont, an den Wind und die Adler, den alten Mann und die erste telegraphierte Nachricht.

Als der erste Satz endete, waren Theas Hände und Füße eiskalt. Sie war so aufgeregt, daß sie nichts mehr wahrnahm, außer einer verzweifelten Sehnsucht, die sie ganz ausfüllte. Aber als die Englischhörner das Largothema anstimmten, wußte sie genau, wonach sie sich sehnte. Da waren die Sandhügel, die Grashüpfer und Zikaden, die zuerst erwachten und deren Zirpen man früh am Morgen hörte; weite Hochebenen, die sich ins Unermeßliche ausdehnten, die sehnsuchtsvolle Grenzenlosigkeit eines flachen Landes. Und sie sangen von Heimat; ersten Erinnerungen, dem Anbruch eines neuen Morgens vor langer Zeit, das Erstaunen einer jungen Seele in einer neuen Welt; einer Seele, die jung und zugleich alt war, die in ihren Träumen, im Dunkel vor ihrer Geburt, eine Ahnung von Verzweiflung und Großartigkeit hatte; eine Seele, die leidenschaftlich nach etwas suchte, das sie nicht kannte, unter dem Schleier einer Vergangenheit, an die sie keine Erinnerung hatte.

Wäre Thea eine erfahrene Konzertgängerin gewesen, und hätte sie ihre eigene Aufnahmefähigkeit richtig einzuschätzen vermocht, sie hätte den Saal verlassen, als die Symphonie zu Ende war. Aber sie blieb sitzen, obgleich sie um sich herum nichts mehr wahrnahm. Ihre Gedanken waren noch immer in weiter Ferne. Sie zuckte zusammen, als das Orchester wieder einsetzte – den Einzug der Götter in die Walhalla. Sie hörte es wie im Schlaf. Wagners Opern waren ihr kaum bekannt. Sie wußte nur, daß es in «Rheingold» um den Kampf zwischen Göttern und Menschen ging. Sie hatte darüber vor langer Zeit in dem Buch von Haweis gelesen. Zu müde, um dem Orchester bewußt zuzuhören, kauerte sie sich in ihren Sitz und schloß die Augen. Die kalten, imposanten Takte der Walhalla verklangen, weit entfernt; die Brücke des Regenbogens spannte sich dumpf pochend durch die Luft, darunter erklangen die Klagen der Rheintöchter und das Singen des Rheins. Aber Thea war in eine Dämmerwelt versunken; alles um sie herum war weit entfernt. So hörte sie also diese aufwühlende Musik zum erstenmal nur mit halbem Ohr, beinahe lustlos, diese sich immer aufs neue verfinsternde und wieder aufleuchtende Musik, die sie durch so viele Jahre ihres Lebens begleiten sollte.

Als Thea den Konzertsaal verließ, war Mrs. Lorchs Voraussage eingetroffen. Ein wilder Sturm fegte über die Stadt am Michigansee. Die Straßen waren voll von frierenden, hetzenden, gereizten Menschen, die zu den Straßenbahnen eilten und einander anschnauzten. Die Sonne versank im blankgefegten Himmel, der rot aufflammte, als sei irgendwo am Rande der Stadt ein gewaltiges Feuer. Fast zum erstenmal nahm Thea die Stadt selbst wahr, das drängende Leben ringsherum, die Brutalität und Gewalt der Ströme von Menschen, die sich durch die Straßen schoben und drohten, einen niederzuwerfen. Die Leute schubsten sie, rempelten sie an, drängten sie mit den Ellbogen beiseite, indem sie sie verärgert anschrien. Sie stieg in die falsche Bahn und wurde vom Schaffner grob an einer zugigen Straßenecke vor einer Kneipe hinausgeworfen. Da stand sie benommen und vor Kälte zitternd. Straßenbahnen, die in den Kurven kreischten, fuhren vorbei, aber entweder waren sie überall, oder sie fuhren in die falsche Richtung. Ihre Hände waren so kalt, daß sie die engen Glacéhandschuhe auszog. Die Straßenlaternen schimmerten in der Dämmerung. Ein junger Mann kam aus der Kneipe und starrte sie forschend an, während er sich eine Zigarette anzündete. «So allein heut' abend?» fragte er. Thea zog den Kragen ihres Capes hoch und ging einige Schritte weiter. Der junge Mann zuckte mit den Schultern und machte sich davon.

Thea ging zurück zur Ecke und blieb unentschlossen stehen. Ein alter Mann näherte sich ihr. Auch er schien auf eine Bahn zu warten. Er trug einen Mantel mit schwarzem Pelzkragen, die Enden seines grauen Schnurrbartes zeigten spitz nach oben. Er sah sie aus wäßrigen Augen an, und sein Gesicht kam immer näher. Der Wind blies ihr den Hut vom Kopf, er rannte mit ungelenken, kläglichen Sätzen hinterher und brachte ihn zurück. Während sie dann den Hut wieder feststeckte, blies der Wind ihr das Cape hoch, und er hielt es fest, indem er sie eingehend musterte. In seinem Gesicht arbeitete es, als wollte er gleich in Tränen ausbrechen oder bekäme es mit der Angst zu tun. Er beugte sich vor und flüsterte ihr etwas zu. Sie fand es seltsam, wie schüchtern er war, wie ein alter Bettler. «Ach, lassen Sie mich doch in Ruhe!» stieß sie unglücklich zwischen den Zähnen hervor. Er verschwand, löste sich auf wie der Teufel im Theaterstück. Aber etwas hatte sie in der Zwischenzeit verlassen; sie konnte sich nicht mehr erinnern, wie die Violinen nach den Hörnern einsetzten, genau in diesem Moment, gerade als der Wind ihr Cape hochgehoben hatte. Warum belästigten diese Männer sie? Eine Staubwolke blies ihr ins Gesicht, so daß sie nichts mehr sehen konnte. Eine unbekannte Macht schien alles daran zu setzen, ihr dieses Gefühl, mit dem sie den Konzertsaal verlassen hatte, zu rauben. Alles schien auf sie einzustürmen, um es ihr zu entreißen. Wer es in sich spürte, machte sich die Welt zum Feind; Menschen, Gebäude, Wagen, Straßenbahnen bedrängten einen, um es zu zermalmen, um einen dazu zu bringen, es wieder loszulassen. Thea sah die Menschenmassen, die häßlichen, sich in alle Richtungen ausdehnenden Straßen, die langen Lichterketten um sie herum. Sie weinte nicht. In ihren Augen war ein stärkeres Leuchten, als selbst Harsanyi je gesehen hatte. All diese Dinge und Menschen waren nun nicht mehr weit entfernt und bedeutungslos; man mußte ihnen entgegentreten, sie machten Front gegen sie, sie standen bereit, um ihr etwas wegzunehmen. Sollten sie es doch versuchen, es würde ihnen nie gelingen. Und wenn sie sie zu Tode trampelten; sie würde es nicht hergeben. So lange sie lebte, sollte diese Ekstase ihr gehören. Dafür wollte sie leben, arbeiten, sterben. Aber es würde ihr gehören, immer und immer wieder, sie von Gipfel zu Gipfel tragen. Sie hörte das Schmettern des Orchesters noch einmal und wurde von den Blechbläsern emporgehoben. Es würde ihr gehören, wovon die Trompeten sangen! Es würde ihr gehören, ihr, ihr ganz allein! Unter dem alten Cape preßte sie die Hände auf ihre Brust, die sich heftig hob und senkte, und in der kein Kinderherz mehr schlug.

VI

An einem Aprilnachmittag, als Theodor Thomas, der Dirigent des Chicagoer Symphonieorchesters, schon seine Schreibtischlampe gelöscht hatte und gerade sein Büro im Konzertgebäude verlassen wollte, erschien Harsanyi in der Tür. Der Dirigent begrüßte ihn mit herzlichem Händedruck und zog den Mantel wieder aus, in den er eben erst geschlüpft war. Er schob Harsanyi zu einem Sessel und setzte sich an seinen überhäuften Schreibtisch, indem er auf die Stapel von Papieren und Eisenbahnprospekten zeigte.

«Wieder eine Tournee, quer durchs ganze Land. Dieses ewige Reisen macht meine Arbeit so aufreibend, Andor. Sie wissen, was das heißt: schlechtes Essen, Schmutz, Lärm, Erschöpfung für die Musiker und für mich. Ich bin nicht mehr so jung wie früher. Ich muß mit dem Herumziehen aufhören. Dies ist meine letzte Tournee, das schwör' ich Ihnen!»

«Das wäre sehr schade. Ich erinnere mich daran, wie ich Sie das erste Mal in Pittsburgh hörte, das ist lange her. Da waren Sie mein Rettungsanker. Und heute bin ich zu Ihnen gekommen, weil ich wieder Ihren Rat brauche. Wer ist Ihrer Meinung nach zur Zeit der beste Gesangslehrer in Chicago?»

Mr. Thomas runzelte die Stirn und zupfte an seinem dichten Schnauzbart. «Lassen Sie mich überlegen. Ich denke, Madison Bowers. Er ist intelligent und hat viel Erfahrung. Ich mag ihn nicht.»

Harsanyi nickte. «Ich dachte mir schon, daß es keinen anderen gibt. Ich mag ihn auch nicht, deshalb habe ich gezögert. Aber vorläufig dürfte es mit ihm schon gehen.»

«Haben Sie ein vielversprechendes Talent entdeckt? Einer Ihrer eigenen Schüler?»

«Genau, mein Lieber. Eine junge Schwedin irgendwo aus Colorado. Sie ist sehr begabt und hat meiner Meinung nach eine ganz außergewöhnliche Stimme.»

«Eine hohe Stimme?»

«Dahin wird sie sich vermutlich entwickeln; obwohl sie auch in den tieferen Tonlagen einen sehr schönen und eigenen Klang hat. Sie ist überhaupt noch nicht ausgebildet, und ich scheue mich, sie an irgend jemanden zu verweisen. Ihr eigener Instinkt ist so ausgeprägt. Es ist eine der Stimmen, die sich selbst tragen, ohne nach oben hin dünner zu werden, gute Atemtechnik und absolut locker. Aber natürlich braucht sie einen Lehrer. In der Mittellage ist ein Bruch, so daß die Stimme in sich nicht rund ist, etwas unausgewogen.»

Thomas blickte auf. «So? Seltsam; Schwedinnen haben oft diesen Bruch. Sogar einige der besten Sängerinnen. Es erinnert mich an die Lücke zwischen den Schneidezähnen, die man auch oft bei Schwedinnen sieht. Ist sie eher ein kräftiger Typ?»

Harsanyis Augen blitzten auf. Er hob seine Hand und ballte sie zusammen. «Wie ein Pferd, wie ein Baum! Bei jeder Unterrichtsstunde mit ihr nehme ich ein Pfund ab. Sie tut alles, um genau das zu bekommen, was sie will.»

«Intelligent, sagen Sie? Musikalisch intelligent?»

«Ja, aber ohne jegliche Bildung. Sie kam zu mir wie eine junge Wilde, ein unbeschriebenes Blatt. Deshalb fühle ich mich verantwortlich, sie auf den richtigen Weg zu führen.»

Harsanyi verstummte und preßte seinen weichen grauen Hut auf seine Knie. «Sie würde Sie interessieren, Mr. Thomas», fügte er langsam hinzu. «Sie hat eine Stimmqualität – etwas ganz Besonderes.»

«Ja, das gibt es manchmal bei Skandinavierinnen. Sie hat wahrscheinlich nicht die Möglichkeit, nach Deutschland zu gehen, oder?»

«Jetzt zumindest nicht, auf gar keinen Fall. Sie hat nicht das Geld dazu.»

Thomas runzelte wieder die Stirn.

«Ich glaube nicht, daß Bowers ein wirklich erstklassiger Mann ist. Er ist zu nichtssagend, um erstklassig zu sein; als Persönlichkeit, meine ich. Aber ich könnte mir denken, es ist das Beste, was Sie für sie tun können, wenn Sie selbst nicht die nötige Zeit für sie haben.»

Harsanyi winkte ab. «Ach, es ist nicht die Zeit — davon könnte sie haben, soviel sie will. Aber ich bin kein Gesangslehrer.»

«Das wäre ja keine Schande, solange Sie eine Musikerin aus ihr machen», bemerkte Mr. Thomas trocken.

«Ich habe mein Bestes getan. Ich kann an einer Stimme herumdilettieren, aber das ist keine Stimme, mit der man spielen sollte. Sie wird eine Musikerin, daran gibt es keinen Zweifel. Sie ist nicht schnell, aber sie ist solide, nüchtern; nicht wie all die andern. Meine Frau sagt immer, bei diesem Mädchen macht eine Schwalbe noch keinen Sommer.»

Mr. Thomas lachte. «Sagen Sie Mrs. Harsanyi, daß ihr Ausspruch mir eine ungefähre Vorstellung gibt. Gehen Sie nicht zu weit mit Ihrem Interesse. Stimmen sind oft sehr enttäuschend, besonders Frauenstimmen. Es gibt so viele Unwägbarkeiten, so viele Unsicherheitsfaktoren.»

«Vielleicht interessieren sie einen deshalb so. Intelligenz und alles Talent der Welt machen noch lange keinen Sänger. Eine Stimme ist etwas Wildes, Unbezähmbares. In Gefangenschaft kann sie sich nicht entwickeln. Sie ist eine seltene Spezies, wie der Silberfuchs. Sie ist einfach da.»

Mr. Thomas lächelte Harsanyis leuchtendem Auge zu. «Warum haben Sie sie nicht zum Vorsingen mitgebracht?»

«Ich war in Versuchung, das zu tun, aber ich wußte, daß es Ihnen den Rest geben würde, jetzt wo diese Tournee bevorsteht.»

«O, ich finde immer Zeit, ein Mädchen anzuhören, das eine Stimme hat, wenn sich beruflich etwas daraus ergibt. Es tut mir leid, daß ich schon so bald wegfahre. Ich könnte Sie besser beraten, wenn ich sie gehört hätte. Manchmal kann ich einem Sänger Anregungen geben. Ich habe so viel mit ihnen zusammen gearbeitet.»

«Sie sind der einzige Dirigent, den ich kenne, der nicht auf Sänger herabsieht», sagte Harsanyi warm.

«Du liebe Güte, warum sollte ich? Sie haben von mir gelernt und ich habe von ihnen gelernt.»

Als sie aufstanden, ergriff Thomas freundschaftlich den Arm des Jüngeren. «Erzählen Sie mir von Ihrer Frau. Geht es ihr gut, ist sie immer noch so schön? Und Ihre großartigen Kinder! Besuchen Sie mich öfter, wenn ich wieder zurück bin. Ich möchte Sie so gerne öfter sehen.»

Die beiden Männer verließen zusammen das Gebäude. Harsanyi ging zu Fuß nach Hause. Selbst ein noch so kurzes Gespräch mit Theodore Thomas war anregend für ihn. Auf seinem Weg dachte er an einen gemeinsam verbrachten Abend in Cincinnati.

Harsanyi hatte in Thomas' Orchester bei einem seiner Konzerte in Cincinnati als Solist mitgewirkt, und nach der Vorstellung hatte der Dirigent ihn in einen Ratskeller mit ausgezeichneter deutscher Küche mitgenommen, wo der Besitzer sich persönlich darum kümmerte, daß Thomas die besten Weine des Hauses bekam. Thomas hatte mit dem großen Chor der Festspielgesellschaft gearbeitet und erzählte begeistert davon, worauf Harsanyi ihn fragte, woher sein großes Interesse an Chorleitung und überhaupt an Vokalmusik komme.

Thomas sprach selten über seine Jugend und die Schwierigkeiten am Anfang seiner Laufbahn, aber an jenem Abend hatte er Harsanyi ausführlich von seinem Werdegang erzählt.

Er beschrieb, wie er als Fünfzehnjähriger den Sommer über zu Pferde durch die Südstaaten zog und in Kleinstädten Geigenkonzerte gab. Wenn er in eine Stadt kam, hängte er tagsüber Plakate auf, die sein abendliches Konzert ankündigten. Vor Konzertbeginn stand er am Eingang und sammelte das Eintrittsgeld ein, bis das Publikum vollzählig war, stieg dann aufs Podium und spielte. Er führte ein faules Leben, von der Hand in den Mund, und er habe, sagte Thomas, an der unkomplizierten Lebensweise und der Lässigkeit der Südstaaten Geschmack gefunden. Jedenfalls sei er, als er im Herbst nach New York zurückkam, in tiefe Lethargie gefallen. Möglicherweise war er einfach zu schnell in die Höhe geschossen. Aus dieser jugendlichen Trägheit hatten ihn zwei Stimmen geweckt, zwei Frauen, die achtzehnhunderteinundfünfzig in New York sangen – Jenny Lind und Henrietta Sontag. Sie waren die ersten großen Sängerinnen, die er gehört hatte, und er vergaß nie, was er ihnen verdankte. Er hatte es folgendermaßen erklärt: «Es waren nicht nur die Stimmen und die Art des Vortrags. Sie hatten beide Größe. Sie waren großartige Frauen und großartige Künstlerinnen. Sie erschlossen mir eine neue Welt.» Abend für Abend besuchte er ihre Konzerte und versuchte, den Klang ihrer Stimmen mit seiner Geige nachzuahmen. Von diesem Moment an veränderte sich seine Sichtweise der Streichinstrumente. Er bemühte sich immer um einen singenden, vibrierenden Klang auf seiner Geige, statt des lauten und harten Spiels, das selbst unter den besten deutschen Geigern der Zeit verbreitet war. Er erzählte Harsanyi, daß Jenny Lind ihm vermittelt hatte, was Klangqualität bedeutet.

«Aber natürlich», fügte er hinzu, «läßt sich das Wichtigste, was mir die Lind und die Sontag gaben, nicht in Worte fassen. Auf einen aufnahmewilligen Knaben wie mich hatte ihre künstlerische Inspiration eine unermeßliche Wirkung. Sie vermittelten mir zum erstenmal ein Gefühl für die italienische Musik – aber ich könnte nie beschreiben, wieviel sie mir gegeben haben. In diesem Alter münden solche Einflüsse immer in Kreativität. Ich denke, zu diesem Zeitpunkt entstand in mir ein künstlerisches Empfinden.»

Sein Leben lang war Thomas bemüht, das weiterzugeben, was er den Sängern zu verdanken hatte. Niemand konnte Chöre so führen wie er, und niemand arbeitete härter, um das Gesangsniveau in Schulen, Kirchen und Freizeitchören zu verbessern.

VII

Thea hatte schon während der Klavierstunde gespürt, daß Harsanyi unruhig und abwesend war. Bevor die Stunde zu Ende war, schob er seinen Stuhl zurück und sagte entschlossen: «Ich bin nicht in der richtigen Stimmung, Miss Kronborg. Mich beschäftigt etwas, worüber ich mit Ihnen sprechen muß. Wann haben Sie vor, nach Hause zurückzugehen?»

Thea drehte sich erstaunt zu ihm um. «Um den ersten Juni herum. Mr. Larsen wird mich dann nicht mehr brauchen, und ich habe keine großen Geldreserven. Aber ich werde diesen Sommer hart arbeiten.»

«Und heute ist schon der erste Mai.» Harsanyi beugte sich vor, die Ellbogen auf die Knie gestützt, und preßte die Hände zusammen. «Ja, ich muß mit Ihnen über etwas reden. Ich habe Madison Bowers gebeten, am Donnerstag mit Ihnen vorbeikommen zu dürfen, zu Ihrer gewohnten Unterrichtszeit. Er ist der beste Gesangslehrer in Chicago. Es wird Zeit, daß Sie anfangen, ernsthaft an Ihrer Stimme zu arbeiten.»

Thea runzelte die Stirn. «Wollen Sie damit sagen, ich soll bei Bowers Stunden nehmen?»

Harsanyi nickte, ohne den Kopf zu heben.

«Aber das ist unmöglich, Mr. Harsanyi. Ich habe nicht die Zeit dazu, und außerdem» – sie errötete und zog steif die Schultern hoch –, «außerdem kann ich es mir nicht leisten, zwei Lehrer zu bezahlen.» Thea merkte, daß sie es nicht ungeschickter hätte formulieren können, und wandte sich unglücklich wieder dem Klavier zu.

«Das weiß ich. Ich meine auch nicht, daß Sie zwei Lehrer bezahlen sollen. Wenn Sie zu Bowers gehen, werden Sie mich nicht mehr brauchen. Ich brauche Ihnen wohl kaum zu sagen, daß ich Sie nicht gerne verliere.»

Thea sah ihn verletzt und entrüstet an. «Aber ich will gar nicht zu Bowers gehen. Ich will nicht von Ihnen weggehen. Ich verstehe Sie nicht. Arbeite ich nicht genug? Sie unterrichten doch bestimmt Schüler, die sich nicht halb so sehr anstrengen wie ich.»

Harsanyi erhob sich. «Mißverstehen Sie mich nicht, Miss Kronborg. Sie interessieren mich von all meinen Schülern am meisten. Seit Monaten denke ich darüber nach, was das Richtige für Sie wäre, seit dem Abend, als Sie mir zum erstenmal vorgesungen haben.» Er ging zum Fenster, drehte sich um und kam wieder auf sie zu. «Ich glaube, Ihre Stimme verdient es, daß Sie Ihre ganze Anstrengung darauf konzentrieren. Ich habe mir die Entscheidung nicht leicht gemacht. Ich habe Sie genau beobachtet und kam immer mehr zu der Überzeugung, entgegen meinen eigenen Wünschen. Ich kann keine Sängerin aus Ihnen machen, also war es meine Aufgabe, jemanden zu finden, der das kann. Sogar Theodore Thomas habe ich um Rat gefragt.»

«Aber was ist, wenn ich gar nicht Sängerin werden will? Ich will weiter von Ihnen unterrichtet werden. Was steckt denn wirklich dahinter? Denken Sie vielleicht, ich habe kein Talent? Wird aus mir nie eine Pianistin werden?»

Harsanyi ging auf dem langen Läufer vor ihr auf und ab. «Liebe Thea, Sie sind sehr begabt. Sie könnten Pianistin werden, eine gute. Aber wenn jemand Pianist werden will, ein Pianist, wie Sie es werden wollen, muß er von klein auf üben, üben und nochmals üben. Es darf für ihn nichts anderes geben als die Musik. In Ihrem Alter muß er sein Instrument bereits vollkommen beherrschen. Fehlendes Üben kann später nicht mehr aufgeholt werden. Sie wissen genau, daß Ihre Technik gut ist, aber herausragend ist sie nicht, sie wird nie an ihre Musikalität heranreichen. Sie haben sehr viel Ausdauer, aber das viele Üben liegt Ihnen nicht. Ich glaube, Sie sind nicht zur Pianistin geboren. Es ist nicht Ihr Weg. Sie würden unglücklich werden. Die ungeheure Anstrengung, die dazu notwendig wäre, könnte Ihr Spiel verderben und exzentrisch machen.» Er warf den Kopf in den Nacken und sah seine Schülerin mit seinem Auge an, das tiefer zu blicken schien als jedes Augenpaar, so als hätte es Sonderrechte, weil es nur eines war. «O, ich habe Sie sehr genau beobachtet, Miss Kronborg. Sie hatten so schlechte Voraussetzungen und selbst so viel geleistet, daß es mich gedrängt hat, Ihnen zu helfen. Ihr Wesen drängt nur auf das eine Ziel hin, daß Sie zu sich selbst finden, Sie selbst werden. Bevor ich Sie singen hörte, fragte ich mich immer, auf welchem Weg Sie wohl an Ihr Ziel gelangen würden, aber seitdem wird es mir mit jedem Tag klarer.»

Thea sah weg. Ihre Augen verengten sich und richteten sich aufs Fenster. «Wollen Sie sagen, ich soll Sängerin werden, weil ich nicht das Zeug zur Pianistin habe?»

«Sie sind intelligent genug und auch talentiert genug. Aber um das zu erreichen, was sie erreichen wollen, braucht es mehr – man muß dazu berufen sein. Und ich bin von Ihrer musikalischen Berufung überzeugt, aber für die Stimme, nicht für das Klavier. Wenn Sie wüßten», er brach ab und seufzte, «wenn Sie wüßten, wie sehr ich Sie manchmal beneide. Der Weg der Stimme ist um so vieles kürzer, man muß sich lange nicht so anstrengen, um den Lohn zu erreichen. In Ihrer Stimme hat die Natur Ihnen etwas gegeben, wofür Sie am Klavier viele Jahre brauchen würden. Vielleicht sind Sie doch nicht am falschen Ort geboren. Lassen Sie uns offen sprechen. Das haben wir bisher noch nie getan, und ich habe Ihre Zurückhaltung respektiert. Was Sie sich mehr als alles andere wünschen ist, Musikerin zu werden. Stimmt das?»

Sie wandte ihr Gesicht ab und sah auf die Tasten. Sie antwortete mit belegter Stimme. «Ja, ich glaube schon.»

«Wann hatten Sie den Wunsch zum erstenmal?»

«Ich weiß es nicht. Er war irgendwie schon immer da.»

«Haben Sie nie daran gedacht, daß Sie einmal Sängerin werden könnten?»

«Doch.»

«Wie lange ist das schon her?»

«Eigentlich immer, bevor ich zu Ihnen kam. Durch Sie bekam ich den Wunsch, Klavier zu spielen.» Ihre Stimme zitterte. «Vorher wollte ich das zwar immer glauben, aber ich machte mir etwas vor.»

Harsanyi streckte die Hand aus und ergriff die ihre, die sie herabhängen ließ. Er drückte sie, als wolle er ihr etwas geben. «Begreifen Sie nicht, liebe Thea, daß es daher kam, weil ich der erste Musiker war, mit dem Sie zusammentrafen? Wäre ich Posaunist gewesen, wäre genau dasselbe passiert, und Sie hätten den Wunsch gehabt, Posaune zu spielen. Aber während Sie sich die ganze Zeit über mit solchem Eifer bemühten, hat etwas gegen mich gekämpft. Sehen Sie, wir saßen hier, Sie und ich, vor diesem Instrument» – er schlug mit der Hand auf das Klavier –, «drei gute Freunde, und wir mühten uns ab. Aber die ganze Zeit stand uns etwas im Wege: Ihre Begabung und die Persönlichkeit, die in Ihnen angelegt ist. Wenn Sie den Weg zu dieser Begabung und zu dieser Persönlichkeit finden, werden Sie zur Ruhe kommen.

Sie wollten von Anfang an Musikerin werden; nun, Sie werden eine Musikerin; und Sie werden immer eine bleiben.»

Thea holte tief Luft. Sie ließ die Hände in den Schoß sinken. «Also bin ich wieder dort, wo ich angefangen habe. Ohne Lehrer, ohne etwas erreicht zu haben. Ohne Geld.»

Harsanyi wandte sich ab. «Machen Sie sich keine Sorgen um das Geld, Miss Kronborg. Kommen Sie im Herbst wieder, dann werden wir eine Lösung finden. Ich werde sogar zu Mr. Thomas gehen, wenn das nötig ist. Dieses Jahr ist nicht verloren. Wenn Sie wüßten, welchen Vorteil Sie durch die Arbeit in diesem Winter, durch Ihre ganze Klavierausbildung gegenüber den meisten anderen Sängern haben. Vielleicht war diese Entwicklung besser für Sie, als wenn wir alles von Anfang an so geplant hätten.»

«Aber nur, falls ich wirklich singen kann.»

Thea sagte das sehr ironisch, so ironisch, daß es schon fast verletzend klang. Es traf Harsanyi, weil er es nicht als aufrichtig empfand, sondern für eine überflüssige Ziererei hielt.

Er wandte sich brüsk zu ihr um. «Miss Kronborg, beantworten Sie mir eine Frage. Sie wissen, daß Sie singen können, habe ich recht? Sie haben es schon immer gewußt. Während wir hier zusammen gearbeitet haben, dachten Sie bei sich: ‹Ich habe etwas, von dem du überhaupt nichts ahnst. Das wäre eine Überraschung für dich.› Habe ich damit auch recht?»

Thea nickte und ließ den Kopf hängen.

«Warum waren Sie nicht offen zu mir? Habe ich es nicht verdient?»

Ein Schaudern ging durch sie hindurch. Ihre eingezogenen Schultern zitterten. «Ich weiß es nicht», murmelte sie. «Ich wollte mich nicht so verhalten. Ich konnte nicht. Ich kann nicht. Es ist etwas anderes.»

«Wollen Sie sagen, es war zu persönlich?» fragte er freundlich.

Sie nickte. «Nicht in der Kirche oder auf Beerdigungen oder vor Leuten wie Mr. Larsen. Aber bei Ihnen war es – persönlich. Ich bin nicht wie Sie und Mrs. Harsanyi. Ich stamme aus einer einfachen Familie. Ich selbst bin ein einfacher Mensch. Aber ich bin auch eigenständig. Es war – alles, was ich hatte. Es hat keinen Sinn, darüber zu reden, Mr. Harsanyi. Ich kann es nicht erklären.»

«Das müssen Sie auch nicht. Ich verstehe es. Jeder Künstler kennt das.» Harsanyi betrachtete den gesenkten Kopf und den Rücken seiner Schülerin, der wie von einer schweren Last gebeugt war. «Für diese Leute können Sie singen, weil Sie innerlich nicht beteiligt sind. Aber die Wirklichkeit, die kann man erst aufdecken, wenn man sich sicher ist. Man kann vor sich selbst versagen, aber man darf es nicht soweit kommen lassen, daß man sich sein Versagen eingestehen muß. Deshalb zeigt man es lieber erst gar nicht. Lassen Sie mich Ihnen helfen, Ihrer selbst sicher zu werden. Das kann ich besser als Bowers.»

Thea hob ihr Gesicht und streckte die Hände aus.

Harsanyi schüttelte den Kopf und lächelte. «Keine Versprechungen! Sie werden viel zu tun haben. Es wird nicht nur die Stimme sein, sondern auch Französisch, Deutsch, Italienisch. Das wird Sie beschäftigen. Aber manchmal werden Sie jemanden brauchen, der Sie versteht; für das, was Sie nie jemandem zeigen, werden Sie einen Vertrauten brauchen. Und dann müssen Sie zu mir kommen.» Er sah sie mit eindringlichem, warmem Blick an. «Sie wissen, was ich meine, dieses Etwas in Ihnen, das sich nicht um kleine Dinge kümmert, das sich nur für das Schöne und Große interessiert.»

Thea streckte die Hände aus, als wolle sie ihn wegschieben. Aus ihrer Kehle drang ein Laut, der aber unverständlich war. Harsanyi nahm eine ihrer Hände und küßte sie leicht. Diese Geste war eine Begrüßung, kein Abschied, und sie galt jemandem, dem er niemals zuvor begegnet war.»

Als Mrs. Harsanyi um sechs Uhr hereinkam, saß ihr Mann lustlos am Fenster. «Müde?» fragte sie.

«Ein wenig. Ich habe gerade etwas Schwieriges hinter mich gebracht. Ich habe Miss Kronborg weggeschickt; zu Bowers, damit er ihr Gesangsunterricht gibt.»

«Miss Kronborg weggeschickt? Andor, was ist los mit dir?»

«Es war keine überstürzte Sache. Ich wußte schon seit geraumer Zeit, daß ich das tun sollte. Sie ist zur Sängerin geboren, nicht zur Pianistin.»

Mrs. Harsanyi setzte sich auf den Klavierstuhl. Sie sprach mit Bitterkeit in der Stimme: «Wie kannst du dessen so sicher sein? Sie war immerhin die Beste, die du hattest. Ich dachte, du wolltest sie an deinem Vortragsabend zusammen mit den anderen Schülern im nächsten Herbst spielen lassen. Mit Sicherheit hätte sie dort großen Eindruck gemacht. Ich hätte sie entsprechend zurechtgemacht, dann hätte sie bestimmt Aufmerksamkeit erregt. Sie ist so ein ungewöhnliches Mädchen.»

Harsanyi beugte sich vornüber und sah zu Boden. «Ja, ich weiß. Natürlich wird sie mir fehlen.»

Mrs. Harsanyi blickte auf den feinen Kopf ihres Mannes, der sich vor dem grauen Fenster abzeichnete. Sie hatte nie tiefer für ihn empfunden als in diesem Moment. Sie fühlte sich schmerzlich zu ihm hingezogen. «Du wirst es nie zu etwas bringen, Andor», sagte sie betrübt.

Harsanyi saß unbeweglich da. «Nein, ich werd's nie zu etwas bringen», wiederholte er ruhig. Unvermittelt sprang er auf, mit jener Leichtigkeit, die sie so gut an ihm kannte, und stellte sich mit überkreuzten Armen vors Fenster. «Aber eines Tages werde ich ihr ins Gesicht sehen können, ohne traurig zu sein, weil ich alles für sie getan habe, was in meinen Kräften stand. Ich glaube an sie. Die gewöhnlichen Dinge sind nichts für sie. Sie ist etwas Besonderes in einer durch und durch gewöhnlichen Welt. Das gibt mir Befriedigung. Es bedeutet mir mehr, als wenn sie bei meinem Konzert vorspielen würde und mir ein Dutzend Schüler mehr einbrächte. Diese ganze Tretmühle bringt mich um den Verstand, wenn ich nicht von Zeit zu Zeit Hoffnungen haben darf, für irgend jemanden! Wenn ich nicht manchmal einen Vogel sehen und ihm nachwinken kann.»

Er klang ärgerlich und verletzt. Mrs. Harsanyi begriff, daß dies einer der Momente war, wo er seine Frau als einen Teil der Tretmühle betrachtete, der «durch und durch gewöhnlichen Welt». Er hatte etwas weggegeben, das ihm sehr viel bedeutet hatte, und er sah verbittert auf das, was ihm geblieben war. Diese Stimmung würde vorübergehen, und es würde ihm leid tun. Sie kannte ihn. Es verletzte sie natürlich, aber dieses Gefühl war nicht neu für sie. Es war so alt wie ihre Liebe zu ihm. Sie ging und ließ ihn allein.

VIII

An einem feuchtwarmen Juniabend raste der Denver-Express Richtung Westen über die erdig riechenden Ebenen von Iowa. Die Lichter im Salonwagen waren gedämpft und die Lüftungsschlitze geöffnet, durch die ein Regen von Ruß und Staub auf die Reisenden in den engen, grünen Plüschsitzen herunterrieselte, die alles andere als bequem waren. Alle Sitze waren mit eingerollten oder ausgestreckten oder unruhig von einer Stellung in die andere wechselnden Gestalten belegt: übermüdete Männer in zerknitterten Hemden, mit gelöstem Kragen und heruntergelassenen Hosenträgern; alte Frauen, die sich schwarze Taschentücher um den Kopf gebunden hatten; nachlässige junge Frauen, die eingeschlafen waren, während sie ihre Säuglinge stillten, ohne sich das Kleid wieder zuzuknöpfen; schmuddelige Jungen, die das allgemeine Unbehagen noch dadurch vergrößerten, daß sie ihre Stiefel auszogen. Der Bremser, der bei seinem mitternächtlichen Rundgang durch den Wagen kam, rümpfte verächtlich die Nase und sah zu den Lüftungsschlitzen hinauf. Als er auf die Doppelreihe verrenkter Gestalten blickte, sah er ein helles, weit geöffnetes Augenpaar, einen Blondkopf, dem die drückende Hitze und der Geruch im Wagen nichts anzuhaben schien. «Das ist ein Mädchen für dich», dachte er, als er neben Theas Sitz stehenblieb.

«Soll ich Ihnen das Fenster ein bißchen aufmachen?» fragte er.

Thea lächelte ihn an. Sie wußte seine Freundlichkeit richtig einzuschätzen. «Das Mädchen hinter mir ist krank. Es wäre nicht gut, wenn sie einen Zug bekommt. Wie spät ist es bitte?»

Er zog seine Uhr aus der Tasche und hielt sie ihr mit wissender Miene vor die Augen. «Sie haben's wohl eilig?» fragte er. «Ich lasse die Tür auf der anderen Seite offen, damit etwas Luft reinkommt. Machen Sie die Augen ein bißchen zu, dann vergeht die Zeit schneller.»

Thea nickte ihm zu, legte ihren Kopf auf das Kissen zurück und sah auf die Petroleumlampen an der Decke. Sie fuhr für die Sommerferien nach Moonstone zurück. Sie hatte keinen Liegewagen genommen, weil sie dadurch auf einfache Weise Geld sparen konnte. In ihrem Alter zählte Bequemlichkeit nicht viel, wenn man dadurch fünf Dollar am Tag gewann. Sie hatte fest damit gerechnet, daß sie schlafen könne, wenn es im Wagen still würde, aber direkt hinter ihr saß eine Mutter mit ihrer kranken Tochter, und das Mädchen hatte seit zehn Uhr ununterbrochen gehustet. Sie kamen von irgendwo in Pennsylvania und waren schon die zweite Nacht unterwegs. Die Mutter hatte erzählt, sie wollten nach Colorado «wegen der Lungen ihrer Tochter». Das Mädchen war etwas älter als Thea, vielleicht neunzehn, hatte geduldige dunkle Augen und braunes lockiges Haar. Sie war hübsch, trotz Ruß und Reiseschmutz. Sie hatte einen Satinkimono mit häßlichem Muster über ihre gelösten Kleider gezogen. Als Thea in Chicago in den Zug stieg, war sie zufällig bei diesem Sitz stehengeblieben, um kurz ihre schwere Reisetasche abzustellen. Sie hatte nicht vorgehabt, sich dort hinzusetzen, aber das kranke Mädchen hatte sie mit flehendem Blick angesehen und gesagt: «Bitte bleiben Sie hier, Miss. Ich möchte nicht, daß sich ein Mann vor mich setzt.»

Als das Mädchen anfing zu husten, war kein anderer Sitz mehr frei, und selbst wenn, wäre es kaum möglich gewesen, den Platz zu wechseln, ohne sie zu kränken. Die Mutter drehte sich auf ihre Seite und schlief ein; sie war an das Husten gewöhnt. Aber das Mädchen war hellwach, den Blick an die Waggondecke geheftet, wie Thea. Die beiden Mädchen müssen dort sehr unterschiedliche Dinge gesehen haben.

Thea ließ noch einmal ihren Winter in Chicago an sich vorbeiziehen. Nur in außergewöhnlichen oder ungewohnten Situationen gelang es ihr, ausgiebig über sich und das, was sie beschäftigte, nachzudenken. Durch die Geschwindigkeit und das Rattern der Räder unter ihr schienen sich ihre Gedanken schneller und klarer zu formen. Sie hatte bei Madison Bowers zwanzig sehr teure Stunden genommen, aber sie wußte noch immer nicht, was er von ihr oder ihren

Fähigkeiten hielt. Er war anders als alle Männer, mit denen sie bisher zu tun gehabt hatte. Zu ihren anderen Lehrern hatte sie eine persönliche Beziehung gehabt, aber zu ihm nicht. Bowers war ein kalter, verbitterter Geizkragen, aber er verstand sehr viel von Stimme und Gesang. Er arbeitete an einer Stimme wie ein Chemiker, indem er eine Reihe von Experimenten durchführte. Er war gewissenhaft und fleißig, ja er kannte sogar Anfälle von unterkühlter Leidenschaft, wenn er mit einer interessanten Stimme arbeitete, aber Harsanyi behauptete, er habe die Seele eines Stockfischs und könne einem Künstler nicht mehr helfen, sich zu entwickeln, als ein Halsspezialist. Thea wurde klar, daß sie in den zwanzig Stunden bei ihm viel gelernt hatte.

Auch wenn sie alles in allem Bowers viel weniger mochte als Harsanyi, so war sie doch insgesamt glücklicher, seitdem sie bei ihm Stunden nahm. Sie hatte sich immer gesagt, sie nehme Klavierunterricht, um einmal eine gut ausgebildete Musiklehrerin zu sein. Sie stellte sich hingegen nie die Frage, warum sie Gesangsunterricht nahm. Ihre Stimme hatte, mehr als jeder andere Teil von ihr, mit diesem Vertrauen zu tun, mit dem Gefühl, eins mit sich selbst und innerlich zufrieden zu sein, ein Gefühl, das sie immer wieder empfunden hatte, solange sie denken konnte.

Über dieses Gefühl hatte Thea nie mit einem Menschen gesprochen, bis zu dem Tag, als sie Harsanyi erzählte, es sei «schon immer dagewesen». Vorher hatte sie sich zur Geheimhaltung verpflichtet, auch als Schutz vor sich selbst. Sie hatte immer geglaubt, wenn sie alles tue, was ihre Familie, die Lehrer und die Schüler von ihr erwarteten, könnte sie diesen Teil ihres Wesens davor bewahren, vom Alltag angetastet zu werden. Sie zweifelte nicht daran, daß sie eines Tages, wenn sie älter wäre, sehr viel mehr darüber wissen würde. Es war, als hätte sie eine Verabredung mit dem fehlenden

Teil ihres Wesens, irgendwann, irgendwo. Er bewegte sich auf sie zu, und sie bewegte sich auf ihn zu. Dieses Zusammentreffen wartete auf sie, so sicher wie auf das arme Mädchen, das hinter ihr saß, ein Loch in der Erde wartete, das schon gegraben war.

Für Thea hatte so viel mit einem Loch in der Erde begonnen. Ja, dieser neue Teil ihres Lebens, dachte sie, hatte an dem Morgen begonnen, als sie auf dem Sandhügel neben Ray Kennedy saß, unter dem flimmernden Schatten der Pappel. Sie erinnerte sich, wie Ray sie an jenem Morgen angesehen hatte. Warum hatte sie ihm so viel bedeutet? Und Wunsch und Doktor Archie und Chicano-Johnny, warum? Etwas, das mit ihr zu tun hatte, war der Grund, aber sie war es nicht. Es war etwas, woran sie glaubten, aber es war nicht sie. Vielleicht verbarg jeder von ihnen einen anderen Menschen in sich, so wie sie es tat. Warum suchten sie scheinbar nach einem zweiten Ich in ihr und nicht in sich selbst? Thea blinzelte in das gedämpfte Licht der Deckenleuchte. Wenn nun dieses zweite Ich auf irgendeine Weise zu allen anderen zweiten Ichs sprechen könnte? Wenn man diese Ichs hervorlocken könnte, wie der Whiskey das von Chicano-Johnny? Wie tief lag dieses zweite Selbst verborgen, und wie wenig wußte man doch darüber, außer, daß man es gut hüten mußte. Dieser verborgene Teil der Menschen sprach ganz besonders auf die Musik an. Ihre Mutter – sogar ihre Mutter hatte etwas in sich, das von der Musik berührt wurde.

Thea horchte auf das Husten hinter sich, und ihr fiel auf, daß es still war. Sie drehte sich vorsichtig um und sah über die Kopfstütze ihres Sitzes nach hinten. Das arme Mädchen war eingeschlafen. Thea betrachtete sie eingehend. Warum hatte sie solche Angst vor Männern? Warum sank sie in sich zusammen und wandte den Kopf zur Seite, sobald ein Mann an ihrem Sitz vorbeiging? Thea glaubte es zu wissen; natürlich wußte sie es. Wie furchtbar mußte es sein, in einem Alter so dahinzuschwinden, in dem man jeden Tag voller, kräftiger und runder werden müßte. Wenn nun auf sie solch ein dunkles Loch warten würde, zwischen heute nacht und dem Ort, wo sie sich selbst begegnen sollte? Ihre Augen verengten sich. Sie legte die Hand auf die Brust und spürte ihre eigene Wärme und ein volles, kräftiges Schlagen. Sie lächelte – obwohl sie sich dessen schämte – mit der natürlichen Verachtung des Starken für den Schwachen, mit dem selbstverständlichen Vertrauen in die körperliche Kraft, das die Wilden unbarmherzig macht. Man konnte nicht sterben, solange man das in sich spürte. Die Federn waren so fest gespannt, daß es lange Zeit dauern würde, bevor sie nachgeben. Das Leben war tief in ihr verwurzelt. Sie würde noch einiges erleben, bevor sie starb. Ihr wurde klar, daß in dieser Nacht viele Züge west- und ostwärts über den Kontinent raßten, und sie beförderten alle jungen Menschen, die etwas vom Leben erwarteten. Der Unterschied war, daß sie es wirklich bekommen würde! So einfach war das. Sollte man doch versuchen, sie aufzuhalten! Sie sah zornig auf die Reihen von Körpern, die schlaff in ihren Sitzen hingen. Sollten sie es doch versuchen! Außer ihrer Sehnsucht, die tief aus ihrem Innern kam, die selbstlos und erhaben war, gab es in Thea auch eine Überheblichkeit, eine Entschlossenheit vorwärtszukommen. Nun, es gibt Abschnitte im Leben, wenn ein starkes, hartnäckiges Selbstbewußtsein sich durchsetzt, nachdem die edleren Gefühle erschüttert und am Boden zerstört sind.

Thea bekräftigte sich selbst noch einmal darin, daß sie noch vieles erreichen wollte, und schlief ein.

Sie wurde am Morgen von den Sonnenstrahlen geweckt, die durch die Scheiben des Waggonfensters in ihr Gesicht stachen. Sie machte sich zurecht, so gut es ging, und während die Leute rings um sie herum ihre mitgebrachten Eßpakete auswickelten, floh sie in den Speisewagen. Ihre Sparsamkeit ging nicht so weit, daß sie sich die Mühe gemacht hätte, Proviant mitzunehmen. Zu dieser frühen Stunde waren wenig Leute im Speisewagen. Die weiße Tischwäsche war noch frisch, das schwarze Personal adrett und freundlich, und es war wunderschön anzusehen, wie das Sonnenlicht sich auf dem Silberbesteck und den gläsernen Wasserkaraffen brach. Auf jedem Tisch stand eine schlanke Vase mit einer einzelnen rosaroten Rose darin. Als Thea sich setzte, sah sie auf ihre Rose und fand, sie sei das Schönste auf der Welt. Sie war weit geöffnet und zeigte unverhüllt ihr gelbes Herz. Auf den Blütenblättern standen Wassertropfen. Die ganze Zukunft lag in dieser Rose, alles, was man sich erträumte. Die Blume ließ sie verschwenderisch werden. Sie bestellte ein ganzes Kännchen Kaffee, Rührei mit Schinken, wobei ihr der überhöhte Preis vollkommen gleichgültig war. Sie hatte genügend Selbstvertrauen, um sich ein Frühstücksei leisten zu können, wenn sie Appetit darauf hatte, sagte sie sich. Am Tisch gegenüber saßen ein Mann, seine Frau und ihr kleiner Sohn – Thea war sicher, daß sie von der Ostküste stammten. Sie sprachen mit dem schnellen, sicheren Stakkato, das Thea, genau wie Ray Kennedy, nach außen hin verachtete und insgeheim bewunderte. Wer sich so selbstsicher und so gewählt ausdrücken konnte, hatte einen außerordentlichen Vorteil im Leben, überlegte sie. Es gab viele Worte, die sie in ihrer gewohnten Ausdrucksweise nicht richtig aussprechen konnte, obgleich sie sie fehlerlos sang. Sprache war die Kleidung; sie konnte einem weiterhelfen oder einen bloßstellen. Aber am allerwichtigsten war es, nicht etwas scheinen zu wollen, was man gar nicht war.

Als sie bezahlte, fragte sie den Kellner: «Meinen Sie, ich könnte eine dieser Rosen kaufen? Ich sitze in einem Abteil mit einem kranken Mädchen. Ich würde ihr gerne eine Tasse Kaffee und eine dieser Blumen mitnehmen.»

Dem Kellner war nichts lieber, als Fahrgästen behilflich zu sein, denen er sich überlegen fühlen konnte. Er sagte Thea, es seien noch einige Rosen in der Kühlbox, und er würde ihr eine holen. Er trug ihr die Blume und den Kaffee in den Waggon. Thea zeigte ihm das Mädchen, aber sie begleitete ihn nicht. Sie haßte Dankesbezeigungen und konnte sie nie entgegennehmen, ohne verlegen zu werden. Sie blieb draußen auf der Plattform stehen und schnappte ein wenig frische Luft. Der Zug überquerte eben den Platte River, und das Sonnenlicht war so hell, daß es in winzigen Flämmchen auf den glitzernden Sandbänken, den Weidenbüschen und der unruhigen, gekräuselten Oberfläche des seichten Wassers zu flimmern schien.

Thea fühlte, daß sie nach Hause zurückkehrte. Sie hatte Mrs. Kronborg oft sagen hören, sie sei eine überzeugte Immigrantin, und auch Thea glaubte, daß es gut für die Menschen war, in dieses Land zu kommen. Diese Erde erschien ihr jung, frisch und liebenswürdig, ein Ort, wo Flüchtlinge aus alten, trostlosen Ländern eine neue Chance bekamen. Die bloße Abwesenheit von Felsen gab dem Boden eine Güte und Großzügigkeit, und das Fehlen natürlicher Begrenzungen öffnete dem Geist größeren Raum. Mit Drahtzäunen markierte man vielleicht die Grenzen seiner Weide, aber sie schlossen nicht die Gedanken ein, wie es Berge und Wälder tun. Über flachem Land wie diesem, das sich ausdehnte, um die Sonne einzusaugen, sangen die Lerchen – und das Herz sang dort auch.

Thea war glücklich, daß dies ihr Land war, auch wenn man dort nicht lernte, gewählt zu sprechen. Es war auf seine Art ein ehrliches Land. In der blauen Luft lag ein neues Lied, das noch niemand auf der Welt gesungen hatte. Es war schwer zu beschreiben, denn es gab keine Worte dafür; es war wie das Mittagslicht über der Wüste oder der Duft, den Beifußbüschel nach einem Regenschauer verströmen, nicht greifbar und dennoch mächtig. Sie hatte das Gefühl, als kehre sie zu einer freundlichen Erde zurück, deren Freundschaft sie in gewisser Weise stark machen würde. Ein naives, großzügiges Land, das einem seine Lebenskraft, seine großherzige kindliche Liebesfähigkeit gab, so wie es einem auch seine einfachen, leuchtenden Blumen schenkte.

Als sie diese herrliche Luft einsog, gingen Theas Gedanken zu Ray Kennedy zurück. Auch er hatte das Gefühl gehabt, alles zu beherrschen, als sei er Herr über den gesamten Südwesten, weil er dort so viel herumgekommen war und ihn kannte «wie die Schwielen auf seiner Hand», wie er sich ausdrückte. Dieses Gefühl, dachte sie, war das eigentliche Bindeglied zwischen Ray und ihr gewesen. Jetzt, da sie nach Colorado zurückging, wurde es ihr bewußt wie nie zuvor.

IX

Thea kam am späten Nachmittag in Moonstone an, und die ganze Familie war da, um sie abzuholen, bis auf ihre beiden älteren Brüder. Gus und Charley waren junge Männer geworden und hatten beim Mittagessen erklärt, es sähe doch lächerlich aus, wenn der ganze Verein zum Zug marschierte. «Es ist völlig überflüssig, ein solches Theater um Thea zu machen, nur weil sie in Chicago gewesen ist», belehrte Charley seine Mutter. «Sie ist ohnehin schon so von sich eingenommen, und wenn du sie auch noch behandelst wie einen Staatsgast, wird man es mit ihr überhaupt nicht mehr aushalten können.» Mrs. Kronborg warf ihm nur einen stummen Blick zu, und er verschwand brummend. Sie hatte, wie

Mr. Kronborg immer wieder mit schief gelegtem Kopf sagte, ihre Kinder gut im Griff. Auch Anna wäre der Gruppe am liebsten ferngeblieben, aber ihre Neugier trug dann doch den Sieg davon. So war also eine ansehnliche Vertretung der Kronborgs auf dem Bahnsteig versammelt, als Thea über die Trittstufe, die der Bahnwärter hingestellt hatte, aus dem Zug stieg. Nachdem alle ihr einen Begrüßungskuß gegeben hatten (Gunner und Axel eher widerstrebend), scheuchte Mr. Kronborg seine Schäfchen in den Hotelbus, in dem sie sich vornehm nach Hause chauffieren ließen, vorbei an den Nachbarn, die sich aus den Fenstern lehnten, um sie vorbeifahren zu sehen.

Die ganze Familie redete gleichzeitig auf sie ein, nur Thor – der mit seiner neuen Hose Eindruck machen wollte – hüllte sich in Schweigen und weigerte sich, auf Theas Schoß zu sitzen. Gleich zu Anfang erzählte Anna ihr, daß Maggie Evans, das Mädchen, das bei den Gebetskreisen immer so hustete, gestern gestorben sei und sich gewünscht hätte, Thea möge auf ihrer Beerdigung singen.

Theas Lächeln gefror. «Ich habe überhaupt nicht vor, diesen Sommer zu singen, abgesehen von meinen Übungen. Bowers sagt, ich habe meine Stimme letzten Winter überstrapaziert, weil ich so viel bei Beerdigungen gesungen habe. Wenn ich schon gleich am ersten Tag nach meiner Rückkehr wieder anfange, wird es immer so weitergehen. Du kannst ihnen ja sagen, ich habe mich im Zug erkältet oder so was.»

Thea bemerkte den Blick, den Anna ihrer Mutter zuwarf. Sie erinnerte sich, diesen Blick schon oft bei Anna gesehen zu haben, aber sie hatte sich nie etwas dabei gedacht, weil sie daran gewöhnt war. Jetzt fiel ihr auf, daß es ein unverblümt gehässiger und sogar feindseliger Blick war. Mit einemmal begriff sie, daß Anna schon immer eine tiefe Abneigung gegen sie gehabt haben mußte.

Mrs. Kronborg hatte anscheinend nichts bemerkt und wechselte das Gesprächsthema, indem sie Thea erzählte, daß Doktor Archie und Mr. Upping, der Juwelier, sie am Abend besuchen kommen wollten und daß sie Chicano-Johnny eingeladen hatte, weil er sich den Winter über so gut gehalten hatte und Ermunterung brauchte.

Am nächsten Morgen erwachte Thea früh in ihrem Zimmer unter dem Dachvorsprung und beobachtete vom Bett aus die Sonnenstrahlen auf den Rosen ihrer Tapete. Sie überlegte, ob ihr ein schön verputzter Raum jemals so gut gefallen würde wie dieser mit seinen spärlichen Tapetenresten. Es war eng und heimelig wie eine Bootskabine. Ihr Bett stand gegenüber dem Fenster an der Wand, unter der Dachschräge. Als sie wegging, konnte sie die Decke mit den Fingerspitzen gerade berühren; jetzt schaffte sie es mit der Handfläche. Es war so klein, daß es aussah wie eine sonnige Höhle, deren Decke ganz mit Rosen bewachsen war. Durch das tiefliegende Fenster konnte sie im Liegen die Leute auf der anderen Straßenseite vorbeigehen sehen. Männer, die in die Stadt gingen, um ihre Läden zu öffnen. Thor fuhr mit seinem Wägelchen ratternd über den Gehweg. Tillie hatte ihr einen Strauß rosaroter Nelken in einem Wasserglas auf die Frisierkommode gestellt, die einen angenehmen Duft verströmten. Die blauen Eichelhäher zankten und zeterten wie immer in den Zweigen der Pappel vor ihrem Fenster, und sie konnte hören, wie der alte Baptistendiakon über der Straße seine Hühner zusammenrief, wie sie es jeden Sommermorgen gehört hatte, seit sie denken konnte. Es war wohltuend, in diesem Bett und in diesem Raum aufzuwachen und die Helligkeit dieses Tages zu spüren, während das Licht in goldenen Flecken über die Tapete der niedrigen Decke tanzte, von dem gesprungenen Spiegel und dem Wasserglas mit den Nelken reflektiert. «Im leuchtenden Sommermor-

gen»; diese Zeilen und das Gesicht ihres alten Lehrers kamen ihr in den Sinn, vielleicht aus den Tiefen des Schlafs.
Thea hatte einen angenehmen Traum gehabt, aber sie konnte sich nicht mehr genau daran erinnern. Sie wollte heute
Mrs. Kohler einen Besuch machen und die Tauben beobachten, wie sie ihre rosaroten Füßchen in den Tropfen aus dem
Wassertank wuschen und um ihr Häuschen herumflogen,
das sicher einen neuen weißen Anstrich für den Sommer
bekommen hatte. Auf dem Heimweg würde sie bei Mrs.
Tellamantez vorbeigehen. Am Sonntag wollte sie Gunner
überreden, mit ihr zu den Sandhügeln hinauszufahren. Sie
hatte sie in Chicago vermißt, hatte Heimweh nach ihrem
leuchtenden Gold am Morgen und ihrer sanften Färbung am
Abend gehabt. Der Michigansee hatte seltsamerweise niemals ihren Platz einnehmen können.

Wie sie so dalag und Pläne schmiedete, entspannt in
wohligem Halbschlaf, klopfte es an die Tür. Sie dachte, es sei
Tillie, die manchmal hereinschneite, bevor sie aus dem Bett
war, um ihr mit irgend etwas eine Freude zu machen, worüber sich sonst die Familie lustig gemacht hätte. Aber statt
dessen kam Mrs. Kronborg selbst mit einem Frühstückstablett für Thea herein, gedeckt mit einer der besten weißen
Servietten. Thea setzte sich etwas verlegen im Bett auf und
zog ihr Nachthemd über der Brust zusammen. Mrs. Kronborg hatte morgens immer viel in der Küche zu tun, und Thea
konnte sich nicht daran erinnern, wann ihre Mutter je in ihr
Zimmer gekommen war.

«Ich dachte, du bist vielleicht müde von der Reise und
möchtest den Tag gemütlich beginnen.» Mrs. Kronborg stellte das Tablett auf dem Bettrand ab. «Ich habe etwas Rahm
für dich beiseite gestellt, bevor deine Brüder sich darüber hermachen konnten. Du hättest sie hören sollen.» Sie
lachte und setzte sich in den großen Holzschaukelstuhl.

Durch ihren Besuch fühlte Thea sich erwachsen und ernst genommen.

Mrs. Kronborg fragte sie nach Bowers und den Harsanyis. Sie fand Thea sehr verändert, sowohl im Gesicht als auch im Verhalten. Auch Mr. Kronborg hatte die Veränderung bemerkt und am vergangenen Abend beim Auskleiden voller Befriedigung mit seiner Frau darüber gesprochen. Mrs. Kronborg sah ihre Tochter an, die seitlich auf einen Ellbogen gestützt lässig ihren Kaffee trank. Ihr kurzärmeliges Nachthemd hatte sich am Hals wieder geöffnet, und Mrs. Kronborg bemerkte, wie weiß ihre Arme und Schultern waren, als seien sie in frische Milch getaucht. Ihr Oberkörper war voller als bei ihrer Abfahrt, ihre Brüste runder und fester, und obwohl ihre nackte Haut so weiß war, schimmerte sie rosig durch den dünnen Musselin. Ihr Körper hatte eine Elastizität, die von einer unbändigen Lebenslust herrührte. Ihr Haar, das in zwei lockeren Zöpfen links und rechts ihres Gesichts herunterhing, war gerade zerzaust genug, das Sonnenlicht in all seinen Lockenkringeln einzufangen.

Thea wachte immer mit rosigen Wangen auf. An diesem Morgen schien es ihrer Mutter, als hätte sie ihre Augen noch nie so weit geöffnet und leuchtend gesehen; wie klare grüne Quellen im Wald, in denen das frühe Morgenlicht spielte. Sie wäre eine sehr schöne Frau, dachte Mrs. Kronborg bei sich, wenn sie nur diesen grimmigen Blick ablegen würde, den sie manchmal hatte. Mrs. Kronborg freute sich an gutaussehenden Menschen, wo immer sie sie sah. Sie erinnerte sich noch daran, daß Thea als Baby das «wohlgeformteste» von allen ihren Kindern war.

«Ich muß dir ein längeres Bett besorgen», meinte sie, als sie das Tablett auf den Tisch stellte. «Für dieses wirst du allmählich zu groß.»

Thea sah ihre Mutter an und lachte, indem sie ihren Körper

genüßlich streckte und sich aufs Kissen zurückfallen ließ. Mrs. Kronborg setzte sich wieder.

«Ich möchte dich nicht drängen, Thea, aber ich glaube, du solltest morgen bei dieser Beerdigung singen. Ich könnte mir vorstellen, daß es dir ewig leid tun würde, wenn du es nicht tust. Manchmal verfolgt einen solch eine Kleinigkeit, die im Moment ganz unbedeutend scheint, und quält einen später sehr. Ich meine damit nicht, daß du dich diesen Sommer völlig von der Kirche vereinnahmen lassen sollst, wie das früher immer war. Ich habe deinem Vater meine Meinung dazu gesagt, und er ist sehr einsichtig. Aber Maggie hat letzten Winter recht oft mit anderen über dich gesprochen, fragte uns immer nach Neuigkeiten von dir und sagte, wie sehr sie dein Singen vermisse und so weiter. Ich meine, du solltest es in erster Linie für sie tun.»

«Ist gut, Mutter, wenn du meinst.» Thea sah ihre Mutter aus halb leuchtenden Augen an.

«Das ist gut, Kind.» Mrs. Kronborg stand auf und ging zum Tisch, um das Tablett mitzunehmen. Im Vorbeigehen streckte sie die Hand aus und legte sie Thea auf die Brust. «Du wirst schön rund», sagte sie und tastete sie ab. «An deiner Stelle würde ich das Nachthemd immer offen lassen. Es ist eine gute Jahreszeit, um deine Bronchien abzuhärten.»

Thea blieb still liegen und horchte, wie ihre Mutter mit festem Schritt über die nackten Dielen des Bodens ging. Bei ihrer Mutter gab es keine falsche Scham, überlegte sie. Ihre Mutter wußte sehr vieles, worüber sie niemals sprach, und all die Leute in der Kirche ließen sich ständig über Dinge aus, von denen sie nichts verstanden. Sie liebte ihre Mutter.

Und jetzt in die Mexikanersiedlung und zu den Kohlers! Sie wollte die gute Alte überraschen und ihr unangemeldet um den Hals fallen.

X

Chicano-Johnny hatte keinen eigenen Laden, aber er hatte einen Tisch und ein Auftragsbuch in der Ecke der Apotheke, wo Farben und Tapeten verkauft wurden, und er hielt sich dort um die Mittagszeit gelegentlich etwa eine Stunde lang auf. Thea war in die Apotheke gekommen, um mit dem Besitzer einen Schwatz zu halten, der ihr früher immer Bücher geliehen hatte. Sie traf Johnny, der gerade dabei war, die Wohnzimmertapete für das neue Haus des Bankbesitzers Smith zuzuschneiden. Sie setzte sich auf seinen Arbeitstisch und sah ihm zu.

«Johnny», sagte sie unvermittelt, «könntest du mir vielleicht den Text der mexikanischen Serenade aufschreiben, die du immer gesungen hast? Du weißt doch, ‹Rosa de Noche›. Dieses Lied ist etwas ganz Besonderes. Ich möchte es einstudieren. Dafür reicht mein Spanisch aus.»

Johnny unterbrach seine Arbeit und sah sie mit seinem strahlenden, zutraulichen Lächeln an. «Si, aber es ist etwas tief für Sie, glaub' ich; voz contralto. Es ist schon für mich tief.»

«Unsinn. Ich singe die tieferen Lagen besser als früher. Ich werd's dir beweisen. Bitte setze dich hin, und schreib's mir auf.» Thea winkte ihm mit dem gelben Bleistiftstummel, der an sein Auftragsbuch gebunden war.

Johnny fuhr mit den Fingern durch sein schwarzes, lockiges Haar. «Wie Sie wollen. Ich weiß nicht, ob diese Serenata ist gut für junge Fräulein. Bei uns dort ist eher für verheiratete Frauen. Sie singen für Ehemann – oder jemand anders vielleicht.» Johnny zwinkerte ihr zu und bat mit einem leichten Schulterzucken taktvoll um Entschuldigung. Er setzte sich an den Tisch und fing an, den Liedtext in seiner großen, steilen Schrift mit ihren verschnörkelten Anfangsbuchstaben aufzuschreiben, während Thea ihm über die Schulter sah. Nach einer Weile sah er auf. «Diese Lied nicht richtig mexikanisch», sagte er nachdenklich. «Es kommen von weiter unten; Brasilien, Venezuela, vielleicht. Ich lerne von eine Mann dort unten, und er lernen von andere Mann. Es ist fast mexikanisch, aber nicht richtig.» Thea gab nicht nach und zeigte wieder auf das Blatt. Das Lied hatte insgesamt drei Strophen. Als Johnny sie alle aufgeschrieben hatte, schaute er mit schräggelegtem Kopf eine Weile versonnen darauf. «Ich glaube nicht gut für hohe Stimme, Señorita», wandte er höflich, aber hartnäckig noch einmal ein. «Wie begleiten Sie mit Klavier?»

«Ach, das ist ganz einfach.»

«Für Sie vielleicht!» Johnny lächelte und trommelte mit den Kuppen seiner flinken braunen Finger auf die Tischplatte. «Wissen Sie was? Hören Sie, ich erzähle Ihnen.» Er stand auf und setzte sich neben sie auf den Tisch, indem er seinen Fuß auf einen Stuhl stellte. Ihm ging nichts über einen Schwatz um die Mittagszeit. «Als Sie ein kleines Mädchen waren, nicht größer als so, Sie kommen einmal zu meine Haus am Mittag, wie jetzt, und ich sitze vor Haustür, spiele Gitarre. Sie waren ohne Hut und ohne Schuhe; Sie von zu Hause weggelaufen. Sie stehen da, sehen mich an und hören zu. Nach einer Weile Sie sagen, ich muß singen. Ich singen irgendwas, und dann ich sage, Sie müssen singen mit mir. Sie kennen nicht die Wörter, natürlich, aber behalten die Melodie und singen so schön! Ich habe so etwas nie bei eine Kind gesehen, außer in Mexiko. Sie waren, oh, ich weiß nicht – sieben Jahre vielleicht. Nach eine Zeit der Pfarrer kommen und suchen nach Sie und fangen an zu schimpfen. Ich sage, ‹Nicht schimpfen, Master Kronborg. Sie kommen für Gitarre hören. Sie haben Musik in ihr, diese Mädchen. Woher hat sie?› Dann er hat erzählt von Ihre Großpapa, wie hat Oboe gespielt in alte Heimat. Ich nie vergessen.» Johnny lachte leise.

Thea nickte. «Ich erinnere mich auch daran. Ich mochte deine Musik lieber als die Musik in der Kirche. Wann ist bei euch wieder einmal Tanz, Johnny?»

Johnny neigte den Kopf. «Nun, Samstagabend haben die mexikanischen Jungs ein klein Party, eine danza. Sie kennen Miguel Ramas. Er haben zwei junge Vetter, zwei Jungen, sehr nett, kommen von Torreon. Sie gehen nach Salt Lake für arbeiten und bleiben zwei, drei Tage bei ihm, und er muß ein Party machen. Sie wollen auch kommen?»

So kam es, daß Thea zum Tanzfest der Mexikaner eingeladen wurde. Die Mexikanersiedlung hatte sich in den letzten Jahren um ein halbes Dutzend neuer Familien vergrößert, und die Mexikaner hatten einen Tanzsaal aus Lehmziegeln gebaut, der kaum anders aussah als ihre Häuser, außer, daß er länger war. Das Gebäude war so unauffällig, daß niemand in Moonstone von seiner Existenz wußte. Die jungen Mexikaner wollen nicht, daß man zuviel über sie weiß. Ray Kennedy wußte, was bei ihnen vorging, aber seit er tot war, gab es niemanden mehr, den die Mexikaner «simpatico» fanden.

Am Samstag nach dem Abendessen sagte Thea ihrer Mutter, sie wolle noch zu Mrs. Tellamantez gehen, und den Mexikanern eine Weile beim Tanzen zusehen. Johnny würde sie nach Hause bringen.

Mrs. Kronborg lächelte. Sie hatte gemerkt, daß Thea ein weißes Kleid angezogen und ihr Haar besonders sorgfältig aufgesteckt hatte und daß sie ihr bestes blaues Tuch trug. «Vielleicht schwingst du ja selbst auch das Tanzbein? Ich würde den Mexikanern auch gerne zusehen. Sie sind herrliche Tänzer.»

Thea machte einen schwachen Versuch, ihre Mutter zum

Mitgehen zu bewegen, aber Mrs. Kronborg lehnte wohlweislich ab. Sie wußte, daß Thea sich besser amüsieren würde, wenn sie allein hinginge, und folgte ihrer Tochter mit den Augen, als sie durchs Gartentor und den Gehweg entlangging, der zum Bahnhof führte.

Thea ging langsam. Es war ein milder, rosenroter Abend. Die Sandhügel waren lavendelfarben. Die Sonne war als glühende Kupferscheibe untergegangen, und die Schäfchenwolken im Osten leuchteten glutrot und goldgesprenkelt auf. Thea ließ das Pappelwäldchen und den Bahnhof hinter sich und verließ den Gehweg, um dem sandigen Pfad zur Mexikanersiedlung zu folgen. Sie hörte schon von Ferne das Kratzen von Geigen, die gestimmt wurden, Mandolinengeklimper und das Brummen eines Kontrabasses. Wo hatten sie wohl einen Kontrabaß her? Soviel sie wußte, gab es in Moonstone keinen. Sie fand später heraus, daß er einem von Ramas jungen Vettern gehörte, der nach Utah ging «für arbeiten» und sich damit bei Laune halten wollte.

Mexikaner warten nicht, bis es dunkel wird, um mit dem Tanzen anzufangen. Es war für Thea nicht schwierig, den neuen Tanzsaal zu finden, denn alle anderen Häuser in der Stadt waren von ihren Bewohnern verlassen. Sogar die kleinen Kinder hatten sie mitgenommen. Es fand sich immer ein Nachbar, der das Kind hielt, während die Mutter tanzte. Mrs. Tellamantez kam heraus, um Thea zu begrüßen, und führte sie hinein. Johnny verbeugte sich bei ihrem Eintritt auf der Bühne am anderen Ende des Raums, wo er zwei Geiger und einen Bassisten auf seiner Mandoline begleitete. Der Saal war lang und niedrig, mit weiß gekalkten Wänden und einem festgefügten Bretterboden, entlang der Wände standen Holzbänke, und in die Holzbalken waren einige Lampen geschraubt. Etwa fünfzig Personen füllten den Raum, die Kinder mitgerechnet. Mexikanische Tänze sind reine Familienangelegenheiten. Die Väter tanzten immer und immer wieder mit ihren kleinen Töchtern ebenso wie mit ihren Frauen. Eines der Mädchen kam zu Thea und begrüßte sie mit vor Vergnügen und Freude hochroten Wangen und stellte ihren Bruder vor, mit dem sie eben getanzt hatte. «Ich rate dir, immer mit ihm zu tanzen, wenn er dich auffordert», flüsterte sie. «Er ist der beste Tänzer hier, außer Johnny.»

Thea hatte schnell herausgefunden, daß sie die miserabelste Tänzerin des Abends war. Selbst Mrs. Tellamantez, die ihre Schultern völlig steif hielt, tanzte besser als sie. Die Musiker blieben nie lange auf ihren Posten. Wenn einen von ihnen die Lust zum Tanzen überkam, drückte er einem der anderen sein Instrument in die Hand, zog seine Jacke über und ging zur Tanzfläche hinunter. Johnny, der ein blusiges, weißes Seidenhemd trug, zog noch nicht einmal seine Jacke an.

Die Tanzfeste, die von den Eisenbahnern im Spritzenhaus veranstaltet wurden, waren die einzigen, zu denen Thea je hatte gehen dürfen, und sie waren ganz anders als dieses. Die Jungen machten derbe Späße und fanden es besonders witzig, einander auf der Tanzfläche anzurempeln. Zu den Squaretänzen gehörte immer die durchdringende Stimme des Ansagers, der gleichzeitig der Bezirksauktionator war.

Die Tanzveranstaltungen der Mexikaner dagegen waren angenehm ruhig. Es gab keinen Ansager, man unterhielt sich sehr leise, der Rhythmus der Musik war zurückhaltend und eingängig, die Männer waren charmant und höflich. Einige von ihnen hatte Thea noch nie anders als in Arbeitskleidung gesehen, mit Maschinenöl beschmiert, wenn sie im Eisenbahndepot arbeiteten, und mit Lehm, wenn sie Ziegeleiarbeiter waren. Wurde ein bekannter mexikanischer Walzer gespielt, sangen die Tänzer mit der gleichen Leichtigkeit, mit der sie sich bewegten. Da waren auch drei kleine Mädchen, noch keine zwölf Jahre alt, in ihren Kommunionkleidern, und eine von ihnen hatte sich eine orangerote Ringelblume ins schwarze Haar gesteckt, direkt über dem Ohr. Sie tanzten mit den Männern und miteinander. In dem niedrigen, spärlich beleuchteten Raum herrschte eine solche Zwanglosigkeit und freundliche, vergnügte Atmosphäre, daß Thea sich unwillkürlich fragte, ob es bei den Mexikanern keine Eifersüchteleien und keine Zwistigkeiten zwischen Nachbarn gab wie bei den Leuten in Moonstone. Man spürte an diesem Abend keinerlei Mißklang, sondern nur eine natürliche Harmonie in ihren Bewegungen, in der Art, sich zu begrüßen, ihren leisen Unterhaltungen und ihrem Lächeln.

Ramas kam mit seinen Vettern Silvo und Felipe auf sie zu, um sie ihr vorzustellen. Es waren zwei gutaussehende, freundliche junge Männer von achtzehn und zwanzig Jahren, mit blaßgoldenem Teint, glatten Wangen, scharf geschnittenen Zügen und gewelltem schwarzem Haar, wie das von Johnny. Sie waren ähnlich gekleidet, trugen beide schwarze Samtjacketts, darunter weiche Seidenhemden mit Opalknöpfen und schwarze herabhängende Halsbänder, die durch Goldringe gezogen waren. Beide waren charmant in ihrer Art, und ihre dunklen Stimmen erinnerten an Gitarrenklang. Sie sprachen kaum Englisch, aber ein Mexikaner kann auch mit sehr begrenztem Wortschatz viele Komplimente machen. Für die jungen Ramas war Thea eine strahlende Schönheit. Sie hatten nie zuvor eine Skandinavierin gesehen und waren von ihrem Haar und der hellen Haut ganz hingerissen. «Blanco y oro, semejante la Pascua!» (Weiß und Gold, wie Ostern!), sagten sie beide.

Sivo, der jüngere, erklärte, er würde es nicht übers Herz bringen, nach Utah weiterzureisen. Er und sein Kontrabaß hätten ihr Ziel erreicht. Der ältere war pfiffiger; er fragte

Miguel Ramas, ob es in Salt Lake City vielleicht noch mehr so schöne Mädchen gäbe.

Silvo, der mitgehört hatte, warf seinem Bruder einen Blick der Verachtung zu. «Noch mehr a Paraíso vielleicht!» erwiderte er scharf. Auch wenn sie nicht mit Thea tanzten, behielten sie sie im Blick, über den Kopf ihrer jeweiligen Partnerinnen hinweg. Das war auch nicht weiter schwierig: der einzige Blondkopf zwischen so vielen Dunkelhaarigen.

Thea hatte nicht vorgehabt, viel zu tanzen, aber die jungen Ramas tanzten so gut und waren so hübsch und voller Bewunderung für sie, daß sie ihren Bitten nicht widerstehen konnte. Wenn sie einen Tanz ausließ, erzählten sie ihr von ihrer Familie zu Hause und dem Wortspiel, das ihre Mutter auf ihre Namen gemacht hatte. Rama, auf Spanisch, heißt Zweig, erklärten sie. Als sie noch sehr klein waren, nahm ihre Mutter sie einmal mit, als sie den anderen Frauen half, die Kirche für Ostern zu schmücken. Jemand fragte sie, ob sie irgendwelche Blumen mitgebracht habe, und sie antwortete, sie hätte ihre «ramas» mitgebracht. Das war natürlich eine der Lieblingsgeschichten der Familie.

Kurz vor Mitternacht verkündete Johnny, daß es in seinem Haus für alle noch «bißchen Eis und bißchen Musica» geben würde. Er löschte die Lichter aus, und Mrs. Tellamantez ging voraus über den Platz zu ihrer Casa. Die Ramas-Brüder eskortierten Thea. Als sie ins Freie traten, rief Silvo aus: «Hace frío!» und legte ihr seine Samtjacke um die Schultern.

Die meisten der Anwesenden folgten Mr. Tellamantez und ließen sich auf dem Kiesboden in ihrem kleinen Innenhof nieder, während sie, Johnny und Mrs. Miguel Ramas Eis austeilten. Thea saß auf Felipes Jacke, da sie die von Silvo bereits um die Schultern hatte. Die jungen Männer lagen neben ihr auf den schimmernden Kieseln, einer rechts, der andere links. Johnny nannte sie schon «los acolitos» – die Ministranten.

Die Gespräche um sie herum plätscherten leise und träge dahin. Eines der Mädchen klimperte auf Johnnys Gitarre, ein anderes zupfte zaghaft an der Mandoline. Der Mond schien so hell, daß man jeden Blick und jedes Lächeln erkennen konnte und das Blitzen ihrer Zähne. Die Mondwinden über Mrs. Tellamantez' Tür hatten ihre Blüten weit geöffnet und strahlten in übernatürlichem Weiß. Der Mond selbst hing wie eine große blasse Blume am Himmel.

Nachdem das Eis aufgegessen war, kam Johnny mit der Gitarre unter dem Arm zu Thea herüber, und der ältere der Ramas-Brüder machte ihm höflich Platz. Johnny setzte sich, holte tief Atem und schlug einen wilden Akkord an, den er mit der anderen Hand gleich wieder abdämpfte. «Jetzt singen wir ein kleine Serenata, eh? Wollen Sie probieren?»

Als Thea zu singen begann, verstummten augenblicklich die Gespräche. Sie fühlte, daß all diese dunklen Augen sich auf sie hefteten. Sie schimmerten in der Dunkelheit. Ihre Gesichter traten aus dem Schatten heraus wie die kleinen weißen Blüten über der Tür. Felipe stützte den Kopf auf seine Hand. Silvo ließ sich auf den Rücken fallen und sah zum Mond hinauf, vor seinem inneren Auge noch immer Theas Gesicht. Nach der ersten Strophe flüsterte Thea Johnny zu: «Noch einmal von vorn, das war nicht gut genug.»

Sie hatte in Kirchen, bei Beerdigungen und vor Lehrern gesungen, aber niemals für so musikliebende Menschen. Es war das erste Mal, daß sie spürte, was Musik bewirken konnte. Alle wandten sich ihr mit vollster Aufmerksamkeit zu. In diesem Moment war ihnen alles andere in der Welt gleichgültig. Ihre Gesichter begegneten ihr offen, hingebungsvoll, rückhaltlos. Sie hatte das Gefühl, als strömten all diese warmblütigen Menschen in sie hinein. Mrs. Tellamantez' Schicksalsergebenheit, Johnnys Verrücktheit, die Bewunderung dieses Jungen, der still im Sand lag: augenblicklich schien das alles in ihrem Innern und nicht mehr um sie herum zu geschehen, so als hätte alles seinen Ursprung in ihr selbst.

Als sie endete, erhob sich unter ihren Zuhörern ein begeistertes Murmeln. Die Männer kramten aufgeregt nach Zigaretten. Famos Serreños, der Maurer mit dem Bariton, stieß Johnny an, warf ihm einen vielsagenden Blick zu und seufzte tief auf. Johnny stützte sich auf den Ellbogen, wischte sich Gesicht, Hals und Hände mit einem Taschentuch ab. «Señorita», stieß er hervor, «wenn Sie nur einmal so singen in Mexico City, die Leute sind außer sich. In Mexico City die Leute sitzen nicht wie Stück Holz. Wenn ihnen gefällt, sie schenken Ihnen die ganze Stadt.»

Thea lachte. Auch sie war aufgeregt. «Meinst du, Johnny? Komm, singen wir etwas zusammen. El Parreño; das habe ich lange nicht gesungen.»

Johnny lachte und umarmte seine Gitarre. «Sie haben nicht vergessen?» Er stimmte die Saiten nach. «Komm!» Er warf den Kopf in den Nacken: «Anoch-e-e-»

> Anoche me confesse
> Con un padre carmelite,
> Y me dio penitencia
> Que besaras tu boquita.
>
> Gestern abend ging ich beichten
> bei dem Karmelitermönch,
> und die Buße war, zu küssen
> Deinen süßen Mund.

Johnny hatte alle Fehler, die ein Tenor haben kann. Seine Stimme war dünn, unausgewogen und klang in den mittleren Lagen heiser. Aber es war unbestreitbar eine hörenswerte Stimme, und manchmal gelang es ihm, etwas Zauberhaftes damit hervorzubringen. Es gab keinen Zweifel, daß er glücklich war, wenn er sang. Thea mußte ihn immerfort ansehen, wie er auf seinen Ellbogen gestützt dalag. Seine Augen schienen doppelt so groß als sonst, und in ihnen spielten Lichtreflexe, wie beim Mondlicht, das sich auf einer bewegten schwarzen Wasserfläche spiegelt. Thea erinnerte sich an die alten Geschichten über seinen «Fluch». Sie hatte ihn nie gesehen, wenn ihn der Wahnsinn überkam, aber heute abend spürte sie etwas neben sich, das ihr eine Ahnung gab, wie es sein könnte. Zum erstenmal begriff sie die kryptische Erklärung, die Mrs. Tellamantez vor langer Zeit Doktor Archie gegeben hatte, in ihrer vollen Bedeutung. Am Wegrand lagen dieselben Muscheln; sie glaubte, die Muschel von damals herausfinden zu können. Dort oben schien derselbe Mond, und neben ihrem Arm kauerte heftig atmend derselbe Johnny – den noch immer dieselben Dinge zum Narren hielten.

Als das Lied zu Ende war, flüsterte Famos, der Bariton, Johnny etwas ins Ohr; er antwortete: «Sicher können wir ‹Trovatore› singen. Wir haben keinen Alt, aber alle Mädchen können Alt singen und ein bißchen Krach machen.»

Die Frauen lachten. Mexikanische Frauen der ärmeren Schichten singen nicht wie die Männer. Vielleicht sind sie zu träge. Abends, wenn die Männer auf den Treppenstufen vor dem Haus oder am Lagerfeuer neben ihrer Arbeitsstelle singen, bis sie heiser sind, sitzen die Frauen gewöhnlich dabei und kämmen ihr Haar.

Während Johnny eifrig gestikulierte und allen sagte, was und wie sie singen sollten, streckte Thea den Fuß aus und stupste Silvo mit der Spitze ihres Schuhs. «Willst du nicht mitsingen, Silvo?» neckte sie ihn.

Der Junge drehte sich auf die Seite und stützte sich einen Moment lang auf den Arm. «Heute abend nicht, Señorita», bat er sanft, «heute abend nicht!» Er sank zurück auf den Rücken, die Wange auf seinem rechte Arm, die Hand lässig auf dem Sandhaufen hinter seinem Kopf.

«Wie macht er es nur, sich so flach auf den Boden zu legen?» überlegte Thea. «Das möchte ich zu gerne wissen. Es sieht irgendwie wirkungsvoll aus.»

Auf der anderen Seite der Schlucht lag das kleine Häuschen der Kohlers zwischen den Bäumen in tiefem Schlaf, ein dunkler Fleck auf der weißen Fläche der Wüste. Die Fenster ihres Schlafzimmers im oberen Stockwerk waren offen, und Paulina hatte eine ganze Weile der Tanzmusik zugehört, bevor sie eingeschlafen war.

Sie hatte einen leichten Schlaf – und als sie wieder erwachte, kurz nach Mitternacht, war Johnnys Konzert in vollem Gange. Sie lag ruhig in ihrem Bett, bis sie es nicht länger aushielt. Dann weckte sie Fritz auf, und sie stellten sich zusammen ans Fenster und lehnten sich hinaus. Von hier aus konnten sie gut hören.

«Die Thea», flüsterte Mrs. Kohler, «das muß sie sein. Ach, wunderschön!»

Fritz war noch etwas verschlafen. Er brummelte vor sich hin und scharrte mit seinem nackten Fuß auf dem Boden. Sie hörten ein mehrstimmiges mexikanisches Lied; zuerst den Tenor, dann den Sopran, dann beide zusammen; der Bariton stimmt mit ein, wütet und verstummt; der Tenor erstirbt in Schluchzern, und der Sopran endet allein. Als der letzte Ton des Soprans verklungen war, nickte Fritz seiner Frau zu. «Ja», sagte er, «wunderschön.»

Einige Momente war es still. Dann hörte man feurige Gitarrenklänge, und einige männliche Stimmen begannen das Sextett von «Lucia». Johnnys quäkenden Tenor erkannten sie gleich, auch den kräftigen, dumpfen Bariton des Maurers, die anderen waren ganz gewöhnliche mexikanische Stimmen – es hätte jeder andere dort drüben sein können. Dann, im festgesetzten, im richtigen Moment schoß der Sopran wie ein Wasserstrahl ins Licht empor. «Horch! Horch!» flüsterten die beiden Alten gleichzeitig. Wie die Stimme unter all den dunklen Männerstimmen hervorsprang! Wie sie in, um, zwischen und über ihnen schillerte, wie ein Goldfisch, der sich zwischen Elritzen in einem Wasserlauf bewegt, wie ein gelber Falter, der über einem Schwarm dunklerer schwebt. «Ach», sagte Mrs. Kohler leise, «der arme Mann; wenn er sie jetzt hören könnte!»

XI

Mrs. Kronborg hatte gesagt, man sollte Thea am Sonntagmorgen nicht stören, und so schlief sie bis Mittag. Als sie nach unten kam, hatte die Familie sich gerade an den Mittagstisch gesetzt, Mr. Kronborg an das eine Ende des langen Tischs, Mrs. Kronborg an das andere. Anna saß steif und würdevoll in ihrem seidenen Sommerkleid rechts von ihrem Vater und die Brüder aufgereiht an den Längsseiten des Tisches. Für Thea war ein Platz zwischen ihrer Mutter und Thor freigehalten. Das Schweigen vor dem Tischgebet verriet Thea, daß etwas Unangenehmes in der Luft lag. Anna und ihre älteren Brüder blickten nicht einmal auf, als sie hereinkam. Mrs. Kronborg, die ihr fröhlich zugenickt hatte, goß nach dem Tischgebet den Kaffee ein und wandte sich ihr zu.

«Du hast dich wohl bestens amüsiert beim Tanzen, Thea. Hoffentlich bist du jetzt ausgeschlafen.»

«War ja auch eine feine Gesellschaft», bemerkte Charley,

während er heftig sein Kartoffelpüree zermatschte. Annas Mund und Augenbrauen verzogen sich zu Halbmonden.

Thea blickte in die eisernen Mienen ihrer älteren Brüder auf der anderen Seite des Tisches. «Warum, was ist mit den Mexikanern?» fragte sie und errötete dabei. «Sie tun niemandem was, sie sind gut zu ihren Familien und benehmen sich anständig.»

«Nette, saubere Leute; und sie haben Stil. Ist es wirklich dein Ernst, Thea, daß du die magst, oder tust du nur so? Das würde mich mal interessieren.» Gus sah sie inquisitorisch an. Aber immerhin sah er sie an.

«Sie sind genauso sauber wie weiße Leute auch, und sie haben ein Recht, so zu leben, wie sie wollen. Natürlich mag ich sie. Ich tue nie nur so.»

«Jedem nach seinem Geschmack», bemerkte Charley bitter. «Hör auf, dein Brot zu zerbröseln, Thor. Hast du immer noch nicht essen gelernt?»

«Kinder, Kinder!» sagte Mr. Kronborg nervös und sah von dem Huhn auf, das er gerade zerlegte. Er warf seiner Frau einen Blick zu, denn von ihr erwartete er, daß sie über die Harmonie der Familie wachte.

«Nun ist's gut, Charley. Hör auf damit», sagte Mrs. Kronborg. «Du solltest das Sonntagsessen nicht mit Rassenvorurteilen verderben. Thea und ich haben an den Mexikanern nichts auszusetzen. Sie sind wertvolle Menschen. Und jetzt wechseln wir das Thema.»

Die Unterhaltung wollte jedoch während des ganzen Mittagessens nicht recht in Gang kommen. Alle aßen so schnell wie möglich, Charley und Gus sagten, sie hätten eine Verabredung, und verließen den Tisch, sobald sie ihren Apfelkuchen aufgegessen hatten. Anna saß steif vor ihrem Teller und aß besonders vornehm. Wenn sie überhaupt etwas sagte, wandte sie sich an ihren Vater, sprach über kirchliche Angelegenheiten und stets in einem so mitleidigen Ton, als sei er vom Schicksal schwer geschlagen. Mr. Kronborg, der ihre Absichten nicht durchschaute, antwortete freundlich und etwas abwesend. Nach dem Nachtisch zog er sich zu seinem Sonntagsnachmittagsschläfchen zurück, und Mrs. Kronborg brachte einer kranken Nachbarin zu essen. Thea und Anna begannen den Tisch abzuräumen.

«Ich meine, du tätest gut daran, für Vaters Stellung etwas mehr Achtung zu zeigen, Thea», begann Anna, sobald sie mit ihrer Schwester allein war.

Thea sah sie kurz aus den Augenwinkeln an. «Warum, was hab ich Vater getan?»

«In der Sonntagsschule haben alle darüber geredet, daß du da hinübergegangen bist und die ganze Nacht mit den Mexikanern gesungen hast, dich aber weigerst, für die Kirche zu singen. Jemand hat dich gehört und es in der ganzen Stadt herumerzählt. Wir alle werden natürlich schief angesehen.»

«Ist das Singen neuerdings eine Schande?» fragte Thea und gähnte provozierend.

«Ich muß schon sagen, du hast dir einen feinen Umgang ausgesucht! Dieser Zug ist nicht neu an dir, Thea. Wir haben alle gehofft, du würdest dich bessern, wenn du von zu Hause weg bist. Natürlich fällt es auf Vater zurück, wenn du den netten Leuten hier kaum noch mit Höflichkeit begegnest und dem Pöbel hinterherläufst.»

«Ach so, du hast etwas dagegen, daß ich mit den Mexikanern singe?» Thea setzte das Tablett mit den Tellern ab. «Nun, es macht mir eben Spaß, dort zu singen, und hier macht es mir keinen Spaß. Ich werde für sie singen, wann immer sie mich darum bitten. Sie verstehen etwas von dem, was ich tue. Sie sind sehr musikalische Menschen.»

«Musikalisch!» Anna sprach das Wort aus, als ließe sie Dampf ab. «Du kommst dir wohl noch gut dabei vor, nach

284

Hause zu kommen und deiner Familie so etwas ins Gesicht zu sagen!»

Thea ergriff das Tablett. Inzwischen war sie so weiß wie das Sonntagstischtuch. «Nun», entgegnete sie kalt und beherrscht, «früher oder später muß ich es ihr wohl ins Gesicht sagen. Es ist nur eine Frage des Zeitpunkts, und es kann genausogut jetzt wie irgendwann sonst sein.» Außer sich vor Zorn trug sie das Tablett in die Küche.

Tillie, die alles, was Thea tat, mit offenen Augen und Ohren verfolgte, nahm ihr die Teller mit einem besorgten Seitenblick auf ihre Eisesmiene ab. Thea ging langsam die Hintertreppe zu ihrem Dachgeschoß hinauf. Ihre Beine waren bleischwer, als sie die Stufen hochstieg, und sie fühlte sich innerlich erstarrt und versteinert.

Nachdem sie die Tür zugemacht und den Schlüssel umgedreht hatte, setzte sie sich auf die Bettkante. Dieser Raum war immer ihre Zuflucht gewesen, aber im ganzen Haus herrschte eine solch feindliche Atmosphäre, daß auch diese Tür sie nicht auszusperren vermochte. Dies würde ihr letzter Sommer in diesem Zimmer sein. Es hatte ausgedient; seine Zeit war um. Sie stand auf und legte die Hände gegen die niedrige Decke. Zwei Tränen rannen ihre Wangen hinunter, als fange das Eis in ihr langsam an zu schmelzen. Sie war noch nicht bereit, ihr kleines Schneckenhaus zu verlassen. Es war noch zu früh, sie herauszureißen. Nirgendwo anders würde sie so gut nachdenken können wie hier, in keinem anderen Bett so gut schlafen, so angenehme, aufregende Träume haben wie noch letzte Nacht – Thea verbarg ihr Gesicht im Kissen. Wohin sie auch ging, sie wollte dieses kleine Bett am liebsten mitnehmen. Wenn sie es für immer verlassen würde, bliebe etwas zurück, das sie nie mehr wiedererlangen könnte; Erinnerungen an heftige Gefühlsregungen und Abenteuer, die sie in ihrer Vorstellung erlebt hatte; an wohlige Schlafwärme in stürmischen Winternächten und gutgelauntes Aufwachen an Sommermorgen. Jene bestimmte Art von Träumen wird sie vielleicht überhaupt nie mehr haben, es sei denn in solch einer kleinen Morgenhöhle, die sich gegen die Sonne hin öffnete – wo diese Träume sie derartig überwältigt und emporgehoben hatten!

Im Raum war es heiß wie in einem Backofen. Die Sonne brannte auf die Schindeln über der Holzdecke. Sie zog sich aus und starrte sich eine Zeitlang finster im Spiegel an, bevor sie sich im Unterhemd auf ihr Bett warf. Ja, sie mußte gemeinsam mit diesem Etwas in ihr den Kampf aufnehmen. Das, was sie aus ihren eigenen Augen anstarrte, war der einzige Freund, auf den sie zählen konnte. Oh, es würde ihnen allen noch sehr leid tun! Es würde eine Zeit kommen, wenn sie alles wiedergutmachen wollten. Aber dann wäre es zu spät! Sie war nicht eitel, es gab nur einen wunden Punkt, an dem man sie treffen konnte, und sie würde niemals verzeihen.

Ihre Mutter war schon recht, aber auch ihre Mutter gehörte zur Familie und sie selbst nicht. Es lag in der Natur der Sache, daß ihre Mutter beide Seiten sehen mußte. Thea hatte das Gefühl, betrogen worden zu sein. Der Waffenstillstand war hinter ihrem Rücken gebrochen worden. Mit keinem ihrer Brüder hatte sie eine enge Zuneigung verbunden, außer mit Thor, aber sie hatte immer zu ihnen gehalten, sie nie verachtet oder ihnen gegrollt. Als kleines Mädchen hatte sie immer ein sehr freundschaftliches Verhältnis zu Gunner und Axel gehabt und mit ihnen gespielt, wann immer sie Zeit hatte. Auch schon bevor sie ein eigenes Zimmer bekam, als sie noch alle wie eine Brut gemeinsam schliefen, sich gemeinsam anzogen und gemeinsam in der Küche frühstückten, hatte sie ein eigenes Leben geführt, in dem sie ganz aufging. Aber es gab dennoch eine alte Verbundenheit mit den anderen Nestgenossen. Für sie waren es liebe Jungen, und sie wollte, daß sie bestimmte Dinge begreifen lernten. Einmal legte sie sich sogar mit einem Rabauken an, der nach der Schule auf Axel herumgehackt hatte. Nie hatte sie sich über Annas Schönheitspflege, Haareaufdrehen und Wellenlegen lustig gemacht.

Thea hatte es immer für selbstverständlich gehalten, daß ihre Brüder und Schwestern ihre besondere Begabung anerkannten und stolz darauf waren. Sie war zu großzügig gewesen, sagte sie sich bitter, so zu tun, als seien sie vom selben Schlage und nicht wie alle anderen in Moonstone, auch wenn sie keine besonderen Talente besaßen. Jetzt waren sie alle erwachsen geworden und hatten sich zu Persönlichkeiten entwickelt. Sie standen einander als Individuen gegenüber, und sie erkannte, daß Anna und Gus und Charley zu der Sorte von Menschen gehörten, die sie immer als ihre natürlichen Feinde angesehen hatte. Deren Ziele und geheiligten Anstandsformen bedeuteten ihr überhaupt nichts. Sie hatte es versäumt, Charley zu seiner Beförderung von der Lebensmittelabteilung in Commings Laden zur Textilienabteilung zu gratulieren. Ihre Mutter hatte sie für diese Nachlässigkeit getadelt. Und woher, fragte sich Thea, sollte sie wissen, daß Anna geneckt zu werden wünschte, weil Bert Rice jeden Abend kam und mit ihr in der Hängematte saß? Nein, es war vollkommen klar. Nichts, was sie in der Welt tun würde, wäre ihnen wichtig, und nichts, was Anna, Gus und Charley tun würden, wäre für Thea von Bedeutung.

Thea verbrachte den drückend heißen Nachmittag auf ihrem Bett und überließ sich ihren Gedanken. Tillie flüsterte einmal etwas vor ihrer Tür, aber sie antwortete ihr nicht. Sie blieb liegen, bis die Kirchenglocken zum zweitenmal läuteten, und sah die Familie auf der gegenüberliegenden Straßenseite vorbeimarschieren, Anna und ihr Vater an der Spitze.

Anna wollte offensichtlich ihrem Vater gegenüber die mustergültige Tochter mimen, Thea fand ihr Verhalten nur gönnerhaft und herablassend. Die älteren Brüder gingen nicht mehr mit der Familie. Sie holten jetzt ihre Freundinnen zum Kirchgang ab. Tillie war zu Hause geblieben und kümmerte sich um das Abendessen. Thea stand auf, wusch ihr heißes Gesicht und die Arme und zog das weiße Organdykleid an, das sie am Abend zuvor getragen hatte. Es wurde ihr zu klein, also konnte sie es ruhig auftragen. Als sie angezogen war, schloß sie die Tür auf und ging vorsichtig die Treppe hinunter. Sie hatte das Gefühl, als schlage ihr eisige Feindseligkeit entgegen, auf dem Boden, im Treppenhaus, im ganzen Haus. Im Eßzimmer saß Tillie vor dem geöffneten Fenster und las die Theaternachrichten in einer Sonntagszeitung aus Denver. Tillie besaß ein Album, in das sie alle Zeitungsausschnitte über Schauspieler und Schauspielerinnen klebte.

«Sieh einmal, hier ist ein Bild von Pauline Hall im Trikot, Thea!» rief sie. «Sieht sie nicht süß aus? Wirklich ein Jammer, daß du nicht öfter ins Theater gegangen bist, wie du noch in Chicago warst; so eine Gelegenheit! Hast du denn nicht wenigstens Clara Morris oder die Modjeska gesehen?»

«Nein, ich hatte keine Zeit. Außerdem, es kostet Geld, Tillie», entgegnete Thea mürrisch und warf einen Blick auf die Zeitung, die Tillie ihr vor die Nase hielt.

Tillie sah zu ihrer Nichte auf. «Nun ärgere dich aber ja nicht über Annas Gerede. Sie ist engstirnig und verbohrt. Dein Vater und deine Mutter lassen sie einfach reden. Anna ist kleinlich; auch mir gegenüber, aber sie stört mich nicht weiter.»

«Och, mich stört sie auch nicht weiter. Ist schon gut Tillie. Ich werde einen kleinen Spaziergang machen.»

Thea wußte, daß Tillie gehofft hatte, sie würde zu Hause bleiben, um sich eine Weile mit ihr zu unterhalten, und sie hätte ihr gerne die Freude gemacht. Aber in einem so kleinen Haus war alles zu dicht beisammen und zu eng miteinander verknüpft. Die Familie war die Familie, eine unauflösbare Einheit. Man konnte hier nicht über Anna reden. Sie sah jetzt das Haus und alles, was dazugehörte, mit anderen Augen, als hätten die abgenutzten alten Möbel, die sie immer so gemütlich fand, und die alten Teppiche, auf denen sie gespielt hatte, inzwischen einen heimlichen Groll gegen sie genährt und als könne man ihnen nun nicht mehr trauen.

Sie schloß das Gartentor hinter sich und ging ohne Ziel und ohne zu wissen, was sie mit sich anfangen sollte, davon. Die Mexikanersiedlung war ihr jetzt verleidet, und sie würde sich lieber verstecken, als Silvo oder Felipe begegnen zu müssen. Sie ging die leere Hauptstraße hinunter. Alle Geschäfte waren geschlossen, die Rolläden heruntergelassen. Auf den Eingangsstufen vor der Bank saßen einige Jungen und erzählten sich schmutzige Witze, weil sie nichts Besseres zu tun hatten. Einige von ihnen waren mit Thea zur Schule gegangen, aber als sie ihnen zunickte, senkten sie nur wortlos den Kopf. Theas Körper besaß die Eigenart, das auszudrükken, was in ihrem Innern vorging, und heute abend lag etwas in ihrem Gang und ihrer Haltung, das diesen Jungen das Gefühl gab, sie sei hochnäsig. Sie hätte das Eis gebrochen, wenn sie stehengeblieben wäre, um mit ihnen einen Schwatz zu halten. Aber so war Thea aufs neue verletzt und ging vorüber, den Kopf noch höher als gewöhnlich. Als sie zum Duke-Block kam, sah sie, daß in Doktor Archies Praxis Licht brannte. Sie ging die Treppe hinauf und öffnete die Tür zu seinem Arbeitszimmer. Er saß gerade vor einem Stapel Papieren und Rechnungsbüchern. Er wies sie auf ihren alten Stuhl neben seinem Schreibtisch. Dann lehnte er sich zurück und betrachtete sie wohlwollend. Wie hübsch sie geworden war!

«Ich jage noch immer dem unbeständigen Metall nach, Thea», dabei deutete er auf die Blätter, die vor ihm lagen, «ich stecke bis zum Hals in Minenangelegenheiten, und eines Tages werde ich ein reicher Mann sein.»

«Ich hoffe es für Sie; schrecklich reich. Das ist das einzige, worauf es wirklich ankommt.» Sie sah sich unruhig im Behandlungszimmer um. «Zu allem, was man tun will, braucht man eine Menge Geld.»

Doktor Archie war direkt. «Was ist los? Brauchst du welches?»

Thea zuckte mit den Schultern. «Ach, ich komme schon zurecht, in meinem bescheidenen Rahmen.» Sie starrte hinaus auf die Straßenlaterne, die zu flackern begann. «Aber es ist dumm, nur für unwichtige Kleinigkeiten zu leben», fügte sie ruhig hinzu. «Das Leben ist viel zu aufreibend, wenn man nicht etwas wirklich Großes erreicht.»

Doktor Archie stützte die Ellbogen auf die Stuhllehnen, legte das Kinn auf die gefalteten Hände und sah sie an. «Für kleine Leute ist das Leben überhaupt nicht aufreibend, glaub mir!» rief er aus. «Was willst du denn erreichen?»

«Ach – so vieles!» Thea fröstelte.

«Aber was genau? Geld? Das hast du schon gesagt. Nun, du könntest viel Geld verdienen, wenn du es darauf anlegst.» Er nickte prophetisch über seinen ineinander verschlungenen Fingern.

«Das tue ich nicht. Es ist nur eines unter anderem. Aber selbst, wenn es so wäre, könnte ich es nicht.» Sie zog am Halsausschnitt ihres Kleides, als bekäme sie keine Luft. «Ich will nur das Unmögliche», sagte sie roh. «Alles andere interessiert mich nicht.»

Doktor Archie sah sie nachdenklich an wie ein Reagenzglas voll gefährlicher Chemikalien. Wenn sie vor einigen Jahren an dieser Stelle saß, schien das Licht, das unter dem grünen Lampenschirm herausfiel, auf ihr breites Gesicht und die blonden Rattenschwänze. Jetzt lag ihr Gesicht im Schatten, und der Lichtstrahl landete unterhalb ihres nackten Halses, direkt auf ihrer Brust, die sich heftig hob und senkte, als wolle sie sich aus dem zu engen Organdykleid befreien. Er sah, wie schwer ihr Herz arbeitete, und er hatte gleichzeitig Angst, sie zu berühren, wirkliche Angst. So hatte er sie noch nie zuvor erlebt. Ihr Haar, das hochaufgesteckt war, gab ihr ein gebieterisches Aussehen, und ihre Augen, die immer einen fragenden Ausdruck hatten, funkelten erregt.

«Thea», sagte er langsam, «ich möchte nicht sagen, du kannst alles haben, was du willst – denn das heißt in Wirklichkeit nichts zu haben. Aber wenn du dich entscheidest, was dir das Wichtigste ist, dann kannst du das erreichen.» Für einen Moment fing er ihren Blick ein. «Das kann nicht jeder, aber du kannst es. Nur, wenn du etwas Großes erreichen willst, mußt du stark genug sein, alles auszuklammern, was leicht zu haben ist, alles, was man billig bekommt.» Doktor Archie hielt inne. Er nahm einen Brieföffner in die Hand und, indem er mit dem Finger leicht über die scharfe Schneide strich, fügte zögernd hinzu, als spräche er zu sich selbst:

Der trauet seinem Schicksal nicht,
schätzt sein Verdienst zu klein,
dem es am rechten Mut gebricht,
alles oder nichts zu sein.

Thea öffnete leicht die Lippen. Sie sah ihm prüfend ins Gesicht. «Denken Sie auch daran auszubrechen und – etwas Neues anzufangen?» fragte sie leise.

«Ich denke daran, reich zu werden, wenn man das so bezeichnen kann. Ich weiß jetzt, worauf es ankommt. Solche Geschäfte müssen zuerst im Kopf reifen.»

Thea sprang auf, ergriff den Brieföffner, den er weggelegt hatte, und spielte damit. «Das kann manchmal sehr lange dauern», sagte sie und lachte kurz auf. «Aber angenommen, man kann nie herauslassen, was man in sich hat, angenommen, man verdirbt am Ende alles, was ist dann?» Sie warf den Brieföffner auf den Schreibtisch und machte einen Schritt auf den Doktor zu, so daß ihr Kleid ihn berührte. Sie sah auf ihn herab. «Ach, man kann so leicht versagen!» Sie atmete durch den Mund, und in ihrem Hals pochte es vor Aufregung.

Während er zu ihr aufsah, schlossen sich Doktor Archies Hände fest um die Armlehnen seines Stuhls. Er hatte geglaubt, Thea Kronborg sehr gut zu kennen, aber das Mädchen, das da vor ihm stand, kannte er nicht. Sie war schön, wie es seine kleine Schwedin nie gewesen ist, und sie machte ihm angst. Ihre blassen Wangen, die geöffneten Lippen, die blitzenden Augen schienen auf einmal nur eines auszudrükken – aber er wußte es nicht zu deuten. Es war, als träfe sie ein Lichtstrahl aus weiter Ferne – oder aus ihrem tiefsten Innern. Sie schien zu wachsen, emporgezogen, sah aus wie eine Gehetzte, Verfolgte und – ja, sie sah gequält aus. «Man kann so leicht versagen», hörte er sie noch einmal sagen, «und wenn ich versage, streichen Sie mich besser aus Ihrem Gedächtnis, denn dann werde ich die abscheulichste, die erbärmlichste Frau unter der Sonne sein!»

Im schwachen Licht über dem Lampenschirm fing er ihren Blick noch einmal auf und hielt ihn einen Moment lang fest. Die Augen funkelten wild, doch ihr gelber Schimmer im Hintergrund blitzte scharf auf wie die harte Spitze eines Diamantbohrers. Er erhob sich mit einem nervösen Lachen und legte ihr sanft die Hand auf die Schulter. «Nein, das wirst du nicht. Du wirst eine wunderbare Frau!»

Sie schüttelte seine Hand ab, bevor er weiterreden konnte,

und stürzte zur Tür hinaus. Sie war so schnell hinausgeeilt, daß er nicht einmal mehr ihren Schritt in der Diele hörte. Archie ließ sich in seinen Stuhl zurückfallen und blieb eine Weile unbeweglich sitzen.

So war der Lauf der Dinge. Man liebte ein niedliches kleines Mädchen, das fröhlich, fleißig und aufgeweckt war und sich in allem so verhielt, wie man es von ihm erwartete, und plötzlich verlor man es. Er hatte geglaubt, dieses Kind bis in den verborgensten Winkel seines Wesens zu kennen. Aber über dieses große, schlanke Mädchen, das eben hocherhobenen Hauptes und sprühend vor ihm gestanden hatte, wußte er gar nichts. Sie war von Wünschen, Ambitionen und Abneigungen beherrscht, die ihm dunkel blieben. Eines wußte er sicher: Sie würde wohl kaum zu der alten, eingefahrenen Lebensbahn zurückkehren, die sich sicher und unbeschwert über sonnige Hügel hinzog. Nach diesem Abend hätte Thea im Grunde alles von ihm fordern können. Er hätte ihr nichts abgeschlagen. Vor Jahren hatte ihm ein durchtriebenes junges Ding mit hübschem Haar und anziehendem Lächeln zu verstehen gegeben, was es von ihm wollte, und er hatte es umgehend geheiratet. Heute abend hatte ein junges Mädchen von ganz anderer Art – gequält von wilden Zweifeln, ihrer Jugend, Gedanken über Armut und Reichtum – ihm die heftige und wilde Seite seines Wesens gezeigt. Als sie wegging, war sie noch immer außer sich, ihr war nicht bewußt, was sie ihm offenbart hatte, und es war ihr auch gleichgültig. Aber für Archie bedeutete ein solches Wissen eine Verpflichtung. Oh, er war immer noch derselbe Howard Archie wie früher!

Dieser Julisonntag war der Wendepunkt: Thea fand ihren Seelenfrieden nicht wieder. Sogar ihre Gesangsübungen zu Hause fielen ihr schwer. Etwas lag in der Luft, das ihre Kehle gefrieren ließ. Morgens machte sie Spaziergänge, soweit sie ihre Beine trugen. An den heißen Nachmittagen lag sie im Nachthemd auf ihrem Bett und schmiedete wilde Pläne. Ständig lief sie zum Postamt. Es war ein Wunder, daß sie in diesem Sommer keine Spur in den Gehweg stapfte. Wenn die Postsäcke vom Bahnhof ankamen, wartete sie bereits, morgens wie abends, und ging draußen unter den Pappeln auf und ab, während die Briefe sortiert und verteilt wurden, wobei das bum, bum, bum von Mrs. Thompsons Stempel zu ihr hinüberklang. Sie klammerte sich an jede Nachricht aus Chicago: eine Karte von Bowers, einen Brief von Mrs. Harsanyi, von Mr. Larsen, von ihrer Vermieterin – alles, was ihr bestätigte, daß es Chicago noch immer gab. Sie fühlte wieder dieselbe Unruhe in sich wie im letzten Frühjahr, als sie noch in Moonstone Klavierunterricht gab. Was wäre, wenn sie es nie mehr schaffte, aus Moonstone wegzugehen? Was wäre, wenn sie sich ein Bein bräche und wochenlang zu Hause im Bett liegen müßte oder Lungenentzündung bekäme und hier sterben würde? Die Wüste war so groß und durstig; wenn man stolperte und fiel, konnte sie einen aufsaugen wie einen Tropfen Wasser.

Diesmal machte sich Thea allein auf den Weg nach Chicago. Als der Zug anfuhr, warf sie einen Blick zurück auf ihre Mutter, ihren Vater und Thor. Sie waren ruhig und gutgelaunt; sie wußten nichts, und sie verstanden nichts. Etwas in ihr war zum Zerreißen gespannt – und es zerriß. Sie weinte den ganzen Weg bis Denver, und noch in der Nacht schluchzte sie in ihrer Schlafkoje und konnte nicht einschlafen. Aber als am Morgen die Sonne aufging, war sie weit fort. Alles lag hinter ihr, und sie wußte, daß sie nie wieder so sehr weinen würde. Einen solchen Schmerz fühlte man nur einmal im Leben; es kommen zwar andere Schmerzen, aber sie stoßen auf eine härtere Oberfläche. Thea erinnerte sich, wie sie das erste Mal von zu Hause weggefahren war, mit welch blindem Vertrauen, wie naiv und unwissend. Ein richtiges Dummerchen! Sie war wütend auf dieses gutmütige, harmlose Kind. Wieviel älter war sie inzwischen geworden und um wie vieles härter! Sie ging nun fort, um zu kämpfen, und sie ging für immer.

DRITTER TEIL

Dumme Gesichter

I

So viele grinsende, dumme Gesichter! Thea saß am Fenster in Bowers' Studio und wartete, daß er vom Mittagessen zurückkam. Auf ihren Knien lag die neueste Nummer einer illustrierten Musikzeitschrift, in der bedeutende und unbedeutende Musiker nachdrücklich ihre Fähigkeiten anpriesen. Jeden Nachmittag begleitete sie Leute auf dem Klavier, die genau so aussahen und lächelten wie diese alle hier. Sie hatte das menschliche Mienenspiel allmählich satt.

Thea war seit zwei Monaten in Chicago. Sie hatte eine kleine Stelle als Organistin an einer Kirche, die ihren Lebensunterhalt zum Teil deckte; ihre Gesangstunden bezahlte sie, indem sie jeden Tag von zwei bis sechs bei Bowers die Klavierbegleitung übernahm. Sie war gezwungen gewesen, bei ihren alten Freundinnen, Mrs. Lorch und Mrs. Andersen, auszuziehen, weil die lange Fahrt von Nordchicago zu Bowers' Studio in der Michigan Avenue ihr zuviel Zeit nahm — eine Stunde am Morgen und abends, wenn die Straßenbahnen überfüllt waren, anderthalb Stunden. Einen Monat lang hatte sie ihr altes Zimmer behalten, aber die schlechte Luft in den Wagen am Ende eines langen Arbeitstages hatte sie sehr ermüdet und war schlecht für ihre Stimme. Nachdem sie bei Mrs. Lorch ausgezogen war, wohnte sie in einem Studentenwohnheim, wo sie Miss Adler eingeführt hatte, die Morgenbegleiterin bei Bowers, ein intelligentes jüdisches Mädchen aus Evanston.

Ihre eigene Unterrichtsstunde bei Bowers nahm Thea täglich von halb zwölf bis zwölf. Dann ging sie mit einer italienischen Grammatik unter dem Arm zum Mittagessen und kam um zwei zu ihrer Arbeit im Studio zurück. An den Nachmittagen arbeitete Bowers mit professionellen Musikern und gab seinen fortgeschrittenen Schülern Stunden. Seiner Ansicht nach konnte Thea viel lernen, indem sie die Ohren offenhielt, während sie für ihn begleitete.

Das Konzertpublikum in Chicago behielt das langgezogene mürrisch-unzufriedene Gesicht von Madison Bowers lange im Gedächtnis. Er versäumte nur selten ein Konzert am Abend. Gewöhnlich sah man ihn irgendwo ganz hinten im Konzertsaal hocken und eine Zeitung oder Zeitschrift lesen – mit deutlicher Verachtung für die Bemühungen der Vortragenden. Am Ende eines Stückes sah er gerade lange genug von seiner Lektüre auf, um einen verächtlichen Blick über das applaudierende Publikum streifen zu lassen. Er hatte ein intelligentes Gesicht mit schmalem Unterkiefer, einer feinen Nase, grauen, wie ausgeblichenen Augen und einem knappgeschnittenen braunen Schnurrbart. Sein Haar war eisengrau, dünn und wirkte tot. In Konzerte ging er eigentlich nur, um befriedigt festzustellen, wie schlecht musiziert wurde und wie einfältig das Publikum war. Er haßte diese ganze Künstlerbrut – ihre Arbeit, ihre Honorare und die Art, wie sie ihr Geld ausgaben. Sein Vater, der alte Hiram Bowers, lebte und arbeitete immer noch in Boston, ein freundlicher alter Chorleiter, mit Siebzig immer noch voller Begeisterung. Aber Madison war aus dem kälteren Stoff seiner Vorfahren, Generationen von Hampshire-Farmern: harten Arbeitern, knauserigen Händlern mit gutem Verstand, niedriger Gesinnung, schäbigem Charakter und kieselharten Augen. Als junger Mann hatte Madison einen schönen Bariton gehabt, und sein Vater brachte große Opfer für ihn, indem er ihn schon in jungen Jahren nach Deutschland schickte und ihn jahrelang im Ausland studieren ließ. Madison hatte mit den besten Lehrern gearbeitet und sang dann schließlich Oratorien in England. Aber seine kalte Natur und sein akademischer Vortragsstil sprachen gegen ihn. Seine Zuhörer spürten immer die Verachtung, die er für sie empfand. Eine Reihe schlechterer Sänger hatten Erfolg, Bowers nicht.

Aber er hatte alle Eigenschaften, die einen guten Lehrer ausmachen – außer Großmut und Wärme. Seine Intelligenz war außerordentlich, sein Geschmack unfehlbar. Er arbeitete selten an einer Stimme, ohne sie zu verbessern, und was den Vortrag von Oratorien betraf, war er als Lehrer konkurrenzlos. Von nah und fern kamen Sänger, um mit ihm Bach und Händel zu studieren. Sogar die eleganten Sopranistinnen und Altistinnen aus Chicago, St. Paul und St. Louis (sie hatten zumeist sehr reiche Ehemänner, und Bowers nannte sie «die verhätschelten Weibsbilder Asiens») erduldeten demütig seinen sardonischen Humor um dessentwillen, was er für sie zu tun vermochte. Er war keineswegs darüber erhaben, einer sehr lahmen Sängerin über die Hürden zu helfen, wenn das Scheckbuch des Gatten es lohnend machte. Er hatte einen ganzen Sack voller Tricks für dumme Leute, die er «Lebensretter» nannte. «Billige Ausbesserungen an billigen Instrumenten», pflegte er zu sagen, aber die Ehemänner fanden die Ausbesserungen niemals sehr billig. Das waren die Jahre, als Holzfällertöchter und Braumeistergattinnen im Gesang wetteiferten, in Deutschland studierten und dann von «Sängerfest» zu «Sängerfest» eilten. Chorgesellschaften wurden in allen Großstädten gegründet. Die Solisten kamen nach Chicago, um mit Bowers zu arbeiten, und er unternahm oft weite Reisen, um einen Chor anzuhören und Anweisungen zu geben. Er war ungeheuer geizig, und gerade von diesen Halbprofessionellen strich er einen üppigen Gewinn ein. Sie füllten seine Taschen und päppelten zugleich seine ewig hungrige Verachtung, die Geringschätzung, die er für sie, aber auch für sich selbst empfand. Je mehr Geld er hatte, desto knauseriger wurde er. Seine Frau sah so ärmlich aus, daß sie ihn nirgendwohin begleitete, was ihm gerade recht war. Weil seine Klienten verschwenderisch und extravagant waren, gefiel er sich gewissermaßen als eine Art Vergeltung darin, seine Schuhe zum zweitenmal neu besohlen zu lassen und seine Hemdkragen bis zur Unansehnlichkeit zu tragen. Für Thea Kronborg hatte er sich zunächst wegen ihrer Direktheit, ihrer ländlichen Ungeschliffenheit und ihrer deutlichen Sorgfalt im Umgang mit Geld interessiert. Wenn er Harsanyis Name hörte, verzog sich sein Gesicht immer zur Grimasse. Zum erstenmal hatte Thea einen Freund, der sie in seiner kühlen und zurückgenommenen Art wegen ihrer am wenigsten bewundernswerten Eigenschaften schätzte.

Thea blickte immer noch in die Musikzeitschrift, die italienische Grammatik lag ungeöffnet auf der Fensterbank, als Bowers kurz vor zwei Uhr hereinkam. Er rauchte eine billige Zigarette und trug den gleichen schlappen Filzhut, den er schon den ganzen vergangenen Winter über getragen hatte. Er benutzte weder Stock noch Handschuhe.

Thea folgte ihm aus dem Empfangszimmer in das Studio. «Es kann sein, daß ich morgen meine Stunde versäumen muß, Mr. Bowers. Ich muß mir ein neues Zimmer suchen.»

Bowers sah kaum vom Tisch auf, wo er gerade dabei war, einen Haufen Briefe durchzusehen. «Was ist denn mit dem Studentenwohnheim? Haben Sie wieder Streit bekommen?»

«Das Wohnheim ist durchaus das Richtige für Leute, die gern so leben. Ich mag das nicht.»

Bowers zog die Augenbrauen hoch. «Warum so reizbar?»

fragte er, während er aus einem Umschlag, der mit «Minnea-
polis» bestempelt war, einen Scheck herauszog.

«Ich kann nicht arbeiten mit einer Horde Mädchen um
mich herum. Sie kommen einem zu nah. Ich bin nie gut mit
Mädchen meines Alters zurechtgekommen. Es ist alles zu
plump-vertraulich. Geht mir auf die Nerven. Ich bin nicht
hergekommen, um Kindergartenspiele zu spielen.» Energisch ordnete Thea die verstreuten Notenhefte auf dem Klavier.

Bowers schnitt ihr gutgelaunt über seine Schecks hinweg,
die er gerade zusammensteckte, eine Grimasse. Er scherzte
gern auf seine derbe Weise mit ihr. Es schmeichelte ihm, daß
sie durch ihn um einiges härter geworden war, als sie am
Anfang gewesen war; daß er etwas von dem Zuckerguß
entfernt hatte, womit Harsanyi seine Schüler immer um-
hüllte.

«Die Kunst, sich beliebt zu machen, ist nie unangebracht,
Miss Kronborg. Ich würde sagen, daß Sie darin etwas Übung
bräuchten. Wenn Sie Ihre Fähigkeiten in der Welt vermark-
ten wollen, hilft eine gewisse Geschmeidigkeit oft mehr als
ein großes Talent. Sollten Sie das Pech haben, ein wirkliches
Talent zu sein, dann müssen Sie allerdings noch geschmeidiger sein, oder es wird sich für Sie nie auszahlen.» Bowers ließ
das Gummiband um seine Bankauszüge schnappen.

Thea sah ihn scharf und verstehend an. «Gut, dieses Geld
werde ich dann eben nicht haben», erwiderte sie.

«Was meinen Sie damit?»

«Ich meine das Geld, das die Leute für ihr Lächeln krie-
gen. Ich habe einmal einen Eisenbahner gekannt, der
meinte, daß es in jedem Beruf Geld gebe, das man nicht
annehmen dürfe. Er hatte es mit einer ganzen Reihe von
Beschäftigungen versucht.» Und dann fügte sie nachdenklich hinzu: «Vielleicht war er zu eigen, was das Geld betraf,

das er annehmen mochte, denn er hat nie viel verdient. Er war stolz, aber gerade deswegen mochte ich ihn.»

Bowers stand auf und schloß seinen Schreibtisch. «Mrs. Priest kommt wieder zu spät. Übrigens, Miss Kronborg, denken Sie bitte daran, nicht die Stirn zu runzeln, wenn Sie Mrs. Priest begleiten. Gestern haben Sie nicht daran gedacht.»

«Sie meinen, wenn sie bei einem Ton so atmet, wie sie es getan hat? Warum lassen Sie ihr das durchgehen? Bei mir würden Sie das nicht tun.»

«Ganz gewiß nicht. Aber das ist eben eine gewisse Manieriertheit von Mrs. Priest. Das Publikum liebt es so, und es zahlt eine Menge Geld für das Vergnügen, sie so singen zu hören. Da kommt sie. Denken Sie daran!»

Bowers öffnete die Tür zum Empfangszimmer, und eine große, imposante Frau rauschte herein, was eine so belebende Wirkung hatte, als wären ein halbes Dutzend Leute in fröhlicher Unterhaltung hereingekommen und nicht nur eine Person. Sie war hochgewachsen, hübsch, ausladend, unbeherrscht; man spürte das, sobald sie über die Schwelle trat. Sie strahlte vor Gepflegtheit, reifer Lebenskraft, unanfechtbarer Autorität, liebenswürdiger Wohlgelauntheit und vollkommenem Vertrauen in ihre Person, ihre Möglichkeiten, ihre Stellung und ihre Lebensart. Sie war von einer glühenden, überwältigenden Selbstzufriedenheit, wie man sie nur finden kann, wo die menschliche Gesellschaft jung und stark ist und kein Gestern kennt. Ihr Gesicht war von einer schweren, gedankenlosen Schönheit, wie eine vollerblühte rosafarbene Pfingstrose kurz vor dem Welkwerden. Ihr braunes Haar war vorn leicht gewellt und hinten zu einem großen Knoten aufgesteckt, den ein Schildpattkamm mit Goldfiligran zusammenhielt. Sie trug einen hübschen, kleinen grünen Hut, in dem vorn drei lange grüne Federn steckten, und ein kleines pelzbesetztes Samtcape, an dem eine gelbe Seidenrose befestigt war. Ihre Handschuhe, ihre Schuhe, ihr Schleier – alles machte sich irgendwie bemerkbar. Sie erweckte den Eindruck, als trüge sie eine Fracht glanzvoller Handelswaren.

Mrs. Priest nickte Thea huldvoll zu, begrüßte Bowers mit leichter Koketterie und bat ihn, ihren Schleier aufzubinden. Sie warf ihre kostbare Hülle auf einen Stuhl, so daß man das gelbe Seidenfutter sah. Thea saß bereits am Klavier. Mrs. Priest stellte sich hinter sie.

«Bitte ‹Freuet Euch sehr› zuerst. Und bitte spielen Sie diese Stelle nicht zu schnell», ihr Arm wies über Theas Schulter und gab mit einem Schwung ihres weißen Handschuhs die Stelle an. Sie streckte die Brust vor, legte die Hände über den Bauch, reckte ihr Kinn empor, ließ die Wangenmuskeln einen Augenblick lang spielen und setzte dann fest und sicher an: «Freuet Euch! Freuet Euch!»

Bowers durchmaß den Raum mit katzenleisen Schritten. Wenn er Mrs. Priests Vehemenz überhaupt beanstandete, tat er das ziemlich grob, hackte auf ihrer gewichtigen Persönlichkeit mit einer kalten Genugtuung herum, fast als wollte er seinen Groll an diesem glanzvollen Geschöpf auslassen. Eine derartige Behandlung beleidigte diese imposante Dame keineswegs. Sie strengte sich immer mehr an, und ihre Augen wurden dabei nur noch strahlender, ihre Lippen röter. Thea spielte weiter, wie man es ihr aufgetragen hatte, ohne die Anstrengungen der Sängerin zu beachten.

Als sie Mrs. Priest zum erstenmal in der Kirche singen gehört hatte, war Thea voller Bewunderung gewesen. Nachdem sie aber herausgefunden hatte, wie langweilig diese freundliche, gutmütige Sopranistin eigentlich war, fühlte sie eine tiefe Verachtung für sie. Sie fand, daß Mrs. Priest gerügt und bestraft werden müßte für ihre Mängel; daß sie – zumindest vor sich selbst – bloßgestellt werden und es ihr nicht erlaubt werden sollte, weiter in glücklicher Unkenntnis ihrer kümmerlichen Leistung, die sie so strahlend lieferte, zu leben und sich hervorzutun.

Theas vorwurfsvolle Blicke waren bei Mrs. Priest verschwendet; obgleich die Dame eines Tages, als sie Bowers in ihrem Wagen nach Hause fuhr, vor sich hinmurmelte: «Wie hübsch könnte dieses Mädchen sein, wenn es nicht so mißgünstig dreinschauen würde. Das gibt ihm diesen leeren Gesichtsausdruck, den Schweden haben, wie bei einem Tier.» Das amüsierte Bowers. Gern beobachtete er das Keimen und Gedeihen von Antipathien.

Eine der ersten Enttäuschungen, mit denen Thea fertig werden mußte, als sie im Herbst nach Chicago zurückkehrte, war die Nachricht, daß die Harsanyis nicht zurückkommen würden. Sie hatten den Sommer in einem Ferienlager in den Adirondacks verbracht und waren im Begriff, nach New York überzusiedeln. Ein alter Lehrer und Freund von Harsanyi, einer der bekanntesten Klavierprofessoren in New York, wollte sich aus gesundheitlichen Gründen zurückziehen und seine Schüler Harsanyi anvertrauen. Andor würde im November Konzerte in New York geben, sich seinen Schülern bis zum Frühling widmen und dann auf eine kurze Konzertreise gehen. Die Harsanyis hatten eine möblierte Wohnung in New York genommen, da sie sich keine eigene Wohnung einrichten wollten, ehe nicht Andor seine Konzerte hinter sich hatte. Am ersten Dezember aber erhielt Thea eine Nachricht von Mrs. Harsanyi, die sie bat, ins alte Studio zu kommen, wo sie gerade dabei war, alles für den Umzug zu packen.

Am Morgen nachdem diese Einladung sie erreicht hatte, stieg Thea die Treppen hinauf und läutete an der ihr vertrauten Tür. Mrs. Harsanyi machte ihr selbst auf und umarmte ihren Gast voller Wärme. Sie nahm Thea mit ins Studio, wo überall Holzwolle und Kisten herumlagen, blieb, Theas Hand in der ihren, stehen und betrachtete sie im scharfen vollen Licht des großen Fensters, ehe sie ihr erlaubte, sich hinzusetzen. Mit raschem Blick stellte sie eine Menge Veränderungen fest. Das Mädchen war größer, sein Gesicht klarer geworden, seine Haltung hatte etwas Bestimmtes. Es hatte sich daran gewöhnt, im Körper einer jungen Frau zu leben, es versuchte nicht mehr, ihn zu vergessen und sich wie ein kleines Mädchen zu benehmen. Mit dieser stärkeren Unabhängigkeit von ihrem Körper hatte sich auch ihr Gesicht verändert; da war eine gewisse Härte, Gleichgültigkeit und Skepsis. Auch ihre Kleidung war anders, hatte etwas von einem Ladenmädchen, das versucht, der Mode zu folgen: Sie trug ein purpurrotes Kostüm mit etwas billigem Pelz verbrämt und einen Dreispitz von gleicher Farbe mit einem Pompon vorn. Die sonderbaren ländlichen Kleider, die sie früher trug, hatten ihr besser gestanden, fand Mrs. Harsanyi. Aber solche kleinen Mängel waren nebensächlich und ließen sich schließlich überwinden. Sie legte die Hand auf die kräftige Schulter des Mädchens. «Wie gut Ihnen dieser Sommer bekommen ist! Ja, Sie sind jetzt eine junge Dame. Andor wird sich so sehr freuen, von Ihnen zu hören.»

Thea sah sich in der Unordnung des vertrauten Raumes um. Die Bilder waren in einer Ecke zusammengestellt, das Klavier und die Chaiselongue waren schon fort. «Ich müßte mich wahrscheinlich freuen, daß Sie fortgehen», sagte sie, «aber ich kann es nicht. Für Mr. Harsanyi ist es vermutlich gut.»

Mrs. Harsanyi warf ihr einen raschen Blick zu, der mehr sagte als Worte. «Wenn Sie wüßten, wie lange ich es mir schon wünsche, daß er von hier fortgeht, Miss Kronborg! Er ist jetzt nie mehr müde, nie mehr mutlos.»

Thea seufzte. «Dann freue ich mich darüber.» Ihr Blick wanderte über die leicht ausgeblichenen Stellen an den Wänden, wo die Bilder gehangen hatten. «Vielleicht laufe ich auch davon. Ich weiß nicht, ob ich es ohne Sie hier aushalte.»

«Wir hoffen, daß Sie bald zum Studium nach New York kommen. Wir haben darüber nachgedacht. Und Sie müssen mir erzählen, wie Sie mit Bowers zurechtkommen. Andor wird alles wissen wollen.»

«Ich komme mehr oder weniger mit ihm zurecht, denke ich. Aber ich mag meine Arbeit nicht sehr. Sie erscheint mir nie ganz so ernsthaft, wie sie es mit Mr. Harsanyi war. Am Nachmittag begleite ich für Bowers. Und ich dachte, ich könnte von den Leuten, mit denen er arbeitet, eine ganze Menge lernen, aber mir scheint, das ist nicht sehr viel.»

Mrs. Harsanyi sah sie fragend an. Thea zog ein sorgsam gefaltetes Taschentuch aus dem Ausschnitt ihres Kleides und zupfte es an den Ecken auseinander. «Singen scheint nicht gerade ein sehr geistreiches Gewerbe zu sein, Mrs. Harsanyi», sagte sie langsam. «Die Menschen, mit denen ich jetzt zusammenkomme, sind ganz anders als diejenigen, denen ich hier begegnet bin. Mr. Harsanyis Schüler — sogar die dümmeren — hatten mehr, ja eben mehr von allem, scheint mir. Die Leute, die ich am Klavier begleiten muß, sind entmutigend. Die Professionellen wie Katharine Priest und Miles Murdstone sind die schlimmsten. Wenn ich den ‹Messias› noch länger für Mrs. Priest spielen muß, verliere ich den Verstand!» Thea stampfte kräftig mit ihrem Fuß auf.

Mrs. Harsanyi blickte bestürzt auf diesen Fuß hinunter. «Sie dürfen keine so hohen Absätze tragen, meine Liebe. Sie werden Ihren Gang verderben, so daß Sie nur noch trippeln können. Können Sie denn nicht wenigstens lernen, dem, was

Ihnen an diesen Sängern mißfällt, aus dem Weg zu gehen? Ich habe nie viel von Mrs. Priests Gesang gehalten.»

Thea saß mit angezogenem Kinn da. Ohne den Kopf zu bewegen, sah sie zu Mrs. Harsanyi auf und lächelte; es war ein viel zu kaltes und verzweifeltes Lächeln für ein so junges Gesicht, fand Mrs. Harsanyi. «Was ich da lerne, scheint mir, ist Abneigung, Mrs. Harsanyi. Sie ist so stark und so entschieden, daß sie mich ganz erschöpft. Ich habe zu nichts mehr Mut.» Sie warf plötzlich den Kopf zurück und saß herausfordernd da, ihre Hand umklammerte die Sessellehne. «Auch Mr. Harsanyi könnte diese Leute nicht eine Stunde lang ertragen, das weiß ich genau. Er würde sie einfach zu diesem Fenster da hinauswerfen – mitsamt ihrem ondulierten Haar und ihren Federn und allem. Nehmen Sie doch nur mal diese neue Sopranistin, von der alle so viel Aufhebens machen, diese Jessie Darcey. Sie geht mit einem Symphonieorchester auf Tournee und arbeitet ihr Repertoire mit Bowers durch. Sie singt ein paar Schumann-Lieder, die Mr. Harsanyi auch mit mir einstudiert hat. Ich weiß nicht, was er tun würde, wenn er sie hören würde.»

«Aber wenn Ihre eigene Arbeit doch gut vorankommt und Sie wissen, daß diese Leute unrecht haben – warum lassen Sie sich durch sie entmutigen?»

Thea schüttelte den Kopf. «Eben, das verstehe ich selbst nicht. Wenn ich sie den ganzen Nachmittag angehört habe, bin ich wie erstarrt. Irgendwie nimmt es den Glanz aus allen Dingen. Die Leute wollen Jessie Darcey und das, was sie macht. Also wozu dann alles?»

Mrs. Harsanyi lächelte. «Diese Hürde müssen Sie einfach überspringen. Sie müssen nicht wütend werden über die Erfolge billiger Talente. Was haben sie schließlich mit Ihnen zu tun?»

«Nun ja, wenn ich jemanden wie Mr. Harsanyi hätte,

vielleicht würde ich mich nicht über sie ärgern. Er war der richtige Lehrer für mich. Bitte, sagen Sie ihm das.»

Thea stand auf, und Mrs. Harsanyi ergriff wieder ihre Hand. «Es tut mir so leid, daß Sie durch diese Entmutigung hindurchmüssen. Ich wünschte, Andor könnte mit Ihnen sprechen, er würde es so gut verstehen. Ich habe das Gefühl, ich müßte Sie dringend bitten, Mrs. Priest und Jessie Darcey und alle anderen ihrer Art zu meiden.»

Thea lachte gequält. «Überflüssig, mich darum zu bitten. Ich habe überhaupt keinen Umgang mit ihnen. Mein Rückgrat wird zu einer Eisenstange, wenn sie sich mir nur nähern. Ich mochte sie zuerst gern, verstehen Sie. Ihre Kleidung und ihre Manieren waren so elegant, und Mrs. Priest ist wirklich hübsch. Aber jetzt möchte ich ihnen immerzu sagen, wie dumm sie sind. Man muß sie doch wohl davon in Kenntnis setzen, nicht wahr?» Und plötzlich war da wieder ein Abglanz des pfiffigen Lächelns, an das Mrs. Harsanyi sich erinnerte. Thea drückte ihr die Hand. «Ich muß jetzt gehen. Ich habe meine Stunde heute morgen an eine Frau aus Duluth abgetreten, die zum Üben hergekommen ist, und nun muß ich für sie ‹On Mighty Pens› spielen. Ich bin der Ansicht, Oratorien sind eine große Gelegenheit für Leute, die bluffen wollen. Bitte sagen Sie das doch Mr. Harsanyi.»

Mrs. Harsanyi hielt sie zurück. «Aber er wird noch viel mehr von Ihnen wissen wollen. Sie sind doch um sieben Uhr frei? Kommen Sie doch heute abend noch einmal zu uns, und wir werden irgendwo in einem gemütlichen Lokal zusammen essen. Ich habe das Gefühl, Sie brauchen ein bißchen Gesellschaft.»

Theas Gesicht hellte sich auf, «O ja, sehr! Ich komme furchtbar gern, das wird wie in alten Zeiten sein. Sehen Sie» — sie zögerte einen Augenblick, wurde weicher, sanfter –, «es würde mir nichts ausmachen, wenn es nur irgendeinen unter ihnen gäbe, den ich bewundern könnte.»

«Was ist mit Bowers?» fragte Mrs. Harsanyi, als sie auf das Treppenhaus zugingen.

«Na ja, er liebt nichts so sehr wie einen ausgebufften Ramschhändler und haßt nichts so sehr wie einen echten Künstler. Ich muß immer daran denken, was Mr. Harsanyi über ihn gesagt hat. Bowers sei wie ein kalt gewordener Muffin, der auf dem Teller liegengeblieben ist.»

Mrs. Harsanyi blieb abrupt auf dem Treppenabsatz stehen und sagte entschieden: «Ich glaube, da hat Andor einen Fehler gemacht. Ich kann mir nicht denken, daß dies die richtige Atmosphäre für Sie ist. Es muß Sie mehr als alle anderen verletzen. Das stimmt alles nicht.»

«Irgend etwas stimmt nicht!» rief Thea nach oben, während sie mit ihren hohen Absätzen die Treppen hinunterklapperte.

II

Während des Winters wohnte Thea in so vielen verschiedenen Stadtteilen, daß sie manchmal, wenn sie abends aus Bowers' Studio auf die Straße trat, einen Augenblick nachdenken mußte, wo sie denn gerade untergekommen war und wie sie am besten dorthinkam.

Sobald sie in eine neue Wohnung zog, prüfte sie das Bett, den Teppich, das Essen, die Hausbesitzerin mit genauem, herausforderndem Blick. Die Pensionen waren jämmerlich schlecht geführt, aber Theas Beanstandungen hatten manchmal auch etwas Verletzendes. Sie stritt sich mit jeder neuen Vermieterin und zog dann weiter.

Wenn sie ein neues Zimmer bezog, war sie ziemlich sicher, daß sie es schon beim ersten Anblick hassen und, noch ehe sie die Koffer ausgepackt hätte, beabsichtigen würde, sich nach einem anderen umzusehen. Sie war launisch und voller Verachtung für die übrigen Pensionäre, mit Ausnahme der jungen Männer, die sie mit unbekümmerter Direktheit behandelte, was meistens falsch ausgelegt wurde. Sie mochten sie trotzdem, und wenn sie das Haus nach einer stürmischen Auseinandersetzung verließ, halfen sie ihr beim Transport ihrer Sachen und besuchten sie, sobald sie sich wieder eingerichtet hatte. Aber sie zog so häufig um, daß sie bald nicht mehr zu ihr kamen. Sie sahen nicht ein, warum sie sich mit einem Mädchen abgeben sollten, das bei all ihrer Munterkeit kalt, egoistisch und unbeeindruckbar war. Denn sie erkannten sehr bald, daß sie nicht von ihr bewundert wurden.

Thea wachte nachts häufig auf und fragte sich, warum sie so unglücklich war. Sie wäre bestürzt gewesen, wenn sie erkannt hätte, wieviel die Leute in Bowers' Studio mit ihrer Niedergeschlagenheit zu tun hatten. Sie war sich niemals der instinktiven Maßstäbe, die man Ideale nennt, bewußt geworden, und sie wußte auch nicht, daß sie um ihretwillen so litt. Häufig ertappte sie sich dabei, wie sie bei einer Straßenbahnfahrt oder beim Bürsten ihrer Haare vor dem Spiegel spöttisch vor sich hin lächelte, wenn ihr eine alberne Bemerkung oder ein nur zu gut vertrautes manieriertes Verhalten in den Sinn kam.

Sie hatte keine menschenfreundlichen Empfindungen, keinerlei guten Willen zur Toleranz Mrs. Priest oder Jessie Darcey gegenüber. Nach einem Konzert von Jessie machten die begeisterten Pressenotizen und die bewundernden Kommentare in Bowers' Studio Thea kreuzunglücklich. Es war nicht die Qual persönlicher Eifersucht. Sie hatte sich nie als mögliche Rivalin von Miss Darcey gesehen. Sie war eine arme Musikstudentin und Jessie Darcey eine beliebte und verwöhnte Sängerin. Und was immer sich gegen Mrs. Priest sagen ließ – sie hatte eine schöne, große und wirkungsvolle Stimme und ein beeindruckendes Auftreten. Sie las die Noten voller Gleichgültigkeit, sang unsauber und gab immer anderen die Schuld, aber sie besaß zumindest das Material zu einer Sängerin. Jessie Darcey schienen die Leute hingegen gerade deshalb zu lieben, weil sie nicht singen konnte, weil sie, wie es hieß, «so natürlich und unprofessionell» war. Ihr Vortrag sei so «ungekünstelt», ihre Stimme «die eines Vogels». Miss Darcey war dünn, von unansehnlichem Äußeren und hatte ein scharfgeschnittenes, fahles Gesicht. Thea stellte fest, daß ihre Unansehnlichkeit zu ihren Gunsten ausgelegt wurde und die Leute sich voller Zuneigung darüber äußerten. Miss Darcey sang gerade damals allenthalben, man konnte gar nicht umhin, von ihr zu hören. Sie wurde von den Leuten aus dem Schlachthofviertel und von der Chicago Northwestern Railroad bewundert. Nur ein einziger Kritiker hatte seine Stimme gegen sie erhoben. Thea besuchte verschiedene ihrer Konzerte. Es war das erste Mal, daß sie Gelegenheit hatte, die Launen des Publikums zu beobachten, von dem die Sänger so abhängig sind, und sie erkannte, daß die Leute an Miss Darcey gerade die Eigenheiten schätzten, die eine Sängerin nicht haben darf, ganz besonders ihre nervöse Selbstgefälligkeit, die sie zu einer ganz gewöhnlichen jungen Frau machte. Es hatte den Anschein, als hegte das Publikum wärmere Gefühle für Jessie als für Mrs. Priest, eine Verehrung voller Herzlichkeit und Zuneigung. Chicago war letztlich so verschieden nicht von Moonstone, und Jessie Darcey war Lily Fisher – nur unter anderem Namen.

Thea haßte es ganz besonders, Miss Darcey zu begleiten, weil sie bestimmte Tonhöhen nicht traf und ihr das nichts ausmachte. Es war qualvoll, Tag um Tag dabeizusitzen und es anzuhören. Dieses unsaubere Singen hatte etwas Schamloses und Unanständiges.

Eines Morgens kam Miss Darcey wie vereinbart, um noch einmal das Programm für ihr Peoria-Konzert durchzugehen. Sie sah so zerbrechlich aus, daß Thea eigentlich Mitgefühl mit ihr hätte haben müssen. Gewiß, sie hatte diese ein wenig schalkhaft-muntere Art, und auf ihren braunen Wangen prangte je ein Tupfer Lachsrot. Aber ihr schmaler Oberkiefer gab ihrem Gesicht etwas Abgehärmtes, und ihre Lider lagen schwer über ihren Augen. Im Morgenlicht wirkten die bräunlichroten Ringe darunter schon sehr mitleiderregend und sagten keine lange oder brillante Zukunft voraus. Eine Sängerin mit schlechter Verdauung und wenig Lebenskraft; man brauchte kein Hellseher zu sein, um ihr das Horoskop zu stellen. Wenn Thea sich die Mühe gemacht hätte, etwas mehr auf sie einzugehen, hätte sie erkannt, daß die arme Miss Darcey hinter all ihrem Lächeln und ihrer Schalkhaftigkeit in Wahrheit Todesängste litt. Sie begriff ihren Erfolg nicht besser als Thea; mit angehaltenem Atem und hochgezogenen Augenbrauen versuchte sie daran zu glauben. Ihre Redseligkeit war nicht natürlich, sie zwang sich dazu, und wenn sie jemandem bekannte, wie viele Mängel sie durch ihre ungewöhnliche Beherrschung der Kopfstimme auszugleichen imstande war, versuchte sie nicht so sehr den anderen zu überzeugen als sich selbst.

Wenn sie eine für sie zu hohe Note erreichen wollte, streckte sie die rechte Hand in die Luft, so als wollte sie die Höhe anzeigen oder ein genaues Maß angeben. Einer ihrer früheren Lehrer hatte ihr gesagt, sie könnte einen Ton mit einer solchen Geste genauer «plazieren», und sie glaubte fest daran, daß ihr das eine große Hilfe war. (Auch wenn sie in der Öffentlichkeit sang, konnte sie ihre Rechte nur mit Mühe unten behalten und schlang ihre in weißen Glacéhandschuhen steckenden Finger nervös ineinander, sobald sie einen hohen Ton anschlug. Thea konnte jedesmal beobachten, wie sich ihre Ellbogen dabei versteiften. Immer wieder machte sie diese Bewegung mit einem Lächeln gütigen Vertrauens, so als zeigte ihr Finger tatsächlich auf die Note: «Da ist sie, Freunde!»

Auch an diesem Morgen, als sie in Gounods «Ave Maria...» sich dem H näherte, «Dans – – – – nos – – – – a – – lar – – – mes!», schoß die Hand mit dieser luftigen, selbstsicheren Bewegung in die Höhe, obgleich ihre Stimme – was immer ihr Finger anzeigte – nur knapp über das A kam. Oft ließ Bowers – bei entsprechenden Leuten – dergleichen durchgehen, aber an diesem Morgen murmelte er hinter zusammengebissenen Zähnen «Du lieber Gott!» Miss Darcey versuchte es noch einmal, wieder mit dieser Bewegung, als wollte sie den Ton bekrönen; sie neigte ihren Kopf zur Seite und strahlte Bowers an, so als wollte sie sagen: «Dies alles tue ich nur für Sie!»

«Dans – – – – nos – – – – a – – lar – – – mes!»

Diesmal erreichte sie immerhin das B und fuhr in dem fröhlichen Glauben fort, daß es ihr gut genug gelungen sei, als sie plötzlich bemerkte, daß ihre Begleiterin aufgehört hatte zu spielen, und das brachte sie völlig aus der Fassung.

Sie wandte sich zu Thea um, die ihre Hände in den Schoß hatte fallen lassen. «Ach, warum haben Sie gerade da aufgehört? Das ist wirklich zu nervenaufreibend! Wir sollten jetzt besser zum Crescendo zurückgehen und es von da an noch einmal versuchen.»

«Entschuldigen Sie bitte», murmelte Thea. «Ich dachte, Sie wollten das H erreichen.» Sie fing wieder zu spielen an, so wie Miss Darcey es angegeben hatte.

Nachdem die Sängerin fort war, trat Bowers auf Thea zu und fragte sie verdrießlich: «Warum hassen Sie Jessie so? Ihre kleinen Abweichungen in der Tonhöhe sind eine Sache zwischen ihr und dem Publikum. Sie tun Ihnen doch nicht weh. Sie hat Ihnen nichts getan, war immer sehr freundlich.»

«Ja doch, sie hat mir was angetan», erwiderte Thea heftig. Bowers sah interessiert aus. «Was, zum Beispiel?»

«Ich kann es nicht erklären, aber ich kann sie nicht ausstehen.»

Bowers lachte. «Das steht außer Zweifel. Ich muß Sie bitten, das ein wenig besser zu verbergen. Es ist notwendig, Miss Kronborg!» fügte er hinzu, indem er sie über die Schulter seines Mantels, den er gerade überzog, ansah.

Er ging zum Mittagessen, und Thea hielt das Thema damit für erledigt. Aber am späten Nachmittag, als er zwischen den Unterrichtsstunden seine Magentabletten mit einem Glas Wasser einnahm, blickte er sie an und sagte in ironisch bittendem Ton: «Miss Kronborg, könnten Sie mir nicht sagen, warum Sie Jessie hassen?»

Überrascht ließ Thea die Partitur sinken, in der sie gerade las, und antwortete, noch ehe sie wußte, was sie sagte: «Ich hasse sie, weil sie nicht das ist, was ich mir immer unter einer Sängerin vorgestellt habe.»

Bowers balancierte die Tablette auf der Spitze seines langen Zeigefingers und stieß einen leisen Pfiff aus.

«Und wie sieht Ihre Vorstellung einer Sängerin aus?» fragte er.

«Ich weiß es nicht.» Thea wurde rot und flüsterte, «das meiste habe ich wohl von Harsanyi.»

Bowers äußerte sich nicht zu dieser Erwiderung, sondern öffnete die Tür, um die nächste Schülerin hereinzulassen, die draußen im Empfangsraum gewartet hatte.

Es war schon dunkel, als Thea an diesem Abend das Studio verließ. Sie wußte, daß sie Bowers gekränkt hatte. Und irgendwie hatte sie dabei sich selbst verletzt. Sie fühlte sich weder dem gemeinsamen Abendbrot in der Pension noch dem scheinheiligen Theologiestudenten gewachsen, der gestern nacht versucht hatte, sie im Treppenhaus zu küssen. Sie ging zur Uferseite der Michigan Avenue und dann am See entlang. Es war eine klare, frostige Winternacht. Der große leere Raum über dem Wasser war ruhevoll, ein Sinnbild der Freiheit. Wenn sie nur etwas Geld hätte, würde sie fortgehen. Die Sterne blinkten über der weiten, schwarzen Wasserfläche. Müde blickte sie zu ihnen auf und schüttelte den Kopf. Sie hielt das, was sie empfand, für Verzweiflung, dabei war es nur eine andere Form von Hoffnung. Sie glaubte wirklich, sich von den Sternen zu verabschieden, dabei bekräftigte sie nur ein Versprechen. Obgleich die Herausforderung durch die Sterne weltweit und zeitlos ist, erhalten sie keine andere Antwort als das kurze Aufleuchten in den Augen der Jungen, die unerklärlicherweise Hoffnungen hegen.

Die reiche, lärmende Großstadt, die fett ist vom vielen Essen und Trinken, hat sich verausgabt; ihr Hauptinteresse gilt der Verdauung und dem kleinen Versteckspiel mit dem Leichenbestatter. Geld und Berufsarbeit und Erfolg sind die Tröstungen der Impotenz. Fortuna wendet sich solchen gesetzten Leuten wohlwollend zu und läßt sie in Frieden ihre Knochen abnagen. Sie schnippt mit ihrer Peitsche nach lebendigerem Fleisch, nach dem Strom hungriger Jungen und Mädchen, die die Straßen jeder Großstadt durchstreifen, leicht zu erkennen an ihrem Stolz und ihrer Unzufriedenheit; nach denen, die die Zukunft sind und die den Schatz schöpferischer Kräfte besitzen.

III

Während ihre Lebensverhältnisse flüchtig und zufällig waren, bildete Bowers' Studio einen festen Punkt in Theas Leben. Wenn sie es verließ, kehrte sie ins Ungewisse zurück, und aus nebuloser Verwirrung hastete sie wieder dorthin. Sie war mehr von Bowers beeinflußt, als sie wußte. Unbewußt übernahm sie allmählich etwas von seiner trockenen Verachtung, teilte sie seinen Groll, ohne genau zu begreifen, auf was er sich richtete. Sein Zynismus erschien ihr als Ehrlichkeit, die Liebenswürdigkeit seiner Schüler gekünstelt. Sie bewunderte seine rigorose Behandlung langweiliger Schüler. Die Dummen kriegten, was sie verdienten, und noch mehr. Bowers wußte, daß sie ihn für sehr gewitzt hielt.

Eines Nachmittags, als Bowers vom Mittagessen zurückkam, händigte ihm Thea eine Karte aus, auf der er den Namen «Mr. Philip Frederick Ottenburg» las.

«Er sagte, er würde morgen wiederkommen, und läßt fragen, ob Sie etwas Zeit für ihn hätten. Wer ist das? Er gefällt mir besser als die anderen.»

Bowers nickte. «Mir auch. Er ist kein Sänger. Er ist ein Bier-Prinz. Der Sohn des größten Bierbrauers in St. Louis. Er war mit seiner Mutter in Deutschland. Ich wußte nicht, daß er schon zurück ist.»

«Nimmt er Stunden?»

«Hin und wieder. Er singt recht gut. Er leitet die Chicago-Filiale des Ottenburg-Unternehmens, aber es hält ihn nicht bei der Arbeit, und er läuft ständig davon. Die Leute sagen, er habe große Pläne mit dem Bier. Er ist, was man einen einfallsreichen Geschäftsmann nennt. Fährt zum Beispiel nach Bayreuth, und es scheint, als täte er nichts anderes, als Partys zu veranstalten und Geld auszugeben, und kommt doch mit mehr guten Tips für die Brauerei zurück, als den

Burschen, die da fest auf ihrem Platz hocken, in fünf Jahren einfällt. Ich bin schon zu lange auf der Welt, um mich sehr für diese breitschultrigen jungen Leute mit den geblümten Westen zu erwärmen, aber Fred mag ich trotzdem.»

«Ich auch», sagte Thea mit Nachdruck.

Bowers gab einen Laut zwischen Husten und Lachen von sich.

«O ja, er ist schon ein rechter Ladykiller! Die Mädchen hier machen ihm immer schöne Augen. Sie wären nicht die erste.» Er warf einen Packen Noten auf das Klavier. «Schauen Sie sich das lieber noch einmal an; die Begleitung ist etwas verzwickt. Es ist für diese neue Frau aus Detroit. Und Mrs. Priest kommt auch am Nachmittag.»

Thea seufzte.

«‹Ich weiß, daß mein Erlöser lebt?›»

«Genau das. Sie geht nächste Woche auf Konzertreise, dann haben wir etwas Ruhe. Bis dahin, nehme ich an, werden wir mit ihr das Programm durchgehen müssen.»

Am nächsten Tag beeilte sich Thea mit dem Mittagessen in einer deutschen Bäckerei und war um zehn Minuten nach eins schon wieder im Studio. Sie hatte das sichere Gefühl, daß der junge Brauer früher kommen würde, noch ehe Bowers da war. Er hatte nichts dergleichen gesagt, aber als er am Tag zuvor die Tür öffnete, um zu gehen, warf er einen raschen Blick in den Raum und auf sie und irgend etwas in seinem Blick hatte ihr diese Vermutung nahegelegt.

Und natürlich, um zwanzig Minuten nach eins öffnete sich die Tür zum Empfangsraum und ein großer, kräftiger junger Mann im Ulster mit Stock und Zylinder schaute erwartungsvoll herein.

«Aha!» rief er aus. «Ich dachte mir doch, daß wenn ich früh genug käme, ich vielleicht Glück hätte. Wie geht es Ihnen heute, Miss Kronborg?»

Thea saß in dem Stuhl am Fenster. Links von ihrem Ellbogen befand sich ein Tisch, und auf diesen Tisch setzte sich der junge Mann, Hut und Stock in einer Hand haltend, während er seinen langen Mantel aufknöpfte, der ihm von den Schultern glitt. Ein strahlender, blühender junger Mann. Sein dichtes blondes Haar war sehr kurz geschnitten, und er trug einen knapp gestutzten Bart, eben noch lang genug, um sich leicht zu kräuseln. Sogar seine Augenbrauen waren dicht und blond wie ein seidiges Fell. Er hatte lebhafte blaue Augen – Thea blickte voller Interesse zu ihnen auf, während er dasaß und plauderte und sein Fuß rhythmisch hin und her schwang. Er war ungezwungen und sprach frei heraus. Wo und wann immer Leute dem jungen Ottenburg begegneten – in seinem Büro, an Bord eines Schiffes, in einem Hotel im Ausland oder in einem Eisenbahnabteil –, sie spürten (und mochten im allgemeinen) diese ungekünstelte Selbstverständlichkeit, die zu sagen schien: «In diesem Falle können wir die Formalitäten beiseite lassen. Wir haben wirklich keine Zeit dafür. Heute ist heute, aber es wird bald morgen sein, und dann sind wir vielleicht ganz andere Menschen in einem anderen Land.» Er hatte eine gewisse Art, Menschen aus langweiligen oder peinlichen Situationen, ja aus ihrer eigenen Erstarrung, Befangenheit oder Mutlosigkeit herauszuholen. Das war ein besonderes Talent, von unschätzbarem Wert für den Repräsentanten eines großen Unternehmens, das auf gesellschaftlichen Umgangsformen beruhte. Thea hatte die Art gemocht, wie er sie gestern für ein paar aufregende Augenblicke aus sich selbst und ihrer deutschen Grammatik herausgeholt hatte.

«Übrigens, würden Sie mir bitte Ihren Vornamen sagen? Thea? Ach, so sind Sie also wirklich Schwedin. Ich dachte es mir. Erlauben Sie mir, daß ich Sie nach deutscher Sitte Miss

Thea nenne. Macht es Ihnen was aus? Nein, sicherlich nicht.» Gewöhnlich ließ er es als das Verdienst des anderen erscheinen, wenn man zu einem glücklichen Einvernehmen gelangte, und nicht als sein eigenes.

«Wie lange sind Sie schon hier bei Bowers? Mögen Sie den alten Miesepeter? Ich auch. Ich bin gekommen, um ihm von einem neuen Sopran zu berichten, den ich in Bayreuth gehört habe. Er wird so tun, als interessiere es ihn nicht, aber es tut's. Trällern Sie mit ihm? Haben Sie eine Stimme? Ehrlich? Sie sehen nämlich so aus. Worauf sind Sie aus, etwas Großes? Oper?»

Thea wurde feuerrot. «Ach, ich bin auf gar nichts aus. Ich versuche zu lernen, wie man bei Beerdigungen singt.»

Ottenburg beugte sich vor und zwinkerte ihr zu. «Ich werde Sie bitten, auf meiner zu singen. Sie können mir nichts vormachen, Miss Thea. Darf ich zuhören, wenn Sie heute Ihre Stunde nehmen?»

«Nein, das dürfen Sie nicht. Ich hatte sie schon heute vormittag.»

Er griff nach einer Notenrolle, die hinter ihm auf dem Tisch lag. «Gehört dies Ihnen? Lassen Sie mich mal sehen, was Sie machen.» Er ließ die Klammer zurückschnellen und blätterte in den Seiten. «Alles sehr schön, aber zahm. Warum hat er Sie an diese Mozart-Sachen gesetzt? Ich kann mir nicht denken, daß es Ihrer Stimme entspricht. Oh, ich kann mir sehr gut vorstellen, was zu Ihnen passen würde! Dies hier aus ‹Gioconda› liegt mehr auf Ihrer Linie. Was ist das für ein Grieg? Sieht interessant aus. ‹Tak for dit Råd›. Was heißt das?»

«‹Danke für deinen Rat›, kennen Sie es nicht?»

«Nein, überhaupt nicht. Versuchen wir's doch.» Er stand auf, stieß die Tür zum Musikzimmer auf und bat Thea mit einer Handbewegung vorauszugehen. Sie zögerte.

«Ich könnte Ihnen kaum einen Eindruck davon geben. Es ist ein schwieriges Lied.»

Ottenburg faßte sie sanft beim Ellbogen und schob sie ins Zimmer. Er setzte sich ungeniert ans Klavier und überflog kurz die Noten.

«Ich glaube, ich werde es schaffen, Sie zu begleiten. Aber wie dumm, daß wir nicht den englischen Text haben. Können Sie wirklich norwegisch singen? Was für eine teuflische Sprache zum Singen. Übersetzen Sie mir doch den Text.» Er reichte ihr die Noten.

Thea betrachtete sie, dann ihn und schüttelte den Kopf.

«Ich kann nicht. Die Wahrheit ist, daß ich weder Englisch noch Schwedisch sehr gut kann, und mit Norwegisch ist es noch schlimmer», bekannte sie. Es war nicht so selten, daß sie sich weigerte zu tun, worum sie gebeten wurde, aber im allgemeinen verzichtete sie darauf, ihre Weigerung zu erklären, auch wenn sie gute Gründe dafür hatte.

«Ich verstehe. Wir Immigranten sprechen keine Sprache wirklich gut. Aber Sie wissen, was es bedeutet – oder?»

«Natürlich.»

«Dann schauen Sie mich nicht so stirnrunzelnd an, sondern sagen Sie es mir.»

Thea runzelte weiterhin die Stirn, aber sie lächelte zugleich, sie war verwirrt, aber nicht verlegen. Sie hatte keine Angst vor Ottenburg. Er gehörte nicht zu den Leuten, bei denen ihr Rückgrat zu einer Stahlschiene wurde. Im Gegenteil, er machte sie waghalsig, kühn.

«Also gut. Es geht etwa so: ‹Danke für deinen Rat! Aber ich ziehe es vor, mein Boot in die Höhle donnernder Brecher zu steuern. Auch wenn diese Fahrt meine letzte ist. Vielleicht finde ich, was ich bislang nie fand. Weiter muß ich, denn ich verzehre mich nach der wilden See. Ich sehne mich danach, mir meinen Weg durch die erzürnten Wogen zu erkämpfen und zu sehen, wie weit und wie lange ich sie zwingen kann, mich zu tragen....›»

Ottenburg nahm die Noten und fing an zu spielen. «Einen Augenblick noch – ist das zu schnell? Wie nehmen Sie es? Stimmt es so?»

Er schob seine Manschetten herauf und begann noch einmal mit der Begleitung. Inzwischen war er völlig ernst geworden und spielte voller Begeisterung und mit viel Einfühlungsvermögen.

Freds Begabung war dem alten Ottenburg fast so viel wert wie der Fleiß seiner älteren Söhne. Wenn Fred das «Preis-Lied» bei einem landesweiten Treffen des Deutschen Turnvereins sang, dann waren zehntausend Turner für Ottenburg-Bier gewonnen.

Als Thea das Lied beendet hatte, blätterte Fred zur ersten Seite zurück, ohne von den Noten aufzusehen. «Jetzt, noch einmal!» rief er. Sie fingen wieder an und hörten nicht, wie Bowers hereinkam und in der Tür stehenblieb. Er stand ganz still und blinzelte wie eine Eule zu ihren in der Sonne schimmernden Köpfen hinüber. Er konnte ihre Gesichter nicht sehen, aber da war etwas mit dem Rücken seiner Schülerin, was er bislang nicht bemerkt hatte. Ihr ganzer Rücken schien sich wie eine Skulptur nach den galoppierenden Rhythmen des Liedes zu formen – es war eine ganz leise und doch ganz freie Bewegung von den Zehen ausgehend nach oben. Bowers nahm solche Dinge manchmal wahr – widerwillig. Er hatte heute gewußt, daß da etwas im Busch war. Dieser Strom von Tönen, dessen Quelle seine Schülerin war, hatte ihn erreicht, als er noch zwei Stockwerke tiefer war. Er war stehengeblieben und hatte mit einer Art spöttischer Bewunderung gelauscht. Von der Tür aus beobachtete er sie mit einem halb ungläubigen, halb maliziösen Lächeln.

Nach dem letzten Anschlag ließ Ottenburg die Hände auf

seine Knie sinken und sah rasch atmend auf. «Ich hab' es geschafft. Was für ein erstaunliches Lied. Habe ich es richtig gespielt?»

Thea betrachtete forschend sein erregtes Gesicht. Es drückte vieles aus, wie auch ihres, als sie ihm antwortete.

«Es paßte gut», sagte sie bereitwillig.

Als Ottenburg gegangen war, stellte Thea fest, daß Bowers angenehmer war als gewöhnlich. Sie hatte gehört, wie der junge Brauer Bowers zum Abendessen in seinem Klub einlud, und sie merkte, daß er sich auf dieses Essen freute. Er ließ eine Bemerkung fallen, die etwa besagte, daß Fred von Essen und Trinken soviel verstünde wie kaum einer in Chicago. Er sagte es voller Stolz.

«Wenn er so ein großartiger Geschäftsmann ist – wieso hat er dann Zeit herumzulaufen und bei Gesangsstunden zuzuhören?» fragte Thea mißtrauisch.

Als sie durch den Februarmatsch zu ihrer Pension zurückging, wünschte sie sich, mit ihnen zu Abend zu essen. Um neun Uhr sah sie von ihrer Grammatik auf und fragte sich, was Bowers und Ottenburg wohl aßen. Im gleichen Augenblick sprachen sie von ihr.

IV

Thea stellte fest, daß Bowers sich sehr viel mehr Mühe mit ihr gab, seit Ottenburg gegen elf Uhr dreißig öfter hereinschaute, um sich ihre Stunde anzuhören. Nach der Stunde nahm der junge Mann Bowers zum Lunch mit, und Bowers wußte gutes Essen durchaus zu schätzen, wenn ein anderer es bezahlte. Er ermutigte Fred zu seinen Besuchen, und Thea merkte sehr bald, daß Fred genau wußte, weshalb.

Eines Morgens wandte sich Ottenburg nach der Stunde an

Bowers: «Wenn Sie mir Miss Thea einmal ausleihen wollen, hätte ich, wie ich glaube, ein Engagement für sie. Mrs. Nathanmeyer wird im April an den ersten drei Samstagen einen musikalischen Abend veranstalten, und sie hat mich wegen der Solisten um Rat gefragt. Für den ersten Abend hat sie einen jungen Geiger, und sie wäre entzückt, wenn sie Miss Kronborg gewinnen könnte. Sie zahlt fünfzig Dollar pro Abend – nicht viel, aber Miss Thea würde dort einige Leute kennenlernen, die ihr nützlich sein könnten. Was meinen Sie?»

Bowers gab die Frage an Thea weiter. «Mir scheint, Sie könnten die fünfzig Dollar gut gebrauchen, Miss Kronborg. Sie könnten ohne Mühe einige Lieder vorbereiten.»

Thea war bestürzt. «Ich brauche das Geld sehr», sagte sie ganz offen. «Aber ich habe nicht die richtige Aufmachung für eine solche Sache. Ich sollte wohl lieber versuchen, mir etwas zu besorgen.»

Ottenburg fiel rasch ein: «Sie hätten nichts von der ganzen Sache, wenn Sie sich jetzt ein Abendkleid kaufen würden. Ich habe darüber nachgedacht: Mrs. Nathanmeyer hat einen ganzen Pulk von Töchtern, einen wahren Serail jeden Alters und aller Größen. Es wird sie freuen, Sie auszustatten. Lassen Sie uns ihr einen Besuch abstatten, und Sie werden feststellen, wie mühelos sie das alles arrangieren wird. Ich habe ihr gesagt, sie müsse etwas Hübsches anbieten, in Hellblau oder Gelb, was gut sitzt. Ich habe ihr vor zwei Wochen ein halbes Dutzend Kleider von Worth durch den Zoll geschleust, und sie ist nicht undankbar. Wann können wir sie besuchen?»

«Ich bin nur abends frei», erwiderte Thea einigermaßen verwirrt.

«Also morgen abend? Ich werde Sie um acht Uhr abholen. Bringen Sie alle ihre Lieder mit; sie wird vielleicht eine kleine Probe haben wollen. Ich werde Sie begleiten, wenn Sie nichts dagegen haben. Das spart Ihnen und Mrs. Nathanmeyer Geld. Sie braucht es!» Ottenburg unterdrückte ein Lachen, während er sich die Adresse ihrer Pension notierte.

Die Nathanmeyers waren so reich und bedeutend, daß sogar Thea von ihnen gehört hatte, und dies schien eine bemerkenswerte Gelegenheit zu sein. Ottenburg hatte offenbar nur einen Finger rühren müssen, um das fertig zu bringen. Er war wirklich ein Bier-Prinz, wie Bowers gesagt hatte.

Am nächsten Abend um Viertel vor acht wartete Thea fertig angezogen im Salon der Pension. Sie war nervös und zappelig und fand es schwierig, auf den hartgepolsterten Stühlen stillzusitzen. In dem matterleuchteten Zimmer, wo das Gas leise in den Brennern sang, probierte sie einen nach dem andern aus. Außer ihr war nur noch der Medizinstudent im Salon, der einen Marsch von Sousa mit so viel Kraft spielte, daß die chinesischen Nippes auf dem Klavier klirrten. In wenigen Augenblicken würden einige der in der Pension angestellten Mädchen hereinkommen und einen Two-Step zu tanzen anfangen. Thea wünschte Ottenburg herbei, um dem zu entkommen.

Mit einem raschen Blick musterte sie sich in dem langen, trübgewordenen Spiegel. Sie trug ihr Kirchenkleid aus feiner hellblauer Wolle, das ihr nicht schlecht stand, aber sicherlich zu warm war für einen Abend in irgendeinem Haus. Die Absätze ihrer leichten Schuhe waren abgetreten, aber sie hatte noch keine Zeit gehabt, sie reparieren zu lassen. Auch ihre weißen Handschuhe waren nicht so sauber, wie sie sein sollten. Wie auch immer, sie wußte, daß sie alle diese ärgerlichen Dinge vergessen würde, wenn Ottenburg erst einmal da war.

Mary, das ungarische Hausmädchen, kam an die Tür,

blieb zwischen den Plüschportieren stehen, machte Thea ein Zeichen und gab ein unartikuliertes Röcheln von sich. Thea sprang auf und lief in den Vorraum, wo Ottenburg lächelnd dastand im offenen Capemantel, den Zylinder in der weißbehandschuhten Hand. Das ungarische Mädchen stand da wie ein Denkmal auf ihren flachen Absätzen und starrte auf die zartrosa Nelke an Ottenburgs Mantel. Ihr breites, pockennarbiges Gesicht zeigte den Ausdruck animalischen Staunens, den einzigen, zu dem sie imstande war. Als der junge Mann Thea nach draußen folgte, faltete die «Hunnin» die Hände über dem Bauch, öffnete den Mund und röchelte heiser ein weiteres Mal.

«Ist sie nicht schrecklich?» rief Thea aus. «Ich glaube, sie ist nicht ganz bei Verstand. Können Sie sie verstehen?»

Ottenburg lachte, als er ihr in den Wagen half. «O ja, ich kann sie durchaus verstehen!» Er setzte sich auf den Vordersitz Thea gegenüber. «So, jetzt will ich Ihnen etwas über die Leute erzählen, die wir besuchen wollen. Vielleicht werden wir eines Tages ein musikkundiges Publikum in diesem Lande haben, bisher aber besteht es nur aus Deutschen und Juden. Die übrigen gehen alle zu Jessie Darcey, um sie ‹Oh, Versprich mir!› singen zu hören. Die Nathanmeyers gehören zu den Juden der besten Art. Wenn man etwas für Mrs. Nathanmeyer tun will, muß man sich ganz und gar in ihre Hände geben. Alles, was sie über Musik, Mode und Leben sagt, ist immer richtig. Und man kann sich mit ihr wohl fühlen. Sie erwartet nichts von den Menschen. Seit zwanzig Jahren lebt sie in Chicago. Wenn Sie sich aufführen würden, wie diese Magyarin, die so sehr an meinem Mantelknopfloch interessiert war, würde sie nicht überrascht sein. Wenn Sie singen würden wie Jessie Darcey, würde sie auch nicht überrascht sein. Aber sie würde es vermeiden, Sie noch einmal anzuhören.»

«Wirklich? Genau solche Leute suche ich.» Thea spürte, wie sie beherzter wurde.

«Sie werden gut mit ihr auskommen, solange sie nicht versuchen, etwas anderes zu sein als Sie sind. Ihre Maßstäbe haben nichts mit Chicago zu tun. Ihre Wahrnehmung – oder die ihrer Großmutter, was aufs gleiche hinausläuft – war bereits scharfsinnig, als dies alles hier noch ein Indianerdorf war. Also seien Sie einfach Sie selbst, und Sie werden sie mögen. Sie wird Sie gleichfalls mögen, weil die Juden ein echtes Talent sofort spüren, und», fügte er ironisch hinzu, «und außerdem bewundern sie gewisse Gefühlsqualitäten, die nur bei den hellhäutigen Rassen zu finden sind.»

Als der Schein einer Straßenlaterne ins Wageninnere fiel, sah Thea dem jungen Mann ins Gesicht. Seine ein wenig belehrende Art amüsierte sie.

«Warum sind Sie so sehr an Sängerinnen interessiert?» fragte sie neugierig. «Sie scheinen eine wahre Leidenschaft dafür zu haben, bei Musikstunden zuzuhören. Ich würde gern einmal mit Ihnen tauschen.»

«Ich bin nicht an Sängerinnen interessiert», er klang gekränkt. «Ich bin an Talent interessiert. Es gibt ohnehin nur zwei interessante Dinge auf der Welt. Und Talent ist das eine.»

«Und was ist das andere?» Die Frage kam sanft von seinem Gegenüber. Wieder fiel ein Lichtstrahl durch das Fenster in den Wagen.

Fred sah ihr Gesicht und brach in Lachen aus. «Sie machen sich über mich lustig, Sie kleines Scheusal. Sie machen es mir unmöglich, mich anständig zu benehmen.» Er legte seine Hand leicht auf ihr Knie, nahm sie aber rasch wieder fort und ließ sie locker zwischen seinen Knien hängen.

«Wissen Sie was?» sagte er offen, «ich glaube, ich nehme das alles viel ernster als Sie.»

«Was alles?»

«Alles, was Sie da in Ihrer Kehle haben.»

«Oh, ich nehme das schon ganz ernst; aber Reden war nie so sehr meine Sache. Jessie Darcey ist eine gefällige Unterhalterin: ‹Merken Sie die Wirkung, die ich da erziele...?› Wenn es nur so wäre, wenn es ihr gelänge, es wäre ein Wunder!»

Mr. und Mrs. Nathanmeyer waren allein in ihrer großen Bibliothek. Ihre drei unverheirateten Töchter waren gerade in verschiedenen Kutschen weggefahren – die eine zu einem Dinner, die andere in den Nietzsche-Klub, die dritte auf einen Ball für die jungen Verkäuferinnen der großen Warenhäuser. Als Ottenburg und Thea hereinkamen, saßen Henry Nathanmeyer und seine Frau am Ende des langgestreckten Raumes an einem Tisch, eine Leselampe und ein Tablett mit Zigaretten und Likörgläsern zwischen sich. Die Deckenbeleuchtung war zu matt, um die Farben der großen Teppiche zum Vorschein zu bringen und die Beleuchtung über den Bildern war nicht eingeschaltet. Man konnte lediglich erkennen, daß da Bilder hingen. Fred flüsterte ihr zu, daß es Rousseaus und Corots, und zwar besonders schöne seien, die der alte Bankier vor langer Zeit für einen lächerlich niedrigen Preis erworben hatte. In der Eingangshalle hatte Ottenburg Thea auf das Bild einer Frau, die Weintrauben aus einer Papiertüte aß, aufmerksam gemacht und ihr ernst mitgeteilt, daß dies der schönste Manet auf der ganzen Welt sei. Er bat sie, Hut und Handschuhe in der Halle abzulegen, und warf einen prüfenden Blick auf sie, ehe er sie hineingeleitete. Aber als sie in der Bibliothek waren, schien er vollkommen zufrieden mit ihr zu sein und führte sie durch den langen Raum zu ihrer Gastgeberin.

Mrs. Nathanmeyer war eine gewichtige, kraftvolle alte Jüdin mit bauschigem weißen Haar, dunklem Teint, einer

Adlernase und scharfen funkelnden Augen. Sie trug ein schwarzes Samtkleid mit einer langen Schleppe und eine Halskette und Ohrringe aus Diamanten. Sie führte Thea auf die andere Seite des Tisches zu Mr. Nathanmeyer, der sich entschuldigte, daß er nicht aufstand, und auf seinen im Pantoffel steckenden Fuß zeigte, der auf ein Kissen gebettet war; er litte an Gicht, sagte er. Seine Stimme war sehr leise, und er sprach mit einem Akzent, der hart gewesen wäre, wenn er nicht so zärtlich geklungen hätte. Für eine kleine Weile ließ er Thea so neben sich stehen und stellte fest, daß sie ganz locker dastand, ihm direkt ins Gesicht sah und nicht verlegen war. Sogar als Mrs. Nathanmeyer Ottenburg bat, einen Stuhl für Thea zu holen, ließ der alte Mann ihre Hand nicht los und Thea setzte sich nicht. Er bewunderte sie so, wie sie war, wie sie dastand, und sie spürte es. Thea fand, daß er viel besser aussah als seine Frau. Er hatte eine hohe Stirn, sein Haar war weiß und weich, sein rosiges Gesicht war unter den klaren blauen Augen ein wenig geschwollen. Sie bemerkte, wie warm und zart seine Hände waren, angenehm zu berühren und schön anzusehen. Ottenburg hatte ihr erzählt, daß er eine sehr schöne Sammlung von Münzen und Kameen besäße, und seine Finger sahen aus, als hätten sie nie etwas anderes berührt außer zart modellierten Oberflächen.

Er fragte Thea, wo Moonstone sei, wieviel Einwohner die Stadt hätte, was ihr Vater von Beruf sei, aus welchem Teil Schwedens ihr Großvater ausgewandert sei und ob sie als Kind Schwedisch gesprochen hätte. Er fand es interessant zu erfahren, daß die Mutter ihrer Mutter noch lebte und daß ihr Großvater Oboe gespielt hatte. Thea fühlte sich zu Hause, wie sie so neben ihm stand; sie spürte, daß er sehr weise war und daß er ihr Leben irgendwie freundlich in sich aufnahm, so als wäre es eine Geschichte. Es tat ihr leid, ihn allein zu lassen, als sie in das Musikzimmer gingen.

An der Tür zum Musikraum angelangt, ließ Mrs. Nathan-meyer mit einem Griff gleichzeitig viele Lampen aufleuch-ten. Der Raum war noch größer als die Bibliothek, nichts als glänzende Oberflächen und zwei Steinway-Flügel.

Mrs. Nathanmeyer läutete nach ihrem Mädchen. «Selma wird Sie nach oben führen, Miss Kronborg, und Sie werden ein paar Kleider auf dem Bett finden. Probieren Sie einige an, und wählen Sie dasjenige aus, das Ihnen am besten gefällt. Selma wird Ihnen helfen. Sie hat sehr viel Geschmack. Und wenn Sie angezogen sind, kommen Sie bitte herunter und lassen Sie uns zusammen mit Mr. Ottenburg ein paar Lieder durchgehen.»

Als Thea mit dem Mädchen hinausgegangen war, ging Ottenburg zu Mrs. Nathanmeyer hinüber und stellte sich hinter sie, die Hände auf der hohen Sessellehne.

«Nun, gnädige Frau, gefällt sie Ihnen?»

»Ich denke schon. Es gefiel mir, wie sie sich mit Vater unterhielt. Sie wird immer mit Männern besser zurechtkom-men.»

Ottenburg beugte sich über den Sessel. «Prophetin! Ver-stehen Sie jetzt, was ich meinte?»

«Was ihre Schönheit betrifft? Sie hat große Möglichkeiten, aber man weiß es nie so genau bei diesen nordischen Frauen. Sie sehen so stark aus, aber sie nehmen leicht Schaden. Das Gesicht wird schnell schlaff unter diesen breiten Backenkno-chen. Eine einzige Idee – Haß oder Gier oder sogar die Lie-be – kann es zerstören. Sie ist neunzehn? Nun ja, in zehn Jah-ren könnte sie eine königliche Schönheit sein oder aber ein schweres unzufriedenes Gesicht haben, in das Falten tief wie Kanäle eingegraben sind. Das wird davon abhängen, mit wel-cher Art von Ideen sie lebt.»

«Oder welcher Art Leute?» warf Ottenburg ein.

Die alte Jüdin verschränkte die Arme über ihrem mächtigen Busen, nahm die Schultern zurück und sah zu dem jungen Mann auf.

«Mit diesem harten Glanz in den Augen? Da werden Menschen keine große Bedeutung haben. Sie werden kommen und gehen. Sie ist sehr an sich selbst interessiert – wie es auch richtig ist.»

Ottenburg runzelte die Stirn.

«Warten Sie, bis Sie sie singen gehört haben. Ihre Augen sind dann ganz anders. Dieser Glanz in ihren Augen ist merkwürdig, nicht wahr? Eben wie sie sagen: unpersönlich.»

Der Gegenstand dieser Erörterung kam lächelnd herein. Sie hatte weder das blaue noch das gelbe Abendkleid gewählt, sondern ein blaßrosafarbenes mit silbernen Schmetterlingen. Mrs. Nathanmeyer hob ihr Lorgnon vor die Augen und betrachtete sie genau, als sie näherkam. Auf einen Blick hatte sie das Charakteristische erfaßt: den kräftigen, freien Gang, die ruhige Kopfhaltung, die milchweiße Haut der Arme und der Schultern.

«Ja, diese Farbe ist gut für Sie», sagte sie zustimmend. «Das gelbe ist vermutlich Ihrem Haar schlecht bekommen? Ja, das paßt wirklich sehr gut! Also brauchen wir nicht mehr darüber nachzudenken.»

Thea blickte fragend zu Ottenburg hinüber. Er lächelte, verbeugte sich leicht und schien vollkommen einverstanden zu sein. Er bat sie, sich in den Bogen des Flügels vor ihn zu stellen, statt hinter ihn, wie sie es gelernt hatte.

«Ja», sagte die Gastgeberin mit Nachdruck, «die andere Stellung ist barbarisch.»

Thea sang eine Arie aus «La Gioconda», einige Schumann-Lieder, die sie mit Harsanyi einstudiert hatte, und das «Tak for dit Räd», das Ottenburg so liebte.

«Das müssen Sie noch einmal singen», erklärte er, als sie das Lied beendet hatten. «Sie haben es neulich viel besser gesungen. Sie haben es stärker akzentuiert – wie einen Tanz oder einen Galopp. Wie haben Sie das gemacht?»

Thea lachte und blickte rasch zur Seite zu Mrs. Nathanmeyer. «Sie wollen es mit mehr Radau, nicht wahr? Bowers hat es lieber, wenn ich es ernster singe. Aber ich muß dabei an die Geschichte denken, die meine Großmutter immer erzählte.»

Fred wies auf den Sessel hinter ihr. «Wollen Sie sich nicht ein wenig ausruhen und sie uns erzählen? Ich dachte mir schon, daß Sie eine bestimmte Vorstellung hätten, als Sie es mir zum erstenmal vorsangen.»

Thea setzte sich. «In Norwegen kannte meine Großmutter ein Mädchen, das ungeheuer in einen jungen Mann verliebt war. Sie arbeitete auf einer großen Milchfarm, um genug Geld für ihre Aussteuer zu verdienen. Die beiden heirateten um Weihnachten herum, und alle waren froh darüber, weil sie sich schon so lange nacheinander verzehrt hatten. In diesem Sommer, am Tag vor Johanni, ertappte ihr Mann sie mit einem anderen Mitarbeiter der Farm. In der Nacht darauf machten alle Farmleute oben auf dem Berg ein großes Feuer und sangen und tanzten. Ich vermute, alle waren ein bißchen betrunken, denn sie fingen an auszuprobieren, wie nahe an die Felskante sie die Mädchen beim Tanzen bringen konnten. Ole – der Mann des Mädchens – schien der ausgelassenste und betrunkenste von allen zu sein. Er tanzte mit seiner Frau immer näher und näher an die Felskante, und seine Frau fing an zu schreien, so daß die anderen aufhörten zu tanzen und die Musik schwieg; aber Ole sang weiter und tanzte mit ihr über die Kante des Felsens hinaus, und sie stürzten Hunderte von Metern hinunter und zerschmetterten auf den Felsen.»

Ottenburg wandte sich wieder dem Flügel zu.

«Das ist die Idee! Also kommen Sie, Miss Thea, keine Hemmungen!»

Thea nahm ihren Platz ein. Sie lachte und reckte sich in ihrer Corsettage, zog die Schultern hoch und ließ sie wieder fallen. Noch nie zuvor hatte sie in einem dekolletierten Kleid gesungen und fand es bequem. Ottenburg warf den Kopf nach hinten, und sie fingen an. Mehr denn je klang die Begleitung wie das Stampfen und Scharren schwerer Füße.

Als sie geendet hatten, hörten sie ein beifälliges Klopfen am Ende des Zimmers. Der alte Mr. Nathanmeyer saß im Türrahmen zur Bibliothek im Schatten und applaudierte mit seinem Stock. Thea warf ihm ein strahlendes Lächeln zu. Er blieb dort sitzen, den Fuß im Pantoffel auf einem niedrigen Sessel, den Stock zwischen den Fingern, und sie blickte hin und wieder zu ihm hinüber. Die Türöffnung bildete einen Rahmen um ihn, und er sah mit dem langen dunklen Raum hinter sich aus wie ein Mann auf einem Bild.

Mrs. Nathanmeyer rief noch einmal nach dem Mädchen. «Selma wird das Kleid für Sie in eine Schachtel packen, und Sie können es dann in Mr. Ottenburgs Wagen mit nach Hause nehmen.»

Thea wollte dem Mädchen folgen, zögerte aber. «Soll ich Handschuhe tragen?» fragte sie und wandte sich noch einmal an Mrs. Nathanmeyer.

«Nein, ich meine nicht. Sie haben gute Arme und Sie werden sich freier fühlen ohne. Sie brauchen leichte Abendschuhe, rosa – oder weiß, wenn Sie die haben, geht das genausogut.»

Thea ging mit dem Mädchen nach oben, und Mrs. Nathanmeyer stand auf, nahm Ottenburgs Arm und ging zu ihrem Gatten hinüber.

«Das erste Mal, daß ich hier in Chicago eine richtige

Stimme höre», sagte sie entschieden. «Diese törichte Priest rechne ich nicht. Was meinst du, Vater?»

Mr. Nathanmeyer wiegte seinen weißen Kopf und lächelte leise, so als dächte er an etwas sehr Angenehmes. «Svensk sommar», murmelte er. «Sie ist wie ein schwedischer Sommer. Ich habe als junger Mann fast ein Jahr dort zugebracht», erklärte er Ottenburg.

Als er Thea mit ihrer Schachtel in seinem Wagen verstaute, kam es ihm in den Sinn, daß sie Hunger haben mußte nach all dem Singen. Als er sie fragte, gab sie zu, daß sie wirklich sehr hungrig sei.

Er zog seine Uhr heraus. «Wäre es Ihnen unangenehm, wenn wir irgendwo hielten – es ist erst elf Uhr.»

«Unangenehm? Natürlich nicht. Ich bin nicht so erzogen worden. Ich kann ganz gut auf mich selbst aufpassen.»

Ottenburg lachte. «Und ich auf mich. Also können wir eine Menge lustiger Dinge miteinander unternehmen.» Er öffnete die Wagentür und sprach mit dem Kutscher. «Ich bin ganz vernarrt in die Art, wie Sie das Lied von Grieg singen», erklärte er.

Als Thea sich in dieser Nacht schlafen legte, sagte sie sich, daß dies der glücklichste Abend gewesen war, den sie in Chicago verbracht hatte. Sie hatte die Nathanmeyers und ihr großartiges Haus genossen, ihr neues Kleid und Ottenburg, ihre erste Fahrt in einer echten Kutsche und das gute Abendessen, als sie so hungrig war. Und Ottenburg war wirklich angenehm. Sie wünschte sich, ihn wiederzusehen. Er wollte einen nicht immer in irgend etwas verwickeln und an der Nase herumführen. Wenn man sich mit ihm auf etwas einließ, dann klappte das. Man lag richtig im Wind, wie Ray zu sagen pflegte. Er hatte einen gewissen Schwung.

Philip Frederick Ottenburg war der dritte Sohn des großen Brauereibesitzers. Seine Mutter war Katharina Fürst, Tochter und Erbin einer Brauerei, die noch älter und reicher war als Otto Ottenburgs. Als junge Frau war sie eine auffallende Erscheinung in der deutsch-amerikanischen Gesellschaft von New York und auch nicht ganz unberührt von Skandalen gewesen. Sie war ein hübsches, eigensinniges Mädchen, für die provinzielle Gesellschaft von New York zu rebellisch und zu hemmungslos, zugleich aber auch auf eine fast brutale Weise sentimental und hochromantisch. Ihre offene Art zu reden, ihre europäischen Ideen und ihr Hang, alles Neue zu verfechten, auch wenn sie nicht viel darüber wußte, machte sie vielen verdächtig. Sie fuhr immer wieder nach Europa, um neue geistige Strömungen ausfindig zu machen, und sie gehörte zu der Gruppe junger Frauen, die den alten Richard Wagner umgaben, sich in respektvoller Distanz hielten, aber doch hier und da eine huldvolle Anerkennung ihrer Verehrung von ihm erhielten. Als der Komponist starb, legte sich Katharina – zu der Zeit schon eine reife Frau mit einer Familie – ins Bett und wollte eine Woche lang niemanden sehen.

Nachdem sie zuerst mit einem amerikanischen Schauspieler, dann mit einem walisischen sozialistischen Agitator und schließlich mit einem deutschen Offizier verlobt gewesen war, gab Fräulein Fürst zu guter Letzt sich selbst und ihren erheblichen Brauereibesitz in die vertrauenswürdigen Hände von Otto Ottenburg, der – seit er als Angestellter im Betrieb ihres Vaters gelernt hatte – ihr Verehrer gewesen war.

Ihre ersten beiden Söhne waren genau wie der Vater. Schon als Kinder waren sie fleißige, ernsthafte kleine Geschäftsleute. Sie «mußte auf ihren Fred warten und hatte ihn schließlich auch bekommen», wie Frau Ottenburg sagte, den ersten Mann, der ihr uneingeschränkt gefiel. Frederick ging mit Achtzehn nach Harvard. Wenn seine Mutter nach Boston kam, um ihn zu besuchen, erfüllte sie ihm nicht nur jeden

Wunsch, sondern machte auch seinen Freunden wunder-
hübsche und verwirrende Geschenke. Sie gab Dinnerpartys
und Abendgesellschaften für den Glee-Klub, war schuld daran, daß die Mannschaft ihr Training unterbrach, und hatte
einen durchweg störenden Einfluß. Im dritten Jahr verließ
Fred die Universität wegen einer schwerwiegenden Eska-
pade, die sich irgendwie hinderlich für sein ganzes Leben
auswirkte. Er trat sofort in den Betrieb seines Vaters ein, wo
er sich auf seine Weise inzwischen sehr nützlich gemacht
hatte.

Fred Ottenburg war jetzt achtundzwanzig, und es ließ sich
von ihm nur sagen, daß die Verwöhnung durch seine Mutter
ihm weniger geschadet hatte, als es bei den meisten Jungen
der Fall gewesen wäre. Er hatte nie etwas haben wollen, das
er nicht bekommen konnte, und er hätte eine Menge Dinge
haben können, die er sich niemals gewünscht hatte. Er war
extravagant, aber nicht verschwenderisch. Das meiste von
dem Geld, das er von seiner Mutter erhielt, steckte er wieder
in den Betrieb und lebte von seinem großzügigen Gehalt.

Fred hatte sich noch nie in seinem Leben einen einzigen
Tag gelangweilt. Wenn er in Chicago oder St. Louis war,
besuchte er Baseballspiele, Preisboxkämpfe oder Pferderen-
nen. Wenn er in Deutschland war, ging er in Konzerte oder in
die Oper. Er gehörte einer langen Liste von Sportklubs und
Jagdvereinen an und war selbst ein guter Boxer. Er hatte von
sich aus so viele Interessen, daß er keine vorzutäuschen
brauchte. Mit physischer Energie war er bis zum Bersten
gefüllt, und die Musik war eine der natürlichen Ausdrucks-
formen dafür. Er hatte eine gesunde Neigung zu Sport und
Kunst, Essen und Trinken. Wenn er in Deutschland war,
wußte er kaum, wo die Suppe zu Ende war und die Symphonie begann.

V

Der März fing schlecht an für Thea. In der ersten Woche
hatte sie eine Erkältung, und nachdem sie ihre kirchlichen
Pflichten am Sonntag hinter sich gebracht hatte, mußte sie
sich mit einer Mandelentzündung ins Bett legen. Sie war
immer noch in der Pension, wo der junge Ottenburg sie abge-
holt hatte, als er sie zu dem Besuch bei Mrs. Nathanmeyer
mitnahm. Sie war dageblieben, weil ihr Zimmer – obgleich
es unbequem und zu klein war – an der Ecke des Hauses lag
und Sonne abbekam.

Seit sie bei Mrs. Lorch ausgezogen war, war dies das erste
Zimmer, das nicht nach Norden hinauslag. Alle Zimmer
waren feucht, muffig und dunkel gewesen, mit einer dicken
Schicht Schmutz unter den Teppichen und schmutzigen
Wänden. In ihrem jetzigen Zimmer gab es kein fließendes
Wasser und keinen Kleiderschrank, und sie hatte die Frisier-
kommode hinausbefördern müssen, um Platz zu machen für
das Klavier. Aber das Zimmer hatte zwei Fenster, eins nach
Süden und eins nach Westen, eine helle Tapete mit Purpur-
winden darauf und auf dem Boden saubere Matten. Die
Vermieterin hatte versucht, es gemütlich zu machen, weil es
sich schwer vermieten ließ. Das Zimmer war so klein, daß
Thea es selbst sauberhalten konnte, nachdem die »Hunnin«
ihr Schlimmstes getan hatte. Ihre Kleider hängte sie, in ein
Laken gehüllt, an der Tür auf, den Waschständer benutzte
sie als Toilettentisch, sie schlief auf einem Feldbett, und
wenn sie übte, öffnete sie beide Fenster. Sie fühlte sich hier
weniger eingesperrt als in den anderen Wohnungen.

Mittwoch war der dritte Tag im Bett. Der Medizinstudent,
der im gleichen Haus wohnte, hatte sie besucht, ein paar
Tabletten und ein schäumendes Mittel zum Gurgeln dagelassen und ihr mitgeteilt, daß sie vermutlich am Montag

wieder zur Arbeit gehen könne. Die Pensionsinhaberin steckte einmal am Tag den Kopf durch die Tür, aber Thea ermutigte sie nicht zu weiteren Besuchen. Das ungarische Hausmädchen brachte ihr Suppe und Brot. Sie tat so, als räumte sie auf, aber sie war selbst so schmutzig, daß Thea sie nicht an ihr Bett heranließ. Sie stand jeden Morgen auf, drehte die Matratze um und machte das Bett. Nach dieser Anstrengung fühlte sie sich krank und elend, aber wenigstens konnte sie eine ganze Weile danach zufrieden daliegen. Sie verabscheute das Gefühl in ihrem Hals, als beginne er sich zu zersetzen, und wieviel sie auch gurgelte – sie fühlte sich unsauber und abstoßend. Immerhin, wenn sie schon krank sein mußte, war sie doch froh, daß es eine ansteckende Krankheit war. Sonst wäre sie auf Gedeih und Verderb den Leuten in der Pension ausgeliefert gewesen. Sie wußte, daß sie sie nicht leiden konnten, aber jetzt, da sie krank war, überwanden sie sich, an ihre Tür zu klopfen, ihr Grüße zu übermitteln, Bücher zu schicken, ja sogar eine oder zwei dürftige Blumen. Thea wußte, daß ihr Mitgefühl der Ausdruck ihrer Selbstgerechtigkeit war, und sie haßte sie deshalb. Der Theologiestudent, der ihr immer Gefühlvolles zuflüsterte, schickte ihr die «Kreutzer-Sonate».

Der Medizinstudent war wirklich freundlich zu ihr gewesen; er wußte, daß sie keinen Arzt bezahlen wollte. Sein Mittel zum Gurgeln hatte ihr geholfen, und er gab ihr auch etwas, damit sie nachts schlafen konnte. Aber auch er hatte sie getäuscht. Er hatte seine Befugnisse überschritten. Sie hatte keine Schmerzen in der Brust und hatte ihm das auch deutlich gesagt. All dies Rumgeklopfe auf ihrem Rücken, dieses Lauschen auf ihr Atmen geschah einzig und allein, um seine persönliche Neugierde zu befriedigen. Mit verächtlichem Lächeln hatte sie ihn beobachtet. Sie war zu krank, um sich darüber aufzuregen. Wenn es ihm Spaß machte ...

Sie forderte ihn auf, sich die Hände zu waschen, ehe er sie anrührte. Er war nie sauber. Dennoch verletzte es sie und gab ihr das Gefühl, daß die Welt ein ziemlich abscheulicher Ort war. Die «Kreutzer-Sonate» trug nicht dazu bei, sich behaglicher zu fühlen. Sie warf sie haßerfüllt in eine Ecke. Sie konnte sich nicht denken, daß sie von dem gleichen Verfasser war, der den sie so sehr erschütternden Roman geschrieben hatte.

Ihr schmales Bett stand neben dem Südfenster, und am Mittwochnachmittag lag sie da und dachte an die Harsanyis, an den alten Mr. Nathanmeyer und daran, wie sehr sie die Besuche Fred Ottenburgs im Studio vermißte. Das war das allerschlimmste beim Kranksein. Wenn sie täglich ins Studio ginge, könnte sie vergnügliche Begegnungen mit Fred haben. Er liefe immer fort, hatte Bowers gesagt, und er könnte ja den Plan haben, fortzulaufen, sobald die Musikabende bei Mrs. Nathanmeyer vorüber waren. Und sie lag hier und verlor all diese Zeit!

Nach einer Weile hörte sie die schwerfälligen Schritte der «Hunnin» in der Diele und dann ein Klopfen an ihrer Tür. Mary kam herein, das gewohnte unverständliche Röcheln von sich gebend und beladen mit einer langen Schachtel und einem großen Korb. Thea setzte sich im Bett auf und riß die Verpackung, die Schnur und das Papier herunter. Der Korb war voller Früchte, mit einer großen Hawaii-Ananas in der Mitte, und in der Schachtel lagen mehrere Schichten von zartrosa Rosen mit langen hölzernen Stielen und dunkelgrünen Blättern. Sie füllten das Zimmer mit einem kühlen Duft, der sie die Luft im Zimmer leichter atmen ließ. Mary stand da, die Schürze voll mit Papier und Pappkartons. Als sie sah, wie Thea einen Briefumschlag unter den Blumen hervorzog, deutete sie auf die Rosen und dann auf die linke Seite ihrer Brust. Thea lachte und nickte. Sie begriff, daß

Mary die Farbe der Rosen mit Ottenburgs «boutonnière» in Zusammenhang brachte. Sie zeigte auf den Wasserkrug – sie hatte kein anderes Gefäß, das groß genug war für die Blumen – und ließ ihn auf das Fensterbrett neben sich stellen.

Nachdem Mary gegangen war, schloß Thea ihre Tür ab. Als die Pensionsinhaberin klopfte, tat sie so, als schliefe sie. Den ganzen Nachmittag lag sie ruhig da und sah mit schläfrigem Blick zu, wie die Rosen aufgingen. Es waren die ersten Treibhausblumen, die sie je bekommen hatte. Der kühle Wohlgeruch, den sie verströmten, wirkte besänftigend, und die sich entfaltenden rosa Knospen waren das einzige zwischen ihr und dem grauen Himmel. Sie legte sich auf die Seite und kehrte dem Zimmer und der Pension den Rücken. Fred wußte, wo all die angenehmen Dinge in der Welt zu finden waren, sinnierte sie, und er wußte auch, wie man zu ihnen gelangte. Er hatte Schlüssel zu all den schönen Orten in seiner Tasche, und hin und wieder schien er damit zu klimpern. Und außerdem war er jung. Ihre Freunde waren alle alt gewesen. Sie ließ sie im Geiste Revue passieren. Alle waren sie Lehrer gewesen, überaus gütige, aber doch eben Lehrer. Ray Kennedy, das wußte sie, hatte sie heiraten wollen, aber er war der fürsorglichste und schulmeisterhafteste von allen.

Sie bewegte sich ungeduldig auf ihrem Feldbett und warf ihre Zöpfe aus dem heißen Nacken über das Kissen. «Ich will ihn nicht als Lehrer», dachte sie und blickte stirnrunzelnd und gereizt aus dem Fenster. «Ich hatte so viele davon. Ich will ihn als Liebsten.»

VI

«Thea», sagte Fred Ottenburg an einem nieseligen Aprilnachmittag, als sie im Pullman Building in einem Restaurant, das auf den See hinausging, zusammensaßen und auf ihren Tee warteten, «was machen Sie in diesem Sommer?»

«Ich weiß nicht. Arbeiten, nehme ich an.»

«Bei Bowers? Sogar Bowers geht für einen Monat zum Angeln. Chicago ist im Sommer kein guter Platz zum Arbeiten. Haben Sie denn keine Pläne gemacht?»

Thea zuckte die Achseln. «Hat keinen Sinn, Pläne zu machen, wenn man kein Geld hat. Das ist unpassend.»

«Fahren Sie nicht nach Hause?»

Sie schüttelte den Kopf. «Nein. Ich würde mich da unbehaglich fühlen, ehe ich nicht irgend etwas vorzeigen kann, das für mich spricht. Wissen Sie, ich komme überhaupt nicht voran. Dieses Jahr war fast ganz vergeudet.»

«Sie sind überanstrengt, das ist es. Und jetzt sind Sie außerdem todmüde. Sie werden vernünftiger reden, nachdem Sie Tee getrunken haben. Schonen Sie Ihre Stimme, bis er kommt.» Sie saßen vor einem Fenster. Als Ottenburg sie in dem grauen Licht betrachtete, erinnerte er sich an das, was Mrs. Nathanmeyer über schwedische Gesichter gesagt hatte, die «früh verfallen». Thea sah so grau aus wie das Wetter. Ihre Haut wirkte kränklich. Auch ihr Haar war fahl, obgleich es sich bei dem feuchten Wetter reizend um ihr Gesicht kräuselte.

Fred rief den Kellner und bestellte noch etwas zu essen. Thea hörte ihn nicht. Sie starrte aus dem Fenster auf das Dach des Art Institutes und die grünen Löwen, an denen der Regen herablief. Der See war nichts als ziehender Nebel mit einem zarten Schimmer vom Blau eines Rotkehlchens in all dem Grau. Ein Holzkahn mit zwei sehr hohen Masten tauchte kahl und schwarz aus dem Nebel auf. Als der Tee und das Gebäck kamen, aß Thea hungrig, und Fred beobachtete sie. Er fand, daß ihre Augen etwas weniger düster dreinzuschauen begannen. Der Teekessel sang behaglich über der Spiritusflamme, und ihre Aufmerksamkeit schien sich ganz auf dieses angenehme Geräusch zu konzentrieren. Sie starrte unentwegt teilnahmslos und matt darauf – in einer Weise, die ihn ermessen ließ, wie einsam sie war. Fred steckte sich eine Zigarette an und rauchte nachdenklich. Er war mit Thea allein in dem ruhigen, dämmrigen Raum mit all den weißen Tischen. Die Leute in Chicago gingen damals nie in ein Restaurant, um Tee zu trinken.

«Also», sagte er schließlich, «was würden Sie in diesem Sommer unternehmen, wenn Sie tun könnten, was Sie wollten?»

«Ich würde weit von hier fortgehen! Nach Westen, denke ich. Vielleicht bekäme ich da etwas von meiner Energie zurück. All dieses kalte, wolkige Wetter...», sie sah auf den See hinaus und fröstelte, «...ich weiß nicht, aber es bekommt mir nicht», schloß sie abrupt.

Fred nickte. «Ich weiß. Es ist Ihnen seit Ihrer Mandelentzündung immer schlechter gegangen. Ich habe es bemerkt. Was Sie brauchen ist: drei Monate lang in der Sonne braten. Da ist Ihnen das Richtige eingefallen. Ich erinnere mich, daß Sie mich einmal – als wir irgendwo zusammen zu Abend aßen – immer wieder nach den Ruinen der Felsenbewohner fragten. Interessieren Sie sich noch dafür?»

«Aber natürlich. Ich habe immer schon dahin fahren wollen – lange bevor ich mich auf dies hier eingelassen habe.»

«Ich habe Ihnen wahrscheinlich nicht erzählt, daß meinem Vater ein ganzer Canyon mit solchen Felsenwohnungen gehört. Er hat eine große, sonst wertlose Ranch da unten in Arizona, ganz in der Nähe eines Navajo-Reservats, und auf diesem Gelände liegt ein Canyon, der Panther-Canyon heißt und bis obenhin voll ist mit diesen Bauten. Ich fahre oft zur Jagd dahin. Henry Biltmer und seine Frau leben ständig da und halten alles in Ordnung. Er ist ein alter Deutscher und hat in der Brauerei gearbeitet, bis seine Gesundheit nachließ. Jetzt hält er etwas Vieh. Henry tut mir gern einen Gefallen. Ich hab' ihm auch ein paarmal geholfen.» Fred drückte seine Zigarette auf der Untertasse aus und betrachtete prüfend Theas Gesichtsausdruck, der zugleich nachdenklich und gespannt war, neidisch und voller Bewunderung. Zufrieden fuhr er fort: «Wenn Sie dahinunter führen und zwei oder drei Monate bei ihnen blieben, die beiden würden nichts dafür haben wollen. Ich könnte Henry vielleicht ein neues Gewehr schicken, aber selbst ich dürfte ihm kein Geld dafür anbieten, daß er Freunde von mir bei sich aufnimmt. Ich werde für die Beförderung sorgen. Es würde einen ganz neuen Menschen aus Ihnen machen. Lassen Sie mich an Henry schreiben, und Sie packen inzwischen Ihren Koffer. Mehr ist nicht nötig. Keinerlei bürokratische Umstände. Was sagen Sie dazu, Thea?»

Sie biß sich auf die Lippen und seufzte, als wachte sie gerade auf.

Fred zerknüllte ungeduldig seine Papierserviette. «Aber es ist doch einfach genug?»

«Das ist ja gerade das Problem. Es ist zu einfach. Klingt nicht sehr wahrscheinlich. Ich bin nicht daran gewöhnt, irgend etwas umsonst zu bekommen.»

Ottenburg lachte. «Ach, wenn das alles ist, werde ich Ihnen zeigen, wie man damit anfängt. Sie bekommen das alles nicht umsonst, ganz recht. Ich werde Sie nämlich fragen, ob ich auf meinem Weg nach Kalifornien dort haltmachen und Sie besuchen darf. Vielleicht werden Sie dann ganz froh sein, mich zu sehen. Und lassen Sie mich Bowers die Neuigkeit mitteilen. Ich kann mit ihm umgehen. Er braucht selbst gelegentlich einmal ein wenig Bewegung. Sie brauchen Reitzeug aus Cordsamt und Ledergamaschen. Es gibt dort ein paar Schlangen. Warum runzeln Sie immer noch die Stirn?»

«Nun ja, ich sehe nicht ganz ein, warum Sie sich all diese Mühe machen. Was haben Sie davon? Sie konnten mich doch gar nicht so besonders gut leiden, während dieser letzten zwei bis drei Wochen.»

Fred ließ seine Zigarette sinken und sah auf die Uhr. «Wenn Sie es nicht wissen, dann nur, weil Sie dringend Erholung brauchen. Ich werde Ihnen schon zeigen, was ich davon habe. Jetzt rufe ich erst mal einen Wagen und bringe Sie nach Hause. Sie sind zu müde, um auch nur einen Schritt zu gehen. Und Sie täten besser, zu Bett zu gehen, sobald Sie dort angelangt sind. Natürlich mag ich Sie nicht so sehr, wenn Sie immer wie halbbetäubt sind. Was haben Sie nur mit sich angestellt?»

Thea stand auf. «Ich weiß nicht. Langeweile geht mir an die Nieren, scheint es.»

Sie ging gedrückt vor ihm her zum Lift. Fred bemerkte zum hundertsten Mal, wie stark ihr Körper verriet, wie ihr zumute war. Er erinnerte sich, wie bemerkenswert strahlend und schön sie gewesen war, als sie bei Mrs. Nathanmeyer gesungen hatte: belebt und leuchtend, rund und geschmeidig – da war etwas, das weder gedämpft noch unterdrückt werden konnte. Und jetzt schien sie die personifizierte Entmutigung zu sein. Sogar die Kellner blickten ihr besorgt nach. Nicht, daß sie sich irgendwie auffällig benommen hätte, aber ihr Rücken war außerordentlich «sprechend». Man brauchte ihr nie ins Gesicht zu sehen, um zu wissen, wovon sie an diesem Tage gerade erfüllt war. Im Augenblick hatte sie ganz gewiß nichts Lebhaftes an sich. Ihr Fleisch schien die Stimmung in sich aufzunehmen und sich dann zu verfestigen wie Ton. Als er sie in den Wagen setzte, dachte er noch einmal darüber nach, daß er sie «aufgegeben» hatte. Er würde sie aufs neue angreifen, wenn er mit ehrlicheren Waffen kämpfen konnte.

VIERTER TEIL

Das Alte Volk

I

Der Berg San Francisco liegt im nördlichen Arizona, oberhalb von Flagstaff, und seine blauen Hänge und schneebedeckten Gipfel sind für den Blick eine Verlockung über hundert Meilen Wüste hinweg. An seinem Fuße breiten sich die Pinienwälder der Navajos aus, wo die großen rotstämmigen Bäume friedlich die Jahrhunderte in dieser klaren funkelnden Luft überdauert haben.

Die «Piñons» und das Unterholz beginnen erst da, wo die Wälder enden, wo das Land sich plötzlich zu steinernen Lichtungen öffnet und die Oberfläche der Erde in tiefen Canyons aufbricht. Die großen Pinien stehen in beträchtlichem Abstand voneinander. Jeder Baum wächst für sich allein, flüstert mit sich allein, denkt allein. Sie drängen sich einander nicht auf. Bei den Navajos ist es nicht üblich, Hilfe zu leisten oder zu erbitten. Ihre Sprache ist keine besonders redselige, und sie machen niemals den Versuch, Persönliches auszutauschen. Über ihren Wäldern liegt dieselbe unerbittliche Zurückhaltung. Jeder Baum muß mit seinen leidenschaftlichen Regungen selbst zurechtkommen.

Das war das erste, was Thea Kronborg zu dem Wald einfiel, als sie an einem Maimorgen in Henry Biltmers leichtem Wagen hindurchfuhr – und es war der erste große Wald, den sie je gesehen hatte. Sie war am Morgen in Flagstaff aus dem Zug gestiegen, der sie in die eisige Höhenluft hinaufgetragen hatte, als alle Pinien auf den Bergen von der aufgehenden Sonne Feuer fingen, so daß es den Anschein hatte, als tauchte sie aus dem Schlaf geradewegs in den Wald ein.

Der alte Biltmer folgte einer undeutlichen Wagenspur, die südöstlich verlief und während dieser Fahrt von dem hohen Plateau, auf dem Flagstaff liegt, beständig nach unten führte. Der weiße Gipfel des Berges, die Schneeschluchten oberhalb des Baumbestandes verschwanden von Zeit zu Zeit, je mehr sich der Weg senkte und der Wald sich hinter dem Wagen schloß. Und nicht nur der Berg verschwand, als der Wald sie so umfing. Thea schien sehr wenig durch den Wald mit sich zu tragen. Dieses Ich, dessen sie so müde war, schien sie loszulassen. Die funkelnde Höhenluft saugte es auf wie Löschpapier. Es verlor sich in dem erregenden Blau dieses neuen Himmels, in dem leisen Singen des Windes und den «Piñons». Das ganz abgenutzte Geflecht von Eingrenzungen, welches sie umschnürte – sie zu Thea Kronborg machte, zu Bowers' Begleiterin, zu einem Sopran von mäßiger Qualität –, war wie ausgelöscht.

Bisher hatte sie alles falsch gemacht. Die zwei Jahre in Chicago hatten zu nichts geführt. Sie hatte es mit Harsanyi falsch angefangen, und sie hatte keine großen Fortschritte mit ihrer Stimme gemacht. Sie glaubte zu wissen, daß alles, was Bowers ihr beigebracht hatte, von zweitrangiger Bedeutung war und daß sie in den wesentlichen Dingen nicht weitergekommen war. Ihr Studentenleben blieb hinter ihr zurück wie der Wald, und sie bezweifelte, ob sie zu ihm zurückkehren könnte, wenn sie es versuchte.

Wahrscheinlich würde sie ihr ganzes Leben lang in kleinen Städten Musikunterricht geben. Das Scheitern erschien ihr nicht so tragisch, wie sie angenommen hatte. Sie war zu müde, um sich darüber Gedanken zu machen.

Sie kehrte zu den frühesten Quellen des Glücks zurück, an

die sie sich erinnern konnte. Sie hatte die Sonne geliebt, die strahlende Einsamkeit von Sonne und Sand, lange Zeit bevor diese anderen Dinge sich ihrer bemächtigt und sie gequält hatten. Als sie an diesem Abend unter das gewaltige deutsche Federbett kroch, fühlte sie sich völlig befreit von dem bedrängenden Verlangen, in der Welt voranzukommen. Die Dunkelheit war wieder so süß und wunderbar wie in ihrer Kindheit.

II

Theas Leben auf der Ottenburg-Ranch war einfach und voller Licht wie die Tage selbst. Sie wachte jeden Morgen auf, wenn die ersten grellen Sonnenstrahlen durch die vorhanglosen Fenster ihres Zimmers im Farmhaus drangen. Nach dem Frühstück packte sie einen Proviantkorb und ging zum Canyon hinunter. Meistens kam sie nicht vor Sonnenuntergang zurück.

Der Panther-Canyon war wie tausend andere – einer dieser jähen Risse, von denen die Erde im Südwesten durchzogen ist; so jäh, daß man in einer dunklen Nacht über ihren Rand treten könnte, ohne je zu erfahren, was mit einem geschehen war. Dieser Canyon begann bei der Ottenburg Ranch, etwa eine Meile vom Ranch-Haus entfernt, und war nur von diesem Anfang her zugänglich. In etwa siebzig Metern Tiefe fielen die Canyonwände senkrecht ab und waren von verschiedenen, gleichmäßig verlaufenden Gesteinsschichten durchzogen. Von da an bis zur Talsohle waren die Seiten weniger steil und von «Piñons» und Zwergzedern gesäumt. Man hatte den Eindruck eines gezähmten kleinen Canyons im Innern eines großen wilden. Die tote Stadt befand sich genau da, wo die senkrechte Außenwand aufhörte und das V-förmige Innere der Schlucht anfing. An dieser Stelle lag eine Gesteinsschicht, die, weicher als die darüber, im Laufe der Zeit ausgehöhlt worden war, bis sie eine tiefe Rinne bildete, die an beiden Seiten des Canyons entlanglief. In diese Aushöhlung (die wie eine tiefe Falte war) hatte das Alte Volk seine Häuser aus gelblichem Stein und Mörtel hineingebaut. Der überhängende Felsen bildete ein siebzig Meter dickes Dach. Die harte Schicht darunter war ein alles überdauernder Fußboden. Die Häuser standen in einer langen Reihe nebeneinander, wie die Bauten in einem Großstadtblock – oder wie in einem Barackenlager.

Auf beiden Seiten des Canyons war die gleiche weiche Gesteinsschicht ausgewaschen und zu Häusern ausgebaut worden. Die tote Stadt hatte also zwei Straßen, eine in jeder Felsenwand, die einander über dem Abgrund hinweg gegenüberlagen, mit einem Fluß blauer Luft dazwischen.

Der Canyon drehte und wand sich wie eine Schlange, und die beiden Straßen folgten ihm vier Meilen weit oder länger, immer wieder unterbrochen von den jähen Windungen der Schlucht, die aber immer wieder neu ansetzte. Der Canyon hatte ein Dutzend solcher falschen Enden in der Nähe seines Anfangs. Weiter weg waren die Windungen flacher und weniger gut wahrnehmbar, und das ging hundert Meilen so weiter, dann aber wurde der Canyon zu eng, zu steil und zu schrecklich, als daß Menschen ihm hätten folgen mögen. Die Felsbewohner zogen breite Canyons vor, wo die großen Felsen die Sonne auffingen. Der Panther-Canyon war schon vor Jahrhunderten, als die spanischen Missionare nach Arizona kamen, verlassen worden, aber das Mauerwerk der Häuser war immer noch wunderbar fest. Nur wo es einen Erdrutsch gegeben hatte oder ein herunterrollender Felsbrocken es eingerissen hatte, war es abgebröckelt.

Alle Häuser im Canyon hatten die Reinlichkeit sonnen-

durchglühter, winddurchfegter Orte, und sie rochen alle
nach den zähen, kleinen Zedern, die sich bis in die Haus-
eingänge hineinwanden. Einen dieser Felsenräume be-
setzte Thea für sich. Fred hatte ihr erzählt, wie man es sich
da behaglich machen konnte. Am Tag nachdem sie angekommen war, brachte Henry ihr auf einem der Packponys
eine Rolle mit Navajodecken hinauf, die Fred gehörten
und mit denen sich Thea ihre Höhle auslegte. Der Raum
war nicht mehr als zweieinhalb mal drei Meter groß, und
sie konnte das Steindach mit den Fingerspitzen berühren.
Es war eine alte Vorstellung von ihr: ein Felsennest voller
Sonne. Den ganzen Morgen lang knallte die Sonne auf
ihren Felsen, während die Ruinen auf der gegenüberliegenden Seite des Canyons im Schatten lagen. Am Nachmittag, wenn der Schatten der siebzig Meter hohen Felswand auf ihre Wand fiel, standen die Ruinen auf der anderen Seite der Kluft im flammenden Sonnenlicht. Vor ihrer
Tür lief der schmale gewundene Pfad, der einst die Straße
des Alten Volkes gewesen war. Überall wuchsen Yucca und
Krauskopfkakteen. Von ihrer Schwelle blickte sie über den
ockergelben Hang, der an die hundert Meter tief zum Bach
abfiel; der heiße Felsen war nur spärlich mit Zwergbäu-
men bewachsen. Ihre Farben waren so fahl, daß die Schatten, die sie auf den Felsen warfen, sich schärfer von ihm
abhoben als die Bäume selbst. Als Thea ankam, standen
die Büsche der Vogelkirsche in Blüte, und nach einem Regenschauer erregte ihr süßer Duft nahezu Übelkeit. Ganz
am Grund des Canyons, entlang des Wasserlaufs, stand
eine Reihe heller, flimmender, goldgrüner junger Pappeln.
Sie bildeten einen lebendigen, leise raschelnden Schirm,
hinter dem sie jeden Morgen ihr Bad nahm.

Zum Bach hinunter folgte Thea dem indianischen Wasserpfad. Sie hatte einen Badeteich mit Sandboden ausfindig

gemacht, den umgestürzte Bäume angestaut hatten. Der Aufstieg zurück war lang und steil, und wenn sie dann ihr kleines Felsenhaus erreichte, war sie immer wieder von neuem entzückt über seine Behaglichkeit und Unzugänglichkeit. Inzwischen waren die roten und grauen Wolldecken mit Sonne vollgesogen, und oft fiel sie in Schlaf, sobald sich ihr Körper auf ihrer warmen Oberfläche ausgestreckt hatte. Sie wunderte sich immer wieder über ihre Untätigkeit. Stundenlang konnte sie da in der Sonne liegen und dem schrillen Zirpen der großen Heuschrecken und dem leisen ironischen Gelächter der Zitterespen lauschen. Ihr ganzes Leben lang war sie hastig vorangestolpert, so als wäre sie zu spät geboren und versuchte den Abstand aufzuholen. Jetzt war es so, überlegte sie und streckte sich zu ihrer vollen Länge auf den Decken aus, als wartete sie auf irgend etwas, das sie einholen sollte. Sie war an einem Ort angelangt, wo sie der Strom unsinniger Geschäftigkeit und zielloser Anstrengung nicht mehr erreichte.

Hier konnte sie halbe Tage lang, ohne jede Ablenkung liegen und sich im Geist angenehmen, verschwommenen Vorstellungen hingeben, ja sie fast schon mit Händen greifen. Sie waren kaum klar genug, um als Ideen gelten zu können. Sie hatten etwas zu tun mit Duft und Farbe und Tönen, aber so gut wie nichts mit Worten. Sie sang jetzt nur wenig, aber den ganzen Morgen lang ging ihr ein Lied durch den Kopf, so wie eine Quelle beständig sprudelt, und das war eine vergnügliche, nicht enden wollende Empfindung. Es war weitaus eher eine Sinneswahrnehmung als eine Idee oder ein Erinnerungsvorgang.

Nie zuvor war Musik ihr in dieser sinnlichen Form erschienen. Immer war sie etwas, mit dem man ringen mußte, hatte immer Angst, Erregung und Kummer verursacht – niemals Zufriedenheit und Lässigkeit. Thea fragte sich immer häufiger, ob die Menschen nicht die Kraft zu arbeiten ebenso verlieren könnten, wie sie die Stimme oder ihr Gedächtnis verloren. Sie war immer ein kleines Arbeitstier gewesen, das von einer Aufgabe zur nächsten eilte – als käme es darauf an! Und nun schien ihre Denkfähigkeit sich in eine lange angestaute Kraft unterdrückter Empfindung verwandelt zu haben. Sie vermochte zum bloßen Gefäß für Hitze oder zu einer Farbe zu werden, wie die hellen Eidechsen, die über die heißen Steine vor ihrer Tür flitzten. Oder sie konnte zur bloßen anhaltenden Wiederholung eines Tons werden, wie die Zikaden.

III

Beobachtungsgabe war niemals eine Stärke Thea Kronborgs gewesen. Vieles entging ihrem Auge, während sie durch die Welt eilte. Aber die Dinge, die sie angingen, sah sie; sie nahm sie körperlich wahr und erinnerte sich an sie, als wären sie ein Teil ihrer selbst. Die Rosen, die sie immer in den Blumengeschäften von Chicago sah, waren nichts als eben Rosen. Aber wenn sie an die große Winde dachte, die über Mrs. Tellamantez' Tür wuchs, war es, als wäre sie damals selbst diese Winde gewesen und hätte sich allnächtlich mit großen weiten Blüten geöffnet. Da gab es Erinnerungen an das Licht auf den Sandhügeln, an die Blütenmasse des Feigenkaktus, die sie in ihrer frühen Kindheit in der Wüste gefunden hatte, an das Sonnenlicht, das am späten Nachmittag durch die Weinblätter und auf das Beet mit Minze in Mrs. Kohlers Garten flimmerte – Erinnerungen, die sie nie verlieren würde. Sie waren ein Teil ihrer selbst, ihres Bewußtseins, ihrer Persönlichkeit. In Chicago hatte sie so gut wie nichts erfahren, das in ihr unbewußtes Ich eingedrungen wäre und dort Wurzeln geschlagen hätte. Aber hier im Panther-Canyon gab es wieder Dinge, die für sie bestimmt zu sein schienen.

Im Panther-Canyon waren unzählige Schwalben zu Hause. Sie bauten ihre Nester weit oberhalb der Aushöhlung, in der Theas eigenes Felsenzimmer lag. Nur selten trauten sie sich über den Rand des Canyons in das flache windige Tafelland hinauf. Ihre Welt war der blaue Luftstrom zwischen den Felshängen des Canyons. In dieser blauen Schlucht schwebten die pfeilschnellen Vögel den ganzen Tag, und nur gelegentlich bewegten sie die Flügel. Das einzig Betrübliche an ihnen war ihre Scheu: die Art, wie sie ihr Leben zwischen den echohallenden Felsklippen verbrachten und es niemals wagten, sich aus dem Schatten der Felswände zu erheben. Wenn sie so an ihrer Tür vorbeiglitten, mußte sie oft denken, wie einfach es sein würde, ein Leben in irgendeiner verborgenen Spalte der Welt zu verträumen.

Immer stieg aus den alten Behausungen eine würdige, unaufdringliche Trauer, einmal stärker, einmal schwächer – wie der würzige Duft, den die kleinen Zedern in der Sonne verströmten –, aber immer gegenwärtig, Bestandteil der Luft, die man atmete. Nachts, wenn Thea vom Canyon träumte – oder am frühen Morgen, wenn sie, ihn in ihrer Vorstellung vorausnehmend, zu ihm eilte –, waren es die gelben, sonnendurchglühten Felsen, die Schwalben, der Zedernduft und eben diese ganz besondere Trauer – eine leise Stimme aus der Vergangenheit, die dieser Einsamkeit immer wieder und bis in alle Ewigkeit ein paar einfache Dinge mitteilte.

Wenn Thea in ihrer Behausung aufrecht stand, konnte sie mit dem Daumennagel ein paar Rußflocken aus dem Felsendach ablösen – der Küchenruß des Alten Volks. So nah waren sie ihr! Ein scheues, sein Nest bauendes Volk wie die Schwalben. Wie oft, erinnerte sich Thea, hatte Ray Kennedy über die Felsenstädte philosophiert. Niemals, hatte er gesagt, hätte er

die Härte des menschlichen Lebenskampfes oder die Trau-
rigkeit der Geschichte so stark empfunden wie in diesen
Ruinen, und er hatte auch immer hinzugefügt, daß sie einen
die Verpflichtung fühlen lassen, sein Bestes zu tun.

Als Thea zum erstenmal den Pfad zum Wasser hinabge-
stiegen war, hatte sie sich unmittelbar die Frauen vorstellen
können, die diesen Pfad ausgetreten und einen so großen
Teil ihres Lebens damit verbracht hatten, ihn hinunter- und
hinaufzusteigen. Sie bemerkte mit einemmal, daß sie versuchte zu gehen, wie sie gegangen sein mußten, mit einem
Gefühl in ihren Füßen, ihren Knien und ihren Hüften, das
sie nie zuvor gekannt hatte und das aus dem beständigen
Staub dieses Felsenwegs zu ihr aufgestiegen sein mußte. Sie
konnte das Gewicht eines indianischen Babys fühlen, das ihr
im Rücken hing, während sie hinaufkletterte.

Die leeren Häuser, durch die sie am Nachmittag schlenderte, und das mit Decken ausgestattete, in dem sie den
ganzen Morgen lag, waren besetzt mit Ängsten und Wünschen: mit der Empfindung von Wärme und Kälte, von Wasser und körperlicher Kraft. Es schien Thea, als wäre ein gewisses Verständnis für dieses Alte Volk aus der Felsenplatte,
auf der sie lag, zu ihr gedrungen; als würden ihr bestimmte
Gefühle übermittelt, Winke, die einfach, beharrlich und
eintönig waren wie die Laute indianischer Trommeln. Das
alles ließ sich nicht in Worten ausdrücken, übertrug sich vielmehr auf das körperliche Verhalten, auf eine bestimmte
Muskelanspannung oder -entspannung; die nackte Kraft der
Jugend, unerbittlich wie die Sonnenstrahlen, die geduckte
Furchtsamkeit des Alters, die Verdrießlichkeit der Frauen,
die auf diejenigen warteten, die sie einfangen sollten. Bei der
ersten Wendung des Canyons gab es einen halbverfallenen
Turm aus gelbem Mauerwerk, einer von den Wachtürmen,
auf denen die jungen Männer Adler anlockten und mit

Netzen fingen. Manchmal konnte Thea einen ganzen Morgen lang dort oben am Himmel die kupferrote Brust und Schultern eines jungen Indianers sehen; sah, wie er das Netz auswarf, und verfolgte den Kampf mit dem Adler.

Der alte Henry Biltmer auf seiner Ranch hatte sich viel bei den Puebloindianern, den Nachkommen der Felsbewohner, aufgehalten. Nach dem Abendbrot saß er gern mit seiner Pfeife am Küchenherd und erzählte Thea von ihnen. Er hatte noch nie jemanden getroffen, der sich für die Ruinen interessierte. Jeden Sonntag durchstreifte der alte Mann den Canyon, und er wußte mit der Zeit eine ganze Menge mehr über sie, als er jemals würde erzählen können. Er hatte eine ganze Kommode voll Überbleibsel der Felsenbewohner gesammelt, die er eines Tages mit nach Deutschland zurücknehmen wollte. Er zeigte Thea, wie sie solche Dinge in den Ruinen finden konnte: Mahlsteine, Bohrer und Nadeln aus Puterknochen. Überall waren Bruchstücke von Tongefäßen. Old Henry erklärte ihr, daß das Alte Volk Mauerbau und Töpferei weit über alles andere Handwerk hinaus entwickelt hatte. Nachdem sie Häuser für sich selbst gebaut hatten, war das nächste, das kostbare Wasser aufzubewahren. Er erläuterte ihr, daß alle ihre Gebräuche, Zeremonien und auch ihre Religion auf das Wasser zurückgingen. Die Männer beschafften die Nahrung, für das Wasser aber mußten die Frauen sorgen. Die dummen unter ihnen trugen fast ihr Leben lang Wasser von unten nach oben. Die Klügeren stellten Gefäße her, um es darin aufzubewahren. Ihre Töpferei war ihr unmittelbarster Bezug zum Wasser, Hülle und Behältnis für das kostbare Element. Das stärkste Bedürfnis der Indianer drückte sich in diesen anmutigen Krügen aus, die langsam von Hand und ohne Drehscheibe geformt worden waren.

Wenn Thea ihr Bad auf dem Grunde des Canyons in dem

sonnigen Teich hinter dem Pappelschirm nahm, meinte sie manchmal, das Wasser müßte heilkräftige Eigenschaften gehabt haben, da doch das Alte Volk ihm so sehr gedient und es so sehr begehrt hatte. Dieser Wasserlauf war das einzige Lebendige, das übriggeblieben war von dem Drama, das sich hier im Canyon Jahrhunderte zuvor abgespielt hatte. Im eiligen, rastlosen Innern des Baches, das schneller floß als der Rest, lag eine Fortdauer des Lebens, die zurückreichte bis in die alte Zeit. Dieser glitzernde Wasserlauf war von leicht erschöpftem, lockerem Wesen, voller Anmut und Lachen. Theas Bad geriet nach und nach zur Zeremonie. Die Atmosphäre im Canyon hatte etwas Rituelles.

Eines Morgens, als sie in dem Teich stand und mit einem großen Schwamm Wasser über ihre Schulterblätter fließen ließ, schoß ihr etwas durch den Kopf, das sie sich aufrichten und stillstehen ließ, bis das Wasser auf ihrer geröteten Haut fast ganz aufgetrocknet war. Der Wasserlauf und die zerbrochenen Tongefäße: Was war Kunst anderes als der Versuch, eine Hülle, ein Behältnis, eine Form zu finden, um für einen Augenblick das leuchtende, schwer faßbare Element – das Leben selbst – darin einzuschließen? Das Leben, das uns überholt und davonläuft, das zu stark ist, als daß man es aufhalten könnte, zu süß, um es fahren zu lassen. Die Indianerfrauen hatten es in ihren Krügen aufbewahrt. In der Skulptur, die sie im Art Institute gesehen hatte, war es im Aufblitzen einer angehaltenen Bewegung eingefangen. Wenn man sang, machte man aus der Kehle und den Nasenlöchern ein Gefäß und hielt es mit seinem Atem fest und faßte das Fließende in einer Skala natürlicher Intervalle.

IV

Thea war etwas abergläubisch, was die Tonscherben betraf, und ließ sie lieber in den Behausungen, in denen sie sie gefunden hatte. Wenn sie ein paar kleine Stücke in ihre eigene Felswohnung mitnahm und sie unter den Decken versteckte, hatte sie Schuldgefühle, so als ob sie beobachtet würde. Sie war ein Gast in diesen Häusern und sollte sich entsprechend verhalten. Fast jeden Nachmittag ging sie zu den Wohnungen, die besonders interessante Bruchstücke von Tongefäßen enthielten, setzte sich hin und betrachtete sie eine Weile. Einige davon waren schön verziert. Diese Sorgfalt gegenüber Gefäßen, die trotz dieser zusätzlich auf sie verwandten Mühe Nahrungsmittel und Wasser nicht besser aufbewahrten, ließ ihr Herz aufgehen für diese alten Töpfer. Sie hatten nicht nur ein Bedürfnis ausgedrückt, sondern sie hatten es so schön getan, wie es ihnen nur möglich war. Nahrung, Feuer, Wasser und noch etwas anderes – sogar hier in diesem Riß in der Welt, so weit zurück in der Nacht der Vergangenheit! Auch hier, ganz am Anfang, rührte sich bereits dieses quälende Etwas, der Keim von soviel Kummer und von so großem Entzücken.

Es gab Krüge mit einer zarten Auflage in Form von Pinienzapfen, und es gab viele Muster, die ein wenig erhaben waren und wie Flechtwerk aussahen. Einige dieser Keramikscherben waren mit reizvollen geometrischen Mustern farbig dekoriert in Rot und Braun, Schwarz und Weiß. Eines Tages fand sie auf dem Bruchstück einer flachen Schale einen aufgerichteten Schlangenkopf in Rot auf Terrakotta gemalt. Und dann wieder entdeckte sie die Hälfte einer Schüssel mit einem breiten Band von weißen Felsenhäusern auf schwarzem Grund. Sie waren nicht im mindesten vereinfacht dargestellt. Da standen sie auf dem schwarzen Schüsselrand, genau so wie in den Felsen vor ihr. Es brachte sie diesen Menschen um Jahrhunderte näher, als sie herausfand, daß sie ihre eigenen Behausungen so gesehen hatten, wie sie selbst sie nun sah.

Ja, Ray Kennedy hatte recht. Alle diese Dinge vermittelten einem das Gefühl, daß man selbst sein Bestes geben und dazu beitragen mußte, wenigstens etwas von dem Verlangen zu erfüllen, das in diesem Staub schlummerte. Ein Traum war vor langer Zeit in der Nacht der Zeiten geträumt worden, und der Wind hatte dem traurigen Wilden ein Versprechen zugeflüstert. Auf ihre Weise hatten diese Menschen gespürt, was kommen würde. Diese Tonscherben waren eine Art Fessel, die einen an die lange Kette menschlichen Strebens band.

Nicht nur die Welt erschien Thea jetzt älter und reicher, auch sie selbst fand sich älter geworden. Sie war noch niemals so lange allein gewesen, hatte noch nie so viel nachgedacht. Noch nie hatte etwas sie so ganz in Anspruch genommen wie die tägliche Betrachtung dieser Reihe fahlgelber, in einer Felsspalte verborgenen Häuser. Moonstone und Chicago waren undeutlich geworden. Hier war alles einfach und bestimmt, so wie ihr die Dinge in der Kindheit erschienen waren. Ihr Bewußtsein war wie ein Lumpensack gewesen, in den sie begierig alles gestopft hatte, was sie zu fassen bekam. Und hier mußte sie diesen ganz überflüssigen Ballast abwerfen. Die Dinge, die ihr wirklich gehörten, schieden sich von den übrigen. Ihre Vorstellungen waren einfacher geworden, wurden schärfer und klarer. Sie fühlte sich eins mit sich selbst und stark.

Als Thea zwei Monate auf der Ottenburg-Ranch war, erhielt sie einen Brief von Fred, in dem er ankündigte, «daß er jetzt irgendwann einmal vorbeikäme». Der Brief kam abends, und am nächsten Morgen nahm sie ihn mit in den

Canyon. Sie war hocherfreut, daß er bald kam. Sie war noch nie jemandem so dankbar gewesen, und sie wollte ihm alles erzählen, was mit ihr geschehen war, seit sie hier lebte – es war mehr als in ihrem ganzen Leben vorher geschehen war. Ganz gewiß mochte sie Fred lieber als irgend jemanden sonst in der Welt. Es gab Harsanyi, natürlich – aber Harsanyi war immer müde. Gerade jetzt und hier brauchte sie jemanden, der noch niemals müde gewesen war, der einen Gedanken auffangen und ihn weiterspinnen konnte.

Beschämt dachte sie daran, wie mühsam und empfindlich sie Fred immer erschienen sein mußte, und sie fragte sich, warum er sich überhaupt mit ihr abgegeben hatte. Vielleicht würde sie nie mehr so glücklich sein, so gut aussehen wie jetzt, und sie wollte, daß Fred sie wenigstens einmal sah, wenn es ihr sehr gutging. Sie hatte nicht viel gesungen, aber sie wußte, daß ihre Stimme interessanter war als je zuvor. Sie fing an zu verstehen, daß – in ihrem Fall, zumindest – eine Stimme zuallererst Lebenskraft ist: eine Leichtigkeit im Körper und eine treibende Kraft im Blut. Wenn sie das hatte, dann würde sie singen. Auch das konnte sie Fred erklären. Er würde wissen, was sie meinte.

Eine weitere Woche verging. Thea tat das gleiche wie vorher; sie spürte die gleichen Einflüsse, dachte die gleichen Gedanken. Aber da war noch eine lebendigere Bewegung in ihren Gedanken, eine frischere Wahrnehmung der Sinne, wie der frische Glanz im Unterholz nach einem Regenschauer. Zustimmung und Ablehnung wechselten ständig in ihr ab; es war wie das stete Klopfen des Spechts in der einen großen Pinie jenseits des Abgrunds. Musikpassagen zogen in rascher Folge durch ihren Sinn, und der Gesang der Zikaden erschien ihr nun zu lang und zu scharf. Alles schien mit einemmal ein Verlangen nach Tätigkeit auszudrücken.

In diesem gedankenverlorenen Zustand, da sie gewisser-

maßen darauf wartete, daß die Uhr schlug, kam Thea endlich zu einem Entschluß darüber, was sie in der Welt zu tun
gedenke, und er bestand darin, ohne weiteren Zeitverlust
zum Studium nach Deutschland zu gehen. Nur durch glatten Zufall war sie hierher in den Panther-Canyon gelangt.
Zweifellos gab es keine gütige Vorsehung, die das Leben
des einzelnen lenkte; und den eigenen Eltern war es gleich,
was aus einem wurde, solange man sich nicht schlecht benahm und ihre Ruhe und Bequemlichkeit nicht störte. Jedes
Leben hing vom blinden Zufall ab. Sie tat besser daran, es
in ihre eigenen Hände zu nehmen und womöglich alles zu
verlieren, als unter der elterlichen Knute demütig den Pflug
zu ziehen. Sie hatte sie bemerkt, als sie im letzten Sommer zu
Hause war – diese Feindseligkeit bequemer, selbstzufriede-
ner Leute gegenüber jeder ernsthaften Anstrengung. Selbst
ihrem Vater erschien sie unschicklich. Wann immer sich
etwas Ernsthaftes sagte, sah er aus, als wolle er sich dafür
entschuldigen. Dennoch hatte sie immer an dem, was von
Moonstone noch übrig war, mit aller Kraft festgehalten.
Nichts mehr davon! Die Felsbewohner hatten ihre eigene
Vergangenheit nach rückwärts verlängert. Sie hatte nun ältere und höhere Verpflichtungen.

V

An einem Sonntagnachmittag im Juli stieg der alte Henry
Biltmer vor Rheuma humpelnd zum Anfang des Canyons
hinunter. Der Sonntag davor war einer jener wolkigen –
glücklicherweise seltenen – Tage gewesen, an denen das Leben aus diesem Landstrich entweicht und er zu einem grauen
Gespenst, zu einer einzigen leeren, fröstelnden Ungewißheit
wird. Henry hatte den Tag in der Scheune verbracht; sein

Canyon war nur wirklich, wenn er überflutet wurde vom Licht der großen Leuchte darüber, wenn die gelben Felsen purpurrote Schatten warfen und das Harz in den Korkenzieherzedern förmlich kochte. Die Yuccas standen jetzt in Blüte. Aus jedem Büschel der bajonettartigen Blätter ragte ein riesiger Stengel, behängt mit grün-weißen Glocken aus dickfleischigen Knospen. Der Krauskopfkaktus bohrte seine karminroten Blüten aus jeder Felsritze.

Henry war unter dem Vorwand unterwegs, nach einem Spaten und einer Picke zu suchen, die der junge Ottenburg sich ausgeliehen hatte, aber er hielt auch sonst seine Augen offen. Er war in der Tat sehr neugierig, was die neuen Besetzer des Canyons anging, und darauf, was es da den ganzen Tag lang zu tun gab. Er ließ seinen Blick etwa eine Meile weit an der Schlucht entlangstreifen, bis zur ersten Kehrtwendung, wo der Erdriß im Zickzack verlief und dann hinter einem vorspringende Felsen verschwand, auf dem die gelbliche, bröckelnde Ruine des alten Wachturms stand.

Vom Fuß des Turms, der jetzt seinen Schatten vorauswarf, flogen unentwegt kleine Felsstücke in die offene Schlucht, schnellten durch die Luft, bis sie an Schwung verloren und dann wie Schnipsel herunterfielen und klingend auf die Felsbank am Grund des Canyons aufschlugen oder ins Wasser klatschten. Biltmer hielt die Hand über die Augen. Da auf dem Felsvorsprung bewegten sich zwei Gestalten behende im Licht vor dem hellen Gestein, beide schlank und gewandt, völlig vertieft in ihr Spiel. Sie sahen aus wie zwei Knaben. Beide trugen keinen Hut und weiße Hemden.

Henry vergaß seine Picke und folgte dem Pfad vor den Felsenwohnungen zum Turm. Hinter dem Turm lagen, wie er wußte, Haufen von Steinen, kleine und große, gegen die Felswand aufgeschichtet. Er hatte immer geglaubt, daß die indianischen Wächter sie dort als Munition angehäuft hatten. Thea und Fred hatten die Wurfgeschosse entdeckt und übten sich damit im Weitwerfen. Als Biltmer näher kam, konnte er sie lachen hören, und er erkannte Theas hohe und erregte Stimme und einen leicht verärgerten Ton darin. Fred brachte ihr bei, wie man einen schweren Stein als Diskus benutzt. Als er an der Reihe war, warf er einen dreieckigen Stein mit beachtlichem Geschick in die Luft. Thea stand in einer halb abwehrenden Stellung da und beobachtete ihn neiderfüllt. Sie hatte ihre Ärmel über die Ellbogen hochgerollt, und ihr Gesicht war vor Hitze und Aufregung gerötet. Nachdem Freds drittes Geschoß klirrend unten auf den Felsen aufgeschlagen war, packte sie einen Stein und trat mit einem ungeduldigen Schritt auf den Felsvorsprung vor ihm. Er hielt sie an den Ellbogen fest und zog sie zurück.

«Nicht so weit vor, du Närrin! Im nächsten Augenblick wirst du dich selbst über den Rand schleudern.»

«Du bist auch soweit nach vorn gegangen. Da ist deine Absatzspur», gab sie zurück.

«Na ja, ich weiß, wie man's macht. Das ist der Unterschied.» Er zeichnete mit der Zehe eine Markierung in den Staub. «Bis dahin – so ist's richtig. Keinen Schritt weiter. Dreh dich halb um deine eigene Achse. Und wenn du den meisten Schwung hast, laß den Stein los.»

Thea plazierte den flachen Stein zwischen Handgelenk und Finger, faßte die Felsenwand ins Auge und brachte den Arm in die richtige Stellung. Dann machte sie eine rasche Drehung auf dem linken Fuß, bis sich ihr Körper zur vollen Länge gestreckt hatte, und ließ das steinerne Geschoß über die Kluft sausen. Sie blieb erwartungsvoll in der Luft hängen und vergaß den Arm zurückzuziehen, ihre Augen verfolgten den Stein, als trüge er all ihren Besitz mit sich fort. Ihr Gefährte beobachtete sie. Es gab wenige Mädchen, die sich mit der Linie ihres Körpers von der Zehenspitze bis zur Hüfte und von der Schulter bis zur Fingerspitze ihres ausgestreckten Arms messen konnten. Der Stein verlor an Schwungkraft und fiel. Thea trat zurück und schlug sich wütend mit der Hand aufs Knie.

«Da, wieder nichts! Nicht annähernd so weit wie deiner. Was ist nur mit mir los? Gib mir noch einen.»

Wieder drehte sie sich zur Felswand und wirbelte sich um sich selbst. Der Stein sauste los, kam aber nicht ganz so weit wie der erste.

Ottenburg lachte. «Warum strengst du dich noch so an, nachdem du geworfen hast? Du kannst ihm nicht mehr weiterhelfen.»

Ohne Erwiderung bückte sich Thea nach einem Stein und versuchte es noch einmal. Fred sah der Steinscheibe nach und rief: «Prachtmädchen! Du hast es diesmal bis über die Pinie hinaus geschafft. Das war ein guter Wurf.»

Sie zog ihr Taschentuch heraus und wischte sich über das glühende Gesicht und den Hals, unterbrach sich aber und rieb sich mit der linken Hand ihre rechte Schulter.

«Aha, du hast dir weh getan, stimmt's? Was hab' ich gesagt? Du gehst mit zu viel Anstrengung an die Dinge heran. Ich werde dir sagen, was ich vorhabe, Thea» – Fred klopfte sich den Staub von den Händen ab und zog sein Hemd zurecht –, «ich werde ein paar Stockrapiere zuschneiden. Das wird etwas für dich sein. Du bist schnell, und du hast eine Menge Schwung in dir. Ich würde dich gern mit einem Florett auf mich zukommen sehen. Du wärst furchterregend.» Er lachte in sich hinein.

Sie wandte sich von ihm ab und schleuderte starrköpfig einen weiteren Stein, wieder verharrte sie in der Stellung, als hinge sie in der Luft. Ihre Wut amüsierte Fred, der alle Spiele leicht nahm und sie gut beherrschte. Sie atmete schwer, und kleine Schweißtropfen sammelten sich auf ihrer Oberlippe.

Er legte rasch seinen Arm um sie. «Wenn du so hübsch aussiehst...» Er neigte den Kopf und küßte sie. Thea gab ihm aufgebracht einen ärgerlichen Schubs, die freie Hand machte eine feindselige Bewegung auf ihn zu. Sofort fühlte Fred sich dazu gereizt, das Äußerste zu wagen. Er packte ihre Arme, drückte sie herunter und küßte sie noch entschlossener.

Als er sie losließ, drehte sie sich weg und sagte über die Schulter: «Das war gemein von dir, aber ich habe es vermutlich verdient.»

«Und ob du es verdient hast», keuchte Fred, «wenn du so wild wirst gegen mich. Ja, ich finde, daß du es sehr wohl verdient hast.»

Er sah, wie ihre Schultern steif wurden. «Hab' ich nicht gerade gesagt, daß ich es verdiene – was willst du noch?»

«Ich will, daß du mir sagst, warum du so auf mich losgegangen bist. Das war nicht im Spaß. Du sahst aus, als ob du mich umbringen wolltest.»

Sie strich sich ungeduldig ihr Haar zurück. «Ich hab' mir wirklich nichts dabei gedacht. Du hast mich unterbrochen, als ich den Stein beobachtete. Ich kann nicht so von einer Sache zur anderen springen. Den Schubs hab' ich dir gegeben, ohne mir was dabei zu denken.»

Fred meinte, ihr Rücken drücke Zerknirschung aus. Er ging zu ihr, stellte sich hinter sie, das Kinn über ihrer Schulter, und flüsterte ihr etwas ins Ohr. Thea lachte und wandte sich zu ihm um. Sie kehrten dem Steinhaufen gleichgültig den Rücken, als hätten sie sich nie dafür interessiert, gingen um den gelben Turm herum und verschwanden in der zweiten Windung des Canyons, wo die tote Stadt hinter dem vorspringenden Felsen wieder anfing.

Der alte Biltmer war einigermaßen bestürzt über die Wendung, die das Spiel genommen hatte. Er hatte ihre Unterhaltung nicht verstanden, aber die Pantomime vor der Felswand war deutlich genug. Als die beiden jungen Leute verschwanden, zog sich ihr Gastgeber schleunigst zum Eingang des Canyons zurück.

«Wetten, daß diese junge Dame da ganz gut auf sich selbst aufpassen kann», gluckste er. «Allerdings hat der junge Fred ja auch eine Art, mit Frauen umzugehen.»

VI

Der Tag brach an über dem Panther-Canyon. Die Schlucht war kalt und von einem schweren rötlichen Zwielicht erfüllt. Der Rauch vom Holzfeuer, der aus einem der Felsenhäuser zog, hing wie ein blaues Tuch über dem Abgrund, bis ein Windstoß ihn erfaßte und davonwirbelte. Thea hockte im Eingang zu ihrem Haus, während Fred das knisternde Feuer in der nächsten Höhle beobachtete. Er wartete darauf, daß es herunterbrannte und er den Kaffee darauf heiß machen konnte.

Sie hatten die Ranch gegen drei Uhr morgens verlassen – ihre Ausrüstung war schon tags zuvor gepackt – und das offene Weideland mit ihrer Laterne überquert, während die Sterne noch hell leuchteten. Beim Abstieg in den Canyon im Laternenlicht waren sie trotz Mäntel und Sweater ganz durchgefroren. Die Laterne kroch langsam den Felsenpfad entlang, wo die schwere Luft Widerstand zu leisten schien. Das Rauschen des Wasserlaufs am Grund der Schlucht klang hohl und bedrohlich, viel lauter und tiefer als am Tag – eine vollkommen andere Stimme. Die Düsterkeit des Ortes schien zu besagen, daß die Welt ganz gut ohne Menschen – ob weiße oder rote – auskommen konnte; daß unterhalb der Menschenwelt eine geologische Welt war, die schweigend ihre ungeheuren Prozesse vorantrieb, die dem Menschen gleichgültig waren. Thea hatte oft den Sonnenaufgang in der Wüste beobachtet — eine leichtherzige Angelegenheit —, wo die Sonne aus dem Bett springt und die Welt im Nu golden ist. Aber dieser Canyon schien wie ein alter Mann aufzuwachen, mit Rheuma und steifen Gelenken, voller Schwere und mit dumpfem, boshaftem Bewußtsein. Sie hockte an der Wand, während die Sterne verblaßten, und dachte, welchen Mut die frühen Rassen gehabt haben mußten, um so viel zu ertragen, für das wenige, das sie vom Leben hatten.

Endlich drang so etwas wie Hoffnung durch die Luft. In wenigen Minuten flammten die Pinien am Felsrand in kupferrotem Feuer auf. Die dünnen roten Wolken, die über ihren spitzen Wipfeln hingen, fingen an zu brodeln und sich rasch zu bewegen und wie Rauch zwischen den Bäumen hindurchzuziehen. Wie auf ein Zeichen schossen die Schwalben aus ihren Behausungen und flogen bis zum Felsrand hinauf. In den Büschen entlang des Wasserlaufs auf dem Grund der Schlucht, die immer noch fahl und dämmrig war, fingen kleine braune Vögel zu zwitschern an. Zuerst schien das goldene Licht wie eine Woge über dem Rand des Canyons zu hängen. Die Bäume und Büsche da oben, die man mittags kaum bemerkte, erschienen größer und mächtiger in den schrägen Strahlen. Lange, dünne Lichtstreifen versuchten zitternd bis auf den Grund der Schlucht zu gelangen. Die rote Sonne stieg rasch über den Wipfeln der flammenden Pinien auf, ihre Glut ergoß sich in den Abgrund und über die Schwelle, auf der Thea saß. Sie bohrte sich durch das dunkle, feuchte Unterholz. Die tropfenden Kirschbüsche, die blassen Espen und die eisgrauen «Piñons» schwammen glitzernd und zitternd in dieser Flut von Gold. All die bleichen, staubigen kleinen Pflänzchen aus der Bohnenfamilie, die außer einem Botaniker niemand je sah, wurden für einen Augenblick wichtige Einzelwesen, ihre seidigen Blüten geradezu schön vor Tau und Licht. Der Himmelsbogen da oben, vor ganz kurzem noch schwer wie Blei, öffnete sich, wurde immer durchsichtiger, bis man in die Tiefen schimmernden Blaus blicken konnte.

Der Duft von Kaffee und gebratenem Speck mischte sich mit dem Geruch trocknenden Zedernholzes, und Fred rief Thea zu, daß er bereit sei für sie. Sie setzten sich in den Eingang zu seiner Küche, die Wärme der glühenden Kohlen im Rücken und die Sonne auf ihren Gesichtern, und fingen an zu frühstücken, Mrs. Biltmers große Kaffeetassen und die Flasche mit Sahne zwischen sich, während die Kaffeekanne und die Bratpfanne in der Asche warm gehalten wurde.

«Ich dachte, du würdest das ganze Unternehmen aufgeben, Thea, als ich dich da mit der Laterne vorankriechen sah. Kein Wort war aus dir herauszubringen.»

«Ich weiß. Mir war kalt, und ich war hungrig, und ich konnte nicht glauben, daß es überhaupt je wieder einen Morgen geben würde. Hast du dich nicht irgendwie komisch gefühlt?»

Fred blinzelte über seiner dampfenden Tasse. «Na ja, es ist nie meine Stärke gewesen, vor Sonnenaufgang aufzustehen. Die Welt sieht so leer und unbewohnt aus. Als ich das Feuer anmachte und einen nüchternen Blick auf dich warf, glaubte ich, das falsche Mädchen erwischt zu haben. Blaß, grimmig – du warst schon ein Anblick!»

Thea lehnte sich in den Schatten des Höhlenzimmers zurück und wärmte sich die Hände über den Kohlen. «Es war trostlos genug. Wie warm diese Mauern rundherum sind. Und dein Frühstück ist so gut. Es geht mir wieder besser, Fred.»

«Ja, es geht dir wieder gut.» Fred zündete sich eine Zigarette an und betrachtete sie kritisch, als ihr Kopf wieder in der Sonne auftauchte. «Du stehst jeden Tag etwas hübscher auf als am Tag zuvor. Ich würde dich genauso lieben, wenn du dich nicht zu einer der liebreizendsten Frauen entwickeln würdest, die ich je gesehen habe. Aber so ist es, und das ist eine Tatsache, mit der man rechnen muß.» Er beobachtete sie über die dünne Linie des Rauchs hinweg, den er von sich blies. «Was wollen Sie mit all dieser Schönheit und all dem Talent anfangen, Miss Kronborg?»

Sie wandte sich wieder dem Feuer zu. «Ich weiß nicht, wovon du sprichst», murmelte sie, aber ihre Verlegenheit vermochte nicht zu verbergen, daß es ihr gefiel.

Ottenburg lachte leise. «Aber ja, natürlich weißt du das! Niemand weiß es besser! Du bist verschlossen, aber manchmal verrätst du dich wie jeder andere auch. Weißt du, ich bin daraufgekommen, daß du nicht die kleinste Sache ohne tieferen Beweggrund tust.» Er warf seine Zigarette fort und stopfte sich die Pfeife. «Du reitest und fichtst und wanderst und steigst auf Berge, aber ich weiß, daß du dabei in deinem Bewußtsein irgendwo anders bist. Alle diese Dinge sind für dich nur Mittel; auch ich bin ein Mittel.» Er schaute gerade rechtzeitig auf, um Theas raschen, beunruhigten Blick aufzufangen. «Oh, das macht mir nichts aus», lachte er leise, «kein bißchen. Jede Frau, jede interessante Frau hat solche tieferen Beweggründe, und viele davon sind weniger achtbar als deine. Deine Beharrlichkeit amüsiert mich. Du mußt immer so gewesen sein, seit du einen halben Meter groß warst.»

Thea schaute ihrem Gefährten in das gutgelaunte Gesicht. Seine Augen, die in der Stadt oft zu ruhelos und mitfühlend waren, waren hier in freier Luft stetiger und klarer geworden. Sein kurzer gekräuselter Bart und sein blondes Haar hatten in Sonne und Wind einen rötlichen Ton bekommen. Seine sympathische Kraft entzückte sie immer wieder, er war jemand, mit dem man sich durch Zeichen verständigen und

mit dem man lachen konnte in einer Welt voller farbloser
Leute. Mit Fred war sie nie sanft und ruhig. Immer lag Leben
in der Luft, immer gab es ein Kommen und Gehen, einen
Rhythmus von Fühlen und Tun – der stärker war als das
natürliche Einverständnis der Jugend. Als sie ihn ansah, wie
er so gegen die durchsonnte Felswand gelehnt saß, spürte sie
das Verlangen ganz offen mit ihm zu sein. Sie hielt nichts
willentlich zurück, aber andererseits konnte sie etwas, das
sich nicht äußern wollte, nicht dazu zwingen. «Ja, so war es,
als ich klein war», sagte sie schließlich. «Ich mußte verschlossen sein, wie du das nennst, oder untergehen. Aber ich wußte
nicht, daß ich so war – bis du kamst. Ich mußte nichts mehr
verbergen, ich habe an nichts anderes gedacht, als an eine
schöne Zeit mit dir. Ich hab mich einfach treiben lassen.»

Fred blies eine Rauchwolke in den leichten Wind und sah
aus, als wüßte er Bescheid. «Ja, du läßt dich treiben – wie eine
Gewehrkugel, meine Liebe. Und gerade deine . . . deine Ziel-
strebigkeit gefällt mir am besten an dir. Bei den meisten
Männern wäre das nicht der Fall. Ich bin eben außergewöhnlich.»

Sie lachten beide, aber Thea zog die Brauen fragend zusammen. «Warum wäre es bei den meisten Männern nicht
der Fall? Auch andere Männer haben mich gemocht.»

«Ja, ernsthafte Männer. Du hast mir erzählt, daß sie alle alt
oder ernsthaft waren. Aber muntere junge Männer wollen
selbst das eigentliche Ziel sein. Sie würden sagen, du bestün-
dest nur aus Muskeln und Verstand, hättest kein Gefühl.»

Sie sah ihn von der Seite an.

«Das würden sie sagen, nicht wahr?»

«Natürlich», fuhr Fred sanft fort. «Muntere junge Männer
haben keine Phantasie. Sie wollen selbst die belebende Kraft
sein. Wenn sie nicht anwesend sind, wollen sie, daß ein
Mädchen – ausgelöscht ist.» Er machte eine entsprechende

Handbewegung. Alte Männer wie Mr. Nathanmeyer verstehen Menschen wie dich, aber was die jungen angeht, kannst du von Glück reden, daß du mich gefunden hast. Auch ich war nicht immer so schlau. Ich hatte Zeiten, da habe ich gedacht, es würde mich nicht langweilen, der Apoll in einem trauten Heim zu sein, und es hat mich eine Kleinigkeit gekostet, es besser zu wissen. All das wird sehr öde, wenn es sich nicht mit irgendeiner Idee verbindet. Weil wir eben nicht hierherkommen, um uns nur anzusehen und Kaffee zu trinken, macht es so viel Vergnügen – einander anzusehen.» Fred zog eine Weile an seiner Pfeife und beobachtete Theas Gedankenverlorenheit. Mit beunruhigtem Ausdruck, der ihre Augen schmal und den Mund hart machte, starrte sie auf die gegenüberliegende Wand des Canyons. Die Hände lagen mit verschränkten Fingern in ihrem Schoß.

«Nimm einmal an», sagte Fred schließlich, «nimm einmal an, ich würde dir anbieten, was die meisten jungen Männer, die ich kenne, den Mädchen, die ihnen schlaflose Nächte verursachen, anbieten würden: eine bequeme Wohnung in Chicago und einen Sommersitz oben in den Wäldern, Musikabende und eine kleine Familie. Wäre das eine Verlockung für dich?»

Thea setzte sich aufrecht hin und starrte ihm bestürzt, ja wütend in die Augen.

«Vollkommen gräßlich!» rief sie aus.

Fred ließ sich gegen das alte Mauerwerk fallen und lachte aus Herzensgrund. «Also gut, hab keine Angst. Ich werde es dir nicht anbieten. Du bist kein Vogel, der sich ein Nest baut. Du weißt ja, ich habe dein Lied immer gemocht. ‹Für mich das Dröhnen der großen Brecher!› Ich verstehe.»

Sie stand geduldig auf und ging bis zum Rand der Felswand. «Es ist nicht einmal so sehr das. Es ist einfach das Gefühl, wenn du morgens aufwachst, daß dein Leben dir gehört und daß deine Kraft und deine Begabung dir gehören. Daß du ganz und gar da bist und nicht durchhängst.» Sie stand einen Augenblick da, als quäle sie eine Ungewißheit. Dann wandte sie sich plötzlich zu ihm um. «Bitte, sprich jetzt nicht mehr von solchen Dingen», sagte sie eindringlich. «Nicht, daß ich irgend etwas vor dir verbergen wollte. Die Schwierigkeit ist, daß ich nichts zu verbergen habe, außer – und du weißt das so gut wie ich – eben dieses Gefühl. Ich habe dir einmal in Chicago davon erzählt. Aber es macht mich immer unglücklich, darüber zu sprechen. Es würde uns den Tag verderben. Willst du ein bißchen mit mir klettern?» Sie streckte ihm die Hände mit einem so erwartungsvollen Lächeln entgegen, daß Ottenburg spürte, wie sehr ihr daran lag, sich selbst zu vergessen.

Er sprang auf und ergriff die Hände, die sie ihm so herzlich entgegenhielt, blieb stehen und schwang sie vor und zurück. «Ich werde dich nicht mehr damit plagen. Ein Wort genügt. Aber mir gefällt es dennoch, verstehst du?» Er drückte ihr die Hände und ließ sie los. «Also wohin wirst du mich schleppen?»

«Ich möchte, daß du mich schleppst. Da hinüber, zu den anderen Häusern. Sie sind viel interessanter als diese hier.» Sie zeigte über die Schlucht hinweg auf die Reihe weißer Häuser in der gegenüberliegenden Felswand. «Der Pfad ist verschüttet, aber ich bin einmal dagewesen. Es geht. Man muß bis zum Grund des Canyons absteigen, den Bach durchqueren und dann stetig Schritt für Schritt wieder hochsteigen.»

Ottenburg blickte, behaglich gegen die sonnige Mauer gelehnt, die Hände in den Taschen seines Jacketts, hinüber zu den weitentfernten Behausungen.

«Es ist eine gräßliche Kletterei», seufzte er, «wo ich doch hier mit meiner Pfeife vollkommen glücklich sein könnte.

Jedoch ...» Er nahm Hut und Stock auf und folgte Thea den Wasserpfad hinunter. «Steigst du diesen Pfad jeden Tag hinunter? Du verdienst dir dein Bad wirklich. Ich bin gestern nachmittag einmal da unten gewesen und hab' mir deinen Teich angeschaut. Ein hübsches Plätzchen mit all den jungen Pappeln. Muß dir sehr gut stehen.»

«Findest du?» fragte Thea über die Schultern, als sie um die nächste Wendung des Canyons bog.

«Ja, und du offensichtlich auch. Auf diesen schmalen Pfaden mußte ich so oft hinter dir gehen, daß ich allmählich Fachmann darin werde, dir deine Ansichten vom Rücken abzulesen. Du trägst doch kein Korsett?»

«Nicht hier.»

«Ich würde es an deiner Stelle überhaupt nicht tun. Es macht dich weniger elastisch. Die Seitenmuskeln erschlaffen. Wenn du zur Oper willst, ist ein geschmeidiger Körper ein wahrer Schatz. Die meisten deutschen Sängerinnen sind schwerfällig, auch wenn sie gut gebaut sind.»

Thea ließ einen Pinienzweig auf ihn zurückschnellen. «Oh, ich werde niemals dick. Das kann ich dir versprechen.»

Fred lächelte und sah ihr nach. «Dieses Versprechen mußt du halten, egal wie viele andere du brichst», meinte er gedehnt.

Der Aufstieg, nachdem sie den Bach überquert hatten, war eine atemlose Kriecherei durchs Unterholz. Als sie an die großen Felsblöcke kamen, ging Ottenburg, da er die größere Schrittlänge hatte, voran, reichte Thea die Hand, wenn der Schritt für sie viel zu groß war, und schwang sie hoch, bis ihr Fuß einen festen Halt fand. Endlich erreichten sie eine kleine Plattform zwischen den Felsen, von wo aus nur noch etwa dreißig Meter zerklüftete, abschüssige Wand zwischen ihnen und den Felsenwohnungen lagen.

Ottenburg legte sich unter eine Pinie und erklärte, er

würde erst einmal eine Pfeife rauchen, ehe er weiterginge. «Es ist ganz gut, wenn man weiß, wo man aufhören muß, Thea», sagte er bedeutungsvoll.

«Ich höre nicht auf, ehe ich da oben bin», insistierte Thea. «Ich werde allein weitergehen.»

Fred stützte sich mit der Schulter gegen den Baumstamm. «Geh nur, wenn du willst, aber ich bin hier, um mich zu vergnügen. Und wenn du einer Klapperschlange begegnest, komm allein mit ihr klar.»

Sie zögerte und fächelte sich mit ihrem Filzhut Luft zu. «Mir ist noch nie eine begegnet.»

«Ein Punkt für dich», murmelte Fred träge.

Thea wandte sich entschlossen um und machte sich daran, die Wand hochzusteigen, wobei sie eine Art Felsspalte als Pfad benutzte. Der Felsen, der von unten fast senkrecht aussah, setzte sich in Wirklichkeit aus Felsbänken und -blöcken zusammen, hinter denen sie bald verschwand. Eine ganze Weile lang rauchte Fred mit halbgeschlossenen Augen und lächelte hin und wieder vor sich hin. Gelegentlich, wenn er das Rascheln kleiner Steine zwischen den höher gelegenen Felsen hörte, zog er eine Augenbraue hoch. «Sie ist wütend», schloß er daraus, «wird ihr guttun». Dann glitt er in eine warme Schläfrigkeit und lauschte den Heuschrecken in den Yuccas und dem Tack-tack-tack des alten Spechtes, der nicht müde wurde, auf die große Pinie einzuhacken.

Fred hatte seine Pfeife zu Ende geraucht und fragte sich, ob er sich noch eine anzünden sollte, als er einen Ruf von einem Felsen weit über ihm hörte. Er blickte auf und sah Thea am Rand einer vorspringenden Felsspitze stehen. Sie winkte ihm zu und warf den Arm in die Höhe, so als schnippte sie mit den Fingern in die Luft.

Als er sie da stehen sah, zwischen Himmel und Schlucht, mitten in diesem großen Luftstrom und dem Morgenlicht, erinnerte sich Fred an die glanzvolle Gestalt bei Mrs. Nathanmeyer. Thea gehörte zu den Menschen, die gelegentlich, ganz unerwartet, größer wirken, als wir sie zu sehen gewöhnt sind. Sogar aus diesem Abstand hatte man den Eindruck von Muskelkraft und Kühnheit – von so etwas wie Glanz in der Bewegung –, von einer Persönlichkeit, die große Räume überwand und sich zwischen großen Gegenständen entfaltete. Während er so, die Hände unter dem Kopf, still dalag, richtete Ottenburg rhetorisch das Wort an jene Figur da oben in der Luft. «Du bist eine von der Art, die früher einmal in Deutschland wild herumliefen, nur in ihr Haar und ein Stück Fell gehüllt. Soldaten fingen sie in Netzen. Old Nathanmeyer würde jetzt gern einen Blick auf dich werfen. Kluger alter Bursche. Hat immer diese Stiche von Zorn mit badenden Bauernmädchen darauf gekauft. Auch bei denen ist nichts schlaff. Muß wohl am kalten Klima liegen.» Er setzte sich auf. «Sie wird anfangen, mit Felsbrocken nach mir zu werfen, wenn ich mich nicht rühre.» Als Antwort auf eine weitere ungeduldige Bewegung vom Felsvorsprung herab stand er auf und begann gemächlich, mit schwingenden Schritten den Pfad hinaufzusteigen.

Es war am Nachmittag dieses langen Tages. Thea lag auf einer Decke im Eingang zu ihrer Felsenwohnung. Sie waren von ihrer Kletterei zurück und hatten zu Mittag gegessen. Danach war Ottenburg in eines der Felsenhäuser weiter unten gegangen, um etwas zu schlafen. Dort schlief er friedlich, seinen Mantel unter dem Kopf, das Gesicht zur Felswand gekehrt.

Auch Thea war schläfrig und lag da und blickte aus halbgeschlossenen Augen zum leuchtend blauen Gewölbe über dem Rand des Canyons hinauf. Sie dachte an überhaupt nichts. Ihr Bewußtsein war wie ihr Körper erfüllt von Mattigkeit, Wärme, körperlicher Zufriedenheit. Plötzlich segelte ein Adler, lohfarben und groß, über die Kluft, in der sie lag, quer durch die Himmelswölbung. Er ließ sich kurz in die Schlucht zwischen den Felswänden fallen, dann schwenkte er ab und stieg, bis sein Gefieder ganz in Licht getaucht war und er aussah wie ein goldener Vogel. Dem Verlauf des Canyons eine Weile folgend, glitt er weiter und verschwand dann jenseits des Felsenrandes. Thea sprang auf, als hätte ein vulkanisches Beben sie hochgerissen. Sie stand wie gebannt an der Kante der Felsenplatte und starrte angespannt diesem kraftvollen, lohfarbenen Flug hinterher. Ach, Adler aller Adler! Streben, Vollendung, Verlangen — ruhmreiches Ringen menschlicher Kunst! Aus einem Riß im Herzen der Welt rief sie ihr zu . . . Sie hatte einen langen Weg zurückgelegt. Als Menschen in Höhlen lebten, war die Kunst schon da. Eine verschwundene Rasse. Aber entlang der Pfade, im Wasserlauf, unter den wuchernden Kakteen schimmerten winzige Stücke ihrer zerbrechlichen Tongefäße, Bruchstücke ihres Verlangens.

VII

Seit Freds Ankunft waren er und Thea unentwegt beschäftigt. Sie unternahmen lange Ritte in die Pinienwälder der Navajos, kauften Türkise und silberne Armreife von den wandernden indianischen Hirten und ritten unter den windigsten Vorwänden die zwanzig Meilen nach Flagstaff. Noch bei keinem Mann hatte Thea eine solche angenehme Erregung gekannt, und sie beobachtete sich, wie sie sich angestrengt bemühte, dem jungen Ottenburg zu gefallen. Niemals war sie müde, niemals langweilig. Es war ein besonderer Genuß am Morgen aufzuwachen und sich anzuziehen, spazierenzugehen, zu reiten, ja selbst zu schlafen.

Eines Morgens, als Thea um sieben Uhr aus ihrem Zimmer kam, standen Henry und Fred im Hauseingang und blickten zum Himmel auf. Es war bereits heiß, und kein Windhauch rührte sich. Die Sonne schien zwar, aber im Westen hingen schwere braune Wolken wie Rauch eines Waldbrandes. Sie und Fred hatten an diesem Morgen vorgehabt, nach Flagstaff zu reiten, aber Biltmer riet davon ab und sagte ein Unwetter voraus. Nach dem Frühstück trödelten sie im Haus herum und warteten darauf, daß sich das Wetter entschied. Fred hatte seine Gitarre mitgebracht, und da sie das Eßzimmer für sich hatten, brachte er Thea dazu, einige Lieder mit ihm durchzugehen. Ihr Interesse daran war geweckt und hielt an, bis Mrs. Biltmer hereinkam, um den Tisch für das Mittagessen zu decken. Ottenburg kannte einige der mexikanischen Sachen, die Chicano-Johnny oft gesungen hatte. Thea hatte ihm nie von Chicano-Johnny erzählt, und Fred schien an ihm mehr interessiert zu sein als an Doktor Archie oder Wunsch.

Nach dem Mittagessen waren sie zu unrastig, um es noch länger im Ranch-Haus auszuhalten, und eilten zum Canyon, um mit Stockrapieren Fechten zu üben. Fred nahm einen Regenmantel und einen Sweater mit und veranlaßte Thea, einen der Gummihüte zu tragen, die in Biltmers Waffenraum hingen. Als sie über das Weideland gingen, verfing sich der schwerfällige Regenmantel immer wieder in den Schnüren seiner Gamaschen. «Warum läßt du dieses Ding nicht einfach fallen», fragte Thea. «Mir macht ein Regenschauer nichts aus. Ich bin schon mal naß geworden.»

«Hat keinen Sinn, etwas zu riskieren.»

Aus dem Canyon konnten sie den Himmel nicht beobachten, da nur ein Streifen davon zu sehen war. Die Felsplatte beim Wachturm war die einzige ebene Stelle, die groß genug war, um Fechten zu üben, und sie waren immer noch dabei, als etwa um vier Uhr ein ungeheures Donnergrollen zwischen den Felsen widerhallte und die Atmosphäre ganz plötzlich stickig wurde.

Fred warf die Stöcke in eine Ritze im Felsen. «Es hat uns erwischt, Thea. Besser wir laufen zu deiner Höhle, wo die Decken sind.»

Er faßte sie beim Ellbogen und schob sie eiligst den Pfad vor den Felsenwohnungen entlang. Sie schafften die halbe Meile in schnellem Trab. Während sie liefen, verwandelten sich die Felsen, der Himmel und die Luft zwischen den Felswänden in dunkles Blaugrün, wie Moosachat. Als sie die mit Decken ausgestattete Felsenwohnung erreicht hatten, sahen sie sich an und lachten. Auch ihre Gesichter waren von grünlicher Blässe. Sogar Theas Haar war grün.

«Pechschwarz hier!» rief Fred, als sie über die alte steinerne Schwelle hasteten. «Aber es ist warm. Die Steine halten die Hitze. Es wird draußen furchtbar kalt werden. Nun gut.» Ein ohrenbetäubender Donnerschlag unterbrach ihn. «Großer Gott, was für ein Echo! Gut, daß es dir nichts ausmacht. Es lohnt sich, es draußen zu beobachten. Wir müssen noch nicht drinnenbleiben.»

Das grüne Licht wurde düsterer und düsterer. Die niedrigere Vegetation war wie ausgelöscht. Die Yuccas, die Zedern und die «Piñons» standen dunkel und starr da, wie aus Bronze. Die Schwalben flogen mit scharfem, erschrockenem Gezwitscher auf. Sogar die Zitterespen waren still. Während Thea und Fred vom Eingang aus alles beobachteten, ging das Licht in ein Purpurrot über. Wolken von dunklem Dunst wie Chlorgas, zogen vom Eingang des Canyons herab und blieben zwischen ihnen und den gegenüberliegenden Felsenhäusern hängen. Ehe sie sich's versahen, war auch die andere Felswand verschwunden. Die Luft wirkte giftig und wurde von Minute zu Minute kälter. Der Donner schien zuerst an der einen Felswand zu zerbersten, dann an der anderen und schließlich mit schrillem Lärm ins Innere des Canyons zu fahren.

Im Augenblick als der Regen losging, schlug er den Dunst nieder. In der Kluft vor ihnen goß es wie aus Eimern, und das Wasser schoß aus den hohen Felsen über sie hinweg. Es riß Espen und Vogelkirschbüsche aus der Erde, die Yuccas hingen an ihren zähen Wurzeln, nur die kleinen Zedern standen schwarz und ungerührt inmitten der Sturzbäche, die von weit oben herunterkamen. Der Felsenraum war leicht übersprüht vom Wasserstrom, der über die Schwelle schoß. Thea kroch bis zur hinteren Wand und rollte sich in eine Decke ein, und Fred warf noch die schwereren Decken über sie. Die Wolle der Navajoschafe nahm rasch die Wärme ihres Körpers auf, war aber für Feuchtigkeit undurchlässig. Wo ihr Haar unter dem Gummihut herausschaute, sog es sich mit Nässe voll wie ein Schwamm. Fred zog den Regenmantel über, knotete sich den Sweater um den Hals und setzte sich mit gekreuzten Beinen neben sie. Der Raum war so dunkel, daß er, obgleich er den Umriß von Theas Kopf und Schultern erkennen konnte, ihr Gesicht nicht sah. Er riß ein Wachsstreichholz an, um sich die Pfeife anzuzünden. Als er es mit den Händen abschirmte, zischte und spuckte es und warf ein gelbes flackerndes Licht auf Thea in ihren Decken.

«Du siehst aus wie eine Zigeunerin», sagte er, als er das Streichholz sinken ließ. «Gibt's jemanden, mit dem du lieber eingeschlossen wärst als mit mir? Nein? Bist du sicher?»

«Ich denke schon. Ist dir nicht kalt?»

«Nicht besonders.» Fred rauchte schweigend seine Pfeife und lauschte auf das Rauschen des Wassers draußen. «Möglich, daß wir nicht so schnell von hier wegkommen», bemerkte er.

«Es soll mir nichts ausmachen. Und dir?»

Er lachte grimmig und zog an der Pfeife. «Wissen Sie, was Sie da tun, Miss Thea Kronborg?» sagte er schließlich. «Du hältst mich ganz schön in Atem, und du weißt das, wie ich annehme. Ich habe eine Menge Liebste gehabt, aber ich war bislang von keiner so sehr... in Anspruch genommen. Was gedenkst du dagegen zu tun?» Er hörte nichts aus den Decken. «Wirst du fair spielen, oder muß ich auf mein Stichwort warten, um mich davonzumachen?»

«Ich werde fair spielen. Ich verstehe nicht, warum du gehen willst.»

«Wozu willst du mich denn um dich haben – zum Spielen?»

Thea kämpfte sich aus ihren Decken heraus. «Ich will dich für alles. Ich weiß nicht, ob ich, wie die Leute das nennen, in dich verliebt bin oder nicht. In Moonstone bedeutete das, mit jemandem in einer Hängematte zu sitzen. Ich will nicht mit dir in einer Hängematte sitzen, aber ich möchte so ziemlich alles sonst mit dir tun. Ach, hunderterlei!»

«Wenn ich weglaufe, kommst du dann mit mir?»

«Ich weiß nicht. Ich muß darüber nachdenken. Vielleicht würde ich es tun.» Sie befreite sich von ihren Umhüllungen und stand auf. «Es regnet nicht mehr so stark. Sollten wir nicht besser sofort aufbrechen? Es wird Nacht sein, bis wir bei den Biltmers sind.»

Fred riß ein neues Streichholz an. «Es ist sieben. Ich weiß nicht, wieviel vom Pfad womöglich weggespült ist. Ich weiß nicht einmal recht, ob ich es dich ohne Laterne versuchen lassen soll.»

Thea ging an den Eingang und schaute nach draußen. «Wir können nichts anderes tun. Der Sweater und der Regenmantel werden mich trocken halten, und dies ist die Gelegenheit zu prüfen, ob diese Schuhe wirklich wasserdicht sind. Sie haben ein Wochengehalt gekostet.» Sie zog sich wieder ins Innere der Höhle zurück. «Es wird jeden Augenblick dunkler.»

Ottenburg nahm ein Fläschchen mit Weinbrand aus seiner Manteltasche. «Nimm lieber einen Schluck, ehe wir losgehen. Kannst du es ohne Wasser trinken?»

Thea setzte das Fläschchen gehorsam an die Lippen. Dann zog sie den Sweater über, und Fred half ihr, den sperrigen Regenmantel darüberzuziehen. Er knöpfte ihn zu und schloß den hohen Kragen. Sie spürte, daß seine Hände hastig und ungeschickt waren. Der Mantel war zu groß, und er nahm sein Halstuch ab, um es ihr als Gürtel um die Taille zu schlingen. Während sie ihr Haar ganz unter dem Gummihut verstaute, stand er, ohne sich zu rühren, vor ihr, zwischen ihr und dem grauen Eingang.

«Bist du fertig?» fragte sie leichthin.

«Wenn du es bist», sagte er ruhig, ohne sich zu bewegen, er beugte nur den Kopf ein wenig.

Thea lachte und legte ihm die Hände auf die Schultern. «Du weißt, wie du mit mir umgehen mußt, nicht wahr?» flüsterte sie. Zum erstenmal küßte sie ihn unbefangen und ungehemmt.

«Thea, Thea, Thea!» Fred flüsterte ihren Namen dreimal und schüttelte sie ein wenig, so als wollte er sie aufwecken. Es war zu dunkel, um es zu sehen, aber er spürte, daß sie lächelte.

Als sie ihn küßte, hatte sie das Gesicht nicht an seiner Schulter verborgen – sie hatte sich ein wenig auf Zehenspitzen gestellt und war aufrecht und frei stehengeblieben. In diesem Augenblick, als er ihrer wahren Person nahekam, spürte er, wie ihr Wesen sich ähnlich entfaltete wie an Mrs.

Nathanmeyers Musikabend. Plötzliche Regungen machten sie freier und stärker. Als sie aufstand und ihm so gegenübertrat, fühlte er, wie sie für einen Augenblick alles das bestätigte, was sie ihm je angedeutet hatte, so als fülle sie ihren eigenen Schatten aus.

Sie schob ihn zur Seite und schoß an ihm vorbei in den Regen hinaus. «Jetzt los, Fred!» rief sie, und es klang wie ein Jubelschrei. Der Regen strömte gleichmäßig durch das schwindende graue Zwielicht, und Schlammflüsse sprudelten und schäumten über die Felswand.

Fred fing sie ein und hielt sie zurück. «Halte dich hinter mir Thea. Ich bin nicht sicher wegen des Pfads. Kann sein, daß er ganz und gar verschwunden ist. Bei solchen Wassermassen kann man das nie wissen.»

Aber der Pfad war älter als des weißen Mannes Arizona. Der Wasserstrom hatte den Staub und die Steine, die lose auf der Oberfläche lagen, weggewaschen, aber das Felsengerüst des Indianerpfades war da und begehbar. Wo das Wasser durch Rinnen herabschoß, gab es immer eine Zeder oder ein «Piñon», an denen man sich festhalten konnte. Watend, rutschend und kletternd kamen sie voran. Als sie den Anfang des Canyons erreichten, wo der Weg anstieg und in steilen Windungen zur Fläche des Plateaus führte, wurde die Kletterei schwieriger. Das Erdreich war eingebrochen und über den Pfad geschwemmt worden, wobei es Felsbrocken und Buschwerk und sogar junge Bäume mit sich gerissen hatte. Der letzte geisterhafte Schimmer Tageslicht schwand dahin, und es war keine Zeit zu verlieren. Der Canyon hinter ihnen lag bereits im Dunkel.

«Wir müssen geradewegs durch die Spitze dieser gestürzten Pinie hindurch, Thea. Keine Zeit zu versuchen, sie irgendwie zu umgehen. Gib mir deine Hand.» Nachdem sie sich krachend einen Weg durch die dichten Zweige gebahnt hatten, blieb Fred plötzlich stehen. «Meine Güte – was für ein Loch! Kannst du drüberspringen? Warte einen Augenblick!»

Er sprang über die Einbruchstelle, schlitterte auf der anderen Seite über den nassen Felsen und konnte sich gerade noch rechtzeitig fangen, um nicht abzustürzen. «Wenn ich nur irgend etwas fände, woran ich mich festhalten kann, könnte ich dir die Hand reichen. Es ist so verdammt dunkel, und gerade hier, wo man sie braucht, gibt es keine Bäume. Doch hier ist etwas – eine Wurzel. Die wird's schon aushalten.» Er stützte sich auf den Felsen, packte die verkrümmte Wurzel mit einer Hand und schwang sich mit ausgestrecktem Arm zu Thea hinüber. «Guter Sprung. Ich muß schon sagen, du verlierst auch in einer Klemme nicht die Nerven. Kannst du's noch ein wenig durchhalten? Wir haben's fast geschafft. Müssen noch die nächste Felsenbank schaffen. Stell deinen Fuß auf mein Knie und greif dir etwas, womit du dich ranziehen kannst.»

Thea stieg über seine Schulter. «Hier ist fester Grund», keuchte sie. «Hab' ich dir den Arm ausgedreht, als ich ausgerutscht bin? Ich hab' nach einem Kaktus gegriffen, das hat mir einen Schreck eingejagt.»

«So, noch einmal hochziehen, dann sind wir oben.»

Japsend tauchten sie auf dem schwarzen Plateau auf. In den letzten fünf Minuten war die Dunkelheit völlig undurchdringlich geworden, und es schien, als wenn der Himmel schwarzes Wasser ausgoß. Sie konnten nicht erkennen, wo der Himmel endete und die Ebene anfing. Das Licht im Ranch-Haus flammte wie ein steter Funke durch den Regen. Fred hakte Thea unter, und sie stapften los, dem Licht entgegen. Sie konnten einander nicht erkennen, und der Regen in ihrem Rücken schien sie voranzutreiben. Sie lachten, wenn sie über Grasbüschel stolperten oder in glitschige kleine Teiche traten. Sie freuten sich aneinander und an dem Abenteuer, das hinter ihnen lag.

«Ich kann nicht einmal das Weiße deiner Augen erkennen, Thea. Aber ich wüßte sofort und überall, wer da mit mir geht. Du mußt etwas von einem Präriewolf in dir haben, bei deinem Tastsinn. Wenn du dich entschließt zu springen, springst du. Großer Gott, was ist denn mit deiner Hand los?»

«Kaktusstacheln. Hab' ich dir nicht gesagt, daß ich einen Kaktus zu packen bekam? Ich dachte, es sei eine Wurzel. Gehen wir richtig?»

«Ich weiß es nicht. Wir sind irgendwo in der Nähe, denke ich. Ich fühl' mich wohl – du auch? Du bist warm bis auf deine Wangen. Wie komisch sie sind, wenn sie naß sind. Dennoch, du bleibst immer du selbst. Das mag ich. Ich könnte so bis Flagstaff gehen. Es macht Spaß, überhaupt nichts sehen zu können. Ich bin deiner sicherer, wenn ich dich nicht sehe. Wirst du mit mir weglaufen?»

Thea lachte. «Heute nacht würde ich nicht weit kommen. Ich werde darüber nachdenken. Schau, Fred, da kommt jemand.»

«Henry mit seiner Laterne. Sehr gut! Hallooo, Hallooo!» schrie er.

Das wandelnde Licht hüpfte ihnen entgegen. Eine halbe Stunde später lag Thea in ihrem dicken Federbett und aß heiße Linsensuppe, und sie hatte sie kaum heruntergeschluckt, da war sie schon eingeschlafen.

VIII

Am ersten Septembertag verließen Fred Ottenburg und Thea Kronborg Flagstaff mit dem Expreßzug Richtung Osten. Während des hellen Morgens saßen sie allein auf der rückwärtigen Plattform des Aussichtswagens und sahen zu, wie das gelbe Land Meile für Meile sich entfaltete und entschwand. Vollkommen zufrieden ließen sie die blanke, leere Landschaft an sich vorübereilen. Sie waren der Wüste und der toten Rassen, einer Welt, die weder Veränderung noch Ideen kannte, überdrüssig. Fred meinte, er sei froh, sich zurückzulehnen und dem Santa-Fe-Expreß für eine Weile die Arbeit zu überlassen.

«Und wohin fahren wir eigentlich?» fügte er hinzu.

«Nach Chicago, vermute ich. Wohin sonst sollten wir fahren?» Thea durchsuchte ihre Tasche nach einem Taschentuch.

«Ich war mir nicht sicher, so habe ich die Koffer erst einmal nach Albuquerque aufgegeben. Wir können sie nach Chicago umleiten, wenn du willst. Aber warum Chicago? Du gehst doch nie mehr zu Bowers zurück. Wäre dies nicht der richtige Augenblick, einen neuen Anlauf zu machen? Wir könnten die südliche Abzweigung nach Albuquerque bis El Paso nehmen und dann hinüberfahren nach Mexiko. Wir sind beide ungewöhnlich frei. Niemand wartet irgendwo auf uns.»

Thea blickte die Stahlschienen entlang, die hinter ihnen im grellen Licht flimmerten.

«Ich sehe nicht ein, warum ich dich nicht genausogut in Chicago wie anderswo heiraten könnte», brachte sie einigermaßen verlegen heraus.

Fred nahm ihr die Handtasche aus den nervösen Fingern und schwang sie um seine eigenen. «Du hast doch keine besondere Vorliebe für diesen Ort – oder? Außerdem würde, wie ich dir bereits gesagt habe, meine Familie einen Aufruhr veranstalten. Sie sind ein erregbarer Haufen. Sie diskutieren und argumentieren unaufhörlich. Der einzige Weg, wie ich etwas durchsetzen kann, ist, es einfach zu tun und sie hinterher davon zu überzeugen.»

«Ja, ich verstehe. Das ist mir gleich. Ich will nicht deine Familie heiraten, und ich bin sicher, du würdest meine nicht heiraten wollen. Aber ich kann nicht einsehen, warum wir so weit reisen müssen.»

«Wenn wir nach Winslow kommen, wirst du den Güterbahnhof und dort wahrscheinlich einige gelbe Wagen sehen, auf denen mein Name steht. Darum, meine Liebe. Wenn deine Visitenkarte auf jeder Bierflasche zu lesen ist, kannst du nichts in aller Stille tun. Es kommt in die Zeitungen.» Ihr beunruhigter Gesichtsausdruck machte ihn besorgt. Er beugte sich auf seinem Faltstuhl vor und ließ die Tasche weiter zwischen seinen Knien rotieren. «Ich mache dir einen Vorschlag, Thea», sagte er dann. «Vergiß ihn, wenn er dir nicht zusagt: Angenommen, wir fahren auf gut Glück nach Mexiko. Du hast noch nie so etwas wie Mexiko City gesehen. Es wird jedenfalls ein Spaß für dich sein. Wenn du es dir anders überlegst und mich nicht heiraten willst, kannst du nach Chicago zurückkehren, und ich nehme einen Dampfer von Vera Cruz nach New York. Wenn ich dann nach Chicago zurückkomme, bist du schon bei der Arbeit, und niemand wird je etwas Genaueres wissen. Kein Grund, warum wir nicht zusammen in Mexiko herumreisen sollten – oder weißt du einen? Du wirst allein reisen. Ich werde dir nur die richtigen Orte nennen, wo du Halt machen sollst, und dich dort mit dem Auto abholen. Ich werde keinen Druck auf dich ausüben – hab' ich es je getan?» Er schwang die Tasche auf sie zu und blickte ihr unter den Hut.

«Nein, das hast du nicht», murmelte sie. Sie dachte, daß ihre eigene Situation weniger schwierig gewesen wäre, wenn er Druck ausgeübt hätte, wie er das nannte. Er wollte, daß sie die Verantwortung übernahm, das war klar.

«Du hast deine eigene Zukunft die ganze Zeit im Hinterkopf», fing Fred wieder an, «und ich habe sie in meinem. Ich werde nicht versuchen, dich zu entführen wie irgendein Mädchen. Wenn du mich verlassen wolltest, könnte ich dich nicht halten, ganz gleich wie viele Male du mich geheiratet hättest. Ich will dich nicht drängen. Aber ich würde dich schon ungeheuer gern in diese schöne alte Stadt bringen, wo dir alles gefallen würde, und auch mir selbst eine Chance geben. Wenn du dann meinst, daß es dir mit mir besser geht als ohne mich, würde ich dich festhalten, ehe du es dir anders überlegst. Du bist nicht sentimental.»

Thea zog den Schleier vor ihr Gesicht. «Ich denke schon ein wenig; was dich betrifft», sagte sie ruhig. Freds Ironie verletzte sie irgendwie.

«Was liegt auf dem Grund deiner Seele, Thea?» fragte er hastig. «Ich weiß es nicht. Warum erwägst du es überhaupt, wenn du nicht sicher bist? Warum bist du jetzt hier mit mir?»

Ihr Gesicht war halb abgewandt. Er fand, daß es älter und bestimmter, ja fast hart wirkte unter dem Schleier.

«Ist es nicht möglich, etwas zu tun, ohne einen ganz klaren Beweggrund zu haben?» fragte sie langsam. «Ich habe keinen Plan im Hinterkopf. Ich bin jetzt mit dir zusammen und möchte mit dir zusammensein; das ist alles. Ich kann mich jetzt nicht wieder mit mir allein einrichten. Ich bin heute hier, weil ich heute mit dir zusammensein möchte.» Sie machte eine Pause. «Aber eines noch: Wenn ich dir mein Wort gäbe, würde ich es halten. Und auch du könntest mich halten, obgleich du das nicht zu glauben scheinst. Vielleicht bin ich nicht sentimental, aber ebensowenig bin ich oberflächlich.

Wenn ich so mit dir zusammen auf und davon ginge, wäre es nicht, um mich zu amüsieren.»

Ottenburg senkte den Blick. Seine Lippen zuckten nervös. «Willst du damit sagen, daß ich dir wirklich etwas bedeute, Thea Kronborg?» fragte er unsicher.

«Ich denke schon. Es ist wie alles andere. Etwas ergreift Besitz von dir, und du mußt damit fertig werden, auch wenn du Angst davor hast. Ich hatte Angst, Moonstone zu verlassen, und ich hatte Angst, Harsanyi zu verlassen. Aber ich mußte da hindurch.»

«Und hast du jetzt Angst?» fragte Fred langsam.

»Ja. Mehr als ich je gehabt habe. Aber ich glaube nicht, daß ich zurück könnte. Irgendwie schließt sich die Vergangenheit hinter uns. Da stürzt man sich lieber noch in ein neues Elend. Das alte erscheint wie Tod oder Bewußtlosigkeit. Man kann sein Leben nicht wieder in die alte Form pressen. Nein, es gibt kein Zurück.» Sie stand auf und blieb, eine Hand auf dem Messinggeländer, vor dem abschließenden Gitter der Plattform stehen.

Fred stellte sich an ihre Seite. Sie schob ihren Schleier hoch und wandte ihm ihr glühendes Gesicht zu. Ihre Augen waren feucht, und an ihren Wimpern hingen Tränen, aber sie lächelte aus vollem Herzen, was so selten bei ihr war und was er ein- oder zweimal zuvor an ihr bemerkt hatte. Er sah ihre leuchtenden Augen, den leicht geöffneten Mund, das ein wenig nach oben gereckte Kinn. Alles schien in das Licht eines für ihn unsichtbaren Sonnenaufgangs getaucht. Er legte seine Hand auf ihre und umklammerte sie so fest, daß sie die Kraft spüren konnte. Ihre Wimpern zitterten, ihr Mund wurde weicher, aber ihre Augen glänzten noch immer feucht.

«Wirst du immer so sein wie da unten, wenn ich mit dir gehe», fragte sie leise.

Seine Finger hielten ihre noch fester. «Ja, bei Gott!» murmelte er.

«Das ist das einzige Versprechen, das ich dir abnehme. Geh jetzt für eine Weile und laß mich darüber nachdenken. Komm so zur Mittagszeit wieder, und ich werde es dir sagen. Ist dir das recht so?»

«Alles ist mir recht, Thea, wenn du mir nur erlaubst, ein Auge auf dich zu haben. Der Rest der Welt interessiert mich nicht sehr. Ich bin dir vollkommen verfallen.»

Fred ließ ihre Hand los und wandte sich um. Als er vom vorderen Ende des Aussichtswagens zurückblickte, sah er sie immer noch da stehen, und jeder konnte sehen, daß sie über etwas nachgrübelte. In der Ernsthaftigkeit, wie sie Kopf und Schultern hielt, lag etwas Nobles. Er blieb einen Augenblick lang stehen und betrachtete sie.

Als er das vordere Raucherabteil erreichte, nahm er am Ende Platz, von wo aus er die übrigen Reisenden nicht sehen mußte. Er setzte sich erschöpft hin und hielt den Kopf dicht ans Fenster. «In jedem Fall werde ich ihr mehr helfen, als ich sie verletze», sagte er immer wieder zu sich selbst. Er gab zu, daß dies nicht der einzige Grund war, der ihn bewegte, aber es war einer unter anderen. «Ich werde es mir zur Lebensaufgabe machen, sie zu fördern. Nichts ist mir so wichtig, wie dafür zu sorgen, daß sie ihre Chance hat. Sie hat ihre wahre Kraft noch nicht angerührt. Sie ist sich ihrer nicht einmal bewußt. Großer Gott, ich weiß doch einiges über die Frauen! Es gibt keine, die eine solche Tiefe zur Verfügung hat. Sie wird eine der großen Künstlerinnen unserer Zeit werden. Und sie spielt Begleitungen für diesen käsegesichtigen Leisetreter! Ich werde sie in diesem Winter nach Deutschland schicken oder sie dahin mitnehmen. Sie hat keine Zeit mehr zu verlieren. Ich werde alles für sie tun.»

Ottenburg hatte sicherlich die Absicht, alles für sie zu tun –

soweit er das konnte. Sein Gefühl war so großmütig, wie starke menschliche Gefühle es nur sein können. Die einzige Schwierigkeit war, daß er schon verheiratet war, und das seit seinem zwanzigsten Lebensjahr.

Seine älteren Freunde in Chicago, Freunde der Familie, kannten den unglücklichen Stand seiner persönlichen Angelegenheiten. Aber das waren Leute, denen bei normalem Lauf der Dinge Thea Kronborg kaum begegnen würde. Mrs. Frederick Ottenburg lebte in Kalifornien, in Santa Barbara, wo es ihr gesundheitlich, so hieß es, besser ging als anderswo, und ihr Mann lebte in Chicago. Er besuchte seine Frau jeden Winter, um ihr gesellschaftliches Ansehen aufrechtzuerhalten, und seine Mutter fuhr aus Liebe zu ihm jedes Jahr einmal nach Santa Barbara, um das Ganze besser aussehen zu lassen und ihren Sohn zu entlasten, wiewohl ihr Haß auf ihre Schwiegertochter sich in Worten kaum ausdrücken ließ.

Als Frederick Ottenburg gerade im dritten Jahr seines Harvard-Studiums war, erhielt er einen Brief von Dick Brisbane, einem jungen Mann aus Kansas City, der ihm mitteilte, daß seine Braut, Miss Edith Beers, nach New York kommen würde, um ihre Aussteuer einzukaufen. Sie werde mit ihrer Tante und einem jungen Mädchen aus Kansas City, die Brautjungfer sein würde, für etwa zwei Wochen im Holland House wohnen. Ob Ottenburg, wenn er zufällig nach New York käme, Miss Beers wohl einen Besuch machen und sie in New York ein wenig ausführen würde?

Fred fuhr zufällig nach New York. Er kam nach dem Thanksgiving-Spiel von New Haven, machte Miss Beers einen Besuch und fand, wie er am gleichen Abend an Brisbane telephonierte, sie sei eine «tolle Schönheit, kein Zweifel!» Er führte sie, ihre Tante und ihre uninteressante Freundin ins Theater und in die Oper und lud sie zum Lunch ins

Waldorf Astoria ein. Er gab sich nicht wenig Mühe, das Essen mit dem Oberkellner genau abzusprechen. Miss Beers gehörte zu der Sorte Mädchen, bei der ein junger Mann sich gern erfahren gibt. Sie war dunkel und schlank und feurig. Sie war witzig und salopp, sagte gewagte Dinge und spielte ihre Rolle mit geübter Lässigkeit. Ihre kindische Extravaganz und ihre Verachtung für alles Ernsthafte im Leben konnte der Großzügigkeit ihres Vaters und seinem üppigen Portemonnaie als Konservenfabrikant zur Last gelegt werden. Launen, die bei einem etwas einfältigeren Mädchen vulgär und herausfordernd gewirkt hätten, erschienen bei Miss Beers drollig und pittoresk. Sie schwirrte in wunderbaren Pelzen und Pumps und enganliegenden Kleidern herum, obgleich die Mode füllige Röcke vorschrieb. Ihre Hüte waren groß und weich. Als sie sich beim Lunch aus ihrem Maulwurfspelzmantel herauswand, sah sie aus wie ein schmales schwarzes Wiesel. Ihr Satinkleid war nicht mehr als ein Futteral und fiel durch seine Schlichtheit und Knappheit derart auf, daß der ganze Speisesaal sie anstarrte. Sie aß nur einen Avocadosalat und Treibhausweintrauben, trank ein wenig Champagner und goß sich Cognac in den Kaffee. Sie machte sich im flottesten Slang über die Sängerinnen lustig, die sie am Abend zuvor in der Oper gehört hatten, und als die Tante so tat, als machte sie ihr Vorwürfe, murmelte sie gleichgültig: «Was ist mit dir los, du alte Spielverderberin?» Mit gedämpfter Eloquenz quasselte sie weiter. Ihre Stimme blieb leise und monoton, und sie blickte immer zur Seite, so daß alles wie beiläufig aus dem Mundwinkel kam. Sie war voller Verachtung für alles – was ihren Augenbrauen gut stand. Ihr Gesichtsausdruck war lebhaft und unzufrieden, ihre Augen waren flink und dunkel. Um sie herum knisterte es wie um ein glühendes Feuer, dachte der junge Ottenburg. Sie unterhielt ihn großartig.

Nach dem Lunch verkündete Miss Beers, sie führe «uptown», um sich Maß nehmen zu lassen, und sie ginge allein, weil ihre Tante sie nervös mache. Als Fred ihr in den Mantel half, murmelte sie «danke, Alphonse», so als spräche sie mit dem Kellner. Sie stieg in eine Kutsche, wobei ein langes Stück ihres dünnen Seidenstrumpfs zu sehen war, und meinte lässig über ihren Pelzkragen hinweg: «Ich nehm' Sie wohl besser mit und laß Sie irgendwo raus.» Er sprang hinter ihr in die Kutsche, und sie sagte dem Fahrer, er solle in den Central Park fahren.

Es war ein strahlender Wintertag und bitter kalt. Miss Beers forderte Fred auf, ihr vom Spiel in New Haven zu erzählen, aber als er anfing, schenkte sie ihm nicht die geringste Beachtung. Sie sank in die Kutsche zurück, hielt sich ihren Muff vors Gesicht und nahm ihn nur gelegentlich herunter, um lakonische Bemerkungen über die Leute in den vorbeifahrenden Wagen zu machen, und unterbrach Freds Erzählung in einer Weise, die ihn aus der Fassung brachte. Als sie in den Park hineinfuhren, sah er zufällig unter ihrem großen schwarzen Hut ihre schwarzen Augen und ihr schwarzes Haar – der Muff verbarg alles übrige – und stellte fest, daß sie weinte. Auf seine besorgte Frage hin, erwiderte sie, «es genüge ja, einen heulen zu lassen, wenn man Kleider anprobieren muß für die Hochzeit mit einem Mann, auf den man nicht scharf sei.»

Weitere Erklärungen folgten. Sie hatte geglaubt, sie sei «vollkommen verrückt» nach Brisbane, bis sie vor drei Tagen Fred im Holland House getroffen habe. Da wußte sie, daß sie Brisbane die Augen auskratzen würde, wenn sie ihn heiratete. Was also sollte sie tun?

Fred sagte dem Fahrer, er solle weiterfahren. Was wollte sie denn tun? Na ja, das wisse sie eben nicht. Man mußte ja irgend jemanden heiraten, nachdem die ganze Maschinerie in Gang gesetzt worden war. Und vielleicht konnte sie ebensogut Brisbane kratzen als irgend jemanden sonst. Denn kratzen würde sie, wenn sie nicht kriegte, was sie wolle.

Natürlich, stimmte Fred zu, irgend jemanden mußte man heiraten. Und dieses Mädchen schlug ganz gewiß alles, was ihm bisher begegnet war. Wieder sagte er dem Fahrer, er solle weiterfahren. Dachte sie vielleicht daran, ihn zu heiraten? Natürlich! Hatte er das denn nicht an ihrem Gesicht abgelesen vor drei Tagen? Wenn nicht, so war er ein Eisblock.

Inzwischen tat der Kutscher Fred leid. Miss Beers hingegen kannte kein Erbarmen. Nach einigen weiteren Runden im Park schlug Fred einen Tee im Casino vor. Er selbst war ganz kalt und wenn er an die dünnen Seidenstrümpfe und die Pumps dachte, wunderte er sich, daß das Mädchen noch nicht erfroren war. Als sie aus dem Wagen stiegen, schob er dem Fahrer einen Schein zu und forderte ihn auf, etwas Heißes zu trinken, solange er auf sie wartete.

Am Teetisch in einer behaglichen Glasveranda entwickelten sie ihren Plan, während der Dampf in den Heizkörpern neben ihnen zischte und draußen ein strahlender Sonnenuntergang stattfand. Miss Beers hatte eine Menge Geld bei sich, das für die Einkäufe bestimmt war, das sie aber durchaus bereitwillig in andere Kanäle umleitete. Die erste Aufregung, eine Aussteuer zusammenzukaufen, war ohnehin verpufft. Es war doch nicht viel anders als jeder andere Einkauf. Fred hatte seinen Wechsel und ein paar hundert Dollar, die er beim Spiel gewonnen hatte. Sie wollte ihn am nächsten Morgen an der Jersey-Fähre treffen. Sie könnten einen der Pennsylvania-Züge Richtung Westen nehmen und irgendwo hinfahren, an einen Ort, wo die Gesetze nicht allzu heikel waren. Fred hatte nicht einmal an Gesetze gedacht! − Mit ihrem Vater kam das alles schon in Ordnung; er kannte Freds Familie.

Nun da sie verlobt waren, fand sie, würde sie gern noch ein bißchen herumfahren. Und so ließen sie sich noch etwa eine Stunde im Wagen durch den verlassenen Park rütteln. Miss Beers hatte ihren Hut abgenommen und sich an Freds Schulter gelehnt.

Am nächsten Morgen verließen sie New Jersey mit dem spätesten Schnellzug. Sie hatten einige Pannen und durchquerten mehrere Staaten, ehe sie einen Friedensrichter fanden, der so gefällig war, zwei Personen zu verheiraten, deren Namen automatisch genauere Nachforschungen in Gang setzten. Die Familie der Braut war ganz entzückt über ihren originellen Einfall. Außerdem war jeder der Ottenburg-Söhne eine bessere Partie als der junge Brisbane. Otto Ottenburg hingegen machte die Affäre hart zu schaffen, und für seine Frau, die einst stolze Katharina Fürst, war die Enttäuschung fast unerträglich. Ihre Söhne waren immer Wachs in ihren Händen gewesen, und nun entglitt ihr der «Lieblingssohn».

Beers, der Konservenfabrikant, schenkte seiner Tochter ein Haus in St. Louis, und Fred trat in das Geschäft seines Vaters ein. Nach einem Jahr bat er seine Mutter wortlos um ihr Mitgefühl. Nach zwei Jahren trank er und befand sich in offener Rebellion. Er hatte seine Frau verabscheuen gelernt. Ihre Verschwendungssucht und ihre Grausamkeit empörten ihn. Ihre Ungebildetheit und ihre alberne Eingebildetheit, die sich hinter ihrer grimassierenden Maske aus Spott und Slang verbargen, demütigten ihn so tief, daß er vollkommen rücksichtslos wurde. Ihre Grazie war nur ein unsicheres Getue, ihre Kühnheit war das Ergebnis von Anmaßung und Neid, und ihr Witz war nichts als ruhelose Gehässigkeit. Als ihre persönlichen Manieriertheiten ihm immer widerlicher wurden, fing er an, seine Wahrnehmung mit Champagner zu dämpfen. Er nahm ihn zum Tee, er trank ihn beim Dinner, und während des Abends trank er genug davon, um sicher zu sein, daß er gegen alles gefeit war, wenn er nach Hause kam. Dieses Verhalten alarmierte seine Freunde. Es war skandalös, und so etwas kam unter Bierbrauern nicht vor. Er verletzte damit das *noblesse oblige* seiner Gilde. Sein Vater und die Partner seines Vaters blickten besorgt drein.

Als Freds Mutter zu ihm kam und ihn mit gerungenen Händen um eine Erklärung anflehte, sagte er ihr, die einzige Schwierigkeit sei, daß er nicht genug Wein in sich hineinfüllen könne, um das Leben erträglich zu machen, also werde er sich dem allen entziehen und zur Marine gehen. Er wolle nichts anderes, als das Matrosenhemd am Leibe und reine Seeluft um die Nase spüren. Seine Mutter sah es kommen; er war im Begriff, einen Skandal zu verursachen.

Mrs. Otto Ottenburg fuhr nach Kansas City, um Mr. Beers aufzusuchen, und konnte ihm zu ihrer Genugtuung vorwerfen, daß er seine Tochter wie eine Wilde erzogen hatte, wie «eine Ungebildete». Alle Ottenburgs und alle Beers und viele ihrer Freunde wurden in den Streit hineingezogen. Aber Fred verdankte schließlich seine teilweise Errettung aus der Sklaverei nicht den Aktivitäten seiner Mutter, sondern der öffentlichen Meinung. Die kosmopolitische Welt der Brauer von St. Louis hatte konservative Maßstäbe. Die Freunde der Ottenburgs waren der allzu verschwenderischen Gesellschaft von Kansas City nicht günstig gestimmt, und ihnen mißfiel Freds Frau von dem Tage an, als sie unter ihnen auftauchte. Sie fanden sie ungebildet, schlecht erzogen und unerträglich impertinent. Als sie gewahr wurden, wie die Sache zwischen ihr und Fred stand, ließen sie keine Gelegenheit aus, sie zu brüskieren. Der junge Fred war immer beliebt gewesen, und die Leute aus St. Louis nahmen sich seines Falles mit Wärme an. Sogar die jüngeren Männer, bei denen Mrs. Frederick Ottenburg Anschluß zu finden hoffte, gingen ihr zuerst aus dem Wege und übersahen sie dann. Ihre Niederlage war so offensichtlich, ihr Leben wurde so öde, daß sie schließlich einwilligte, das Haus in Santa Barbara anzunehmen, das Mrs. Otto Ottenburg seit langem gehörte und schätzte. Diese Villa mit ihren üppigen Gärten war der Preis für Freds zeitweilige Freiheit. Seine Mutter war nur zu glücklich, es für ihn anbieten zu können.

Sobald seine Frau sich in Kalifornien eingerichtet hatte, wurde Fred von St. Louis nach Chicago versetzt.

Eine Scheidung war das einzige, in das Edith nie, niemals einwilligen würde. Sie sagte es ihm, und sie sagte es seiner Familie, und ihr Vater unterstützte sie. Auf kein Arrangement würde sie sich einlassen, das möglicherweise zu einer Scheidung führen konnte. Sie hatte ihren Ehemann vor Gästen und vor dem Personal beleidigt, sie hatte ihm das Gesicht zerkratzt, hatte oft genug mit Handspiegeln, Haarbürsten oder Nagelscheren nach ihm geworfen, aber sie wußte, daß Fred kaum jemand war, der mit solchen Beweismitteln vor Gericht ging. In ihrem Benehmen anderen Männern gegenüber war sie diskret.

Nachdem Fred in Chicago war, besuchte ihn seine Mutter oft und unterrichtete auch ihre alten Freunde dort, die dem jungen Mann allerdings bereits freundlich gesonnen waren. Sie klatschten so wenig, wie das mit dem Interesse, das sie an der Sache nahmen, vereinbar war, bemühten sich, das Leben für Fred angenehm zu machen, und erzählten seine Geschichte, nur da, wo sie meinten, daß es gut täte: zum Beispiel jungen Mädchen, die den jungen Brauer attraktiv fanden. Bislang hatte er sich gut benommen und sich aus Verwicklungen herausgehalten.

Seit Fred nach Chicago versetzt worden war, war er mehrmals in Europa gewesen und hatte mehr und mehr die Gewohnheit angenommen, mit jungen Künstlern umzugehen, Menschen, mit denen persönliche Beziehungen eher zufällig waren. Mit Frauen oder sogar Mädchen, die eine Karriere vor sich hatten, konnte ein junger Mann eine angenehme Freundschaft haben, ohne gleich als Bewerber oder Liebhaber zu gelten. Unter Künstlern hatte sein Status nichts Ungewöhnliches, denn für sie war die Frage, ob er zum Heiraten taugte, überhaupt kein Thema. Sein Geschmack, seine Begeisterung und seine sympathische Persönlichkeit ließen ihn dort immer willkommen sein.

Mit Thea Kronborg hatte er sich mehr Freiheiten erlaubt als gewöhnlich in seinen Freundschaften oder Liebschaften mit jungen Künstlerinnen, denn sie schien ihm eindeutig nicht zu den Heiratswilligen zu gehören. Sie beeindruckte ihn, weil sie zur Künstlerin und zu sonst nichts gemacht zu sein schien, bereits darauf ausgerichtet, konzentriert, geformt wie durch eine geistige Prägung. Er war großzügig und mitfühlend, und sie war allein und brauchte Freundschaft, brauchte Aufmunterung. Ihre Fähigkeit, nützliche Leute zu finden oder Erfahrungen für sich zu nutzen, war nicht sehr stark ausgebildet, sie übersah günstige Gelegenheiten. Sie hatte keinen Sinn dafür, sich gute Positionen zu verschaffen oder einflußreiche Leute für sich zu interessieren. Menschen brachte sie eher gegen sich auf, als sie für sich einzunehmen. Er entdeckte sofort, daß sie auch eine fröhliche Seite hatte, über einen kräftigen Humor verfügte, der tief aus ihrem Herzen kam wie ihr Lachen, aber meistens unter ihren eigenen Zweifeln und der Drangsal ihres Lebens schlummerte. Sie hatte nicht eigentlich das, was man «Sinn für Humor» nennt. Das heißt, sie hatte keinen intellektuellen Humor; keine Fähigkeit, die Absurditäten der Menschen zu genießen, keinen Spaß an ihrer Anmaßung und ihrer Inkonsequenz, die sie nur niederdrückten. Aber ihre Fröhlichkeit, das spürte Fred, war eine Anlage, die entwickelt werden sollte. Er entdeckte, daß sie aufnahmefähiger war und besser arbeitete unter einer vergnüglichen Stimulanz als in der grauen Tretmühle, die sie als ihre Errettung betrachtete. Sie war immer noch Methodistin genug, um zu glauben, daß wenn etwas hart und mühevoll war, es gut für sie sein mußte. Und dennoch, alles, was ihr gut gelang, tat sie spontan. Er hatte gesehen, wie sie sich durch die leiseste Erregung – zum Beispiel bei Mrs. Nathanmeyer – von dem empfindlichen, stirnrunzelnden kleinen Arbeitstier aus Bowers' Studio zu einer einfallsreichen und sich ihrer Schönheit bewußten Frau verwandelt hatte.

Sein Interesse an Thea war ernsthaft, fast von Anbeginn an, und so aufrichtig, daß er keinen Grund fand, sich selbst zu mißtrauen. Er war der Ansicht, daß er erheblich viel mehr über ihre Möglichkeiten wußte als Bowers, und er gefiel sich in dem Gedanken, daß er ihr einen stärkeren Rückhalt im Leben gegeben hatte. Sie hätte sich niemals so gesehen oder kennengelernt wie bei Mrs. Nathanmeyers Musikabenden. Seither war sie eine ganz andere. Er hatte nicht vorausgesehen, daß er ihr lieber wurde, als es seine unmittelbare Nützlichkeit rechtfertigen konnte. Er glaubte, das Wesen von Künstlern zu kennen, und wie er meinte, war sie das von der Wiege an. Er hatte es sich vielleicht einmal vorgestellt, aber es nie wirklich geglaubt, daß sie ihn einmal erwarten würde wie auf der Ottenburg-Ranch. Doch sie tat es – nun gut, er gab nicht vor, etwas anderes zu sein als ein auf mehr oder weniger vernünftige Weise wohlmeinender junger Mann. Mit einem liebeskranken Mädchen oder einer flirtenden Frau hätte er mühelos umgehen können. Aber bei einer Persönlichkeit, wie sie es war, die sich bewußt und zum erstenmal in der Hochstimmung ihres Gefühls öffnete – was konnte man tun, außer darüber zu wachen? So wie er es sich selbst in unbekümmerten Augenblicken dort unten im Canyon immer wieder gesagt hatte: «Man kann einen Sonnenaufgang nicht auslöschen.» Er mußte ihn betrachten und dann an ihm teilhaben.

Außerdem, würde er ihr wirklich Schaden zufügen? Der Himmel wußte, daß er sie heiraten würde, wenn er könnte. Eine Heirat wäre nur ein Vorfall auf ihrem Weg und nicht dessen Ende. Da war er sicher. Und wenn er es nicht war, würde es jemand anders sein. Wahrscheinlich jemand, der eine Last auf ihren Schultern sein würde. Jemand, der sie zurückhalten, unterdrücken und ablenken würde von dem ersten großen Sprung, für den sie, wie er spürte, alle Kräfte sammelte. Er wollte ihr helfen, und er konnte sich keinen anderen Mann vorstellen, der das tun würde. Er ging alle seine unverheirateten Freunde in Ost und West durch, und er konnte sich keinen denken, der wissen würde, auf was sie zustrebte – oder den das interessieren würde. Die Gescheiten waren selbstsüchtig, die Freundlichen waren dumm.

«Verdammt noch mal, wenn die sich schon in jemanden verliebt, dann sollte lieber ich es sein, als einer von der Sorte, die sie kennenlernen wird. Sie braucht sich ja nur mit einem selbstgefälligen Esel einzulassen, der versuchen würde, sie zu ändern, sie abzurichten wie einen kleinen Hund! Wenn man so jemandem eine große Natur überließe, wie sie es ist, würde er entsetzt sein. Er würde sich nicht mehr in seinem Klub zeigen, ehe er sie nicht umgekrempelt hätte, damit sie irgendeiner blödsinnigen Idee in seinem eigenen Kopf entspräche, die er sich an irgendeiner anderen Frau gebildet hatte, an seiner ersten Liebsten oder seiner Großmutter oder an einer altjüngferlichen Tante. Ich verstehe sie zumindest. Ich weiß, was sie braucht und wo ihre Grenzen sind, und ich glaube zu erkennen, daß sie eine reelle Chance hat.»

Sein eigenes Verhalten nahm sich gewunden aus, das gab er zu; aber er fragte sich, ob nicht alle Beziehungen zwischen Männern und Frauen einigermaßen gewunden waren. Diejenigen, die man so als gradlinig bezeichnete, meinte er, waren die gefährlichsten von allen. In den meisten Fällen schienen sie sich zwischen fensterlosen Mauern abzuspielen, und ihre Gradlinigkeit war auf Kosten von Luft und Licht erreicht worden. Hinter ihrer fraglosen Vorschriftsmäßigkeit lauerten menschliche Gemeinheit und Grausamkeiten aller Art, jede Art der Demütigung und des Leidens. Er würde es vorziehen, eine Frau, die ihm etwas bedeutete, lieber verletzt als zerbrochen zu sehen. Er würde sie nicht einmal, sagte er bitter zu sich selbst, sondern hundertmal betrügen, um ihr Freiheit zu geben.

Als Fred um ein Uhr zum Aussichtswagen zurückkehrte, war er leer. Es hatte gerade zum Mittagessen geläutet, und er fand Thea allein auf der Plattform. Sie streckte ihm die Hand entgegen und sah ihm in die Augen.

«Es ist, wie ich gesagt habe. Das Vergangene liegt hinter mir. Ich kann nicht dahin zurückkehren, also gehe ich weiter – nach Mexiko?» Sie hob den Kopf mit einem gespannten, fragenden Lächeln.

Fred hörte es, und ihm sank das Herz. Hatte er wirklich gehofft, die Antwort würde anders ausfallen? Er hätte viel darum gegeben ... Aber das führte zu nichts. Er konnte nur geben, was er besaß. Nichts war vollkommen auf dieser Welt. Man mußte die Dinge nehmen, wie sie kamen, oder ganz von ihnen lassen. Niemand konnte ihr ins Gesicht schauen und sich zurückhalten, niemand, der nur etwas Mut besaß. Sie hatte Mut genug für alles – man brauchte nur ihren Mund, ihr Kinn, ihre Augen anzusehen! Woher kam es, dieses Licht in ihnen? Wie konnte ein Gesicht, ein vertrautes Gesicht, so ganz zum Bild der Hoffnung werden, einem Bild, das in allen Farben jugendlicher Begeisterung gemalt war? Sie hatte recht. Sie gehörte nicht zu denen, die zurückschreckten.

Einige Menschen kommen voran, indem sie Gefahren vermeiden, andere indem sie mitten hindurch reiten.

Sie standen am Geländer und blickten zurück auf die Sandebenen und hatten beide das Gefühl, daß der Zug sehr schnell vorwärtsstampfte. Freds Inneres war ein wirres Gemisch von Bildern und Gedanken. Nur zwei Dinge waren ihm klar: die Kraft ihrer Entschlossenheit und die Überzeugung, daß er, gebunden wie er war, mehr für sie tun konnte als ein anderer Mann. Und er wußte, er würde sich immer an sie erinnern, wie sie dastand mit diesem erwartungsvollen, nach vorn gerichteten Lächeln – das ausreichte, um jede Zukunft in einen Sommer zu verwandeln.

FÜNFTER TEIL

Doktor Archies Einsatz

I

Doktor Howard Archie war zu einer Aktionärsversammlung der Silbermine von San Felipe nach Denver gekommen. Es war nicht unbedingt notwendig, daß er kam, aber er hatte zu Hause keine besonders dringenden Fälle. Der Winter senkte sich über Moonstone, und er fürchtete sich vor der Öde dieser Jahreszeit. So hatte er sich für den zehnten Januar im Brown-Palace-Hotel ein Zimmer bestellt. Am Morgen des elften fand er, als er zum Frühstück hinunterging, die Straßen weiß und die Luft voll von Schnee. Ein wilder Nordwestwind blies aus den Bergen herunter, einer von diesen herrlichen Sturmwinden, die Denver fest in einen trockenen Schneepelz hüllen und die Stadt zu einem Anziehungspunkt für Tausende von Menschen in den Bergen und in der Ebene machen. Die Bremser in den Güterwagen, die Bergleute in ihren Stollen, die Bewohner einsamer Gehöfte in den Sandbergen von Yucca und Kit Carson Counties beginnen an das in Schnee eingemummelte Denver zu denken, das so voller Essen und Trinken und guter Laune war.

Howard Archie war froh, daß er vor dem Schneesturm angekommen war. Er fühlte sich so munter, als hätte er an diesem Morgen eine Erbschaft angetreten, und er grüßte den Empfangschef des Hotels noch freundlicher als sonst, als er an der Rezeption nach seiner Post fragte. Im Speisesaal traf er verschiedene alte Freunde vor einem oppulenten Frühstück: Viehzüchter und Bergwerksingenieure aus den verschiedensten Ecken des Staates. Alle sahen frisch und mit sich zufrieden aus. Er redete mit dem einen und dem anderen, ehe er sich an einen kleinen Tisch am Fenster setzte, wo der österreichische Oberkellner aufmerksam hinter einem Stuhl stand. Nachdem man ihm das Frühstück gebracht hatte, warf der Doktor einen Blick auf seine Post. Einer, der die Schriftzüge Thea Kronborgs aufwies, war ihm aus Moonstone nachgesandt worden. Mit Überraschung stellte er fest, während er ein weiteres Stück Zucker in die Tasse fallen ließ, daß der Brief den Poststempel von New York trug. Er wußte, daß Thea mit ein paar Leuten aus Chicago in Mexiko herumreiste, aber für einen Mann aus Denver war New York viel weiter fort als Mexico City. Er stellte den Brief zwischen seinen Teller und das Wasserglas und betrachtete ihn über seine zweite Tasse Kaffee hinweg nachdenklich. Er hatte sich ein wenig Sorgen gemacht um Thea; sie hatte ihm seit langem nicht geschrieben.

Da er zu Hause nie guten Kaffee bekam, trank der Doktor immer drei Tassen zum Frühstück, wenn er in Denver war. Oskar wußte genau, wann es an der Zeit war, die zweite Kanne mit frischem, dampfendem Kaffee zu bringen. «Und noch mehr Sahne, bitte, Oskar, Sie wissen, ich mag sehr viel Sahne», murmelte der Doktor und öffnete den großen quadratischen Umschlag, auf dem oben rechts «Everett House, Union Square» stand. Und das war der Inhalt des Briefes:

Lieber Doktor Archie!

Ich habe Ihnen lange nicht geschrieben, aber das geschah nicht ohne Absicht. Ich konnte Ihnen nicht offen schreiben, und so unterließ ich es überhaupt. Jetzt kann ich offen mit Ihnen sein, aber nicht in einem Brief. Ist es eine große Zumutung, Sie zu fragen, ob Sie nach New York kommen könnten, um mir zu helfen? Ich bin in Schwierigkeiten geraten und brauche Ihren Rat, ich brauche Ihre Freundschaft. Ich fürchte sogar, daß ich Sie bitten muß, mir etwas Geld zu leihen, wenn es Ihnen ohne große Schwierigkeiten möglich ist. Ich muß nach Deutschland zum Studium, es läßt sich nicht länger verschieben. Meine Stimme ist soweit. Unnötig zu sagen, daß ich nicht möchte, daß meine Familie etwas davon erfährt. An sie würde ich mich zu allerletzt wenden, obgleich ich meine Mutter aufrichtig liebe. Wenn Sie kommen können, telegraphieren Sie mir bitte an dieses Hotel. Verzweifeln Sie nicht an mir. Ich werde es alles an Ihnen wiedergutmachen.

Ihre alte Freundin

Thea Kronborg

Und dies in kühnen, steilen Buchstaben, die an deutsche Schriften erinnerten, eine Mischung aus einer sehr erfahrenen und ganz unerfahrenen Handschrift, überhaupt nicht sanft und fließend.

Der Doktor biß nervös das Ende einer Zigarre ab und las den Brief noch einmal ganz durch, während er zerstreut in seinen Taschen nach Streichhölzern suchte und der Kellner vergeblich versuchte, seine Aufmerksamkeit auf die Schachtel zu lenken, die er doch gerade vor sich hingelegt hatte. Schließlich trat Oskar vor, als wäre ihm selbst der Gedanke eben gekommen. «Streichhölzer, Sir?»

«Ach ja, danke.» Der Doktor drückte ihm eine Münze in die Hand und stand auf, zerknüllte Theas Brief in seiner Faust und stopfte die anderen ungeöffnet in seine Jackentasche. Er ging zurück zur Rezeption und nickte dem Empfangschef zu, dessen Wohlwollen er sich mit vielen Entschuldigungen überließ.

«Harry, ich muß unerwartet mein Zimmer aufgeben. Bitte rufen Sie bei der Burlington-Eisenbahn an und bitten Sie sie, mir die schnellste Verbindung nach New York herauszusuchen und uns Bescheid zu geben. Fragen Sie bitte auch, wann ich ankomme. Ich muß telegraphieren.»

«Gewiß, Doktor Archie. Ich erledige es sofort.»

Das blaße, glattrasierte Gesicht des jungen Mannes war voll mitfühlendem Interesse, als er nach dem Hörer griff.

Doktor Archie streckte die Hand aus und unterbrach ihn.

«Warten Sie einen Augenblick. Sagen Sie, ist Captain Harris schon unten?»

«Nein, Sir. Er ist heute morgen noch nicht heruntergekommen.»

«Ich werde hier auf ihn warten. Wenn ich ihn nicht erwischen sollte, nageln Sie ihn bitte fest und rufen Sie mich. Danke, Harry.»

Der Doktor drehte sich um. Die Hände auf dem Rücken ging er in der Lobby auf und ab und beobachtete die bronzenen Lifttüren mit Adleraugen. Schließlich trat Captain Harris aus einer heraus, groß und imposant, mit einem Stetson-Hut auf dem Kopf und einem furchterregenden Schnurrbart, einen Pelzmantel über dem Arm. Am kleinen Finger glitzerte ein Solitär, ein weiterer auf seinem schwarzen Halstuch. Er war eine der großartigsten alten Angeber jener guten alten Zeit. Naiv wie ein Schuljunge, war es ihm mit seinem scharfen Blick, dem Air des Wissenden und seinem hochgezwirbelten blonden Schnurrbart gelungen, sich als gerissenen Finanzmann darzustellen, und die Zeitungen in Denver sprachen respektvoll von ihm als dem «Rothschild von Cripple Creek».

Doktor Archie hielt den Captain auf dem Weg ins Frühstückszimmer auf. «Muß Sie einen Augenblick sprechen, Captain, kann nicht warten. Möchte ein paar Anteile der San Felipe verkaufen, brauche Geld.»

Der Captain vertraute seinen Hut mit Grandezza dem

eifrig wartenden Hotelpagen an, der ihm bereits behutsam den Pelz abgenommen hatte und nun dastand und ihn streichelte. Als der Captain den Hut zog, entblößte er ein kahles, rötliches Gewölbe, das nur über den Ohren mit etwas graublondem Haar bedeckt war.

«Schlechte Zeit, um zu verkaufen, Doktor. Eigentlich sollten Sie an San Felipe festhalten und mehr kaufen. Wieviel brauchen Sie?»

«Ach, keine große Summe. Fünf- bis sechstausend. Ich habe zu viel gekauft, und es fehlt mir jetzt.»

«Ich verstehe. Nun, Doktor, Sie werden mich schon durch diese Tür da durchlassen müssen. Ich war aus letzte Nacht und muß meinen Speck haben, auch wenn Sie Ihre Mine verlieren.» Er klopfte Archie auf die Schulter und schob ihn vor sich her. «Begleiten Sie mich, und dann kommen wir zur Sache.»

Doktor Archie begleitete den Captain, setzte sich auf den Platz, den der alte Finanzmanager ihm zuwies und wartete, bis er seine Bestellung aufgegeben hatte.

«Also, Sir», wandte sich der Captain an ihn, «Sie werden natürlich nichts verkaufen. Sie müssen den Eindruck haben, ich sei so einer von diesen gottverdammten New-England-Haien, die sich ihr Pfund Fleisch von Witwen und Waisen holen. Wenn Sie etwas knapp sind, schreiben Sie eine entsprechende Notiz, und ich schreibe einen Scheck aus. So machen Gentlemen Geschäfte. Wenn Sie mir zur Sicherheit ein paar San-Felipe-Aktien anbieten wollen, bitte, aber ich werde keinen der Anteile anrühren. Tinte und Federhalter bitte, Oskar» – mit seinem großen Zeigefinger machte er dem Österreicher ein Zeichen.

Der Captain holte sein Scheckbuch und ein leeres Notizbuch hervor und rückte seine Pincenez zurecht. Er schrieb ein paar Worte in das eine Buch, und Archie schrieb ein paar

Worte in das andere. Dann rissen beide die perforierten Zettel ab und tauschten sie aus.

«So wird's gemacht. Spart Bürokosten», bemerkte der Captain voller Zufriedenheit und steckte die beiden Hefte wieder in die Tasche. «Und nun, Archie, wo wollen Sie denn hin?»

«Ich muß heute abend nach Osten. Eine Angelegenheit in New York.» Doktor Archie erhob sich.

Das Gesicht des Captains hellte sich auf, als Oskar sich mit dem Frühstückstablett näherte, und er steckte sich eine Ecke der Serviette hinter den Kragen und vor das Halstuch. «Lassen Sie sich da nur nichts auf den Hals laden», meinte er freundlich, «und sich um nichts erleichtern. Lassen Sie sich bloß von den Cripple-Sachen nichts abknöpfen. Wir kommen mit unserem Silber sehr gut allein zurecht und werden es noch tonnenweise ausgraben, Sir!»

Der Doktor verließ den Speisesaal, und nach einer weiteren Beratung mit dem Empfangschef, schrieb er sein erstes Telegramm an Thea:

MISS THEA KRONBORG

EVERETT HOUSE NEW YORK

KOMME FREITAG MORGEN UM ELF UHR IN DEIN HOTEL

FREUE MICH AUF BESUCH. – DANKE   ARCHIE

Er stand da, hörte, wie die Nachricht wirklich über den Draht tickerte, und hatte dabei das Gefühl, daß sie das Tickern am anderen Ende hören müsse. Dann setzte er sich in die Halle und schrieb eine Notiz für seine Frau und eine an den anderen Arzt in Moonstone. Als er dann schließlich in den Schneesturm hinaustrat, fühlte er sich eher heiter als geängstigt. Was immer da falsch gelaufen war, er konnte es in Ordnung bringen. So stand es ja eigentlich in ihrem Brief.

Er stapfte durch die verschneiten Straßen von der Bank bis zur Union Station, wo er sein Geld unter das Gitter des Fahrkartenschalters schob, als könne er es nicht schnell genug loswerden. Er war noch nie in New York gewesen, nie weiter als bis Buffalo gekommen. «Eine ziemliche Schande für einen Mann von fast vierzig Jahren», dachte er sich wie ein Junge, als er die langen Fahrscheine in seiner Tasche verstaute. Immerhin, überlegte er auf dem Weg zum Klub, war er doch alles in allem froh, daß er seine erste Reise dahin aus menschlichem Interesse antrat, daß sie einen guten Grund hatte und daß er gebraucht wurde. «Sonderbar» – er ging alles noch einmal durch, während der Schnee ihm ins Gesicht geblasen wurde –, «aber so etwas ist interessanter, als Silberminen und auch als sein tägliches Brot zu verdienen. Es lohnt sich – für jemanden wie mich –, dafür zu zahlen. Und wenn's sich um Thea handelt – ich werde ihr den Rücken stärken!» Er lachte laut, als er, schneeüberpudert, in den Eingang des Athletic-Klub stürmte.

Archie setzte sich mit New Yorker Zeitungen hin und überflog die Hotelanzeigen, aber er war zu unruhig, um sie richtig zu lesen. Wahrscheinlich sollte er sich lieber einen neuen Mantel besorgen; und er war sich auch nicht sicher, was den Schnitt seiner Hemdkragen betraf. «Ich möchte nicht anders für sie aussehen als all die anderen dort», grübelte er. «Mir scheint, ich sollte zu Van gehen und mich mal gründlich beraten lassen. Er wird schon das Richtige für mich treffen.»

Also tauchte er wieder in den Schnee ein und machte sich auf den Weg zu seinem Schneider. Als er an einem Blumengeschäft vorbeikam, blieb er stehen, warf einen Blick hinein und lächelte. Wie selbstverständlich die angenehmen Dinge sich gegenseitig in Erinnerung brachten. Beim Schneider hörte er nicht auf, während Van ihm Ratschläge gab, «Flow gently, Sweet Afton» zu pfeifen, bis der erfahrene Schneider und Herrenausstatter ausrief: «Sie müssen eine Verabredung haben, Doktor, sie benehmen sich wie ein Bräutigam!», was ihn daran erinnerte, daß er keiner war.

Ehe er seinen Kunden entließ, wies der Schneider mit dem Finger auf die Freimaurernadel in seinem Knopfloch. «Dürfen Sie nicht tragen, Doktor. Ist dort ganz schlechter Geschmack.»

II

Fred Ottenburg saß, elegant für den Nachmittag gekleidet, in langem schwarzen Mantel und Gamaschen in dem staubigen Salon von Everett House. Sein Verhalten war nicht im Einklang mit seiner äußeren Frische, seiner gutgeschnittenen Kleidung und der schimmernden Weichheit seines Haares. Seine Haltung verriet tiefe Niedergeschlagenheit, und sein Gesicht war – auch wenn es die kühle, untadelige Hellhäutigkeit aufwies, wie sie nur ein hellblonder junger Mann haben konnte – keineswegs glücklich. Ein Page schlurfte in den Raum und sah sich um. Als er die dunkle Gestalt in einer schattigen Ecke sitzen und das Teppichmuster mit seinem Stock nachzeichnen sah, brummte er: «Die Dame sagt, Sie können heraufkommen, Sir.»

Fred nahm Hut und Handschuhe und folgte dem Wesen, das aussah wie ein ältlicher Knabe in Uniform, durch dunkle Korridore, die nach alten Teppichen rochen. Der Page klopfte an Theas Wohnzimmer und trollte sich dann. Thea kam mit einem Telegramm in der Hand zur Tür. Sie bat Ottenburg herein und wies auf einen der unförmigen, verdrießlich wirkenden Sessel, die so hoch wie breit waren. Das Zimmer war trotz der beiden Fenster, die auf den Union Square hinausgingen, dunkel, dunkel von alter Zeit, Vorhänge und Teppich waren farblos und die schwer und würdig aussehenden Möbel in düsteren Farben gehalten. Nur ein Kohlenfeuer unter dem schwarzmarmornen Kaminsims, das der lange Spiegel zwischen den beiden Fenstern hell reflektierte, rettete das Ganze vor äußerster Trostlosigkeit. Fred sah den Raum zum ersten Mal und nahm ihn rasch in sich auf, während er Hut und Handschuhe ablegte.

Thea setzte sich an den Schreibtisch aus Walnußholz, das gelbe Stück Papier immer noch in der Hand. «Doktor Archie kommt», sagte sie. «Er wird Freitagmorgen hier sein.»

«Das ist jedenfalls gut», erwiderte ihr Besucher mit einem entschlossenen Versuch, munter zu erscheinen. Dann fügte er, indem er sich dem Feuer zuwandte, trübe hinzu: «Wenn du ihn brauchst.»

«Natürlich brauche ich ihn. Ich hätte ihn niemals so etwas gefragt, wenn ich ihn nicht sehr brauchen würde. Es ist ein sehr teurer Ausflug für ihn», sagte Thea streng. Dann fuhr sie in milderem Ton fort: «Er hat nichts vom Geld erwähnt, aber ich nehme an, die Tatsache, daß er kommt, bedeutet, daß er es mir leihen kann.»

Fred stand vor dem Kamin und rieb sich nervös die Hände. «Vermutlich. Du bist immer noch entschlossen, dich an ihn zu wenden?» Er setzte sich zögernd in den Sessel, den Thea ihm angeboten hatte. «Ich kann nicht verstehen, warum du es dir nicht von mir leihen willst. Du kannst ja zusammen mit ihm gegenzeichnen, zum Beispiel. Das wäre dann eine vollkommen korrekte geschäftliche Transaktion. Ich könnte jeden von euch gerichtlich wegen meines Geldes belangen.»

Thea wandte sich vom Schreibtisch zu ihm. «Wir wollen nicht wieder damit anfangen, Fred. Ich hätte ein anderes Gefühl, wenn ich mich mit deinem Geld aufmachen würde. In gewisser Weise werde ich mich Doktor Archie gegenüber freier fühlen und andererseits auch gebundener. Ich werde mich noch mehr anstrengen.» Sie unterbrach sich. «Er ist fast wie mein Vater», fügte sie ohne Bezug zum Vorigen hinzu.

«Dennoch ist er es nicht, wie du weißt», beharrte Fred. «Es wäre durchaus nichts Neues. Ich habe auch früher schon Studenten Geld geliehen und es auch zurückbekommen.»

«Ja, ich weiß, du bist freigebig», meinte Thea rasch, «aber dies wird der beste Weg sein. Er wird Freitag hier sein – hab' ich es dir schon gesagt?»

«Ich glaube, du hast es erwähnt. Das ist ziemlich bald. Darf ich rauchen?» Er nahm ein kleines Zigarettenetui heraus. «Ich nehme an, du bist in der nächsten Woche schon fort?» fragte er, während er ein Streichholz anzündete.

«So schnell ich kann», erwiderte sie mit einer unruhigen Bewegung ihrer Arme, so als sei ihr das dunkelblaue Kleid, das sie trug, zu eng. «Es scheint mir, als wäre ich schon ewig hier.»

«Und dennoch», sagte der junge Mann nachdenklich, «sind wir erst vor vier Tagen hier angekommen. Tatsachen zählen wirklich wenig – oder? Es hängt alles davon ab, wie die Menschen etwas empfinden, sogar in kleinen Dingen.»

Thea zuckte leicht zusammen, aber sie antwortete ihm nicht. Sie steckte das Telegramm in den Briefumschlag zurück und legte es sorgfältig in eins der offenen Fächer des Schreibtisches.

«Ich nehme an, dein Freund hat dein Vertrauen», brachte Fred mit Mühe hervor.

«Er hatte es immer schon. Ich werde ihm über mich berichten müssen. Ich hoffe, ich kann es, ohne dich hineinzuziehen.»

Fred schüttelte sich. «Bitte, mach dir keine Sorgen, wohin

du mich hineinziehst», unterbrach er sie und wurde rot. «Es ist mir sch . . .» Er senkte plötzlich die Stimme.

«Ich fürchte», fuhr Thea ernsthaft fort, «daß er es nicht verstehen wird. Er wird hart über dich urteilen.»

Fred betrachtete die weiße Asche seiner Zigarette, ehe er sie abstreifte. «Du meinst, er wird mich noch schlimmer finden, als ich bin. Ja, ich vermute, ich werde auf ihn sehr gemein wirken, ein fünftklassiger Schurke. Aber das ist nur wichtig, insofern seine Gefühle dadurch verletzt werden.»

Thea seufzte. «Wir werden beide wohl ziemlich gemein aussehen. Und schließlich – wir werden wohl wirklich so sein, wie wir ihm erscheinen.»

Ottenburg fuhr hoch und warf seine Zigarette in den Kamin.

«Das lehne ich ab. Warst du jemals wirklich offen zu diesem Präzeptor deiner Kindheit? Sogar als du ein Kind warst? Denk mal einen Augenblick nach – warst du es? Natürlich nicht! Von der Wiege an hast du, wie ich dir einmal gesagt habe, ‹es getan›, heimlich, hast dein eigenes Leben gelebt, hast Dinge zugelassen, die ihn erschreckt hätten. Du hast ihn immer getäuscht, ihn denken lassen, daß du eine andere bist, als du wirklich warst. Er konnte es damals nicht begreifen, er wird es heute nicht begreifen. Warum es also ihm und dir nicht ersparen?»

Sie schüttelte den Kopf. «Natürlich hatte ich meine eigenen Gedanken. Vielleicht hatte er auch seine. Aber ich hatte bislang nichts getan, woran er sich hätte stoßen können. Ich muß mit ihm ins reine kommen, so gut ich kann, um einen neuen Anfang zu machen. Er wird mir einiges nachsehen. Das hat er immer getan. Aber ich fürchte, dir nicht.»

«Das überlaß ihm und mir. Ich nehme an, du willst doch, daß ich ihn treffe?» Fred setzte sich wieder und zeichnete gedankenverloren das Teppichmuster mit dem Stock nach.

«Schlimmstenfalls», sprach er sich hin und her windend, «dachte ich, würdest du mich wenigstens von der geschäftlichen Seite her an der Sache beteiligen und mir erlauben – zusammen mit dir –, in dich zu investieren. Du hast als Einlage dein Talent, deinen Ehrgeiz und deine harte Arbeit, und ich habe das Geld. Man sollte niemandes gute Wünsche verschmähen – nicht einmal meine. Und dann, wenn das Ganze sich hoch auszahlt, könnten wir miteinander teilen. Dein Doktor hat sich nicht halb so viele Gedanken über deine Zukunft gemacht wie ich.»

«Er hat sich eine ganze Menge Gedanken gemacht. Er weiß nur von solchen Sachen nicht so viel wie du. Natürlich warst du mir eine viel größere Hilfe als je irgendein anderer», sagte Thea ruhig. Die schwarze Uhr auf dem Kaminsims schlug fünf. Sie lauschte auf die fünf Schläge und sagte dann: «Ich hätte deine Hilfe vor acht Monaten geschätzt. Aber jetzt würdest du mich ganz einfach nur aushalten.»

«Vor acht Monaten warst du einfach nicht so weit.» Fred lehnte sich endlich im Sessel zurück. «Du warst ganz einfach noch nicht so weit. Du warst zu müde und du warst zu schüchtern. Du warst auf einen zu tiefen Ton gestimmt und hättest niemals so aus einem Sessel aufstehen können wie jetzt» – Sie war getroffen aufgesprungen und ans Fenster getreten. «Du warst unbeholfen und schwerfällig. Seitdem bist du geworden, was du bist. Du standest im Widerstreit mit deiner wahren Person. Vor acht Monaten warst du ein mürrisches kleines Arbeitstier, voller Angst, jemand könnte dahinterkommen, wie du eigentlich aussiehst oder dich bewegst. Niemand hätte etwas über dich voraussagen können. Eine Stimme ist kein Instrument, das man fertig vorfindet. Eine Stimme ist Persönlichkeit. Sie kann so groß sein wie ein Zirkus oder so gewöhnlich wie Schmutz. – Auch in der letzten Art Stimme liegt gutes Geld, aber ich interessiere mich zufällig nicht dafür. – Niemand hätte im vergangenen Winter sagen können. wozu du fähig bist. Ich habe mehr gesehen als irgend jemand sonst.»

«Ja, ich weiß es.» Thea ging zu dem altmodischen Kamin hinüber und hielt die Hände vor das Feuer. «Ich verdanke dir so viel. Deswegen muß ich mich ganz von dir trennen, ganz von dir loskommen. Ich bin in so vielen Dingen von dir abhängig. Sogar letzten Winter in Chicago!» Sie kniete sich vor das Kamingitter und hielt ihre Hände näher an die Glut. «Und so führt eins zum anderen.»

Ottenburg betrachtete sie, wie sie sich über das Feuer beugte. Sein Blick hellte sich ein wenig auf. «Wie auch immer, du konntest nicht so aussehen, wie du jetzt aussiehst, ehe du mich kanntest. Du warst in der Tat schwerfällig. Was auch immer du jetzt machst, du machst es glänzend. Und du kannst gar nicht genug weinen, um dein Gesicht für mehr als zehn Minuten zu entstellen. Es kommt zurück – dir zum Trotz. Erst seit du mich kennst, erlaubst du dir, schön zu sein.»

Sie wandte das Gesicht ab, ohne aufzustehen. Fred fuhr heftig fort: «Ja, du kannst es von mir wegdrehen, Thea, du kannst es mir fortnehmen! Dennoch...» Sein Ausbruch endete abrupt, und er ließ sich in den Stuhl zurückfallen: «Wie kannst du mich nach allem nur so angreifen, Thea?» seufzte er.

«Das hab' ich nicht getan. Aber als du es mit dir ausgemacht hast, mich auf diese Weise zu täuschen, kannst du kaum sehr freundlich von mir gedacht haben. Ich kann nicht verstehen, wie du das durchgehalten hast, wo ich doch so nachgiebig war und alle Voraussetzungen so günstig waren.» Ihre kauernde Stellung vor dem Feuer bekam etwas Bedrohliches. Fred stand auf, und auch Thea erhob sich.

«Nein, ich kann es dir jetzt nicht begreiflich machen.

Vielleicht wirst du es eines Tages verstehen können. Aber eins: Ich konnte wirklich nicht ahnen, daß dir Worte, Namen so viel bedeuten.» Mit schnellen Schritten durchmaß er den Raum und schob Thea, als sie immer noch stehenblieb, einen der klobigen Sessel an den Kamin.

«Setz dich und hör mir einen Augenblick lang zu, Thea.» Er ging vom Kaminvorleger bis zum Fenster und wieder zurück, während sie sich gehorsam hinsetzte. «Weißt du denn nicht, daß die meisten Menschen in der ganzen Welt überhaupt keine Individuen sind? Sie haben niemals eine persönliche Idee oder Erfahrung. Eine Menge Mädchen gehen zusammen ins Internat, werden in der gleichen Saison in die Gesellschaft eingeführt, tanzen auf den gleichen Partys und werden gruppenweise verheiratet, sie bekommen ihre Babys zur gleichen Zeit, schicken ihre Kinder zusammen in die Schule – und so pflanzt sich der menschliche Haufen fort. Solche Frauen wissen ebensoviel von der Realität, durch die sie hindurchgehen, wie sie über die Kriege wissen, deren Daten sie gelernt haben. Die meisten ihrer persönlichen Erfahrungen entnehmen sie Romanen und Theaterstücken. Alles ist aus zweiter Hand bei ihnen. Du könntest nicht so leben.»

Thea blickte zum Kamin, die Augen halb geschlossen, das Kinn gerade, mit einer Kopfhaltung, als müsse sie irgend etwas erdulden. Ihre Hände lagen, sehr weiß und unbeweglich, auf ihrem dunklen Kleid. Fred betrachtete sie vom Fenster her. Er schüttelte den Kopf und warf einen ärgerlichen, gequälten Blick nach draußen in die blaue Dämmerung über dem Union Square, durch die gedämpftes Rufen und Schreien und das Klingeln der Straßenbahnen von unten heraufdrang. Er drehte sich um und begann wieder im Zimmer umherzugehen.

«Sag, was du willst, Thea Kronborg, aber du gehörst nicht

zu dieser Art Mensch. Du wirst niemals mit einem Beruhigungsmittel und einem Roman allein dasitzen. Du wirst nicht von dem leben, was alte Damen dir in die Flasche gefüllt haben. Du wirst immer zu den Realitäten durchdringen. Das war das erste, was Harsanyi über dich herausgefunden hat; daß man dich nicht mit der Oberfläche abspeisen kann. Auch wenn du dein ganzes Leben in Moonstone gelebt hättest und mit deinem verschwiegenen Bremser ganz gut ausgekommen wärst, so hättest du doch genau das gleiche Naturell gehabt. Deine Kinder wären dann vermutlich die Realität für dich. Wären sie gewöhnlicher Durchschnitt gewesen, hättest du sie mit deiner Energie umgebracht. Auf irgendeine Weise würdest du es fertiggebracht haben, zwanzigmal mehr zu leben als die Leute um dich herum.»

Fred schwieg. Er suchte an der schattigen Decke mit ihren schweren Stukkaturen nach Worten. «Du wirst nicht viel Spaß haben. Du wirst vielleicht auch nicht häufig lieben...» Er unterbrach sich wieder. «Und du weißt, mich hast du geliebt. Dein Eisenbahnerfreund hätte mich verstanden. Ich hätte dich zurückhalten können. Die Bremse war da – ich hatte sie vor Augen –, aber ich konnte sie nicht ziehen. Ich habe dich deinen Weg gehen lassen.» Er hielt ihr die Hände entgegen. Was Thea merkwürdigerweise bemerkte, war der Abglanz des Kaminfeuers in seinem Manschettenknopf. «Und du wirst immer weitergehen», murmelte er. «Es ist deine Art.»

Es gab ein langes Schweigen. Thea preßte ihre Hand auf den Nacken, als schmerzten sie dort die Muskeln.

«Nun ja», sagte sie schließlich, «zumindest sehe ich bei dir über mehr hinweg als bei mir. Immerzu entschuldige ich dich vor mir selbst. Ich tue eigentlich nichts anderes mehr.»

«Aber warum um Himmels willen läßt du mich dann nicht dein Freund sein? Du machst aus mir einen Schurken und leihst dir Geld von einem anderen Mann, um meinen Klauen zu entrinnen.»

«Wenn ich mir bei ihm Geld borge, so um studieren zu können. Nähme ich das Geld von dir, wäre es etwas anderes. Du würdest mich, wie ich schon sagte, aushalten.»

«Aushalten! Mir gefällt deine Art zu reden wirklich. Reinstes Moonstone, Thea – wie auch dein Standpunkt. Ich frage mich, wie lange du noch eine Methodistin bleiben willst.»

Er wandte sich erbittert ab.

«Ich habe nie gesagt, daß ich nicht Moonstone wäre – oder? Ich bin es, und daher brauche ich Doktor Archie. Weißt du, ich kann nichts an Moonstone entdecken, worüber man sich lustig machen sollte.» Sie schob ihren Sessel ein wenig weiter fort vom Kamin, umfaßte ihr Knie und schaute weiter nachdenklich in die rotglühenden Kohlen. «Wir kommen immer wieder auf das gleiche zurück, Fred. Der Name, wie du das nennst, macht für mich einen Unterschied aus, wie ich mich selbst sehe. Du würdest dich mit einem Mädchen deiner Kreise sehr anders verhalten haben, und darum kann ich nichts von dir annehmen. Verheiratet sein oder nicht macht einen Unterschied, und mehr ist dazu nicht zu sagen. Du sagst, ich war zu viel allein, und dennoch hast du mich durch dein Verhalten noch mehr von allem abgeschnitten, als ich es je war. Jetzt versuche ich, alles an meinen alten Freunden wieder gutzumachen. Das ist alles, was mir übrigbleibt.»

«An deinen Freunden gutmachen!» brach es aus Fred heraus. «Sorgt sich einer von ihnen, so wie ich mich sorge, oder glaubt einer an dich wie ich? Ich habe dir gesagt, ich werde dich nicht um ein freundliches Wort bitten, ehe ich es nicht mit allen Kirchen der Christenheit im Rücken erbitten kann.»

Thea blickte hoch, und als sie Freds Gesicht sah, dachte sie traurig, daß auch für ihn alles verloren sei. «Wenn du mich so gut kennst, wie du behauptest, Fred», sagte sie langsam, «dann bist du nicht ehrlich mit dir selbst. Du weißt, daß ich nichts halb machen kann. Wenn du mich überhaupt je festgehalten hast, dann würdest du mich für immer festhalten.» Sie ließ den Kopf müde auf ihre Hände sinken und blieb so sitzen.

Fred beugte sich über sie und sagte kaum hörbar: «Wenn ich jemals diese Scheidung erreiche, willst du es dann noch einmal mit mir versuchen? Wirst du mich wenigstens wissen lassen, mich warnen, ehe ernsthaft von irgendeinem anderen die Rede ist?»

Ohne den Kopf zu heben, antwortete ihm Thea: «Ach, ich glaube nicht, daß je die Rede von irgendeinem anderen sein wird. Nicht, wenn ich es verhindern kann. Ich vermute, ich habe dir jeden Grund gegeben, zu vermuten, daß es so sein würde ... von Anfang an, auf dem Schiff, immerzu!»

Ottenburg fuhr hoch. «Hör auf, Thea!» sagte er scharf. «Das ist etwas, das du nie getan hast. Du verhältst dich jetzt wie eine dumme, gewöhnliche Frau.» Er ging zur anderen Seite des Zimmers hinüber und nahm Hut und Handschuhe vom Sofa auf. Dann ging er hoffnungsvoll auf sie zu. «Ich bin nicht gekommen, um dich zu drangsalieren. Ich wollte dich überreden, mit mir irgendwo Tee zu trinken.» Er wartete, aber sie schaute nicht hoch, hob auch nicht den Kopf, der immer noch auf ihren Händen lag.

Ihr Taschentuch war zu Boden gefallen. Fred hob es auf, legte es ihr aufs Knie und drückte ihre Finger. «Gute Nacht, Liebe und Wundervolle», flüsterte er. Er betrachtete ihren gebeugten Kopf, die Linie ihres Nackens, die so traurig wirkte. Er bückte sich rasch und berührte mit den Lippen behutsam ihr Haar, da wo es der Feuerschein am rötlichsten färbte.

An der Tür drehte er sich noch einmal ohne erkennbaren Grund um. «Was deinen alten Freund angeht, wenn er am Freitag hier sein will» – er zog rasch seine Uhr heraus und hielt sie in den Feuerschein des Kamins –, «dann ist er jetzt bereits unterwegs. Das müßte dich freuen. Gute Nacht.» Sie hörte, wie sich die Tür schloß.

III

Am Freitag nachmittag ging Thea Kronborg aufgeregt in ihrem Wohnzimmer hin und her, das um diese Zeit von einem blassen, klaren Sonnenschein überflutet war. Beide Fenster standen offen, und im Kamin brannte ein schwaches Feuer. Es war einer dieser falschen Frühlingstage, die – wenn der Wind von See her weht – manchmal mitten im Winter in New York auftreten: sanft und warm, mit einer verlockenden salzigen Feuchtigkeit in der Luft und einem milden Tauen auf dem Boden. Theas Gesicht war gerötet und belebt, und sie schien so rastlos wie die rußschwarzen Spatzen, die irritierend um die Fenster piepsten und zwitscherten. Sie blickte immer wieder auf die schwarze Uhr und dann auf den Platz hinunter. Das Zimmer war voll von Blumen; sie blieb ab und zu stehen, um sie neu zu ordnen oder in die Sonne zu rücken. Als der Page kam und ihr einen Besucher ankündigte, nahm sie ein paar kleine tiefblaue Hyazinthen aus einem Glas und steckte sie vorn an ihr dunkelblaues Kleid.

Als schließlich Fred Ottenburg im Türrahmen erschien, begrüßte sie ihn mit einem Freudenschrei. «Ich bin froh, Fred, daß du kommst. Ich fürchtete schon, du könntest meine Notiz nicht bekommen haben, und ich wollte dich sehen, ehe du mit Doktor Archie zusammentriffst. Er ist so

416

lieb!» Sie legte die Hände zusammen, um der Bemerkung Nachdruck zu verleihen.

«Wirklich? Das freut mich. Du siehst, ich bin ganz außer Atem. Ich habe nicht auf den Aufzug gewartet, sondern bin die Treppe raufgelaufen. Ich war so glücklich, daß du nach mir geschickt hast.» Er ließ Hut und Mantel fallen. «Das muß ich sagen, er ist wirklich lieb! Nicht wiederzuerkennen das alles hier», und er winkte mit seinem Taschentuch zu den Blumen hinüber.

«Ja, er hat sie selbst heraufgebracht, in einem großen Karton. Er hat mir außer den Blumen noch eine Menge mitgebracht, eine Menge! Das alte Moonstone-Gefühl» – mit flatternden Fingern fuhr ihre Hand durch die Luft –, «das Gefühl des frühen Morgens, wenn ich zu meiner Klavierstunde aufbrach.»

«Und du hast alles mit ihm geklärt?»

«Nein.»

«Nein?» Er sah sie bestürzt an.

«Nein!» Thea redete aufgeregt weiter und bewegte sich dabei über die sonnigen Flecken auf dem schmuddeligen Teppich. «Ich habe ihn angelogen, so wie ich ihn, deiner Meinung nach, immer angelogen habe, und darum bin ich so glücklich. Ich habe ihn denken lassen, was er gerne denken wollte. Ach, Fred, ich konnte nicht anders!» Sie schüttelte entschieden den Kopf. «Wenn du ihn gesehen hättest, als er hereinkam, so glücklich und aufgeregt! Vom Augenblick an, als ich zu sprechen anfing, beschwor er mich, nicht zu viel zu sagen, nicht sein Bild von mir zu zerstören. Nicht mit so vielen Worten, natürlich. Aber wenn du seine Augen, sein Gesicht, seine sanften Hände gesehen hättest! Ach nein, ich konnte es nicht.» Sie tat einen tiefen Atemzug, so als spüre sie noch einmal, wie knapp sie davongekommen war.

«Also dann, was hast du ihm erzählt?» fragte Fred.

Thea setzte sich auf die Kante des Sofas und ballte nervös ihre Hände. «Ich habe ihm genug erzählt und nicht zu viel. Ich habe ihm gesagt, wie gut du im letzten Winter zu mir gewesen bist, daß du mir Engagements und Sachen besorgt hast, und wie du mir bei meiner Arbeit mehr als irgend jemand sonst geholfen hast. Dann habe ich auch erzählt, wie du mich zur Ranch geschickt hast, als ich weder Geld noch irgend etwas sonst besaß.» Sie machte eine Pause und runzelte die Stirn. «Und ich habe ihm auch gesagt, daß ich dich heiraten wollte und mit dir nach Mexiko durchgebrannt bin und daß ich ungeheuer glücklich war – bis du mir gesagt hast, daß du mich nicht heiraten könntest, weil – ja also, ich hab' ihm den Grund gesagt.» Sie senkte den Blick und fuhr mit der Schuhspitze unruhig über den Teppich.

«Und er hat das alles so von dir hingenommen?» fragte Fred fast ehrfurchtsvoll.

«Ja, genau so, und er hat keine Fragen gestellt. Er war verletzt. Einen Moment lang war er unglücklich. Ich konnte erkennen, wie er sich wand und versuchte, darüber hinwegzukommen. Immer wieder schloß er die Augen und rieb sich die Stirn. Aber als ich ihm sagte, ich sei sicher, daß du mich heiraten wolltest und es auch tun würdest, sobald du könntest, schien ihm das sehr zu helfen.»

«Und das hat ihn dann zufriedengestellt?» Fred konnte sich nicht ganz vorstellen, was für ein Mensch Doktor Archie sein mochte.

«Er faßte mich einmal bei den Schultern und fragte mich in einem furchtbar ängstlichen Ton: ‹Thea, war er wirklich gut zu dir, dieser junge Mann?› Als ich ihm das bestätigte, sah er mich wieder an: ‹Und du magst ihn sehr, du glaubst an ihn, hast Vertrauen zu ihm?› Dann schien er zufrieden.» Thea schwieg. «Du siehst, er ist unglaublich gut und hat eine unglaubliche Angst vor... gewissen Dingen. Sonst hätte er

418

sich schon längst von Mrs. Archie getrennt.» Plötzlich blickte sie hoch. «Aber du hast recht, man kann den Menschen nichts erzählen, was sie nicht schon wissen.»

Fred stand mit dem Rücken zum sonnigen Fenster und fingerte an den Narzissen herum. «Doch, meine Liebe, das kann man. Aber man muß es so machen, daß sie nicht wissen, daß man es ihnen erzählt, und auch nicht wissen, daß sie es anhören.»

Ihr Lächeln ging an ihm vorbei in die Luft hinaus. «Ich verstehe. Es ist ein Geheimnis. Wie der Ton in der Muschel.»

«Was ist das?» Fred beobachtete sie und dachte, wie sehr sie dieser Ausdruck aus der Vergangenheit offensichtlich ergriff. «Was hast du gesagt?»

Sie kehrte von weither zurück. «Ach, etwas Altes und typisch Moonstone! Ich hatte es selbst fast vergessen. Aber ich fühle mich jetzt besser. Ich kann es kaum erwarten, auf und davon zu sein. Ach, Fred, ich möchte es schaffen!» Bei diesen Worten warf sie den Kopf hoch und stellte sich ein wenig auf die Zehenspitzen. Fred wurde rot und betrachtete sie angstvoll, zögernd. Ihre Augen, die zum Fenster hinaussahen, glänzten – sie waren ohne Erinnerung. Nein, sie erinnerte sich nicht. Der augenblickliche Freudentaumel gemahnte sie an gar nichts, rief ihr nichts ins Bewußtsein.

Er musterte sie von oben bis unten und lachte. «Mach dir keine Sorgen, du schaffst es. Du bist schon dabei. Mein Gott! Hast du irgendwann einmal, auch nur für einen Augenblick, etwas anderes im Sinn gehabt?»

Thea antwortete ihm nicht, offenbar hatte sie ihn nicht gehört. Sie beobachtete irgend etwas da draußen im schwachen Licht dieses falschen Frühlings mit seiner trügerischen milden Luft.

Fred wartete einen Augenblick. «Wirst du heute abend mit deinem Freund zusammen essen?»

«Ja, er war noch nie in New York. Er möchte sich etwas umtun. Was soll ich ihm vorschlagen?»

«Wäre es nicht ein besserer Plan – da du ja wünschst, daß ich ihn kennenlerne –, wenn ihr beide heute mit mir zu Abend eßt? Es wäre doch nur natürlich und freundschaftlich. Du mußt dich ein bißchen anstrengen, daß du dem Bild, das er von uns beiden hat, entsprichst.» Thea schien den Vorschlag günstig aufzunehmen. «Wenn du möchtest, daß er sich wohl fühlt», fuhr Fred fort, «könnte das dazu beitragen. Auch ich denke, daß wir ein hübsches Gespann sind. Zieh eins der neuen Kleider an, die du in Mexiko von mir bekommen hast, und laß ihn erkennen, wie reizend du sein kannst. Du bist ihm schon ein wenig Vergnügen schuldig, nach all der Mühe, die er auf sich genommen hat.»

Thea lachte und schien die Idee aufregend und vergnüglich zu finden. «O ja, sehr gut! Ich werde mein Bestes tun. Nur, bitte, trag keinen Abendmantel. Er hat keinen, und das macht ihn nervös.»

«Ich werde um acht Uhr mit einem Taxi hier sein. Ich bin begierig, ihn kennenzulernen. Du hast mir eine sehr merkwürdige Vorstellung von seiner unerfahrenen Unschuld und seiner altväterlichen Gleichgültigkeit gegeben.»

Sie schüttelte den Kopf. «Nein, er ist weder das eine noch das andere. Er ist sehr gut, und er will von einigen Dingen nichts wissen. Ich liebe ihn deswegen. Wenn ich jetzt zurückblicke, stelle ich fest, daß ich ihn immer, auch als ich noch klein war, beschützt habe.»

Als sie lachte, bemerkte Fred den hellen Funken in ihren Augen, den er so gut kannte, und hielt ihn fest für einen glücklichen Augenblick. Dann warf er ihr mit den Fingerspitzen einen Kuß zu und floh.

Um neun Uhr am gleichen Abend saßen unsere drei Freunde auf dem Balkon eines französischen Restaurants, das viel heiterer und intimer war als alle, die es heute in New York gibt. Dieses alte Restaurant hatte ein Liebhaber des Vergnügens gebaut und eingerichtet, einer, der wußte, daß menschliche Wesen, um behaglich zu speisen, das Beruhigende eines nicht zu großen Raums und einen gewissen ausgeprägten Stil brauchen, daß die Wände nahe genug sein müssen, um das Gefühl der Geborgenheit zu vermitteln, und wiederum hoch genug, um die Kronleuchter zur Geltung zu bringen. Das Restaurant war angefüllt mit Leuten, die gern spät und gut speisen, und Doktor Archie sagte sich, während er die fröhlichen Gruppen in dem langen Raum unterhalb des Balkons beobachtete, daß allein dieser Abend die lange Reise wert war.

In den ersten Minuten, als er dem jungen Ottenburg im Salon des Everett House vorgestellt wurde, war der Doktor unbeholfen und steif gewesen. Aber Fred wurde, wie sein Vater häufig festgestellt hatte, «nicht umsonst ein guter Gesellschafter genannt». Er hatte dem Doktor während der kurzen Taxifahrt alle Voreingenommenheit genommen, und innerhalb einer weiteren Stunde hatten sie sich angefreundet.

Von dem Augenblick an, als der Doktor sein Glas erhoben und, Thea sehr bewußt anblickend, gesagt hatte: «Auf deinen Erfolg!» hatte Fred ihn gemocht. Er spürte seinen Wert, verstand seinen Mut einerseits und seine Schüchternheit andererseits oder, wie Thea es nannte, seine unvergeudete und wunderbarerweise so gut erhaltene Jugendlichkeit. Männer könnten den Doktor wohl niemals beeindrucken, dachte er sich, Frauen allerdings immer. Fred mochte auch die Art, wie der Doktor mit Thea umging, seine scheue Bewunderung und das leichte Zögern, das verriet, daß ihm die Veränderung in ihr durchaus bewußt war. Es war gerade diese Veränderung, die Fred zur Zeit mehr als alles andere interessierte. Das, so fühlte er, war die von ihm geschaffene «Wertsteigerung» Theas und die beste Chance für seinen Seelenfrieden. Wenn dies nicht wirklich offensichtlich für einen alten Freund wie Archie gewesen wäre, dann hätte er in der Tat eine sehr kümmerliche Figur abgegeben.

Fred erfuhr aus ihrer Unterhaltung auch eine ganze Menge über Moonstone. Aus Theas Fragen und den Antworten des Doktors konnte er sich eine Vorstellung von der kleinen Welt bilden, die nahezu der einzige Maßstab für Theas Erfahrung war. Als die beiden die Liste der Freunde durchgingen, schien der bloße Name ganze Bände der Erinnerung in ihnen wachzurufen, ganze Minenschächte voller Kenntnisse und Beobachtungen freizulegen, die ihnen beiden gemeinsam waren. Bei manchen Namen lachten sie entzückt, bei anderen nachsichtig und sogar zärtlich.

«Ihr beiden jungen Leute müßt nach Moonstone kommen, wenn Thea zurückkehrt», sagte der Doktor gastfreundlich.

«Das tun wir bestimmt!» griff Fred die Einladung auf. «Ich bin begierig, alle diese Menschen kennenzulernen. Es ist quälend, wenn man nur die Namen kennt.»

«Würde ein Außenseiter sie sehr interessieren – was meinen Sie Doktor Archie?» Der Doktor warf ihr einen respektvollen Blick zu. «Nun ja, Thea, du bist jetzt praktisch selbst ein Außenseiter», bemerkte er lächelnd. «Ich weiß», fuhr er rasch fort, als er ihre abwehrende Geste sah, «ich weiß, daß du dich deinen alten Freunden gegenüber nicht verändern wirst, aber du siehst uns jetzt aus einer gewissen Entfernung. Es kann dir nur zum Vorteil gereichen, wenn du dich immer noch für sie interessierst, nicht wahr, Mr. Ottenburg?»

«Das ist gewiß einer ihrer lobenswerten Eigenschaften, Doktor Archie. Niemand kann ihr das nehmen, und niemand von uns, die wir später auftauchten, kann hoffen, bei ihr einen ähnlich starken Eindruck zu hinterlassen wie Moonstone. Ihre Werteskala wird immer die von Moonstone bleiben. Und für Künstler ist das wahrhaftig ein Vorteil.» Fred nickte.

Doktor Archie sah ihn ernsthaft an. «Meinen Sie, daß es sie davor bewahrt, unnatürlich zu werden?»

«Ja, das hält sie ganz allgemein davon ab, vom Weg abzukommen.»

Während der Kellner die Gläser füllte, wies Fred Thea auf einen großen, schwarzen französischen Bariton an einem der Tische unter ihnen hin, der seine Anchovis mit dem Schwanz voraus aß, und auch der Doktor schaute sich um und studierte die anderen Speisenden.

«Wissen Sie, Mr. Ottenburg», sagte er mit Nachdruck, «diese Leute hier erscheinen mir viel glücklicher als unsere Leute im Westen. Sind das nur gute Manieren, oder haben sie mehr vom Leben?»

Fred lachte Thea über das Glas, das er gerade erhoben hatte, zu. «Einige von ihnen haben jetzt sicherlich mehr vom Leben, Doktor.» Er beugte sich vor und berührte Theas Handgelenk. «Sieh mal den Pelzmantel, der gerade hereinkommt, Thea. Das ist d'Albert. Er ist gerade zurück von einer Tournee im Westen. Ein guter Kopf, findest du nicht?»

«Um darauf zurückzukommen», sagte Doktor Archie. «Ich bestehe darauf, daß die Leute hier glücklicher sind. Ich habe es sogar auf der Straße und in den Hotels festgestellt.»

Fred wandte sich ihm vergnügt zu. «Die Menschen in New York leben zum guten Teil in der vierten Dimension, Doktor Archie. Das ist es, was Sie in ihren Gesichtern lesen.»

Der Doktor war interessiert. «Die vierte Dimension», wiederholte er langsam. «Ist das ein Slangausdruck?»

«Nein» – Fred schüttelte den Kopf –, «das ist nur ein bildlicher Ausdruck. Ich meine, daß das Leben hier nicht ganz so persönlich ist wie in Ihrem Teil der Welt. Die Menschen sind mehr mit ihren Hobbys, mit ihren Neigungen beschäftigt, die Rückschlägen weniger ausgesetzt sind als persönliche Angelegenheiten. Wenn Sie zum Beispiel an Theas Stimme interessiert sind, oder überhaupt an Stimmen, wird Ihr Interesse immer das gleiche bleiben, auch wenn Ihre Aktien an der Silbermine fallen sollten.»

Der Doktor sah ihn aufmerksam an. «Sie halten das für den Hauptunterschied zwischen Leuten vom Land und Großstadtmenschen, nicht wahr?»

Fred war ein wenig betroffen, daß der Doktor seine Äußerung so entschieden aufnahm, und er versuchte, sie mit einem Scherz abzutun. «Ich habe nie sehr viel darüber nachgedacht, Doktor. Aber ich würde spontan sagen, das ist der größte Unterschied zwischen Menschen überhaupt. Und das ist ein Trost für Leute wie mich, die nicht viel zustande bringen. Die vierte Dimension fördert das Geschäft nicht, aber wir meinen, daß es uns gut geht.»

Doktor Archie lehnte sich in seinen Sessel zurück. Seine kräftigen Schultern drückten Nachdenklichkeit aus. «Und Thea», sagte er langsam, «würden Sie sagen, daß sie zu den Großstadtmenschen Ihrer Art gehört?» Er wies mit dem Kopf auf den Schimmer des blaßgrünen Kleides neben ihm. Thea lehnte gerade über dem Balkongitter, ihr Kopf fing das Licht der Kronleuchter unter ihr auf.

«Niemals, niemals», protestierte Fred. «Sie ist so dickköpfig wie die schlimmsten unter euch – mit einem Unterschied.»

Der Doktor seufzte. «Ja, mit einem Unterschied: etwas, das hundertmal pro Sekunde rotiert. Als sie klein war, habe ich versucht, an ihrem Kopf zu fühlen, wo das lokalisiert ist.»

Fred lachte. «Das haben Sie versucht? So waren Sie ihr also auf der Spur. Es ist bestimmt da!» Und als Thea fragend aufschaute, fügte er hinzu. «Wir kommen nicht dahinter, Miss. Doktor Archie, es gibt einen Mitbürger von Ihnen, dem ich mich wirklich verwandt fühle.» Er drängte dem Doktor eine Zigarre auf und zündete ein Streichholz für ihn an. «Erzählen Sie mir etwas von Chicano-Johnny.»

Der Doktor lächelte wohlwollend durch die ersten Rauchwolken hindurch. «Nun ja, Johnny ist ein alter Patient von mir, und er ist ein alter Bewunderer von Thea. Sie ist als Kosmopolitin zur Welt gekommen, und ich nehme an, sie hat eine ganze Menge von Johnny gelernt, wenn sie weglief und ins Mexikanerviertel rannte. Wir hielten es damals für eine sonderbare Laune.» Der Doktor holte zu einer langen Erzählung aus, in der er von Thea oft und begierig unterbrochen oder fröhlich bestätigt wurde, während sie ihren Kaffee trank und die Rosenknospen mit heißen und ziemlich harten Fingern zu öffnen versuchte. Es war eine Freude, sie wieder so strahlend und mitteilsam zu sehen. Sie hatte ihr Versprechen gehalten, so schön wie möglich auszusehen. Aber wenn sich alle Farben eines blühenden Apfelbaumzweigs im frühen Frühling in jemandem so leicht zusammenfinden, ist das schließlich nicht so schwierig. Sogar Doktor Archie empfand jedesmal, wenn er sie anschaute, dieses neue Selbstbewußtsein. Er erkannte die feine Textur ihrer Haut, wie bei ihrer Mutter, mit dem Unterschied, daß ihr Arm, den sie nach einer Weintraube für ihn über den Tisch ausstreckte, nicht nur weiß, sondern auch ein wenig verwirrend war. Sie erschien ihm größer und freier in allen Bewegungen. Sie hatte jetzt eine Art, wenn sie an etwas interessiert war, tief Atem zu holen, die sie irgendwie sehr stark und so auf eine ganz überwältigende Weise präsent erscheinen ließ. Wenn er scheu war, so weil ihre größere Bestimmtheit, ihr ganzes erweitertes Ich ihn fühlen ließen, daß seine gewohnte Art, mit ihr umzugehen nicht mehr angemessen war.

Fred wiederum sann darüber nach, daß die schiefe Position, in die er sie gebracht hatte, sie nicht lange einengen und bedrängen würde. Sie sah sich neugierig um, betrachtete andere Leute, andere Frauen. Sie war ihrer selbst nicht ganz sicher, aber sie war nicht im mindesten ängstlich oder kleinlaut. Sie schien an einer Grenze zu sitzen, tauchte aus einer Welt in eine andere ein, orientierte sich aber mit vollkommenem Selbstvertrauen. Weit entfernt davon zurückzuweichen, entfaltete sie sich. Schon das freundliche Bemühen, Doktor Archie zu gefallen, genügte, um sie aus sich herauszuholen.

V

Theas Schiff sollte am Dienstag mittags abgehen, und am Samstag bereitete Fred alles für ihre Reise vor, während sie mit Doktor Archie Einkäufe machte. Mit wasserdichter Kleidung und dicken Wolldecken war sie bereits ausgestattet; Fred hatte ihr alles, was sie für eine Passage von Vera Cruz brauchte, besorgt. Sonntag nachmittag besuchte Thea die Harsanyis. Als sie ins Hotel zurückkam, fand sie eine Notiz von Ottenburg vor, in der er ihr mitteilte, daß er da war und morgen noch einmal kommen würde.

Als sie am Montag beim Frühstück saß, kam Fred herein. An seinem hastigen, zerstreuten Verhalten bemerkte sie, schon als er den Speisesaal betrat, daß irgend etwas nicht in Ordnung war. Er hatte gerade ein Telegramm von zu Hause erhalten: Seine Mutter war aus dem Wagen geschleudert und verletzt worden; eine Gehirnerschütterung oder etwas Ähnliches; sie war noch nicht wieder bei Bewußtsein. Er wollte am gleichen Abend mit dem Elf-Uhr-Zug nach St.

Louis reisen. Während des Tages mußte er eine ganze Menge erledigen. Er würde am Abend kommen, wenn er dürfe, und mit ihr zusammenbleiben, während sie die Koffer packte, bis es Zeit war für den Zug. Er wartete ihre Zustimmung kaum ab und eilte davon.

Den ganzen Tag über war Thea irgendwie niedergedrückt. Fred tat ihr leid, und sie entbehrte auch das Gefühl, daß sie die einzige war, die er im Sinn hatte. Er hatte sie kaum angeschaut. Sie hatte den Eindruck, als sei sie irgendwie beiseite geschoben, und auch sich selbst kam sie nicht mehr so wichtig vor wie am Abend zuvor. Gewiß, überlegte sie, war es höchste Zeit, daß sie sich wieder um sich selbst kümmerte. Doktor Archie kam zum Abendessen, aber sie schickte ihn früh fort und versicherte ihm, daß sie morgen um halb elf fertig sein würde, um mit ihm zum Schiff zu gehen. Als sie wieder heraufkam, betrachtete sie düster den offenen Koffer in ihrem Zimmer und die auf dem Sofa gestapelten Einsätze. Sie stellte sich ans Fenster und beobachtete den ruhig herabfallenden Schnee, der sich über die Straße ausbreitete. Mehr als irgend etwas anderes ließ sie ein Schneefall an Moonstone denken; an den Garten der Kohlers, an Thors Schlitten, daran, wie sie sich bei Lampenlicht anzog und sich zur Schule aufmachte, noch ehe die Wege freigelegt waren.

Als Fred kam, sah er müde aus, und er ergriff ihre Hand, fast ohne sie zu sehen.

«Es tut mir leid, Fred. Hast du irgend etwas Neues gehört?»

«Heute nachmittag um vier Uhr war sie immer noch bewußtlos. Es sieht nicht sehr ermutigend aus.» Er ging zum Kamin und wärmte sich die Hände. Er schien angespannt und hatte nicht seine gewohnte leichte Art. «Arme Mutter!» rief er aus. «So etwas hätte ihr nicht passieren dürfen. Sie hat so viel persönlichen Stolz. Sie ist überhaupt keine alte Frau, verstehst du. Eigentlich war sie immer noch so kraftvoll und unternehmend wie in ihren mittleren Jahren.» Er drehte sich abrupt zu Thea um und sah sie zum erstenmal wirklich an. «Wie schlecht alles ausgeht! Sie würde dich sehr gern zur Schwiegertochter gehabt haben. Ihr würdet gestritten haben wie der Teufel, aber ihr hättet euch gegenseitig respektiert.» Er ließ sich in den Sessel sinken und streckte seine Beine zum Feuer hin. «Dennoch», meinte er nachdenklich, und es schien, als spräche er mit der Zimmerdecke, «es könnte auch falsch für dich gewesen sein. Unsere großen deutschen Häuser, unser gutes deutsches Essen – du hättest dich verlieren können in all den Vorhängen und Polstern. Diese massive Bequemlichkeit hätte dich auch um dein Temperament bringen, deine Kanten abschleifen können. Ja», seufzte er, «ich nehme schon an, daß du für das Dröhnen der schweren Brecher geschaffen bist.»

«Und ich nehme an, ich werde ganz schön naß dabei werden», murmelte Thea, und wandte sich ihrem Koffer zu.

«Ich bin froh, daß ich nicht bis morgen bleibe», fuhr Fred fort. «Es ist leichter für mich, dem Ganzen so zu entfliehen. Ich habe jetzt das Gefühl, daß alles irgendwie zufällig war. Ein Schock wie dieser tötet die Gefühle ab.»

Thea stand vor ihrem Koffer und erwiderte nichts. Fred schüttelte sich und stand auf. «Gibt es wirklich nichts, Thea, das ich für dich tun könnte?»

«Doch, es gibt etwas, und es ist eine große Bitte. Wenn ich scheitern, es niemals schaffen sollte, wäre es mir lieb, wenn du dafür sorgst, daß Doktor Archie sein Geld zurückbekommt. Ich habe mir dreitausend Dollar von ihm geliehen.»

«Aber ja, natürlich tue ich das. Das kannst du vergessen. Wie du dich immer um das Geld sorgst, Thea. Du nimmst es so wichtig.»

Thea setzte sich in den Sessel, aus dem er aufgestanden

war. «Nur arme Leute nehmen Geld wichtig und sind wirklich ehrlich», sagte sie ernst. «Manchmal denke ich, daß man, um wirklich ehrlich zu sein, so arm gewesen sein muß, daß man nahe daran war zu stehlen.»

«Zu – was?»

«Zu stehlen. Mir ist es so ergangen, als ich nach Chicago kam und all die Dinge in den großen Kaufhäusern sah. Niemals irgend etwas Großes, aber Kleinigkeiten, Sachen, die ich nie zuvor gesehen hatte und mir nie leisten konnte. Einmal habe ich etwas genommen, ehe es mir bewußt wurde.»

Fred kam auf sie zu. Zum erstenmal hatte sie seine volle Aufmerksamkeit in dem Maße, wie sie es gewohnt war. «Das hast du getan? Was war es?» fragte er interessiert.

«Ein Duftkissen. Ein blauseidenes Säckchen mit Puder aus Veilchenwurzel. Da war ein ganzer Ladentisch voll damit, sie waren herabgesetzt auf fünfundzwanzig Cents. Ich hatte so etwas vorher nie gesehen, und sie schienen mir unwiderstehlich. Ich nahm eins und schlenderte durch das ganze Kaufhaus damit. Niemand schien es zu merken, und so nahm ich's mit.»

Fred lachte. «Du verrücktes Kind! Alle deine Sachen riechen immer nach Veilchenwurzel – ist das eine Strafe?»

«Nein, ich mag es. Aber ich habe dann festgestellt, daß das Geschäft nichts durch mich verloren hat. Jedesmal, wenn ich einen Quarter übrig hatte, bin ich hingegangen und habe mir eines gekauft.»

Fred ergriff ihre Hand. «Warum habe ich dich nicht gleich im ersten Winter gefunden? Ich hätte dich geliebt, so wie du warst.»

Thea schüttelte den Kopf. «Nein, das hättest du nicht, aber du hättest mich vielleicht amüsant gefunden. Die Harsanyis haben mich gestern daran erinnert, daß ich so ein ulkiges Cape hatte und daß meine Schuhe immer quietschten.»

«Hast du Harsanyi vorgesungen?»

«Ja, er meint, daß ich besser geworden bin. Er hat mir sehr nette Dinge gesagt. Ach, er war überhaupt sehr nett und stimmt mit dir überein, was meinen Unterricht bei der Lehmann angeht. Wenn sie mich nimmt.»

«Ich wünschte, ich hätte dich hören können, als du gesungen hast. Warst du gut?» Fred wandte sich von ihr ab und ging ans Fenster zurück. «Ich frage mich, wann ich dich wieder singen hören werde.» Er nahm ein Veilchensträußchen auf und roch daran. «Weißt du, daß du mich so zurückläßt – ja, es ist fast unmenschlich, daß du dazu fähig bist, es so freundlich und bedingungslos zu tun.»

«Ich vermute, es ist so. Es war auch nahezu unmenschlich, daß ich imstande war, von zu Hause fortzugehen – das letzte Mal, meine ich, als ich wußte, daß es für immer ist. Dabei hat es mir mehr ausgemacht als den anderen. Ich habe es durchgestanden. Ich muß auch dies durchstehen.»

Fred beugte sich über den Koffer und holte etwas heraus, das sich als ungeschickt gebundene Partitur erwies.

«Was ist das? Hast du jemals versucht, dies zu singen?» Er öffnete die Partitur und las auf der gedruckten Titelseite Wunschs Inschrift «Einst, o Wunder!» Er sah Thea scharf an.

«Wunsch hat mir das geschenkt, als er fortging. Ich habe dir von meinem alten Lehrer in Moonstone erzählt. Er liebte diese Oper.»

Fred ging auf den Kamin zu, das Buch unter dem Arm, und sang leise:

«Einst, o Wunder, entblüht auf meinem Grabe
Eine Blume der Asche meines Herzens.»

«Du hast keine Ahnung, wo er ist, Thea?» Er lehnte am Kamin und sah zu ihr hinunter.

«Nein, ich wünschte, ich wüßte es. Er ist vielleicht jetzt schon tot. Das war vor fünf Jahren, und er hat sich ständig überfordert. Mrs. Kohler fürchtete immer, er werde allein sterben und irgendwo in der Prärie vergraben werden. Als wir zuletzt von ihm hörten, war er in Kansas.»

«Wenn man ihn ausfindig machen könnte, würde ich gern etwas für ihn tun. Mir scheint, ich erfahre eine ganze Menge über ihn aus diesem hier.» Er öffnete das Buch wieder und musterte die rote Tintenschrift. «Typisch deutsch! Hat er dir das Lied je vorgesungen?»

«Nein. Ich wußte auch nicht, woraus die Worte waren, bis ich sie einmal, als Harsanyi mir das Lied vorsang, wiedererkannte.»

Fred lächelte auf eine sonderbare Weise und ließ die Partitur in den Koffer fallen. «Du nimmst sie mit?»

«Aber sicher. Ich habe nicht so viele Andenken, daß ich es mir leisten kann, dies hierzulassen. Ich habe zumindest nicht viele, die mir so teuer sind.»

«Die dir so teuer sind!» echote Fred, belustigt über ihre Ernsthaftigkeit. «Du bist köstlich, wenn du in eure Sprache zurückfällst.»

«Was ist denn damit? Ist es nicht vollkommen gutes Englisch?»

«Es ist vollkommen gutes Moonstone, meine Liebe. Wie die Konfektionskleider von der Stange, die in den Schaufenstern hängen und dazu angefertigt sind, daß sie allen und niemandem passen. Eine Redewendung, die sich bei allen Gelegenheiten anwenden läßt. Ach ja» – er nahm seinen Gang durchs Zimmer wieder auf –, «das gehört zum Guten deines Weggehens: Du wirst die richtigen Leute finden, und du wirst eine neue Sprache gewinnen. Voll von Farben und Nuancen wie deine Stimme: lebendig wie dein Geist. Es wird sein, als würdest du neu geboren.»

Sie war nicht gekränkt. Fred hatte ihr solche Dinge auch früher schon gesagt, und sie wollte lernen.

Er ging im Zimmer herum und rauchte nervös. «Die Reise wird dir gefallen. Diese erste Annäherung an eine fremde Küste – es gibt nichts Vergleichbares. Erlaubst du mir, daß ich ein paar Freunden in Berlin schreibe? Sie werden nett zu dir sein.»

«O ja, das solltest du tun. Ich werde sehr allein sein.» Thea seufzte tief. «Ich wünschte mir, man könnte vorausschauen und sehen, was auf einen zukommt.»

«Das wäre ganz falsch. Nur die Unsicherheit läßt einen Anstrengungen machen. Du hast nie eine wirkliche Chance gehabt, und jetzt wirst du das nachholen.»

Thea ging zum Sofa hinüber und kramte nach etwas in den Koffereinlagen. Als sie zurückkam, saß Fred auf ihrem Platz. «Hier sind ein paar Taschentücher von dir. Ich werde eins oder zwei davon behalten. Sie sind größer als meine und nützlich, wenn man Kopfschmerzen hat.»

«Danke.» Er blickte einen Augenblick auf die weißen Quadrate und steckte sie dann in die Tasche. Er blieb in dem niedrigen Sessel sitzen, und als sie sich neben ihn stellte, nahm er ihre Hände und betrachtete sie angelegentlich, als prüfte er sie für einen bestimmten Zweck. «Für meine Liebe zu dir scheint es keine Grenze zu geben, und sie wird immer stärker.»

Sie ließ sich neben ihn fallen und glitt in seine Arme, sie schloß die Augen und hob ihre Wange an seine.

«Sag mir eins», flüsterte Fred, «du hast in der Nacht auf dem Boot, als ich es dir mitteilte, gesagt, daß du alles, was gewesen ist, in deinen Händen zerdrücken und ins Meer werfen würdest, wenn du könntest. Würdest du das wirklich – all diese Wochen?»

Sie schüttelte den Kopf.

«Antworte mir – würdest du es tun?»

«Nein. Ich war wütend. Ich bin es nicht mehr. Ich würde sie niemals missen wollen. Bestrafe mich nicht zu hart dafür.»

In dieser Umarmung erlebten sie noch einmal all die anderen. Dann löste Thea sich von ihm und ließ den Kopf in ihre Hände sinken.

Fred sah auf die Uhr und stand auf. Er zog sie sanft mit sich bis zur Tür. «Nimm dir soviel du kannst. Sei großzügig zu dir selbst. Ich kann mir nicht helfen, aber ich habe das Gefühl, daß du gewinnen wirst, weil ich so viel verliere. Daß du gerade das gewinnen wirst, was ich verliere. Gute Nacht.» Er ging zur Tür hinaus, ohne zurückzublicken, so als würde er morgen wiederkommen.

Thea ging rasch in ihr Schlafzimmer. Sie holte einen Arm voll Wäschestücke heraus, kniete sich hin und verstaute sie in den Koffereinlagen. Mit einemmal ließ sie sich nach vorn sinken und lehnte sich, den Kopf auf den Armen, an den offenen Überseekoffer. Tränen fielen auf den dunklen alten Teppich. Und plötzlich überkam sie der Gedanke, wie viele Menschen sich in diesem Zimmer verabschiedet haben und unglücklich gewesen sein mußten. Andere Menschen vor ihrer Zeit hatten dieses Zimmer gemietet, um darin zu weinen. Fremde Zimmer, fremde Straßen und Gesichter – wie krank am Herzen sie einen machten. Warum ging sie so weit weg, wenn doch das, was sie wollte, irgendein vertrauter Ort war, wo sie sich verbergen konnte? – Das Felsenhaus im Canyon, ihr kleines Zimmer in Moonstone, ihr eigenes Bett. Ach, wie gut wäre es, sich in dieses kleine Bett zu legen, den Nerv zu durchtrennen, der einen immer weiter kämpfen ließ, der einen weiter und weiter fortzog. Sich in Frieden hineinsinken zu lassen, während die ganze Familie dort unten war, heil und ganz und glücklich. Schließlich war sie ein Kind Moonstones, eins von den Kindern des Predigers. Alles an-

433

dere existierte nur in Freds Einbildung. Warum war sie aufgerufen, ein solches Risiko auf sich zu nehmen? Jede sichere, eintönige Arbeit, die sie nicht bloßstellte, wäre besser. Aber wenn sie jetzt versagte, würde sie ihre Seele verlieren. Wenn man diesen einen Schritt tat und strauchelte, konnte man nur noch in Abgründe von Elend stürzen. Sie wußte in welche Abgründe, denn sie hörte immer noch den alten Mann im Schneesturm «Ach, ich habe sie verloren!» spielen. Diese Melodie löste in ihr eine leidenschaftliche Sehnsucht aus, ließ jeden Nerv in ihrem Körper erbeben. Sie richtete sich auf, schleppte sich irgendwie ins Bett und in einen unruhigen Schlaf.

In dieser Nacht unterrichtete sie wieder in Moonstone: in häßlichen Wutausbrüchen schlug sie ihre Schüler, sie schlug und schlug sie. Sie sang bei Beerdigungen und kämpfte am Klavier mit Harsanyi. In einem anderen Traum blickte sie in einen Handspiegel und fand, daß sie hübscher geworden war, als mit einemmal der Spiegel kleiner und kleiner wurde und ihr eigenes Spiegelbild schrumpfte, bis ihr klar wurde, daß sie in die Augen von Ray Kennedy blickte und ihr Gesicht in seinem Blick erkannte, den sie nie vergessen konnte. Plötzlich aber waren es die Augen Fred Ottenburgs und nicht Rays. Die ganze Nacht über hörte sie das Pfeifen der Züge, die gellend aus Moonstone hinaus- und nach Moonstone hereinfuhren, wie sie sie im Schlaf gehört hatte, wenn sie durch die Winterluft schrillten.

Am Morgen wachte sie nach einem Kampf mit Mrs. Johnsons Tochter atemlos auf. Sie sprang auf, schlug die Laken zurück und setzte sich auf die Bettkante; das Nachthemd war offen, und ihre langen Zöpfe hingen ihr über die Brust. Sie blinzelte ins Tageslicht. Schließlich war es noch nicht zu spät. Sie war erst zwanzig Jahre alt, und das Schiff fuhr mittags. Es war noch Zeit genug!

SECHSTER TEIL

Die Kronborg

I

Es war ein herrlicher Wintertag. Denver auf seinem Hochplateau, unter einem aufreizenden, grünblauen Himmel, ist
in Schnee gehüllt und glitzert in der Sonne. Das Gebäude
des Capitols trägt eine regelrechte Rüstung und wirft die
Sonnenstrahlen zurück, bis dem Betrachter schwindelig wird
und die Umrisse des Baus sich im Feuer des reflektierten
Lichts verlieren. Die steinerne Terrasse ist ein weißes Feld,
über das ein flammender Widerschein tanzt; Bäume und
Sträucher sind getreulich in Schnee nachgebildet: Auf jedem schwarzen Zweig liegt ein sanftes, ein wenig unschar-
fes weißes Band. Von der Terrasse aus blickt man hinüber zu
den Bergen, die sich in ihren vertrauten Umrissen scharf
gegen den Himmel abzeichnen. Schnee füllt die Schluchten,
hängt wie ein Tuch an den weiten Hängen, und an den Gip-
feln sammelt sich das Sonnenfeuer wie unter einem Brenn-
glas.

Howard Archie steht am Fenster seines Privatzimmers in
den Geschäftsräumen der San Felipe Mining Company im
sechsten Stock des Raton Buildings und sieht hinüber zur
Bergherrlichkeit seines Staates, während er seinem Sekretär
diktiert. Er ist zehn Jahre älter, als wir ihn zuletzt gesehen
haben, und ganz entschieden um zehn Jahre wohlhabender.
Dieses Jahrzehnt seiner Entwicklung hat ihn nicht so sehr
älter werden lassen als ihn vielmehr stärker, ausgegliche-
ner und sicherer gemacht. Sein sandfarbenes Haar und sein

Knebelbart verheimlichen noch jedes Grau, das in ihnen verborgen liegen mag.

Er ist nicht schwerer geworden, sondern flexibler, und die kräftigen Schultern tragen seine fünfzig Jahre und die Verwaltung seiner umfangreichen Minenanteile leichter, als sie seine vierzig Jahre und die Praxis eines Landarztes getragen hatten. Kurzum, er ist einer unserer Freunde, denen wir uns zu Dank verpflichtet fühlen dafür, daß sie so gut in der Welt vorangekommen sind, daß sie dazu beigetragen haben, das allgemeine Gleichgewicht zu wahren und unser eigenes Vertrauen zum Leben aufrechtzuerhalten.

Als Archie mit seiner Morgenpost fertig war, wandte er sich vom Fenster ab und seinem Sekretär zu. «Gab es irgend etwas gestern nachmittag, als ich fort war, T. B.?»

Thomas Burke blätterte in seinem Kalender zurück. «Gouverneur Alden hat die Nachricht übermittelt, daß er Sie sehen möchte, eher er seinen Brief an die Schlichtungskommission abschickt. Er fragt, ob Sie wohl heute vormittag ins Capitol hinüberkommen könnten.»

Archie zuckte die Achseln. «Ich werde es mir überlegen.»

Der junge Mann feixte.

«Sonst noch was?» fuhr sein Chef fort.

T. B. drehte sich mit einem interessierten Ausdruck auf seinem gescheiten, glattrasierten Gesicht in seinem Bürosessel herum. «Der alte Jasper Flight war hier, Doktor Archie. Ich hatte nicht erwartet, ihn lebend wiederzusehen. Er ist für den Winter bei einer Schwester untergekommen, die Haushälterin im Oxford ist. Er ist ganz verkrüppelt von seinem Rheumatismus, aber so wild darauf wie eh und je. Er wollte wissen, ob Sie oder die Gesellschaft ihn wieder als Schürfer gegen Ausrüstung und Verpflegung übernehmen würden. Meint, er sei diesmal seiner Sache ganz sicher. Hatte gerade irgendwas gesichtet, als der Schnee im Dezember ihm dazwischenkam. Beim ersten Wetterwechsel will er wieder hervorkriechen, immer noch mit dem gleichen alten Esel mit dem gespaltenen Ohr. Hat irgend jemand gefunden, bei dem der überwintern kann. Er ist ganz abergläubisch, was den Esel angeht, und meint, er sei von Gott geführt. Sie hätten hören müssen, was er mir gestern hier auftischte – er behauptete, daß wenn er einführe, der Esel ihn unbedingt begleiten müsse.»

Archie lachte. «Hat er seine Adresse dagelassen?»

«Er hat nichts vergessen», meinte der Sekretär sarkastisch.

«Also dann teilen Sie ihm mit, er solle noch einmal herkommen. Ich möchte ihn mir anhören. Von allen den verrückten Schürfern, die ich je gekannt habe, ist er der Interessanteste, weil er nämlich wirklich verrückt ist. Bei ihm ist es eine religiöse Überzeugung, während die anderen bloß Spieler oder Landstreicher sind. Jasper Flight aber glaubt, daß der Allmächtige über das Geheimnis der Silberlager in diesen Hügeln verfügt und es nur dem verrät, der es verdient. Eine durch und durch noble Figur. Natürlich übernehm' ich ihn als Schürfer! Solange er im Frühling wieder hervorkriechen kann. Er und dieser Esel sind schon ein Bild zusammen. Das Tier ist fast so weißhaarig wie Jasper; muß so zwanzig Jahre alt sein.»

«Wenn Sie ihn diesmal nehmen, brauchen Sie es kein weiteres Mal zu tun», sagte T. B. überzeugt. «Er wird da abkratzen, denken Sie an meine Worte. Er sagt, daß er den Esel nachts nie mehr anbindet – aus Angst, daß er plötzlich abberufen wird und das Tier dann verhungern müßte. Ich glaube, dieses Biest könnte ein Lassoseil fressen und es auch noch genießen.»

«Wenn wir wüßten, was die beiden sich zuzeiten einverleibt haben oder auch nicht, wir würden beide zu Vegetariern

T. B.» Der Doktor setzte sich und blickte nachdenklich vor sich hin. «So sollte der alte Mann sterben, es wäre zu schlimm, wenn er im Krankenhaus sterben müßte. Ich wünschte, er würde fündig, ehe er sich davonmacht. Aber Leuten seiner Art gelingt das selten, sie sind wie verhext. Immerhin, es gab Stratton. Ich kenne Jasper Flight und seine Zinntöpfe dort oben in den Bergen seit Jahren, und er würde mir fehlen. Ich habe seinen Märchen immer so halbwegs geglaubt. Der alte Jasper Flight», murmelte Archie, so als gefiele ihm der Name oder das Bild, das er hervorrief.

Ein Angestellter aus dem anderen Büro kam herein und reichte Archie eine Karte.

Er sprang auf und rief: «Mr. Ottenburg? Führen Sie ihn herein.»

Fred Ottenburg trug einen langen, pelzbesetzten Mantel, den karierten Hut hielt er in der Hand, seine Wangen und Augen waren blank von der Kälte draußen. Die beiden Männer kamen vor Archies Schreibtisch aufeinander zu, und ihr Händedruck war länger als unter Freunden üblich, es sei denn er findet in Regionen statt, wo das Blut sich rascher erwärmen muß, um gegen die trockene Kälte anzukommen. Unter der ganz allgemein steigernden Wirkung der Höhenluft wird das Verhalten herzlicher und lebhafter, was ein Ausdruck der halbunbewußten Erregung ist, die Leuten aus Colorado abgeht, wenn sie in niedrigere Luftschichten eintauchen. Das Herz, so heißt es, ermüdet früher in dieser hohen Atmosphäre, aber solange es schlägt, schlägt es niemals träge. Unsere beiden Freunde hielten sich bei den Händen und lächelten.

«Wann bist du angekommen, Fred? Und was führt dich her?» Archie sah ihn fragend an.

«Ich bin gekommen, um herauszufinden, was du eigentlich hier treibst», erklärte der jüngere der beiden mit Nachdruck. «Ich will das ganz genau wissen. Wann hast du Zeit für mich?»

«Irgendwann heute abend? Nehme an, du ißt mit mir? Wo kann ich dich um fünf Uhr dreißig abholen?»

«Im Büro von Bixby, dem Generalvertreter für Frachtverkehr bei der Burlington.» Ottenburg begann seinen Mantel zuzuknöpfen und zog sich die Handschuhe an. «Ich muß einen Schuß auf dich abfeuern Archie, bevor ich gehe. Habe ich dir nicht gesagt, daß Pinky Alden ein kleiner Scheißer ist?»

Aldens Förderer lachte und schüttelte den Kopf. «Er ist schlimmer als das, Fred. Außerhalb von Tausendundeine Nacht verbietet es die Höflichkeit auszusprechen, was er ist. Ich dachte mir schon, daß du gekommen bist, um mir das unter die Nase zu reiben.»

Um fünf Uhr an diesem Nachmittag trat Doktor Archie nach seinem Gespräch mit Gouverneur Alden aus dem Parlamentsgebäude und überquerte die Terrasse unter einem saffrangelben Himmel. Der hartgefrorene Schnee wirkte blau in der Dämmerung. An diesem Tag voll blendendem Sonnenschein hatte es noch nicht einmal angefangen zu tauen. Die Lichter der Stadt unter ihm zwinkerten blaß in einer zitternden veilchenblauen Luft, und die Kuppel des Parlamentsgebäudes hinter ihm war immer noch rot von der untergehenden Sonne. Bevor er in sein Auto stieg, blieb der Doktor stehen, um sich diese Szenerie anzuschauen, derer er nie müde wurde.

Archie lebte in seinem eigenen Haus in der Colfax Avenue, wo er ein ausgedehntes Gelände, einen Rosengarten und ein Treibhaus besaß. Seinen Haushalt führten drei junge Japaner, ihm ergeben und einfallsreich, die Archies Einladungen zum Abendessen perfekt arrangierten, darauf achteten, daß er seine Verabredungen einhielt und es den Gästen, die im

Haus wohnten, so angenehm machten, daß sie nur ungern wieder abreisten.

Archie hatte niemals gewußt, was Behaglichkeit war, bis er Witwer wurde, obgleich er mit einem für ihn charakteristischen Feingefühl oder auch einer gewissen Unaufrichtigkeit darauf bestand, seinen Seelenfrieden der San-Felipe-Mine, der Zeit oder wem sonst auch immer zuzuschreiben, nur nicht seiner Befreiung von Mrs. Archie.

Mrs. Archie starb kurz bevor ihr Mann Moonstone verließ und vor sechs Jahren nach Denver zog. Der Kampf der unglückseligen Frau gegen den Staub, wurde ihr schließlich zum Verhängnis. An einem Sommertag, als sie die Polstermöbel im Salon mit Benzin abrieb – der Doktor hatte es ihr strikt verboten, und so gehörte es während seiner Abwesenheit zu ihren Vergnügungen –, kam es zu einer Explosion. Niemand erfuhr je genau, wie es geschah, denn Mrs. Archie war bewußtlos, als die Nachbarn ins brennende Haus stürzten, um sie zu retten. Sie mußte das flammende Gas eingeatmet haben und war fast auf der Stelle tot.

Das strenge Urteil Moonstones über sie milderte sich ein wenig nach ihrem Tod. Aber ihre alten Freundinnen in Mrs. Smileys Kurzwarenladen sagten zwar, wie schrecklich es sei, fügten aber hinzu, daß nur eine kräftige Explosion Mrs. Archie habe umbringen können und daß es nur rechtens war, daß der Doktor noch eine Chance hatte.

Archies Vergangenheit war im genauen Wortsinne zerstört, als seine Frau starb. Das Haus brannte bis auf den Grund nieder, und all die materiellen Erinnerungen, die solche Macht über die Menschen haben, waren während einer Stunde dahin. Seine Minenangelegenheiten führten ihn nun so oft nach Denver, daß es ihm geraten schien, sein Hauptquartier dort aufzuschlagen. Er gab seine Praxis auf und verließ Moonstone für immer. Sechs Monate später, als Doktor Archie noch im Brown Palace Hotel wohnte, fing die San Felipe an, ihren Silberschatz – den zu verbergen der alte Captain Harris sie immer bezichtigt hatte – herauszurükken. In der täglichen Liste der Minenaktien, die alle Tageszeitungen in West und Ost brachten, stand San Felipe an der Spitze. In wenigen Jahren war Doktor Archie ein sehr reicher Mann. Seine Mine hatte einen so wichtigen Stellenwert in der Rohstofförderung des Staates, und Archie hatte seine Hand in so vielen der neuen Industrien von Colorado und New Mexico, daß sein politischer Einfluß beträchtlich war. Er hatte ihn ganz und gar der neuen Reformpartei zukommen lassen und die Wahl eines Gouverneurs durchgesetzt, über dessen Benehmen er sich nun von Herzen schämte.

II

Nachdem Ottenburg und sein Gastgeber das Haus in der Colfax Avenue betreten hatten, gingen sie sogleich in die Bibliothek, einem langgestreckten Raum im zweiten Stock, den Archie sich ganz nach seinem eigenen Geschmack eingerichtet hatte. Er enthielt eine Menge Bücher, einige ausgestopfte Wildtiere, an jedem Ende einen großen Schreibtisch, unbeholfene, altmodische Kupferstiche, schwere Vorhänge und niedrige Polstermöbel.

Als einer der jungen Japaner die Cocktails brachte, wandte sich Fred von dem bemerkenswerten Beispiel eines amerikanische Wildschweins ab, das er sich genauer angesehen hatte, und sagte: «Ein Mann, der in einem solchen Haus allein lebt, muß schon ein sonderbarer Vogel sein, Archie. Warum heiratest du nicht? Ich, der ich nicht heiraten kann, stelle fest, das die Welt voll ist von reizenden, unverheirateten Frauen, denen ich nur zu gerne ein Haus bieten würde.»

«Du bist erfahrener als ich», meinte Archie höflich. «Ich verstehe nicht besonders viel von Frauen. Es könnte mir leicht passieren, daß ich mir eine von der unbehaglichen Sorte aussuche – und es gibt, wie du weißt, da einige.» Er trank seinen Cocktail aus und rieb sich vergnügt die Hände. «Meine Freunde hier haben reizende Frauen, und die geben mir keine Gelegenheit, mich einsam zu fühlen. Sie sind mir gegenüber sehr herzlich, und ich bin mit einigen von ihnen auf angenehmste Weise befreundet.»

Fred stellte sein Glas aus der Hand. «Ja, ich habe das immer beobachtet, das Frauen Vertrauen zu dir haben. Du hast etwas von der Art, wie ein Arzt mit ihnen umgeht. Und das gefällt dir?»

«Die Freundschaft attraktiver Frauen? O ja, mein Lieber. Das bedeutet mir eine ganze Menge.»

Der Butler bat zum Essen und die beiden Männer gingen hinunter ins Speisezimmer. Doktor Archies Abendessen waren immer gut und angenehm serviert, und seine Weine waren ausgezeichnet.

«Ich war heute bei den Leuten von der Fuel and Iron Company», sagte Ottenburg und sah von seiner Suppe auf. «Die haben das Herz am rechten Fleck. Ich kann nicht verstehen, warum zum Teufel du dich mit dieser Reformbande eingelassen hast, Archie. Hier gibt es nichts zu reformieren. Die Situation in Colorado war immer so einfach wie das Einmaleins; das meiste war eine Sache des freundschaftlichen Übereinkommens.»

«Naja», meinte Archie nachsichtig, «einige der jungen Leute hatten anscheinend ziemlich hitzige Überzeugungen, und da schien es mir besser, sie ihre Ideen realisieren zu lassen.»

Ottenburg zuckte die Achseln. «Ein paar Langweiler, die nicht fähig sind, das alte Spiel in der alten Weise zu spielen. Also wollen sie ein neues Spiel durchsetzen, das nicht soviel Grips erfordert und sich mehr auf Werbung verläßt: darauf laufen deine Anti-Kneipen-Liga und Laster-Kommission hinaus. Wie konntest du nur in eine solche Mausefalle wie Pink Alden hineinstolpern?»

Doktor Archie lachte, während er das Fleisch zerlegte. «Pink ist dir augenscheinlich unter die Haut gegangen. Es lohnt nicht, über ihn zu reden. Er ist an seine Grenze gestoßen. Die Leute wollen nichts mehr über sein makelloses Leben lesen. Ich wußte, daß die Interviews, die er gegeben hat, ihn fertig machen würden.»

Während Archie und sein Freund mit der Politik in Colorado beschäftigt waren, war der untadelige Japaner schnell und intelligent seinen Pflichten nachgekommen. Das Abendessen wäre, wie Ottenburg schließlich bemerkte, einer gewinnbringenderen Unterhaltung würdig gewesen.

«Das ist wahr», pflichtete der Doktor ihm bei. «Wir nehmen den Kaffee oben und lassen dies alles beiseite. Bring uns Cognac und Arrak nach oben, Tai», fügte er hinzu, als er vom Tisch aufstand.

Sie blieben stehen, um den Kopf eines Elchs im Treppenhaus zu betrachten. Als sie die Bibliothek betraten, brannten bereits die Tannenscheite im Kamin, und der Kaffee stand blubbernd davor. Tai rückte zwei Sesel vor den Kamin und brachte ein Tablett mit Zigaretten.

«Bring mir die Zigarren aus der unteren Schreibtischschublade, Boy», wies der Doktor ihn an. «Zu hell hier, findest du nicht, Fred? Zünde die Lampe dort auf meinem Schreibtisch an, Tai.» Er schaltete das grelle elektrische Licht aus und machte es sich in dem Sessel Ottenburg gegenüber bequem.

«Um auf unsere Unterhaltung zurückzukommen, Doktor», fing Fred an, während er darauf wartete, daß sein Kaffee etwas abkühlte, «warum entschließt du dich nicht, nach Washington zu gehen? Dort würde man keinen Kampf gegen dich inszenieren. Unnötig zu sagen, daß die Vereinigten Brauereien dir den Rücken stärken würden. Es wäre auch für uns eine Ehre, einen Reformkandidaten zu stützen.»

Doktor Archie streckte sich in voller Länge auf dem Sessel aus und schob seine großen Stiefel auf die knackenden Holzscheite zu. Er trank seinen Kaffee und zündete sich eine dicke, schwarze Zigarre an, während sein Gast das Sortiment von Zigaretten auf dem Tablett musterte.

«Du fragst, warum ich nicht...», meinte der Doktor bedächtig, «aber andererseits – warum sollte ich?» Er paffte anhaltend, und es schien, als betrachte er durch seine halbgeschlossenen Augen verschiedene lange Wege mit der Absicht, sie alle genüßlich zu verwerfen und zu bleiben, wo er war. «Ich habe die Politik ziemlich satt und bin enttäuscht von dem Haufen, dem ich mich zur Verfügung gestellt habe. Und ich verspüre keine besondere Neigung, mich deinem anzudienen. Es gibt da nichts, was ich mir im einzelnen wünschen würde. Und ein Mann ist wirkungslos in der Politik, wenn er sich persönlich nichts davon verspricht, und das mit Nachdruck.»

Der Doktor goß sich einen hellen Likör ein und blickte über das kleine Glas hinweg ins Feuer, mit einem Ausdruck, der Ottenburg vermuten ließ, er suche nach etwas in seinem Inneren. Fred zündete sich eine Zigarette an und ließ den Freund weiter nach seiner Idee forschen.

«Meine Boys hier haben mein Interesse für Japan geweckt», fuhr Archie fort. «Ich denke, ich werde im Frühling hinreisen und andersherum über Sibirien zurückkommen. Ich wollte schon immer mal nach Rußland.» Seine Augen suchten immer noch nach etwas in dem großen Kamin. Er wandte sich langsam wieder seinem Gast zu, und sein Blick blieb an ihm haften. «Und jetzt plane ich gerade, für ein paar Wochen nach New York zu gehen», schloß er abrupt.

Ottenburg reckte das Kinn nach oben. «Ach!» rief er aus, so als folge er erst jetzt Archies Gedankengang. «Wirst du Thea sehen?»

«Ja.» Der Doktor füllte sich sein Likörglas aufs neue. «Eigentlich, glaube ich, fahre ich sogar nach New York, um sie zu sehen.»

«Du hast sie nie gehört, nicht wahr? Sonderbar, da es doch schon ihre zweite Saison in New York ist.»

«Ich wollte im vergangenen März hinfahren. Hatte bereits alles arrangiert. Und dann hat der alte Captain Harris gemeint, er könne mit seinem Wagen und mir durch einen Laternenpfahl hindurchfahren, und so lag ich dann zwei Monate mit einem komplizierten Bruch fest und konnte Thea nicht besuchen.»

Ottenburg besah sich aufmerksam das rotglühende Ende seiner Zigarette.

«Sie hätte ja auch dich besuchen können. Ich erinnere mich, daß du wie der Blitz da warst, als sie dich brauchte.»

Archie wand sich unbehaglich in seinem Sessel. «Das konnte sie nicht. Sie mußte nach Wien zurück, um an einigen neuen Rollen für dieses Jahr zu arbeiten. Zwei Tage, nachdem die Saison in New York zu Ende war, ist sie abgefahren.»

«Dann konnte sie es natürlich nicht.» Fred rauchte die Zigarette zu Ende und warf den Stummel ins Kaminfeuer. «Ich bin außerordentlich froh darüber, daß du jetzt hinfährst.»

«Natürlich möchte ich sie hören», entschuldigte sich der Doktor, «aber ich fürchte, es ist an mich verschwendet. Ich kann Musik nicht beurteilen.»

«Das solltest du vergessen.» Fred setzte sich in seinem

Sessel auf. «Sie singt gerade für Leute, denen es ebenso geht. Ja, das tut sie. Selbst wenn du stocktaub wärest, wäre es nicht vergeblich. Es macht schon viel aus, sie zu beobachten. Übrigens, wie du weißt, ist sie sehr schön. Photographien geben keine Vorstellung davon.»

Doktor Archie stützte das Kinn auf seine großen Hände. «Ja, darauf verlasse ich mich. Ich glaube kaum, daß ihre Stimme mir natürlich klingen wird. Wahrscheinlich würde ich sie nicht wiedererkennen.»

Ottenburg lächelte: «Du wirst sie wiedererkennen, wenn du sie je gekannt hast. Es ist die gleiche Stimme, nur noch intensiver. Du wirst sie wiedererkennen.»

«Ging es dir damals so, in Deutschland, als du mir geschrieben hast? Es sind jetzt sieben Jahre. Das muß in ihren ersten Anfängen gewesen sein.»

«Ja, so ziemlich am Anfang. Sie sang eine der Rheintöchter.» Fred schwieg einen Augenblick. «Natürlich kannte ich sie von der ersten Note an. Ich hatte bereits eine ganze Menge junger Stimmen gehört, die als Rheintöchter ihren Anfang gemacht hatten. Aber eine solche hatte ich noch nie gehört! Mahler dirigierte an diesem Abend. Ich traf ihn, als er die Oper verließ, und wir wechselten ein paar Worte. ‹Eine interessante Stimme, die Sie da heute abend auf die Probe gestellt haben›, sagte ich. Er blieb stehen und lächelte. ‹Sie meinen Miss Kronborg? Ja, sehr interessant. Sie scheint beim Singen eine Vorstellung zu haben. Ungewöhnlich für eine junge Sängerin.› Ich hatte niemals zuvor von ihm gehört, daß eine Sängerin eine Vorstellung haben könnte.»

Der Doktor sah ihn neidvoll an. «Ich fürchte, davon werde ich kaum etwas mitbekommen. Auch mein einigermaßen verwildertes College-Deutsch wird mir da nicht viel helfen. Früher konnte ich immerhin so viel, daß meine deutschen Patienten mich verstanden.»

«Natürlich hilft das!» rief Ottenburg herzlich. «Ihre Aussprache ist wunderbar, und du hast eine Menge davon, wenn du den Text kennst. Du kannst darauf wetten, daß in Deutschland jeder das Libretto auswendig kann!»

«Ich würde ihr gern folgen können. Die Zeitungen schreiben immer, sie sei eine so vorzügliche Schauspielerin.» Archie ergriff die Feuerzange und machte sich daran, die abgebrannten und zerfallenen Scheite neu aufzuschichten. «Sie hat sich vermutlich sehr verändert?» fragte er geistesabwesend.

«Wir haben uns alle verändert, mein lieber Archie – sie mehr als die meisten von uns. Ich habe während all dieser Jahre nur ein paar Worte mit ihr gewechselt. Es ist besser so, solange ich gebunden bin. Die Gesetze sind barbarisch, Archie.»

«Bei deiner Frau – noch immer das gleiche?» fragte der Doktor voller Mitgefühl.

«Völlig. Sie ist seit sieben Jahren nicht aus den Sanatorien herausgekommen. Keine Möglichkeit, daß es ihr je besser gehen wird. Und in der Zwischenzeit sind mir Hände und Füße gebunden. Ich würde gern wissen, was eine Gesellschaft aus einem solchen Stand der Dinge gewinnt – außer einem Dickicht von Verstößen.»

«Es ist schlimm, es ist wirklich schlimm, da stimme ich dir zu!» Doktor Archie schüttelte den Kopf. «Aber Komplikationen gäbe es auch unter einem anderen System. Die ganze Frage der Verehelichung junger Männer ist mir lange Zeit sehr ernst erschienen. Woher nehmen Sie den Mut, es immer wieder zu versuchen?» Der Doktor betrachtete lange seinen Gast, der in bittere Gedanken versunken war. «Früher war es leichter als heute, nehme ich an. Mir scheint, alle verheirateten Leute, die ich als Junge gekannt habe, waren ganz glücklich.» Er schwieg wieder und biß das Ende einer neuen

Zigarre ab. «Du bist Theas Mutter nie begegnet, nicht wahr, Ottenburg? Das ist schade. Mrs. Kronborg war eine feine Frau. Ich fand immer, daß Thea einen Fehler gemacht hat, nicht nach Hause zu kommen, als Mrs. Kronborg krank war, gleichviel, was es sie gekostet hätte.»

Ottenburg rückte unruhig hin und her. «Sie konnte nicht, Archie, sie konnte wirklich nicht. Ich wußte, daß du das nie verstanden hast, aber ich war zu der Zeit in Dresden, und auch wenn ich sie nicht oft gesehen habe, konnte ich mir ihre Lage doch gut vorstellen. Durch einen glücklichen Zufall, eine Verknüpfung verschiedener Umstände, bekam sie die Rolle der Elisabeth an der Dresdner Oper. Wäre sie weggelaufen, aus welchem Grund auch immer, hätte sie vielleicht Jahre warten müssen, bis sich ihr eine solche Chance wieder geboten hätte. Sie gab eine großartige Vorstellung und hinterließ einen starken Eindruck. Sie war selbst krank, aber sie hat gesungen. Man bot ihr feste Verträge. Sie mußte sie an Ort und Stelle annehmen und einhalten. In diesem Spiel darf man keinen einzigen günstigen Zug verpassen. Nein Archie, du darfst es ihr nicht vorhalten. Sie hat das Richtige getan.» Er zog seine Uhr heraus. «Hallo! Ich muß mich auf den Weg machen. Du hörst regelmäßig von ihr?»

«Mehr oder minder regelmäßig. Sie war nie eine fleißige Briefschreiberin. Sie berichtet mir von ihren Engagements und Verträgen, aber da ich von dieser Sache so wenig verstehe, kann ich damit nicht sehr viel anfangen – abgesehen von den Zahlen, die zugegeben sehr eindrucksvoll sind. Wir haben eine ganz umfangreiche geschäftliche Korrespondenz, zum Beispiel über einen Grabstein für ihren Vater und ihre Mutter und vor kurzem wegen ihres jüngsten Bruders, Thor. Er ist jetzt hier bei mir und fährt meinen Wagen für mich. Heute ist er in der Mine.»

Ottenburg, der bereits seinen Mantel ergriffen hatte, ließ ihn fallen. «Fährt deinen Wagen?» fragte er ungläubig.

«Ja. Thea und ich hatten einigen Kummer mit Thor. Wir haben es mit einer Handelsschule und einer Ingenieurschule versucht, aber es ging nicht. Thor wurde als Chauffeur geboren, ehe es überhaupt Autos gab. Er taugte niemals für etwas anderes. Lümmelte zu Hause herum, sammelte Briefmarken, nahm Fahrräder auseinander und wartete auf die Erfindung des Automobils. Ich komme nicht dahinter, ob er den Job bei mir mag oder nicht, oder ob er irgend etwas von seiner Schwester wissen will. Heutzutage weiß man überhaupt nicht mehr, woran man mit den Kronborgs ist. Die Mutter war anders.»

Doktor Archie begleitete seinen Gast zum Taxi, das unten wartete, und ging dann in seine Bibliothek zurück, wo er das Feuer neu anfachte und sich zu einer langen Zigarre davorsetzte. Ein Mann von Archies bescheidener und leichtgläubiger Natur entwickelt sich spät und bringt den großen Gewinn zwischen Vierzig und Fünfzig ein. Mit Dreißig war Archie, wie wir gesehen haben, ein weichherziger Knabe mit einem männlichen Äußeren, der immer noch vor sich hinpfiff, um sich Mut zu machen. Wohlstand und weitreichende Verantwortung – vor allem aber die Befreiung von der armen Mrs. Archie – hatten erheblich mehr zutage gefördert, als er je selbst für möglich gehalten hätte. An diesem Abend, in der ihm so teuren Behaglichkeit vor dem Kaminfeuer, überlegte er, daß er ohne die glücklichen Zufälle und die geglückten Bohrungen immer noch ein Landarzt wäre, der im Schein seiner Bürolampe alte Bücher las. Und dennoch war er nicht so frisch und energisch, wie er eigentlich hätte sein müssen. Er war der Geschäfte und der Politik müde. Schlimmer noch, er war der Männer, mit denen er zu tun hatte, und der Frauen, die, wie er gesagt hatte, so freundschaftlich zu ihm waren, überdrüssig. Er hatte das Gefühl, noch immer auf der Suche nach irgend etwas zu sein, wie der alte Jasper Flight. Er wußte, daß dies ein unbekömmlicher und undankbarer Gemüts- und Geisteszustand war, und er machte sich deswegen Vorwürfe. Aber er konnte nicht umhin, sich zu fragen, warum das Leben, auch wenn es einem viel gab, letztlich doch so wenig schenkte. Was war es eigentlich, das er erwartet und das er versäumt hatte? Warum war er mehr als alles andere – enttäuscht?

Er machte sich daran, auf sein Leben zurückzublicken und sich zu fragen, welche Jahre er gern noch einmal – so wie sie gewesen waren – leben würde, und es waren nicht viele. Seine College-Jahre würde er mit Vergnügen wiederholen. Danach gab es nichts, was er gern wiederholt hätte – bis er auf Thea Kronborg stieß. Da war etwas Aufregendes in jenen Jahren in Moonstone, als er ein unruhiger junger Mann war, der kurz davor stand, sich in größere Unternehmungen zu stürzen, und als sie ein unruhiges Kind war, das gerade dabei war, in etwas Unbekanntes hineinzuwachsen. Es wurde ihm jetzt klar, daß sie ihm erheblich mehr bedeutet hatte, als er seinerzeit wußte. Es war eine kontinuierliche Beziehung. Er spähte immer nach ihr aus, wenn er durch die Stadt ging. Er erwartete sie irgendwie vage, wenn er abends in seiner Praxis saß. Er hatte sich damals nie gefragt, ob es nicht etwas merkwürdig sei, daß für ihn ein Mädchen von zwölf Jahren der Mensch in Moonstone war, den er am interessantesten fand und mit dem er sich am ehesten befreunden konnte. Es war ihm als eine angenehme und natürliche Art fürsorglicher Teilnahme erschienen. Er hatte es sich damals damit erklärt, daß er keine eigenen Kinder hatte. Und nun, wie er da auf jene Jahre zurückblickte, waren die übrigen Neigungen und Interessen verblaßt und wie abgestorben. Der Gedanke an sie war ihm beschwerlich. Aber immer, wenn sein Leben das von

Thea Kronborg berührt hatte, war da noch eine gewisse Wärme, ein kleiner Funke übrig. Ihre Freundschaft schien sich über jene unzufriedenen Jahre zu legen wie ein Blattmuster, das immer noch hell und frisch ist, wenn die anderen Muster sich in den düsteren Hintergrund verloren hatten. Ihre Spaziergänge, ihre gemeinsamen Ausfahrten, ihre Vertrautheit, der Abend, als sie das Kaninchen im Mondschein beobachteten – warum war es so anrührend, sich an diese Dinge zu erinnern? Immer wenn er an sie dachte, waren sie deutlich von seinen anderen Lebenserinnerungen unterschieden; sie schienen ihm immer humorig, fröhlich, hatten etwas von der leisen Erregung der Vorwegnahme und des Geheimnisvollen an sich. Ja, sie kamen zärtlichen Geheimnissen näher als alle anderen Erinnerungen, die er besaß. Und stärker als alle übrigen Erfahrungen verbanden sie sich mit dem, was er in der Welt zu finden gehofft und nicht gefunden hatte. Und jetzt begriff er auch, daß all die unerwarteten materiellen Glücksgüter, so blendend sie auch sein mochten, uns letztlich nicht sehr viel bedeuten. Sie können uns eine Weile erregen oder ablenken, aber wenn wir zurückblicken, so sind die einzigen Dinge, die uns wirklich am Herzen liegen, diejenigen, die unseren ursprünglichen Wünschen entgegenkommen; dem Verlangen, das sich – ungelenkt und aus eigenem Antrieb – in unserer Jugend ausbildet.

III

In den ersten vier Jahren, nachdem Thea nach Deutschland gegangen war, ging in der Kronborg-Familie alles seinen gewohnten Gang. Mrs. Kronborgs Grundbesitz in Nebraska stieg im Wert und brachte ihr gute Pachteinnahmen. Die Familie gewöhnte sich allmählich an ein leichteres Leben, fast ohne sich dessen bewußt zu werden, wie es in Familien so geht. Dann erkrankte Mr. Kronborg, der bis dahin nie krank gewesen war, und starb plötzlich an Leberkrebs. Nach seinem Tode ging es mit Mrs. Kronborg, wie die Nachbarn sagten, bergab. Als der Doktor entmutigende Berichte vom Nachfolger in seiner Praxis erhielt, fuhr Doktor Archie von Denver nach Moonstone, um sie zu besuchen. Er fand sie im Bett, in dem Zimmer, in dem er sie mehr als einmal behandelt hatte, eine gutaussehende Frau von Sechzig mit einem immer noch festen, weißen Körper. Ihr Haar, das inzwischen die Farbe sehr blasser Primeln hatte, hing ihr in zwei dicken Zöpfen über den Rücken, ihre Augen waren klar und ruhig. Als der Doktor ankam, saß sie im Bett und strickte. Er merkte sofort, wie glücklich sie war, ihn zu sehen, aber es wurde ihm bald klar, daß sie keineswegs entschlossen war, gesund zu werden. Sie sagte auch tatsächlich, daß sie ohne Mr. Kronborg nicht sehr gut zurechtkäme. Der Doktor sah sie erstaunt an. War es möglich, daß sie diesen törichten alten Mann so sehr vermißte? Er erinnerte sie an ihre Kinder.

«Ja», erwiderte sie, «den Kindern geht es allen gut, aber sie sind nicht Vater. Wir haben jung geheiratet.»

Der Doktor beobachtete sie mit Verwunderung, als sie fortfuhr zu stricken, und dachte, wie ähnlich sie Thea sah. Der Unterschied war eher einer des Grades als einer der Art. Die Tochter war von einem alles bezwingenden Enthusiasmus, der Mutter fehlte er ganz. Aber die Grundstruktur, das Fundament war bei beiden sehr ähnlich.

Nach kurzem Schweigen fragte Mrs. Kronborg: «Haben Sie in letzter Zeit von Thea gehört?»

Während ihrer Unterhaltung ging dem Doktor langsam auf, daß Mrs. Kronborgs eigentlicher Wunsch war, ihre Tochter Thea zu sehen. Wie sie so Tag um Tag dalag, wünschte sie es sich beharrlich. Er sagte ihr, daß wenn ihr so ums Herz wäre, sie vielleicht Thea bitten sollte zu kommen.

«Ich habe viel darüber nachgedacht», sagte Mrs. Kronborg langsam, «ich mag sie nicht stören, jetzt wo sie anfängt, Erfolg zu haben. Ich nehme an, daß sie ganz schön harte Zeiten hinter sich hat, obwohl sie niemals eine war, die klagt. Vielleicht würde sie gern kommen. Es wäre hart für sie, uns beide zu verlieren, während sie fort ist.»

Als Doktor Archie nach Denver zurückkam, schrieb er Thea einen langen Brief, in dem er ihr den Zustand ihrer Mutter erklärte und ihr schilderte, wie sehr sie sich wünschte, sie zu sehen, und er gab Thea den Rat zu kommen — wenn auch nur für ein paar Wochen. Thea hatte das Geld, das er ihr geliehen hatte, zurückgezahlt, und er versicherte ihr, daß wenn sie zufällig gerade zu knapp bei Kasse wäre für die Reise, sie ihm nur zu telegraphieren brauchte.

Einen Monat später erhielt er eine recht verkrampfte Antwort von Thea. Komplikationen in der Dresdner Oper hatten ihr ganz unverhofft Gelegenheit gegeben, eine große Rolle zu übernehmen. Noch ehe ihr Brief den Doktor erreicht hätte, würde sie ihr Debüt als Elisabeth im «Tannhäuser» hinter sich haben. Sie wollte mehr als alles andere in der Welt ihre Mutter besuchen, aber wenn sie nicht versagte — was sie nicht würde — konnte sie Dresden auf keinen Fall während der nächsten sechs Monate verlassen. Sie hatte keine Wahl, sie mußte bleiben — oder sie würde alles verlieren. Die nächsten Monate würden sie um fünf Jahre weiterbringen oder sie so weit zurückwerfen, daß es keinen Sinn hätte weiterzukämpfen. Sobald sie frei wäre, käme sie nach Moonstone und holte ihre Mutter zu sich nach Deutschland. Ihre Mutter, das glaube sie sicher, könne noch jahrelang leben, sie würde die Deutschen und die deutsche Lebensweise mögen und könnte immerzu Musik hören. Thea schrieb, daß sie ihrer Mutter schreiben und sie inständig bitten werde, sechs Monate auf sie zu warten.

Doktor Archie fuhr sofort nach Moonstone. Er hatte großes Vertrauen zu Mrs. Kronborgs Willensstärke, und wenn Theas dringende Bitte ganz von ihr Besitz ergriffe, würde es ihr besser gehen, so glaubte er. Aber als man ihn in das vertraute Zimmer neben dem Wohnzimmer bat, sank ihm das Herz. Mrs. Kronborg lag heiter und schicksalsergeben auf ihren Kissen. Auf der Frisierkommode am Fußende des Bettes stand eine große Photographie von Thea in der Rolle, in der sie ihr Debüt machen sollte. Mrs. Kronborg zeigte darauf.

«Ist sie nicht reizend Doktor? Es ist schön, daß sie sich nicht sehr verändert hat. So habe ich sie oft gesehen.»

Sie sprachen eine Weile von Theas Glück. Mrs. Kronborg hatte ein Telegramm erhalten mit dem Inhalt: «Erste Aufführung gut aufgenommen. Große Erleichterung.»

«Eine Familie aufzuziehen, ist auch nicht das, wozu es hochgejubelt wird», sagte Mrs. Kronborg mit einem leichten Anflug von Ironie, während sie das Telegramm wieder unter ihr Kopfkissen stopfte. «Die Kinder, die man nicht so besonders braucht, sind immer um einen herum, wie die Armen. Aber die Begabten verlassen einen. Sie müssen ihren eigenen Weg in der Welt gehen. Scheint, als ob sie, je begabter sie sind, desto weiter fortgehen. Es hat mir oft leid getan, daß Sie keine Familie hatten, Doktor, aber vielleicht geht es Ihnen allein auch nicht schlechter.»

«Theas Plan klingt mir ganz vernünftig, Mrs. Kronborg. Ich sehe keinen Grund, warum sie nicht noch Jahre leben sollten, bei entsprechender Pflege. Und es wäre doch hübsch, mit jemandem zusammenzusein, der so aussieht.» Er nickte zur Photographie der jungen Frau hinüber, die gerade «Dich, teure Halle, grüß ich wieder» gesungen haben mußte, die Augen nach oben gerichtet, die schönen Hände vor Freude ausgebreitet.

Mrs. Kronborg lachte ganz fröhlich. «Nicht wahr, das wäre es. Wenn Vater noch da wäre, könnte ich mich vielleicht aufraffen ... Es wird hart für sie sein, uns beide zu verlieren. Aber wenn solche Dinge in großer Entfernung passieren, hinterlassen sie keinen so starken Eindruck; besonders wenn man alle Hände voll zu tun hat und über eigene Pflichten nachdenken muß. Mein eigener Vater starb in Nebraska, als Gunner geboren wurde – wir lebten damals in Iowa –, und ich war traurig, aber das Baby hat es wieder gutgemacht. Auch ich war meines Vaters Liebling. Sehen Sie, so geht das.»

Der Doktor nahm Theas Brief heraus und las Mrs. Kronborg daraus vor. Sie schien zuzuhören und auch wieder nicht.

Als er geendet hatte, sagte sie nachdenklich: «Ich hatte gedacht, ich würde sie noch einmal singen hören. Aber ich habe die Feste immer gefeiert, wie sie fielen. Ich habe ihr Singen immer genossen, solange sie hier im Haus war. Wenn sie übte, habe ich oft meine Arbeit liegenlassen, mich in den Schaukelstuhl gesetzt und mich völlig dem Gesang überlassen, ganz genau so, als wäre ich bei einer Aufführung dabeigewesen. Letztlich» – sie blickte die Photographie kritisch an – «glaube ich, ich habe ebensoviel von Theas Stimme gehabt, wie irgend jemand sonst noch von ihr haben wird.»

Doktor Archie ergriff ihre Hand, die immer noch fest war wie die Hand einer jungen Frau. «Wissen Sie, ich habe immer gedacht, daß sie mehr von Ihnen gelernt hat als von irgendeinem ihrer Lehrer.»

«Mit Ausnahme von Wunsch, er war ein echter Musiker», erwiderte Mrs. Kronborg achtungsvoll. «Ich habe ihr, so gut das ging in einem überfüllten Haus, eine Chance gegeben. Um ihretwillen habe ich die anderen Kindern aus dem Wohnzimmer weggehalten. Das war so ziemlich alles, was ich für sie tun konnte.»

Nachdem sie sich viele vergnügliche Erinnerungen ins Gedächtnis zurückgerufen hatten, sagte Mrs. Kronborg plötzlich: «Ich hab' es immer verstanden, daß sie uns nie mehr besucht hat. O ja, ich weiß! Man muß schweigen können. Sie waren ihr ein guter Freund. Ich hab' das nie vergessen.» Sie klopfte leicht auf den Ärmel des Doktors und fuhr wie beiläufig fort: «Es gab da irgend etwas, das sie mir nicht erzählen wollte, und deshalb kam sie nicht. Irgend etwas ist geschehen, als sie mit diesen Leuten da in Mexiko war. Ich habe mir eine ganze Weile Sorgen gemacht, aber ich glaube, sie hat es ganz gut überstanden. Sie hat eine ganz schön harte Zeit gehabt, als sie sich so jung ganz allein durchschlagen mußte und meine Farmen in Nebraska so wenig brachten, daß ich ihr überhaupt nicht helfen konnte. So sollte man ein junges Mädchen nicht in die Welt schicken. Aber ich nehme an, was immer das war, heute würde sie keine Angst mehr haben, es mir zu erzählen.» Mrs. Kronborg blickte auf die Photographie und lächelte. «Sie sieht nicht so aus, als wenn sie irgend jemandem verpflichtet wäre, nicht wahr?»

«Das ist sie nicht und war es nie. Deshalb hat sie ja das Geld von mir geborgt.»

«Ich wußte es ja, sie hätte Ihnen nie geschrieben, wenn sie irgend etwas getan hätte, was uns Schande macht. Sie war immer stolz.» Mrs. Kronborg schwieg und drehte sich ein wenig zur Seite. «Das war schon eine schöne Genugtuung für sie und mich, Doktor, als ihre Stimme sich so schön entwikkelte. Nicht alles, was man sich erhofft, geht auf lange Sicht so gut aus. Solange die alte Mrs. Kohler noch lebte, hat sie mir immer übersetzt, was in den deutschen Zeitungen, die sie mir schickte, stand. Etwas konnte ich mir auch allein zusammenreimen – Deutsch ist nicht so sehr verschieden von Schwedisch –, aber der alten Dame machte es Spaß. Sie hat Thea ihr Flickenbild vom brennenden Moskau hinterlassen. Ich habe es mit Mottenkugeln für sie weggepackt, zusammen mit der Oboe, die ihr Großvater aus Schweden mitgebracht hat. Ich möchte, daß sie Vaters Oboe eines Tages dahin zurückbringt.» Mrs. Kronborg schwieg und preßte die Lippen zusammen. «Aber ich denke, sie wird ein schöneres Instrument mit nach Schweden nehmen», fügte sie hinzu.

Der Ton ihrer Stimme schreckte den Doktor förmlich auf, sie vibrierte vor wildem, herausforderndem Stolz, wie er ihn oft in Theas Stimme vernommen hatte. Bestürzt sah er seine alte Freundin und Patientin an. Letztlich kannte man die Menschen niemals bis in ihr Innerstes.

«Ihr letzter Sommer zu Hause war nicht sehr nett für sie», begann Mrs. Kronborg so gelassen, als wenn ihr Temperament nicht kurz zuvor mit ihr durchgegangen wäre. «Die anderen Kinder spielten verrückt, weil sie glaubten, ich könnte mich zuviel um sie kümmern und machte sie eingebildet. Irgendwie haben wir sie alle ganz schön unter Druck gesetzt, weil wir diesen dauernden Lehrerwechsel und das alles nicht verstehen konnten. So geht's, wenn man die stillen Kinder, die nie großtun, unter Druck setzt. Man weiß nie, wie weit fort sie das treiben wird. Nun, Doktor, wir sollten uns nicht beklagen. Sie hat uns eine ganze Menge zu denken gegeben.»

Das nächste Mal, als Doktor Archie nach Moonstone kam, war er einer der Sargträger bei Mrs. Kronborgs Beerdigung. Als er sie zum letztenmal sah, war sie so heiter und hoheitsvoll, daß es ihm auf dem Rückweg nach Denver fast so vorkam, als hätte er Thea Kronborg selbst begraben. Der hübsche Kopf im Sarg schien ihm weit mehr Thea zu sein, als die strahlende junge Frau auf dem Bild, die in die gotischen Gewölbe hinaufsah und die Liederhalle grüßte.

IV

An einem strahlenden Morgen Ende Februar neunzehnhundertneun frühstückte Doktor Archie behaglich im Waldorf Astoria. Er war mit einem frühen Zug in New Jersey angekommen, und ein feuerroter, windiger Sonnenaufgang hatte ihm Appetit gemacht. Er studierte die Morgenzeitung, während er seinen Kaffee trank und las, daß «Lohengrin» an diesem Abend in der Oper auf dem Programm stand. In der Liste der Künstler, die auftreten sollten, war auch der Name «Kronborg». Diese plötzliche Begegnung schreckte den Doktor einigermaßen auf. «Kronborg»: Es war eindrucksvoll und dennoch irgendwie respektlos, irgendwie plump und schamlos, auf der letzten Seite der Morgenzeitung. Nach dem Frühstück ging er zur Theaterkasse des Hotels und fragte das Mädchen, ob es ihm etwas für «Lohengrin» geben könnte, «ziemlich nah an der Bühne». Sein Benehmen war eine Spur unbeholfen, und er fragte sich, ob das Mädchen es bemerkte. Aber auch wenn es so war, käme ihr wohl kaum ein Verdacht. Vor der Theaterkasse sah er ein paar blaue Plakate, auf denen die Opernaufführungen der Woche standen. Da war «Lohengrin» und darunter las er:

Elsa von Brabant . . . . Thea Kronborg.

Das sah schon besser aus. Das Mädchen gab ihm eine Karte für einen ausgezeichneten Platz, wie sie sagte. Er bezahlte sie und ging zum Taxistand hinaus. Er nannte dem Fahrer eine Nummer am Riverside Drive und stieg in den Wagen. Es war sicherlich nicht das richtige, Thea einen Besuch zu machen, wenn sie am Abend sang. Soviel wußte er, Gott sei Dank! Fred Ottenburg hatte ihm einen Wink gegeben, daß man sich dadurch, mehr als durch irgend etwas anderes, bei ihr in Mißkredit bringen würde.

Als er die Nummer erreicht hatte, an die er seine Briefe richtete, entließ er das Taxi und stieg aus, um zu Fuß zu gehen. Das Haus, in dem Thea wohnte, war so unpersönlich wie das Waldorf Astoria und ebenso groß. Es lag oberhalb der hundertsechzehnten Straße, wo der Drive enger wurde und das sanft abfallende Ufer davor sich zum North River senkte. Als Archie über die Wege schlenderte, die den Abhang unterhalb des Straßenniveaus durchzogen, ragten die vierzehn Stockwerke des Appartment-Hotels vor ihm auf wie ein senkrechter Felsen. Er hatte keine Ahnung, in welchem Stockwerk Thea wohnte, aber er überlegte, während sein Blick über die vielen Fenster glitt, daß die Aussicht aus jeder Etage schön sein müßte. Die abweisende Riesenhaftigkeit des Hauses gab ihm das Gefühl, als hätte er erwartet, Thea in einer Menschenmenge zu treffen, und sie verpaßt. Ganz glaubt er es nicht, daß sie hinter einem dieser funkelnden Fenster verborgen war oder daß er sie am Abend hören würde. Sein Spaziergang hatte etwas merkwürdig Schwungloses und vermittelte ihm nichts. Da er sich erinnerte, daß Ottenburg ihn ermutigt hatte, seine Lektion zu lernen, ging er zum Opernhaus und kaufte sich ein Libretto. Er hatte sogar sein altes Wörterbuch «Adler's German and English» in den Koffer gepackt, und nach dem Lunch machte er es sich in seiner vergoldeten Suite im Waldorf Astoria mit einer Zigarre und dem «Lohengrin»-Text bequem.

Die Oper war für sieben Uhr fünfundvierzig angezeigt,

aber Archie nahm seinen Platz rechts vor dem Orchester bereits um halb acht Uhr ein. Er war noch nie in der Metropolitan Oper gewesen, und die Höhe des Zuschauerraums, die üppigen Farben und der Schwung der Balkone blieben nicht ohne Eindruck auf ihn. Mit einem zunehmenden Gefühl der Erwartung beobachtete er, wie sich das Haus füllte. Als der eiserne Vorhang sich hob und die Orchestermitglieder ihre Plätze einnahmen, wurde er deutlich nervös. Der plötzliche Applaus, der den Dirigenten begrüßte, steigerte das noch mehr. Er stellte fest, daß er seine Handschuhe ausgezogen und sie zu einer Kordel zusammengedreht hatte. Als die Lichter ausgingen und die Geigen mit der Ouvertüre einsetzten, wirkte der Raum noch größer als vorher: wie eine tiefe Grube, schattig und feierlich. Die ganze Atmosphäre, fand er, war irgendwie ernster, als er angenommen hatte.

Als der Vorhang vor der Szene an der Schelde aufging, überließ er sich bereitwillig dem Lauf der Geschichte. Er war so sehr an dem Baß interessiert, der den König Heinrich sang, daß er fast vergessen hatte, auf wen er so ungeduldig wartete, bis der Herold mit Stentorstimme Elsa von Brabant aufrief. Dann wurde ihm bewußt, daß er Angst hatte. Plötzlich war da ein Flattern von Weiß im Hintergrund der Szene und Frauen traten auf: zwei, vier, sechs, acht – aber nicht die richtige. Es schoß ihm durch den Kopf, daß dies so etwas wie Jagdfieber war, der lähmende Augenblick für einen Mann, wenn sein erster Elch ihn durch die Büsche hindurch unter seinem mächtigen Geweih anschaut. Der Augenblick, in dem ein Mann nur an den ersten Schuß denkt und dabei das Gewehr in seiner Hand vergißt, bis der Hirsch verschwunden ist.

Plötzlich war sie da. Ja, ohne Frage, sie war es. Sie hatte die Augen niedergeschlagen, aber Kopf, Wangen und Kinn – ein Irrtum war ausgeschlossen. Sie bewegte sich vorwärts, als schlafwandelte sie. Irgend jemand sprach mit ihr, aber sie neigte nur den Kopf. Er sprach wieder, und sie beugte den Kopf noch tiefer. Archie hatte sein Libretto vergessen und nicht mit so langen Pausen gerechnet. Er hatte erwartet, daß sie auftrat und sang und ihn beruhigte. Alle schienen auf sie zu warten. Hatte sie womöglich ihren Text vergessen? Warum, zum Donner, fing sie nicht an – sie gab einen Ton von sich, einen schwachen. Die Leute auf der Bühne flüsterten miteinander und schienen verwirrt. Seine Nervosität war absurd. Sie hatte das ja sicherlich schon mehrmals gemacht, sie wußte doch, was auf sie zukam! Sie gab wieder einen Ton von sich, aber er konnte nichts damit anfangen. Dann sang der König sie an, und Archie dämmerte es, wo in der Geschichte sie sich befanden. Sie kam an den Rand der Bühne, schlug ihre Augen auf, richtete ihren Blick nach oben, rang die Hände und fing an: «Einsam in trüben Tagen.»

Ja, es war genau wie Jagdfieber. Da war ihr Gesicht jetzt dem Zuschauerraum zugewandt, vor seinen Augen, und er konnte es nicht erkennen. Sie sang endlich, und er konnte sie wahrhaftig nicht hören. Er war sich nur einer unbehaglichen Angst bewußt, des Gefühls einer niederschmetternden Enttäuschung. Er hatte sie schließlich doch verpaßt. Was immer da war, sie war es nicht – nicht für ihn.

Der König unterbrach sie. Sie fing wieder an zu singen. «In lichter Waffen Scheine». Archie wußte nicht, wann das Jagdfieber zu Ende war, mit einemmal saß er ruhig im dunklen Zuschauerraum, aber er hörte nicht zu, sondern träumte auf einem Fluß aus Silbertönen. Weit fort von den anderen, glitt er allein auf der Melodie dahin, so als wäre er schon eine lange Zeit allein mit ihr gewesen und hätte sie schon lange gekannt. Seine Aufmerksamkeit war gerade in diesem Augenblick nicht groß, aber soweit sie reichte, schien er in einer Art begeisterter Gelassenheit von weither, wie aus einem anderen Leben, Fühlen und Verstehen als seinem eigenen, auf eine schöne Frau zu blicken, in deren Gesicht irgend etwas war, das er vor langer Zeit schon gesehen hatte, nur war es jetzt strahlender und schöner. Als junger Bursche hatte er geglaubt, daß die Gesichter Sterbender denen im Jenseits gleichen, daß es die gleichen Gesichter bleiben, die aber im Licht einer neuen Erkenntnis leuchteten.

Was er spürte war Bewunderung und Entfremdung. Das heimelige Wiederfinden, das er irgendwie erwartet hatte, erschien ihm nun töricht. Statt stolz zu sein, daß er sie besser kannte als all diese Leute um ihn herum, war er bekümmert über seine eigene Naivität. Denn er kannte sie ja nicht besser. Diese Frau da hatte er nie gekannt. Irgendwie hatte sie seine kleine Freundin verschlungen, wie der Wolf das Rotkäppchen. Schön und strahlend und zart wie sie war, ließ sie seine alte Zuneigung gefrieren. Diese Art von Gefühl war nicht mehr angemessen. Sie schien jetzt viel, viel weiter von ihm entfernt zu sein als in all den Jahren in Deutschland. Den Ozean hätte er überqueren können, aber hier war etwas, das er nicht überwinden konnte. Es gab einen Augenblick, als sie sich zum König umwandte und das seltene Sonnenaufgangslächeln ihrer Kindheit lächelte, da glaubte er, daß sie zu ihm zurückkehrte. Nachdem der Herold ihren Ritter zum zweitenmal aufgerufen hatte und sie in leidenschaftlichem Gebet niederkniete, war da wieder etwas Vertrautes, jene Art grenzenlosen Erstaunens, das hervorzurufen sie vor langer Zeit die Kraft gehabt hatte.

Nachdem der Tenor aufgetreten war, gab der Doktor den Versuch auf, diese Frau in seine liebsten Erinnerungen einzufügen. Er nahm sie, soweit er konnte, als das, was sie jetzt und hier war. Als der Ritter das kniende Mädchen aufhob und ihr seine gepanzerte Hand auf das Haar legte, als sie ihm ein Gesicht voller Anbetung und leidenschaftlicher

Demut zuwandte, ließ Archie seinen letzten Vorbehalt fallen. Er wußte nicht mehr über sie als die Hunderte um ihn herum, die da im Schatten saßen und zuschauten wie er, einige mit mehr und andere mit weniger Verständnis. Er wußte soviel von Ortrud oder Lohengrin wie er über Elsa wußte — mehr nur, weil sie weiterging als die anderen, weil sie die legendäre Schönheit ihres Charakters durchhielt. Sogar er vermochte das zu sehen. Ihre Haltung, ihre Bewegungen, ihr Gesicht, ihre weißen Arme und Hände, alles war durchtränkt von einer rosigen Zärtlichkeit, einer warmen Bescheidenheit, einer anmutigen und — ihm — dennoch ganz fremden Schönheit.

Während der Balkonszene im zweiten Akt waren die Gedanken des Doktors so weit entfernt von Moonstone wie die der Sängerin. Er fing wirklich an zu spüren, wie ermunternd es war, sich von Personen zu befreien, von seiner eigenen Vergangenheit wie von der Thea Kronborgs loszukommen. Während des Duetts mit Ortrud und der glanzvollen Hochzeitsprozession nahm diese neue Empfindung mehr und mehr zu. Am Ende dieses Aktes gab es viele Vorhänge für Elsa, und sie quittierte sie strahlend, anmutig, lebhaft und mit ihrem alles einbeziehenden Lächeln. Aber im ganzen wirkte sie härter und zurückhaltender vor dem Vorhang als auf der Szene dahinter. Archie leistete seinen Beitrag zum Applaus, den sie erhielt, aber es war die neue und wundervolle Thea, der er applaudierte, nicht die alte und ihm so liebe. Sein persönlicher Besitzerstolz auf sie war verschwunden.

Während der Pause ging er im Opernhaus umher; hier und dort fing er unter den Leuten im Foyer den Namen «Kronborg» auf. Auf der Treppe vor dem Büffet dozierte ein langhaariger junger Mann mit einem fetten Gesicht vor einer Gruppe von Frauen über «die Kronborg». Doktor Archie konnte heraushören, daß er auf dem gleichen Schiff wie sie herübergekommen war.

Nach der Vorstellung nahm Archie ein Taxi und fuhr zum Riverside Drive. Er war entschlossen, sich diesmal nicht unterkriegen zu lassen. Als er die Halle des Hotels betrat, vor dem er am Morgen entlanggeschlendert war, fragte ihn der Portier, was er wolle. Er sagte, er warte auf Miss Kronborg. Der Portier betrachtete ihn mißtrauisch und fragte, ob er eine Verabredung habe. Er bejahte es kühn. Er war es nicht gewöhnt, von Hotelpersonal ausgefragt zu werden. Archie setzte sich erst in den einen der gobelinbezogenen Sessel, dann in den anderen und behielt die Hereinkommenden, die zum Lift weitergingen, scharf im Auge.

Er ging auf und ab und sah auf seine Uhr. Eine Stunde schleppte sich so dahin. Seit zwanzig Minuten war niemand von der Straße hereingekommen, als zwei Frauen mit vielen Blumen im Arm und ein großer junger Mann in Chauffeursuniform die Halle betraten. Archie näherte sich der größeren der beiden Frauen, die verschleiert war und ihren Kopf sehr hoch trug. Er trat ihr kurz vor dem Lift entgegen. Und obgleich er ihr nicht direkt im Weg stand, veranlaßte irgend etwas in seiner Haltung sie, stehenzubleiben. Sie blickte ihn durch das weiße Tuch, das ihr Gesicht bedeckte, durchdringend und herausfordernd an. Dann hob sie die Hand und riß sich das Tuch vom Kopf. Ihre Augenbrauen und Wimpern waren noch schwarz geschminkt. Sie war sehr blaß, und ihr Gesicht war abgespannt und von tiefen Linien durchzogen. Sie wirkte, gestand sich der Doktor ein – und sein Herz sank –, wie vierzig. Ihr mißtrauischer, überraschter Blick schmolz allmählich.

«Verzeihung», murmelte der Doktor, der nicht wußte, wie er sie hier vor dem Portier anreden sollte, «Ich bin von der

Oper aus hierhergekommen. Ich wollte Ihnen nur eine gute Nacht wünschen.»

Ohne zu sprechen, immer noch ungläubig, schob sie ihn in den Lift. Ihre Hand lag auf seinem Arm, während der Lift nach oben schoß. Sie hatte sich stirnrunzelnd abgewandt, so als versuchte sie, sich an etwas zu erinnern oder es sich bewußt zu machen. Als der Lift hielt, schob sie ihn hinaus und durch eine andere Tür, die ein Dienstmädchen geöffnet hatte, in eine quadratische Diele. Dort sank sie in einen Sessel und sah zu ihm auf.

«Warum haben Sie mir nichts gesagt?» fragte sie mit rauher Stimme.

Archie hörte sein altes, verlegenes Lachen, das inzwischen seltener geworden war. «Ach, ich wollte mein Glück versuchen, wie jeder andere. Es ist alles so lange her.»

Sie ergriff seine Hand mit ihrem dicken Handschuh, und ihr Kopf sank nach vorn. «Ja, es ist lange her», sagte sie mit der gleichen heiseren Stimme, «und es ist so viel geschehen.»

«Und du bist so müde, und ich bin ein ungeschickter, alter Bursche. So bei Nacht hereinzuplatzen!» fügte der Doktor mitfühlend hinzu. «Sieh es mir diesmal nach.» Er neigte sich zu ihr hinunter und legte ihr besänftigend die Hand auf die Schulter. Er spürte, wie ein Schauer von Kopf bis Fuß durch ihren Körper lief.

Immer noch im Pelzmantel warf sie beide Arme um den Doktor und drückte ihn an sich. «Ach, Doktor Archie, Doktor Archie» – sie schüttelte ihn –, «lassen Sie mich nicht los, bleiben Sie, wo Sie schon einmal da sind», sie lachte, löste sich gleichzeitig von ihm und schlüpfte aus ihrem Pelz. Sie überließ es dem Mädchen, ihn aufzuheben, und schob den Doktor in das Wohnzimmer, wo sie das Licht einschaltete. «Lassen Sie sich ansehen. Ja, Hände, Füße, Kopf, Schultern

— alles noch das gleiche. Sie sind nicht älter geworden. Was sich von mir nicht sagen läßt, nicht wahr?»

Sie stand mitten im Zimmer in einer weißseidenen Hemdbluse und einem kurzen schwarzen Samtrock ohne Rüschen und Schleppe, das Ganze wirkte, als «hätte man ihr gewaltsam alle Weiblichkeit ausgetrieben». Es war nicht zu leugnen, sie sah geschoren und gerupft aus. Ihr Haar war in der Mitte gescheitelt und lag sehr eng am Kopf an, so wie sie es unter der Perücke getragen hatte. Sie sah aus, als sei sie auf der Flucht vor irgend etwas, in Kleidern entronnen, die sie zufällig ergriffen hatte. Und es schoß Doktor Archie durch den Kopf, daß sie jener anderen Frau dort in der Oper, die ihr so zugesetzt hatte, davonlaufen wollte.

Er trat einen Schritt auf sie zu. «Ich kann nichts über dich sagen, Thea, wenn ich dich noch so nennen darf...»

Sie faßte ihn beim Kragen seines Mantels. «Ja, nennen Sie mich so. Bitte. Ich höre es so gern. Sie machen mir ein bißchen Angst, aber ich vermute, ich Ihnen noch mehr. Ich sehe immer aus wie eine Vogelscheuche, nachdem ich eine so große Rolle wie diese gesungen habe — und eine so hohe noch dazu.»

Sie zog in Gedanken verloren das Taschentuch, das aus seiner Brusttasche hervorschaute, heraus und fing an, sich die schwarze Tusche aus den Augenbrauen und Wimpern zu reiben. «Ich kann Sie nicht lange sehen heute abend, aber wenigstens ein wenig.» Sie schob ihn auf einen Sessel zu. «Morgen werde ich eher zu erkennen sein. Sie dürfen sich mich nicht vorstellen, wie Sie mich jetzt sehen. Kommen Sie doch morgen um vier Uhr zu einem Tee. Geht das? Das ist gut.»

Sie setzte sich in einen niedrigen Sessel neben ihn, zog die Schultern nach vorn und beugte sich vor. So wie sie war, erschien sie ihm unverhältnismäßig jung und unverhältnismäßig alt – ihrer langen Zöpfe an einem Ende und der langen Gewänder am anderen beraubt.

«Wie kommt es, daß Sie hier sind?» fragte sie plötzlich. «Wie können Sie nur eine Silbermine verlassen? Ich könnte das nicht! Sind Sie auch sicher, daß niemand Sie betrügen wird? Aber Sie können mir morgen alles erklären.» Sie schwieg. «Erinnern Sie sich, wie Sie mich einmal in einen Breiumschlag eingenäht haben? Ich wünschte, Sie könnten das heute abend. Ich brauche dringend einen Breiumschlag von Kopf bis Fuß. Etwas ganz Unangenehmes ist heute abend geschehen. Sagten Sie, daß Sie ganz vorn gesessen haben? Ach, sagen Sie nur nichts darüber. Ich weiß immer ganz genau, wie es läuft, leider. Ich war ziemlich schlecht in der Balkonszene. Sie wird mir nie richtig gelingen. Sie haben es nicht bemerkt? Nein, wahrscheinlich nicht, aber ich schon.»

In diesem Augenblick erschien das Mädchen, und ihre Herrin stand auf. «Mein Abendbrot? Sehr gut, ich komme. Ich würde Sie bitten, zu bleiben, Doktor, aber es ist nicht genug für zwei. Man schickt mir nur selten genug für eine Person herauf», ergänzte sie erbittert. «Ich habe noch gar keine richtige Vorstellung von Ihnen», wandte sie sich wieder zu Archie. «Sie waren gar nicht hier, Sie haben sich nur angekündigt und mir gesagt, daß Sie morgen kommen. Und Sie haben mich auch nicht gesehen. Dies bin nicht ich. Aber morgen werde ich hier sein und auf Sie warten, ich ganz und gar! Gute Nacht bis dahin.» Sie berührte zerstreut seinen Ärmel und gab ihm einen kleinen Schubs zur Tür.

V

Als Archie um zwei Uhr morgens in sein Hotel zurückkam, fand er Fred Ottenburgs Karte unter seiner Zimmertür mit der obendrauf gekritzelten Nachricht: «Wenn du zurückkommst, ruf bitte Zimmer 811 an, im gleichen Hotel.»

Einen Augenblick später hörte er Freds Stimme am Telephon.

«Bist du es, Archie? Willst du nicht zu mir raufkommen? Ich wollte gerade etwas zu Abend essen und hätte gern Gesellschaft dabei. Spät? Was macht das aus? Ich werde dich nicht lange aufhalten.»

Archie legte seinen Mantel ab und machte sich zum Zimmer 811 auf. Er fand Ottenburg in seinem Wohnzimmer, im Begriff, einen Rechaud auf einem für zwei Personen gedeckten Tisch anzuzünden. «Ich bin hier Selbstversorger», kündigte er fröhlich an. Ich hab' den Kellner um Mitternacht weggeschickt, nachdem er mich geärgert hatte. Du mußt dich selbst bedienen, Archie.»

Der Doktor lachte und zeigte auf die Weinkühler unter dem Tisch. «Erwartest du Gäste?»

«Ja, zwei» – Ottenburg hielt zwei Finger in die Höhe –, «dich und mein anderes Ich. Das ist ein durstiger Knabe, und ich lade ihn nicht häufig ein. Er ist dafür bekannt, mir Kopfschmerzen zu verpassen. Also – wo warst du bis zu dieser anrüchigen Stunde?»

«Wo ich war, Freddy? Ich nehme an, genau da, wo du auch warst. Warum hast du mir nicht gesagt, daß du herkommst?»

«Ich wollte gar nicht.» Fred hob den Deckel von der Schüssel auf dem Rechaud und rührte darin. «Ich hatte nie daran gedacht. Aber Landry, ein junger Mensch, der für sie die Begleitung spielt und der sich für mich etwas umtut, telegraphierte mir, daß Madame Rheinecker mit Halsweh nach Atlantic City gefahren sei, und daß Thea die Elsa singen werde. Sie hat sie hier erst zweimal gesungen, und in Dresden habe ich sie versäumt. Also fuhr ich hierher. Ich bin um vier Uhr heute nachmittag hier angekommen und habe gesehen, daß du ein Zimmer reserviert hast, aber ich wollte mich nicht aufdrängen. Wie gut, daß du gerade hier bist, wenn sie diese Rolle singt. Du hättest es nicht besser treffen können.» Ottenburg rührte kräftiger in der Schüssel und fügte noch mehr Sherry hinzu. «Und wo, wenn man fragen darf, bist du seit Mitternacht gewesen?»

Archie blickte ziemlich verlegen drein, als er sich auf einem zerbrechlichen Goldstühlchen, das unter ihm schwankte, niederließ und seine langen Beine ausstreckte. «Du wirst es kaum glauben, aber ich war so brutal, sie aufzusuchen. Ich wollte sie identifizieren. Konnte nicht warten.»

Ottenburg deckte die Schüssel auf dem Rechaud rasch zu und trat einen Schritt zurück. «Das hast du getan, alter Junge? Alle Achtung – nur die Tapferen verdienen die Schönen! Nun», er bückte sich, um die Weinflasche im Kühler umzudrehen, «wie war sie?»

«Sie schien mir ziemlich benommen und furchtbar erschöpft. Auch schien sie von sich selbst enttäuscht zu sein und sagte, sie hätte die Balkonszene nicht geschafft, wie sie wollte.»

«Na ja, wenn sie's nicht geschafft hat, so ist sie nicht die erste. Verdammt schwierig, das zu singen; liegt genau an der Grenze der Stimmlage.» Fred zog eine Flasche aus dem Eis und entkorkte sie. Er hob sein Glas und blickte seinen Gast bedeutungsvoll an. «Du weißt auf wen!» Er trank das Glas in einem Zug aus und seufzte zufrieden. «Als Förderer hast du Glück, Archie. Gratuliere!» Er beugte sich über den Rechaud und verteilte den Inhalt auf die Teller. «Und nun – wie hat es dich berührt?»

Archie blickte den Freund mit einem offenen Lächeln an und schüttelte den Kopf. «Es ging natürlich alles meilenweit über mein Verständnis hinaus, aber es hat mir einen ordentlichen Stoß versetzt. Die allgemeine Erregung hatte mich gepackt, nehme ich an. Also war sie wirklich gut? Du warst nicht enttäuscht?»

«Enttäuscht? Mein lieber Archie, das ist die hohe Stimme, von der wir träumen; so rein und doch so warm und menschlich. Diese Kombination gibt es kaum je bei einem Sopran.» Ottenburg setzte sich und wandte sich dem Doktor zu. Er sprach ruhig und versuchte sich verständlich auszudrücken. «Da ist einmal die Stimme als solche, so schön und einzigartig, und dann ist da noch etwas anderes, dieses Etwas, das auf jede Nuance eines Gedankens oder eines Gefühls spontan, ja fast unbewußt reagiert. Diese besondere ‹Farbe› muß mit dem Sänger oder mit der Sängerin geboren sein, sie läßt sich nicht erwerben. Viele Stimmen haben keine Spur davon. Es ist fast eine Begabung für sich – die seltenste von allen. Ihre Stimme ist der Geist und das Herz selbst. Sie kann nicht fehlgehen in der Interpretation, weil sie das in sich hat, was alle Interpretationen ausmacht. Darum fühlt man sich ihrer so sicher. Nachdem man ihr ungefähr eine Stunde zugehört hat, fürchtet man nichts mehr. All die kleinen Ängste, die man bei anderen Künstlern hat, lösen sich in nichts auf.»

Archie blickte neidvoll in Freds erregtes, triumphierendes Gesicht. Wie befriedigend muß es sein, dachte er, wirklich zu wissen, was sie tat und es nicht nur vom Hörensagen zu übernehmen. Mit einem Seufzer griff er nach seinem Glas.

«Ja, Fred, ich fand, daß es sehr schön klang, und ich fand auch, daß sie sehr schön aussah.»

«Nicht wahr? Jede Haltung ein Bild und immer das richtige, ganz erfüllt von diesem Legendären, Übernatürlichen, in das sie da hineingerät. Ich habe das Gebet noch nie so gesungen gehört. Gewiß, man hat auf diese Weise eine Elsa, die durch die Mauern blicken kann, und Visionen und Gralsritter sind dann etwas ganz Natürliches. Nachdem Lohengrin sie verlassen hat, wird dieses Mädchen eine Äbtissin. Sie ist dazu geboren, mit Ideen und Begeisterungen zu leben – nicht mit einem Ehemann.» Fred verschränkte die Arme, lehnte sich in seinem Sessel zurück und fing ganz leise an zu singen:

«In lichter Waffen Scheine
ein Ritter nahte da.»

«Stirbt sie nicht am Ende?» fragte der Doktor vorsichtig.

Fred lächelte. «Einige Elsas ja. Sie nicht. Ich hatte den deutlichen Eindruck, daß sie gerade am Anfang steht.»

Der Doktor zündete sich eine Zigarre an. «Nein, im Ernst, Freddy, ich wünschte, ich wüßte mehr darüber, wohin es sie treibt. Es macht mich eifersüchtig, wenn du ihr auf diese weise nahe sein kannst und ich nicht.»

«Ich nahe?» fuhr Fred auf. «Mein Gott, hast du sie denn nicht zu sehen bekommen in dieser gesegneten Nacht – in der sie jeden anderen Mann in den Liftschacht befördert hätte, wenn ich sie richtig beurteile. Laß mir wenigstens etwas, zumindest das, wofür ich meine fünf Kröten bezahlen kann.»

«Scheint mir doch, daß du eine ganze Menge für deine fünf Kröten bekommst», meinte Archie trübsinnig. «Und das ist's ja schließlich, woran ihr liegt – an dem, was die Leute bekommen.»

Fred goß ein weiteres Glas hinunter. In seiner Stimme klang eine tiefere Erkenntnis durch als gewöhnlich, eine gewisse Distanziertheit. «Sieh mal Archie, es ist alles sehr einfach, eine natürliche Entwicklung. Es ist genau das, was Mahler gesagt hatte damals am Anfang, als sie die Woglinde sang. Es ist die Idee, die Grundidee, die hinter jedem Takt, den sie singt, mitklingt. Sie reduziert jede Figur auf die musikalische Idee, auf der sie aufgebaut ist, und richtet alles andere danach aus. Die Leute, die davon reden, daß sie eine große Schauspielerin ist, haben keine Vorstellung und begreifen nicht, woher sie ihre Vorstellung nimmt. Es geht alles zurück auf die ursprüngliche Begabung, auf ihr ungeheures musikalisches Talent. Statt sich eine Menge theatralischer Gesten und Kunstkniffe zu erfinden, um eine Figur zum Ausdruck zu bringen, faßt sie die Sache von der Wurzel her an und überläßt sich völlig der musikalischen Grundstruktur. Die Musik selbst flüsterte ihr all die anmutigen Stellungen ein, läßt Licht und Schatten über ihr Gesicht wandern, hebt sie in die Höhe und läßt sie fallen. Sie überläßt sich ihr, wie sie sich einst der Musik des Rheins überlassen hat.»

Der Doktor runzelte bedenklich die Stirn, als eine weitere Flasche von unten über dem Tischtuch auftauchte. «Treibst du es nicht ein bißchen arg?»

Fred lachte. «Nein, ich werde zu nüchtern. Siehst du, das ist jetzt das Frühstück. Hast du sie beobachtet gestern abend, als sie die Treppe herunterkam? Ich frage mich, woher sie diesen hellen Morgenstern-Blick hat. Er dringt bis in die letzten Reihen der Familienplätze. Ich will dir ein Geheimnis anvertrauen: Diese voranstürmende Kraft war das erste, was mir ein Licht aufgehen ließ. Ich bemerkte es da unten in Arizona, in der freien Natur. Das, sagte ich mir, haben nur die Großen.» Fred stand auf und schritt, die Hände in den Hosentaschen, im Zimmer auf und ab. «In Wahrheit ist Elsa als Rolle gar nicht besonders geeignet für Theas Stimme, so wie ich sie beurteile. Sie ist viel zu lyrisch für sie. Sie schafft es, aber es ist nichts darin, das ihr wie ein Handschuh paßt – mit Ausnahme vielleicht des großen Duetts im dritten Akt. Aber warte nur ab, bis man ihr eine Chance gibt mit einer Rolle, die genau ihrer Stimme entspricht, und du wirst mich noch blauer in die Zukunft blicken sehen als heute nacht.»

Archie strich das Tischtuch glatt. «Ich will dich ganz bestimmt nicht blauer sehen, Fred.»

Ottenburg warf den Kopf zurück und lachte. «Es ist die Begeisterung, Doktor, nicht der Wein. Auch du hast deine Extravaganzen.»

Der Doktor schien verlegen. «Ich habe gerade daran gedacht, wie müde sie aussah, nachdem man ihr all die schönen Federn ausgerissen hatte, während wir uns vergnügen. Anstatt hier zu sitzen und zu prassen, sollten wir lieber mit ernsten Gedanken zu Bett gehen.»

Ottenburg kam am Fenster vorbei und stieß es auf.

«Eine schöne Nacht da draußen. Man riecht schon Morgenluft. Aber schließlich, Archie, bedenke doch all die einsamen und sehr ernsten Stunden, die wir damit verbracht haben, auf dies alles zu warten, während sie sich amüsiert hat.»

Archie zog die Augenbrauen hoch. «Irgendwie hatte ich heute abend nicht das Gefühl, daß sie sich besonders gut amüsiert.»

«Ich meine nicht diese Art Amüsement –», und er wies mit dem Kopf auf den Weinkühler. «Aber glaub mir, was immer sie dafür bezahlt oder wie sehr es ihr auch gelingen mag, etwas anderes vorzutäuschen, das Hauptvergnügen ist auf ihrer Seite. Sie hat ihre Stunden, wenn sie sagen kann: ‹Da ist es endlich: Wie im Traum ich . . .›»

Er blieb stehen und schwieg, während er die Blume von seinem Mantel am Stil herumzwirbelte und auf die leere Wand starrte. Der Doktor stand auf. Fred begleitete ihn zur Tür. «Sag einmal – bist du mit irgend jemand verabredet?»

Der Doktor schwieg, die Hand auf dem Türknopf. «Du meinst mit Thea? Ja. Ich soll heute nachmittag um vier Uhr bei ihr sein.»

«Du wirst mich, denke ich, nicht fressen, wenn ich herein-platze und ihr meine Karte schicke? Sie wird mir vermutlich einen Korb geben, aber das soll mich nicht treffen. Gute Nacht, Archie.»

VI

Es war am späten Morgen nach dem Abend, an dem sie die Elsa gesungen hatte, als Thea sich unruhig im Bett wälzte. Das Zimmer war mit doppelten Jalousien verdunkelt, und der Tag draußen war trübe und wolkig. Sie drehte sich um und versuchte sich wieder ins Unbewußte fallen zu lassen, aber sie wußte, daß es ihr nicht gelingen würde. Sie fürchtete sich davor, nach einer großen Anstrengung erschöpft und enttäuscht aufzuwachen. Als erstes kam immer ein Gefühl der Flüchtigkeit solchen Unterfangens, der Absurdität eines zu großen Versuchs. Bis zu einem gewissen Grad, sagen wir zu achtzig Prozent, konnte künstlerisches Streben satt und bequem, systematisch und vorsichtig sein. Aber wenn man darüber hinausging, wenn man sich bis zu neunzig Prozent hochschraubte, verlor man jeden Schutz und lieferte sich der Möglichkeit des Versagens aus. Der Legende nach konnte man in jenen höheren Bereichen gottgleich sein, aber es lag viel näher, daß man lächerlich wirkte. Das Publikum wollte so etwa achtzig Prozent; gab man mehr, dann schneuzte es sich die Nase und störte. Besonders am Morgen schien es, daß diejenige, der immer oberhalb des guten Durchschnitts kämpfte und rang, nicht ganz bei Trost war. Sicherlich drang nur ein geringer Teil dieser überschüssigen Inbrunst, die einen so teuer zu stehen kam, jemals über das Rampenlicht hinaus. Solche bösen Ahnungen warteten nur darauf, über Thea herzufallen, wenn sie erwachte. Wie Geier lungerten sie um das Bett herum.

Ohne die Augen zu öffnen suchte sie ihr Taschentuch unter dem Kissen. Sie hatte eine schattenhafte Erinnerung, daß irgend etwas Ungewöhnliches bevorstand, daß dieser Tag mehr beunruhigende Möglichkeiten enthielt, als andere Tage gewöhnlich enthielten. Da war irgend etwas, wovor sie sich fürchtete. Ach ja, Doktor Archie sollte um vier Uhr kommen.

Eine Realität wie Doktor Archie, die aus der Vergangenheit hervorstieg, erinnerte an Enttäuschungen und Verluste, an eine große Freiheit, die es nicht mehr gab, erinnerte sie an blaugoldene Morgenstunden vor langer Zeit, als sie fast immer voller Freude darüber aufwachte, ihr kostbares Ich und ihre kostbare Welt wiederzuerlangen; als sie niemals um elf Uhr in den Kissen lag wie etwas, das die Wellen an Land gespült hatten. Schließlich — warum war er gekommen? Es lag alles so lange zurück, und so vieles war geschehen. Was sie eingebüßt hatte, würde er nur zu rasch vermissen. Was sie gewonnen hatte, würde er kaum wahrnehmen. Er und alles, was er wachrief, existierte für sie nur als Erinnerung. Im Schlaf oder wenn sie krank oder erschöpft war, ging sie ihnen nach und drückte sie ans Herz. Aber als Erinnerungen waren sie besser. Sie hatten nichts zu tun mit dem Kampf, der ihr jetziges Leben ausmachte. Sie spürte trübsinnig, daß sie nicht geschmeidig genug war, die Person zu sein, die ihr alter Freund von ihr erwartete und die sie selbst gern für ihn gewesen wäre.

Sie griff nach der Klingel und läutete zweimal — das Zeichen für ihr Mädchen, das Frühstück für sie zu bestellen. Sie stand auf und zog die Sonnenblenden hoch, ließ Wasser in die Badewanne einlaufen und warf einen besorgten Blick

in den Spiegel, als sie an ihm vorbeikam. Das Bad ermunterte
sie für gewöhnlich, sogar an solchen niedergedrückten Morgen wie diesem. Für sie war ihr Badezimmer, das fast so groß
war wie ihr Schlafzimmer, eine Art Zufluchtsort. Sobald sie
den Schlüssel hinter sich umdrehte, blieben Sorge und Är-
gernis draußen vor der Tür. Weder ihr Mädchen noch die
Hotelleitung, noch ihre Briefe oder ihr Begleiter konnten
jetzt zu ihr vordringen.

Als sie ihre Zöpfe oben am Kopf feststeckte, ihr Nachthemd fallen ließ und ihre schwedische Gymnastik begann,
war sie wieder ein Naturgeschöpf, und in dieser Gestalt
mochte sie sich am liebsten. Sie glitt genüßlich in die Badewanne und plantschte und rollte sich eine ganze Weile im
Wasser herum. Was immer sie sonst in Eile tat – beim Baden
beeilte sie sich nie. Sie benutzt Bürsten, Schwämme und
Seife wie Spielzeug im Wasser. Ihr eigener Körper war
immer ein ermunternder Anblick für sie. Wenn sie sorgen-
voll war, wenn Geist und Seele sich alt und müde vorkamen,
gaben ihr die Frische ihres körperlichen Ich, die langen
festen Konturen ihres Körpers, die Weichheit ihrer Haut
wieder Sicherheit. An diesem Morgen betrachtete sie sich –
aufgrund der wachgerufenen Erinnerungen – noch sorgfäl-
tiger als sonst und wurde nicht enttäuscht. Während sie in
der Wanne saß, pfiff sie leise die Tenorarie «Ah! Fuyez,
douce image», was einigermaßen zu der Badesituation paßte.
Nach einem geräuschvollen Augenblick unter der kalten
Dusche stieg sie rotglühend aus der Badewanne auf den
Badeteppich, warf ihre Arme über ihren Kopf, stellte sich auf
die Zehenspitzen und versuchte, das Gleichgewicht so lange
wie möglich zu halten. Dann ließ sie sich wieder auf die
Fersen sinken, rieb sich mit dem Handtuch trocken, nahm
die Arie von vorhin wieder auf und fühlte sich ganz in der
Stimmung, Doktor Archie zu sehen. Danach kehrte sie in

ihr Bett zurück, und das Mädchen brachte ihr Briefe und Morgenzeitungen zusammen mit dem Frühstück.

«Rufen Sie Mr. Landry an und fragen Sie ihn, ob er um halb vier herkommen kann, Thérèse, und bestellen Sie den Tee für fünf Uhr.»

Als Howard Archie an diesem Nachmittag in Theas Appartement kam, wurde er in das Musikzimmer hinter dem kleinen Empfangszimmer geführt. Thea saß auf einem Sofa hinter dem Flügel und sprach mit einem jungen Mann, den sie später als ihren Freund Mr. Landry vorstellte. Als sie aufstand, um ihn zu begrüßen, fühlte Archie eine tiefe Erleichterung, eine plötzliche Dankbarkeit. Sie sah nicht mehr geschoren und gerupft, nicht mehr erschöpft und wie auf der Flucht aus.

Doktor Archie nahm keine Kenntnis von dem jungen Mann, mit dem er bekannt gemacht worden war. Er hielt Theas Hände, hielt sie fest auf der Stelle, wo sie ihn begrüßt hatte, und nahm den leichten, lebhaften Schwung ihres Haares, ihre klaren grünen Augen und ihren Hals in sich auf, der so kraftvoll und so verwirrend weiß aus ihrem grünen Samtkleid hervorwuchs. Das Kinn war so reizend wie immer, die Wangen genau so weich und glatt. Alle Linien von gestern nacht waren verschwunden. Nur an den äußeren Augenwinkeln zwischen dem Auge und der Schläfe gab es einen ganz leisen Hinweis auf eine künftige Attacke; noch waren es bloß leichte Kratzer eines Kätzchens, das im Spiel zuschlug, da wo eines Tages die große Katze ihre Klauen zeigen würde. Er beobachtete sie genau und ohne jede Verlegenheit. In der vergangenen Nacht war alles verquer gewesen; aber jetzt, da er ihre Hände hielt, entstand eine Art Harmonie zwischen ihnen, stellte sich das Vertrauen wieder her.

«Schließlich und trotz allem, Thea, ich kenne dich immer noch», murmelte er.

Sie nahm seinen Arm und führte ihn zu dem jungen Mann, der neben dem Flügel stand. «Mr. Landry weiß alles über Sie, Doktor Archie. Er weiß seit vielen Jahren von Ihnen.» Während die beiden Männer sich die Hände schüttelten, stand sie zwischen ihnen und brachte sie durch ihre Gegenwart und ihre Blicke einander näher. «Als ich zum Studium nach Deutschland ging, studierte Landry auch dort. Er war immer so lieb, mit mir zu arbeiten, wenn ich mir keine Begleitung für mehr als zwei Stunden am Tag leisten konnte. Wir gewöhnten uns daran, zusammen zu arbeiten. Er ist auch Sänger und muß auf seine eigene Karriere bedacht sein, aber er bringt es immer noch fertig, mir etwas Zeit zu widmen. Ich möchte, daß Sie beide Freunde werden.» Ihr Lächeln wanderte vom einen zum anderen.

Die Zimmer waren, wie Archie feststellte, voll von Blumen des vorigen Abends. Sie waren in hellen Farben gehalten, und die Öde von Hotelzimmern wurde ein wenig gedämpft durch den Steinway-Flügel, die weißen Bücherborde, voll mit Büchern und Partituren, einige Zeichnungen von Balletttänzern und ein sehr niedriges Sofa hinter dem Flügel.

«Natürlich hast du die Zeitungen gelesen?» fragte Archie, als wolle er sich entschuldigen.

«Sehr freundlich, nicht wahr? Man hat offensichtlich nicht so viel erwartet, wie ich geboten habe. Elsa entspricht nicht eigentlich meiner Stimme. Ich kann diese Musik singen, aber ich muß mich darum bemühen.»

«Das ist genau, was Fred Ottenburg heute morgen gesagt hat», wagte der Doktor zu sagen.

Sie waren alle drei neben dem Flügel stehengeblieben, wo das graue Nachmittagslicht noch am stärksten war. Thea wandte sich interessiert dem Doktor zu: «Ist Fred hier in der

Stadt? Also waren einige dieser Blumen, die ohne Karte kamen, von ihm.» Sie wies auf den weißen Flieder auf dem Fensterbrett. «Ja, er konnte es wissen, sicherlich», meinte sie nachdenklich. «Warum setzen wir uns nicht? Es gibt sofort Tee für dich, Landry. Er ist sehr abhängig davon», meinte sie mißbilligend zu Archie. «Jetzt erzählen Sie, Doktor, hat es Ihnen wirklich Spaß gemacht gestern abend, oder war Ihnen unbehaglich zumute? Hatten Sie das Gefühl, daß ich partout mit dem Kopf durch die Wand wollte?»

Er lächelte. «Ich hatte eine ganze Menge verschiedener Gefühle. Aber dies hatte ich nicht. Ich war mir nicht ganz sicher, daß du es überhaupt bist. Darum bin ich in der Nacht hierhergekommen. Ich hatte das Gefühl, dich verloren zu haben.»

Sie beugte sich zu ihm hinüber und legte ihre Hand leicht und ermutigend auf seinen Arm. «Ich habe also bei Ihnen nicht den Eindruck eines qualvollen Ringens hinterlassen? Landry hat gestern bei Weber and Fields gesungen. Er kam erst, als die Aufführung zur Hälfte vorbei war. Aber wie ich sehe, hat der Journalist von der ‹Tribune› gemerkt, daß das harte Arbeit für mich war. Hast du die Besprechung gelesen, Oliver?»

Doktor Archie besah sich den rothaarigen jungen Mann zum erstenmal aus der Nähe und blickte in seine lebhaften, braunen Augen, die voller drolligem, vertrauensvollem Humor waren. Mr. Landrys Äußeres war nicht besonders einnehmend. Er war allenfalls mittelgroß, von knochiger Statur, hatte ein glänzendes rotes Gesicht und eine spitze kleine Nase, die wie aus Holz geschnitzt aussah und sich immer in die Luft reckte, als sei sie einem bestimmten Duft auf der Spur. Dennoch war es gerade dieser merkwürdige kleine Schnabel, der zusammen mit den Augen seinem Gesicht überhaupt einen bestimmten Ausdruck gab. Von weitem sah er aus wie der Botenjunge eines Gemischtwarenladens in einer kleinen Stadt. Seine Kleidung schien sein groteskes Äußeres noch zu unterstreichen: Sie bestand aus einem kurzen Jackett, einer Knabenjacke ähnlich, und einer phantasievoll gemusterten und gepunkteten Weste über einem lavendelfarbenen Hemd.

Auf einen gedämpften Summton hin sprang Landry auf. «Soll ich das Telephon für dich annehmen?» Er ging zum Schreibtisch hinüber und nahm den Hörer auf. «Mr. Ottenburg ist unten», sagte er, sich zu Thea umwendend, und drückte den Hörer gegen sein Jackett.

«Er soll heraufkommen», erwiderte sie ohne zu zögern. «Wie lange bleiben Sie in New York, Doktor Archie?»

«Oh, einige Wochen, wenn du es zuläßt. Ich werde nicht herumlungern und dir eine Last sein, ich will mich nur ein wenig bilden für dich, wenn ich auch glaube, daß es zu spät ist, damit anzufangen.»

Thea stand auf und berührte leicht seine Schulter. «Nun ja, Sie werden nie mehr so jung sein.»

«Da bin ich nicht so sicher», erwiderte der Doktor zuvorkommend.

Das Mädchen erschien in der Tür und kündigte Mr. Ottenburg an. Fred kam herein, etwas sehr herausgeputzt, wie der Doktor fand, als er ihm zusah, wie er sich über Theas Hand beugte. Er war immer noch blaß und sah reichlich gemartert aus, und die Locke, die ihm über die Stirn hing, war deutlich feucht. Aber sein dunkler Nachmittagsanzug, seine graue Krawatte und die gleichfarbigen Gamaschen waren von einer Korrektheit, die Doktor Archie nie erreichen würde – trotz aller Anstrengungen seines ihm ergebenen Sklaven Van Deusen, des Herrenausstatters in Denver. Um solche Tricks zu beherrschen, vermutete der Doktor, mußte man sie jung gelernt haben.

Ottenburg hatte Thea auf Deutsch begrüßt, und da sie ihm in der gleichen Sprache antwortete, trat Archie zu Mr. Landry ans Fenster. «Sie kennen Mr. Ottenburg, hat er mir gesagt?»

Mr. Landrys Augen zwinkerten. «Ich begleite ihn immer, wenn er in der Stadt ist. Ich würde das auch tun, wenn er mir nicht so wundervolle Geschenke zu Weihnachten schicken würde: Russischen Wodka – gleich ein halbes Dutzend Flaschen!»

«Kommen Sie, Mr. Ottenburgs Besuch gilt uns allen!» rief Thea ihnen zu. «Und hier ist der Tee.»

Das Mädchen öffnete die Tür, und zwei Kellner erschienen mit zugedeckten Tabletts. Der Teetisch war im Wohnzimmer gedeckt. Thea zog Ottenburg mit sich und inspizierte den Tisch. «Wo ist der Rum? Ach so, in diesem Ding da! Alles scheint da zu sein, aber schicken Sie noch Johannesbeermarmelade und Sahnekäse für Mr. Ottenburg herauf. Und in etwa fünfzehn Minuten bringen Sie frischen Toast. Das ist alles, danke.»

Während der nächsten Minuten war nur das Klirren von Teetassen und hin und wieder die Bitte um Zucker zu hören. «Landry nimmt immer Rum. Ich bin froh, daß Sie beide es nicht tun. Ich bin sicher, daß es schädlich ist.» Thea trank ihren Tee im Stehen, so schnell, als wäre es eine kurze Erfrischung zwischen zwei Zügen. Der Teetisch und das kleine Zimmer, in dem er stand, schienen in keinem Verhältnis zu stehen zu ihren langen Schritten, ihren weitausgreifenden Armen und der Energie ihrer Bewegungen. Doktor Archie, der neben ihr stand, nahm mit Vergnügen wahr, wie munter, wie frei und ungezwungen sich ihr Körper unter dem enganliegenden Samt ihres Kleides bewegte.

Sie kehrten mit ihren Tassen und Tellern wieder ins Musikzimmer zurück. Als Thea ihnen folgte, stellte Ottenburg plötzlich seine Teetasse hin. «Nimmst du gar nichts? Bitte, laß mich...», und er war schon auf dem Weg zurück zum Teetisch.

«Nein, danke dir, ich mag nichts. Ich gehe jetzt noch einmal diese Arie für dich durch, um dich zu überzeugen, daß ich es schaffe. Wie war das Duett mit Schlag?»

Sie stand im Türrahmen, und Fred ging zu ihr. «Das wirst du niemals besser singen. Du hast deine Stimme vollkommen da hineingearbeitet. Jede Nuance – wunderbar!»

«Meinst du?» Sie sah ihn rasch von der Seite an. Sie sprach mit einer gewissen scheuen Schroffheit, die niemanden täuschte und auch nicht täuschen sollte. Der Ton besagte etwa: «Fahr nur so fort, ich mag es, aber es macht mich verlegen.»

Fred hielt sie an der Tür fest und sprach heftig weiter, volle fünf Minuten lang. Sie nahm es mit einer gewissen Verwirrung auf, schien zu zögern, in ihrer Absicht unterbrochen zu sein und versuchte an ihm vorbeizukommen. Aber sie versuchte es nicht wirklich, und ihre rosige Gesichtsfarbe vertiefte sich. Fred sprach deutsch mit ihr, und Archie fing ein gelegentlich eher gemurmeltes als ausgesprochenes «Ja? So?» auf.

Als sie sich wieder zu Landry und Doktor Archie gesellten, nahm Fred seine Teetasse auf. «Du singst die Venus Samstag nacht, habe ich gesehen. Werden sie dir nie eine Chance mit der Elisabeth geben?»

Sie zuckte die Achseln. «Nicht hier. Es gibt hier so viele Sängerinnen, und sie gehen so knauserig mit uns um. Denk dir, letztes Jahr kam ich im Oktober herüber, und es war der erste Dezember, als ich endlich überhaupt wieder singen konnte. Es tut mir oft leid, Dresden verlassen zu haben.»

«Dennoch», entgegnete Fred, «Dresden hatte seine Grenzen.»

«Eben – und ich fange an, mich genau nach diesen Begrenzungen zu sehnen. In New York ist alles unpersönlich. Das Publikum weiß nicht, was es will, und es will nie zweimal das gleiche. Ich würde lieber vor Leuten singen, die dickköpfig sind und mit Karotten schmeißen, wenn man es nicht so macht, wie sie es gern haben. Dieses Haus hier ist großartig, und das Abendpublikum ist aufregend. Ich hasse die Matineen, es ist, als ob man auf einem Kaffeeklatsch singt.» Sie stand auf und schaltete das Licht ein.

«Ach», rief Fred aus, «warum tust du das? Es ist ein Zeichen, daß der Tee zu Ende ist.»

«Ganz und gar nicht. Wirst du Samstag abend hier sein?» Sie setzte sich auf die Bank vor dem Flügel und stützte sich mit dem Ellbogen auf die Tasten. «Necker singt die Elisabeth. Veranlaß doch, daß Archie hingeht. Alles, was sie singt, lohnt sich zu hören.»

«Aber das läßt so sehr nach. Das letzte Mal, als ich sie hörte, hatte sie überhaupt keine Stimme. Sie ist einfach eine dürftige Sängerin.»

Thea schnitt ihm das Wort ab.

«Sie ist eine großartige Künstlerin, ob sie bei Stimme ist oder nicht, und sie ist die einzige hier. Wenn du eine große Stimme willst, brauchst du nur die Ortrud von gestern abend zu nehmen. Die ist groß genug und vulgär genug.»

Fred lachte und machte kehrt – diesmal mit Entschiedenheit.

«Ich will sie nicht!» protestierte er energisch. «Ich wollte dich nur auf die Palme bringen. Ich mag die Elisabeth der Necker durchaus. Und ich mag auch deine Venus sehr.»

«Es ist eine schöne Rolle, und sie wird oft schrecklich gesungen. Aber sie ist natürlich auch nicht leicht zu singen.»

Ottenburg beugte sich über die Hand, die sie ihm hinhielt. «Für einen ungeladenen Gast ist es mir sehr gut ergangen. Es war lieb von dir, mich heraufkommen zu lassen. Ich wäre tief betrübt gewesen, wenn du mich weggeschickt hättest. Darf ich?» Er küßte ihre Hand ganz leicht und ging zur Tür, immer noch lächelnd und mit dem Versprechen, ein Auge auf Archie zu haben. «Man darf ihm überhaupt nicht trauen, Thea. Einer der Kellner bei Martin hat ihm gestern zum Mittagessen einen Hasen à la Touraine aufgeschwatzt, für sieben Dollar fünfundzwanzig.»

Sie brach in Lachen aus, dieses tiefe Lachen, das er so gut kannte. «Hatte er ein Bändchen um, der Hase? Wurde er in einem vergoldeten Käfig gebracht?»

«Nein», ergriff Archie nun selbst das Wort, «er wurde in einer braunen Soße serviert, die sehr gut war. Er hat nicht anders geschmeckt als jedes Kaninchen.»

«Vermutlich stammte er von irgendeinem Handkarren auf der East Side.»

Thea blickte mitleidig auf ihren alten Freund. «Ja, Fred, bitte hab ein Auge auf ihn. Ich hatte ja keine Ahnung...» Und sie schüttelte den Kopf. «Ja, ich wäre dir sehr dankbar.»

«Du kannst auf mich zählen!» Ihre Augen begegneten sich in einem fröhlichen Lächeln, und Fred verbeugte sich im Hinausgehen.

VII

Am Samstagabend ging Doktor Archie zusammen mit Fred Ottenburg zum «Tannhäuser». Thea hatte eine Probe am Sonntag nachmittag, aber da sie vor Mittwoch nicht wieder auf der Besetzungsliste stand, versprach sie, Montagabend mit Archie und Ottenburg zu essen, wenn sie das Dinner früh genug ansetzen konnten.

Montag abend kurz nach acht kehrten die drei Freunde in

Theas Appartement zurück und setzten sich noch für eine Stunde ruhiger Unterhaltung zusammen.

«Es tut mir leid, daß wir Landry heute abend nicht dabei haben konnten», sagte Thea, «aber er hat jetzt jeden Abend bei Weber und Fields zu tun. Sie müßten ihn hören, Doktor Archie. Er singt da häufig die alten schottischen Lieder, die Sie so gern mochten.»

«Warum gehen wir nicht heute abend hin?» fragte Fred hoffnungsvoll und warf einen Blick auf seine Uhr. «Das heißt, wenn euch daran liegt. Ich kann anrufen und fragen, wann er drankommt.»

Thea zögerte. «Nein, ich glaube nicht. Ich habe heute nachmittag einen langen Spaziergang gemacht und bin ziemlich müde. Ich denke, ich kann heute früh zu Bett gehen und etwas auf Vorrat schlafen. Ich meine doch nicht gleich», sagte sie, als sie die enttäuschte Miene des Doktors sah. «Ich höre Landry immer gern», fügte sie hinzu. «Er hatte nie viel Stimme, und sie ist verbraucht. Aber es ist eine ganz eigene Herzlichkeit in ihr, und er hat viel Geschmack beim Singen.»

«Ja, nicht wahr? Darf ich?» Fred zog ein Zigarettenetui heraus. «Es schadet deiner Stimme wirklich nicht?»

«Ein wenig nicht. Aber Zigarrenrauch schon, armer Doktor Archie. Tut es zur Not eine von diesen?»

«Ich lerne sie mögen», erklärte der Doktor, als er eine Zigarette aus dem Etui nahm, das Fred ihm anbot.

«Landry ist der einzige in diesem Land, den ich kenne, der das kann», fuhr Fred fort. «Wie die besten englischen Balladensänger.»

Thea nickte. «Ja, manchmal laß ich ihn die allertörichsten Sachen für mich singen. Es ist entspannend, so wie er es macht. Das tue ich, wenn ich Heimweh habe, Doktor Archie.»

«Du hast ihn in Deutschland kennengelernt, Thea?» Doktor Archie hatte sich stillschweigend seiner Zigarette entledigt, als wäre sie ein unerfreulicher Gegenstand. «Als du zum erstenmal drüben warst?»

«Ja, er war ein guter Freund für ein so grünes Mädchen wie mich. Er half mir bei meinem Deutsch und meiner Musik und auch über meine allgemeine Entmutigung hinweg. Er schien sich mehr dafür zu interessieren, daß ich vorankomme, als für sich selbst. Auch er hatte kein Geld. Eine alte Tante hatte ihm etwas für das Studium geliehen. – Gehst du bitte mal ans Telephon, Fred?»

Fred nahm den Hörer auf, während Thea Doktor Archie weiter von Landry erzählte. Fred sagte zu irgend jemandem, er solle am Telephon bleiben, legte den Hörer hin und ging mit einem erschrockenen Gesichtsausdruck auf Thea zu.

«Es ist die Verwaltung», sagte er ruhig. «Die Gloeckler ist zusammengebrochen: Ohnmachtsanfälle. Madame Rheinecker ist in Atlantic City, und die Schramm singt heute abend in Philadelphia. Sie wollen wissen, ob du kommen und die Sieglinde zu Ende singen kannst.»

«Wie spät ist es?»

«Acht Uhr fünfundfünfzig. Der erste Akt ist gerade zu Ende. Sie können den Vorhang fünfundzwanzig Minuten geschlossen halten.»

Thea rührte sich nicht. «Fünfundzwanzig und fünfunddreißig macht sechzig», murmelte sie vor sich hin. «Sag ihnen, ich komme, wenn sie den Vorhang geschlossen halten können, bis ich in der Garderobe bin. Sag, daß ich ihre Kostüme tragen muß und daß die Garderobiere alles bereit haben muß. Dann ruf mir bitte ein Taxi.»

Sie hatte die Stellung nicht verändert, seit er sie unterbrochen hatte, aber sie war blaß geworden, und ihre Hände ballten sich hastig. Sie sah schreckerfüllt aus, fand Fred.

Er wandte sich halb zum Telephon zurück und fragte Thea, auf einem Bein stehend:

«Hast du die Rolle je gesungen?»

«Nein, aber geprobt. Das ist in Ordnung. Ruf das Taxi.» Immer noch rührte sie sich nicht. Sie wandte sich nur mit einem vollkommen leeren Blick an Doktor Archie und sagte geistesabwesend: «Es ist merkwürdig, aber gerade jetzt in dieser Minute kann ich mich an keinen einzigen Takt aus der ‹Walküre› nach dem ersten Akt erinnern. Und ich habe meinem Mädchen Ausgang gegeben!» Sie sprang auf und gab Archie ein Zeichen, ohne, wie er genau spürte, auch nur im mindesten zu wissen, wer er war. «Kommen Sie mit.» Sie ging rasch in ihr Schlafzimmer und riß die Tür zu einer Kofferkammer auf. «Sehen Sie da den weißen Koffer? Er ist nicht abgeschlossen. Er ist voll von Perücken in Schachteln. Suchen Sie, bis Sie eine finden, auf der ‹Ring 2› steht. Bringen Sie ihn rasch her!» Während sie ihn so dirigierte, öffnete sie hastig einen viereckigen Koffer und warf Schuhe aller Farben und Formen heraus.

Ottenburg erschien an der Tür. «Kann ich helfen?»

Sie warf ihm irgendwelche weißen Sandalen mit langen Bändern zu, an die Seidenstrümpfe festgesteckt waren. «Pack das irgendwo hinein, und dann geh an den Flügel und gib mir ein paar Takte – du weißt schon.» Sie verhielt sich jetzt etwa so wie ein Wirbelwind, und während sie Schubladen herausriß und an Schranktüren zerrte, eilte Ottenburg so schnell er konnte an den Flügel und spielte aus dem Gedächtnis die Ankündigung des Wälsungen-Paars.

Nach wenigen Minuten kam Thea in ihren langen Pelzmantel gewickelt heraus, einen Schal um den Kopf und dicke wollene Handschuhe an den Händen. Ihr starrer Blick nahm wahr, daß Fred auswendig spielte, und selbst in dieser hocherregten Verfassung glitt ein schwaches Lächeln über ihre farblosen Lippen. Sie streckte ihre wollene Hand aus. «Die Partitur bitte, hinter dir, da.»

Doktor Archie folgte mit einer Leinenschachtel und einer großen Tasche. Als sie durch die Diele gingen, schnappten sich die Männer ihre Mäntel und Hüte. Sie hatten das Musikzimmer genau sieben Minuten nach dem Telephonanruf verlassen, wie Fred feststellte. Im Lift sagte Thea in diesem heiseren Flüsterton, der den Doktor so erschreckt hatte, als er ihn zum erstenmal hörte: «Sag dem Fahrer, daß er es in zwanzig Minuten schaffen muß, in weniger, wenn er kann. Er soll das Licht im Auto anlassen. Ich schaffe eine ganze Menge in zwanzig Minuten. Wenn du mir nur nicht diese Ente zu essen gegeben hättest – verdammte Ente!» brach es bitter aus ihr heraus. «Warum hast du das getan?»

«Ich wünschte, ich könnte sie zurückhaben! Aber sie wird dich heute abend nicht behelligen, du brauchst Kraft», versuchte er sie zu trösten.

Aber sie murmelte nur mit erstickter Stimme: «Idiot! Idiot!»

Ottenburg schoß voraus und instruierte den Fahrer, während der Doktor Thea in das Taxi setzte und die Tür schloß. Sie sprach mit keinem mehr. Als der Fahrer auf seinen Platz kroch, öffnete sie die Partitur und vertiefte sich darin. Ihr Gesicht sah in dem weißen Licht so leer aus wie ein verödeter Steinbruch.

Als ihr Taxi davonglitt, schob Ottenburg den Doktor in das nächste, das am Bordstein wartete. «Wir sollten ihr besser auf der Spur bleiben», erklärte er. «Es könnte irgendeinen Aufenthalt geben.» Als das Taxi davonsauste, entlud er sich in einer wahren Eruption von Flüchen.

«Was ist los?» fragte der Doktor. Er war einigermaßen verwirrt durch die raschen Entwicklungen der letzten zehn Minuten.

«Eine ganze Menge!» knurrte Fred und knöpfte mit einem Schaudern seinen Mantel zu. «Was ist das für eine Art, eine Rolle zum erstenmal zu singen! Die Ente kommt auf mein Gewissen. Es wäre ein Wunder, wenn sie mehr als nur quaken könnte! So mitten in eine Aufführung hineinzuplatzen – ohne Probe! Das Zeug, das sie da singen muß, ist furchtbar schwierig.»

«Sie sah verängstigt aus», meinte Doktor Archie nachdenklich, «aber, fand ich, auch – entschlossen.»

Fred rümpfte die Nase. «Ach ja, entschlossen! Das ist das rücksichtslose Verfahren, das aus Sängern Wilde macht. Da gibt es eine Rolle, an der sie jahrelang gearbeitet hat, und nun geben sie ihr die Gelegenheit, sie kaputtzumachen. Gott weiß, wann sie zuletzt in die Partitur gesehen hat oder ob sie das, was sie sich erarbeitet hat, bei dieser Besetzung brauchen kann. Die Necker singt die Brünhilde; sie könnte ihr helfen, wenn es nicht einer ihrer bösen Abende ist.»

«Ist sie böse zu Thea?» fragte Doktor Archie erstaunt.

«Mein lieber Mann, die Necker ist gegen alle und jeden böse. Sie hört allmählich auf; zu früh, genau dann, wenn sie ihren Höhepunkt haben sollte. Die einen sagen, daß sie gegen eine schwere Krankheit ankämpft, die anderen, daß sie am Prager Konservatorium eine falsche Methode gelernt und sich ihr Organ verdorben hat. Sie ist das Kaputteste, was es gibt. Wenn sie diesen Winter noch übersteht, so ist es ihr letzter.»

Das Taxi hielt, und Fred und Doktor Archie eilten zur Theaterkasse. Die Montagabendvorstellung war völlig ausverkauft. Sie nahmen Stehplätze und betraten den Zuschauerraum gerade, als der Pressevertreter des Hauses dem Publikum für seine Geduld dankte und mitteilte, daß Madame Gloeckler leider zu krank sei, um zu singen, daß aber Miss Kronborg freundlicherweise bereit sei, ihre Rolle zu Ende zu singen. Die Ankündigung wurde mit vehementem Applaus aus den oberen Rängen des Hauses beantwortet.

«Sie hat ihre Klientel», murmelte Doktor Archie.

«Ja, da oben, wo die Jungen und Hungrigen sitzen. Die Leute hier unten haben zu gut zu Abend gegessen. Aber es stört sie auch nicht. Sie lieben Feuersbrünste und Unfälle und andere Divertissements. Zwei Sieglinden sind ungewöhnlicher als eine, so kommen sie also auf ihre Kosten.»

Nach dem endgültigen Verschwinden von Siegfrieds Mutter schlüpften Ottenburg und der Doktor durch die Menge und verließen das Haus. Am Bühneneingang fand Fred den Fahrer, der Thea hergebracht hatte. Er bezahlte ihn und nahm einen größeren Wagen. Er und Archie warteten in einer Seitenstraße, und als die Kronborg allein herauskam, packten sie sie in das Taxi und sprangen hinter ihr hinein.

Thea sank in eine Ecke und gähnte. »Nun, ich bin durchgekommen, nicht wahr?» Ihr Ton klang munter. «Im ganzen gesehen habe ich Ihnen, meine Herren, einen recht unterhaltsamen Abend geboten für eine, die keine gesellschaftliche Bildung hat.»

«O ja. Zum Schluß des zweiten Aktes gab es eine Art Volksaufstand. Archie und ich konnten es nicht so lange aushalten wie die übrigen. Ein solches Getöse sollte der Verwaltung eigentlich zeigen, aus welcher Richtung der Wind bläst. Du weißt vermutlich, daß du großartig warst.»

«Ich hatte das Gefühl, daß es ganz gut lief», sagte sie unbefangen. «Es war ganz flott von mir, das Tempo zu Beginn des ersten Rezitativs, wo er zu schnell einsetzte, mitzukriegen, findet ihr nicht? Ganz schön schwierig – ohne Probe. Ach ja, ich war ganz gut. Er hat die Synkopierung am Anfang zu schnell genommen. Manche Sängerinnen nehmen dies schnell – denken wohl, es klingt leidenschaftlicher. Das ist eine Möglichkeit.» Sie rümpfte die Nase, und Fred warf Archie einen erheiterten Blick zu. Ihre Prahlerei wäre bei einem Schuljungen kindisch erschienen. Aber im Hinblick auf das, was sie geleistet hatte, auf die Anspannung, die sie alle während der letzten zwei Stunden durchgestanden hatten, konnte man nur lachen – oder weinen. «Und», fuhr sie unverwüstlich fort, «ich habe das Essen gar nicht gespürt, Fred, wirklich. Ich bin schon wieder hungrig, ich schäme mich, es zu sagen – und ich habe vergessen, irgend etwas in meinem Hotel zu bestellen.»

Fred legte die Hand auf die Türklinke. «Wohin? Du mußt etwas essen.»

«Weißt du vielleicht irgendein ruhiges Restaurant, wo ich nicht angestarrt werde. Ich bin noch nicht abgeschminkt.»

«Ja, ein nettes englisches Speiselokal. Abends spät ist da niemand außer einigen Theaterleuten nach ihren Aufführungen und ein paar Junggesellen.» Er sagte etwas zum Fahrer.

Als der Wagen umkehrte, griff Theas Hand nach dem Taschentuch in Doktor Archies Brusttasche. «Es wird mir zur Selbstverständlichkeit», sagte sie und rieb sich die Augenbrauen und die Wangen damit ab. «Als Kind liebte ich Ihre Taschentücher, weil sie aus Seide waren und nach Kölnisch Wasser rochen. Mir scheint, es waren die einzigen wirklich sauberen Taschentücher in ganz Moonstone. Sie haben mir immer das Gesicht damit abgewischt, wenn sie mich draußen im Staub trafen, erinnere ich mich. Hatte ich nie eins?»

«Ich glaube, du hast deine immer für deinen kleinen Bruder verbraucht.»

Thea seufzte. «Ja, Thor hatte ein ganz besonderes Talent, sich dreckig zu machen. Sie finden, er ist ein guter Chauffeur?» Für einen Augenblick schloß sie die Augen, als wären sie müde. Plötzlich aber blickte sie auf. «Ist es nicht merkwürdig, wie wir uns im Kreise bewegen? Da sind Sie und sorgen noch immer für meine Sauberkeit und Fred für mein Essen. Ich wäre vor Hunger gestorben da in dieser Pension an der Indiana Avenue, wenn er mich nicht ins Buckingham mitgenommen und mich immer wieder einmal vollgefüllt hätte. Und was war ich für eine unersättliche Grube! Die Kellner schauten immer ganz erstaunt. Ich singe immer noch aufgrund dieses Essens.»

Fred stieg aus und reichte Thea seinen Arm, als sie den vereisten Gehsteig überquerten. Sie wurden von einem altmodischen Lift nach oben befördert und fanden das gemütliche Lokal zur Hälfte besetzt mit Gruppen, die zu Abend aßen. Eine englische Theatergruppe, die im «Empire» gastierte, war gerade hereingekommen. Die Kellner in roten Westen eilten hin und her. Fred bekam einen Tisch im Hintergrund des Raums in einer Ecke und drängte den für ihn zuständigen Kellner, die Austern sofort zu bringen.

«Es dauert ein paar Minuten, sie zu öffnen, Sir», wies ihn der Mann zurecht.

«Machen Sie es so schnell wie möglich, und bringen Sie die für die Dame zuerst. Danach gegrillte Koteletts mit Nieren und Salat.»

Thea fing sofort an, Selleriestauden zu essen – von der Knolle bis zu den Blättern. «Die Necker hat heute etwas sehr Nettes zu mir gesagt. Man hätte denken können, die Direktion würde auch etwas sagen, aber die nicht.» Sie sah Fred unter ihren geschwärzten Wimpern an. «Es war schon ein Wagnis, in diesem zweiten Akt – ohne Probe – einzuspringen. Es singt sich nicht von selbst.»

Ottenburg beobachtete ihr Gesicht. Sie sah viel hübscher aus als am frühen Abend. Aufregungen dieser Art taten ihr gut. Nur unter dem Druck solcher Erregung, überlegte er, leuchtete sie von innen, war sie ganz da. Zu anderer Zeit war da etwas Kaltes und Leeres um sie, war sie wie ein großer, menschenleerer Raum. Selbst in ihren entspanntesten Stimmungen blieb ein Schatten von Rastlosigkeit in ihr, so als wartete sie auf etwas und übte sich in Geduld. Während des Abendessens war sie Archie und ihm so zugetan gewesen, wie es ihr überhaupt möglich war, hatte sie sich, so sehr sie das vermochte, ihnen mitgeteilt. Aber es war klar, daß sie nur auf eine Weise wirklich und aus tiefstem Herzen freundlich sein konnte und daß es ihr nur auf eine Weise möglich war, sich ganz und gar, freudig und spontan anderen zu öffnen. Schon als junges Mädchen gab sie ihr Bestes in einer kraftvollen Anstrengung, erinnerte er sich, auch in einer körperlichen Anstrengung, wenn gerade keine andere zur Hand war.

Plötzlich brach Thea ihre Unterhaltung mit Archie ab und blickte mißtrauisch in die Ecke, wo Ottenburg mit verschränkten Armen saß und sie beobachtete. «Was ist los mit dir, Fred? Du ängstigst mich, wenn du so still bist – zum Glück bist du es fast nie. Woran denkst du?»

«Ich fragte mich, wie du so rasch mit dem Orchester klargekommen bist, ganz am Anfang. Einen Augenblick lang war ich starr vor Schreck», antwortete er leichthin.

Sie schluckte ihre letzte Auster herunter und zog den Kopf ein. «Ich auch! Ich weiß wirklich nicht, wie ich's gepackt habe. Aus Verzweiflung, nehme ich an. Auf die gleiche Art, wie die Indianerbabys schwimmen, wenn sie in den Fluß geworfen werden. Ich mußte ganz einfach. Jetzt ist es vorbei. Aber ich bin froh, daß ich's mußte. Ich habe heute abend eine ganze Menge gelernt.»

Archie, der gewöhnlich fand, daß es ihm zukam, in solchen Diskussionen zu schweigen, fühlte sich durch ihre Offenheit ermutigt, etwas vorzubringen. «Ich kann nicht verstehen, wie du bei solchem Durcheinander imstande bist, etwas zu lernen oder dich dabei zu konzentrieren.»

Thea ließ den Blick durch den Raum schweifen und griff sich plötzlich ins Haar. «Mit all dieser Farbe im Gesicht muß ich aussehen, als hättet ihr mich auf der Second Avenue aufgelesen. Ich hoffe, es sind keine Reformer aus Colorado hier anwesend, Doktor Archie.» Sie sog den Duft des gegrillten Fleisches ein, von dem der Kellner gerade den Deckel abhob. «Ja, Bier vom Faß, bitte. Nein, Fred, danke dir, keinen Champagner. – Um auf Ihre Frage zurückzukommen, Doktor Archie, Sie dürfen sicher sein, daß ich mich konzentriere! Eben das ist eigentlich der ganze Trick, woraus die Bühnenerfahrung besteht: in jeder Sekunde da zu sein. Wenn ich auch nur für den Bruchteil eines Augenblicks an etwas anderes denke, bin ich verloren. Gleichzeitig aber kann man durchaus noch Dinge wahrnehmen – vielleicht mit einem anderen Teil des Gehirns. Es ist etwas anderes, als das, was man während des Einstudierens mitbekommt, praktischer und konsequenter. Es gibt Dinge, die man am besten in aller Stille lernt, und andere, die man nur im Sturm begreift. Die Beherrschung einer Rolle lernt man nur vor dem Publikum.»

«Lieber Himmel!» stieß Ottenburg hervor. «Du bist aber wirklich hungrig! Es macht Spaß, dir beim Essen zuzusehen.»

«Wie gut! Natürlich bin ich hungrig. Bleibst du bis zum ‹Rheingold› Freitag nachmittag?»

«Meine liebe Thea», Fred zündete sich eine Zigarette an, «ich bin inzwischen ein ernsthafter Geschäftsmann und muß Bier verkaufen. Am Mittwoch muß ich in Chicago sein. Ich würde wiederkommen, um dich zu hören, aber Fricka ist keine verlockende Rolle.»

«Dann hast du sie nie richtig interpretiert gehört», erwiderte sie heftig. «Dicke deutsche Hausfrau, die ihren Ehemann beschimpft, nicht wahr? Das ist nicht meine Vorstellung von ihr. Warte, bis du meine Fricka gehört hast. Es ist eine schöne Rolle.» Sie beugte sich über den Tisch und berührte Archies Arm. «Sie erinnern sich, Doktor Archie, wie meine Mutter immer ihr Haar trug – vorn mit einem Mittelscheitel und dann tief im Nacken zusammengenommen, so daß man die Form ihres Kopfes und die ruhige weiße Stirn sah. So trage ich mein Haar als Fricka. An den Seiten etwas höher genommen, so daß es wie eine kleine Krone wirkt, aber die Grundform ist die gleiche. Ich denke, Sie werden es wiedererkennen.»

Fred seufzte. «Nun werde ich natürlich wiederkommen müssen. Archie, du solltest dich lieber schon morgen um Karten kümmern.»

«Ich kann euch Logenplätze besorgen, irgendwo. Ich kenne niemanden hier, und ich frage nie danach.» Sie suchte in ihren verschiedenen Hüllen nach etwas. «Ach, wie merkwürdig! Ich trage diese kurzen Wollhandschuhe zum ärmellosen Kleid. Ich werde zuerst meinen Mantel anziehen. Diese Engländer werden sich niemals erklären können, wo ihr eure Tischdame aufgegabelt habt.» Sie stand lachend auf und tauchte in den Mantel ein, den Doktor Archie ihr bereithielt. Als sie sich ganz darin eingehüllt und ihn bis zum Kinn zugeknöpft hatte, gab sie ihm wie früher ein Zeichen mit dem Augenlid. «Heute abend würde ich gern noch eine andere Rolle singen. Das ist die Art von Abenden, wie ich sie liebe, an denen irgend etwas passiert. Laßt mich mal sehen: Am Mittwochabend muß ich in ‹Troubadour› singen, und während dieser Woche sind jeden Tag Proben für den ‹Ring› angesetzt. Nehmen Sie an, daß es mich bis Samstag nicht gibt, Doktor Archie. Ich lade Sie beide am Samstagabend nach dem ‹Rheingold› zum Essen ein. Und Fred muß uns bald verlassen, denn ich will mich mit Ihnen allein unterhalten. Sie sind jetzt schon fast eine Woche hier und ich habe noch kein ernsthaftes Wort mit Ihnen geredet.»

VIII

Der «Ring der Nibelungen» wurde an der Metropolitan-Oper an vier aufeinanderfolgenden Freitagnachmittagen gegeben. Nach der ersten dieser Aufführungen ging Fred Ottenburg mit Landry zum Tee zu ihm nach Hause. Landry war einer der wenigen Unterhaltungskünstler, die Grund und Boden in New York besitzen. Er lebte in einem dreigeschossigen, kleinen Backsteinhaus im Greenwich Village, das ihm die gleiche Tante vererbt hatte, die auch für seine Musikstudien aufgekommen war.

Landry war auf einer felsigen Farm in Connecticut, unweit von Cos Cob, geboren und hatte dort auch die ersten fünfzehn Jahre seines Lebens zugebracht. Sein Vater war ein ungebildeter, gewalttätiger Mann, ein schlechter Farmer und ein brutaler Ehemann. Das baufällige und feuchte Farmhaus stand in einer Senke neben einem sumpfigen Teich. Oliver hatte, solange er zu Hause lebte, hart gearbeitet, obgleich er es niemals sauber, niemals warm im Winter und das ganze Jahr hindurch schlecht zu essen hatte. Seine hagere Gestalt, sein mächtiger Kehlkopf und ein gewisses Rot des Gesichts und der Hände gehörten zu dem hart schuftenden Jungen, dem er nie ganz entwachsen ist. Es war so, als hätte die Farm ihn besonders tief geprägt, wohl wissend, daß er ihr so bald wie möglich entkommen würde. Als er fünfzehn war, lief Oliver von zu Hause fort und ging zu seiner katholischen Tante, die seine Mutter niemals besuchen durfte. Der Pfarrer von Saint Joseph entdeckte, daß er eine Stimme hatte.

Landry hatte eine Zuneigung zu dem Haus, in dem er zuerst gelernt hatte, was Reinlichkeit, Ordnung und Höflichkeit waren. Als seine Tante starb, ließ er das Haus renovieren, stellte eine irische Haushälterin an und lebte dort mit vielen schönen Dingen, die er gesammelt hatte. Was er zum Leben brauchte, kostete niemals viel, aber er konnte sich nicht zurückhalten, liebenswerte und überflüssige Dinge zu kaufen. Er war ein Sammler aus fast den gleichen Gründen, wie er ein Katholik war, und er war ein Katholik vor allem, weil sein Vater immer in der Küche gesessen und seinen Tagelöhnern abscheuliche «Enthüllungen» über die katholische Kirche vorgelesen hatte, wobei er die widerlichen Geschichten ebenso genoß wie die Tatsache, daß sie die Gefühle seiner Frau verletzten.

Landry hatte eine schöne Sammlung französischer und spanischer Fächer. Er verwahrte sie in einem Schreibpult, das er sich aus Spanien mitgebracht hatte, aber einige lagen immer im Wohnzimmer herum. Während Landry und sein Gast auf den Tee warteten, nahm Fred Ottenburg einen der Fächer von dem niedrigen Marmorsims und öffnete ihn im Licht des Kaminfeuers. Die eine Seite war bemalt mit einem perlmuttfarbenen Himmel und ziehenden Wolken, auf der anderen waren eine Schäferin und ein Schäfer im seidenen Rock zu sehen.

«Sie sollten solche Dinge nicht so herumliegen lassen, Oliver. Der Staub vom Kaminrost muß ihnen doch schaden.»

«So ist's, aber ich kaufe sie, um sie zu genießen, nicht um sie zu besitzen. Es ist hübsch, sie dann und wann anzuschauen oder in öden Stunden mit ihnen zu spielen, so zum Beispiel, wenn man auf den Tee oder auf anderes wartet.»

Fred lächelte. Die Vorstellung, daß Landry ausgestreckt

vor seinem Kamin mit den Fächern spielte, amüsierte ihn. Als der Tee kam, trank er ihn, während er herumging und Landrys Bilder genau betrachtete. Dann setzte er sich an den Flügel und begann, wenn auch vorsichtig, die düstere Einführung zu der Oper, die sie eben gehört hatten, hinauszudröhnen.

Er verstand jetzt, warum Thea gewollt hatte, daß er sie im «Rheingold» hörte. Es wurde ihm in dem Augenblick klar, als Fricka aus dem Schlaf erwachte, über die junge Welt schaute und mit ihrem weißen Arm auf die neue Götterburg wies, die hoch oben schimmerte. «Wotan! Gemahl! Erwache!...» Sie wollte, daß er sie sah, weil sie eine ganz bestimmte Lieblichkeit für diese Rolle bereit hatte, eine leuchtende Schönheit – wie das Licht der untergehenden Sonne auf fernen Segeln. Fricka war so lange als eifersüchtige Ehefrau gesungen worden, daß auch er vergessen hatte, daß sie – eher noch als häusliche Ordnung – Weisheit bedeutete und daß sie in jedem Fall eine Göttin war. Die Fricka dieses Nachmittags war so klar und sonnig, so nobel konzipiert, daß sie auf diese Weise die Hilflosigkeit und Skrupellosigkeit der Götter davor bewahrte, schäbig zu wirken. Ihre Vorwürfe gegen Wotan wurden zur Fürsprache eines maßvollen Geistes, eines unbeirrbaren Schönheitssinns.

Ottenburg spielte weiter, so wie er es im Gedächtnis hatte. In der Szene zwischen Fricka und Wotan hörte er auf. «Die Stimmen wollen mir einfach nicht gelingen.»

Landry kicherte. «Versuchen Sie's gar nicht erst. Ich kenne sie gut genug. Ich glaube, ich habe diese Stelle mit ihr an die tausendmal geprobt. Ich habe sie fast jeden Tag begleitet, als sie anfing, daran zu arbeiten. Wenn sie anfängt eine Rolle einzustudieren, ist es schwer, mit ihr zu arbeiten: Sie ist so langsam, daß man sie für dumm halten könnte, wenn man sie nicht kennt. Natürlich schiebt sie alles auf ihren Begleiter.

So geht das manchmal wochenlang. Wie in diesem Fall. Sie schüttelte dauernd den Kopf und sah düster drein. Mit einemmal fand sie ihre Linie – es geschieht meist ganz plötzlich, nach Versuchen, bei denen nichts herauskommt –, und danach veränderte und klärte sich alles. Als sie ihre Stimme darauf eingearbeitet hatte, entwickelte sie mehr und mehr diese ‹Gold›-Qualität, die ihre Fricka so anders macht.»

Fred setzte noch einmal bei Frickas erster Arie an. «Ganz gewiß ist es anders. Merkwürdig, wie sie das macht. Was für eine schöne Idee für eine Rolle, die immer so undankbar war.»

Landry schüttelte den Kopf. «Was sie macht, ist interessant, weil sie es macht. Sogar das, was sie verwirft, ist anregend. Einiges davon bedaure ich. Ihre Auffassungen sind so vielfarbig. Sie haben die Elisabeth von ihr gehört? Wunderbar – nicht wahr? An dieser Rolle hat sie vor Jahren gearbeitet, als ihre Mutter krank war. Ich konnte erkennen, wie ihre Angst und ihr Kummer mehr und mehr in diese Rolle eingingen. Der letzte Akt bricht einem das Herz. Er ist so heimelig wie eine ländliche Gebetsversammlung: Sie könnte jede einsame Frau sein, die sich anschickt zu sterben. Sie ist ganz erfüllt von dem, was jedes schlichte Geschöpf für sich herausfinden muß und was nie niedergeschrieben wird.»

Fred blickte über die Schulter zu Landry hinüber, der ausgestreckt vor dem Kaminfeuer lag. «Es macht Ihnen Freude, sie zu beobachten, nicht wahr?»

«O ja», sagte Landry einfach. «Mich interessiert nicht sonderlich, was in New York im Gange ist. Sie müssen mich jetzt entschuldigen, ich muß mich umziehen.» Er stand zögernd auf und seufzte. «Kann ich Ihnen irgend etwas anbieten? Einen Whisky?»

«Danke nein. Ich vergnüge mich hier ein wenig. Ich habe nicht oft das Glück, einen guten Flügel vorzufinden, wenn ich von zu Hause fort bin. Sie haben diesen noch nicht lange, nehme ich an. Spielt sich noch ein wenig schwer. Sagen Sie», er hielt Landry an der Tür zurück, «war Thea je hier bei Ihnen?»

Landry drehte sich um. «Ja, sie kam mehrmals, als ich eine Wundrose hatte. War 'ne ganz schöne Schweinerei, mit zwei Krankenschwestern. Sie brachte mir zwei Blumenkästen fürs Zimmer mit Krokussen und anderem. Sehr ermunternd. Nur – ich konnte weder die Krokusse noch sie sehen.»

«Mochte sie denn Ihr Haus nicht?»

«Sie glaubte wohl, daß sie es mochte, aber ich glaube eher, es war zu vollgestopft für ihren Geschmack. Ich hörte sie herumgehen wie ein Tier im Käfig. Sie schob den Flügel gegen die Wand und die Sessel in die Ecken, und dabei hat sie meinen Bernsteinelefanten zerbrochen.» Landry nahm einen etwa fünf Zentimeter hohen, gelben Gegenstand aus einem seiner niedrigen Bücherborde. «Sie sehen, wo sein Bein angeleimt ist – ein Souvenir. Ja, es ist Zitronenbernstein, sehr schön.»

Landry verschwand hinter dem Vorhang, und einen Augenblick später hörte Fred das Zischen eines Zerstäubers. Er stellte den Bernsteinelefanten auf den Flügel neben sich und schien ein großes Vergnügen an dem kleinen Tier zu haben.

IX

Als Archie und Ottenburg am Samstag mit Thea zu Abend aßen, wurde ihnen das Essen unten im Speisesaal des Hotels serviert, aber den Kaffee tranken sie in Theas eigenem Appartement. Während sie im Lift nach oben fuhren, wandte sich Fred plötzlich zu Thea um. «Und warum, bitteschön, hast du Landrys Elefanten kaputtgemacht?»

Sie sah schuldbewußt aus und fing an zu lachen. «Hat er das immer noch nicht verwunden? Ich wollte ihn wirklich nicht kaputtmachen. Ich war vielleicht unachtsam. Er hätschelt diese Sachen alle so übermäßig, daß ich versucht war, mit ganz vielen unachtsam zu sein.»

«Wie kannst du nur so herzlos sein, wenn sie doch alles sind, was er hat in der Welt?»

«Er hat mich. Ich sorge ganz schön für seine Zerstreuung. Er hat alles, was er braucht. Ach je», sagte sie, als sie die Tür zu ihrer eigenen Diele öffnete, «ich hätte das nicht vor dem Liftboy sagen sollen.»

«Nicht einmal ein Liftboy könnte aus Oliver einen Skandal machen.»

Der Kellner kam mit dem Kaffee. Thea goß ihn ungeduldig ein, so als wäre es eine Zeremonie, an die sie nicht glaubte. Sie trug ein weißes Kleid, mit geschliffenen Glasperlen bestickt, die während des Abendessens bei ihren abrupten und nervösen Bewegungen ziemlich lebhaft geklirrt hatten; und sie hatte so lange an der dunklen Samtrose an ihrem Gürtel herumgezupft, bis sie welk und zerknittert aussah.

«Ich verstehe nicht, warum die Leute in die Oper gehen», sagte sie plötzlich. «Ich nehme an, sie bekommen da irgend etwas oder denken das zumindest.»

Fred kam auf sie zu. «Was ist los mit dir heute abend? Dir geht doch irgend etwas im Kopf herum?»

«Ja, eine ganze Menge. Zuviel, um eine angenehme Gastgeberin zu sein.» Sie wandte sich rasch vom Kaffeetisch ab und setzte sich auf die Bank vor dem Flügel, den beiden Männern gegenüber. «Zunächst einmal hat sich die Besetzung für Freitagnachmittag geändert. Sie lassen mich die Sieglinde singen.» Ihr Stirnrunzeln konnte das Vergnügen, das ihr diese Ankündigung machte, nicht verbergen.

«Hast du vor, uns hier ewig zappeln zu lassen, Thea?

Archie und ich haben anderes zu tun, sollte man meinen.»
Freds Erregung war so offensichtlich wie ihre eigene.

«Da bin ich also seit zwei Jahren bereit, die Sieglinde zu singen, und werde auf die Folter gespannt, und nun passiert es innerhalb von zwei Wochen, gerade wenn ich ein bißchen was von Doktor Archie haben will. Ich weiß nicht, wie die Pläne von denen da sind. Nach Freitag werden sie mich entweder kaltstellen oder mich auf Trab bringen. Ich nehme an, es hängt davon ab, wie alles läuft am Freitagnachmittag.»

«Oh, sie werden dich ranhalten und schneller als dir lieb ist! Das ist für deine Stimme besser geeignet als alles, was du hier bislang gesungen hast.» Ottenburg kam quer durch das Zimmer auf sie zu, stellte sich neben sie und fing zu spielen an «Du bist der Lenz...»

Mit einer wütenden Bewegung ergriff Thea seine Handgelenke und stieß seine Hände von den Tasten weg.

«Fred, kannst du nicht einmal ernst sein? Tausend Sachen können zwischen heute und Freitag passieren, die mich aus der Fassung bringen.» Verzweifelt ballte sie ihre Hände. «Es ist nicht möglich, eine Rolle wie diese beim erstenmal gut zu singen, außer für die Sorte Sängerinnen, die es niemals besser singen wird. Alles hängt von dieser ersten Aufführung ab, und die wird jedenfalls schlecht sein. So ist es!» Sie zuckte verächtlich die Achseln. «Einmal ändern sie die Besetzung kurz vor zwölf, und dann proben sie mir die Seele aus dem Leib.»

Ottenburg stellte seine Tasse mit übertriebener Behutsamkeit ab. «Immerhin, in Wahrheit willst du es doch, wie du weißt.»

«Wollen?» erwiderte sie empört. «Natürlich will ich es! Wenn dies wenigstens schon der nächste Donnerstag wäre – ...Aber zwischen heute und Freitag werde ich nichts anderes tun, als mir all meine Kraft wegzuärgern. Ach, ich sage ja nicht, daß ich die Proben nicht brauche! Aber ich brauche sie nicht, wenn sie sich über eine Woche hinschleppen. Das ist ein ganz gutes System für phlegmatische Sängerinnen. Mich erschöpft es. Jede Einzelheit einer Opernroutine schadet mir. Ich fühle mich dann gewöhnlich wie ein Pferd, das manipuliert wurde, um ein Rennen zu verlieren. Ich muß hart arbeiten, nur um mein Schlechtestes zu geben, ganz zu schweigen von meinem Besten. Ich wünschte, du könntest mich einmal gut singen hören, nur ein einziges Mal» – sie wandte sich herausfordernd zu Fred um. «Es ist mir ein paarmal in meinem Leben gelungen, dann, wenn damit nichts zu gewinnen war.»

Fred ging auf sie zu und hielt ihr seine Hand entgegen. «Mein liebes Mädchen, wenn ich doch nur die Todesängste zwischen heute und Freitag für dich überbrücken könnte... Aber du kennst doch die Spielregeln – warum dich so quälen? Du hast neulich gemerkt, daß du die Rolle beherrschst. Also geh spazieren, schlaf, spiel mit Archie, laß deine Tigerin hungern, und sie wird ordentlich springen nächsten Freitag. Ich werde da sein, um ihr zuzusehen und nicht nur ich. Harsanyi ist auf der ‹Wilhelm›, sie soll am Donnerstag hier anlegen.»

«Harsanyi?» Theas Augen leuchteten auf. «Ich habe ihn jahrelang nicht gesehen. Wir verpassen uns immer.» Sie schwieg, zögerte. «Ja, das fände ich schön. Aber er wird vielleicht zu tun haben?»

«Er gibt sein erstes Konzert in der Carnegie Hall in der übernächsten Woche. Schick ihm lieber Logenplätze, wenn du kannst.»

«Ja, das werd' ich tun.» Thea ergriff wieder seine Hand. «Ach, das wäre schön, Fred!» fügte sie impulsiv hinzu. «Selbst wenn ich die Fassung verliere, er würde die Idee begreifen.»

Fred war schon an der Tür, als Thea ihn zurückrief. Sie zog eine Blume aus einem Strauß auf dem Flügel, steckte den Stiel durch das Revers seines Mantels und sagte etwas verwirrt: «Ich werde morgen nachmittag zwischen vier und fünf auf dem Reservoirpfad im Park spazierengehen, falls dir daran liegt, mich zu treffen. Nach Harsanyi würde ich lieber dich als irgend jemanden sonst zufriedenstellen wollen. Du weißt eine Menge, aber er weiß sogar noch mehr als du.»

«Danke! ‹Schlafen Sie wohl!›» Er küßte ihre Finger und winkte ihr noch einmal von der Tür aus zu, ehe er sie hinter sich schloß.

«Er ist schon der rechte, Thea.» Doktor Archie sah seinem scheidenden Freund mit Wärme nach. «Ich hatte immer gehofft, daß du mit Fred klarkommen würdest.»

«Und bin ich's nicht? Ach, daß ich ihn heiraten würde, meinen Sie! Er ist im Augenblick genausowenig auf dem Heiratsmarkt wie ich – oder doch?»

«Wohl nicht. Es ist eine verdammte Schande, daß ein Mann so gebunden ist und die besten Jahre seines Lebens vergeudet. Eine Frau mit vollständiger Parese sollte rechtlich für tot gelten.»

«Wollen wir, bitte, nicht über Freds Frau sprechen. Nichts hat ihn gezwungen, in eine so verfahrene Situation zu geraten, und er war auch nicht gezwungen, darin steckenzubleiben. Er war immer ein Weichling, wenn es um Frauen ging.»

«Die meisten Männer sind es, fürchte ich», gab Doktor Archie etwas matt zu.

«Zu hell hier – finden Sie nicht? Ermüdet die Augen. Die Bühnenbeleuchtung nimmt meine ziemlich mit.» Thea drehte das Licht ab. «Wir lassen die kleine Lampe über dem Flügel an.» Sie sank neben Archie in das niedrige Sofa. «Wir beide haben so viel miteinander zu reden, daß wir dem ganz aus dem Weg gehen. Haben Sie es bemerkt? Wir kommen nicht einmal in die äußerste Nähe davon. Ich wünschte, wir hätten Landry heute abend hier und er würde für uns spielen. Es ist immer so entspannend.»

«Ich fürchte, du hast zuwenig Privatleben außerhalb deiner Arbeit, Thea.» Der Doktor sah sie besorgt an.

Sie lächelte ihm mit halbgeschlossenen Augen zu. «Mein lieber Doktor, ich habe überhaupt keins. Die Arbeit wird zum persönlichen Leben. Man taugt nicht viel, ehe es so ist. Es ist, als wäre man in ein großes Gewebe verwoben. Man kann sich nicht herausziehen, weil auch die kleinsten Fasern in das Bild eingewoben sind. Es nimmt einen auf, preßt einen aus und wirft einen dann wieder hinaus. Und das ist das Leben. Mehr kann einem kaum passieren.»

«Hast du nicht vor ein paar Jahren daran gedacht zu heiraten?»

«Sie meinen Nordquist? Ja, aber ich hab' es mir anders überlegt. Wir haben viel zusammen gesungen. Er ist ein prächtiges Geschöpf.»

«Warst du in ihn verliebt, Thea?» fragte der Doktor hoffnungsvoll.

Sie lächelte wieder. «Ich glaube, ich weiß nicht genau, was dieser Ausdruck genau besagt. Ich habe es nie herausfinden können. Ich denke, ich war verliebt in Sie, als ich klein war, aber seitdem in niemanden mehr. Es gibt eine Menge Möglichkeiten, sich für Menschen zu interessieren. Und es ist schließlich keine so unbedeutende Krankheit wie Masern oder Mandelentzündung. Nordquist ist ein anziehender Mann. Wir sind einmal mit einem Ruderboot auf einen See hinausgerudert und gerieten in ein heftiges Gewitter. Der See wurde von Gletschern gespeist – Eiswasser. Wir hätten überhaupt keinen einzigen Zug schwimmen können, wenn das Boot vollgelaufen wäre. Wenn wir beide nicht stark gewesen wären und den Kopf verloren hätten, wären wir ertrunken. Wir ruderten, was das Zeug hielt, und wir kamen gerade noch mit dem Leben davon. Wir gerieten immer so zusammen, unter irgendeinem Druck. Ja, eine gewisse Zeit lang dachte ich, daß mit ihm alles richtig sein würde.» Sie schwieg und ließ sich zurücksinken. Ihr Kopf ruhte auf einem Kissen, und mit den Fingern drückte sie die Lider herunter. «Sie müssen wissen», fuhr sie abrupt fort, «er hatte eine Frau und zwei Kinder. Er hatte seit Jahren nicht mehr mit ihr zusammengelebt, aber als sie hörte, daß er wieder heiraten wollte, machte sie Schwierigkeiten. Er verdiente sehr gut, aber er war unachtsam mit Geld und schrecklich verschuldet. Eines Tages kam er zu mir und sagte, seine Frau würde sich mit hunderttausend Mark abfinden lassen und in eine Scheidung einwilligen. Ich wurde sehr zornig und schickte ihn fort. Am nächsten Tag kam er wieder und sagte, er glaube, sie werde auch nur fünfzigtausend nehmen.»

Doktor Archie rückte von ihr fort ans Ende des Sofas.

«Großer Gott, Thea! Was für Leute...» Er unterbrach sich und schüttelte den Kopf.

Thea stand auf und stellte sich neben ihn, die Hand auf seiner Schulter. «Genau so hat es mich getroffen», sagte sie ruhig. «O ja, wir haben vieles gemeinsam, Dinge, die weit zurückreichen, unter allem hindurch. Sie verstehen es natürlich. Nordquist nicht. Er glaubte, ich sei nicht bereit, mich von dem Geld zu trennen. Ich konnte mir doch nicht zumuten, ihn Frau Nordquist abzukaufen, und er konnte nicht einsehen, warum nicht. Er hatte immer schon gemeint, ich sei knauserig mit Geld, und so schrieb er es dem zu. Ich bin vorsichtig» – sie hakte Archie unter, und als er aufstand, ging sie mit ihm im Zimmer auf und ab. «Ich kann nicht sorglos mit Geld umgehen. Für mich begann die Welt mit sechshundert Dollars, und sie waren der Preis für das Leben eines

Menschen. Ray Kennedy hatte schwer gearbeitet und war bescheiden und selbstlos, und als er starb konnte er sechshundert Dollar dafür vorweisen. Ich messe immer alles an diesen sechshundert Dollars, so wie ich hohe Gebäude immer an dem Wasserturm von Moonstone messe. Es gibt Maßstäbe, von denen wir uns nicht trennen können.»

Er nahm ihre Hand. «Ich glaube nicht, daß wir glücklicher wären, wenn wir uns von ihnen getrennt hätten. Du siehst», und er blickte hinunter auf ihren Kopf und ihre Schultern, «manchmal deiner Mutter so ähnlich.»

«Danke. Sie hätten mir nichts Schöneres sagen können. Am Freitagnachmittag – nicht wahr?»

«Ja, aber auch in anderen Augenblicken. Es freut mich, es festzustellen. Weißt du, woran ich denken mußte, als ich dich am ersten Abend singen hörte? Ich erinnerte mich immer wieder an die Nacht, als ich dich versorgte. Du warst zehn Jahre alt und hattest Lungenentzündung. Du warst ein schwerkrankes Kind, und ich war ein Landarzt ohne viel Erfahrung. Damals gab es keine Sauerstofftanks. Du bist mir fast durch die Hände geschlüpft. Wärst du . . .»

Sie ließ den Kopf auf seine Schulter fallen. «Ich hätte mir und ihnen viele Schwierigkeiten erspart, ist es nicht so, lieber Doktor Archie?» murmelte sie.

«Was mich angeht, so wäre mein Leben eine ganz schön öde Wegstrecke gewesen, wenn es dich nicht gegeben hätte.» Der Doktor faßte nach einem der kristallenen Anhänger, die von ihrer Schulter hingen und blickte nachdenklich hinein. «Ich glaube, ich bin – im Innersten – ein romantischer alter Bursche. Und du warst immer meine Romanze. Die Jahre, als du aufwuchsest, waren meine glücklichsten. Wenn ich von dir träume, sehe ich dich immer als kleines Mädchen.»

Sie blieben am offenen Fenster stehen. «Wirklich? Fast alle meine Träume – bis auf die, wenn ich auf der Bühne zusammenbreche oder Züge verpasse – handeln von Moonstone. Sie haben mir erzählt, das alte Haus sei abgerissen, aber in meinem Gedächtnis steht es heil und ganz, bis in den letzten Stein und Balken. Im Traum gehe ich darin herum und suche nach allem möglichen in den richtigen Schubladen und Schränken. Ich träume oft, daß ich in dem Haufen von Überschuhen, der immer unter dem Garderobenständer war, nach meinen Gummischuhen suche. Ich nehme jeden einzelnen Schuh auf und weiß, wem er gehört – nur meine eigenen kann ich nicht finden. Dann fängt die Schulglocke an zu läuten, und ich muß weinen. In diesem Haus komme ich zur Ruhe, wenn ich müde bin. All die alten Möbel und die abgenutzten Stellen im Teppich – es bringt mein Bewußtsein zur Ruhe, wenn ich sie mir ins Gedächtnis rufe.»

Sie sahen aus dem Fenster. Thea hielt seinen Arm fest. Unten auf dem Fluß hatten vier hell erleuchtete Kriegsschiffe Anker geworfen, und Barkassen fuhren hin und her, um die Mannschaften an Land zu bringen. Ein Suchlicht von einem der gepanzerten Schiffe spielte über der großen Landzunge am Ende des Flusses, da wo er seine erste scharfe Kehrtwendung macht. Der nachtblaue Himmel über allem war tief und klar.

«Es gibt so vieles, was ich Ihnen sagen möchte», sagte sie schließlich, «und es ist so schwierig zu erklären. Mein Leben ist voll von Eifersüchteleien und Enttäuschungen. Man fängt an, die Menschen zu hassen, die unzulängliche Arbeit leisten und doch ebenso gut vorankommen wie man selbst. Es gibt viele Enttäuschungen in meinem Beruf und viel bittere Verachtung.» Ihr Gesicht verhärtete sich und sah mit einem Mal viel älter aus. «Wenn man das Vollkommene mit seiner ganzen Lebenskraft liebt, jedenfalls genug, um alles aufzugeben, was man dafür aufgeben muß, dann muß man das Unzulängliche mit gleicher Kraft hassen! Ich versichere Ihnen, es gibt so etwas wie einen schöpferischen Haß! Eine Verachtung, die einen dazu treibt, durchs Feuer zu gehen, alles zu riskieren und womöglich alles zu verlieren, macht einen um sehr vieles besser, als man je für möglich gehalten hat.» Als sie einen raschen Blick auf Archies Gesicht warf, unterbrach sie sich jäh und wandte sich ab. Ihre Augen folgten dem Strahl des Suchlichts am oberen Ende des Flusses und blieben an der erleuchteten Landzunge hängen.

«Sehen Sie», fuhr sie ruhiger fort, «Stimmen sind etwas Zufälliges. Man findet viele gute Stimmen bei ganz gewöhnlichen Frauen mit ganz gewöhnlichem Verstand und ganz gewöhnlichem Herzen. Nehmen Sie zum Beispiel die Frau, die letzte Woche mit mir zusammen die Ortrud gesungen hat. Sie ist neu hier, und die Leute sind ganz wild nach ihr. ‹So ein schönes Stimmvolumen!› sagen sie. Ich gebe Ihnen mein Wort, sie ist dumm wie ein Esel und krächzt wie ein Rabe, und jeder, der nur ein wenig von Gesang versteht, würde das im ersten Augenblick merken. Dennoch ist sie ebenso beliebt wie die Necker, die eine große Künstlerin ist. Wie soll ich so etwas wie Zufriedenheit über die Begeisterung eines Publikums empfinden, wenn dieses Publikum, das ihre abscheuliche Art der Darstellung mag, zugleich behauptet, meine zu mögen? Wenn das Publikum sie schätzt, müßte es mich auszischen und von der Bühne jagen. Wir vertreten jeweils etwas, das sich mit dem anderen absolut nicht verträgt. Man kann nicht etwas gut machen, ohne die zu verachten, die es schlecht machen. Wie kann ich gleichgültig dem gegenüber sein? Wenn das nicht wichtig ist – was ist dann wichtig? Gut, manchmal komme ich nach Hause – wie an dem Abend, als Sie mich zuerst sahen – und bin so voller Bitterkeit, als hätte ich nur noch Mord und Totschlag im Sinn. Und dann schlafe ich und erwache in Kohlers Garten mit den Tauben und den weißen Kaninchen, ganz glücklich! Und das rettet mich.» Sie setzte sich auf die kleine Bank vor dem Flügel. Archie glaubte, sie habe ihn völlig vergessen, bis sie seinen Namen aussprach. Ihre Stimme war jetzt ganz sanft, ein wundervoller, süßer Ton. «Wissen Sie, Doktor Archie, worauf man wirklich aus ist in der Kunst, ist nicht das, was man vermutlich erfährt, wenn man einmal zu einer Vorstellung in die Oper geht. Wonach man wirklich strebt, das ist so weit fort, so schön...» Sie hob die Schultern und holte tief Atem, faltete die Hände im Schoß und sah ihn mit einer Resignation an, die ihrem Gesicht etwas Nobles gab. «... so schön, daß man es gar nicht ausdrücken kann.»

Ohne sie ganz zu verstehen, war Archie doch zutiefst bewegt. «Ich habe immer an dich geglaubt, Thea», murmelte er, «immer.»

Sie lächelte und schloß die Augen. «Die alten Dinge retten mich. Dinge wie Kohlers Garten. Ich versuche alles Neue und kehre wieder zum alten zurück. Vielleicht waren meine Gefühle damals stärker. Ein Kind verhält sich allem gegenüber wie ein Künstler. Ich bin jetzt mehr oder minder eine Künstlerin, aber damals war ich es ganz und gar. Als ich damals mit Ihnen zum erstenmal nach Chicago fuhr, hatte ich alles Wesentliche für das, was ich einmal tun würde, in mir. Die Grenze, an die ich einmal gelangen würde, war damals schon in mir markiert. Ich habe sie auf einem langen Weg immer noch nicht erreicht.»

Archie erinnerte sich blitzartig. Bilder zogen an seinem inneren Auge vorbei.

«Willst du damit sagen», fragte er voller Verwunderung, «daß du damals schon gewußt hast, wie begabt du warst?»

Thea sah zu ihm auf.

«Ach nein, ich wußte gar nichts! Nicht einmal genug, um Sie um meinen Koffer zu bitten, als ich ihn brauchte. Aber, als ich mit Ihnen zusammen aus Moonstone aufbrach, hatte ich schon eine lange, reiche, romantische Vergangenheit. Ich hatte ein langes und ereignisreiches Leben gelebt, das Leben einer Künstlerin, jede Stunde davon.»

Es gab ein langes, von freundschaftlicher Wärme erfülltes Schweigen. Thea blickte starr zu Boden, so als sähe sie durch Jahre und Jahre hinab, und ihr alter Freund stand da und betrachtete ihren gesenkten Kopf. Er betrachtete sie mit einem Gesichtsausdruck, mit dem er sie vor langer Zeit beobachtet hatte und der ihm, auch wenn er nur an sie dachte, zur Gewohnheit geworden war. Es war ein Ausdruck der Besorgnis und auch der heimlichen Dankbarkeit, so als hätte er ihr für eine unaussprechliche Freude seines Herzens zu danken. Thea wandte sich dem Flügel zu und stimmte leise ein altes Lied an, das er liebte:

«Ca' the yowes to the knowes,
Ca' them where the heather growes,
Ca' them where the burnie rowes,
My bonie dear-ie.»*

X

Ottenburg stieg am Parkeingang an der einundneunzigsten Straße aus dem Taxi und kämpfte sich durch einen wilden Frühlingsschneesturm vorwärts. Als er den Weg zum Reservoir erreichte, sah er Thea vor sich, wie sie schnell gegen den Wind ausschritt. Sie war die einzige Gestalt auf dem verlassenen Pfad. Ein Möwenschwarm schwebte über dem See, scheinbar verwirrt von den treibenden Schneeflocken, die

* «Ruf die Schafe zu den Hügeln, /Ruf sie, wo die Heide wächst, / Ruf sie, wo das Bächlein fließt, / Mein süßer Schatz.» Refrain aus einem Lied des schottischen Dichters Robert Burns.

über das schwarze Wasser wirbelten und dann in ihm verschwanden. Als er Thea fast schon eingeholt hatte, rief Fred ihren Namen, und sie wandte sich um und wartete auf ihn mit dem Rücken zum Wind. Ihr Haar und ihr Pelz waren von Schnee überpudert, und sie sah aus wie ein warmblütiges Tier mit üppigem Pelz, das gerade aus dem Wald gekommen war. Fred lachte, als er ihre Hand nahm.

«Ich brauche dich gar nicht zu fragen, wie es dir geht! Du mußt vor Freitag sicherlich keine Angst haben, so wie du aussiehst.»

Sie trat näher an den Eisenzaun heran, damit er neben ihr Platz hatte, und wandte ihr Gesicht wieder dem Wind zu. «Oh, in dieser Hinsicht fühle ich mich recht wohl. Aber ich habe kein Glück mit Bühnenauftritten. Ich lasse mich leicht aus der Ruhe bringen, und es passieren die verrücktesten Dinge.»

«Hast du immer noch Lampenfieber?»

«Aber natürlich. Die Nervosität finde ich aber weniger schlimm als das Gefühl der inneren Starre», murmelte Thea und verbarg ihr Gesicht einen Moment lang in ihrem Muff. «Das, was ich wirklich will, gelingt mir nie. Alles andere kann ich leicht erreichen.»

«Aber du erreichst es – und nicht nur mit deiner Stimme. Du bist auf der Bühne ebenso zu Hause wie du es im Panther-Canyon warst. Hast du dort nicht einige wichtige Einsichten gewonnen?»

Sie nickte. «O ja! Von den Felsen, von den Toten.» Sie legte ihre behandschuhte Hand auf Freds Arm. «Ich weiß nicht, wie ich dir je dafür danken soll. Ich weiß nicht, ob ohne den Panther-Canyon je etwas aus mir geworden wäre. Wie hast du gewußt, daß dies das einzig richtige für mich war? Dabei hilft einem bei dieser Sache gewöhnlich kein Mensch auf dieser Welt. Wie hast du es gewußt?»

«Ich wußte es nicht. Irgend etwas anderes hätte dieselbe

Wirkung getan. Es war dein kreativer Moment. Ich wußte, es würde dir sehr viel geben, aber ich wußte nicht wieviel.»

Thea ging schweigend weiter. Sie schien nachzudenken.

«Weißt du, was ich dort eigentlich gelernt habe?» stieß sie plötzlich aus. «Dort habe ich die Unausweichlichkeit und die Härte der menschlichen Existenz begriffen. Ein Künstler, der dies nicht erkennt, bringt es nicht weit. Man kann es zwar auch mit dem Verstand begreifen, aber man muß es körperlich spüren; tief in sich. Es ist ein animalisches Gefühl. Manchmal denke ich, es ist das stärkste Gefühl überhaupt.»

Sie stellte sich mit dem Rücken zum Wind und wischte den Schnee ab, der an ihren Augenbrauen und Wimpern hing. «Huh!» rief sie aus. «Wie kräftig dein Atem auch sein mag, der Sturm ist stärker. Ich habe noch nicht für die nächste Spielzeit unterschrieben, Fred. Ich bestehe auf einem großen Vertrag: vierzig Auftritte. Die Necker wird nächsten Winter nicht allzuviel tun können. Es wird eine dieser Übergangsspielzeiten werden. Die alten Sänger sind zu alt und die neuen sind zu neu. Sie können es genausogut mit mir wie mit irgend jemandem sonst riskieren. Deshalb verlange ich gute Bedingungen. Die nächsten fünf oder sechs Jahre werden meine besten.»

«Du wirst bekommen, was du forderst, wenn du hartnäckig bleibst. Ich habe keine Bedenken, dir jetzt schon zu gratulieren.»

Thea lachte. «Das ist noch ein bißchen früh. Vielleicht nehmen sie mich ja überhaupt nicht. Sie reißen sich kein Bein aus, um sich mit mir zu treffen. Ich kann auch nach Dresden zurückgehen.» Als sie sich in einem Bogen nach Westen wandten, kam der Wind von der Seite, und das Reden fiel ihnen etwas leichter.

Fred schlug den Kragen nach unten und klopfte sich den Schnee von den Schultern. «Oh, ich meinte nicht unbedingt den Vertrag. Ich gratuliere dir zu dem, was du erreichen kannst, und dazu, daß es dir soviel bedeuten kann. Das ist das eigentlich Besondere.»

Sie sah ihn scharf und etwas argwöhnisch an. «Warum sollte es mir nichts bedeuten? Ich wäre zu bedauern, wenn es mir gleichgültig wäre. Was habe ich denn sonst überhaupt?» Sie blieb herausfordernd stehen, aber Ottenburg antwortete nicht. «Willst du damit sagen», fuhr sie fort, «daß es dir nicht mehr so wichtig ist wie früher?»

«Natürlich ist dein Erfolg mir wichtig.» Freds Schritt verlangsamte sich. Thea spürte sofort, daß er es ernst meinte und den Ton der halbironischen Übertreibung beiseite ließ, in dem er in den letzten Jahren mit ihr geredet hatte. «Und ich bin dir dankbar, daß du dir soviel abverlangst, wo du es doch auch viel leichter haben könntest. Du willst immer noch mehr, und du wirst immer noch mehr dafür tun. Dafür muß man jemandem dankbar sein; es macht das Leben etwas weniger trivial. Aber tatsächlich interessiert es mich nicht sonderlich, wie jemand irgend etwas singt.»

«Das ist nicht besonders nett von dir, jetzt, wo ich doch gerade anfange zu verstehen, worauf es ankommt und auf welche Weise ich es schaffen möchte!» Thea klang verletzt.

«Dazu beglückwünsche ich dich ja auch. Nun kommt es vor allem darauf an, wie lange du das durchhältst. Als du Ansporn von außen brauchtest, konnte ich ihn dir geben. Jetzt mußt du akzeptieren, daß ich mich zurückziehe.»

«Ich binde dich doch nicht an, oder?» fuhr sie auf. «Aber wohin willst du dich zurückziehen? Was willst du?»

Er zuckte mit den Schultern. «Ich könnte zurückfragen: Was habe ich denn überhaupt? Ich möchte Dinge, die dich nicht interessieren würden; die du wahrscheinlich gar nicht verstehen könntest. Ich möchte zum Beispiel einen Sohn großziehen.»

«Das kann ich verstehen. Es scheint mir verständlich. Hast du die Frau gefunden, die du heiraten willst?»

«Das noch nicht.» Sie folgten der nächsten Wegbiegung, worauf sie den Wind im Rücken hatten und der Schnee an ihnen vorbeiblies. «Es ist nicht deine Schuld, aber du hast zuviel Raum bei mir eingenommen. Ich habe mir selbst keine Chance gelassen, in eine andere Richtung zu gehen. Ich war in Rom, als du mit Nordquist dort warst. Wenn das gehalten hätte, wäre ich vielleicht geheilt worden.»

«Es wären vielleicht auch noch viele andere Dinge geheilt worden», bemerkte sie bitter.

Fred nickte mitfühlend und fuhr fort: «Ich bin fast vierzig Jahre alt und habe meinen Dienst getan. Du hast erreicht, was ich mir für dich gewünscht hatte, wofür ich ehrlich bereit war, dich herzugeben – damals. Jetzt bin ich älter, und ich glaube, ich war ein Idiot. Ich würde es nicht noch einmal tun, wenn ich nochmals vor der Wahl stünde, bestimmt nicht. Aber ich bereue es nicht.»

Thea blieb am Zaun stehen und sah auf die schwarze zerfurchte Fläche, auf der die fallenden Schneeflocken wie durch Zauberei verschwanden. Ihr Gesicht verriet Ärger und Verwirrung zugleich. «Du denkst also wirklich, ich sei undankbar. Ich glaubte, du schickst mich auf den Weg, damit ich etwas erreiche. Ich wußte nicht, daß du erwartet hast, ich sollte etwas Unbedeutendes mitbringen. Ich dachte, du wolltest...» Sie atmete tief ein und zuckte mit den Schultern. «Aber so ist das! Niemand auf Gottes weiter Erde will es ernsthaft! Wenn nur ein einziger Mensch das gleiche wollte», sie streckte ihre Hände aus, als griffe sie nach etwas, «mein Gott, wozu wäre ich fähig!»

Fred lachte bitter auf. «Mein liebes Kind, siehst du nicht, daß jeder, der den gleichen Wunsch hätte wie du, dein Rivale wäre, eine tödliche Gefahr für dich?»

Aber sie schien von seinem Protest keinerlei Notiz zu nehmen. Sie fuhr fort, sich zu verteidigen. «Es hat natürlich lange gedauert, bis ich überhaupt etwas erreicht habe, und ich sehe gerade eben etwas Licht am Ende des Tunnels. Aber alles Gute ist – teuer. Die Zeit schien mir nicht lange. Ich habe mich dir immer verantwortlich gefühlt.»

Fred sah sie durch einen Schleier von Schneeflocken eindringlich an und schüttelte den Kopf. «Mir gegenüber? Du bist eine aufrichtige Frau, und du willst mich nicht anlügen. Aber ich bezweifle, daß du neben dieser einen Verantwortung überhaupt noch Verantwortungsgefühl für den lieben Gott übrig hast! Trotzdem, wenn du dir in einer stillen Stunde vielleicht eingeredet hast, es hätte irgend etwas mit mir zu tun, der Himmel weiß, wie dankbar ich dafür wäre.»

«Selbst wenn ich Nordquist geheiratet hätte», fuhr Thea fort, als sie den Weg wieder zurückgingen, «hätte etwas gefehlt. Und so ist es immer. Auf eine Art war ich immer mit dir verheiratet. Ich bin nicht sehr flexibel; das war ich nie und werde es auch nie sein. Ich war jung, als du dich meiner annahmst. Ich könnte nicht noch einmal von vorn anfangen. Niemand kann das, wenn er einmal begonnen hat, etwas zu begreifen. Aber ich blicke darauf zurück. Mein Leben war nicht sehr fröhlich, bestimmt nicht fröhlicher als deines. Ich habe dich vielleicht von manchem ausgeschlossen, aber du mich auch. Wir waren uns gegenseitig Hilfe und Hindernis. Wahrscheinlich ist es immer so, das Gute und das Schlechte sind miteinander verquickt. Es gibt nur eines, das vollkommen schön ist – und immer schön bleibt!»

«Ja, ich weiß.» Fred blickte auf den Umriß ihres Kopfes vor der undurchsichtiger werdenden Luft. «Und du gibst einem das Gefühl, das sei genug. Ich habe dich nach und nach aufgegeben.»

«Schau, man sieht schon die Lichter.» Thea deutete auf das Flackern, auf die violetten Strahlen, die durch die grauen Baumkronen hindurchfielen. Etwas weiter unten schimmerten die Lichtkugeln der Laternen entlang der Straßen in blassem Zitronengelb. «Ja, ich verstehe sowieso nicht, warum jemand auf die Idee kommt, einen Künstler zu heiraten. Ich erinnere mich, daß Ray Kennedy immer sagte, er verstehe nicht, wie eine Frau einen Spieler heiraten kann, denn sie heiratet ohnehin nur das, was das Spiel von ihm übrigläßt.» Sie zuckte ungeduldig mit den Schultern. «Es ist letzten Endes auch ziemlich unwichtig, wer wen heiratet. Aber du hast mich länger und mehr gemocht als irgend jemand anders, und ich brauche einen Menschen, vor dem ich von Zeit zu Zeit Rechenschaft ablegen kann. Doch auch wenn du daran kein Interesse hast, werde ich immer mein Bestes geben. Ich habe nur wenige Freunde, aber ich kann jeden von ihnen loslassen, wenn es sein muß. Ich habe gelernt loszulassen, als meine Mutter starb. — Wir müssen uns jetzt beeilen. Mein Wagen wartet sicher schon.»

Das blaue Licht um sie herum wurde tiefer und dunkler, und der fallende Schnee und die schemenhaften Bäume schimmerten violett. Nach Süden, über dem Broadway, reflektierten die Wolken einen orangefarbenen Schein. Lichter von Autos und Kutschen huschten auf der Straße unterhalb des Weges zum Reservoir vorüber, und die Luft war aufgeladen mit schneidenden Hupgeräuschen und den schrillen Pfiffen der berittenen Polizisten.

Fred gab Thea den Arm, als sie den Damm hinuntergingen. «Wahrscheinlich wird es nie dazu kommen, daß du mich oder Archie verlierst, Thea. Aber es ist eine anstrengende Aufgabe für einen Mann, dich zu lieben. Es reibt einen auf. Sage mir eines: Gab es einen Moment, in dem ich dich hätte halten können, wenn ich alle Hebel in Bewegung gesetzt hätte?»

Sie trieb ihn zur Eile und sprach schnell, so als wollte sie es hinter sich bringen. «Du hättest mich vielleicht eine Weile halten können, aber ich wäre unglücklich gewesen. Ich weiß es nicht. Du hättest es mir schwermachen können. Ich bin nicht undankbar. Es war sicher nicht einfach, mit mir auszukommen. Das sehe ich jetzt ein.» Sie blieb neben einem Wagen stehen, der in der Kurve wartete, und gab Fred ihre Hand. «So. Scheiden wir als Freunde?»

Fred sah sie an. «Das weißt du. Zehn Jahre.»

«Ich bin nicht undankbar», wiederholte Thea, als sie in den Wagen stieg.

«Ja», überlegte sie, als der Wagen in die Fahrstraße des Parks einbog, «wir erleben keine Märchen in dieser Welt, und er hat mich schließlich mehr und länger gemocht als irgend jemand sonst.» Draußen war es jetzt dunkel, und das Licht von den Laternen entlang der Straße blitzte in das Fahrzeug. Die Schneeflocken schwebten wie Schwärme weißer Bienen um die Lichtkugeln.

Thea saß bewegungslos in einer Ecke und starrte aus dem Fenster auf die Wagenlichter, die sich zwischen den Bäumen hindurchschlängelten, als führen sie nur zum Vergnügen herum. Taxis waren in New York noch etwas Neues, und daher auch Gegenstand etlicher Schlager. Landry hatte ihr ein Lied vorgesungen, das er in einem Theater auf der Third Avenue gehört hatte, es ging ungefähr so:

> «Er sah die leuchtenden Augen des Taxis,
> mit dem seine Liebste entschwand.»

Beinahe unhörbar summte Thea die Melodie, doch waren ihre Gedanken bei Ernsterem, bei etwas, das sie tief berührt hatte. Zu Beginn der Saison, als sie selbst nicht viele Auftritte hatte, war sie eines Nachmittags zu einem Paderewski-Konzert gegangen. Vor ihr saß ein altes deutsches Ehepaar, offensichtlich arme Leute, die sich das Geld für ihre ausgezeichneten Plätze vom Mund abgespart hatten. Ihr kluger Menschenverstand und ihr freundlicher Umgang miteinander hatten sie mehr interessiert als das Konzert selbst. Als der Pianist eine hübsche Melodie im ersten Satz von Beethovens d-Moll-Sonate spielte, streckte die alte Frau ihre grobe Hand aus und legte sie auf den Ärmel ihres Mannes, und sie sahen sich mit einem Blick des Wiedererkennens an. Sie trugen beide eine Brille, aber welch ein Blick! Wie ein Bund Vergißmeinnicht und so voll glücklicher Erinnerungen. Thea hätte am liebsten ihren Arm um die beiden gelegt und sie gefragt, wie sie es fertigbrachten, ein solches Gefühl zu bewahren, wie ein Blumensträußchen in einem Wasserglas.

XI

Doktor Archie bekam Thea in der folgenden Woche nicht zu Gesicht. Nach einigen erfolglosen Versuchen gelang es ihm, am Telephon mit ihr zu sprechen, aber sie klang so zerstreut und unruhig, daß er froh war, als er gute Nacht sagen und aufhängen konnte. Sie erzählte ihm, daß sie nicht nur für die «Walküre», sondern auch für die «Götterdämmerung» Proben hatten, in der sie in zwei Wochen die Waltraute singen sollte.

Am Donnerstagnachmittag kam Thea nach einer schwierigen Probe spät nach Hause, Sie war in keiner sehr guten Verfassung. An jenem Abend, als sie die Sieglinde für die Gloeckler zu Ende gesungen hatte, war Madame Necker sehr liebenswürdig zu ihr gewesen, seit Thea aber anstelle der Gloeckler für die Rolle im «Ring» eingeteilt worden war, zeigte sie sich ihr gegenüber eisig und mißbilligend und voll unverhohlener Feindschaft. Thea hatte immer das Gefühl gehabt, daß sie und Madame Necker dasselbe wollten und daß die Necker dies erkannte und ihr ein herzliches Gefühl entgegenbrachte. In Deutschland hatte sie mehrmals mit der Necker als Isolde die Brangaene gesungen, und die ältere Künstlerin hatte ihr immer zu verstehen gegeben, daß sie mit ihr sehr zufrieden sei. Es war eine bittere Enttäuschung, feststellen zu müssen, daß die Anerkennung einer so scheinbar aufrichtigen Künstlerin wie der Necker vor den Augen der Direktion nicht standgehalten hatte.

Thea ließ sich das Essen in die Wohnung heraufbringen, aber es schmeckte nicht. Sie kostete die Suppe und schlüpfte dann angeekelt in den Mantel, um sich etwas zu essen zu besorgen. Als sie zum Aufzug ging, mußte sie sich eingestehen, daß sie sich kindisch verhielt. Sie nahm den Hut wieder ab, zog den Mantel aus und bestellte etwas anderes. Was kam, war auch nicht besser als das erste. Unter dem Toast fand sie sogar ein abgebranntes Streichholz. Sie hatte Halsweh und Schmerzen beim Schlucken, was für den nächsten Tag nichts Gutes verhieß. Obgleich sie den ganzen Tag nur geflüstert hatte, um ihre Stimme zu schonen, stellte sie unsinnigerweise jetzt die Haushälterin zur Rede und forderte Rechenschaft über verlorengegangene Wäsche. Die Haushälterin war gleichgültig und kaltschnäuzig, und Thea wurde ärgerlich und schimpfte lautstark mit ihr. Sie wußte, es tat ihr nicht gut, sich kurz vor dem Schlafengehen so aufzuregen, und nachdem die Haushälterin gegangen war, wurde ihr klar, daß sie sich wegen Unterwäsche im Wert von zehn Dollar möglicherweise eine Aufführung verdarb, die viele tausend Dollar bedeuten könnte. Am besten hörte sie jetzt damit auf, sich Vorwürfe für ihr unvernünftiges Verhalten zu machen, aber sie war zu müde, um ihre Gedanken unter Kontrolle zu bringen.

Während sie sich auszog – Thérèse kämmte in der Kofferkammer ihre Sieglinde-Perücke aus – fuhr sie fort, bitterlich mit sich zu schelten. «Wie soll ich in diesem Zustand bloß einschlafen können?» fragte sie sich immer wieder. «Wenn ich nicht schlafe, bin ich morgen zu rein gar nichts zu gebrauchen. Dann werde ich mich morgen heillos blamieren. Hätte ich mich doch nicht darum geschert, welcher Neger die Wäsche gestohlen hat – warum nur habe ich mir ausgerechnet heute abend in den Kopf gesetzt, die Verwaltung dieses Hotels zu verändern? Ich könnte übermorgen meine Sachen packen und hier ausziehen. Es gibt noch das Philamon – die Zimmer dort haben mir ohnehin besser gefallen – und das Umberto.» Sie begann die Vor- und Nachteile verschiedener Appartement-Hotels durchzugehen. Plötzlich zwang sie sich zur Ruhe. «Wozu tue ich das eigentlich? Heute abend kann ich in kein anderes Hotel mehr ziehen. Ich werde am Ende noch so weitermachen bis morgen früh und überhaupt kein Auge zutun.»

Sollte sie ein heißes Bad nehmen oder lieber nicht? Manchmal entspannte es sie, und manchmal machte es sie munter und vollends nervös. Sie war wie gelähmt von der Einsicht, schlafen zu müssen, und der Angst, es nicht zu können. Wenn sie auf ihr Bett schaute, zuckte sie mit allen Fasern ihres Körpers davor zurück. Es machte ihr mehr angst als jede Opernbühne. Es gähnte sie an wie die versunkene Straße in Waterloo.

Sie eilte ins Badezimmer und verschloß die Tür. Doch, sie wollte das Bad riskieren, um damit die feindliche Begegnung mit dem Bett noch ein wenig hinauszuzögern. Eine halbe Stunde lag sie in der Wanne. Die Wärme des Wassers drang in ihre Glieder, brachte sie auf angenehme Gedanken und wirkte wohltuend. Eigentlich war es schön, Doktor Archie in New York zu haben und zu sehen, wie sehr ihn ihre gemeinsame Zeit, so kurz sie sein mochte, erfreute und befriedigte. Sie liebte Menschen, die weiterkamen und die mit dem Alter interessanter wurden. Fred zum Beispiel war jetzt bedeutend interessanter, als er es mit Dreißig gewesen war. Er hatte einen intelligenten Musikverstand, und er mußte auch in seinem Beruf sehr intelligent sein, andernfalls wäre er nicht an der Spitze des Brauereikartells. Sie hatte Achtung vor dieser Art von Intelligenz und Erfolg. Jeder Erfolg war wertvoll. Sie hatte jedenfalls einen guten Anfang gemacht, und wenn sie jetzt schlafen könnte –. Ja, sie waren jetzt alle interessanter, als sie früher waren. Auch Harsanyi, dessen Erfolg so spät kam; was hatte er in Wien aus sich gemacht! Wenn sie einschlafen könnte, würde sie ihm morgen etwas zeigen, das er bestimmt verstand.

Sie ging schnell zu Bett und räkelte sich zwischen den Laken. Ja sie war durch und durch warm. Eine kühle, trockene Brise wehte vom Fluß herüber, Gott sei Dank! Sie versuchte an ihr kleines Steinhaus, die Sonne Arizonas und den blauen Himmel zu denken. Aber dies führte sie wieder zu Erinnerungen, die immer noch quälend waren. Sie drehte sich auf die Seite, schloß die Augen und versuchte es mit einem alten Trick.

Sie kam zur Haustür ihres Vaters herein, hängte ihren Hut und ihren Mantel an die Garderobe und blieb in der Diele vor dem Ofen stehen, um sich die Hände zu wärmen. Dann ging sie durchs Eßzimmer, wo die Jungen an dem langen Tisch Unterricht hatten; durch das Wohnzimmer, wo Thor in seinem Kinderbettchen schlief und sein Anzug und die Söckchen über einen Stuhl hingen. In der Küche holte sie ihre Laterne und ihren heißen Ziegelstein, lief die Hintertreppe hinauf und über den zugigen Speicher in ihr eisiges Zimmer.

Die Illusion wurde nur dadurch gestört, daß ihr einfiel, sie hätte ihre Zähne putzen sollen, bevor sie zu Bett ging, und daß sie das niemals getan hatte. Warum? Das Wasser im Krug war hartgefroren. Nach dieser Erklärung konnte sie fortfahren. Nachdem sie zwischen die roten Decken geschlüpft war, folgte ein kurzer, harter Kampf gegen die Kälte; dann wurde es wärmer und wärmer. Sie konnte hören, wie ihr Vater die Kohle im Anthrazitbrenner herunterschüttelte, und der Wind fegte und klapperte die Straße hinunter. Die knochigen Zweige der Pappeln schlugen gegen ihre Giebelfenster. Das Bett wurde weicher und wärmer. Unten war allen wohl und warm. Das ausladende alte Haus hatte sie alle aufgenommen, wie eine Henne, die sich auf ihrer Brut niederläßt. Sie hatten es alle warm im Haus ihres Vaters. Weicher und weicher. Sie war eingeschlafen. Sie schlief zehn Stunden lang, ohne sich umzudrehen. Von solchem Schlaf erwacht man glänzend gerüstet.

Das Publikum am Freitagnachmittag stellte eine Herausforderung dar; kein Stuhl war unbesetzt geblieben. Ottenburg und Doktor Archie hatten Plätze im Orchesterrang von einer Konzertagentur gekauft. Landry hatte keinen Sitzplatz mehr bekommen, so hielt er sich im hinteren Teil des Hauses auf, wo er auch sonst immer stand, wenn er nach seinem eigenen Auftritt im Vaudeville noch hereinschaute. Er kam so häufig und zu solch ungewöhnlichen Zeiten, daß die Platzanweiser dachten, er sei der Ehemann einer der Sängerinnen oder hätte etwas mit der Elektroanlage zu tun.

Harsanyi und seine Frau saßen in einer Loge in der Nähe der Bühne, im zweiten Rang. Mrs. Harsanyis Haar war sichtbar grau geworden, doch ihr Gesicht war voller und schöner als in den ersten mühevollen Jahren, und sie war hübsch gekleidet. Harsanyi selbst hatte sich kaum verändert. Er hatte zu Ehren seiner Schülerin sein bestes Nachmittagsjackett angezogen und trug eine Perle in seinem schwarzen Halstuch. Sein Haar war länger und buschiger, als er es früher trug, und auf der rechten Seite war eine graue Locke zu sehen. Er war schon immer eine elegante Erscheinung gewesen, selbst wenn seine Kleidung schäbig war und die Arbeit ihn erdrückte. Bevor der Vorhang sich hob, war er unruhig und nervös, sah immerfort auf die Uhr und wünschte sich, er hätte noch einige Briefe schreiben können, bevor er das Hotel verließ. Er war seit der Einführung des Taxis nicht in New York gewesen und hatte sich mit der Fahrzeit verschätzt. Seine Frau wußte, daß er Angst hatte, heute nachmittag enttäuscht zu werden. Er ging nicht oft in die Oper, weil ihn die Dummheiten der Sänger ärgerten, und es machte ihn immer wütend, wenn der Dirigent das Tempo verlangsamte oder auf irgendeine andere Art und Weise die Musik dem Sänger anpaßte.

Als die Lichter ausgingen und die Violinen ihr langes D gegen die harten Bässe tremolierten, sah Mrs. Harsanyi, wie die Finger ihres Mannes einen raschen Wirbel auf seinen Knien schlugen. In dem Moment, als Sieglinde von der Seite her die Bühne betrat, beugte sie sich zu ihm und flüsterte ihm ins Ohr: «Oh, wie schön sie aussieht!» Aber er reagierte nicht darauf, weder durch ein Wort noch durch eine Geste. Während der ganzen ersten Szene blieb er in seinen Sitz versunken, mit vorgestrecktem Kopf, und sein gelbes Auge rollte rastlos und blitzte wie das eines Tigers in der Nacht. Es folgte Sieglinde über die Bühne wie ein Satellit und verließ sie auch nicht, während sie am Tisch saß und Siegmunds langer Erzählung lauschte. Nachdem sie den Schlaftrunk bereitet hatte und hinter Hunding von der Bühne verschwunden war, senkte Harsanyi den Kopf und bedeckte sein Auge mit der

Hand, um es auszuruhen. Der Tenor – ein junger Mann, der
äußerst kraftvoll sang – setzte ein:

> «Wälse! Wälse!
> Wo ist dein Schwert?»

Harsanyi lächelte, aber er sah nicht mehr nach vorne, bis
Sieglinde wieder auftrat. Es folgte die Erzählung ihres
schmachvollen Hochzeitsfestes, der erhabene Walhalla-Ge-
sang und der Auftritt des einäugigen Fremden:

> «Mir allein,
> Weckte das Auge.»

Mrs. Harsanyi warf einen Seitenblick auf ihren Mann und
wunderte sich, daß der Sänger auf der Bühne seinen durch-
dringenden Blick nicht spürte. Dann setzte das Crescendo
ein:

> «Was je ich verlor,
> Was je ich beweint,
> Wär' mir gewonnen.»

Harsanyi berührte zart den Arm seiner Frau.

Im Mondlicht begann das Wälsungenpaar mit der wech-
selseitigen liebenden Beschreibung ihrer Schönheit, und die
Musik, aus murmelndem Klang geboren, erfüllte ihr Gesicht, wie einst der Dichter sagte – und auch ihren Körper.
Die Musik trug sie von einer schönen Geste zur nächsten, von
der Liebe getrieben. Und die Stimme gab das Beste, was sie
zu geben vermochte. Sie war wie der Frühling, sie blühte auf
zu Erinnerungen und Prophezeiungen, sie erzählte und
weissagte, als sie die Geschichte ihres freudlosen Lebens
erzählte, und davon, wie ihr eigentliches, wahres Selbst «hell
wie der Tag an die Oberfläche stieg», als sie zum erstenmal
in dieser feindlichen Welt ihren Freund gewahrte. Leiden-

schaftlich steigerte sie sich zu einem kühneren Gefühl, zu Tatendrang und Zuneigung, zum Stolz auf Heldenstärke und Heldenblut, bis sie ihm in einem strahlenden Auflodern, groß und leuchtend wie eine Siegesgöttin, den Namen gab:

> «Siegmund –
> So nenn' ich dich!»

Ihr Verlangen nach dem Schwert vergrößerte sich mit der Vorstellung seiner zukünftigen Tat, sie streckte die Arme in die Höhe, als risse sie das Schwert für ihn sozusagen aus der leeren Luft, bevor Nothung den Baum verlassen hatte. «In höchster Trunkenheit!» rief sie mit dem flammenden Schrei ihrer Blutsbande. «Bist du Siegmund, dann bin ich Sieglinde!» Lachend, singend, jubelnd – mit ihrer Leidenschaft und dem Schwert – eilten die Wälsungen hinaus in die Frühlingsnacht.

Als der Vorhang fiel, wandte Harsanyi sich seiner Frau zu.

«Endlich», seufzte er, «jemand, der von allem genügend hat. Genügend Stimme, genügend Talent und Schönheit, genügend physische Kraft. Und solch eine erhabene Haltung!»

«Ich kann es kaum glauben, Andor. Ich sehe es vor mir, das plumpe Mädchen, wie es sich über dein Klavier beugte. Ich sehe noch seine krummen Schultern. Es mühte sich immer so mit seinem ganzen Rücken. Und ich werde den Abend nie vergessen, an dem du seine Stimme entdeckt hast.»

Das Publikum hörte nicht auf zu klatschen, bis nach vielen gemeinsamen Vorhängen mit dem Tenor die Kronborg allein vor den Vorhang trat. Das Haus begrüßte sie mit einem Beifall von beinahe wilder Heftigkeit. Die Augen der Sängerin streiften durch den ganzen Saal und ruhten einen Moment auf Harsanyi, während sie mit ihrem weiten Ärmel zu seiner Loge hinübergrüßte.

«Sie sollte sich freuen, daß du hier bist», sagte Mrs. Harsanyi.

«Ich frage mich, ob sie weiß, wieviel sie dir verdankt.»

«Sie verdankt mir überhaupt nichts», entgegnete ihr Mann schnell. «Sie hat für ihren Weg bezahlt. Sie gab immer etwas zurück, selbst damals.»

«Ich kann mich erinnern, daß du einmal sagtest, sie würde keine gewöhnliche Entwicklung nehmen», sagte Mrs. Harsanyi nachdenklich.

«So ist es. Sie kann versagen, sterben, in der Menge untergehen. Aber wenn sie es schaffen sollte, wird sie über das Gewöhnliche hinausgehen. Es gibt Menschen, bei denen man sich dessen sicher sein kann. Auf eine Art werden sie niemals versagen.» Harsanyi versank in seine eigenen Gedanken.

Nach dem ersten Akt brachte Fred Ottenburg Doktor Archie zu Harsanyis Loge und stellte ihn als einen alten Freund von Miss Kronborg vor. Ein Musikverleger trat zu ihnen und brachte einen Journalisten und den Präsidenten einer deutschen Gesangsvereinigung mit. Das Gespräch drehte sich vor allem um die neue Sieglinde. Mrs. Harsanyi war liebenswürdig und begeistert, ihr Mann dagegen nervös und schweigsam. Er lächelte mechanisch und antwortete höflich auf Fragen, die direkt an ihn gerichtet waren. «Ja, ganz recht.» «Oh, sicherlich.» Jeder sagte natürlich die üblichen Dinge mit größter Wichtigkeit und Überzeugung. Mrs. Harsanyi war es gewohnt, die Gemeinplätze, die solche Gelegenheiten erforderten, zu hören und selbst auszusprechen. Als ihr Mann sich in den Hintergrund zurückzog, verdeckte sie seinen Rückzug durch Anteilnahme und Herzlichkeit.

Der Chordirektor sagte etwas von «dramatischem Temperament». Der Journalist wiederholte immer wieder, es sei «explosive Kraft» und «Projektionsvermögen».

Ottenburg wandte sich Harsanyi zu.

«Was ist es, Mr. Harsanyi? Sie wissen alles von ihr. Was ist ihr Geheimnis?»

Harsanyi griff sich gereizt ins Haar und zuckte mit den Schultern. «Ihr Geheimnis? Es ist das Geheimnis jeden Künstlers», und mit einer kurzen Handbewegung, «Leidenschaft. Das ist es. Es ist ein offenes Geheimnis, und doch ist es ganz und gar sicher. Wie Heldenmut, man kann es mit billigem Material nicht imitieren.»

Die Lichter verlöschten. Fred und Archie verließen die Loge, als der zweite Akt begann.

Künstlerische Größe ist mehr als alles andere eine Schärfung des Empfindens der Wahrhaftigkeit. Die Dummen glauben, es sei leicht, wahrhaftig zu sein; nur ein Künstler, der große Künstler, weiß, wie schwierig es ist. An diesem Nachmittag kam nichts Neues über Thea Kronborg, keine Erleuchtung, keine Inspiration. Sie war nur im Vollbesitz all dessen, was sie so lange Zeit verfeinert und perfektioniert hatte. Ihre Hemmungen waren glücklicherweise geringer als sonst, und in ihrem Innersten trat sie das Erbe an, das sie selbst zusammengetragen hatte, dem sie die Treue gehalten hatte, noch bevor sie seinen Namen oder seine Bedeutung wußte.

Oft, wenn sie sang, gelang es ihr nicht, das Beste zu geben; sie konnte nicht bis dahin durchdringen, und alle möglichen Ablenkungen oder Mißgeschicke stellten sich ihr in den Weg. Aber an diesem Nachmittag öffneten sich die verschlossenen Zugänge, die Tore fielen. Worum sie sich so oft bemüht hatte, das lag nun in ihrer Hand. Sie mußte eine Vorstellung nur berühren, damit sie lebendig wurde.

Schon während sie auf der Bühne stand, war sie sich bewußt, daß jede Bewegung richtig war, daß ihr Körper ihrem Geist absolut gehorchte. Nicht umsonst war sie so streng zu ihm gewesen, hatte ihm die volle Energie und das Feuer bewahrt. Die ganze tief verwurzelte Lebendigkeit blühte in ihrer Stimme, ihrem Gesicht, sogar bis in ihre Fingerspitzen. Sie fühlte sich wie ein Baum, der plötzlich erblüht. Und ihre Stimme war so beweglich wie ihr Körper; reagierte auf jede Forderung, war jeder Nuance fähig. Mit dem Gefühl einer vollkommenen Übereinstimmung, der Verläßlichkeit ihres Körpers, war es ihr gelungen, sich in die dramatischen Anforderungen der Rolle einzulassen, alles in ihr war in Höchstform und wirkte zusammen.

Der dritte Akt begann, und der Nachmittag verstrich. Thea Kronborgs Freunde, die alten und neuen, die an verschiedenen Stellen des Zuschauerraumes saßen, freuten sich, entsprechend ihrem jeweiligen Wesen, an ihrem Triumph. Ein Mann war hier, den niemand kannte, der vielleicht eine noch größere Freude empfand als Harsanyi. In der obersten Galerie saß ein grauhaariger kleiner Mexikaner, hutzelig und glänzend wie an einer Schnur aufgefädelte Pepperoni vor einer Lehmziegelwand. Er betete und fluchte leise vor sich hin, schlug auf das Messinggeländer und schrie: «Brava! Brava!», bis er von seinen Nachbarn zur Ordnung gerufen wurde.

Er war da, weil eine mexikanische Band in diesem Jahr beim Zirkus Barnum and Bailey auftrat. Einer der Manager war im Südwesten herumgereist und hatte viele mexikanische Musiker für wenig Geld unter Vertrag genommen und nach New York gebracht. Einer von ihnen war Chicano-Johnny. Nachdem Mrs. Tellamantez gestorben war, hatte Johnny sein Geschäft aufgegeben und war mit seiner Mandoline ausgezogen, um seinen Lebensunterhalt zu verdienen. Seine früheren Ausreißer waren nun zu seinem normalen Leben geworden.

Als Thea Kronborg den Bühnenausgang an der vierzigsten

Straße verließ, flammten am Himmel noch die letzten Strahlen der Sonne auf, die hinter dem North River versank. Eine kleine Gruppe drängte sich um die Tür – Musiker, die auf ihre Freunde im Orchester warteten, neugierige junge Männer und ein paar ärmlich gekleidete Mädchen, die einen Blick auf die Sängerin erhaschen wollten. Sie nickte der Gruppe durch ihren Schleier liebenswürdig zu, aber sie blickte weder nach rechts noch nach links, als sie den Gehweg überquerte und zu ihrem Wagen ging. Hätte sie ihre Augen für einen Moment gehoben und durch den weißen Schal gesehen, wäre ihr der einzige Mann aufgefallen, der seinen Hut abgenommen hatte, als sie herausgetreten war, und ihn jetzt in den Händen zerdrückte. Und sie hätte ihn erkannt, so sehr er sich auch verändert hatte. Sein glänzendes schwarzes Haar war mit Grau durchsetzt, und sein Gesicht war von den «Extasi» sehr verbraucht, so daß es schien, als sei es um die blitzenden Augen und Zähne herum geschrumpft, die nun zu weit vorstanden. Aber sie hätte ihn erkannt. Sie ging so dicht an ihm vorbei, daß sie ihn hätte berühren können, und er setzte den Hut erst wieder auf, als ihr Auto davongebraust war. Dann ging er den Broadway hinunter, die Hände in die Manteltaschen gesteckt, mit einem Lächeln, das den Lebensstrom umfaßte, der an ihm und den erleuchteten Türmen im klaren Blau des Abendhimmels vorbeiflutete. Wenn die Sängerin, die erschöpft in ihrem Wagen nach Hause fuhr, sich fragte, wozu das alles gut war, so wäre ihr dieses Lächeln, wenn sie es gesehen hätte, Antwort genug gewesen. Es ist die einzig angemessene Antwort.

Epilog

Kehren wir noch einmal nach Moonstone zurück, fast zwanzig Jahre nachdem Thea Kronborg es verlassen hatte. Die Methodisten geben eine Eiscremeparty im Garten des neuen Gerichtsgebäudes. Es ist ein warmer Vollmondabend im Sommer. Die Papierlampions zwischen den Bäumen sind lächerlicher und unnützer Zierat und trüben mit ihren kleinen Lichtkreisen nur das wunderbar sanfte Mondlicht über dem blauen Himmel und der Hochebene. Im Osten schimmern die Sandhügel so weiß wie eh und je.

Die Leute, die unter den Pappeln sitzen, sind wesentlich gewitzter als die Methodisten von früher. Die Hausfrauen, die sich um die Erfrischungen kümmern, wirken noch sehr jung für ihr Alter, im Vergleich zu den Frauen zu Mrs. Kronborgs Zeit, und die Kinder sehen aus wie Stadtkinder.

An einem der Tische sitzt zwischen ihren Zwillingssöhnen eine hellhaarige Matrone mit Grübchen in den Wangen, die einmal Lily Fisher gewesen war. Die Zwillinge sind sehr gut erzogen, geben auf ihre Kleidung acht und vergessen niemals die Manieren, die man ihnen in Sommerhotels beigebracht hat. Während sie ihre Eiscreme verzehren, hört man vom Nebentisch ein kreischendes Lachen. Die Zwillinge sehen auf. Dort sitzt eine rüstige alte Dame, die sie gut kennen. Sie hat ein langes Kinn, eine lange Nase und ist gekleidet wie ein junges Mädchen, mit einer rosaroten Schärpe und einem Sommerhut aus Spitzen mit rosaroten Rosenknospen. Sie ist umgeben von einer Gruppe Jungen – lange und schlacksige, dicke und dünne –, die derb aber nicht unfreundlich mit ihr herumalbern.

«Mama», läßt sich einer der Zwillinge in einer schrillen Knabenstimme vernehmen, «was hat Tillie Kronborg nur immer mit ihren tausend Dollar?»

Die Jungen brechen bei dieser Frage in lautes Gelächter aus, die Frauen kichern hinter ihren Papierservietten, und selbst Tillie stößt einen spitzen Schrei aus. Durch den Ausspruch dieses aufmerksamen Kindes war plötzlich allen aufgefallen, daß Tillie diesen Betrag sehr häufig nannte. Im Frühjahr, wenn sie die ersten Erdbeeren kaufte und erfuhr, daß die Schale dreißig Cents kostete, versäumte sie nicht, den Lebensmittelhändler zu erinnern, daß sie schließlich nicht tausend Dollar am Abend verdiene, auch wenn sie Kronborg hieße. Im Herbst, wenn sie die Kohlen für den Winter kaufte, zeigte sie ihre Verwunderung über den geforderten Preis und erzählte dem Händler, er müsse sie wohl mit ihrer Nichte verwechseln, wenn er glaube, sie könne einen solchen Preis bezahlen.

Tillie ist die letzte der Kronborgs in Moonstone. Sie lebt allein in einem kleinen Häuschen mit Garten und führt ein Handarbeits- und Kurzwarengeschäft. Mit ihren unorthodoxen Geschäftsmethoden würde sie am Jahresende nie in die schwarzen Zahlen kommen, wenn nicht zu Weihnachten ein Wechsel über eine erkleckliche runde Summe von ihrer Nichte eingehen würde. Dieser Wechsel löst jedes Jahr von neuem die Diskussion darüber aus, was das einzig richtige wäre, das Thea für ihre Tante tun könnte. Man ist in Moonstone nämlich der Meinung, Thea sollte Tillie nach New York holen und zu ihrer Gesellschafterin machen. Während die Leute sie deshalb bedauern, bemüht sich Tillie, sie nicht allzusehr spüren zu lassen, wie sehr sie sich bewußt war, etwas Besseres zu sein. Sie versucht, bescheiden zu wirken, wenn sie sich beim Postboten beschwert, daß ihre New Yorker Zeitung mehr als drei Tage Verspätung hat. Ganz nebenbei sagt es natürlich schon genug, daß sie als einzige in Moonstone eine New Yorker Zeitung bezog und als einzige dafür einen Grund hatte.

Als die Kerzen heruntergebrannt und die bunten Lampions abgehängt waren, begleitete eine Eskorte von Jugendlichen Tillie nach Hause. Wie sie so in ihrer Mitte dahintrippelte, machte sie sich vielleicht doch einige Gedanken. Die Frage des Zwillingsjungen klang in ihren Ohren nach. Pochte sie vielleicht doch zu sehr auf diese tausend Dollar? Aber die Leute dachten doch wohl nicht im Ernst, es ginge ihr um das Geld? In diesem Punkt, Tillie warf den Kopf in den Nacken, hatte sie sich nicht das geringste vorzuwerfen. Sie mußten verstehen, daß es mit diesem Geld eine besondere Bewandtnis hatte.

Als die fröhliche Truppe sich an ihrem Gartentor von ihr verabschiedete und unter dem Schatten der Blätter den Gehweg hinunterzog, holte Tillie ihren Schaukelstuhl auf die Veranda und machte es sich gemütlich. Kämen Sie zufällig durch diese Straße in Moonstone, und sähen Sie diese weiße Gestalt dort hinter dem Vorhang von Rosen bis tief in die Nacht hinein in ihrem Schaukelstuhl sitzen, Sie empfänden vielleicht Mitleid – aber wie unrecht hätte Sie damit! Tillie lebt in einer Welt voll geheimer Erfüllungen. Thea Kronborg hat viel Freude in eine Welt gebracht, die ihrer so sehr bedarf, aber keinem Menschen gab sie mehr als ihrer wunderlichen alten Tante in Moonstone. Welch beglückende Bilder treten vor Tillies geistiges Auge, wenn sie so in ihrem Schaukelstuhl sitzt! Ihre Gedanken wandern zurück in die frühen Tage voller Sand und Sonne, als Thea noch ein Kind und Tillie selbst, jedenfalls scheint es ihr so, noch «jung» war. Als sie regelmäßig zur Kirche lief, um Mr. Kronborgs lange Predigten zu hören, und Thea neben der Orgel stand und sang. Oder sie denkt an die wundervolle Zeit zurück, als die

Metropolitan Opera Company eine Woche lang in Kansas City gastierte und Thea sie kommen ließ, sie bei sich im Coates House aufnahm und sie zu jedem Konzert in der Convention Hall mitnahm. Sie ließ Tillie ihre Kostümkoffer durchsehen, die Perücken und den Schmuck probieren. Und die Freundlichkeit von Mr. Ottenburg! Und der Abend, an dem Thea in ihrem Zimmer zu Abend aß und ihr Ehemann mit Tillie nach unten zum Essen ging – nicht ein einziges Mal wirkte er gelangweilt oder abwesend, während sie plapperte. Er brachte sie jeden Abend ins Konzert und führte sie in eine Loge, in der sie sich ganz unbeobachtet ihrem Entzücken hingeben konnte, so wie sie es sich immer gewünscht hatte. Allein gelassen war es ihr, als stünde sie selbst in der Rolle der Elsa oder Elisabeth auf der Bühne. Tillie hatte fünfundfünfzig Jahre lang auf diese Woche warten müssen, aber sie bekam sie. Vor langer Zeit, als sie noch in Minnesota auf der Farm ihres Vaters Feldarbeit verrichtete, war sie immer überzeugt gewesen, daß sie eines Tages mit dem «Wunderbaren» in Berührung kommen würde, wenngleich die Chancen dafür damals recht gering schienen.

Am Morgen nach der Party rannte Tillie aus dem Schlafzimmer, riß Türen und Fenster auf und ließ den Morgenwind durch ihr kleines Häuschen blasen. Zwei Minuten später knisterte ein Feuer in ihrem Küchenherd, in weiteren fünf Minuten war der Tisch gedeckt. Bei der Hausarbeit trällerte Tillie schrill und unvermittelt Liedfetzen und verstummte ebenso plötzlich wieder mitten im Vers, als hätte sie die Stimme verloren. Sie erschien an der Hintertür ihres Hauses mit einem dieser plötzlichen Lieder auf den Lippen und bückte sich, um Butter und Sahne aus der Kühlbox zu holen. Die Katze lag schnurrend auf der Bank, und die Winden streckten ihre lila Kelche freundlich durch das Holzgitter. Bei ihrem Anblick fiel Tillie ein, sie könnte, während der Kaffee kochte, einige Blumen für ihren Frühstückstisch schneiden. Unentschlossen blickte sie auf einen Strauch Hekkenrosen, der am anderen Ende ihres Gartens wuchs, hinter dem hohen Gras und den Tomaten. Das Eingangstor war, nebenbei gesagt, über und über mit tiefroten Kletterrosen bewachsen, aber Tillie schnitt nie welche für sich selbst ab! Sie nahm die Küchenschere und lief durch das taunasse Gras. Schnipp, schnapp; die kurzstieligen Heckenrosen, lachsrosa mit goldenen Herzen und dem unverkennbar herben Duft, fielen in ihre Schürze.

Als sie die Eier und den Toast auf den Tisch gestellt hatte, nahm Tillie zur Unterhaltung die New Yorker Zeitung vom letzten Sonntag aus dem Ständer neben dem Schrank. Die Sonntagszeitung berichtete immer auf einer Extraseite über Opernstars, sogar den Sommer über. In dieser Woche begann die Musikseite mit einem «Bericht aus London», der Madame Kronborgs Erfolge in Covent Garden schilderte. Im letzten Abschnitt wurde erwähnt, daß sie für den König im Buckingham Palace gesungen hatte und dafür von Seiner Majestät mit einem Schmuckstück beschenkt wurde.

Dem König vorgesungen; aber gütiger Himmel, so etwas tat sie ja ständig! Tillie warf den Kopf in den Nacken. Während des Frühstücks steckte sie ihre spitze Nase immer wieder in das Glas mit den Heckenrosen, so unbeschwert und heiter, wie sie immer gewesen war. Wieder einmal mußte sie sich selbst darin bestätigen, daß alles Wirklichkeit war und keine Einbildung. Wie alle Träumer ist sie etwas erschrocken darüber, daß einer ihrer wildesten Wunschträume sich in der nüchternen Welt verwirklicht hatte.

Wenn Tillies alte Freunde ihrer Geschichten überdrüssig werden, geht sie in die Stadtviertel im Osten, wo ihre Legenden immer willkommen sind. Dort leben noch immer die einfacheren Leute von Moonstone. Dieselben kleinen Häuschen ducken sich unter die Pappeln, die Männer sitzen Pfeife rauchend vor der Haustür, und die Frauen waschen im Hinterhof ihre Wäsche. Die älteren Frauen erinnern sich an Thea, wie sie mit Thor auf dem Schoß in ihrem Leiterwagen vorbeifuhr, den sie mit den Füßen anschob und mit der zurückgelegten Deichsel lenkte. In diesem Teil der Stadt geschieht nicht viel, und die Menschen erinnern sich weit zurück. In einer dieser Straßen wuchs ein Junge auf, der nach Omaha ging, dort ein großes Geschäft aufbaute und damit sehr reich geworden ist. Die Leute nennen ihn und Thea immer in einem Atemzug, als Beispiele für den Wagemut der Moonstoner. Aber über Thea sprechen sie häufiger. Eine Stimme zieht die Menschen mehr in den Bann als ein Vermögen.

Wie sehr man auch über sie lächeln mag, den Alteingesessenen in der Stadt würde Tillie einmal fehlen. Ihre Geschichten geben ihnen Gesprächsstoff und immer wieder Anlaß zu Mutmaßungen, wo sie doch ansonsten von dem, was sich in der Welt ereignet, völlig abgeschnitten sind. Die vielen kleinen, unwirtlichen Sandbänke, die zwischen Venedig und dem Festland liegen, im scheinbar unbeweglichen Wasser der Lagune, sind nur deshalb ohne gesundheitlichen Schaden bewohnbar, weil Nacht für Nacht die Flut einen halben Meter weit vom Meer hereinströmt und durch das ganze Netz glitzernder Wasserläufe frisches Wasser spült. So schlagen die Wellen dessen, was ihre Kinder in der Welt erreichen, in all die kleinen Siedlungen, in denen ruhige Menschen leben, und bringen ihnen neue Frische; wecken bei den Alten Erinnerungen und bei den Jungen Träume.

Nachwort

Das *Lied der Lerche* ist der persönlichste von Willa Cathers Romanen. Vielleicht aus diesem Grund hat sich die Autorin später davon distanziert. Dies jedenfalls deutet die Lebensgefährtin Edith Lewis an, wenn sie meint, daß Willa in keinen ihrer sonstigen Romane derart direkt eigene Emotionen eingebracht habe. Im Denken, Fühlen und in der geistigen Entwicklung gleicht die junge Thea der jungen Willa aufs Haar; noch ehe diese zwanzig war, hat sie wie ihr fiktives Spiegelbild begriffen, was es heißt, ein Künstler zu sein.

Es ist dies eine Geschichte von Kampf und Flucht und Selbstfindung. Den Titel, den Willa Cather einem Gemälde im Chicago Art Institute entnommen hat, bedauerte sie später als mißverständlich. Denn mit dem Trillern der Lerche hat Theas Gesang wenig zu tun. Hingegen deckt das Bildmotiv sich mit dem Thema des Romans: In der Hingabe, mit der ein junges Mädchen der Lerche lauscht, sah Willa Cather das gleiche «Erwachen zum Schönen», das ihrer Heldin widerfährt und das sie selbst erlebt hat. Thea Kronborg begreift mit dreizehn Jahren, daß sie, in den Worten ihres Klavierlehrers Wunsch, nicht «irgendeinen Jakob heiraten und ihm den Haushalt führen» wird; vielmehr wird sie eines Tages die Welt, in der sie aufwuchs, hinter sich lassen. Ihre Erkundungsfahrt gilt der eigenen Person. Indem sie ihre Stimme entdeckt, findet sie die Frau, als die sie gedacht ist.

Dies ist ihre zweite Geburt: die Geburt als Künstlerin, die nur aus Eigenem zu bewältigen ist. Wie ihr Lehrer Harsanyi sagt: Jeder Künstler bringt sich selbst zur Welt. Theas Stimme ist ihre Lebenssubstanz, die treibende Kraft in ihrem

Blut. Die Stimme ist ihr zweites Ich, sie nimmt Person an. So entrichtet Harsanyi mit einem Handkuß seinen Salut an jemanden, «dem er niemals zuvor begegnet war». Auch Fred spricht von ihrer Stimme wie von einer Tochter. In der ersten, später gekürzten Fassung des Romans schickt er Thea auf die Reise nach Deutschland mit der Mahnung: «Hab acht auf sie, sie ist wunderbar!» Ihre Stimme, erklärt Fred später Doktor Archie, ist Theas Innerstes, ihr Herz und ihr Geist. Der Abend ihres Triumphes in der Met ist die endliche Begegnung mit dem «Rest ihres Ichs», zu dem sie ihr Leben lang unterwegs war.

Der Preis für dieses Rendezvous ist hoch; es ist erkauft mit dem Verzicht auf alles persönliche Leben. Thea bestätigt Doktor Archies Sorge, daß ihr Privatleben «außerhalb der Arbeit» zu kurz komme: «Ich habe überhaupt keins. Die Arbeit wird zum persönlichen Leben. Man taugt nicht viel, bis es so ist. Es ist, als wäre man in ein großes Gewebe verwoben. Man kann sich nicht herausziehen, weil auch die kleinsten Fasern in das Bild eingewoben sind. Es nimmt einen auf, preßt einen aus und wirft einen dann wieder hinaus. Und das ist das Leben. Mehr kann einem nicht passieren.»

Hier spricht Willa Cather aus Thea Kronborg. Seit früher Jugend war sie davon überzeugt, daß Kunst den ganzen Menschen fordert. Diese Einsicht hat sie in ihrem ersten College-Jahr in einem Aufsatz über Thomas Carlyle formuliert: «Alle Kunst ist eine strenge Herrin, mehr noch als selbst Jehova ... Sie verlangt Menschenopfer.» So schreibt die Siebzehnjährige, und es ist ihr Lebensprogramm geworden. Über dreißig Jahre später läßt sie den Professor St. Peter in dem Roman *Das Haus des Professors* sagen: «Kunst und Religion (die natürlich ein und dasselbe sind) haben dem Menschen das einzige Glück beschert, das ihm je beschieden war.»

Dies erklärt, warum kaum eine Ehe in Cathers Romanen glücklich ist und warum Heirat für Cathers Heldinnen eher eine beiläufige Rolle spielt. Wie Willa selbst hat Thea früh erkannt, daß sie für die Ehe nicht geschaffen ist. Selbst Vater Kronborg sieht, daß seine Tochter «nicht zu den Frauen gehört, die heiraten». Doktor Archie warnt die Dreizehnjährige: «Nur heirate nicht und gründe eine Familie, ohne vorher deine Chancen genutzt zu haben.» Auf der Höhe der Karriere fragt Thea, warum jemand wohl einen Künstler heiraten wolle, «er heiratet nur das, was ohnehin das Spiel von ihm übrigläßt». Tatsächlich heiratet sie am Ende Fred Ottenburg. Der Leser erfährt es, beiläufiger geht es kaum, aus einer Nebenbemerkung im Epilog. Da ist in Tante Tillies Erinnerungen die Liebenswürdigkeit von Mr. Ottenburg, Theas «Ehemann», kurz erwähnt. In der ersten Fassung des Romans war noch, im gleichen Zusammenhang, der Halbsatz vorgeschoben: «Als die Zeitungen in Denver meldeten, daß Thea Kronborg sich mit Fred Ottenburg, Chef des Brauereikartells, vermählt hat...» In der Revision ist Theas Ehe noch nebensächlicher geworden, ein Nachgedanke, der kaum Notiz verdient.

Willa Cathers eigenes Leben hat dem Roman nicht nur das Thema geliefert, sondern auch zahlreiche Details. Wie stets sind Menschen, die sie gekannt hat, zum Modell geworden. So ist in Professor Wunsch Willas Klavierlehrer Schindelmeißer porträtiert, der wie Wunsch vom Alkohol getrieben in Nebraska Station machte und dem Kind die erste Begegnung mit europäischer Musik vermittelte. Auch gab es einen mexikanischen Gitarrespieler in Red Cloud, der das Vorbild für Chicano-Johnny wurde, und Doktor Archie gleicht dem Arzt, den Willa auf seinen Runden begleiten durfte. Theas Mutter hat viele Züge von Willas eigener Mutter. Selbst der Tod des Ray Kennedy geht auf den Unfall eines Eisenbahners zurück, den Willa erlebte, als sie dreizehn war. Dies sei, schrieb sie bei der Übersendung des Manuskripts an ihren Lektor, der eigentliche Keim der Geschichte gewesen.

Diese Genesis muß indessen weitere Stadien durchlaufen haben. *The Song of the Lark (Das Lied der Lerche)* ist 1915 erschienen. Als Willa Cather an dem Roman zu arbeiten begann, war *O Pioneers! (Unter den Hügeln die kommende Zeit)* gerade herausgekommen und hatte sie mit einem Schlag berühmt gemacht. Lange vor diesem Roman indessen hatte Willa schon die Idee zu einem Roman über eine Opernsängerin gehabt, schob das Projekt jedoch vorerst zur Seite. Daß sie es wiederaufnahm, hat mit einer Begegnung zu tun, die sich als schicksalhaft erwies.

An Musik war Willa Cather von früh an interessiert, und mit fortschreitendem Alter wurde sie ihr lebenswichtig. Mit Einundzwanzig war sie aus Nebraska nach Chicago gefahren, um dort zum erstenmal ein Gastspiel der Metropolitan-Oper zu hören. 1913, nun in New York lebend, erhielt sie von dem Magazin «McClure's» den Auftrag, drei amerikanische Opernsängerinnen zu porträtieren. Dies führte zu der Begegnung mit Olive Fremstad, der Inspiration zu *Das Lied der Lerche*.

Willa und Edith Lewis gingen häufig in die Met, die in jenen Jahren mit glänzenden Sängern besetzt war: die Melba, Nordica, Caruso, Schaljapin, die junge Farrar. Der große Wagner-Sopran der Ära war Olive Fremstad. Wie ihre Nachfolgerinnen Flagstad und Nilsson stammte Fremstad aus Skandinavien, war aber in Minnesota aufgewachsen. Wie Willa und Thea kam sie, so Willas Artikel, «aus einem neuen, rauhen Land, in dem es weder künstlerischen Anreiz noch Geschmack gab». Sie ließ ihre Stimme in New York ausbilden und verdiente wie Thea ihr Geld im Kirchenchor, ging dann nach Deutschland und kehrte als Star zurück.

Olive Fremstad, die nach der ersten Begegnung Willas

Freundin wurde, ist das Modell für «die Kronborg». Die Sängerin erkannte sich in dem fertigen Manuskript so gründlich wieder, daß «sie nicht wußte, wo Thea aufhört und sie beginnt», wie sie Willa versicherte. Selbst die Episode ihres ersten Treffens ist in den Roman transponiert: Fremstad, die ihr Gespräch mit Willa wegen Erschöpfung abbrach, sprang wenige Stunden später für eine erkrankte Sängerin ein. Willa, die mit Edith Lewis im Parkett saß, murmelte unentwegt: «Das ist doch nicht möglich! Nicht möglich!» Eben noch habe Frau Fremstad «vierzig Jahre alt ausgesehen», jetzt, im zweiten Akt von «Hoffmanns Erzählungen», erschien sie, so berichtet Edith Lewis, als «Vision betörender Jugend und Schönheit. Sie sang an diesem Abend mit so opulenter Stimme, so mühelos, als ob sie die Musik träumte und nicht sang». Diese Verwandlung wiederholt sich in Thea Kronborg, die als Sieglinde einspringt.

Der Wechsel im Milieu der beiden Romane, die Willa Cather im Abstand von zwei Jahren schrieb, ist weniger drastisch, als er auf den ersten Blick erscheint. Willa sah in Olive Fremstad die Qualitäten der Pionierfrau, die Energie der Einwanderer, das Visionäre, «das ein neues Land aus einer Idee entstehen läßt». Dies verbindet Alexandra Bergson, die Heldin von *Unter den Hügeln die kommende Zeit*, mit Thea Kronborg. Was den Pionier auszeichnet – Energie, Beharrlichkeit, Schöpferkraft –, das sind die Attribute auch des Künstlers. Beide sind getriebene Visionäre. Ohne die Herkunft aus dem Rauhland der Prärie hätten weder Willa noch Thea, noch die Fremstad ihr Lebensziel erkämpft. Thea ist wie ihre Schöpferin ausgebrochen aus dem Mittelwesten, doch er hat ihr die Kraft mitgegeben, die sie fürs Leben braucht. Er ist der Maßstab geblieben, an dem die Dinge zu messen sind.

Sabina Lietzmann

Doris Lessing

Doris Lessing legte 1962 mit dem Roman »Afrikanische Tragödie« den Grundstock zu ihrem umfangreichen literarischen Werk, das inzwischen Weltruhm genießt. Sie wurde 1919 in Persien geboren und zog 1924 mit ihrer Familie nach Rhodesien. Seit 1949 lebt sie in England.

Autobiographie
530 Seiten
btb 72045

In ihrer Autobiographie »Unter der Haut« erzählt Doris Lessing die Geschichte der ersten dreißig Jahre ihres Lebens – von ihrer Kindheit und Jugend, von der ersten unglücklichen Ehe, der Geburt ihrer Kinder und dem Beginn ihres politischen Engagements.
»Ein fesselnder, bemerkenswerter Lebensroman.«
DIE WELT